ERIN BLEDSOE

Die Diamanten von Selfridges

GOLDMANN

Buch

Während der Londoner Bandenkriegen in den 1920er-Jahren versucht die junge Alice Diamond alles, um das Viertel ihres im Gefängnis sitzenden Vaters zu schützen und sich vor der Übernahmen von feindlichen Banden zu wehren. Als ihre Familie direkt bedroht wird, braucht Alice dringend Geld und setzt alles auf eine Karte: Sie schließt sich den »Forty Elephants« an. Dabei handelt es sich um eine Gang von Diebinnen, die mit klugen Strategien die Kaufhäuser Londons ausrauben und damit eine Menge Geld kassieren. Schnell arbeitet Alice sich in der Hierarchie nach oben und plant den größten Raub der Geschichte Londons. Während der berühmten Weihnachtsfeier des Selfridges-Kaufhauses wollen die »Forty Elephants« nicht nur die Auslage leerräumen, sondern auch den Schmuck der gut betuchten Gäste mitgehen lassen. Sollte Alice dieser Plan gelingen, hätte sie nicht nur genug Geld, um ihre Familie zu retten, sondern würde sich damit auch als Anführerin an die Spitze der »Forty Elephants« setzen.

Autorin

Bereits in der sechsten Klasse entdeckte Erin Bledsoe ihre Liebe zum Schreiben. Wenn sie nicht gerade an ihren Büchern arbeitet, erkundet sie die Natur oder spielt Dungeons & Dragons. Sie lebt mit ihrem Mann und ihren Kindern in Michigan.

ERIN BLEDSOE

DIE DIAMANTEN VON SELFRIDGES

Kriminalroman

Aus dem Englischen
von Peter Beyer

GOLDMANN

Die englische Originalausgabe erschien 2022 unter dem Titel
»The Forty Elephants« bei Blackstone Publishing.

MIX
Papier | Fördert
gute Waldnutzung
FSC® C014496
FSC www.fsc.org

Penguin Random House Verlagsgruppe FSC® N001967

1. Auflage
Deutsche Erstveröffentlichung Dezember 2023

Dieses Werk wurde vermittelt durch die Literarische Agentur
Thomas Schlück GmbH, 30161 Hannover.
Umschlaggestaltung: UNO Werbeagentur, München
Umschlagmotive: arcangel / Sudha Peraval;
GettyImages/Peter Zelei Images; FinePic®, München
ES · Herstellung: ik
Satz: Mediengestaltung Vornehm GmbH, München
Druck und Bindung: GGP Media GmbH, Pößneck
Printed in Germany
ISBN: 978-3-442-49458-3

www.goldmann-verlag.de

Für Papaw:
Du hast alle Versionen dieses Buchs gelesen
und an mich geglaubt, als ich den Glauben verloren hatte.
Du bist in der gleichen Woche aus dieser Welt
geschieden, in der ich feststellte,
dass all meine Träume wahr werden.
Danke, dass du auf mich gewartet hast.

ERSTER TEIL

ERSTES KAPITEL

LONDON 1920

Manche Menschen stehlen aus Verzweiflung. Andere stehlen aus Leidenschaft.

Auf mich treffen beide Beweggründe zu.

»Einen Scotch«, sagt meine Zielperson.

Ich schenke ihm ein Lächeln. »Sonst noch etwas?«

Sein Blick wandert an meinem Körper herab, während ich die goldene Taschenuhr taxiere, die aus der Westentasche seines Zweireihers lugt. Er fordert mich heraus wie die Verkäufer am Piccadilly, die mit frischem Brot und Obst vor den Augen einer Horde hungriger Kinder herumwedeln, die für ihr Leben gern einen Bissen davon haben wollen.

»Wie heißt du denn, Püppchen? Dein Gesicht habe ich hier noch nie gesehen«, fragt er und rückt sich dabei die Hose zurecht, bevor er mir eine Hand auf die Hüfte legt. »Und ich kenne alle von Kates Mädchen.«

»Nicht alle.« Ich zwinkere ihm zu, worauf er sich mit lüsternem Grinsen näher zu mir herunterbeugt. Seine Hand gleitet an meinem Oberschenkel hinunter und nestelt an der eng anliegenden Hose herum, die Teil der skandalösen Uniform ist, die wir Cocktailkellnerinnen im Club 43 tragen müssen.

»Verrat mir deinen Namen, Herzchen, und ich schenk dir was Schönes, wenn du mir meinen Drink geholt hast.«

Ich beuge mich zu ihm vor. »Schön bin ich doch selbst schon.«

Er brüllt vor Lachen. Männer mit Geld lieben die Macht, die damit einhergeht. Genauer gesagt: die Macht, die es ihnen über Frauen verleiht. Sie tun alles – sagen alles –, um uns gefügig zu machen. Zu meinem Glück werden sie dadurch auch unvorsichtig. Je mehr ich mich ihm annähere, desto mehr lässt er seine Wachsamkeit fahren und überlässt es damit mir, Beute zu machen.

Ich drücke meine Wange an seine, flüstere mit rauer Stimme: »Ich mag es, wenn man mich schön nennt«, und schnappe mir im gleichen Moment seine Uhr. Sobald ich sie in den Fingern habe, läuft mir ein Schauer über den Rücken. Die Gänsehaut erinnert mich daran, dass dieser Beruf, in den ich hineingeboren wurde, auch meine einzige Berufung ist.

»Schön bist du wirklich. Kann ich dich nach deiner Schicht treffen? Du kannst von mir alles haben, was du willst.«

Habe ich schon.

»Ich komme gleich wieder mit deinem Drink.« Er will nach meinem Gesicht greifen, aber ich weiche zurück, mache mich auf den Weg zur Bar und verstaue währenddessen seinen Zeitmesser diskret in einer geheimen Tasche in meiner Hemdbluse.

»Ich brauche einen Scotch und zwei Champagner-Cocktails!«, rufe ich dem Barkeeper zu, nachdem ich auf den Tresen geklopft habe, um seine Aufmerksamkeit zu erlangen.

Während ich warte, drehe ich mich wieder um, um den Blick über die Schar der Gäste schweifen zu lassen. Ich kann nicht anders. Mir kommt es hier vor wie in einem dreimanegigen Zirkus, in dem eine furiose Nummer nach der anderen dargeboten wird.

Es ist Montagabend, aber im Club 43 ist so viel los, als wäre es Freitag. Hier kommt die Hautevolee Londons zusammen. Die Gäste stoßen fröhlich miteinander an und verschütten dabei Champagner auf ihre Savile-Row-Anzüge und ihre maßgeschneiderten Kleider.

Als kleines Mädchen träumte ich immer davon, eine von ihnen zu sein, zur auserwählten Elite zu gehören. Ich stellte mir vor, mein winziges Zimmer wäre ein Stadthaus in Mayfair und meine Baumwollkleider bestünden alle aus feiner Seide. Meine Mum sagte, mit Fantasie wäre es mir möglich, mir alles vorzustellen. Mein Dad hingegen, selbst ein Meisterdieb, sorgte dafür, dass mir klar wurde, dass ich so etwas Feines nur besitze, wenn ich es mir nehme.

Die Kriegsjahre überzeugten mich davon, dass mein Vater mit seiner Ansicht richtiglag – das Träumen würde mich nicht weiterbringen.

»Du bist die Neue. Alice, ja?« Der Barmann schiebt mir meine Getränkebestellungen auf einem stilvollen, verspiegelten Cocktailtablett herüber. »Du hast noch nie in so einem Club gekellnert, stimmt's?«

Ich lasse sein äußeres Erscheinungsbild langsam auf mich einwirken, Zentimeter für Zentimeter. Er hat einen Körper, mit dem eine Frau Spaß haben könnte, ist schlank und muskulös, hat ein kräftiges Kinn und herrlich volle Lippen.

Der einzige Makel, den ich entdecken kann, ist eine kleine Narbe neben seinem linken Auge. Ich stelle mir kurz vor, wie ich mit meinen Fingern durch sein Haar fahre, bevor ich mich etwas näher zu ihm vorbeuge. »Ist das eine Frage oder ein Vorwurf, Rob?«

Seine Augen weiten sich, aber anstatt zu fragen, wie ich seinen Namen so schnell in Erfahrung gebracht habe, zuckt er mit den Schultern und antwortet: »Vielleicht beides?«

Ich spiele das Spiel mit. »Was hat mich verraten?«

»Es ist die Art, wie du die Gäste ansiehst … Ich kann nicht sagen, ob es Faszination ist oder Abscheu.«

»Vielleicht beides?«, ziehe ich ihn auf.

Ein Grinsen umspielt seine Lippen. »Wenn man in einem Laden wie diesem arbeitet, gewöhnt man sich schnell an die Kundschaft.«

Ich erwidere sein Grinsen. »Ich habe gerade gesehen, wie ein Kerl in seinen Zylinder gekotzt hat und ihn sich dann fast wieder auf den Kopf gesetzt hätte, um den Tanz zu beenden. Ich glaube nicht, dass sich irgendwer an so etwas gewöhnen kann.«

Er zieht die Stirn in Falten. »Heute ist also dein erster Tag?«

Daraufhin starre ich ihn wütend an, aber ich kann lediglich Belustigung in seinem breiter werdenden Lächeln ausmachen.

»Das habe ich nicht gesagt.«

»Du hast in allen möglichen Clubs in dieser Stadt gearbeitet, ja? Was hältst du dann von Murray's drüben an der Beak Street? Es heißt, das Publikum dort sei noch übler.«

Er ist mir auf die Schliche gekommen. In Wahrheit habe ich überhaupt keine Erfahrung, bloß eine Liste mit gefälschten Leumundszeugnissen, die Mum für mich getürkt hat, damit ich diesen Job ergattere. Meine Arbeitspapiere werden den Jobs angepasst, mein Name jedes Mal geändert. Ich arbeite, seit ich vierzehn bin, und heute, nach sechs Jahren, entspricht rein gar nichts mehr in meinen Papieren der Wahrheit. Ich bin, wer immer ich sein muss. Tagsüber arbeite ich als Dienstmädchen für einen reichen Theaterbesitzer und warte darauf, dass der richtige Moment kommt, um ihn bis aufs letzte Hemd auszuplündern.

Abends serviere ich Cocktails in diesem Club.

Ich schnappe mir das Tablett und gehe schnellen Schrittes los, serviere Mr Grapscher seinen Drink und bewege mich im Takt der Musik der Jazzband durch den Gastraum. Es ist ein dynamischer Rhythmus, den ihre Instrumente vorgeben und der jeden auf der Tanzfläche mitreißt. Ich wende meinen Blick gerade lang genug von der Band ab, um die beiden Champagnercocktails zwei Prominenten zu servieren, die gerade mit abschätzigen Blicken auf die Menschenmenge deuten. Manchmal frage ich mich, wie es sein muss, zu den Bright Young Things zu gehören, die London mit ihrem Klatsch und Tratsch im Griff haben. Sie werden sich bis zum Morgengrauen hier aufhalten und tanzen, wenn sie nicht gerade trinken oder heimlich Kokain schnupfen.

»Diese Band ist göttlich«, sagt der eine.

Der andere nickt zustimmend. »Wollen wir tanzen, bevor sie sterbenslangweilig wird?«

Ich beobachte, wie sie in der Menge auf der Tanzfläche untertauchen, und das peppige Tempo der Musik lässt mein Herz schneller schlagen. Schweiß rinnt mir den Nacken hinunter, während ich durch die Schwaden von Zigarrenrauch und die sich hin und her bewegenden Körper hinweg nach meinem nächsten Ziel Ausschau halte – und es schließlich ausmache: ein Partygirl in einem schicken Kleid und mit einer juwelenbesetzten Handtasche. Ich schlängle mich durch den Raum, um zu ihr zu gelangen, vorbei an den voll besetzten Tischen und den johlenden Gästen. Urplötzlich vernehme ich nur noch meinen flachen Atmen.

Und habe nur noch Augen für sie.

Bei Frauen ist es schwierig. Ich kann mich ihnen nur nähern, indem ich zufällige Rempler oder Stolperer inszeniere und mir dadurch ein paar Sekunden verschaffe, um das mitgehen zu lassen, auf das ich es abgesehen habe: eine silberne Haarnadel, goldene Ohrringe oder einen Rubinring. Bei Frauen ist es ein Risiko, aber Frauen sind auch Schatztruhen.

Ich trete dicht an sie heran. Doch gerade in dem Moment, als ich der Frau die glitzernde Handtasche von der Schulter gleiten lassen will, fährt sie herum und reißt leise knurrend mein Handgelenk hoch. »Denk nicht mal im Traum dran, Püppchen.«

Instinktiv denke ich mir hundert Ausreden aus und überlege, was ich machen soll, wenn sie mich an Kate verpetzt und meine Chefin die Polizei ruft. Panik steigt in mir auf, aber gerade als ich den Mund öffne, um etwas zu sagen – irgendetwas –, höre ich, dass sie meinen Namen sagt.

»Alice?«

Völlig baff stolpere ich zurück. »Maggie?«, bringe ich als atemloses Flüstern über die Lippen. Obwohl mir immer noch der Schweißgeruch und die abgestandene Luft in der Nase liegen, ist mir plötzlich, als gäbe es nur uns beide. Mich und meine lang vermisste Freundin.

»Du arbeitest hier?« In ihrer Stimme schwingt ebenfalls Überraschung mit. Dann aber schaut sie auf ihre Tasche hinunter, und ihr Mund verzieht sich zu einem teuflischen Grinsen. »Du verlierst dein Gespür.«

Ich ringe um Worte. Ist sie wirklich hier? Nach all diesen Jahren?

»Drei Jahre und acht Monate«, sage ich laut, immer noch wie benommen.

Die Maggie vor mir sieht ganz anders aus als das Mädchen mit den abgetragenen Klamotten und den blutigen Fäusten, mit dem ich aufgewachsen bin. Sie war eine Kämpfernatur, wie ich, hatte Talent für Diebstahl bewiesen und konnte sich durchschlagen. Aber ihr rechter Haken war immer besser als meiner. Als wir uns das erste Mal begegneten, ließen ihre Brüder sie gegen einen Mann im Pit antreten, während die Menge um sie herum lautstark Wetten abgab.

Damals nannte man sie auf der Straße »The Reaper«.

Die Frau, die sie jetzt ist, sieht mit ihrem schweren, elfenbeinfarbenen Pelzcape und dem frisch geschnittenen Bob umwerfend aus, auch wenn kein Make-up der Welt ihren schamlosen Gesichtsausdruck zu verharmlosen vermag.

Ich bestaune sie. »Sieh mal einer an, wie piekfein du

dich herausgeputzt hast! Du hast es weit gebracht, seit du in Lambeth Pralinen geklaut hast.«

Sie räuspert sich. »Das ist ewig her.«

Ich schaue mich um, um zu sehen, mit wem sie hier ist. »Wo ist dein Verehrer?«

»Ich habe keinen.«

Ich inspiziere sie erneut, schaue sie noch einmal genauer an – und bin sprachlos. Unter dem Pelz trägt sie ein schwarzes Cocktailkleid, kunstvoll mit Perlen besetzt und mit Fransen am Saum. Ihre Strümpfe haben keine einzige Laufmasche, ihre eleganten T-Strap-Pumps keinerlei Spuren von Abnutzung.

»Deine Brüder haben mir gar nicht erzählt, dass du wieder in London bist«, bringe ich schließlich hervor.

»Ich bin schon seit einer Weile zurück«, gesteht sie. »Ich habe sie bloß noch nicht aufgesucht. Als wir das letzte Mal miteinander gesprochen haben, haben sie mir deutlich zu verstehen gegeben, dass ich zu Hause nicht mehr willkommen bin.«

Blitzartig denke ich an den Abend zurück, an dem sie ohne ein Wort fortging und mich krank vor Sorgen zurückließ, sodass ich mir alle möglichen Schreckensszenarien ausmalte. Bis ich dann eines Morgens, nachdem ich mich monatelang um sie gesorgt hatte, aufgewacht war und für mich akzeptiert hatte, dass sie tot sein musste.

Und wenn sie tot war, gab es für mich keinen Grund mehr, mir zu wünschen, sie würde zurückkehren.

In Wellen kehrt diese vertraute, schmerzhafte Sehnsucht zurück, und die quälende Erinnerung daran, wie viel sie mir einst bedeutet hat, droht mich zu überwältigen. Das darf ich nicht zulassen. Nicht hier und nicht jetzt.

»Es war toll, dich wiederzusehen. Aber jetzt sollte ich mich wieder an die Arbeit machen«, erkläre ich und wende mich um. Ich sehe, dass der Barmann mich in dem Gedränge sucht, vor sich auf dem Tresen ein neues Tablett mit Getränken. Aus dieser Entfernung sieht er sogar noch attraktiver aus, so, wie er da vor den ganzen Flaschen mit Hochprozentigem steht, die vor der verspiegelten Wand hinter ihm aufgereiht sind. »Der da drüben hält mich jetzt schon für ein bisschen unzuverlässig.«

Ich wende mich zum Gehen, aber sie streckt die Hand aus, um mich aufzuhalten.

»Ich habe das mit deinem Dad gehört, Alice.«

Ich zucke gleichmütig mit den Schultern. »Bei guter Führung muss er zwölf Monate absitzen.«

»Wie läuft es in The Mint ohne ihn?«

»Das geht dich doch gar nichts mehr an, oder? Ich muss jetzt wirklich wieder an die Arbeit.«

»Können wir vielleicht nach deiner Schicht reden?«

Ich beäuge sie misstrauisch. »Was willst du, Mags? Damit prahlen, wie gut es die letzten Jahre mit dir gemeint haben und wie furchtbar das Schicksal zu mir war? Dass ich bei meiner Familie geblieben bin und du die deine verlassen hast? Ich kann mir nicht vorstellen, was wir uns sonst noch zu erzählen hätten.«

»Hast du schon mal von Mary Carr und ihrer Diebesbande gehört?«, fragt sie unvermittelt, worauf eine gewisse Unsicherheit Besitz von mir ergreift.

Dad lehrte mich immer, solche Worte nie laut auszusprechen, schon gar nicht an einem so belebten Ort wie diesem hier. *»Wenn du im Schatten leben willst, halt den Mund und bleib unsichtbar«*, erklärte er mir. Sein Rat ist mir stets teuer.

Ein Dieb muss unsichtbar sein.

Ich schüttle den Kopf und schaue mich argwöhnisch um. »Nein, sollte ich?«

»Die Forty Elephants. Sie haben sich einen ganz guten Namen gemacht. Liest du denn keine Zeitung? Mary Carr ist unsere Anführerin, und sie ist …«

»Unsere?« Ich ziehe die Brauen hoch. »Du gehörst zu dieser Gang?« Einzeln ergibt jedes einzelne Wort Sinn, nicht aber zusammen. »Du bist Mitglied in einer Gang?«

»Es ist keine Gang im eigentlichen Sinn. Nicht so wie das, was du sonst von Gangs gehört hast.«

Ein wenig spöttisch stoße ich einen tiefen Seufzer aus. »Das bezweifle ich.«

»Mary hat da eine gute Sache am Laufen«, beharrt sie. »Sie ist eine echte Draufgängerin.«

»Also was, hast du das hier alles mitgehen lassen? Das Kleid … die Tasche?«

Die Vorstellung bringt sie zum Lachen. Dann streicht sie sich das Kleid glatt. »Wir tragen nie Diebesgut. Das Kleid habe ich mir selbst gekauft. Dank Mary Carr führe ich ein neues Leben, habe Möglichkeiten, die ich mir früher nie erträumt hätte.« Ihre Miene hellt sich auf. »Willst du sie mal kennenlernen?«

Prompt spannt sich mein Kiefer an. »Du willst, dass ich mich einer Gang anschließe?«

»Fahr nicht gleich aus der Haut, Alice.« Sie hält inne. »Sie ist hier, und ich habe ihr schon erzählt, dass wir als Kinder zusammen um die Häuser gezogen sind. Dass du Talent hast, wie dein Vater. Sie weiß alles. Sie würde sich freuen, dich endlich mal kennenzulernen.«

Ich schließe langsam die Augen und öffne sie wieder, und meine Arme und Beine werden taub. Die Luft im Club fühlt sich heiß und stickig an, und ich habe das Gefühl, als würde ich keine Luft bekommen. Ich werde überflutet von Erinnerungen an das Mädchen, das ich einmal kannte, und an jenes, das ich jetzt anstarre. Wie kann sie mich so etwas fragen? Aber, noch wichtiger: Wie kann sie die ganze Zeit mit unseren gemeinsamen Kindheitserinnerungen ausgerechnet vor der Person prahlen, wegen der sie mich im Stich gelassen hat?

»Ich dachte, du wärst tot, Mags«, erkläre ich schließlich mit eisiger Stimme. »Du hast kein einziges Lebenszeichen mehr von dir gegeben, nachdem du fortgegangen warst. Keine Briefe … nichts.«

Sie zögert einen Atemzug lang. »Wir haben immer davon geträumt rauszukommen. Warum hätte ich zurückblicken sollen?«

»Ich saß oft nachts wach im Bett, schaute hinaus auf die dunklen, düsteren Straßen und wartete darauf, dass eine Droschke vor Mums Laden halten und dich absetzen würde. Aber du bist weggeblieben, hast dich auf eine Gangführerin eingelassen und mit all den Erinnerungen geprahlt, die du so mühelos hinter dir lassen konntest?«

Ihr Blick wandert durch den Raum, bevor er zu mir

zurückkehrt. »So ist das nicht, Alice. Ich kann stolz auf das Mädchen sein, das ich war, ohne es erneut sein zu wollen.«

Ich bleibe hart. »Du scheinst vergessen zu haben, dass sich Mitglieder der Familie Diamond keiner Gang anschließen ... also kannst du dir dein Angebot an den Hut stecken und dich verpissen.«

Sie legt den Kopf schief. »Stehst immer noch in Daddys Schatten, was?«

Mir wird heiß. »Bist aus dem Schatten deiner Brüder heraus, aber stehst jetzt in einem neuen, was?«

»Mary ist völlig anders als sie.«

»Vielleicht ist sie ja schlimmer?« Ich deute mit dem Finger auf ihr Kleid, schlucke meinen Neid herunter und ersetze ihn durch eine Bitterkeit, die ich geradezu schmecken kann. »Wenigstens haben deine Brüder dich nicht darum gebeten, dich so herauszuputzen.«

Der pulsierende Raum um uns herum fühlt sich plötzlich eng und reizlos an, und Stille breitet sich zwischen uns aus. Einen langen, gedankenschweren Moment starren wir uns nur gegenseitig an. Ich weiß nicht, was sie denkt, aber ich weiß, was *ich* denke.

Sie ist mir fremd geworden, und das bringt mich um den Verstand.

Schließlich sagt sie zögerlich: »Viel Glück, Alice.«

»Ich brauche kein Glück.«

Rob hat mich schließlich entdeckt und signalisiert mir energisch, dass ich zu ihm herüberkommen soll. Die Ausflucht, gehen zu müssen, ist mir willkommen. Rasch kehre ich wieder zurück zur Bar. Doch seine schelmische Art hat sich nun fast in Luft aufgelöst. »Wenn die Leute ihre Drinks nicht bekommen, bestellen sie keine mehr. Wir verlieren beide Geld. Ich mixe die Drinks, und du servierst sie. So läuft das hier.« Er deutet auf eine Reihe von Cocktailgläsern. »Die sind für die Sitzecke da hinten.«

Bevor ich das Tablett entgegennehme, richte ich mir umständlich meine Hemdbluse und die lange Hose. Ich versuche schon die ganze Woche, mich an das Gefühl des groben Stoffes an den Beinen zu gewöhnen.

»Probleme mit der Kleidung?«, stellt er fest.

»Ich habe noch nie Hosen getragen«, räume ich ein. Dabei zähle ich die seltenen Momente in meiner Kindheit nicht mit, in denen ich mich wie mein Dad verhielt und in seinen Hosen um unser Haus rannte, um meinem Bruder Tommy nachzujagen.

»Weil Frauen keine Hosen tragen. Und eigentlich besitzen sie auch keine Clubs, aber sieh dich nur mal um.«

Mit einem Kopfnicken deutet er auf die Besitzerin des Club 43, Kate Meyrick, die gerade wie ein Schmetterling von Gruppe zu Gruppe schwirrt und dabei mit jedem einzelnen Gast lacht und plaudert. Niemand weiß, wie sie es geschafft hat, die Königin der Nachtclubwelt zu werden, aber sie ist es. Als ich mein Vorstellungsgespräch für diesen Job mit ihr geführt habe, stellte sie mir eine Frage: »Wie reagieren Sie, wenn ein Gast seine Hände nicht bei sich behalten kann?«

Ich gab ihr sofort wahrheitsgemäß Antwort und sagte: »Ich trete ihn dahin, wo es wehtut.«

Sie stellte mich augenblicklich ein.

»Kate hält sich nicht immer an gesellschaftliche Regeln, also gewöhn dich lieber an die Hosen«, sagt er schließlich und deutet mit einer Geste auf seine Uniformhose mit Hosenträgern, deren Bänder über seine nackte Brust verlaufen, und eine dazu passende Krawatte. »Wenigstens bist du vollständig bekleidet. Kate macht sich einen Spaß daraus, ihre Frauen wie Männer zu kleiden und ihre Männer wie« – er sucht nach dem richtigen Wort – »so«.

Ich lächle und mache eine große Sache daraus, ihn schamlos von oben bis unten zu begutachten. »Aber wer kann schon etwas gegen diese Aussicht ins Feld führen?«

Er läuft rot an, deutet erneut auf die Sitzgruppe und tippt dann auf das Tablett mit den Getränken. Ich sehe, wie Maggie hinübergeht und sich zu den Mädchen dort gesellt, und mir wird klar, dass die Cocktails für ihre Gruppe bestimmt sind.

Ich schüttle meine Hände aus, um dann energisch loszuziehen. Das Tablett mit den Getränken balanciere ich auf der Schulter, während ich mich auf den Weg zur Sitzecke mache. Vier Frauen sitzen auf den Polsterstühlen, in schwere Pelze gekleidet und von Kopf bis Fuß mit Juwelen behängt. Perlenketten zieren ihre Hälse, begleitet von rubinroten Tropfenohrringen und goldenen Armreifen, die mir selbst im trüben Licht ins Auge fallen. Sie sehen aus wie die Puppen in den Schaufenstern bei Selfridges.

»Endlich!«, stöhnt eine von ihnen und schnappt sich ungeduldig ein Glas vom Tablett, noch bevor ich es abstellen kann. Ihre Zwillingsschwester neben ihr tut es ihr gleich.

Maggie sitzt auf der gegenüberliegenden Seite des Tischs

und grinst für meinen Geschmack ein wenig zu siegessicher, da sie annimmt, dass ich aus eigenem Antrieb zu ihnen an den Tisch gekommen bin. Sie sieht zu ihrer Begleiterin hinüber, einer Frau mit einem rosa gefärbten Chinchillafell und einem gefiederten, silbernen Kopfschmuck, der wie die Krone einer Königin auf ihren goldblonden Haaren thront.

An ihren Fingern zähle ich sieben Diamantringe. Es sind kleine Steine, aber meisterhaft geschliffen. Ich lasse kurz die Erinnerung an meinen Dad Revue passieren, der, als ich noch klein war, neben mir kniete und mir beibrachte, wie man den Unterschied erkennt.

»Ein gut geschliffener Diamant ist leuchtend und brillant, ein schlecht geschliffener ist stumpf.«

Ich schaute damals neugierig lächelnd zu ihm auf und wollte wissen: »Was für ein Diamant bin ich?«

»Ein brillanter, mein Mädchen. Brillant.«

Ich schüttle die Erinnerung ab und konzentriere mich auf ihre Finger. Im Gegensatz zu den anderen Frauen, die keine Notiz von meiner Anwesenheit nehmen und nur ihre Cocktails in sich hineinkippen, lächelt sie mich direkt an. Sie muss mindestens zwanzig Jahre älter sein als die anderen, aber sie ist in Würde gealtert, hat nur wenige Falten in den Augenwinkeln. Angesichts ihrer freundlichen Ausstrahlung sollte ich mich entspannen, aber dass sie über das ganze Gesicht grinst, bewirkt stattdessen, dass ich mich verspanne und mich das Gefühl beschleicht, dass sie in ein Geheimnis eingeweiht ist und ich nicht.

Ist das die berühmte Mary Carr?

»Entschuldigen Sie die Wartezeit, Ladys.«

»Bringst du uns doch lieber einen Whisky?«, bittet Maggie grinsend. »Du weißt doch, dass ich kein Gin-Mädchen bin.«

»Man könnte meinen, du wärst gar kein Mädchen«, stichelt die eine der Zwillinge, worauf die andere kichert.

»Wenn du dein Maul weiter aufreißt, Norma, schiebe ich meine Faust hinein«, gibt sie wie aus der Pistole geschossen zurück.

Die ältere Frau schnippt mit den Fingern. »Maggie, sei artig heute Abend.«

»Das kann ich nicht versprechen, Mary«, erwidert Maggie und rollt dabei mit den Augen.

Mary wendet ihren Blick wieder mir zu, während sich Norma und ihre Schwester an ihr vorbei zur Tanzfläche schieben.

Ich räuspere mich. »Kann ich Ihnen sonst noch etwas bringen?«

»Du hast schnelle Hände«, lobt Mary. »Ich habe dich beobachtet, wie du aus der Menge kassiert hast. Du hast Talent. Woher kennst du unsere Mags hier?«

Unsere Mags? Ich schürze die Lippen und ignoriere die Bemerkung. »Kassiert?«

»Gestohlen«, erklärt sie, wobei sich ihre Stimme zu einem Flüstern senkt. »Aber wir bevorzugen den Begriff *Kassieren*. Das klingt nicht so kriminell, und außerdem ist *Stehlen* ein so freudloses Wort. Wir wollen doch nicht, dass jemand mithört, wie wir darüber plaudern.«

»Wir?«

»Wir sind wie du.« Sie deutet auf Maggie und dann hinüber zu den Zwillingen, die gerade Foxtrott tanzen. »Kassierer. Nur dass wir uns an die Läden im West End halten, wo es fette Beute zu machen gibt.«

Das übersteigt mein Vorstellungsvermögen. »Ihr klaut in Kaufhäusern?«

Ein solches Risiko einzugehen, habe ich mich noch nie getraut. Jedes Mal, wenn mein Vater es versuchte, drückte ihn kurz darauf ein Polizist auf das Kopfsteinpflaster nieder und führte ihn ab, bevor er auch nur Zeit hatte, eine Hutnadel einzustecken.

»In allen möglichen Läden«, antwortet sie und streicht selbstgefällig mit den Fingern über ihren rosa Pelz. »Manche Frauen sind dazu geboren. Für die schönen Dinge des Lebens.« Sie starrt hinüber auf die vornehmen Damen im Club. »Manche nicht. Manche Frauen kämpfen jeden Tag darum, auch nur einen Vorgeschmack auf das zu bekommen, was für andere Frauen eine Selbstverständlichkeit ist.«

Leider bin ich wie hypnotisiert von ihren Worten, klebe förmlich an ihren Lippen in Erwartung dessen, was sie als Nächstes von sich geben wird. »Ich und meine Mädchen wurden nicht in die schönen Dinge hineingeboren, aber wir besitzen sie. Willst du wissen, wie wir das schaffen?«

Meine Kehle wird trocken. Ich drehe mich um und schaue zurück zur Bar, hinter der Rob steht und mich unverwandt anstarrt.

»Willst du?« Marys Stimme dröhnt in meinem Ohr. Ich lenke meinen Blick wieder zu ihr zurück.

»Wie?«

»Wir haben den Mumm, es mit ihnen aufzunehmen.«

Ich brauche einen Moment, um die Sprache wiederzufinden. »Es ist ein schmaler Grat zwischen Mumm und Dummheit. Ich wette, mein Mumm ist genauso groß wie Ihrer. Ich bin nur vorsichtiger, wo ich ihn einsetze.«

Sie prustet und schenkt mir dann ein breites Lächeln. »Oh, ich mag dich! Ich würde dir gerne eine Chance zu einer Probe geben.«

»Ich hole Ihnen erst einmal Ihren Whisky.« Ich räuspere mich und verziehe mich zügig, wohl wissend, dass Mary mir hinterherschaut. Meine Taschen sind gefüllt mit Dingen, die ich geklaut habe, *kassiert*, und jemand hier drinnen weiß davon – meine Gedanken schlagen Purzelbäume. Ich kehre zur Bar zurück und lehne mich über den Tresen, um nach Rob zu rufen.

»He! Kennst du diese Mädchen?«

»Ich würde nicht behaupten, dass ich sie kenne, aber sie kommen immer am Montagabend hierher, um zu feiern.«

»Um was zu feiern?«

Ich bekomme den Eindruck, dass ihm mein Interesse nicht gefällt. »Die bringen nur Ärger.« Er holt die Zeitung von heute unter der Theke hervor, knallt sie vor mir auf den Tresen und zeigt auf die Titelseite. »Das sind Mitglieder der Forty Elephants.«

Ich werfe einen Blick auf die Zeitung und überfliege die ersten Zeilen. »Eine Gang von Ladendiebinnen?« Merkwürdig, dass Dad noch nie von ihnen geredet hat. Normalerweise lässt er sich über alle Gangster aus, die Londons Straßen unsicher machen, besonders die McDonald-Brüder, die gerade Krieg gegen die Italiener führen wegen der

Buchmacherei auf den Pferderennbahnen. Über sie kann er gar nicht genug reden, aber über eine Mädchengang hat er noch nie ein Wort verloren.

Rob kichert trocken. »Eher ein Schwarm Heuschrecken, die ehrliche Leute ausrauben. Ihre Anführerin, Mary Carr, stand allein in diesem Jahr schon fünfmal vor Gericht.«

»Wurde aber nicht verurteilt? Wieso nicht?«

»Sie können sie schnappen, so oft sie wollen, aber solange sie die Diebesware nicht bei ihr finden, bleibt alles nur Spekulation. Es heißt, sie bewahrt alles irgendwo in einem Lagerhaus auf und verhökert es, bevor die Polizei es ausfindig machen kann. Sie hat alle möglichen Verbindungen in dieser Stadt und zu den Männern, die diese Stadt in der Hand haben. Ich weiß, dass sie mit den McDonalds im Bunde ist, mindestens.«

Meine Finger graben sich in meine Handflächen und hinterlassen tiefe, geschwungene Kerben. »Du meinst die Elephant-and-Castle-Gang?«

Er nickt.

»Weiß Kate Meyrick, wer sie sind? Warum sollte sie sie in ihren Club lassen?«

»Ich vermute, sie zahlen ihr ein hübsches Sümmchen dafür, dass sie hier feiern dürfen. Bei Kate wäscht immer eine Hand die andere.«

»Woher weißt du das alles?«

Er schenkt Champagner in die Kelche ein. »Ich spitze die Ohren. Ich kenne alle möglichen Geheimnisse. Das ist die Bürde, wenn man der Typ ist, der die Drinks mixt.« Er klingt nicht verärgert, bloß genervt. »Aber du weißt ja, was man sagt: In Soho hat jeder eine Leiche im Keller.«

Ich merke erst, wie besorgt ich dreinschaue, als ich sehe, wie der lässige Ausdruck auf seinem Gesicht in Besorgnis umschlägt, die die meine widerspiegelt. »Was ist los?«

»Nichts«, beteure ich und mache eine geringschätzige Handbewegung. »Erzähl keinen Stuss. Ich höre bloß schreckliche Dinge über die Gangs.«

Er weiß, dass ich lüge, denn er beeilt sich zu sagen: »Ich werde ein anderes Mädchen bitten, ihnen ihre Drinks zu servieren.«

»Nein.« Das Wort kommt rasch und rau über meine Lippen. »Ich erledige das schon.«

»Hör zu, Alice: Wenn du weißt, was das Beste für dich ist, ziehst du den Kopf ein und hältst dich von diesen Mädchen fern.«

Ich atme tief durch und richte mich auf, weil ich seine Besorgnis erahne. »Ich bin kein Kind mehr. Ich kann selbst auf mich aufpassen. Wenn ich mir dein Babyface so anschaue, könnte ich sogar älter sein als du.«

Seine Lippen verziehen sich zu einem Schmollmund, und er wirkt verärgert, als er mir den Whisky für Maggie reicht. »Bist du sicher, dass es nicht eine andere Kellnerin übernehmen soll?«

»Ich sagte, ich erledige das schon.« Ich schnappe mir das Glas.

Als ich mich auf den Weg zur Sitzecke mache, schreit er mir hinterher: »Behaupte nie wieder, ich hätte ein Babyface! Ich habe das Gesicht eines Mannes, hörst du? Ein Männergesicht!«

Ich marschiere zu Maggie und Mary Carr hinüber und setze das Glas stirnrunzelnd ab. Ich denke, es ist das Beste, wenn ich die Angelegenheit jetzt ein für alle Mal hinter mich bringe.

»Danke, aber ich bin nicht interessiert. Und ich würde es begrüßen, wenn Sie für sich behalten, dass ich hier kassiert habe. Ich brauche diesen Job.«

Maggie ignoriert mich, nimmt das Whiskyglas und kippt den Inhalt mit einer einzigen routinierten Bewegung herunter. Mary Carr hingegen ergreift meine Hand, und ihre langen, eleganten Finger umschließen mein Handgelenk. »Warum nicht?« Sie beobachtet mich gelassen. »Maggie hat mir alles über dich und deine Familie erzählt, und ich habe gesehen, dass du bereits recht geschickt bist.«

Ich entziehe ihr meine Hand und zucke leise fauchend zurück. Der Neid, mit dem ich gerade noch eine Freundin angestarrt habe, die weit über ihre bescheidene Herkunft hinausgewachsen ist, ist jetzt, da ich weiß, dass sie eine unsichtbare Kette um den Hals trägt, verblasst. »Verschwenden Sie nicht Ihren Atem für Schmeicheleien. Ich schließe mich keiner Gang an. Das ist eine Diamond-Familienregel.«

Ihre Augen weiten sich. »Vielleicht ist das der Punkt, an dem deine Familie die falsche Entscheidung getroffen hat. Eine Gang *ist* eine Familie. Eine Gang ist ein Zuhause. Bei unserer handelt es sich um eine Schwesternschaft. Ich kümmere mich um meine Mädchen.«

Bei dem unkontrollierten Gackern, das aus mir herausbricht, legt Maggie die Stirn ein wenig in Falten, aber ich schere mich nicht um sie. Sie hätte wissen müssen, dass es zwecklos ist, mich für so etwas anzuwerben, hat es aber nichtsdestotrotz getan. »Die Antwort lautet immer noch Nein.«

Das bringt Mary Carr zum Schweigen. Stattdessen schaut sie mir tief in die Augen, als hoffe sie, dort etwas zu entdecken – eine Schwachstelle vielleicht? Etwas, das es ihr ermöglicht, mich zu manipulieren, um mich auf ihre Seite zu ziehen? Vielleicht hat sie solche Schwachstellen bei anderen Mädchen schon gefunden.

Bei mir wird sie keine ausfindig machen.

Ich bin die Tochter meines Vaters. Ich habe keine Achillesferse und auch keine Schwäche. Ich lasse mich weder manipulieren noch brechen. Ich bin aus Stahl.

»Darf ich fragen, warum nicht?«

»Ja«, entgegne ich kühl. »Aber ich kann Ihnen nicht versprechen, dass ich die Wahrheit sage.«

Sie kichert, aber es klingt unnatürlich. »Maggie hatte recht damit, als sie sagte, dass du stur und dickköpfig bist.«

»Dickköpfig?« Ich stoße das gleiche Kichern aus wie sie. »Und das aus Maggie Hills Mund?«

Maggie blickt nicht einmal von ihrem leeren Glas auf.

Mary verschränkt die Arme vor der Brust. »Vielleicht änderst du deine Meinung noch.«

»Sagt mir Bescheid, wenn ihr etwas zu trinken braucht, Ladys.«

Als ich weggehe, höre ich Maggie sagen: »Ich hab dir doch gesagt, dass du nur deine Zeit verschwendest.«

Als meine Schicht endet, eile ich durch die Hintertür auf den gut beleuchteten Bürgersteig in Soho. Am Straßenrand parken schnittige Automobile, und Paare flanieren oder küssen sich unter Laternenpfählen. An einigen Straßenecken spielen immer noch Musikanten, und obwohl auf dem Berwick Street Market zu dieser späten Stunde kaum noch etwas los ist, kann ich das leise Echo der fliegenden Händler erahnen, die tagsüber an den Ständen ihre Waren anpreisen. Ich atme tief ein, lasse die Nachtluft durch meine Nase strömen und bereite mich trotz meiner jetzt schon schmerzenden Füße auf den Heimweg vor.

»He!«, ruft plötzlich eine Stimme aus einem privaten Seiteneingang des Clubs, von dem ich annahm, dass er ausschließlich Kate vorbehalten ist. Der Ruf kommt von einem breitschultrigen Kerl, der eindeutig angetrunken ist. Er zwinkert mir zu. »Bist eins von Kates Mädchen? Sechs Schilling für einen Tanz und zwei Pfund für mehr, okay? Das ist der Preis für ein bisschen Spaß.«

Ich werfe erneut einen Blick auf den Nebeneingang. Kate hatte mir gegenüber nichts von einem geheimen Eingang erwähnt für Männer, die ein wenig Spaß haben wollen, und das war auch ganz sicher kein Teil meiner Stellenbeschreibung.

»Ich bin bloß eine Cocktailkellnerin«, sage ich ihm. »Und da du anscheinend keine Drinks mehr nötig hast, verpiss dich, ja?«

Er kommt näher. »Drei Pfund also? Ich mag groß gewachsene Frauen.«

Um mein Temperament zu zügeln, brauche ich meine

ganze Willenskraft, und ich atme tief durch. »Ich stehe nicht auf fette Betrunkene.«

Das Grinsen, das sich auf seinem Gesicht ausgebreitet hatte, verfliegt. »Hast eine große Klappe, du freches Luder. Wie wäre es, wenn ich Kate Meyrick Bescheid sage, damit sie dich in die Wüste schickt?« Er zieht die Hand aus der Hosentasche und betatscht gierig meine Brüste. »Oder können wir eine andere Vereinbarung treffen?«

Blinde Wut kocht in mir hoch. Ohne nachzudenken, reiße ich seinen Arm zurück und verdrehe ihn kräftig, bis er vor Schmerz wimmert.

»Ich bin bloß eine Cocktailkellnerin«, sage ich noch einmal, dieses Mal mit Nachdruck.

Er zappelt und stöhnt.

»Alles in Ordnung?«, höre ich Robs Stimme. Ich wirble herum. Er steht vor dem Haupteingang, raucht eine Fluppe, ist aber aufmerksam und erwartungsvoll wie ein Jagdhund an der Leine. Knurrend lasse ich den Mann los.

»Alles wunderbar.«

Rob deutet mit dem Kinn auf den Mann. »Vielleicht sollten Sie sich eine Droschke rufen, Sir. Es ist Zeit für Sie, nach Hause zu fahren.«

Der Mann starrt uns beide an, doch sein Blick verweilt auf Robs geschmeidiger, muskulöser Statur, bevor er wegtorkelt. Ich schüttle den Kopf und zwinge mich dazu, meine zu Fäusten geballten Hände wieder zu öffnen.

Rob sieht mich an. »Hat dieser Idiot dir wehgetan?«

»*Ich* habe *ihm* wehgetan«, entgegne ich entschlossen. »Ich hätte ihm den Arm brechen können, wenn ich gewollt hätte.«

»Schade. Welcher Mann will nicht ein Mädchen retten wollen, um ein Held zu sein?«

»Ich bin weder ein Mädchen, noch muss ich gerettet werden.« Ich weiß, ich bin ihm gegenüber zu schnippisch, aber das Adrenalin strömt immer noch durch meinen Körper, und ein Teil von mir möchte diesem Arsch hinterherrennen und ihn bereuen lassen, dass er mir je begegnet ist.

»Das sehe ich.« Er zwirbelt die Zigarette zwischen den Fingern und bietet sie mir dann an. Ich nehme einen Zug und reiche sie ihm zurück. Der Rauch füllt meine Lunge, und mein rasender Herzschlag beruhigt sich.

»Wer hat dir das beigebracht?«, will er wissen.

»Wer hat mir was beigebracht? Einem Mann Nein zu sagen? Oder wie man ihm den Arm bricht, wenn er nicht bereit ist, eine Abfuhr zu akzeptieren?«

Er grinst. »Beides.«

»Mein Dad.«

»Es ist schon seltsam, so etwas einem jungen Mädchen beizubringen.«

»Es sollte mehr Väter geben, die ihren Töchtern beibringen, genauso zu kämpfen wie ihre Söhne. Die ganz Welt ist ein gewalttätiger Ort. London ist es auch.«

»Teile von London«, gibt er zu bedenken. »Teile dieser Welt. Es muss nicht immer alles oder nichts sein. Es gibt auch andere Möglichkeiten.«

Ich lache gackernd. »Willst du damit sagen, ich hätte stattdessen ein vernünftiges Gespräch mit diesem Vollidioten führen sollen? Einem Arschloch, das überhaupt nicht zuhören wollte?«

»Das habe ich damit nicht gemeint. Ich will damit nur sagen, dass es manchmal auch Wege gibt, einen Kampf zu vermeiden.«

Ich straffe die Schultern und mustere ihn jetzt ernst. »Wie viele Kämpfe hast du vermieden?«

»Nicht genug.« Seine Stimme klingt distanzierter, und er blickt auf seine Füße hinunter. »Ich will damit nur sagen, dass man die Dinge anders sieht, wenn man einen richtigen Krieg miterlebt hat.«

Eine heftige Welle des Bedauerns erfasst mich. Zwar können die meisten Männer in dieser Stadt von sich sagen, dass sie nach Frankreich übergesetzt haben, um zu kämpfen, doch wegen seines unbekümmerten Charmes und seiner Schlagfertigkeit hatte ich gedacht, Rob wäre irgendwie davon ausgenommen. »Ich hätte nicht so auf dich losgehen dürfen. Mein Bruder Tommy war im Krieg, und er kehrte mit einem Sack voller Dämonen im Kopf zurück.«

Er nickt. »Das gilt für die meisten von uns.«

Ich sehne mich danach, seine Stimmung wieder aufzuhellen, um dieses Grinsen wieder zu sehen. »Nun, ich danke dir … dafür.«

Er gluckst leise. »Das zu sagen, ist dir jetzt nicht leichtgefallen, nicht wahr?«

»Es war mir zuwider.« Ich rolle dramatisch mit den Augen.

Prompt taucht das Grinsen wieder auf. Ich erwidere es und deute auf den Privateingang. »Ich wusste nicht, dass der Club 43 auch ein Bordell ist.«

In seinen Augen liegt keine Verurteilung, als er sagt:

»Eine Menge einsamer Männer kamen aus dem Krieg nach Hause und brauchten ein wenig Trost. Das bieten sie auch im Piccadilly Hotel. Fünf Schilling für ein Lied und einen Tanz.«

»Aber hier kann man für zwei Pfund ein Mädchen ins Bett kriegen?« Ich vermag den bösen Blick nicht zu unterdrücken, der sich auf meinem Gesicht abzeichnet.

»Kate hat dich nicht gefragt, ob du beides machen willst? Im Club arbeiten *und* als Trostmädchen?«

»Trostmädchen?«

»So nennt sie sie.«

»Huren«, korrigiere ich ihn und schüttle den Kopf. »Ich dachte, Kate wäre anders. Deshalb wollte ich hier arbeiten. Für eine Frau, die einen Nachtclub besitzt! Die Polizeirazzien vermeidet, den Arm des Gesetzes bei jeder Gelegenheit herausfordert und dabei als Siegerin aus der Sache herausgeht.« Ich kann hören, wie meine Stimme lauter wird. »Aber wie ich feststelle, ist sie genau wie all die Männer, die auch nur das ausnutzen, was Frauen zwischen ihren Beinen haben.«

»Ausnutzen würde ich es nicht nennen«, sagt er und deutet in Richtung einiger Trostmädchen, die gerade nach draußen treten. Sie sind in glitzernden Lamé gekleidet und tragen Perlenketten um den Hals. Sie sehen nicht ganz so blendend aus wie Mary und ihre Gangmitglieder, sind aber weitaus besser dran als alle, mit denen ich aufgewachsen bin.

»Willst du mir sagen, dass ich, wenn ich etwas Schickes oder Schönes haben möchte, es entweder klauen muss wie Mary, oder meinen Körper verkaufen muss wie diese

Frauen? Denkst du, wir haben nur zwei Möglichkeiten im Leben?«

»Ich denke rein gar nichts«, platzt er heraus. »Ich verurteile eine Frau nicht dafür, was sie für ein paar schöne Perlen tut. Ich bin auch kein Heiliger. Und deswegen werfe ich nicht mit Steinen.«

Ich verschränke meine Arme vor der Brust. »Du hast vorhin gesagt, in Soho hat jeder eine Leiche im Keller. Wie also sieht deine aus?«

»Ich verrate es dir«, erklärt er. »Aber du musst dich von mir zum Frühstück einladen lassen.«

Ich blinzle. »Ich habe gerade vor deinen Augen einem Mann fast den Arm gebrochen, und du lädst mich zu einem Rendezvous ein?« Ich spüre, dass ich rot werde. »Führst du alle Frauen, die gerade hier anfangen, zum Frühstück aus, oder nur die hübschen?«

»Nur die hübschen«, erwidert er mit schelmischem Blick und bietet mir erneut seine Zigarette an.

Diesmal lehne ich sie mit einer Handbewegung ab. »Ich kann nicht.«

»Kannst nicht oder willst nicht?«

Ich gehe an ihm vorbei. Aber nicht, ohne noch hinzuzufügen: »Vielleicht beides?«

ZWEITES KAPITEL

So spät treibt sich niemand mehr auf den Straßen in Lambeth herum, und ich vermisse das Hufgetrappel auf Kopfsteinpflaster und das Rattern der vorbeifahrenden Omnibusse. Die Stille macht mir deutlich, dass ich alleine bin, und veranlasst mich dazu, ständig nach Bewegung in der Dunkelheit Ausschau zu halten. Ein stilles London ist ein gefährliches London.

Plötzlich rast von hinten ein hupendes Automobil auf mich zu, und ich erschrecke mich beinahe zu Tode. Ich habe schon nach dem Messer in meinem Strumpfband gegriffen, als ich sehe, dass Maggie aus dem Ford Model T springt, der auf meiner Höhe gehalten hat.

»Du solltest dir eine Droschke nehmen. Es ist nicht sicher, hier nachts herumzulaufen.«

Ich fuchtle mit dem Butterflymesser in meiner Hand herum, bemüht, mir meine Unsicherheit nicht anmerken zu lassen. »Du weißt doch, dass ich immer ein Messer bei mir trage, Mags.«

Ich halte Augenkontakt und gebe mein Bestes, ihr Automobil nicht zu offensichtlich anzuglotzen. Es übersteigt meine Vorstellungskraft, ein eigenes Automobil zu besitzen, von neuen Seidenstrümpfen mal ganz abgesehen. Eine Welle des Neids überkommt mich, aber dann erinnere ich mich daran, wie sie sich das alles erarbeitet hat.

»Du solltest wissen, dass es zwecklos ist, mich darum zu bitten, mich einer Gang anzuschließen«, sage ich mit ausdrucksloser Stimme.

»Lass mich dich nach Hause fahren. Wir müssen auf der Fahrt nicht darüber reden. Sieh es einfach als einen Gefallen unter Freundinnen an. Bestimmt tun dir die Füße weh.«

Tatsächlich habe ich Füße wie Blei von dem langen Abend, an dem ich durch den Club gehetzt bin. Aber ich nehme ihr nicht ab, dass sie nur eine gute Tat vollbringen will. Die Maggie, die ich kannte, würde nicht so schnell aufgeben. »Ich bin durchaus noch in der Lage, zu Fuß zu gehen.«

»Ich will, dass du mich begleitest«, beharrt sie und dreht sich um, um mir die Beifahrertür zu öffnen. »Es ist doch nur eine Fahrt.«

Und als ob sie die Kontrolle über das Wetter hätte, fängt es an zu nieseln. Ich werfe ihr einen scharfen Blick zu, und ihre Lippen verziehen sich zu einem schalkhaften Lächeln. »Du willst doch nicht etwa im Regen nach Hause laufen, oder?«

Ich stöhne entnervt auf, gebe dann aber nach und gleite auf den Beifahrersitz. »Du fährst mit diesem Automobil und in diesem Outfit in The Mint? Dir sollte klar sein, dass nicht ich schuld daran bin, wenn du ein halbes Dutzend Mal überfallen wirst.«

Sie lacht, schweigt aber und hält ihr Wort, Mary oder die Gang während der Fahrt nicht zu erwähnen. Es herrscht ein seltsames Schweigen zwischen uns – zwei Freundinnen, die sich auseinandergelebt haben. Ich möchte sie so viel fragen, starre aber stattdessen aus dem Fenster und beobachte, wie gepflegte Wohnhäuser und Geschäfte von Minute zu Minute immer seltener am Straßenrand zu sehen sind.

Bei Tageslicht ist es in Lambeth ein Traum. Im hellen Sonnenschein erscheint das Leben auf den Straßen in einem ganz anderen Licht. Auf dem Weg zur Arbeit komme ich an Ständen von Gemüsehändlern vorbei, unter deren hellen Markisen lauter prall gefüllte Körbe und Kisten stehen, an Gebrauchtbuchläden, deren Verkäufer am Bordstein ihre Ware lautstark feilbieten, an Männern und Frauen, die mit strahlendem, fröhlichem Lachen in maßgeschneiderter Kleidung flanieren.

Auf dem Heimweg hingegen ist die einzige angenehme Begegnung, die sich uns entlang der im Schlaf liegenden Straßen bietet, ein zerlumpter Leierkastenmann, der vor sich hin schlurft und dabei mit seinem Hut um Münzen bettelt. Ich habe mit beiden Seiten meinen Frieden geschlossen: mit dem quirligen Wesen des Londoner Tags und mit der unheimlichen Stille, die dem Mondaufgang auf dem Fuße folgt.

Ich atme tief ein und lockere meine Schultern, bis meine ruhige Gelassenheit verschwindet, als mein Viertel in Sicht kommt – ein Viertel, das The Mint genannt wird und in dem die Straßenzüge vom Londoner Ruß geschwärzt sind.

Commissioner Horwood hat es das »Kriminellenviertel« getauft, eine düstere Gegend, in der sich der Ruß aus den Schornsteinen auf Kleidung und Haut niederlässt und sich nie wieder ganz entfernen lässt. Wenn hier jemand ermordet wird, macht sich die Polizei nicht einmal die Mühe, herzukommen, weil sie wissen, dass die Leiche und die Beweise vor ihrer Ankunft längst vom Erdboden verschwunden sind. Es ist ein Unterschlupf für Diebe, Mörder und Betrüger – Leute, die nur dank ihrer zweifelhaften Talente über die Runden kommen.

Das Schaufenster des Ladens meiner Mutter ist klein, und die Schrift auf dem Schild, auf dem Wahrsagerei beworben wird, blättert ab. Es ist nicht gerade eine einladende Werbung, aber Mum hat viele Kunden, die verzweifelt nach Antworten suchen und inständig hoffen, ihren Laden mit erfreulichen Neuigkeiten verlassen zu können. Sie enttäuscht niemanden.

Maggie parkt auf der gegenüberliegenden Straßenseite und schaut angewidert aus dem Autofenster. Die Mitglieder ihrer Familie, die Hills, waren die rechte Hand meines Vaters, bevor sie nach Chinatown zogen.

»Ich verstehe nicht, wie du hier ausharren kannst«, sagt sie schließlich. »Wieso kehrst du jeden Tag hierhin zurück, nachdem du Zeit in Soho verbracht hast, unter Menschen, die es verstehen, ihr Leben wirklich zu genießen?«

»Die Familie«, bringe ich ihr in Erinnerung, greife nach dem Türgriff und steige aus.

Rasch hüpft auch sie aus dem Automobil und kommt um den Wagen herum, um mir Auge in Auge gegenüberzustehen, bevor ich in den Laden eilen kann. »Ich hatte versprochen, dass ich während der Fahrt die Klappe halte.«

Ich schüttle den Kopf. »Es hätte auch einfach eine Begegnung von zwei Freundinnen sein können, die sich Hallo sagen, aber du musstest es ja zu einer persönlichen Sache machen. Du musstest etwas tun, das mir das Gefühl gibt, dass du mich gar nicht mehr kennst und dass du dich auf eine Art verändert hast, die ich dir nicht verzeihen kann.«

»Das klingt furchtbar dramatisch, wenn man bedenkt, dass du das Geld bestimmt gut brauchen könntest.«

»Wir kommen schon zurecht. Wir kommen immer irgendwie durch.«

»Dein Plan für die Zukunft ist also, immer nur irgendwie durchzukommen, obwohl du reich werden könntest?«

Ich zwicke mir in den Nasenrücken. »Warum drängst du so? Du warst die ganze Zeit in London und hast mich nie aufgesucht.«

»Mary hat mich schon vor Jahren gebeten, dich anzuwerben, aber ich habe mich geweigert. Als sie mir dann mitteilte, sie wolle versuchen, dich selbst ausfindig zu machen, habe ich sogar gedroht fortzugehen, wenn sie das täte.«

Ich ziehe leicht die Augenbrauen hoch. »Wo war diese Zurückhaltung heute Abend?«

Statt einer Antwort strafft sie die Schultern. »Als ich dich sah … erkannte ich so viel Potenzial. Ich weiß zwar zu schätzen, was Mary aufgebaut hat, aber ich weiß auch, dass wir noch mehr erreichen könnten. Es gibt noch größere Herausforderungen, denen sie den Rücken kehrt, weil sie glaubt, wir sollten lieber auf Nummer sicher gehen. Aber ich weiß, dass ich zu mehr fähig bin, und die Mädchen sind ebenfalls zu mehr in der Lage. Man muss es ihnen nur zeigen. Wenn du und ich ihnen – Mary – die Möglichkeiten aufzeigen, wären wir mehr als nur Unterhaltungsstoff für die Zeitungen. Wir wären eine ernst zu nehmende Größe in London. Wir hätten etwas ganz Eigenes.«

Bei dieser Vorstellung beginnt sich in meinem Kopf alles zu drehen, und erneut kommt Neid in mir auf. Als wir noch Mädchen waren, gab es nichts, was wir nicht hätten gemeinsam erreichen können. Die Möglichkeiten jetzt, als erwachsene Frauen, fühlen sich grenzenlos an. Aber das Gefühl von Vorsicht überkommt mich – nicht nur bei der Vorstellung, mich einer Gang anzuschließen, sondern auch dabei, Maggie wieder zu vertrauen. Ich glaube nicht, dass ich das kann.

Ich verschränke die Arme vor der Brust und kneife die Augen zusammen. »Du willst mich rekrutieren, weil es mir nichts ausmacht, die Ärmel hochzukrempeln und mir die Hände schmutzig zu machen? Oder weil du schon immer versucht hast, deinen Brüdern zu beweisen, dass du sie nicht brauchst, um eine große Nummer zu sein?«

»Es geht hier nicht um sie.«

»Lüg mich nicht an! Das Mindeste, was du tun kannst, ist, ehrlich zu mir zu sein.«

»Willst du denn nicht mehr erreichen als das hier?« Sie fuchtelt mit den Armen herum, gestikuliert hinauf in die Dunstglocke, die über dem Viertel hängt. »Davon haben wir doch immer geträumt, als wir noch Mädchen waren – mehr zu erreichen und The Mint hinter uns zu lassen. Solange ich dich kenne, hast du dich immer nur für deine Familie aufgeopfert und hinter Tommy den Dreck weggeräumt. Wann wirst du entscheiden, dass es genug ist?«

Ich schäume. »Wir waren Mädchen, die von einer Welt träumten, die es nicht wirklich gibt.« Ich lasse dieses großkotzige Model T gründlich auf mich einwirken, da ich nie wieder darin fahren werde. Ich präge es mir für immer ins Gedächtnis ein, bevor ich sage: »Viel Glück, Mags.«

Dann lasse ich sie stehen und gehe hinein.

Die rostige alte Glocke, die über der Tür hängt, kündigt mich an. Der schwache, flackernde Lichtschein, der den Laden erhellt, ist kaum heller als das Licht in den schummrigen Straßen. Mum schaut auf, während sie die auf einem Tisch ausgebreiteten Tarotkarten aufsammelt. Der Tisch ist mit einem abgenutzten, ausgefransten Tuch bedeckt, das tiefrot ist – ihre Lieblingsfarbe. Als ich jung war, bewohnten wir beide Stockwerke des Gebäudes, aber als Tommy dann auszog und meine Mum ihr Geschäft eröffnete, verwandelte sie die untere Etage in eine gespenstische, bunte Kulisse, die von über einem Dutzend Kerzen beleuchtet wird. Gerahmte Tierbilder hängen verstreut an den Wänden, Flaschen mit Erde und Kräutern, lila Kristalle und sogar ein paar Tierschädel übersäen Tische in der Nähe der Sitzgruppe an der Tür.

Mein persönlicher Favorit ist ihr »Buch der Toten«, ein kleines Notizbuch mit Kritzeleien und Zeichnungen, das während ihrer Séancen zur Anwendung kommt. Ihre Methoden variieren von Kunde zu Kunde. Manchmal liest sie aus den Karten, manchmal aus der Hand. Gelegentlich schaut sie sogar in eine Glaskugel und murmelt unverständliche Worte, die sie sich ausgedacht hat, damit es so klingt, als würde sie in fremden Zungen sprechen.

Alles Lügen – eine brillante Scharade, die sie im Laufe der Jahre immer weiter perfektioniert hat. Ihre einzige wirkliche Begabung ist das Lesen von Menschen – eine Fähigkeit, die wir, wie ich finde, gemeinsam haben.

»Alice!« Sie huscht über die knarrenden Dielen, um mich am Kinn zu packen und auf die Wange zu küssen. »Wie war dein erster Abend? Sind Kate und ihr Club das, was du dir erhofft hast?«

Nicht unbedingt, aber es gibt keinen Grund, ihr das zu verraten. »Klar doch, ich bin sehr zufrieden. Der Laden ist voll mit reichen Wichsern, die alle besoffen sind von dem Champagner, der dort in Strömen fließt.«

Sie grinst und öffnet erwartungsvoll die Hände. »Dann zeig mal, was du in die Finger bekommen hast!«

Ich leere meine Taschen mit der ganzen Beute der Nacht aus, und sie sortiert und entscheidet, was sie verkaufen kann und was klugerweise behalten werden sollte. Die Dinge, die wir behalten, sind die, die nützlich sein könnten, solange Dad weg ist. Manchmal kommen Tommys Kumpel vorbei und faseln etwas von unbezahlten Schulden, und dann kann etwas Glänzendes sie besänftigen. Manchmal ist es auch bloß jemand aus The Mint, der neue Schuhe oder eine warme Mahlzeit braucht.

»Ein lohnender Abend«, lobt sie.

»Bei dir auch?«, frage ich und deute auf den Stapel Tarotkarten.

Ihre Wangen erröten leicht. »Eine Frau kam vorbei und suchte nach einem Weg, ihren Mann zu beseitigen. Ich habe ihr gesagt, dass das nicht in mein Metier fällt.«

Ich merke, dass sie lügt – ich bin die einzige Person, die dazu in der Lage ist. Ihre Nasenlöcher blähen sich dann auf, und sie wird ganz zappelig. Jede Art von Bewegung deutet auf eine Lüge hin. Ich stöhne auf und gehe hinüber zum Bücherregal, in dessen Boden ein Geheimfach eingebaut ist. Darin bewahrt Dad seine Trapper-Messer auf. Es sind insgesamt sechs, aber als ich die Schachtel öffne, zähle ich nur fünf.

Er verachtet Schusswaffen und ist der Ansicht, dass sie nur als letzter Ausweg benutzt werden sollten. Deshalb besitzt er auch nur eine einzige, die er unter Mums Matratze versteckt, aber unter den Dielenbrettern in der Küche verbirgt er über hundert verschiedene Messer.

»Bist du übergeschnappt? Du hast ihr eins von den Messern verkauft?«

Sie stemmt eine Hand in die Hüfte und stößt laut den Atem aus. »Es war schwer, ihr Angebot abzulehnen. Sie kam hierher und suchte nach Antworten, hoffte darauf, dass ich ihr aus der Hand lese und ihr prophezeie, dass er eines Tages sein Ende finden wird. Aber so was passiert nicht, Alice. Er tut ihr weh, und ich gab ihr die Möglichkeit, sich zu wehren.«

»Wir verkaufen keine Waffen, wir verkaufen keine Drogen.«

»Wir gehen auf Nummer sicher, solange dein Vater weg ist.« Genervt beendet Mum die oft wiederholte Parole.

»Sicher«, betone ich mit einem Fingerschnippen. »Ich bin eine Taschendiebin, und du manipulierst Menschen. So lauten Dads Anweisungen.«

»Es kann nicht zurückverfolgt werden«, beruhigt sie mich. »Und es war nur eine einmalige Angelegenheit.« Sie senkt ihre Stimme zu einem Flüstern. »Unser kleines Geheimnis? Dein Vater muss es nicht erfahren.«

Ich stöhne auf und verdrehe die Augen. Genau in diesem Moment kommt Louisa die Treppe heruntergerannt. Ihr langes, geflochtenes Haar streift mein Gesicht, als sie ihre dünnen Arme um meinen Hals schlingt. Sie kam kränklich zur Welt, und unsere Mutter war davon überzeugt, dass sie nicht durchkommen würde. Aber sie hat sich durchgekämpft.

Wir versuchen, sie von unseren dunklen Familienaktivitäten fernzuhalten. Ich möchte, dass sie sich ihre Kindheit so lange wie möglich bewahren kann, auch wenn sie immer neugieriger wird auf die illegalen Seiten unserer Tätigkeit.

»Mum hat einer Frau ein Messer verkauft«, platzt sie heraus. »Ich habe alles mitgehört!«

»Sei still, Louisa!«, zischt Mama ihr zu.

»Ich habe ihr gesagt, dass sie nicht darüber reden soll. Dad wird fuchsteufelswild sein. Sie hat mich heute Abend mehrere Kunden die Hand lesen lassen. Ich habe sie auch schön reingelegt.«

Unsere Mutter holt Luft und sagt: »Ich habe dir gesagt, du sollst ins Bett gehen. Ich will keine Frechheiten mehr von dir hören!«

Louisa wendet sich mir zu, verdreht die Augen und ignoriert Mum. »Findest du, er hat es verdient? Ihr Mann?«

»Rede nicht so!«, schimpfe ich mit ihr und bugsiere sie die Treppe zu unserem gemeinsamen Schlafzimmer hinauf. »Ich komme gleich nach. Wärm schon mal das Bett an.«

Sie runzelt die Stirn und verschwindet. Sobald sie weg ist, sammeln meine Mutter und ich meine Beute zusammen. Es ist seltsam: Je länger ich all die schönen Dinge betrachte, die ich kassiert habe, desto mehr denke ich an Mary Carr mit ihrem schönen rosa Pelz, und an ihre Diebesbande. An das Gefühl, in Maggies Automobil mitzufahren.

Bilder von ihrem kunstvollen Kopfschmuck spuken in meinem Kopf herum.

»Hast du schon mal etwas von den Forty Elephants gehört?«

»In allen Zeitungen wurde über sie berichtet«, sagt Mum desinteressiert. Dann kichert sie. »Die sind in ganz London unangenehm aufgefallen.«

»Maggie hat sich ihnen angeschlossen.«

Ich sehe, wie sie skeptisch eine Augenbraue wölbt. »Maggie Hill?«

Ich presse die Lippen zusammen und nicke dann. »Ich habe sie heute Abend getroffen.«

»Du meine Güte, das muss ja Jahre her sein.« Sie stützt eine Hand auf ihre Hüfte. »Hat sie schon ihre Brüder besucht?«

»Nein … und das hat sie auch nicht vor. Sie war mit Gangmitgliedern im Club 43. Ihre Anführerin hat gesehen, wie ich kassiert habe, und mir bescheinigt, ich sei talentiert.«

Sie schnaubt. »*Kassiert?*«

Ich zucke mit den Schultern. »So hat sie es ausgedrückt. Mum, du hättest mal sehen sollen, was sie anhatte. Hinrei …«

»Nein, Alice«, unterbricht sie mich sofort und lässt die Schultern hängen. »Es ist mir egal, welche Flausen sie dir in den Kopf setzen wollte oder was sie anhatte. Die sind mit der Elephant-and-Castle-Gang verbündet, das heißt, sie sind Feinde der Italiener, der Gangster, die auf der Straße einen immerwährenden Krieg führen. Da lassen wir unsere Finger aus dem Spiel, und das weißt du auch.«

Ich grinse höhnisch. »Du kannst einer Fremden ein Messer verkaufen, aber ich kann nicht über Mary Carrs Gang reden, ohne dass du mir eine Standpauke hältst?«

»Maggie hat sich entschieden. Wie man sich bettet, so liegt man.«

Ich schüttle den Kopf und steuere die Treppe an, als ich drei Teller auf dem Küchentisch entdecke. Ich halte inne und drehe mich um, um Mum anzuschauen. »Hattet ihr heute Abend Gesellschaft?«

Sie zögert. »Jetzt komm, Alice, bleib ruhig. Mach keinen Zirkus deswegen!«

Meine Kehle schnürt sich zusammen. »Tommy ist zu Hause. Wo steckt er?«

»Er ist bloß zum Abendessen gekommen.«

»Wo ist er?«

»Es ist nichts.«

»Wo zum Teufel ist er?« Ich kreische zu laut, wie ein wildes Tier, das nichts in einem Haus zu suchen hat. Ich habe das Temperament meines Vaters geerbt, das ist wahr, und manchmal übermannt es mich.

In null Komma nichts späht Louisa über das Treppengeländer hinab und glotzt mit offenem Mund auf die

Szene. »Ich wollte es dir sagen, aber Mum hat es mir verboten.«

»Du hast Louisa für dich lügen lassen?« Ich platze beinahe vor Wut.

»Er ist unten im Pub«, verrät Mum. Ihre Stimme ist nur ein zittriges Flüstern. »Bitte, Alice, mach kein Theater. Ich sehe meinen Jungen fast nie. Jag ihn nicht zum Teufel.«

Ich stürze aus der Tür. »Ich habe dir doch beim letzten Mal schon gesagt, dass du ihn nicht wieder reinlassen sollst.«

Sie folgt mir bis auf die Straße hinaus und wendet ein: »Das hast du nicht zu entscheiden!«

Ich lache ihr schallend ins Gesicht. »Das habe ich bereits.«

Ich eile zu Ralphs Pub. Es ist der einzige Ort in The Mint, an dem man einen anständigen Happen und ein Getränk genießen kann, ohne sich ständig über die Schulter schauen zu müssen. Während des Kriegs hat Ralph sechs feindliche MG-Schützen mit einem einfachen Gewehr ausgeschaltet und den Rest der Einheit dann mit einem Flammenwerfer bearbeitet, bis sie kapitulierten. Als er nach Hause kam, legten alle zusammen und kauften ihm die Kneipe.

Kaum dass ich reinkomme, deutet die Bardame auch schon auf Tommy, der gerade zwei Prostituierte anquatscht. Sie bräuchte gar nicht auf ihn zu deuten, denn ich würde ihn überall entdecken. Er hat das gleiche hellrote Haar wie unser Vater und trägt wie dieser sein Markenzeichen, eine Brille. Wer ihn nicht kennt, könnte meinen, er wäre intelligent, weil belesen. Ein großer Irrtum.

»Alice, fang hier drinnen keinen Ärger an«, mahnt Ralph, als er mich erblickt. »Tragt eure Scharmützel draußen aus.«

Beim Klang meines Namens erhebt sich Tommy und sprintet los. Ich setze ihm durch den Hinterausgang nach draußen nach und packe ihn am Kragen, um ihn in eine nahe gelegene Pfütze zu tunken.

Er kommt mit einem dumpfen Geräusch auf dem Boden auf und stöhnt auf. »Ist mir immer ein Vergnügen, Schwesterherz.«

»Was zur Hölle hast du wieder getan?«

Er rollt sich auf die Seite und betastet seinen Ärmel, der nun mit Schlamm bedeckt ist. »Ich bin nur auf eine Stippvisite zurückgekommen.«

»Nein«, herrsche ich ihn an. »Du bist zurückgekommen, weil wieder irgendwas schiefgelaufen ist. Das ist der einzige Grund für dich, zurückzukommen. Du glaubst, diese Straßen bieten dir Schutz, weil unser Dad dafür gesorgt hat. Aber wir haben die Nase gestrichen voll von dir, Tommy. The Mint wird nicht das Geringste für dich tun. Ich genauso wenig.«

»Mum hat gesagt, ich kann bleiben.« Er rappelt sich auf.

»Und ich sage, verpiss dich.«

»Hältst du dich jetzt für Dad?«

»Jemand muss seinen Platz einnehmen, wenn er weg ist, und das bist weiß Gott nicht du. Was hast du getan, Tommy? Sag es mir!«

Er lehnt sich an die steinerne Fassade des Pubs und holt einen Flachmann aus seiner Manteltasche. Er gönnt sich zwei große Schlucke und schüttelt die Flasche dann stirnrunzelnd. »Entschuldigung, ich muss mir nachschenken lassen.«

Ich stelle mich vor ihm in den Türrahmen und versperre ihm den Weg in den Schankraum. »Was hast du getan?«

Er senkt den Blick. »Ich habe Dad gerettet. Ich habe einem Anwalt eine fette Summe zugesteckt. Er hat Beziehungen zu einem Richter, der Dads Strafe in der Berufung abmildern wird oder ihn vielleicht sogar ganz rausholt.«

»Ein Anwalt gibt dir ein Versprechen, und du glaubst ihm?«

»Ich weiß aus zuverlässiger Quelle, dass er sein Wort hält.«

»Von wem?«

»Von den Hill-Brüdern.«

Ich schüttle den Kopf. »Warst du in Chinatown? Hast du gespielt? Hast du Patrick und Eli um Gefälligkeiten gebeten?«

»Ich habe sie nur nach einem Namen und dem Betrag gefragt, den er dafür haben will.«

Mein Mund wird trocken. »Woher hattest du das Geld, um ihn zu bestechen?«

Seine Unterlippe bebt, aber er dreht sich zur Seite, damit ich es nicht sehen kann. »Das ist doch jetzt egal. Ich will bloß den heutigen Abend mit meiner Familie verbringen. Morgen ziehe ich Leine. Ich werde so weit fortlaufen, wie ich nur kann.«

Er hat sich schon so einige Male schlimmen Ärger eingehandelt, aber nie so übel, dass er so verängstigt ist wie jetzt.

»Wer ist hinter dir her? Hast du wieder mit dem Safeknacken angefangen?«

»Ich habe die einzigen Leute bestohlen, von denen ich glaubte, dass sie so viel Geld haben könnten, und sie werden mich dafür umbringen. Bitte, Alice, gönn mir einfach den heutigen Abend.«

Ich will nachgeben. Solange ich mich erinnern kann, hat mein Dad das immer getan. Egal, wie tief Tommy in der Tinte saß, er wurde zu Hause immer mit offenen Armen empfangen. Aber so sehr mein Herz mich auch dazu drängt, mein Verstand kommt zu einem anderen Schluss. »Das letzte Mal, als Männer vorbeikamen, haben sie damit gedroht, Louisa mitzunehmen, wenn du nicht zahlst. Sie hätten sie fast in ein verdammtes Bordell gesteckt. Wenn nicht alle in der Nachbarschaft mitgeholfen hätten, die Männer in die Flucht zu schlagen, dann wäre sie jetzt weg.«

»Ich habe das für sie getan«, beteuert er mit leise flehender Stimme. »Ich habe das für uns getan. Wir brauchen ihn. The Mint braucht ihn.«

»Aber ich bin doch hier!«, brülle ich. »Ich kümmere mich immer um alles, solange er weg ist.«

»Aber du bist nicht er! Du wirst nie er sein, Alice.«

Ich zucke zusammen. »Und du glaubst, du kannst so sein wie er? Für wen hast du das getan, Tommy? Für ihn oder für dich?«

»Ist das denn wichtig? Ich habe ihn gerettet. Ich. Nicht du, Alice. Sondern ich.« Er macht eine weit ausholende Geste mit den Händen und deutet in die rauchverhangene

Luft um uns herum. »Ich habe endlich etwas getan, auf das er stolz sein kann.«

Ich schüttle den Kopf und bemühe mich nach Kräften, mit ruhiger Stimme zu sprechen, als ich sage: »Wenn dein Plan scheitert, wer wird dich dann retten, Tommy?«

Er schüttelt erneut den Flachmann, als hätte der sich plötzlich auf wundersame Weise wieder gefüllt. »Warum verstehst du es nicht? Ich habe das für uns alle getan.«

»Du hast es für dich getan, und du bist ein verdammter Idiot.«

Was, wenn er recht hat? Was, wenn er schlussendlich so tief in der Klemme steckt, dass er nicht mehr herauskommt? Oder ich ihn nicht mehr herausholen kann? Ich fahre mir mit den Fingern durch das Haar und schließe die Augen. »Tut mir leid, Tommy, aber du kannst nicht nach Hause kommen. Ich besorge dir für morgen ein Ticket für die Überfahrt nach New York. Mit dem ersten Schiff. Mum muss nur noch etwas von meiner Beute verhökern lassen.«

»Vielleicht finden sie gar nicht heraus, dass ich es war. Ich war vorsichtig. Vielleicht muss ich gar nicht weglaufen.«

»Du bist nie vorsichtig.« Ich verwerfe den Gedanken. »Wir treffen uns morgen früh an der Victoria Station. Ich bringe eine Fahrkarte mit. Wenn du nicht freiwillig an Bord gehst, werde ich nachhelfen.«

Ich lasse ihn in der Gasse stehen, damit er über alles nachdenken kann, und gehe die Straße entlang zurück zu meiner Mum, die voller Panik direkt vor unserer Haustür wartet. Sie zittert, hat sich nur einen dünnen Schal um die Schultern gelegt. »Was hast du getan?«

»Ich habe getan, was ich tun musste.«

Ich dränge mich an ihr vorbei zum Ofen, um mir die Hände zu wärmen. Sie folgt mir auf dem Fuße und hackt wie eine aufgescheuchte Glucke auf mir herum. »Geh und sag ihm, dass es hier immer ein Bett für ihn gibt! Sag ihm, dass er hier immer in Sicherheit ist.«

»Das wäre eine Lüge, Mum«, antworte ich.

»Er ist mein Junge«, beharrt sie und macht sich nicht einmal die Mühe, die Tränen zu verbergen, die ihr über die Wangen laufen. »Du kannst meinen Sohn nicht vor die Tür setzen. Dein Vater würde das niemals zulassen!«

»Dein lieber Junge kann gar nichts falsch machen, nicht wahr? Es scheint egal zu sein, dass er uns Monat für Monat ausnimmt … So, wie du von ihm schwärmst, kriegst du es gar nicht mit. Du erwartest alles von mir und nichts von ihm. Du bist der Grund, dass er so ist, wie er ist.«

»Du willst also mehr Zuneigung? Ist es das, was du verlangst, Alice?«

Ich schnaube verbittert. »Du würdest doch eher tot umfallen, als anzuerkennen, dass ich das eigentliche Familienoberhaupt bin, wenn Dad weg ist, und nicht dein dummer, kleiner Lieblingsjunge.«

Einen Moment lang verschlägt es ihr die Sprache. Stumm schwillt ihre Wut an, bis sie sich Bahn bricht: »Du hast ihn nie geliebt!«

»Ich habe ihn nie geliebt?« Ich wiederhole die Worte viel lauter und boshafter, um die abgrundtiefe Verachtung zu verdrängen, die in ihrer Stimme mitschwingt. »Glaubst du etwa, ich räume hinter ihm den Dreck weg, weil es mir Spaß macht?«

»Tu bloß nicht so, als würdest du dich nicht diebisch freuen, wenn es ihm schlecht geht und du herbeistürzt, um alles wieder in Ordnung zu bringen. Du hast es ihm immer übel genommen, weil er der Sohn deines Vaters ist und du eine …«

»Eine Frau bin?« Ich streite es nicht ab. »Verbitterung bedeutet nicht, dass ich ihn nicht liebe.«

Sie reißt ihren Mantel vom Haken an der Tür. »Ich gehe jetzt zu ihm. Ich werde ihm sagen, dass er nach Hause kommen kann.«

»Er wird morgen das erste Schiff nach New York besteigen.«

Wieder schnappt sie nach Luft. »Er würde nicht fortgehen, ohne sich vorher von mir zu verabschieden!«

»Er kommt nicht zurück.« Obwohl ich innerlich koche wegen dieses schon so oft geführten Streits um Tommy, dreht sich mir der Magen um, weil ich so kalt zu ihr sein muss. Ihr den Abschied zu verweigern, den sie sich von ihrem einzigen Sohn wünscht. »Er weiß, dass ich es dieses Mal ernst meine, Mum. Es ist unwahrscheinlich, dass der Ärger, den er hat, ihm über das Wasser folgt. Er wird in Sicherheit sein … ist es nicht das, was du willst?«

Sie sackt auf dem Boden zusammen. Ihre Streitlust verlässt sie genauso schnell, wie sie aufgekommen war. Ich knie mich neben sie, lehne meinen Kopf an ihre Schulter und lasse eine einzelne Träne über meine Wange rinnen. Und plötzlich fühlt sich unser Zuhause voller Erinnerungen und Lachen über die Jahre als fünfköpfige Familie kalt und leer an. Ihr Blick huscht über den Tisch, und der Schmerz in ihrer Miene vertieft sich. Ich stelle mir vor, dass uns die gleichen Gedanken durch den Kopf gehen. Sie denkt, dies sei ihre letzte Mahlzeit mit Tommy gewesen, und mir wird klar, dass ich nicht daran teilgenommen habe.

»Ich gehe ins Bett«, sage ich sanft zu ihr. »Ich muss morgen früh auf den Beinen sein.«

Sie nickt und atmet ganz flach.

Oben höre ich Louisa über den Boden stürmen, den Flur entlang zu unserem Schlafzimmer. Sie reißt die Tür auf und schlüpft hinein. Ich hole sie gerade noch ein, als sie das Bett erreicht und sich gemütlich darin einkuschelt. »Was hast du alles mitgehört?«, frage ich.

»Ist es wahr? Du hast Tommy verboten, nach Hause zu kommen?«

Ich greife nach ihrem Haar und streiche ihr eine Strähne hinters Ohr. »Ja, das habe ich.«

Im Gegensatz zu unserer melodramatischen Mutter empfindet Louisa den Verlust nicht so heftig. Mit einem tiefen, gehauchten Seufzer entspannt sie sich hörbar. »Diese Männer werden nicht wiederkommen?«

»Niemals.«

Sie gibt sich mit meiner Antwort zufrieden und summt glücklich. »Dann erzähl mir mal von deinem ersten Tag im Club. Erzähl mir, was alle anhatten und was sie getrunken haben.« Sie springt aus dem Bett und schließt die Augen.

Dann beginnt sie sich zu drehen, sodass ihr Nachthemd um ihren Körper flattert. »Wurde auch getanzt?«

»Sie haben alles gemacht«, erwidere ich fröhlich und gebe mein Bestes, damit ich heiter und unbeschwert klinge. »Es war alles sehr glamourös.« Ich unterhalte sie mit Geschichten über die extravaganten Gäste des Club 43, während ich mich ausziehe, unter die Decke kuschle und auf den Platz neben mir klopfe. Sie steigt ins Bett und seufzt verträumt.

»Wie war die Schule?«

Sie rollt mit den Augen, ignoriert die Frage und erwidert hastig: »Ist Kate Meyrick so außergewöhnlich, wie es in der Zeitung steht? Hast du sie gesehen?«

»Ja, habe ich.«

»Ich wünschte, ich könnte sie kennenlernen! Eine Frau, der der beliebteste Club der ganzen Stadt gehört! Ich stelle mir vor, sie verbringt ihre Nachmittage damit, Tee zu trinken und feine kleine Kuchen zu essen, während sie ihren nächsten Schritt plant.« Ihre Stimme verrät, dass sie oft daran denkt, ja sogar davon träumt. So wie ich früher, als ich als kleines Mädchen meine Nächte damit verbrachte, von einem anderen Leben zu träumen.

»Ich würde alles tun, um schillernde Satinkleider tragen und die Blicke eines Mannes auf mich ziehen zu können, indem ich einfach nur auf der Straße an ihm vorbeigehe.«

»Eines Tages«, verspreche ich ihr. »Eines Tages wirst du Diademe, Juwelen und Nerzmäntel tragen.« Ich hebe ihr Kinn ein Stück an. »Aber einem Mann ins Auge zu fallen, hat noch Zeit.«

»Du weißt, dass ich jetzt eine Frau bin, Alice. Viele Mädchen in meinem Alter heiraten. Meine Klassenkameradinnen sagen über dich, dass du Jahre hinterherhinkst, und wenn du dich nicht beeilst, wird dein Schoß verwelken und vertrocknen. Ehe du dich's versiehst, wirst du eine einsame altes Jungfer sein.«

Ich muss lachen. »Das sagen die Mädchen in der Schule über mich?«

»Sie sagen auch noch andere Dinge.«

»Zum Beispiel?«

»Dass unsere Familie gefährlich ist … dass die Frauen der Diamonds gefährlich sind.«

Ich hole Luft im Bemühen, die richtigen Worte zu finden. »Was ist denn so schlimm daran, gefährlich zu sein?«

»Ich will nicht gefährlich sein«, gibt sie zu. »Ich will total glücklich sein. Ich will die Sonnenstrahlen spüren!« Sie spielt mit ihren Daumen. »Sie sagen aber auch, dass die Diamonds The Mint nie verlassen, also sollte ich damit aufhören herumzualbern. Meinst du, sie haben recht?«

Ich überlege einen langen, angespannten Moment. »Ja.«

Sie reißt die Augen auf.

»Ich werde wahrscheinlich als einsame alte Schachtel mit vertrocknetem Schoß das Zeitliche segnen.«

Sie kichert, und ich ziehe sie an mich. Vielleicht werden wir The Mint nie verlassen. Vielleicht wird sie nie einen netten, respektablen Mann heiraten oder ein Satinkleid tragen. Aber ich werde sie nie glauben lassen, es gäbe keine Hoffnung.

DRITTES KAPITEL

Als sie unten die Tür aufbrechen, kommt es über uns wie ein Sturm, laut und mächtig. Das Eisengitter unseres Bettes bebt, während die Eindringlinge den Laden auf den Kopf stellen und meiner Mutter höhnische Bemerkungen zurufen. »Kommen Sie herunter, Lady Diamond! Wir bringen Ihnen etwas zurück.«

Ich reibe mir den Schlaf aus den Augen und setze mich keuchend auf. Louisa springt aus dem Bett und schreit, um sich eine Sekunde später den Mund zuzuhalten.

Ich höre Mum über den Boden trappeln, bevor sie atemlos in unser Zimmer gestürmt kommt, den langen Morgenrock nur halb übergestreift.

»Geh da nicht runter!«, beschwöre ich sie.

Ich vernehme das Scheppern von zerberstendem Glas, und Louisa wimmert hinter vorgehaltener Hand. »Wer ist das? Was wollen die?«

Moms Haare, normalerweise mit einem Kopftuch bedeckt, hängen ihr in einem Zopf über den Rücken. Sie sieht erschöpft aus, aber als sie erkennt, wie verängstigt meine Schwester ist, knotet sie sich ihren Morgenmantel fest zu und tätschelt Louisas Kopf. »Bleib hier oben!«, formt sie lautlos mit den Lippen und nimmt sich das Tranchiermesser von unserem Türsturz.

Ich raffe eilig unser Bettzeug zusammen, knote ein Ende des Lakens an den Bettpfosten und werfe das andere Ende aus dem Fenster. »Wenn sie hochkommen, kletterst du aus dem Fenster. Renn zum Pub und wende dich an Ralph. Er wird dich beschützen.«

Louisa nickt und kauert sich unter dem Fensterbrett zusammen.

Ich schnappe mir den Dolch, den ich unter der Matratze aufbewahre, und steige mit meiner Mutter die Holztreppe hinunter, um uns der brenzligen Situation zu stellen, die uns dort erwartet. Zwei grobschlächtige Männer starren uns mit finsteren Blicken unverwandt an. Sie stehen hinter dem Tisch meiner Mutter wie potenzielle Kunden.

Prüfend schaue ich mich im Raum um. Zwei weitere Männer befinden sich in der Nähe der Tür: Einer sitzt im Sessel und liest ein Buch, das er aus Mums Bücherregal gezogen hat, der andere patrouilliert vor der aufgebrochenen Tür auf und ab und raucht dabei eine Zigarre. Vier Männer gegen zwei Frauen.

Keine guten Aussichten. Aber wir sind schon mit Schlimmerem fertiggeworden.

»Ah, die illustre Lady Diamond«, sagt einer der Männer am Tisch. Er hält einen Gehstock in der rechten Hand und trägt einen eleganten Maßanzug, Bowlerhut und polierte Brogues. Neben ihm trägt sein wesentlich größerer Begleiter ein fast identisches Outfit. Beide haben die gleiche Hautfarbe und sehr ähnliche Gesichtszüge, was bedeutet, dass sie verwandt sein müssen. Cousins? Brüder? Ich nehme mir einen Moment Zeit, um mir ihre Gesichter einzuprägen – falls sie es wagen sollten, uns zu verletzen, werde ich mich dann daran erinnern, wie sie aussehen, wenn die Zeit gekommen ist, um Rache zu nehmen.

Meine Mutter scheint jedoch von etwas Kenntnis zu haben, was ich nicht weiß, denn sie ist bleich wie ein Gespenst. »Wal und Wag McDonald.« Sie nähert sich ihnen zögernd, und das Selbstvertrauen, mit der sie das Messer hält, schwindet.

Die McDonald-Brüder? Ich starre sie eindringlicher an. Ihr Ruf eilt ihnen voraus – ein furchterregendes Duo, das immer wieder in den Zeitungen erwähnt wird im Zusammenhang mit ungelösten Mordfällen und Schießereien aus Automobilen heraus. Ich habe sie nie zuvor getroffen und hatte auch kein Verlangen danach. Was einer der Gründe ist, warum ich Mary Carr rundheraus zurückgewiesen habe.

Warum haben sie mitten in der Nacht den ganzen Weg von Elephant and Castle hierher auf sich genommen?

»Mein Mann ist nicht zu Hause, Wag. Und Tommy auch nicht«, erklärt meine Mutter mit leicht zitternder Stimme, während sie behutsam einen Schritt zurückweicht.

»Wir wissen das von deinem Mann und seinem Schicksal. Es ist eine Schande. Du hast unser Mitgefühl«, sagt Wag in versöhnlichem Ton.

Er zieht einen Stuhl unter unserem Tisch hervor und nimmt darauf Platz, während Wal sich hinter ihm aufbaut, die Hände hinter dem Rücken verschränkt. Ein paar Schritte von ihnen entfernt lauert der Schläger an der Tür wie ein Wachhund. Es gefällt mir nicht, dass ich sein

Gesicht nicht sehen kann, dass er sich im Schatten versteckt und nur auf einen Befehl wartet.

»Aber dein Mann hat nichts damit zu tun. Es geht um deinen Sohn.«

Wag winkt mit der Hand, worauf ein anderer Schläger Tommy an den Haaren hereinzerrt. Sie haben ihn zu Brei geschlagen, und eines seiner Augen ist zugeschwollen. Glänzende, violettfarbene Blutergüsse verunstalten sein Gesicht. Mein ganzer Körper verkrampft sich, mein Mund verzieht sich, Wut erfüllt mich von den Zehen- bis in die Fingerspitzen. Ich hätte es nicht für möglich gehalten, dass ich jemals einen Fremden hassen würde, und doch wollte ich noch nie zwei Menschen so sehr verletzen wie in diesem Moment.

»Dein Junge hat mal wieder einen Safe geknackt und beschlossen, sich einen von uns vorzuknöpfen. Der einzige Grund, warum er noch lebt, ist der Waffenschmuggel, den Thomas letztes Jahr für uns durchgezogen hat.«

»Waffenschmuggel?«, frage ich laut.

»Nicht jetzt, Alice!« Mum fuchtelt mit der Hand in der Luft herum, um mich zum Schweigen zu bringen. »Wie viel hat er mitgehen lassen?«

»Mehr als tausend Pfund.«

Als ich das höre, verschlucke ich mich, und mein Mund bleibt vor Schreck offen stehen. Tausend Pfund? Das werden wir niemals zurückzahlen können, und wenn wir uns auf den Kopf stellen.

Er dreht beiläufig eine der Tarotkarten auf dem Tisch um. »Hast du das vorhergesehen? Hast du dir nicht die Mühe gemacht, heute Abend in deine Kristallkugel zu schauen?«

Sein Bruder kichert spöttisch. Fauchend äffe ich sein Kichern nach.

Was für ein verdammter Vollidiot.

»Ich habe eine Idee«, bringt er vor. »Warum liest du mir nicht aus der Hand? Sag mir, was ich tun soll. Prophezeie mir, was ich tun *werde.*« Er späht an mir vorbei auf die Treppe. »Kann Louisa bei diesem ganzen Radau schlafen? Bestimmt nicht. Neugier kann ein Kind sehr stark beeinflussen, aber sie ist ja gar kein kleines Mädchen mehr. Sechzehn, fast schon eine Frau.«

Die Tatsache, dass er so genau über uns Bescheid weiß, insbesondere über meine Schwester, lässt mich den Griff des Messers fester packen. Ich stelle mir vor, wie ich es ihm in die Brust ramme. Er hat genug in Erfahrung gebracht, um uns zu bedrohen, uns zu verletzen, und er will, dass wir das wissen. Ich schaue die Treppe hinauf und bin erleichtert, dass ich dort oben nicht Louisa erblicke, die lauscht.

In meinen Ohren beginnt es zu dröhnen, und ich erkenne meine eigene fiebrige Stimme nicht wieder, als ich sage: »Vielleicht hat er euch einen Gefallen damit getan? Wenn Tommy Leute wie euch ausrauben kann, sind die Artikel in den Zeitungen über euch offenbar falsch. Oder eure Sicherheitsmaßnahmen sind der letzte Dreck.«

Mum erdolcht mich mit ihren Blicken.

Der Trottel im Sessel springt auf und macht einen drohenden Schritt nach vorne, aber Wag hält ihn mit einer Handbewegung auf. Er öffnet den Mund, wahrscheinlich, um Dinge aufzuzählen, die er anstellen kann, um mir wehzutun. Aber ich komme ihm zuvor, indem ich mich an meiner Mutter vorbeischiebe und mich ihm frontal entgegenstelle. »Wenn du vorhast, meine Familie und mich einzuschüchtern, dann kann ich dir versichern, dass du es bereuen wirst.«

Er grinst, als hätte ich ihm einen Witz erzählt, anstatt eine Drohung auszusprechen. »Weißt du, auf den Straßen hier wird über dich geredet, Alice Diamond. Du sollst den Kampfgeist eines Mannes haben, und dein Temperament soll es mit dem deines Vaters aufnehmen können. Ich kann mir gut vorstellen, dass du gerade über jede Möglichkeit nachdenkst, wie du uns hierfür büßen lassen kannst. Ein Kampf, vielleicht?«

»Davor hätte ich keine Angst – du bist auch nur ein normaler Krimineller. Du bist nicht anders als jeder von uns in The Mint. Du trägst nur schickere Klamotten.«

»Wir bieten dir keinen Kampf an«, erklärt Wal, der sich nun endlich in das Gespräch einmischt. »Was würde das bringen? Einige von uns würden sterben, und die Schulden würden nicht zurückgezahlt werden. Wir sind hier, um über Geschäfte zu reden. Wir wollen Tommy nicht töten. Er ist nützlich und hat echtes Talent, wenn er nicht gerade betrunken ist.«

»Was wollt ihr also?« Meine Mutter räuspert sich und lässt das Messer aufblitzen, aber durch diese Bewegung wird sichtbar, dass ihre Hände zittern. »Worum geht es?«

»Er kommt mit uns, um für uns zu arbeiten und seine Schulden abzubezahlen. Er soll für uns Safes knacken. Wir haben reichlich Verwendung für einen Kerl mit seinem Talent.«

»Nein«, fauche ich. »Er wird nicht für euch arbeiten.«

»Nur über meine Leiche«, knurrt Mum.

»Ihr seid nicht in der Position, in der ihr verhandeln könnt«, sagt Wag und schaut demonstrativ auf Tommy, der immer noch am Boden liegt.

Mir kommen fast die Tränen bei dem Gedanken daran, welche Schmerzen er erleiden muss, aber ich unterdrücke mein Mitgefühl. Ich werde vor diesen beiden keine Schwäche zeigen. Der Ruf der Diamonds hängt davon ab, dass wir stark bleiben, selbst wenn wir verzweifelt sind und nachgeben wollen.

»Wie viel Zeit gebt ihr uns? Um es zurückzuzahlen?«, frage ich eindringlich.

Wag seufzt. »Wir wissen, dass ihr das nicht könnt.«

»Wie lange?«, fahre ich sie lauter an. »Lass den Small Talk beiseite und antworte endlich, damit ich wieder ins Bett gehen kann.«

Wag schlägt die Beine übereinander und zieht eine Zigarette aus der Manteltasche. Einer der Schläger tritt kurz aus dem Schatten, reißt ein Zündholz an und gibt ihm Feuer. »Dann setz dich. Wenn wir über das Geschäft reden wollen, sollten wir das wie Gentlemen tun.«

Ich nehme vorsichtig auf dem Stuhl auf der gegenüberliegenden Seite des Tisches Platz, ohne ihn aus den Augen zu lassen. Ich spiele mit dem Messer, drehe es zwischen den Fingern hin und her.

»Erklär mir mal was. Ich habe jahrelang versucht, deinen Vater dazu zu überreden, seine Familie nach Elephant and Castle zu holen, um unter unserer Führung zu dienen. Bei uns könnte er vorankommen. Deine ganze Familie könnte es, angesichts eures Arsenals an Talenten. Aber er weigert sich immer. Warum?«

Ich reibe mir die Stirn. »Welche Rolle spielt das?«

»Ich mag es nicht, abgewiesen zu werden.«

»Das muss dich bei Frauen sehr beliebt machen.«

Bei dieser Bemerkung schnaubt sein Bruder, und Wag zieht missmutig eine Augenbraue hoch.

»Du würdest mir einen Gefallen tun, wenn du es erklärst, und wenn man die Situation bedenkt, finde ich nicht, dass das zu viel verlangt ist.«

Ich starre meine Mutter an und befeuchte mir die Lippen, um Zeit zu schinden, weil die Erklärung, die er verlangt, eine Geschichte ist, die ich nicht erzählen möchte. Ich lege Wert darauf, die Vergangenheit ruhen zu lassen. Nur so kann man in The Mint überleben.

»Erzähl es ihm«, sagt meine Mutter, tritt hinter mich und legt mir eine Hand auf die Schulter.

Ich beuge mich vor, um ihm in die Augen zu sehen, denn ich will seine ungeteilte Aufmerksamkeit für das, was ich jetzt sage.

»Vor Jahren, als ich noch ein Kind war, kamen die Italiener hierher, um meinen Vater zu rekrutieren. Sie wussten, dass wir zusammen mächtige Verbündete sein würden. Er antwortete mit Nein, so wie ich euch jetzt auch mit Nein antworte.«

»Ich kann mir nicht vorstellen, dass das ein gutes Ende nahm.«

»Sie waren beleidigt, gingen zum Haus meines Onkels

und schlachteten seine ganze Familie im Schlaf ab. Ein Mann mit einem Messer … sechs Leichen.«

Ich war in Begleitung meines Vaters, als wir die Leichen entdeckten. Wenn ich zu lange darüber nachdenke, kann ich immer noch den metallischen Geruch von geronnenem Blut riechen.

Mums Stimme bricht, als sie sagt: »Ein Feigling in der Nacht … der Kinder ermordet hat. Sie waren doch unschuldig.«

»Einer Gang beizutreten, heißt nicht, einer Familie beizutreten. Es ist der Tod einer Familie«, beende ich ihre Gedanken.

»Wir sind nicht wie die Italiener«, antwortet er mit einem Anflug von Verzweiflung. »Wir sind ihre Feinde. Und der Feind meines Feindes ist mein Freund.«

»Für uns seid ihr alle gleich. Ihr habt alle unschuldige Menschen auf dem Gewissen, und wofür? Um Rennbahnen zu kontrollieren? Wenn wir jemanden töten, dann nur, weil wir keine andere Wahl haben. Wenn ihr tötet, geht es um Macht oder darum, wer am Ende des Tages den längeren Schwanz hat. Wenn ein Mann deinen Stolz verletzt, ist er tot. Das ist nicht unsere Art.«

Die Brüder wechseln schweigend einen kurzen Blick. Wag fährt sich nachdenklich mit der Hand über das Gesicht.

»Ihr wollt also einen Deal aushandeln?«

»Einen Deal«, bestätige ich. »Wir zahlen euch die Schulden mit Zinsen zurück. Gebt mir ein paar Wochen.«

Seine Mundwinkel verziehen sich. Dann hält er seine

Hand hoch. Zwei Finger. »Zwei Wochen. Eintausend Pfund plus Zinsen.«

»Dreißig Prozent«, wirft Wal höflich ein, als könne er ihren Einbruch jetzt irgendwie mit guten Manieren ungeschehen machen.

Wag nickt. »Dreißig Prozent Zinsen. Wenn ihr es nicht in zwei Wochen zurückzahlt, wird dein Bruder für uns arbeiten.«

Er schaut aus dem Fenster, und es vergeht ein Moment, in dem er so intensiv über etwas nachdenkt, dass er die Brauen zusammenzieht. »Als wir hierherkamen, wurden wir von einem Dutzend Kerlen verfolgt, die wissen wollten, ob wir Ärger bedeuten. Sie hatten keine Angst vor uns. Der einzige Grund, warum sie uns nicht angegriffen haben, ist der, dass wir Tommy bei uns hatten.«

Ich lächle schamlos triumphierend. »Wie ich schon sagte: In The Mint seid ihr bloß Kriminelle wie jeder von uns hier.«

Wal tut es ihm gleich, blickt nun ebenfalls hinaus in den Nebel und die Dunkelheit. »Sie warten sogar jetzt noch und beobachten diesen Laden, um irgendeinen Befehl von ihm zu erhalten.«

»Nicht von ihm«, korrigiert Mum düster und sieht zu mir herab.

Verwirrt nestelt Wag an seinem Hut herum. »The Mint folgt deinem Mann … die Leute tun alles, was er verlangt. Er hat hier seine eigene Gang, auch wenn er es nicht zugibt. Männer und Frauen, die seinem Wort folgen. Seinen Methoden. Warum sollten sie nicht seinem Sohn folgen, solange er weg ist?«

»Sie werden Tommy nicht folgen«, wiederhole ich beharrlich.

»Sie folgen *dir*«, fällt es Wal wie Schuppen von den Augen, und in seiner Stimme schwingt Neugierde mit. »Du bist also das wahre Oberhaupt der Familie Diamond, wenn dein Vater weg ist?«

Ich spüre, wie sich meine Nasenflügel blähen. »Wenn man bedenkt, was Tommy gerade verdammt noch mal angestellt hat, muss man kein Genie sein, um dahinterzukommen, welches von uns Geschwistern das Sagen hat.«

Ein Lächeln huscht über Wags Gesicht. »Ich habe noch nie mit einer Dame über Geschäftliches verhandelt. Wir machen Geschäfte mit Mary Carr, aber ihr Metier ist harmlos. Wir sprechen bei einem Drink am späten Abend über Prozentsätze, Waren und Dienstleistungen. Aber du bist im gleichen Geschäft wie wir, nicht wahr, Alice? Abscheuliche Geschäfte, die nur zwischen finsteren Gestalten geschlossen werden. Das ist unbekanntes Terrain für mich.«

Ich beuge mich vor. »Ein gutes Geschäft mit einer Frau abzuschließen, ändert nichts am Terrain. Der einzige Unterschied zwischen uns ist das, was sich zwischen unseren Beinen befindet.«

Er grinst erneut. »Dann haben wir einen Deal.«

»Und wenn ich es abbezahlt habe, sind wir dann quitt?«

»Dann sind wir quitt«, schlägt er ein. »Dann hauen wir ab und überlassen dich diesen vollgepissten Straßen, wie wir es mit deinem Vater getan haben.«

Ich nicke. Zwar bin ich nicht sicher, wie ich es hinbekommen soll, so viel Geld zusammenzukratzen, aber ich antworte zuversichtlich und lässig: »Abgemacht.«

Wir stehen beide auf. Er streicht sich den Mantel glatt und schaut sich im Raum um. »Es ist schade, dass du nicht als Mann geboren wurdest. Stattdessen ist Tommy der Erbe deines Vaters, und du bist diejenige, die seine Fehler ausbügeln muss. Wann wirst du entscheiden, dass es genug ist?«

Erneut wandert mein Blick zu Tommy. »Wie weit würdest du gehen für deine Familie?«

»Zu weit«, gesteht er. »Ich habe einen Pakt mit dem Teufel geschlossen.«

»Das würde ich auch tun.«

Wag drückt seine Zigarette aus und schnippt sie meiner Mutter vor die Füße. »Nun, denn. Wir machen uns auf den Weg, und ich gehe davon aus, du wirst die Kerle draußen zurückpfeifen? Ich möchte keine Schwierigkeiten beim Weggehen bekommen.«

Ich gehe nach draußen. Die rauchverhangene Nachtluft erfüllt die Straßen, und das Einzige, was man erkennen kann, sind die kaputten Straßenlaternen. Auch wenn ich sie nicht sehen kann, kann ich spüren, wie sie sich in der Dunkelheit verstecken, lauernd wie Tiere, die sich an ihre Beute heranpirschen. In Wahrheit will ich sie gar nicht zurückpfeifen. Ich möchte sehen, wie sie ihre Klingen im Fleisch der McDonalds versenken, für die Prügel, die sie gerade Tommy verpasst haben. Aber sie zu töten, würde das Problem nicht lösen. Es würde nur einen größeren Krieg vom Zaun brechen, den wir nicht gewinnen können.

Ich hebe die Hand, und prompt tauchen sie auf, einer

nach dem anderen. Männer, Frauen, ein paar halbwüchsige Jungen. Alle haben ein Talent. Alle haben eine düstere Gabe. Ralph führt die Truppe an und hält zwei lange Messer in jeder Hand. Sie reflektieren das Licht wie die Diamanten, die ich erst vor ein paar Stunden im Club 43 von Fingern und Hälsen gezogen habe.

»Alice«, raunt er mit gesenkter Stimme. »Braucht ihr Hilfe?«

»Lasst sie passieren«, sage ich.

Wal und Wag tippen sich an ihren Hut und steigen in zwei Automobile ein, die am Straßenrand parken. Bevor er die Tür schließt, sagt Wal: »Wir sehen uns, Ladys. Ich wünsche eine angenehme Nachtruhe.«

Ralph steckt seine Messer wieder ein und sieht zu, wie die Automobile in der Ferne verschwinden. »Waren das die, von denen ich glaube, dass sie es waren? Was hat Tommy getan?«

»Ich kümmere mich darum«, versichere ich ihm kurz angebunden und gehe ohne ein weiteres Wort zurück ins Haus.

Drinnen eilen meine Mutter und ich zu meinem Bruder, drehen ihn um und müssen dann beide unsere Tränen wegblinzeln. »Bring mir ein paar Tücher und heißes Wasser!«, sage ich.

Sie rennt los, um saubere Handtücher zu holen.

»Du blödes Arschloch!« Ich greife nach der Wolldecke auf dem Sofa, um ihn damit zuzudecken. »Du hättest jeden beklauen können. Aber warum sie?«

»Es tut mir leid«, jammert er und rollt sich in die Decke

ein. »Ich wollte bloß etwas tun, auf das er stolz sein würde … ausnahmsweise. Ich wollte helfen. Du hattest recht, Alice. Du hast immer recht.«

Ich reibe mit beiden Händen kräftig seine Arme, um ihn zu wärmen. »Ich werde dich daran erinnern, mir das morgen früh noch einmal zu versichern.«

Er schnaubt leise, rollt sich dann schmerzverzerrt auf den Rücken und hält sich den Bauch. »Was wirst du jetzt tun? Wie willst du so viel Geld auftreiben?«

»Mir wird schon was einfallen. Das tut es immer.«

Meine Mutter kommt mit Geschirrtüchern und heißem Wasser, das sie auf dem Herd erhitzt hat, zurück. Ich tauche eines der Tücher ins Wasser und tupfe es auf eine klaffende Wunde über seinem Auge.

Meine Mum rauft sich die Haare. »Wofür in aller Welt hast du das Geld gestohlen?«

Tommy und ich sagen nichts, aber unser Schweigen spricht Bände.

»Alice? Tommy?«

Tommy hustet wieder, und ich zögere, aber dann stoße ich widerwillig einen Seufzer aus und beichte ihr die Wahrheit.

Ihr Mund bleibt offen stehen, und sie verpasst Tommy ein paar saftige Ohrfeigen.

Er hält sich den Kopf und stöhnt, wehrt sich jedoch nicht.

»Du hast dieses Geld wegen eines leeren Versprechens gestohlen? Weißt du, wie hart dein Vater daran gearbeitet hat, um uns aus den Bandenkriegen herauszuhalten? Und du führst uns geradewegs in einen hinein?«

Ich blinzle, erinnere mich an eine bestimmte Passage aus dem Gespräch mit den Brüdern, die mir im Gedächtnis haften geblieben ist. »Von was für einem Waffenschmuggel haben sie gesprochen?«

Sie hält einen Moment inne. »Vor einiger Zeit schuldete Vater ihnen eine stattliche Summe. Eine Schuld, die er nicht zurückzahlen konnte. Er nutzte den Kredit, den sie ihm gewährten, um einen Raubzug auf ein Lagerhaus in Southwark zu planen, aber der schlug fehl. Sie versprachen, sie würden ihm die Schulden erlassen, wenn er Waffen für sie besorgt. Er tat es, und das war's.«

Diese Enthüllung lässt mir das Herz in die Hose rutschen. »Oh, wie beschissen verlogen! Dad predigte uns, das Wichtigste sei es, sich nie mit Gangs einzulassen, aber er hat es selbst getan.«

Sie richtet sich abrupt auf. »Wir haben getan, was wir tun mussten. Das ist alles, was es zu diesem Thema zu sagen gibt. Du solltest schlafen gehen, Alice. Ich kümmere mich weiter um deinen Bruder. Du musst morgen früh aufstehen für deinen Job bei Mr King. Es ist jetzt wichtiger denn je, sein Vertrauen zu gewinnen. Du sondierst die Lage und raubst die Wohnung aus, dann können wir die Brüder auszahlen. Kennst du schon die Kombination seines Safes?«

Ja. Ich kenne sie seit dem Tag, an dem ich bei ihm angefangen habe zu arbeiten, aber ich lüge. »Nein«, behaupte ich und schaue zu Boden, damit sie mir nicht in die Augen sehen kann. »Er schließt sein Büro jeden Tag ab, wenn er geht, und ich darf nicht darin sauber machen. Er ist ein Mistkerl, aber ein schlauer.«

»Alice.« Sie spricht meinen Namen ungläubig aus. »So lange brauchst du doch sonst nie. Was geht da vor?«

»Ich werde die Kombination schon noch herausfinden«, sage ich und weiche damit einer direkten Antwort aus. »Aber was, wenn sich nicht genug im Safe befindet?«

»Dann werden wir uns etwas anderes einfallen lassen müssen.« Ihre Miene verfinstert sich. »Was auch immer nötig ist, um Tommy aus ihren Klauen zu befreien. Er wäre ein Sklave für sie, das ist dir doch klar?«

»Ich weiß.«

»Wir müssen ihn retten.«

»Ich weiß.«

»Ich darf ihn nicht verlieren, Alice. Ich darf ihn einfach nicht verlieren.« Sie spricht mit brechender Stimme, und ihre Hände beginnen zu zittern.

Ich nehme ihr Gesicht in beide Hände und zwinge sie, mir in die Augen zu sehen. »Ich weiß, Mum.«

Am Morgen ziehen Louisa und ich uns schweigend an. Unten hat meine Mutter Frühstück auf dem Tisch bereitgestellt. Die Ringe unter ihren Augen deuten darauf hin, dass sie nicht geschlafen hat. Während wir essen, bleibt Tommy auf seiner provisorischen Pritsche liegen. Ich warte, bis Louisa zur Schule aufbricht, bevor ich mit der Straßenbahn zum Stadthaus der Kings in Highgate fahre.

Ich komme ein paar Minuten zu spät, und als ich die Tür erreiche, hat Alba, die Haushälterin, sie bereits geöffnet und erwartet mich mit einem missmutigen Stirnrunzeln. »Ich habe akzeptiert, dass du kaum zu etwas nutze bist, aber das Mindeste, was du tun kannst, ist, pünktlich zu erscheinen.«

»Ich bitte um Verzeihung«, sage ich.

Sie mustert mich mit geschürzten Lippen. »Bist du den ganzen Weg hierher gerannt? Dein Haar ist ganz strubbelig.« Während sie einige der wirren Strähnen glättet, bewundere ich ihre Schönheit. Sie hat glatte, wunderschöne braune Haut, und das Glitzern in ihren Augen deutet auf eine Jugend voller Abenteuer hin, von denen sie nun, da der Alltag sie eingeholt hat, nie mehr erzählen wird.

Ich glaube, dass sie wegen der Belastung in ihrem Job älter aussieht, als sie ist. »Mr King möchte, dass Pearl zum Mittagessen fertig angezogen ist. Sie wird bei seinen Freunden in aller Form für gestern Abend um Entschuldigung bitten, also sorg dafür, dass sie entsprechend sittsam aussieht.«

»Was ist denn gestern Abend passiert?«

»Mach dich einfach an die Arbeit. Benutz weniger dein Mundwerk und mehr deine Füße.«

Ich nehme ihre Beleidigungen mit meinem üblichen abschätzigen Augenverdrehen hin. Wie Kates Club ist auch das Haus der Kings modern und wunderschön. Dunkel getäfelte Wände umrahmen schwarz-weiße Marmorböden im Fischgrätenmuster, und auch wenn das Foyer jetzt menschenleer ist, vermute ich, dass sich gestern Abend hier jede Menge Gäste tummelten, die tranken und dabei über Mr Kings neueste Show tratschten. Ich kann mir gut vorstellen, wie der Mann in seinem maßgeschneiderten Shaftesbury-Avenue-Anzug vor seiner Bar aus Mahagoniholz steht und sich wie ein Möchtegernkönig aufplustert und aufspielt.

Alba schnaubt. »Mrs King ist wie immer betrunken. Du wirst alle Hände voll zu tun haben, um sie salonfähig zu machen. Meinst du, du schaffst das?«

»Wie voll ist sie denn?«

»Ist das wichtig? Wenn diese Aufgabe dich überfordert, können wir sicher einen anderen Babysitter auftreiben. Und zwar einen, der kein so großes Maul hat und in der Lage ist, einfache Anweisungen auszuführen.«

Ich wurde eingestellt, um Alba zur Hand zu gehen, von ihr herumkommandiert zu werden und die Aufgaben zu erledigen, die zu delegieren sie sich wahrscheinlich verdient hat. Stattdessen habe ich an meinem dritten Arbeitstag hier Kings Frau Pearl davon abgehalten, sich während eines Wutanfalls im Suff vom Balkon zu stürzen. Jetzt nehme ich Anweisungen von Pearl entgegen, und Alba verübelt mir das tagtäglich.

»Ich werde sie schon gesellschaftsfähig machen«, versichere ich ihr und gehe den großen Treppenaufgang hinauf zu Pearls Räumlichkeiten. Anders als der Rest des eleganten, modernen Stadthauses sind ihre Zimmer im viktorianischen Stil eingerichtet, mit viel blumigem Dekor. Sogar ihre seidene Bettwäsche ist mit kleinen Pusteblumen verziert. Ich habe mehr als einmal mit dem Gedanken gespielt, sie mitgehen zu lassen.

Es gibt nichts Schöneres als das Gefühl von Seide auf der Haut.

Ich spähe in ihr riesiges Ankleidezimmer und gehe dann

weiter ins Badezimmer, wo ich sie in einem Schaumbad in ihrer Wanne mit Klauenfüßen vorfinde. Sie starrt zu mir hoch und stöhnt dramatisch. »Ich bin ja so froh, dass ich nie einen Moment für mich habe und du jeden Morgen hier bei mir bist.« Ihre Stimme klingt trocken und sarkastisch. »Habe ich dir eigentlich jemals gesagt, wie sehr ich deine Anwesenheit schätze?«

Ich grinse, setze mich auf den Wannenrand und reiche ihr einen Schwamm. »Jeden Tag, seit Wochen. Haben Sie den ganzen Morgen Trübsal geblasen?«

Ihre Antwort besteht aus einem Stöhnen.

»Warum so niedergeschlagen? Haben Sie sich gestern Abend wegen irgendetwas gestritten?«

»Es war der Geburtstag meines Allerliebsten.« Sie rollt angewidert mit den Augen, und plötzlich fällt mir auf, dass die zarte Haut unter ihrem linken Auge violett verfärbt ist. Wenn ich jetzt die Augen schließen würde, sähe ich Tommy zusammengeschlagen auf dem Boden liegen, mit denselben violettfarbenen Blutergüssen. Ich räuspere mich und straffe die Schultern. »Was ist passiert?«

»Alles war vorbereitet, um die Trottel vom Theater zu beeindrucken, aber ich hab's vermasselt.«

»Hat er Sie wieder geschlagen?«

»Ich habe ihn provoziert.« Sie grinst vor Vergnügen, als sie daran denkt. »Er hat sich lächerlich aufgeführt. Hat sich an ein Revuemädchen herangemacht, das seine Tochter sein könnte, und versucht, sie ins Bett zu kriegen. Er hat sich zum Narren gemacht, also habe ich auf seine Fähigkeit angestoßen, ihn noch hochzukriegen. Das schafft er nämlich, trotz des ganzen Schnees. Ich bekomme es allerdings nie zu sehen, denn ich schließe jedes Mal die Augen, wenn er auf mir liegt.« Sie kichert ausgiebig. »Ich habe es vor allen gesagt … es war herrlich. Es hat ihn gedemütigt.«

Ich lache nicht, weil mich die blauen Flecken nervös machen. Vor allem, weil ich sie mittlerweile recht gerne mag, aber auch, weil ich selbst zurückschlage, wenn Männer mich schlagen. Pearl King ist da anders. Sie ist eine Überlebenskünstlerin, keine Kämpfernatur. Ihr Kampfgeist wurde aus ihr herausgeprügelt, lange bevor ich aufgetaucht bin.

»Ich bin gebrochen, Alice. Was erwartest du?« Es ist, als könne sie meine Gedanken und meine Mimik deuten. »Gebrochen bedeutet, dass ich nichts mehr zu verlieren habe.«

Ich hole tief Luft. Zugegeben, ich weiß nicht, wie ich mit jemandem, der am Boden zerstört ist, umgehen soll, und deswegen finde ich jedes Mal, wenn sich mir die Chance bietet, sie auszurauben, einen Grund, noch einen Tag zu warten. Eine Woche. Einen Monat.

Ich tauche meinen Finger in das Badewasser. Kalt. »Kommen Sie, wir holen Sie jetzt mal raus und machen Sie zurecht.«

Sie steht tropfnass auf, und ich greife nach einem Handtuch. Nachdem sie sich abgetrocknet hat, schlüpft sie in ein seidenes Negligé mit lavendelfarbener Schleife. Es ist zeitaufwendig, sie zurechtzumachen und anzuziehen. Sie ist ein unendlich träger Mensch und schleppt sich mit wenig Begeisterung herum, solange sie keinen Drink in der Hand hat.

Pearl King wurde früher in sämtlichen Zeitungen erwähnt. Sie war ein aufstrebendes Starlet, das in jungen Jahren mit der Schauspielerei begann und im Rampenlicht aufblühte. Sie war Mr Kings Lieblingsschauspielerin, eine Augenweide, das habe ich zumindest gehört. Nach ihrer Heirat hingegen ist sie nun eher für ihre Extravaganzen bekannt – Drogen, Partys, exzessiver Alkoholkonsum. Manchmal frage ich mich, wie sie es schafft, das alles zu überleben.

Als Pearl fertig ist und unten an einer Tasse Tee nippt, richte ich meine Gedanken mehr und mehr auf die Ereignisse der letzten Nacht. Die Schulden sind real. Gestern habe ich einen Deal ausgehandelt, und ich werde etwas unternehmen müssen, um ihn einzuhalten.

Wenn ich das Geld nicht zurückzahle, weihe ich uns alle dem Untergang.

»Was ist denn los?« Pearl wölbt neugierig die Augenbrauen, während sie die Zeitung, die vor ihr liegt, zusammenfaltet. »Wir reden ständig über mich, aber du bist die Geheimnisvolle. Ich habe kein Problem damit, aber wie wäre es, wenn wir heute, nur dieses eine Mal, die Rollen tauschen würden?«

»Es ist nichts, Mrs King«, beteure ich, während ich ihr Milch einschenke. »Nur familiäre Probleme.«

»Du kennst jedes Detail meines tragischen Lebens, aber ich darf nicht mal einen kurzen Blick in deines werfen?«

Ich deute ein Lächeln an und setze mich an den Tisch. »Mein Bruder hat eine Dummheit begangen, etwas, das meine ganze Familie in Gefahr bringt.«

Sie beugt sich vor, ist neugierig geworden. »Gefahr? Was für eine Gefahr?«

Ein Teil von mir ist versucht, ihr die Wahrheit zu erzählen – ich bin fast sicher, dass sie mein Geheimnis hüten würde, bei all den Geheimnissen, die ich für sie bewahre. Aber Außenstehenden kann man nicht trauen, besonders nicht denen mit vollen Bäuchen. Sie lebt schon so lange im Luxus, dass sie nicht in der Lage sein würde, meine Familie oder unsere Situation zu verstehen. »Es ist kompliziert.«

»Brauchst du Geld?« Sie versteift sich bei dem Gedanken. »Nicht, dass ich dir etwas geben könnte. Harold kontrolliert alles.« Sie denkt länger darüber nach. »Aber du kannst was aus meinen Schränken nehmen – die Sachen verkaufen. Ich habe ein paar Stücke, die ich noch nie getragen habe. Nimm sie dir alle!«

Ich lächle schief und schüttle höflich den Kopf. Wenn ich ihre Couture verhökern würde, käme zwar ein hübsches Sümmchen zusammen, aber es würde nicht reichen, um die Schulden vollständig zu begleichen.

»Du willst doch nicht etwa kündigen, oder?« An die Stelle des sarkastischen Tons, an den ich mich inzwischen gewöhnt habe, tritt ein weicher und verletzlicher. »Du darfst nicht kündigen. Ohne dich könnte ich nicht weiterleben. Ohne dich wäre ich schon einmal fast umgekommen.«

In ihrer Stimme schwingt keine Melodramatik mit, nur echte Aufrichtigkeit. Ich ergreife ihre Hand, eine hoffentlich tröstende Geste, um ihre wachsende Besorgnis zu lindern.

»Ich werde nicht kündigen. Aber tun Sie heute, was er

verlangt. Geben Sie ihm keinen Grund, Sie zu bestrafen.« Ich schaue noch einmal auf ihr geschwollenes Auge. »Versprechen Sie mir, dass Sie diese Rolle spielen werden? Ihm sagen, was er von Ihnen hören will?«

Sie zieht einen Flunsch und rollt mit den Augen. »Das macht aber keinen Spaß.«

Plötzlich taucht Mr King auf. Er kommt aus dem Bibliothekszimmer gestürmt und schreit nach Alba. Seine dröhnende Stimme hallt wie Donner durch die Flure. Er kommt zum Speisezimmer, und ich ziehe gerade noch rechtzeitig meine Hand zurück. »Da drückt sich wohl jemand vor der Arbeit, was? Du bekommst deinen Lohn, um zu kochen und zu putzen, nicht, um an meinem Tisch zu essen und ununterbrochen mit meiner geistlosen Frau zu plappern.«

Ich springe auf und nicke knapp. Er sieht mich mit starrem Blick an. Er ist, das muss man ihm zugutehalten, ein imposanter Mann mit grau meliertem Haar und breiter, kräftiger Statur, die jeden einschüchtern dürfte, der ihm zufällig begegnet. Nun ja, jeden außer mir.

Er verstummt, strahlt spürbar Wut aus. Pearls Schultern zittern, aber sie hebt den Kopf, um ihn aufmerksam zu beobachten.

»Ich gehe für ein paar Stunden in eines der Theater, aber ich treffe dich zum Mittagessen«, sagt er und richtet sich seine Weste. »Ich erwarte von dir, dass du dich unseren Gästen gegenüber liebenswürdig verhältst und dich entschuldigst. Du wirst dich verhalten, wie es einer Ehefrau gebührt, und mich nicht mehr im Geringsten blamieren.«

»Du willst, dass ich ihnen ins Gesicht lüge und erkläre,

dass ich es nicht so gemeint habe, was ich gestern Abend gesagt habe?«

Er stürmt auf sie los und packt sie am Kinn. Instinktiv trete ich näher, zwei Schritte, die sich eher wie Sprünge anfühlen, und greife dann nach dem Stuhl, um mich zu bremsen, während mein Herz in meiner Brust hämmert. Aus Pearls Gesicht weicht die Farbe. Er drückt so fest zu, dass sie zusammenzuckt.

Ich suche den Raum ab, und mein Blick bleibt an einer Gabel hängen. Ich stelle mir vor, wie ich damit auf ihn einsteche, male mir aus, wie sich die spitzen Zinken tief in sein Fleisch bohren, bis er blutet. Wie er herumzappelt wie ein Fisch am Haken und laut nach Alba um Hilfe schreit. Würde ich damit durchkommen? Ich schätze die Entfernung zwischen ihm und der Tür ab. Wegrennen könnte ich. Aber wie weit würde ich kommen?

»Wenn du nicht tust, was ich dir gerade gesagt habe, lasse ich dich zwangseinweisen«, droht er mit einem tiefen Knurren und mit gefletschten Zähnen. »Hast du mich verstanden, Pearl?«

Hastig nickt sie unterwürfig, worauf er sie loslässt und von sich stößt. Vorsichtig bewegt sie ihren Kiefer hin und her und wendet sich mit einem hörbaren Schlucken wieder ihrem Frühstück zu.

»Und du.« Er deutet in meine Richtung, während er in seinem Gedächtnis nach meinem Namen kramt. »Alice, richtig? Alba sagt, dass du heute Morgen zu spät gekommen bist. Wenn du nicht pünktlich hier sein kannst, such dir einen anderen Job. Verstanden?«

Ich verspüre das überwältigende Bedürfnis, auf ihn einzuprügeln, aber ich zwinge mich, diesen Impuls zu unterdrücken, und gebe ihm eine gesittete Antwort. »Ja, Sir.«

»Vermassle es nicht«, warnt er zum Abschied noch einmal seine Frau. Bevor er endgültig verschwindet, schreitet er schnell durch das Foyer, um die Tür zum Bibliothekszimmer abzuschließen, und steckt den Schlüssel in seine Anzugtasche.

Ich bräuchte nur einen Moment ohne Pearl an meiner Seite, um den Schlüssel zu klauen, die Tür aufzuschließen und seinen Safe zu knacken. Vielleicht ist das mein Weckruf – wenn ich sie nicht bald ausraube, begehe ich womöglich eine Dummheit und steche diesen Bastard mit einer Gabel ab.

Aber wenn ich abhaue, hätte ich Pearl angelogen, was das Nicht-Kündigen angeht, und sie dazu verdammt, sich in ihr Schicksal zu fügen. Ich lüge ständig, mindestens einmal am Tag. Wieso fühle ich mich dann jetzt schuldig? Warum verspüre ich einen Schmerz in der Brust bei dem Gedanken, sie bei ihm und im Stich zu lassen?

Ich schließe die Augen und versuche, das Gefühl zu verdrängen.

Ich kann sie nicht retten. Ich kann nicht alle retten.

Mr King geht mit dem Schlüssel aus dem Haus, und Erleichterung durchflutet mich.

Vielleicht morgen.

Viertes Kapitel

Ich verlasse das Haus von Mr King und nehme eine Straßenbahn nach Chinatown, wo die Hills tätig sind. Das Rattern und Rumpeln der Straßenbahn auf den Gleisen macht es mir unmöglich, über meine Wut hinauszudenken. Ich umklammere den Holzsitz, bis meine Knöchel weiß anlaufen, und klopfe mit dem Fuß auf den Boden.

Als ich schließlich aussteige, schirme ich mir mit einer Hand die Augen ab, um mich vor dem Licht der grellen Nachmittagssonne zu schützen. Dann kneife ich die Augen zusammen, um die Szene in mich aufzunehmen. Chinatown strotzt nur so vor Farben. Die engen Gassen sind gesäumt von Häusern und Geschäften mit Fensterläden, ein schöner Kontrast zu den gedämpften Grautönen in The Mint. Ich bummle über den belebten Markt, auf dem mir der Geruch von gepökeltem Fleisch und exotischen Gewürzen in die Nase steigt, bleibe aber nicht stehen, um etwas zu kaufen, denn ich werde von einer Reihe von Leuten beobachtet, die sich mir an die Fersen geheftet haben.

Ich bin eine Fremde auf ihren Straßen, und sie wollen, dass ich das weiß.

Trotz ihrer eindringlichen Blicke fühle ich mich nicht eingeschüchtert und werde auch nicht misstrauisch, als ich vor der kleinen Spielhölle der Hills stehen bleibe und dem

Türsteher meinen Namen nenne. Er nickt nur stumm, geht kurz hinein und bedeutet mir dann, ihm zu folgen.

Der Geruch von Zigarrenrauch schlägt mir entgegen. Es gibt nur einen offenen Bereich voller runder Tische, an denen Männer schreien und in einem Dunstschleier von Opiumrauch spielen. Keine Fenster, deren Aussicht einen Hinweis darauf geben könnte, dass die Zeit vergeht, lediglich eine wachsende Zahl leerer Flaschen. Als Spieler könnte man schon seit Stunden oder Tagen hier sein, würde es jedoch erst merken, wenn man vor die Tür tritt.

Einige der Kerle tragen abgerissene Kleidung und liegen, ihrem trostlosen Schicksal ergeben, halb über den Tischen. Andere tragen teure Maßanzüge, die darauf hindeuten, dass sie außerhalb dieser Spielhölle Männer mit Status und Macht sind – Rollen, die sie ablegen, wenn sie zur Tür hereinkommen.

»Sie sitzen dort hinten.« Der Rausschmeißer deutet in eine Richtung und kehrt auf seinen Posten vor der Tür zurück.

Hinter einem schwarzen Vorhang sitzen Eli und Patrick an einem Schreibtisch, auf dem diverse Dokumente liegen. Sie sind umringt von ein paar Männern – angeheuerte Schläger, die dafür sorgen, dass niemand aus der Reihe tanzt.

»Alice!« Patrick steht auf und umarmt mich. Er hat ein freundliches Gesicht, glatte, jugendliche Haut und üppiges blondes Haar. Er drückt mir einen Kuss auf die Wange und ergreift meine Hände. »Es ist schon lange her. Soll ich dir einen Drink holen?«

Ich trete zurück und behalte meine strenge Miene bei. »Wer von euch hat Tommy das letzte Mal gesprochen, als er zu Besuch kam?«

»Ich«, erwidert Eli und fixiert mich. Er ist das krasse Gegenteil von seinem Bruder, ein harter Bursche. Große Augen und ein spitzes Kinn, sein Körper ist überzogen mit Narben aus dem Krieg, die er voller Stolz zur Schau stellt, indem er seine Hemdsärmel hochgekrempelt trägt und den Hemdkragen weit aufgeknöpft lässt. Die zerzausten, blonden Locken auf seinem Kopf, die mir als Kind immer so gefallen hatten, hat er sich abrasiert. Fast tut es mir leid, meine Wut jetzt an ihm abzulassen.

»Du hast Tommy Informationen darüber gegeben, wen er bestechen musste, um meinen Vater rauszuholen?«

»Ich habe ihm gesagt, dass es bei einem Freund von mir funktioniert hat.« Er steht auf und kommt kopfschüttelnd auf mich zu. »Aber auch, dass nur eine Fifty-fifty-Chance besteht, dass etwas dabei herauskommt.«

Ich balle die Hand zu einer festen Faust und schiebe mich an Patrick vorbei, um Eli einen schnellen, kräftigen Schlag zu verpassen, der seinen Kopf zurückschnellen lässt. Er gerät ins Stolpern und richtet sich dann mit einem Urschrei auf. Er will zurückschlagen – ich kann es an seinen gefletschten Zähnen erkennen –, tut es dann aber doch nicht. Selbst dann nicht, als Blut aus seinem linken Nasenloch tropft. Er hat mich nie geschlagen und wird es auch nie tun.

Vor nicht allzu langer Zeit waren wir mal ein Paar. Ich liebte das Tier, zu dem er wird, wenn man ihn dazu bringt.

Das Dunkle in ihm, das er oft nur zeigt, wenn es um Geschäftliches geht. Aber jetzt möchte ich diesem Tier wehtun und es in seinem Käfig hin und her rennen lassen. »Du hast uns verarscht! Du hast Tommy umgebracht!«

Schon hat mich einer seiner Leibwächter in einem schraubstockartigen Griff und versucht, mich zu Boden zu drücken, aber Eli hebt die Hand, worauf er mich loslässt.

Meine Faust pocht vor Schmerz. Einer meiner Fingerknöchel ist durch den Schlag aufgeplatzt, ich kann die kalte Luft an der Wunde spüren.

Eli zieht ein Taschentuch aus seiner Westentasche und ergreift meine blutende Hand. Ich wehre mich, aber er zieht so lange fest daran, bis er das Tuch um meine Knöchel wickeln und fest verknoten kann. Ein Muskel an seinem Kinn zuckt.

»Was ist passiert?«

»Stell dich nicht dumm! Du wusstest, dass er eine Dummheit anstellen würde, wenn er diese Information hat. Du hättest zu mir kommen sollen. Du hättest es mir sagen sollen.«

»Tommy hat nach einem Namen gefragt. Ich habe ihm diesen Namen gegeben. Als er von hier wegging, lachte er über die Vorstellung, wie er den Anwalt schmieren würde. Ich dachte nicht, dass er es ernst meinte.«

»Er hat die McDonald-Brüder ausgeraubt.«

Patrick unterdrückt ein ersticktes Keuchen. »Wie viel hat er gestohlen? Ist er tot? Ist Tommy tot?«

»Nein«, räume ich widerwillig ein und ziehe meine Hand fauchend weg. »Er ist nicht tot. Noch nicht. Aber die ganze

Sache ist schiefgelaufen, wie immer, und nun rate mal, wer deswegen bei uns an die Tür geklopft hat?«

»Was wollten sie?« Eli zieht besorgt die Brauen hoch. »Wir könnten eine Flucht aus London für ihn arrangieren. Heute Nacht noch, wenn es sein muss.«

»Wenn er abhaut, ändert das nichts an seinen Schulden!«

Patrick blinzelt. »Wie viel ist er ihnen schuldig? Wir können helfen.«

»Ich will eure verdammte Hilfe nicht.« Ich presse mir die pochende Faust an die Brust und schließe die Augen. »Ich bin hier, um euch beiden zu sagen, dass ihr euch von meinem Bruder und meiner Familie fernhalten sollt. Ich will euren Namen nicht mehr aus seinem Mund hören.« Ich gehe auf die Tür zu.

»Alice«, mahnt Eli und folgt mir mit großen Schritten. »Nur weil wir mal miteinander im Bett waren, heißt das nicht, dass ich dir alles erzählen muss. Tommy ist ein erwachsener Mann.«

Ich bleibe stehen und drehe mich um. »Nicht, weil wir mal miteinander im Bett waren, Eli, sondern wegen dem, was mein Dad für dich getan hat.« Ich deute mit der Hand im Raum herum. »Du hättest dieses ganze Brimborium nicht, wenn er dir nicht begreiflich gemacht hätte, dass es besser ist, frei und selbstständig zu entscheiden. Wenn er dich nicht dazu gedrängt hätte, etwas Größeres zu versuchen, dich aus The Mint herauszuwagen. Zumindest dafür bist du es mir schuldig, mir zu sagen, wenn Tommy das nächste Mal kommt und nach Namen fragt.« An der Tür bleibe ich stehen und sage zögernd: »Übrigens, Maggie ist wieder in London. Sie zieht mit Mary Carr um die Häuser.«

»Die Gang der kleinen Diebinnen?«, fragt Patrick.

Eli gibt ein schroffes Lachen von sich. »Sie nimmt dich auf den Arm. Du weißt, dass Maggie so etwas nicht tun würde.«

»Ich habe sie selbst im Club 43 gesehen, ganz mit Juwelen behängt. Sie ist gesund und munter.«

Patrick schüttelt den Kopf. »Sie ist gegangen, weil sie nicht nach unseren Regeln leben wollte, schließt sich dann aber Mary Carr an?«

Ich behalte Eli im Auge, während ich sage: »Ich nehme an, das beweist, was sie alles aufgeben würde, anstatt sich wieder euch Jungs anzuschließen.« Erneut zuckt ein Muskel an seinem Kinn.

»Warum erzählst du uns das, Alice?« Seine Stimme klingt tief und grimmig.

»Damit erweise ich dir den Respekt, den du mir nicht zeigen wolltest.«

Ich habe die Hälfte meiner Schicht im Club 43 hinter mir, als ich Maggie an der Bar erspähe, wie sie Rob anquatscht. Es ist Jahre her, dass wir uns gesehen haben – und jetzt besucht sie zwei Abende hintereinander den Club, in dem ich arbeite, um zwanglos ein paar Drinks zu genießen.

Ich beobachte Maggie und Rob unauffällig von der anderen Seite der Bar aus. Rob hat gestern Abend eindeutig Abneigung gegenüber Mary und ihren Mädchen geäußert, aber jetzt redet er mit Maggie, als wären sie alte Freunde.

Ich öffne den Mund, um ihm eine Bestellung zuzurufen, halte aber inne, als ich sehe, dass Maggie ihm etwas zusteckt.

»Hast du nichts Besseres zu tun?«, raunt in diesem Moment eine missbilligende Stimme hinter mir.

Ich wirble herum und greife nach dem Tablett mit den Getränken, das ich abgestellt hatte, um Rob und Maggie heimlich zu beobachten.

Kate Meyrick sieht mich stirnrunzelnd an. Ihr mürrischer Gesichtsausdruck steht im Widerspruch zu ihrem farbenfrohen Seidenkleid, das nach der neuesten Mode geschnitten ist und von einem Stirnband aus Straußenfedern und einer langen Halskette aus funkelnden, schillernden Perlen abgerundet wird, die mir sofort ins Auge fallen.

Etwas Glänzendes tut das immer.

»Tut mir leid, Mrs Meyrick, ich habe mich ablenken lassen.«

Sie richtet sich ihre cremefarbenen Handschuhe und grinst. »Rob kann so etwas ganz gut. Er ist ein hübscher Bursche.« Sie beäugt meine Bluse, richtet sie und glättet eine Falte im Stoff. »Aber spar dir die Mühe. Ehrliche Männer sind die besten, hat mir meine Mutter immer eingeschärft.«

»Rob ist nicht ehrlich?«, frage ich und schäme mich für den kurzen Funken der Besorgnis, der in meiner Brust aufflackert.

»Kein Mann ist ehrlich. Also ist der beste Mann kein Mann.« Sie spricht es aus wie einen spielerischen Song und meint es wohl nicht ganz so ernst, wie es sich anhört.

»Es ist nicht nur er, der mich ablenkt«, gestehe ich ihr.

»Es ist dieser Ort.« Ich mache eine ausladende Geste. »Er ist so anders.«

»Er ist ein Juwel.« Ihr Lächeln wird breiter. »Mein Lebenswerk«, fügt sie stolz hinzu.

»Wie haben Sie das geschafft?« Diese Frage wurde ihr mit Sicherheit schon öfter gestellt, aber ich kann nicht anders. Eine Frau, die einen Club besitzt, ist das eine, aber dann gleich den gefragtesten Nachtclub in London? Ich will ihre Geschichte hören, alles, jedes einzelne köstliche Detail. Sie hat allen Widrigkeiten getrotzt, befindet sich an der Spitze einer von Männern dominierten Welt. Ich muss mehr darüber erfahren.

»Du bist wohl von der neugierigen Sorte? Ich bewundere neugierige Frauen. Risiko, so lautet die Antwort. Hab keine Angst, Risiken einzugehen. Es ist der einzige Weg, wie Frauen die Männer in dieser Stadt jemals überflügeln können.« Sie gibt mir keine Gelegenheit, etwas darauf zu erwidern, sondern tippt auf mein Tablett. »Also dann, zurück an die Arbeit!«

Als ich mich umdrehe, steht Rob direkt vor mir. Irgendwie ist er hinter dem Tresen entlanggeschlichen, ohne dass ich es bemerkt habe.

Bevor ich etwas sagen kann, reicht er mir eine Notiz, die auf eine Cocktailserviette gekritzelt ist.

»Für dich.«

Ich stelle mein Tablett mit den Getränken ab und falte die Serviette auseinander.

Triff mich in der Nische hinten. – M

»Ich dachte, du magst sie nicht – Marys Mädchen?«, sage ich zu ihm. »Das ganze Gerede gestern Abend über rücksichtslose Frauen, die ehrliche Leute ausnehmen wie Weihnachtsgänse. Du hast mit keinem Wort erwähnt, dass du mit einer von ihnen befreundet bist.«

»Befreundet wäre übertrieben.« Er schaut auf die Serviette. »Nimm meinen Rat an: Egal, worum sie dich bittet, sag Nein.«

Ich weise auf die Stelle, an der er vor wenigen Minuten noch mit Maggie gestanden hatte. »Wenn ihr keine Kumpel seid, was seid ihr dann?«

»Alte Bekannte«, antwortet er. »Woher kennst *du* sie denn?«

»Alte Bekannte«, kontere ich.

Ich nehme die Serviette und rolle sie in meiner Handfläche zusammen, aber bevor ich mich vom Tresen entfernen kann, spüre ich seine Hand auf meinem Arm. Seine Finger wandern hinunter zu Elis Taschentuch, das immer noch um meine Fingerknöchel gewickelt ist. »Was ist denn hier passiert?«

Ich entziehe ihm meine Hand. »Du stehst auf mich, nicht wahr, Rob?«

»Ja«, sagt er, ohne mit der Wimper zu zucken.

Ich schlucke, überrumpelt von seiner Offenheit. »Das solltest du aber lieber nicht.«

Er zuckt mit den Schultern. »Du hast recht. Du bist zu groß für mich. Gegen eine Dame mit frechem Mundwerk habe ich nichts einzuwenden, aber diese Baumstämme sind einschüchternd. Ich mag es, wenn meine Frauen klein sind.«

Ich wende den Blick ab und unterdrücke ein Grinsen. »Fürs Protokoll: Ich mag es nicht, wenn Männer mich anfassen, ohne vorher zu fragen.«

Entschuldigend hebt er die Hände. »Wird nicht wieder vorkommen.«

Ich beuge mich ein wenig vor, senke die Stimme und strecke die Hand aus, um seine Krawatte zu richten. »Ich habe gesagt, beim nächsten Mal *fragen* – und nicht, dass ich will, dass es nicht wieder vorkommt.«

Ich sehe, wie Röte sein Gesicht überzieht, und gehe triumphierend davon, erfreut darüber, diese Runde gewonnen zu haben.

Ich schiebe mich in die Sitzecke zu Maggie und lege mit einem tiefen Seufzer die Hände auf den Tisch. »Was verschafft mir das Vergnügen, Mags? Ich denke, ich habe mich gestern Abend doch klar ausgedrückt.«

»Ich wollte dir sagen, dass du recht hast. Ich hätte wissen müssen, dass es zwecklos ist, dich zu bitten, dich einer Gang anzuschließen. Ich wollte dir nur die gleiche Chance geben, die ich hatte.«

»Ich habe dir schon mal gesagt, dass du mir nichts schuldest.« Ich zwänge mich wieder aus der Nische heraus, aber sie ergreift rasch meine bandagierte Hand. »Ist das letzte Nacht passiert? Ich habe Gerüchte gehört, dass die McDonald-Brüder nach The Mint gekommen sind.«

Ich verkrampfe innerlich, suche nach etwas, das sie von dem Thema ablenkt, aber sie lässt mir keine Chance.

»Es geht um Tommy, nicht wahr? Er war schon immer

ein echtes Arschloch. Was schuldet er ihnen? Was hat er getan? Sag es mir, damit ich dir helfen kann.«

Ich ziehe die Hand zurück und hämmere mit den geprellten Knöcheln auf den Mahagonitisch, um dem, was ich sage, Nachdruck zu verleihen. »Ich will deine Hilfe nicht! Ich habe heute deine Brüder getroffen. Sie haben mir übrigens nicht geglaubt, als ich ihnen mitteilte, dass du dich Mary angeschlossen hast und ihre Befehle wie ein Hündchen ausführst.«

Wutentbrannt fährt sie hoch, ihr Gesicht leuchtet jetzt genauso feuerrot wie ihr Haar. »Ich bin niemandes Hündchen! Mary und ich sind Mitglieder eines Teams. Es sind meine Brüder, die mich wie einen Hund behandelt haben. Sie steckten mich in das Pit, um Geld mit Wetten zu verdienen. Aber wenn es Zeit war, über Geschäftliches zu reden, zwangen sie mich dazu, den Raum zu verlassen. Dass ich mich hätte nützlich machen können oder hervorragende Ideen hatte, spielte dabei keine Rolle. Ich bin eine Frau und ihre Schwester, also konnte ich nicht mit ihnen auf der Straße sein – dort war kein Platz für mich.« Ihre Stimme dröhnt, aber nach einem kurzen Blick an mir vorbei beruhigt sie sich und setzt sich wieder hin. Der Funke ist erloschen, wie eine Flamme, die ausgeblasen wurde und nur noch Rauch zurücklässt.

»Mary mag dich, Alice. Sie sagt, du hast Talent. Sie wollte dir gestern Abend anbieten, eine Probe zu absolvieren, bevor du eine kleine Szene gemacht hast.«

»Eine Probe?«, schnaube ich. »War euch mein Auftritt gestern Abend nicht genug?«

»Sie würde gerne etwas Riskanteres von dir sehen.«

»Die Diamonds schließen sich keiner Gang an«, beharre ich erneut, dieses Mal allerdings mit weniger Überzeugung. Ich bin zermürbt von den Ereignissen der vergangenen Nacht, und es fällt mir schwer, meine Stimme nicht erschöpft klingen zu lassen.

»Wie viel schuldet Tommy ihnen denn?«

Ich reibe mir mit der Hand über das Gesicht und lasse mich zurück in die Nische plumpsen. »Tausend Pfund.«

Der Betrag schockiert sie nicht. »Mit uns kannst du diese Summe schnell reinholen. Es würde zwei Wochen dauern, vielleicht drei.«

»Ich habe nur zwei.«

Ihre Augen weiten sich. »Wie lautet denn die Abmachung? Und was, wenn du es nicht schaffst? Was passiert dann?«

Ich verschränke die Hände vor der Brust. »Wenn ich es in zwei Wochen nicht schaffe, bekommen sie Tommy.«

»Verdammt!« Sie blinzelt heftig und sackt in sich zusammen. Sie braucht einen Moment, um sich von dem Schock zu erholen. Dann zieht sie die Schultern mit einer entschlossenen Bewegung wieder zurück. »Wenn ich dir meinen Anteil für die nächsten zwei Wochen gebe, können wir es hinkriegen.«

»Nein, darum werde ich dich nicht bitten.«

Sie zuckt halbherzig mit den Schultern. »Du hast mich nicht darum gebeten. Ich biete es dir freiwillig an. In zwei Wochen schaffen wir es gemeinsam, das Geld zusammenzukratzen. Wenn du dann immer noch gehen willst, dann geh.«

Ich lasse den Kopf hängen. »So einfach wird das nicht sein. Glaubst du, sie wird mich wieder gehen lassen, wenn sie mitbekommt, dass ich eine gute Einnahmequelle bin?«

»Es ist einfach«, versichert sie mir. »Diejenigen, die sich Mary anschließen, tun das aus freien Stücken. Sie weiß, dass sie den größten Erfolg hat, wenn ihre Mädchen es genauso sehr wollen wie sie.«

Ich werfe die Arme in die Luft und seufze verträumt. »Ich gebe zu, dich so zu sehen, macht mich neidisch. Du siehst aus, als würdest du in einem Stadthaus in Mayfair wohnen, und ich sehe aus wie ein Küchenmädchen an einem guten Tag. Aber ich will keine Schrankkoffer mit teuren Kleidern, wenn ich meine Freiheit dafür opfern muss.«

»Wir sind nicht wie die Männer.«

»Ach, nun komm mir doch nicht mit so einem Müll! Eine Gang ist eine Gang.«

»Wir sind anders. Man muss dabei sein, um es zu glauben. Gib der Sache eine Chance.«

Ich erwidere nichts, und für einen langen Moment sitzen wir zusammen, wie wir es früher immer taten. Maggie hatte immer so eine Art, mich selbst herausfinden zu lassen, was ich herausfinden musste, ohne mich deswegen zu nerven. Ich sehne mich danach, ihr zu gestehen, wie sehr ich sie vermisst habe, aber meine innere Stimme schreit dagegen an. Sie darf nicht wissen, dass ich ohne sie einsam gewesen bin.

Schließlich bricht sie das Schweigen: »Sie frühstückt jeden Morgen im Franny's in der Nähe von The Strand. Such sie dort gegen halb acht auf und überzeug sie davon, dir eine Probe zu gewähren. Beweise ihr, dass du genauso talentiert bist, wie ich es ihr gesagt habe.«

Ich schüttle den Kopf. »Was, wenn das nicht reicht? Was, wenn sie mich ablehnt? Ich habe sie beleidigt, indem ich mich über ihr Angebot lustig gemacht habe.«

»Sie wird dich nicht abweisen.« Ihre Stimme lässt keine Zweifel aufkommen.

»Ich kann mich einfach keiner Gang anschließen«, wiederhole ich, mehr an mich selbst gerichtet.

»Dieser Bandenkrieg zwischen den Männern – es ist genau das, etwas zwischen Männern. Du liebst Tommy, du liebst deinen Vater. Die kleine Louisa. Aber wann bist du so weit, auch dich selbst zu lieben? Wann wirst du aufhören, den Erwartungen, die dein Vater immer an dich gestellt hat, gerecht werden zu wollen? Das ist Freiheit, echte Freiheit.«

Das klingt zu schön, um wahr zu sein, denn Freiheit hat immer ihren Preis. Ich atme verhalten aus. »Warum hast du es getan? Was hat dich dazu gebracht, uns zu verlassen?«

Was hat dich dazu veranlasst, mich zu verlassen?

Ihr ganzer Körper spannt sich an, ihre Schultern verkrampfen sich. Es folgt ein langes Schweigen, bevor sie wieder etwas sagt. »Mary bot mehr. Mehr von allem.«

»Du warst *The Reaper*«, erinnere ich sie, worauf sie unwillkürlich zittert.

»Du warst die beste Kämpferin in The Mint, vielleicht sogar in ganz London. Du warst jemand auf unseren Straßen.«

»Mein ganzes Leben lang haben mir meine Brüder gesagt, was ich tun und lassen soll, und meine Mutter stand hinter ihnen und hat mir eingebläut, ich solle zuhören und gehorchen. Dann kam Mary und bot mir die Chance, selbst eine Wahl zu treffen. Zum ersten Mal hat mich jemand gefragt, was *ich* will. Diese Möglichkeit bekommen Frauen nicht. Zumindest nicht Frauen wie wir. Dein Vater hat dich nie gefragt, ob du dieses Leben willst, oder?«

Sie hat recht. Es ist deprimierend, und ich kann es nicht leugnen. Aber trotzdem zögere ich, denke gründlich über meinen Onkel und seine niedergemetzelte Familie nach. Über die McDonald-Brüder, die meinen Bruder fast totgeprügelt haben. Über Robs Warnung.

Ich werfe ihm einen raschen Blick zu. Er mixt gerade etwas für ein Pärchen, das sich zwischen den Drinks sehnsüchtig anschmachtet.

Maggie kichert. »Lass mich raten, Rob hat dir gesagt, du sollst ablehnen?«

Ich vermeide es, die Frage zu beantworten. »Woher kennt ihr beiden euch?«

»Er ist das, was wir einen Abtrünnigen nennen.«

»Abtrünnig?«

»Das schwarze Schaf in der Familie McDonald. Er änderte seine Meinung und wollte nicht mehr Teil des Familienunternehmens sein, nachdem er aus dem Krieg zurückgekehrt und clean geworden war. Man munkelt, dass er im Dienste des Vaterlands schreckliche Dinge getan hat.«

»Er ist ein McDonald?« Ich kann nicht verhindern, dass meine Stimme schrill klingt, denn der Schrecken einer solchen Vorstellung erschüttert mich. »Nein, das kann nicht sein. Der dritte Bruder hieß Bert, und mein Dad sagte, er sei im Krieg gefallen.« Er darf einfach kein Bruder der McDonalds sein. Er darf nicht der Familie angehören, die nachts in unser Haus gestürmt ist, Forderungen gestellt und meinen verprügelten Bruder zurückgelassen hat. Nicht er. Die Vorstellung macht mich fertig.

»Bert, Robert, Rob«, antwortet Maggie beiläufig. »Das ist er, und für mich sieht er quicklebendig aus. Man nannte ihn früher den *›Sprengmeister‹* – er konnte in Windeseile aus allem Möglichen eine Bombe herstellen. Jetzt stellt er keine Bomben mehr her, sondern Drinks.«

Ich brauche eine ganze Weile, um mit dieser Enthüllung fertigzuwerden, bevor Maggie sich wieder einschaltet. »Er steckt bei ihren Plänen nicht tief drin, weißt du? Er hat nur bei der Logistik geholfen.«

Ich starre zu Rob hinüber. Zusammen mit Kate, die hinter ihm steht, ist er damit beschäftigt, die Regale mit Flaschen aufzufüllen, und spricht dabei über die Schulter mit ihr. Maggie schiebt mir eine Serviette zu, auf die sie eine Adresse gekritzelt hat. Die von Franny's, nehme ich an.

Ich sage nichts weiter, worauf sie aufsteht und geht. Ich falte die Serviette und stecke sie zusammen mit der anderen in meine Hosentasche, um dann zurück zur Bar zu gehen. Ich warte, bis Kate wieder in ihrem Büro verschwindet, bevor ich Rob den Lappen aus der Hand reiße und ihm entgegenschleudere. »Du bist ein echter Scheißkerl!«

Er fängt den Lappen auf und funkelt mich an. »Was hast du für ein Problem?«

»Du bist mein Problem! Du sagst mir, ich soll Maggie

einen Korb geben, obwohl du verdammt genau weißt, dass ich dank deiner Brüder keine andere Wahl habe!«

Sein Mund bleibt offen stehen, und er stößt ein ersticktes Lachen aus. »Ich habe keinen blassen Schimmer, wovon du redest!«

»Das ist ein Haufen Mist! Lüg mich nicht an!«

»Ich lüge nicht! Ich rede nicht mehr mit meinen Brüdern. Ich kümmere mich nur um meine eigenen Angelegenheiten.« Er schüttelt den Kopf und lässt den Blick von mir auf die Bar und schließlich auf die Sitzecke im hinteren Bereich schweifen. Dort wo Maggie gesessen hat, bleibt sein Blick hängen, als würde er versuchen, die Zusammenhänge zu erkennen. »Was hast du überhaupt mit meinen Brüdern zu tun?«

»Das weißt du wirklich nicht?«

»Ich weiß wirklich nicht, wovon zur Hölle du überhaupt sprichst.«

Mit einem gehässigen Fauchen schüttle ich den Kopf. »Na, da hast du aber Glück. Lehn dich einfach zurück und kümmere dich um die verdammte Bar, während wir anderen uns alle mit den Scheißproblemen, die uns deine Familie bereitet, herumschlagen müssen.« Ich nehme mein Tablett und werfe Rob wutschnaubend einen letzten Blick zu. »Wenn ich dich noch einmal dabei erwische, wie du mir auf die Beine starrst, Babyface, dann ziehe ich dir ein Glas über den verdammten Schädel.«

Die Nacht vergeht wie im Flug, und ich bin zu sehr von dem abgelenkt, was Maggie mir erzählt hat, um lange Finger zu machen. Es ist verrückt, dass ich so einen Vorschlag überhaupt in Betracht ziehe, wohl wissend, dass der Zorn meines Dads auf mich hereinbrechen wird, wenn er es erfährt.

Er würde das nicht tun, um Tommy zu retten. Er würde schreckliche Dinge tun, aber er würde sich nie einer Gang anschließen.

Aber ich bin nicht er, und vielleicht ist das für Tommy dieses Mal eine gute Sache.

Ich arbeite stumpfsinnig bis zum Feierabend, dann gehe ich nach Hause, um meiner Mutter von Mary Carrs Angebot zu erzählen. Sie führt sich die Faust zum Mund und beißt darauf. Dann geht sie so lange auf und ab, bis ihr das Schultertuch herunterrutscht. »Du hättest Nein zu Maggie sagen sollen. Du hättest ihr sagen sollen, dass sie sich verziehen soll!«

»Ich habe Nein zu Maggie gesagt. Aber das ändert nichts. Es ist sowieso nur ein Treffen. Ich muss ihr eine Probe liefern. Vielleicht falle ich ja durch.« Ich suche den Laden nach Tommy ab. »Wohin hat sich mein Bruder denn jetzt schon wieder verdrückt?«

»Ich habe ihn weggeschickt, damit er seine Verletzungen versorgen lässt. Ralph sagte, er würde ihn mit ein paar Stichen nähen und ihm ein Fläschchen mit irgendwas geben, um die Schmerzen zu lindern.«

»Ich könnte auch ein Fläschchen mit irgendwas gebrauchen«, murmle ich.

»Ich will nicht, dass du das tust.« Sie nimmt eine stocksteife Haltung an, aber der Zweifel verzerrt ihre Gesichtszüge. »Mary mag nett zu dir sein oder dir einen großzügigen Anteil von der Beute abgeben, aber nur, weil sie weiß, dass das alles keine Rolle spielt. Du würdest ihr gehören. Sie könnte die Regeln ändern und dich zwingen, etwas zu tun, was du nicht tun willst. Sie hätte die ganze Macht, und du gar keine. Das ist keine Position, in der du sein willst.«

»Ich gehöre niemandem. Und wieder mal hältst du so wenig von mir.«

»In dem Moment, in dem du dich ihr widersetzt, wird sie die Brüder dazu drängen, erneut unsere Tür aufzubrechen. Was ist da der Unterschied zu Tommys Situation, wenn er für sie arbeitet?«

»Ich warte den passenden Augenblick ab, zahle die Schulden und bin dann fertig mit ihr. Das ist ein Plan – der einzige, den wir haben.«

»Warum sollte sie überhaupt zustimmen, dich jetzt aufzunehmen? Die McDonald-Brüder wollen, dass du scheiterst, und sie sind ihre Verbündeten. Du kannst immer noch Mr King ausnehmen.«

Ich bemühe mich, mir keine Unsicherheit anmerken zu lassen, als ich sage: »Die Situation mit King ist kompliziert.«

»Kompliziert? Inwiefern?«

»Ich weiß nicht, ob ich das noch durchziehen werde.«

Sie bricht in Lachen aus. »Du hast den Job bei King nur angenommen, um ihn auszurauben. Das ist immer der Plan, wenn man einen Job als Dienstmädchen bei den Reichen annimmt.«

Ich gehe zum Tisch und setze mich. »So einfach ist es

nicht mehr. Ich hatte noch keine Gelegenheit, den Safe zu knacken, und er schlägt seine Frau.«

»Was hat das eine mit dem anderen zu tun?«

»Ich weiß nicht, ob ich sie im Stich lassen kann. Er könnte sie umbringen, wenn ich es tue.«

Einen Moment lang herrscht Schweigen zwischen uns. Dann dringt ihr wieder ein Lachen über die Lippen, weit bitterer dieses Mal. »Du bist eine Diebin, Alice. Man wird nicht sentimental wegen einer wohlhabenden Bühnenschauspielerin und denkt, man könnte sie retten! Glaubst du etwa, sie würde ernsthaft daran denken, dich zu retten?«

»Überrascht es dich so sehr, dass ich mich um etwas außerhalb dieser gottverdammten Straßen im Viertel kümmere?«

Sie verschränkt die Arme vor der Brust, zieht die Augenbrauen zusammen, und eine mir allzu vertraute Falte taucht auf ihrer Stirn auf. Gleich werde ich eine Lektion erteilt bekommen, und zwar eine gehörige. »Du wirst das jetzt nicht hören wollen, aber nichts, was du tust, wird eine Frau wie sie retten.«

»Ich bin nicht hier, um eine Session in Anspruch zu nehmen, Mum.«

»Sie wird bei ihm bleiben, Alice, egal wie sehr er sie misshandelt, weil sie ohne diese Satinkleider und Lavendelbäder nicht leben will. Das versichere ich dir. Ich will nichts mehr davon hören. Du wirst die Kings ausrauben, Schluss, aus, Ende!«

Ich springe auf und stürze mich wütend auf sie, wobei mein Stuhl umkippt. Meine Worte klingen eher wie ein Knurren. »Sag du mir nicht, was ich tun soll! Ich entscheide, was ich unternehme, um die Schulden zu begleichen. Nicht du!«

Sie tritt ein paar Schritte zurück, beäugt unbehaglich meine Fäuste, und ich fühle mich an Pearl erinnert, die beim Frühstück zitterte. Ein scharfer Schmerz durchzuckt mich. Ich will den Menschen, die ich liebe, keine Angst einjagen.

Zögernd strecke ich die Hand aus, fasse meine Mutter behutsam an den Schultern und richte ihr entschuldigend das Tuch zurecht. Ich ziehe es enger um ihren Körper. »Verzeih mir, Mum.«

Sie steckt mir ein paar Strähnen hinters Ohr und nickt mir zu.

Meine Lippen werden schmal, und ich sage nichts mehr, sondern lasse mich einfach auf das heruntergekommene Sofa fallen und atme zutiefst erschöpft aus. Wenn ich jetzt die Augen schließen würde, wäre ich binnen weniger Sekunden eingeschlafen. »Was, wenn gar nichts in dem Safe liegt? Wir müssen uns auf das Schlimmste gefasst machen. Ich könnte sein Haus plündern, aber wir wissen nicht, wie lange es dauert, die Ware zu verhökern.«

Sie stöhnt enttäuscht auf und lässt sich neben mir nieder. »Wenn nichts drin ist, bleibt uns keine Wahl. Wenn wir Glück haben, findet es dein Vater nie heraus.«

»Und wenn doch?«

»Dann möge Gott uns beiden beistehen.«

Wir teilen uns schweigend eine Zigarette, bevor ich die Treppe hinaufsteige, um nach Louisa zu sehen. Aber das Bett ist leer.

Die McDonalds.

Eiskalte Panik ergreift mich, während ich wie wild herumwirble, in der Hoffnung, dass sie sich irgendwo in einer Ecke versteckt und nicht entführt wurde. Dann höre ich, wie das Fenster knarrend aufschlägt. Ein Schwall kalter Nachtluft schlägt mir ins Gesicht, und ich sehe eine Gestalt hereinkrabbeln.

Ihre schlanken Beine schieben sich über den Rahmen, sie lässt sie herunterhängen, bevor sie ganz hereinklettert. Sie richtet sich ihr Kleid – mein Kleid, um genau zu sein – und dreht sich um. Ich bemerke Knutschflecken an ihrem Hals – zusammen mit ihrem zerzausten Haar und ihren glasigen Augen. Und dann der Geruch – es riecht nach aufgeschlitzten Eingeweiden. Sie stinkt nach der Opiumhöhle nebenan.

»Alice!«, quiekt sie erschrocken. »Es ist nicht so, wie du denkst. Ich wollte nur ein bisschen Luft schnappen.«

»Wie heißt er?« Andere Worte bringe ich nicht hervor.

»Es gibt keinen Er.«

»Lüg mich nicht an.«

»Du lügst mich doch auch ständig an!«, kontert sie, in die Enge getrieben. »Erst gestern Abend habe ich dich nach der Wahrheit über unsere Familie gefragt. Du konntest sie mir nicht mal sagen, während Gangster unsere Fenster einschlagen. Na los, erzähl es mir, Alice. Sag mir, dass wir gefährlich sind. Sag mir, dass ich aus The Mint nie herauskommen werde und dass ich eines Tages in Moms Fußstapfen treten werde. Oder, noch schlimmer, in deine.«

»Das werde ich nicht zulassen.«

»Sag es mir, Alice! Sag mir, dass meine Träume von Flucht albern sind. Dass ich immer nur ein Mädchen aus The Mint sein werde.«

»Ich habe dir versprochen, dass ich einen Weg finden werde, dich hier rauszubringen!«

»Du hast es nicht herausgeschafft.« Sie senkt ihren Blick, und ihre Unterlippe beginnt zu beben. »Du hältst mich für ein naives kleines Mädchen, das du für immer in diesem dunklen Raum halten kannst, aber das bin ich nicht.«

Wut erfüllt mich. »Dieser Mann ist also dein Plan? Dein Weg hinaus?«

»Und was, wenn er es ist? Nur weil die Antwort auf deine Probleme unmöglich ein Mann sein kann, heißt das nicht, dass es nicht die Antwort auf meine sein kann.«

»Du bist noch ein verdammtes Kind.« Ich deute auf ihren Körper, auf mein Kleid, das ihr locker auf Brüsten und Hüften sitzt. »Du bist erst sechzehn.«

»Für ihn bin ich Frau genug.«

»Wer ist es? Du riechst nach der Opiumhöhle von nebenan. Sag mir den Namen, oder ich gehe rüber und fackle den Laden ab, nur um sicherzugehen, dass ich ihn erwische.«

»Das würdest du nicht tun.«

»Stell mich nicht auf die Probe, Louisa. Wie heißt der Kerl?«

Als sie nichts sagt, greife ich nach dem Streichholzbriefchen in der obersten Schublade des Nachttisches, um meine Entschlossenheit deutlich zu machen, und renne in den Flur. Sie schreit gellend auf und jagt mir hinterher.

»Tu das nicht! Es ist Jacob. Es ist Jacob Sloan!«

»Jacob Sloan?« Mir stockt der Atem, ich kann es nicht fassen. Jacob ist der Sohn eines ehemaligen gedungenen Schlägers, Richard the Butcher, der eine Fleischerei einen Block weiter betreibt. Er ist kein Mann, dem Dad jemals in die Quere gekommen ist. Nicht nur, weil er fast dreihundert Pfund pure Kraft ist, sondern weil er über die Jahre hinweg loyal war. Unerschütterlich loyal.

Er ist ein Mann, dem ich nicht ans Bein pissen sollte, aber bei jedem Atemzug, den ich nehme, um die Kontrolle wiederzuerlangen, ist es, als würde ich eisige Wut inhalieren, während mir Bilder von Jacob, wie er meine Schwester betatscht, durch den Kopf gehen. Mir wird so heiß, dass mir der Schweiß ausbricht. Es gibt tatsächlich viele Mädchen in dieser Stadt, die in ihrem Alter heiraten und mit Männern schlafen, die älter sind als sie. Mum hat Dad mit fünfzehn geheiratet. Aber Louisa wird nicht eines dieser Mädchen sein, so wahr mir Gott helfe.

Mum kommt die Treppe hinauf, während ich hinunterrase. »Was ist denn passiert? Was hast du dieses Mal verbockt, Louisa?«

Ich renne zu Dads Messerfach und suche mir eines der Sägemesser aus seiner Sammlung aus, eines, das ich mit meiner kleineren Frauenhand gut greifen kann, und verlasse den Laden. Die Opiumhöhle wird von einer Frau namens Liza bewacht, die immer viel zu high ist, um etwas anderes zu tun, als von ihren verzweifelten Kunden Eintritt zu nehmen. Sie bemerkt nicht einmal, dass ich hereinplatze.

Der Laden besteht aus einem offenen Raum, in dem

überall alte Feldbetten mit fadenscheinigen Laken herumstehen, und alles riecht wie eine schwärende Wunde, die einen starken, süßlichen Geruch absondert, der alles andere überwältigt.

Ich würge und bedecke mir den Mund mit dem Hemdkragen, während ich mir den Weg hindurchbahne und dabei über Menschen hinwegsteige, bemüht, nicht allzu tief einzuatmen. Während ich mich leise hineinbewege, mache ich mir ein Bild von dem schmuddeligen, mit Kerzen beleuchteten Inneren. Wenn Jacob mich kommen hört, wird er die Beine in die Hand nehmen.

Vorsichtig ziehe ich einen Vorhang nach dem anderen zurück, spähe hinein und schließe ihn dann wieder. Als ich schließlich einen Raum im hinteren Bereich erreiche, reiße ich die Tür auf und erblicke Jacob, der gerade Geld in einer Geldkassette zählt. Als er mich sieht, erkennt er wohl etwas in meinem Gesichtsausdruck, denn er springt auf und huscht hinter den kleinen Tisch. Vielleicht ist es aber auch der Anblick des Dolchs.

»Na, na, Alice. Tu nichts, was du später bereust.«

Ein Schauer läuft mir über den Rücken, und ich schüttle den Kopf. »Wer sagt, dass ich es jemals bereuen werde?«

»Dein Vater würde das nicht gutheißen! Wir sind eine Familie in The Mint. Wir bedrohen uns nicht gegenseitig.«

»Er würde anders darüber denken, wenn er die Knutschflecken sehen würde, die du am Hals meiner Schwester hinterlassen hast. Seinem kleinen Mädchen.« Meine Stimme wird lauter, und ich knurre: »Vielleicht sage ich es ihm, wenn er rauskommt, und sehe dann zu, wie er an meiner Stelle in diesen Laden stürmt. Wie er dir die Kehle zudrückt, bis dein Gesicht violett anläuft, während ich im Hintergrund stehe und mich amüsiere.«

Unerwartet rammt etwas meinen Rücken. Louisa schlingt mir einen Arm um den Oberkörper und versucht nach dem Messer zu greifen. Ihre dürren Arme sind verblüffend schnell.

»Lass los, lass los!«, faucht sie und tritt mir gegen die Beine. Ich versetze ihr einen Stoß mit dem Ellbogen in die Rippen, worauf sie mich quiekend loslässt, dann packe ich Jacob angewidert am Kragen. Ich kann seinen schlechten Atem riechen und sehe Schweißperlen von seiner Stirn rinnen. Er ist ein zappliger kleiner Kerl – der Erste, der bei einem Scharmützel auf der Straße den Rückzug antreten würde. Selbst jetzt wimmert er wie ein verängstigtes Kind in meinem Griff.

Er ist die schlechteste Wahl, und das werde ich nicht zulassen.

Ich halte das Messer ganz nah an die Stoppeln auf seinem Kinn. »Wenn du sie noch einmal anfasst, werde ich es herausfinden und dich von der Nase bis zum Nabel aufschlitzen, während auch noch der letzte verdammte Mensch in The Mint zusieht.«

Ich kann die Angst spüren, die sein magerer Körper verströmt. Sein Blick flackert zu Louisa, die schluchzend hinter mir steht.

Ich ziehe ihn am Kragen. »Sieh nicht sie an! Sieh mich an! Sie kann dir nicht helfen. Verstehen wir uns, Jacob?«

Mit bebender Unterlippe nickt er mehrmals heftig. Ich

lege das Messer weg und lasse ihn los, aber nicht, bevor ich ihm mit meiner unverletzten Hand einen kräftigen Schlag gegen den Kopf verpasst habe. Die Wucht des Aufpralls lässt einen stechenden Schmerz meinen Arm hinaufjagen, und meine ganze Hand explodiert vor Schmerz. Nun sind meine beiden Hände aufgerissen und mit violettblauen Flecken versehen. Ich versuche, sie wieder zu Fäusten zu ballen, aber diese Bewegung ist schmerzhaft. Ich kann die Finger kaum krümmen. Es kostet mich meine ganze Beherrschung, um bei der Intensität des brennenden Schmerzes nicht zusammenzuzucken. Aber ich verziehe keine Miene und balle schließlich die Fäuste. Könnte mein Dad mich jetzt sehen, würde er sich auf die Schenkel klopfen und vor Stolz aufheulen.

Auf dem Boden stößt Jacob, dem Blut aus einer Platzwunde über dem Auge quillt, ein schrilles Wimmern aus, versucht aber nicht aufzustehen. Er verharrt dort, zu einem Ball zusammengerollt wie ein verängstigter Hund.

Ich ergreife Louisas Hand und zerre sie zur Tür hinaus. Als wir draußen sind, schubst sie mich ein paar Schritte zurück. »Du bist nicht mein Vater! Du hast nicht das Recht, mir vorzuschreiben, mit wem ich mich treffen darf.«

Mum tritt aus unserer Haustür, greift sofort nach meiner Hand und nimmt sie mit einem Kuss in die ihre. »Warum hast du nicht den Schlagring benutzt, wenn du ihn verprügeln wolltest?«

Louisa verkörpert pure, kalte Wut. »Du heißt das auch noch gut?«

Mum verzieht die Lippen. »Warst du mit ihm im Bett?

Lüg mich nicht an. Ich schau zwischen deinen Beinen nach, wenn es sein muss.«

Mit gerötetem, tränenüberströmtem Gesicht schüttelt Louisa den Kopf. »Nein.«

»Gut«, sagt sie. »Weißt du, was mit Mädchen passiert, die zum Spaß mit Männern schlafen? Sie bekommen am Ende ein Kind, und dann ist jede Wahl, die sie je hatten, verloren. Du müsstest ihn heiraten, mit ihm leben, ihm gehorsam sein, weil er der einzige Mensch ist, der dich und dein Kind am Leben erhält. Ist es das, was du willst?«

Ihre Stimme klingt eindringlich, als sie auf die Konsequenzen solchen Handelns hinweist. Konsequenzen, die sie versteht und selbst erlebt hat. Ich bin sicher, dass es Liebe zwischen meinen Eltern gab, als ich aufwuchs, aber vielleicht war das nicht immer so. »Willst du dein Leben mit so einem Mann verbringen?«

Louisa schüttelt den Kopf, hat die Arme um ihren Oberkörper geschlungen. Sie öffnet den Mund, ist aber nicht imstande, etwas hervorzubringen. Jetzt, da ich nicht mehr auf hundertachtzig bin, möchte alles in mir sie trösten, wie ich es immer tue. Aber sie muss die Härte der Worte unserer Mutter spüren, also widerstehe ich.

»Nein.« Das Wort dringt ihr als leises Wimmern über die Lippen.

»Lauter, ich kann dich nicht verstehen.«

»Nein, das will ich nicht.«

Ich gehe an meiner Mutter vorbei und stehe Louisa frontal gegenüber, widerstehe aber nach wie vor dem Drang, sie in den Arm zu nehmen und ihr zu versichern, dass ich nur zu ihrem Besten gehandelt habe.

Aber sie hat recht damit, dass sie kein Kind mehr ist, und ich muss aufhören, sie wie eins zu behandeln. Die Lektionen, die sie lernt, werden nur dann erfolgreich sein, wenn sie sie auf die harte Tour lernt.

»Der Spaß ist vorbei. Jetzt geh ins Bett.«

Fünftes Kapitel

Hellwach, fest entschlossen und mit langsamen Schritten treffe ich am nächsten Morgen bei Franny's ein. Ich gehe an gut gekleideten Männern und Frauen vorbei, die in aller Gemütsruhe frühstücken. Ein Kellner eilt mit einem Tablett voller Stücke üppiger Sahnetorte und goldbraunem, knusprigem Gebäck vorbei, dessen Anblick mir das Wasser im Mund zusammenlaufen lässt, bis der Mann zwischen den Gästen verschwindet.

Im Restaurant duftet es nach frischem Kaffee, und ich inhaliere sein kräftiges, erdiges Aroma, während mein Magen vor Verlangen knurrt. Wäre mein Dad hier an meiner Seite, würde er mit der Zunge schnalzen und mich ermahnen: »Lass dir keine Tagträume zu Kopf steigen, Alice – halt dich an die Fakten. Du wirst nie an einem Ort wie diesem hier essen, aber wenn du dich ins Zeug legst, wirst du wenigstens überhaupt etwas zu essen haben.«

Seine Worte gehen mir durch den Kopf, während ich nach Mary Carr Ausschau halte.

Schließlich entdecke ich sie in einer lauschigen Ecke im hinteren Bereich. Sie trägt den gleichen dicken Pelz und Kopfschmuck, den sie an jenem Abend im Club 43 trug, nur in einer anderen Farbe, einem himmelblauen Ton. Noch hat sie mich nicht gesehen, was bedeutet, dass ich es mir noch einmal anders überlegen kann. Ich könnte jetzt gehen, und sie würde nie davon erfahren.

Aber ich bin nicht überzeugt davon, ob ich Kings Safe plündern und Pearl im Stich lassen kann, und ich bin mir auch nicht sicher, ob das, was er darin aufbewahrt, auch nur annähernd die Summe einbringt, die ich benötige, um Tommys Schlamassel aus der Welt zu schaffen.

Das hier ist die einzige Möglichkeit. Zwei Wochen, dann steige ich aus. Ich kann das hinkriegen.

Ich zwinge mich dazu, weiterzugehen, und ignoriere den Geruch des Hefefladens, der im Ofen bräunt und mir den Magen verknotet. Ich bin nicht hier, um zu essen. Ich bin hier, um über Geschäftliches zu reden.

Mary blickt teilnahmslos von ihrer Zeitung auf, als ich mich ihr nähere. Sie gibt dem Kellner einen Wink, worauf dieser einen Stapel mit Krümeln übersäter Teller abstellt, um zu ihr zu eilen. »Bringen Sie meinem Gast bitte das Gleiche wie mir, ja?«

»Sofort, Ma'am.« Er nickt beflissentlich und huscht davon.

Ihr Blick wandert an meinem Körper hinunter. »Wer hat dir gesagt, wo du mich finden kannst?«, fragt sie schließlich.

Ich lasse mich auf den Stuhl ihr gegenüber nieder. »Maggie sagte, Sie frühstücken hier jeden Morgen.«

Sie wölbt eine Braue. »Wie amüsant. Erst habe ich keine Ahnung, wer du bist. Nur ein Name, den Maggie erwähnt hat, eine Freundin aus Kindertagen. Und heute Morgen höre ich dann, dass die McDonald-Brüder mit der Familie Diamond eine Angelegenheit zu klären haben. Und dass diese Familie Diamond The Mint kontrolliert, eine Räuberhöhle. An deren Spitze du stehst. Eine Frau.« Sie kichert auf eine Art, die fast etwas hysterisch klingt. »Ich hatte keine Ahnung, dass wir einander so ähnlich sind.«

Ich beende den Small Talk. »Sie haben also von den Schulden meines Bruders gehört?«

»Ich kenne nicht alle Details.« Sie zuckt mit den Schultern und genehmigt sich einen großen Schluck Kaffee. »Wir sind mit den Brüdern verbündet, aber nur unverbindlich. Sie würden niemals Informationen über ihre Geschäfte mit mir teilen, die nichts mit den meinen zu tun haben. Ich kümmere mich um Waren und deren profitablen Verkauf, und sie führen Kriege. Ich will gar nicht wissen, wen sie um ihrer Macht willen abschlachten. Das ist nicht das, was ich will.«

»Was wollen Sie denn?«

Sie schenkt mir ein breites, geheimnisvolles Grinsen. »Ich will jeder Frau die Chance geben, Seide zu tragen und in ihren eigenen Automobilen herumzufahren. Die Chance, zu begreifen, dass eine Frau zu sein nicht bedeutet, dass wir unser Schicksal nicht selbst in die Hand nehmen können.«

Ich schüttle verächtlich den Kopf. »Es ist leicht, sich über das Schicksal auszulassen, wenn man hier in teuren Kleidern speist und Kaffee schlürft.«

Die Erwähnung von Kaffee scheint den Kellner herbeizubeschwören. Wie von Zauberhand taucht er neben mir auf und serviert eine Kaffeetasse und einen Teller mit Eiern, Bohnen und Toast. Der Geruch des frisch gebrühten Getränks ist spektakulär und erinnert mich an meinen ersten Job, bei dem ich Dad half. Wir leerten die Kasse eines luxuriösen Schokoladengeschäfts in der Nähe der Strand. Er belohnte mich mit einem Kaffeebohnen-Trüffel, und ich hätte schwören können, den Himmel gekostet zu haben.

»Bist du hier, Alice, um von oben herab mit mir zu reden, weil ich all die Dinge besitze, die du auch gerne hättest?« Marys Stimme klingt ruhig, sie scheint ganz und gar nicht verärgert über meine Bemerkung.

Ich frage mich, ob das hier vielleicht nur eine Formsache für sie ist: einem armen Mädchen den Kopf waschen, das eine Chance haben möchte. Einer Dame im Pelz und mit Diamanten gegenübersitzend, eingehüllt in den Duft von Zimt und Hefefladen, würde jedes dumme Mädchen, ohne weiter nachzudenken, auf dieses brillante Schauspiel hereinfallen. *Wie viele Frauen hast du schon in die Falle gelockt, Mary?*

»Iss doch was!«, schlägt sie warmherzig und mit einnehmendem Lächeln vor. »Du siehst hungrig aus.«

Obwohl mein Magen mich anfleht, alles auf einmal in mich hineinzustopfen, nehme ich nur ein köstliches Schlückchen Kaffee und stelle die Tasse mit leisem Klirren wieder auf der Untertasse ab. »Nein«, sage ich schließlich. »Ich bin gekommen, weil ich gerne Ihr Angebot annehmen möchte, falls Sie mir noch eine Chance geben wollen. Maggie sagt, es sollte einfach sein, die Schulden meiner Familie in zwei Wochen abzubezahlen, wenn ich bei Ihnen mitmache.«

Sie schnauft dramatisch. »Ich habe dir gesagt, dass du ein Talent für den Club 43 hast, und das habe ich auch so gemeint. Ich glaube auch, dass Verzweiflung ein starkes Motiv sein kann. Aber unter dem Strich glaube ich nicht, dass du zu uns passen würdest.«

Mein Herz rast. »Dieser Meinung waren Sie an dem Abend, an dem wir uns kennengelernt haben, nicht. Sie sind eine Diebin, genau wie ich. Der einzige Unterschied zwischen uns ist, dass Sie keine Laufmaschen in den Strümpfen haben.«

Sie holt einen Lippenstift aus einer mit silbernen Perlen besetzten Handtasche, die auf dem Tisch liegt. »Ich rekrutiere keine Frauen wie dich. Oder Frauen wie mich.«

»Könnten Sie aufhören, in Rätseln zu sprechen?«

»In The Mint schnippst du mit den Fingern, und schon stehen Männer vor deiner Tür, die wegen des Rufs deines Vaters nach deiner Pfeife tanzen. Du bist es gewohnt, die Kontrolle zu haben. Du befolgst keine Anweisungen. Du erteilst sie. Das kann ich nicht gebrauchen. Ich kann nicht zulassen, dass du meine Anweisungen infrage stellst.«

Ich widerspreche ihr nicht, denn alles, was sie sagt, stimmt. Ich lasse ein fröhliches Kichern heraus, um meine Anspannung zu lösen, obwohl mein Bein unter dem Tisch wie verrückt zappelt. »Vielleicht ist es besser so«, erwidere ich ruhig. »Dad würde mich auf die Straße setzen, wenn ich respektlos wäre gegenüber dem, was er aufgebaut hat.«

»Was hat er denn aufgebaut? Ein Nest von Kleinkriminellen, das sicher ist vor dem Bandenkrieg? Das ist doch alles Quatsch. Auch wenn er vorgibt, seine Absichten seien edel, weiß er doch, dass er Macht über diese Menschen hat. Und er ist zu schlau, um diese Macht jemals aufzugeben.«

Für einen Moment vergesse ich, dass ich sie brauche. Dass ich sie anflehen sollte, mir eine Chance zu geben, und damit aufhören sollte, eine dicke Lippe zu riskieren. »Mein Vater kontrolliert The Mint nicht. Er bringt Ordnung rein. Diese Leute sind seine Familie und seine Freunde. Sie gehören ihm nicht. Er ist anders als Sie oder Ihre hochgeschätzten McDonald-Brüder. Er würde mich auslachen, wenn ich Ihr Angebot auch nur in Erwägung zöge.«

Im nächsten Moment geht mir auf, dass ich damit beweise, dass sie recht hat.

»Lass deinen Vater ruhig lachen«, setzt sie munter fort. »Das Lachen wird ihm schon bald im Halse stecken bleiben, wenn er merkt, was aus dir geworden ist. Schließlich kann eine Frau nicht kämpfen oder unverblümt sein. Eine Frau wie du darf weder denken noch wählen. Wie könnte sie etwas tun, was ein Mann tut, und sogar noch besser? Lass alle Männer lachen. Die Welt wird uns noch kennenlernen. Es ist eine Schande, dass ich nicht darauf vertrauen kann, dass du auf mich hörst. Gemeinsam könnten wir glorreiche Dinge tun.«

Ich bin erstaunt, dass ihre Worte mir die Sprache verschlagen. Es ist schwer zu glauben – eine Bande aus weiblichen Dieben, die nicht dem Gesetz eines Mannes unterworfen sind und nach ihren eigenen Regeln handeln. Ich habe Macht in The Mint, aber nur, weil mein Dad sie mir übertragen hat. Und diese Macht kommt nicht mit Belohnungen wie Kleidern oder Automobilen. Sie geht nur mit Schmerz, Wut und einer Gefühllosigkeit einher, die ich seit meiner Geburt empfinde, weil ich gezwungen war, die vielen Lektionen meines Vaters zu ertragen, die mit unserem Familiennamen einhergehen.

Ich verlagere meine Position auf dem Stuhl und beuge mich vor. »Lassen Sie mich wenigstens die Probe absolvieren. Lassen Sie mich Ihnen beweisen, dass ich Anweisungen befolgen kann.«

Nachdenklich nimmt sie einen Schluck. »Hast du einen freien Tag bei deiner Arbeit bei Harold King?«

Ich lehne mich zurück. »Woher wissen Sie, dass ich für King arbeite?«

»Ich habe Verbindungen in der ganzen Stadt, Alice.«

Sie zieht etwas aus ihrer Manteltasche, ein kleines Notizbuch, schlägt es auf und überfliegt ihre Einträge. »Du hast dieses Jahr schon mehr als ein Dutzend Mal eine Stelle als Dienstmädchen angetreten. Du fängst als Hausmädchen im Haus irgendeines feinen Pinkels an, verbringst eine Woche damit, die Lage zu sondieren, und nimmst sie dann aus wie eine fette Gans. Jedes Mal mit einem neuen Decknamen, damit sie dich nicht ausfindig machen können. Aber jetzt arbeitest du seit über einem Monat im Haus von Harold King. Warum bist du immer noch dort?«

Nackte Panik überkommt mich bei der allgegenwärtigen Erinnerung daran, dass ich den Wunsch, Pearl zu helfen, offenbar nicht loswerden kann. »Es ist kompliziert.«

»Ist es das?«

Ich zögere einen Moment. »Er schlägt seine Frau. Ich … ich habe mich mit ihr angefreundet, und es fühlt sich nicht richtig an, sie allein zu lassen. Er hat einen Safe, und ich kenne die Kombination. Aber sobald ich an mich genommen habe, was darin liegt, muss ich verschwinden. Dann gibt es kein Zurück mehr. Ich kann ihr dann nicht mehr helfen. Vielleicht lese ich dann in der nächsten Woche in der Zeitung darüber, dass sie mysteriöserweise die Treppe hinuntergestürzt ist.«

»Ist dir das schon einmal passiert?«

»Nein«, erwidere ich schroff. »Ich gehe keine Bindung ein. Ich gehe niemals eine Bindung ein.«

»Du klingst verärgert über dich selbst.«

»Das bin ich auch«, gebe ich zu.

Sie wirft mir einen seltsamen Blick zu. »Jetzt stell sich einer diese … Weichheit bei einem Mädchen aus The Mint vor.«

»Das ist keine Weichheit.«

»Es ist Mitgefühl, Loyalität außerhalb deiner Familie. Ich schätze so etwas bei meinen Mädchen. Das sind hervorragende Eigenschaften.«

»Sie meinen Schwäche«, blaffe ich sie gereizt an. »Ich bin nicht schwach. Ich habe vor, es zu tun. Ich weiß nur noch nicht, wann.«

Sie braucht einen Moment, um etwas darauf zu erwidern. »Sag mir: Wie lautet die Abmachung zwischen euch und den McDonald-Brüdern?«

»Mein Bruder Tommy hat ihnen tausend Pfund gestohlen, weil er ein Narr ist, und sie haben es gemerkt. Wenn ich es nicht zurückzahle, muss er als Tresorknacker für sie arbeiten.«

»Das klingt doch gar nicht so übel. Es ist offensichtlich, dass dein Bruder jemanden braucht, der ihn in Schach hält.«

Ich räuspere mich. »Dazu wird es nicht kommen. Mein Bruder wird auf keinen Fall für sie arbeiten.«

Sie nickt verständnisvoll. »Das bedeutet also, dass ich sie gegen mich aufbringen könnte, wenn ich dich rekrutiere und du eines meiner Mädchen wirst. Sie wollen nicht, dass du die Möglichkeit bekommst, die Schulden zurückzuzahlen. Sie wollen gewinnen. Sie setzen darauf, dass du verlierst.«

»Ich verliere nicht.«

Mary setzt ein breites Grinsen auf. »Ich auch nicht. Hast du einen freien Tag?«

»Morgen«, verrate ich nach einigem Zögern.

Sie packt ihre Sachen zusammen. »Maggie wird dich abholen und dich für die Probe vorbereiten. Wenn du sie bestehst, werde ich dich in meiner kleinen Welt willkommen heißen. Du kannst dann selbst entscheiden, ob es dir das wert ist oder nicht.«

Ich schüttle verwirrt den Kopf. »Sie wollen sich bewusst gegen sie stellen?«

Sie erhebt sich. »Ab und zu ist es sinnvoll, seine Verbündeten zu verärgern. Das macht ihnen deutlich, dass man immer noch die Macht hat, es zu tun. Sie erwarten von mir, dass ich dich abweise. Sie werden dadurch lernen, dass sie mich das nächste Mal fragen müssen, statt einfach davon auszugehen, dass ich ihre Interessen über meine eigenen stelle.«

Ein Gefühl der Erleichterung überkommt mich. Aber ich vergesse nicht meinen Standpunkt klarzumachen: »Um es noch einmal deutlich zu sagen: Wenn ich die Schulden abbezahlt habe, will ich wieder raus.«

»Du hast die Freiheit zu bleiben, aber auch die Freiheit zu gehen. Aber du wirst nicht gehen wollen.«

Ich lache bitter auf. »Sie kennen mich nicht so gut, wie Sie glauben.«

Sie zupft an ihren marineblauen Handschuhen und zieht sie sich dann nacheinander mit einem Ruck am Handgelenk hoch. »Oh, ich kenne dich durchaus, Alice. Ich war wie du, in gewisser Weise – ein Mädchen, das arm geboren wurde, eine Bäckerstochter. Mein ganzes Leben lang wurde mir eingebläut, ich würde nie mehr als das sein. Dann beschloss ich, mein Schicksal selbst in die Hand zu nehmen, und da bin ich nun. Es gibt mehr im Leben als die Bürde der Entscheidungen deines Vaters und deines Bruders. Ich bin nicht länger die Tochter eines Bäckers, und du musst nicht länger die Königin der Armen sein.«

Sie steht da, und erneut umspielt dieses geheimnisvolle Lächeln ihre Lippen, das mich mehr verunsichert als tröstet. »Ich übernehme die Rechnung«, sagt sie.

Ich sehe ihr hinterher, wie sie durch das kleine Café schlendert. Auf dem Weg zum Ausgang stolziert sie an Männern und Frauen vorbei, die ihren anmutigen Gang bewundern, ihre Selbstsicherheit. Wüsste ich es nicht besser, würde ich annehmen, dass wäre eine wohlhabende Frau, geboren mit einem goldenen Löffel im Mund, mit Status und einer guten Erziehung. Nie würde ich sie für eine Diebin halten.

Sie hat ganz London reingelegt – und das könnte ich auch.

Ich verlasse das Franny's und komme frühzeitig im Stadthaus der Kings an. Pearl schläft noch, und Alba ist damit beschäftigt, die Reste des Frühstücks abzuräumen. Kings Mantel hängt noch neben der Tür, wo er ihn ließ, als er gestern Abend nach Hause kam. In der Zeit, in der Alba mich den Boden schrubben lässt, gelingt es mir, die Manteltaschen zu durchsuchen und den Schlüssel unter meiner Schürze zu verstecken.

Als sie mit Tellern in der Hand durch die Schwingtür in der Küche verschwindet, schleiche ich mich zum Bibliothekszimmer im ersten Stock und schließe die Tür auf.

Auf der einen Seite des Raums säumen Bücherregale die Wand, auf der anderen hängen gerahmte Plakate seiner beliebtesten Bühnenshows, am unteren Rand signiert mit *King*. Gegenüber dem Marmorkamin thront ein riesiger Safe auf einem verspiegelten Konsolentisch.

Ich kenne die Kombination seit meiner ersten Woche hier, habe jedoch immer wieder Ausflüchte gefunden, den Tresor nicht zu plündern, damit ich jeden Tag wieder hierherkommen kann. Aber mit Marys Worten im Hinterkopf gebe ich mir einen Ruck. Sie hält mein Mitgefühl für Pearl nicht für Schwäche, aber was sollte es anderes sein? Wenn mir nicht so viel an ihrem Wohlbefinden läge, hätte ich mich schon längst aus dem Staub gemacht.

Wenn ich Glück habe, könnte der Inhalt seines Safes ausreichen, um die Schulden bei den McDonald-Brüdern vollständig zu bezahlen, und ich wäre aus dem Schneider. Keine Mary, keine Gang, keine Schulden.

Aber was würde in diesem Fall mit Pearl geschehen?

Ich trete einen weiteren Schritt auf den Safe zu und trommle dabei mit den Fingern auf die weiße Stoffschürze, die um meine Taille gebunden ist. Bevor ich mich entscheiden kann, was ich tun soll, höre ich hinter mir das leichte Trippeln von Füßen näher kommen.

Pearl taucht im Türrahmen auf, die Arme vor der Brust verschränkt, und mustert mich. Sie ist heute Morgen hübsch gekleidet, trägt ein tailliertes Georgette-Kleid, hat sich das Haar zu Zöpfen geflochten und hochgesteckt. »Denkst du darüber nach, uns auszurauben?« Ihre Stimme klingt verspielt, und ich gebe mir Mühe, ihr auf gleiche Weise zu antworten.

»Natürlich nicht«, erwidere ich schnell. Zu schnell.

Sie grinst und richtet sich ihre Halsketten. »Na ja, im Tresor liegt auch nichts, was Spaß bringen würde. Nur Urkunden von seinen Theatern, und sein Testament.«

Ich versuche mir meine Enttäuschung nicht anmerken zu lassen.

»Würde sich Bargeld darin befinden, hätte ich es schon vor langer Zeit gestohlen und wäre aus diesem ach so glücklichen Zuhause geflohen. Manchmal male ich mir aus, wohin ich dann reisen würde … Amerika soll ja boomen.«

Sie macht einen Schritt in das Bibliothekszimmer hinein und sieht sich um. »Hat Alba dich hierhergeschickt, damit du abstaubst oder so etwas? Nun, spielt keine Rolle. Komm, ich lade dich zum Essen ein.«

»Oh, ich habe schon gegessen.«

»Aber ich nicht«, gibt sie zurück. »Du würdest mir doch nicht deine Gesellschaft verweigern, oder?«

Ich ringe mir ein Lächeln ab. »Niemals.«

Als wir im Claridge's zu meinem zweiten feudalen Frühstück an diesem Morgen ankommen, nimmt Pearl auf einem Stuhl an einem reservierten Tisch Platz. Selbst in dem von ihr geborgten burgunderroten Morgenkleid fühle ich mich fehl am Platz, wenn ich den funkelnden Kronleuchter und das Knochenporzellan sehe, das ich am liebsten mitgehen lassen würde. Über den großen Blumenschmuck in der Mitte unseres Tischs hinweg kann ich Pearl kaum sehen.

Männer und Frauen glotzen in unsere Richtung und tuscheln miteinander, während Zitronenkuchen, Gebäck und leckere Sandwichs serviert werden, und aus dem Tanzsaal, an dem wir vorhin vorbeigekommen sind, erklingt Klaviermusik.

Erst heute Morgen mit Mary, und jetzt hier? Das fühlt sich nicht mehr wie mein Leben an.

Ich erwidere verwegen das Starren der anderen Gäste, um ihre Neugier bloßzustellen, bis mir aufgeht, dass sie gar nicht mich anschauen. Pearl King scheint immer noch ein sehr wohlbekannter Name zu sein, und zwar einer, vor dem das ganze Restaurant in Ehrfurcht erstarrt.

Pearl sitzt aufrecht und legt ihren Kopf hochmütig schief. Sie nimmt mit keinem der anderen Gäste Blickkontakt auf und tut so, als wären wir die einzigen beiden Personen in diesem Raum.

»Tee«, ordert sie beim Kellner, der beflissen an ihrer Seite steht.

»Earl Grey heute, Mrs King?« Seine Stimme klingt heiter und hoffnungsvoll, so als glaube er, die Erinnerung an ihre Vorlieben würde ihm einen Platz in ihren Gedanken bescheren.

»Ja«, sagt sie freundlich und schenkt ihm ein Lächeln.

Mich starrt er mit weniger Begeisterung an. »Und Sie, Miss?«

»Ich nehme auch Tee«, sage ich. Während der Kellner davoneilt, murmle ich Pearl zu: »Alle starren dich an.«

Sie holt eine zusammengefaltete Zeitung aus ihrer Tasche und schlägt sie auf. »Sie starren immer. Ich bin es gewohnt.«

»Ich nicht«, räume ich ein. »Sie machen mich nervös.«

Der Kellner bringt uns eine Kanne Tee, und ich gebe vor dem Einschenken einen kleinen Schuss Sahne in meine Tasse.

»Waren Sie eine so gute Schauspielerin?«

Sie zieht die Brauen hoch. »Du hast noch nie von mir gehört? Von meinen Auftritten?«

Dies ist das erste Mal, dass wir über ihre einst so verheißungsvolle Karriere sprechen. »Ich gehe nicht oft ins Theater.«

»Man braucht nicht ins Theater zu gehen, um eine Zeitung zu bekommen.«

»Theaterstücke sind nicht gerade meine Priorität, und ich lese langsam.«

»Sie starren mich nicht wegen meiner Rollen auf der Bühne an. Ich bin seit einiger Zeit ein Wrack – hinter dieser Version von mir sind die Zeitungen viel mehr her. Ein Drama, das nicht auf einer Bühne stattfindet, verkauft sich besser. Ich bin neugierig: Welche Shows hast du gesehen, wenn nicht meine?«

Ich zucke gleichgültig mit den Schultern. »Was spielt das für eine Rolle?«

»Ich möchte dich besser kennenlernen, Alice.«

Ich will ihr nicht die Wahrheit verraten, nämlich dass ich noch nie im Theater war. Während ich in aller Ruhe einen Schluck Tee nehme, bemühe ich mich, mir eine Lüge auszudenken. »In einem Theater in der Nähe des West End wird gerade ein Stück aufgeführt. Ich habe es mit meiner Mutter letzte Woche besucht.«

»*Pretty Peggy* läuft gerade im Shaftesbury. Es ist wundervoll, nicht wahr?«

»Wundervoll«, stimme ich ihr zu und lächle bei meiner Lüge.

Ihre Augen werden zu Schlitzen, und sie fixiert mich auf eine Art, die mich nervös werden lässt, so als wäre jeder Satz aus ihrem Mund eine Art Falle, in die ich tappe. »Ich weiß, du hast Geheimnisse, Alice. Du vertraust sie mir nicht an.«

Ich senke den Blick. »Ich vertraue niemandem, Pearl. Nehmen Sie es mir nicht übel.«

Ich lasse das Schweigen zwischen uns verweilen, sie isst, und ich trinke. Ihre nächsten Worte treffen mich unvorbereitet, und sie spricht sie erschreckend laut aus. »Ich glaube, ich könnte ihn umbringen.«

Ich verschlucke mich an meinem Tee und zwinge mich, die Tasse auf der Untertasse abzustellen. »Was?«

»Meinen Gatten.«

»Ich kann so ein Gespräch nicht mit Ihnen führen.«

»Oh, nun spiel nicht die Unschuldige, Alice. Du hast mir sehr wenig über deine Familie erzählt, und ich nehme an, das liegt daran, dass du mehr als nur eine Leiche im Keller hast.«

Bei dieser Bemerkung richte ich mich gerade auf und spüre, wie mein Mund trocken wird. Ich habe keine Zeit, mir eine Lüge auszudenken, bevor sie sagt: »Deshalb vertraue ich dir.«

»Sie denken nicht logisch.«

»Hast du einen besseren Vorschlag?«

»Lassen Sie sich von ihm scheiden!«

Sie lacht leise. »Und was dann? Einen Job auf dem freien Arbeitsmarkt finden?«

»Das machen Frauen doch ständig. Sie würden sicherlich etwas finden!«

»Ich bin eine abgehalfterte Theaterschauspielerin, Alice.« In ihrer Stimme schwingt Mutlosigkeit mit. »Wenn ich ihn verlasse, werde ich keinen Schilling mehr in der Tasche haben, und er wird dafür sorgen, dass kein Theater der Stadt mich für eine Rolle in Betracht zieht.«

Ich lehne mich in meinem Stuhl zurück und stöhne. »Er wird von Tag zu Tag gewalttätiger, nicht wahr?«

»Ich könnte ihn sturzbetrunken machen und dann über die Balkonbrüstung stolpern lassen. Dann wäre es ein Unfall. Verdammt, fast wäre es mir ja selbst passiert.«

Ich schüttle den Kopf. »So einfach ist das nicht. Sie sind eine Frau, und er ist ein Mann, was in dieser Stadt bedeutet, dass man Sie beschuldigen wird, besonders angesichts Ihrer Vorgeschichte. Es muss einen anderen Ausweg geben.«

Sie bekommt feuchte Augen, und die aussichtslos

erscheinende Lage, in die sie geraten ist, erschüttert mich bis ins Mark. »Was schlägst du vor?«

Ich denke eine ganze Weile nach und sage dann das Erste, was mir einfällt. »Männer wie er haben Geheimnisse. Wenn wir sie herausfinden, können wir ihn erpressen.«

»Und wenn er seine Geheimnisse gut zu verbergen weiß? Wir sind seit fünf Jahren verheiratet, und ich habe noch nichts herausgefunden, was ich zu meinem Vorteil nutzen könnte.«

»Dann lassen Sie dieses Leben hinter sich«, sage ich energisch.

»Ich war ein Mädchen aus ärmlichen Verhältnissen«, sagt sie mit einer abschätzigen Geste. »Wenn ich wieder dorthin zurückkehre, kann ich mich gleich begraben lassen.«

»Sie werden nicht nichts haben«, versichere ich ihr und zögere dann, bevor ich meine nächsten Worte ausspreche. Ich bin nicht sicher, ob ich damit eine Grenze überschreite, die ich nicht überschreiten sollte. »Du hättest immer noch mich. Ich würde dir helfen.«

Erst durch meine Worte wird mir bewusst, wie sehr sie mir ans Herz gewachsen ist, und ich weiß nicht recht, was ich davon halten soll.

»Oh, du wirst mir also eine Stelle als Hausmädchen besorgen?« Bei dieser Vorstellung fängt sie an zu kichern. »Stell dir mal vor, wie ich einen Boden schrubbe oder Geschirr spüle. Wie absolut furchtbar es diese arme Familie treffen würde.«

Ich lache nicht. Das kann ich nicht. Nichts an dieser

Situation kommt mir lustig vor, doch sie scheint immer einen Weg zu finden, um über ihr Elend kichern zu können.

»Es gibt ein Leben jenseits von diesem«, beharre ich. »Auch wenn du es dir nicht vorstellen kannst.«

Sie heftet ihren Blick auf mich. »Warum bist du so nett zu mir? Ich nehme an, du hast schon für viele privilegierte Frauen wie mich gearbeitet. Ich an deiner Stelle würde es hassen, für mich zu arbeiten.«

Ich antworte ehrlich und schenke ihr dabei ein so gewinnendes Lächeln, wie ich nur kann. »Vielleicht habe ich eine Schwäche für Frauen wie dich.«

»Frauen wie mich?«

»Frauen, die nicht wissen, wie man sich ohne einen Mann durchs Leben schlägt.«

Sie rutscht auf ihrem Stuhl hin und her und senkt den Blick. »Das ist es nicht.«

»Sondern?«

»Ich weiß nur nicht, wie ich ohne Geld durchkommen soll. Solange er das ganze Geld hat, hat er auch die ganze Macht.«

»Das ist nicht wahr. Geld ist nicht Macht. Macht ist Macht.« Ich nehme einen weiteren Schluck Tee. »Wir sind von Geburt an auf der Verliererstraße. In der Sekunde, in der wir auf die Welt kommen, schaut uns ein Mann schräg an, enttäuscht darüber, dass wir keinen Schwanz haben.«

»Du hast recht«, sagt sie, stemmt die Ellbogen auf den Tisch und stützt das Kinn auf die Handfläche. »Ich bin verloren.«

Beim Anblick ihres verträumten Ausdrucks im Gesicht

beschleicht mich eine schreckliche Ahnung. Meine Worte brennen sich zu tief in ihren Kopf ein. Ich will nicht, dass sie denkt, sie könne kein neues Leben beginnen, eines, in dem sie nicht von ihrem Mann misshandelt wird. Aber ich weiß, dass diese Art von Neuanfang unweigerlich mit einer Menge heftiger Gefühle und Schmerz verbunden ist. Vielleicht sehe ich nicht, wie es ihr jetzt möglich sein soll, wegzulaufen, ohne alles zu verlieren – aber ich will nicht, dass sie die Hoffnung verliert.

Denn eine hoffnungslose Frau ist so gut wie tot.

»Manche Frauen, besondere Frauen, trotzen den Widrigkeiten. Sie nehmen ihr Schicksal in die eigene Hand und fangen neu an. So eine wirst du sein. Wir werden es gemeinsam ausknobeln.«

Mary Carr ist so eine Frau.

Ihre Lippen kräuseln sich zu einem Grinsen, und ihre Miene hellt sich auf. »Gemeinsam?«

»Gemeinsam.«

Sechstes Kapitel

Am nächsten Morgen wache ich davon auf, dass sich meine Mutter über mich beugt und mir mitteilt: »Maggie steht draußen vor dem Laden.«

Sie beobachtet sie durch das Fenster, während ich mich anziehe und mir das Haar hochstecke. Als ich fertig bin und zur Tür hinausgehe, ist Louisa schon unterwegs zur Schule, und meine Mutter wartet unten darauf, mir nach draußen zu folgen.

»Louisa ist schon weg?«, frage ich stirnrunzelnd. »Sie hat nicht mehr mit mir geredet, seit dem, was passiert ist mit …«

»Sie wird schon darüber hinwegkommen.«

»Und was, wenn nicht?« Ich nestle an meinem Mantel herum. »Sie ist genauso ein Dickkopf wie ich, was wohl bedeutet, dass ich für ein gutes Jahr oder so nicht viel von ihr zu erwarten habe.«

Meine Mutter legt ihre Hand auf meine und lächelt mich so beruhigend an, wie es ihr nur möglich ist, aber ihr Lächeln erreicht nicht ihre Augen. »Mach einen Schritt nach dem anderen. Konzentrier dich auf heute. Ich werde mich um Louisa kümmern, wenn sie heute Abend nach Hause kommt. Tommy geht es besser, also würde ich sagen, es ist wieder mal an der Zeit für ein Essen im trauten Kreis der Familie.«

Die Vorstellung beruhigt mich tatsächlich ein wenig.

Sie öffnet die Tür, um mich hinauszubegleiten, und begrüßt Maggie stirnrunzelnd. »Willkommen zurück, Maggie. Aber wie willkommen kannst du dich schon fühlen, wenn du nicht einmal deine Verwandten besuchen willst? Du solltest dich schämen!«

Ein finsterer Blick verdüstert Maggies Gesicht, während Mum weiter stichelt. »Sag deiner Chefin auf jeden Fall, dass das hier nur eine vorübergehende Sache ist. Mein Mann wird bald wieder draußen sein, und die Sache in die Hand nehmen. Er wird das alles in Ordnung bringen.«

Maggie schenkt ihr ein boshaftes Lächeln. »Wie immer ein Vergnügen, Sie zu sehen, Lady Diamond.«

Mums Blick schweift hinüber zu dem schicken Automobil, das auf der Straße parkt – ein anderes als das, mit dem Maggie mich vom Club 43 nach Hause gefahren hat. Heute fährt sie einen schnittigen Rolls-Royce mit kastanienbraunen Ledersitzen. »Du bist jetzt wirklich wie einer dieser feinen Pinkel – protzig, aber nicht sonderlich clever. Irgendwer hier wird ein solches Automobil als Beute betrachten. Die werden nicht zögern, es dir wegzunehmen.«

»Tja, dann fahren wir wohl mal lieber los.« Sie zwinkert meiner Mutter ungeniert zu und startet den Motor, der daraufhin ein luxuriös klingendes Schnurren auf der Straße widerhallen lässt.

Ich gleite auf den Beifahrersitz, und zunächst spricht während der Fahrt keine von uns. Während sie mit den Fingern auf ihr Bein trommelt und an ihrer Unterlippe nagt, sagt sie schließlich: »Du hast meinen Brüdern gesagt, dass ich zurück bin?«

»Das habe ich«, bestätige ich.

»Was hat Eli gesagt?«

»Nicht viel. Du kennst Eli. Patrick sah aus, als wollte er am liebsten losheulen.«

Sie schluckt so laut, dass ich es hören kann. »Manchmal vermisse ich die beiden.«

»Aber du bereust nicht, dass du fortgegangen bist?«, frage ich sie erneut und hoffe dieses Mal auf eine andere Antwort.

»Nein.« Ihre Stimme klingt scharf und entschlossen, aber ihr Gesichtsausdruck passt nicht ganz dazu. »Du wirst feststellen, dass dieses Leben es wirklich wert ist, das alte aufzugeben. Frauen wie wir bekommen nicht oft eine solche Chance.«

»Frauen wie wir?«

»Du weißt genau, was ich meine.«

Ich kann die Wahrheit nicht leugnen, die in ihren Worten liegt, aber unsere Ausgangssituationen sind unterschiedlich. »Der Unterschied besteht darin, dass du eine Wahl hast. Wenn ich mich Mary nicht anschließe, um diese Schulden zu begleichen, muss meine Familie darunter leiden. Ich habe keine andere Wahl. Das ist keine freie Entscheidung.«

»Vielleicht sieht es im Moment so aus«, wirft sie ein. »Aber wenn du die Schulden erst einmal bezahlt hast und den Gewinn einstreichst, den du unter Marys Leitung machst, wirst du es nicht mehr aufgeben wollen.«

»Ich zahle die Schulden meiner Familie zurück, und dann bin ich raus aus der Gang.«

»Wir werden ja sehen.«

Wir fahren ins West End. Irgendwie dringt das Tageslicht hier nur gedämpft in die Geschäftsstraße, die wir entlangfahren. In der Nacht strahlt das Viertel wie ein Christbaum und lockt Männer und Frauen von überall her an, in seine Theater und Kaufhäuser zu gehen, die weitaus prächtiger sind als alles andere in Soho. Es vergeht kein Abend, an dem nicht irgendein glamouröses Ereignis stattfindet. Die Zeitungen berichten über die Bälle, Gartenfeste und Wohltätigkeitsveranstaltungen, die von aufstrebenden Schauspielerinnen ausgerichtet werden. Ein Spektakel mit vielen Menschen, Talenten und, vor allem, mit Betuchten. Im Moment hingegen scheint nur mattes morgendliches Licht auf die Fensterscheiben und ruft in mir ein beklemmenderes Gefühl hervor, als mir lieb ist. Ich runzle die Stirn und frage mich, wann sich mir endlich der Zauber des Ganzen erschließen wird.

Wir fahren vor einem Bekleidungsgeschäft vor. Maggie parkt den Wagen und deutet in eine Gasse an der Seite des Gebäudes, die zum Hintereingang des Ladens führt. »Ich bringe dich zu unserer Schneiderin Agatha. Sie wird dir etwas Schickes verpassen.«

»Ich sage dir gleich, dass ich mir nichts leisten kann, was an der Oxford Street genäht wird.«

»Mach dir keine Gedanken über Geld«, beharrt sie. »Lass Agatha einfach zaubern.«

Ich nicke, und wir gehen hinein. Drinnen stehen überall Schaufensterpuppen, die ausstaffiert sind mit Kleidern in verschiedenen Stadien der Fertigstellung. In sämtlichen Regalen stapeln sich bunte Stoffe, und inmitten von allem sitzt, mit Nadel und Faden tief über ein schwarzes Perlenkleid gebeugt, eine ältere Frau mit silbernen Strähnen im Haar. Der Stoff ist hauchdünn und im Oberteil mit Edelsteinperlen bestickt.

»Ihr seid spät dran«, sagt sie scharf, ohne aufzublicken. »Wenn du nicht pünktlich sein kannst, bist du meiner Dienste nicht würdig.«

»Ach, nun komm schon, Agatha, wir sind doch deine Lieblingskundschaft.« Maggie grinst über beide Ohren und breitet die Arme aus.

Agatha blickt mit einem schmalen, wenig amüsierten Blick zu ihr hoch und lässt ihn dann zu mir herüberschweifen. Sie setzt sich ihre Brille auf, die an einer Kette um ihren Hals hängt. »Ist das die Neue?« Sie steht auf, um mich besser taxieren zu können. »Ich muss etwas Neues nähen, das ihre Größe hat. Die üblichen drei?« Sie holt ein Maßband hervor und schlingt es um meine Taille, dann misst sie die Breite meiner Schultern und meinen Brustumfang und scheint sich alle Zahlen zu merken, da sie nichts aufschreibt. »In ein paar Tagen ist alles fertig.«

»Hast du etwas, das wir uns jetzt gleich ausborgen könnten?« Maggie deutet auf mein Outfit. »Etwas Schickes.«

Agatha weist auf einen kleinen Kleiderständer. »Sucht euch was aus, aber macht schnell. Gleich wird ein Kunde vor der Tür stehen.«

»Egal, was?« Ich werfe einen Blick auf die Kleider auf dem

Ständer, auf den sie gedeutet hat, und bewundere die Stoffe, die breite Farbpalette von tiefen, sinnlichen Rot- und Blautönen. Fast habe ich Angst, sie zu berühren. Agatha muss es bemerkt haben, denn statt weiter die Stirn zu runzeln, verzieht sie ihren Mund zu einem wissenden Grinsen.

»Ich liebe es, wie die neuen Mädchen meine Kleider bewundern.«

Ich schiebe Bügel hin und her, auf denen ärmellose Kleider hängen, aber auch welche mit Kappenärmeln – es gibt tiefe Dekolletés, tiefsitzende Taillen und Stoffe wie Chiffon, Samt und Taft. Und dann, weiter hinten, erscheinen dicke Pelzmäntel, die sich himmlisch anfühlen, als ich mit den Fingern darüberstreiche.

Agatha lacht leise. »Welche Rolle wird sie bei dem Coup spielen? Gesicht oder Hände?«

»Beides«, antwortet Maggie, was mir neu ist. »Vielleicht auch weder noch. Sie hat heute bloß ihre Probe.«

Agatha greift nach einem gelben Chiffonkleid mit tiefem V-Ausschnitt. »Dann dieses hier. Es bildet einen guten Kontrast zu deinem schwarzen Haar, und lässt deine Haut strahlen. Wenn du den Laden betrittst, werden sie dich anstarren und sich fragen, welcher Mann dich so verwöhnt.«

Ich nehme das Kleid, spüre den Stoff zwischen den Fingern und stelle mir vor, wie ich darin aussehe. »Muss es denn einen Mann geben, der mich verwöhnt? Vielleicht bin ich ja ganz alleine zu Geld gekommen.«

Agatha zieht die Augenbrauen hoch. »Sie wird gut in eure Bande passen. Zieh dich jetzt um, ich muss arbeiten, und ich will nicht, dass meine Kunden sehen, dass ich mit euresgleichen verkehre. Ich erwarte das Kleid heute Abend zurück. Unversehrt.«

Als Agatha zum Ladeneingang verschwindet, strahlt Maggie. »Unversehrt.«

Ich schlüpfe in einen mit Vorhängen abgetrennten Bereich, um das Kleid anzuprobieren, und bin unsicher, wie es mir stehen wird. Als ich hinauskomme, werfe ich einen Blick in einen hohen Spiegel in der Ecke des Raumes, der teilweise von übereinandergestapelten Schaufensterpuppen verdeckt wird. Sie hat recht. Der Kontrast ist wunderschön, und ich erkenne mich fast nicht wieder.

In meinem Kopf kann ich die Stimme meiner Mutter hören. *»Mädchen aus The Mint tragen solche Kleider nicht.«*

Maggie muss meine Selbstzweifel spüren, denn sie tritt rasch zu mir neben den Spiegel und legt mir die Hand auf die Schulter. »Selbstvertrauen ist das A und O. Wenn du an dir zweifelst, werden alle anderen ebenfalls an dir zweifeln. Im Club warst du geschickt und furchtlos. Das musst du jetzt auch sein. Kriegst du das hin?«

Ich lache leise vor mich hin. »Es ist zu spät, um jetzt noch einen Rückzieher zu machen, nicht wahr?«

»Wir sind schon mittendrin.« Maggies verruchtes Grinsen sollte mich eigentlich verunsichern, aber das tut es nicht. Ich spüre ein Kribbeln am ganzen Körper, die Vorfreude raubt mir fast den Atem. Ich will loslegen. Jetzt gleich. Mag sein, dass ich nicht genau weiß, worauf ich mich einlasse, aber ich weiß, worin ich gut bin. Wenn Mary eine begabte Kassiererin sucht, dann hat sie sie in mir gefunden.

Mary kommt in den Raum geschlüpft, und wir schrecken beide hoch.

»Tut mir leid, dass ich so spät dran bin. Du siehst toll aus.« Sie tritt einen Schritt näher, um mich besser betrachten zu können, und studiert mein Gesicht. »Sollen wir dir dann mal eine Frisur verpassen lassen? Maggie, treffen wir uns im Salon?«

Maggie nickt und verlässt den Laden durch dieselbe Tür, durch die wir eingetreten sind. Und obwohl ich eine erwachsene Frau bin, die jede Herausforderung gemeistert hat, die sich mir bis heute gestellt hat, bekomme ich jetzt, da ich mit Mary alleine bin, eine trockene Kehle. »Was stimmt mit meinen Haaren nicht?«, frage ich.

Sie wirft mir einen Blick von der Seite zu. »Wenn du dich dem Anlass entsprechend kleidest, musst du auch entsprechend frisiert und geschminkt sein.«

Wir springen in Marys atemberaubenden Vauxhall und halten vor einem Salon, der für »frische neue Bobs« Werbung macht und in dem eine Frau meine langen Locken mit wenig Fingerspitzengefühl abschneidet. Bei jedem Schnipsen der Schere taucht eine seltsame Erinnerung an das Leben auf, das ich hinter mir lasse, und wird durch das ersetzt, was vor mir liegt. Während sich die Haare rund um den Stuhl anhäufen, kämpfe ich gegen die Tränen an. Es ist töricht, ich weiß. Es sind bloß Haare, und die meiste Zeit empfinde ich sie als lästig. Ich muss sie bürsten, hochbinden, meine Mutter dazu bringen, sie zu einem Zopf zu flechten, der genauso aussieht wie der ihre. Haare machen mich nicht aus, warum also habe ich solche Probleme damit, dass sie abgeschnitten werden?

Dann stylt die Frau mein kinnlanges Haar mit fachmännischer Präzision, pudert mir das Gesicht und trägt mir den Lippenstift dicker auf, als ich es je getan habe. Das Ergebnis ist ein neuer Mensch.

Ich starre mich einen Moment zu lange im Spiegel an. Farbe übertüncht meine aschfahle Haut, und obwohl meine Augen immer noch glanzlos braun sind, wohnt ihnen jetzt etwas Geheimnisvolles inne. Ich habe immer noch die schmale Nase meines Dads, aber angesichts des rötlichen Glanzes auf meinen Wangen und des Bobs, der mein Gesicht umrahmt, sehe ich überhaupt nicht mehr aus wie der Rest meiner Familie.

Überhaupt nicht wie die Anführerin von The Mint, deren Dad fort ist.

Die Traurigkeit über den Verlust meiner Haare scheint im Nu zu verschwinden, während ich eine selbstbewusste Frau anstarre, deren einzige Sorge zu sein scheint, welche Kleidung sie morgen tragen wird. Diese Frau trägt keine Bürde, die ihr von ihrem Vater oder Bruder auferlegt wurde. Diese Frau ist eine fremde Person.

Ich kenne sie nicht, aber ich möchte sie kennenlernen.

Mary streckt lächelnd die Hand aus, drängt mich dazu, mich von dem Stuhl zu erheben, um den immer noch meine abgeschnittenen Haare liegen. »Lass uns dir den letzten Schliff verpassen.«

Wir gehen nach draußen, und um das Bild zu vervollständigen, schnappt sich Mary einen plüschigen, cremefarbenen Pelz vom Rücksitz des Automobils und legt ihn mir um die Schultern. Das Gefühl des Pelzes auf meiner Haut lässt mir einen Schauer über den Rücken laufen. Es ist eine Art Erregung, von der ich bislang glaubte, nur ein Mann könne sie bei mir auslösen.

Im ersten Moment fühle ich mich deplatziert, schäme mich sogar. Diese Frau, die so angetan ist von ihrer äußeren Erscheinung, ist nicht die Frau, die mein Dad großgezogen hat. Die Vorstellung, ich würde einen Pelzmantel tragen, statt ihn zu verkaufen, um das Geld für etwas Praktisches zu verwenden – für die Familie oder für The Mint –, würde ihn wütend machen.

Aber mit jeder Minute, die vergeht, verfalle ich mehr und mehr den Reizen eines schönen Kleids und eines dicken Pelzes, bemalter Lippen und kurz geschnittener Haare. Mein Atem flattert, und ich seufze zufrieden.

»Du siehst gut aus. Jetzt fehlt nur noch ein Name«, sagt Mary. »Du musst darauf gefasst sein, dass jemand danach fragt.«

Ich starre weiter auf mein Spiegelbild im Wagenfenster und denke darüber nach, was sie gesagt hat. »Dad hat mich immer Annie genannt, wenn er wütend auf mich war.«

»Warum Annie?«, will Mary wissen.

»Er hatte eine Schwester, die so hieß.«

»Ich erinnere mich daran, wie er von ihr erzählte«, fügt Maggie hinzu, während sie aus dem Automobil steigt, das sie dicht hinter dem von Mary geparkt hat. Rasch mustert sie mich von oben bis unten mit einem Blick ihrer funkelnden Augen, in denen nichts als Bewunderung liegt.

»Sie hat immer Ärger gemacht, hat Steine in Schaufensterscheiben geworfen, um für das Frauenwahlrecht zu protestieren. Sie ist mit einem Kommunisten durchgebrannt, nicht wahr?«

Ich nicke langsam. »Sie kamen beide während eines Streiks der Eisenbahnergewerkschaft ums Leben. Dad war am Boden zerstört.«

»Oh, ich liebe Rebellinnen! Bist du bereit für deine Probe, Annie?«

Ich nehme mir noch einen Moment Zeit, nur einen kleinen, um mich in meine Rolle als Annie zu versetzen. Diese schwungvolle Frau wird mit ihrer Schönheit alle zum Narren halten und sie dann ausrauben. Noch nie hatte ich daran gedacht, meine Schönheit als Waffe einsetzen zu können.

Alice ist nicht schön. Sie ist aus Stahl, und ihre Loyalität gehört ausschließlich ihrer Familie und The Mint. Sie kann es sich nicht leisten, Pelze zu tragen und Strümpfe ohne Laufmaschen.

Annie hingegen kann es.

»Bereit«, sage ich schließlich atemlos.

Mary hakt sich bei mir unter und geht an meiner Seite. Maggie folgt uns und raucht dabei lässig eine Zigarette.

»Jedes Mitglied der Gang hat eine Aufgabe«, beginnt Mary mit einem Kopfnicken. »Wenn wir einen Coup landen, gehen wir immer zu dritt vor. Ein Gesicht, ein Augenpaar und ein Paar geschickte Hände. Wenn eine fehlt, ist der Coup zum Scheitern verurteilt.« Sie deutet auf eine

Gruppe hübscher Mädchen, jede auf ihre Weise umwerfend, in der Nähe eines Straßenkünstlers. »Mädchen wie diese sind das Gesicht. Die Ablenkung. Sie treten ein, und der Ladenbesitzer ist damit beschäftigt, sich um sie zu kümmern, während unsichtbare Mädchen die Läden ausrauben. Diese Frauen brauchen nicht schön zu sein. Das Schlichte wird leichter übersehen.«

Ich nicke, nehme ihre Worte in mich auf und stelle mir die Szene vor: Ein Ladenbesitzer, der mit einer hübschen Frau plaudert, die aussieht, als hätte sie Geld wie Heu, während sich eine unscheinbarere Frau in bescheidener Kleidung hinter ihm herumschleicht. »Frauen wie Maggie sind die Augen?«

»Ja«, bestätigt sie voller Begeisterung.

»Maggie beobachtet den Ladenbesitzer, sieht dem Gesicht bei ihrem Ablenkungsmanöver zu und beobachtet die Hände. Sollte sie den Verdacht haben, dass der Coup scheitert oder Polizisten in der Nähe sehen, ist sie darauf trainiert, die Mädchen sicher rauszubringen. Dass sie weiß, wie man jemandem einen Schlag versetzt, hilft dabei. Diese Frauen können die harte Gangart einschlagen«, erklärt Mary weiter. »Aber ich glaube, du bist anders. Du bist ein echter Fang.«

»Ich?«

Sie hält inne und fixiert mich unverwandt. »Vielleicht bist du eine seltene Spezies, eine Frau, die jede dieser Rollen übernehmen kann. Ich hatte schon solche Mädchen, kleine Chamäleons. Sie sind etwas Besonderes.« Ich bin mir nicht sicher, ob sie es ernst meint oder einfach nur versucht, mich genauso begeistert zu stimmen, wie sie es ist. Was auch immer ihre Absicht ist, es funktioniert. Mein Herz rast und schlägt wie wild in meiner Brust.

Wie mein Vater bin auch ich allzu leicht mit Schmeicheleien einzuwickeln.

»Sagen Sie mir einfach, was ich tun soll.« Ich federe mich auf den Fußballen ab, und in meinem Magen flattert es. »Legen wir los.«

»Wir fangen hier an«, erwidert sie und deutet auf die Straße voller Männer, Frauen und Kinder. Sie sind abgelenkt und vertrauensselig, sodass sie nicht darauf gefasst sein werden, was auf sie zukommt. Sie sind leichte Ziele, aber ich will mehr. Besseres.

»Sie haben mich so einkleiden lassen, damit ich Leute auf dem Bürgersteig bestehle?« Es gelingt mir nicht, die Kränkung in meiner Stimme zu unterdrücken.

»Wir müssen alle irgendwo anfangen.«

Hinter Mary erhebt sich das Kaufhaus Selfridges in seiner ganzen Pracht. Die großen, griechisch inspirierten Säulen scheinen bis in den Himmel aufzusteigen, und ich erinnere mich daran, von welcher Ehrfurcht die Stadt ergriffen war, als das Gebäude errichtet wurde. Es hieß, fast neunzigtausend Menschen seien gekommen, um es am Tag der Eröffnung in Augenschein zu nehmen.

»Wie wäre es mit Selfridges?«, frage ich – zum Teil, weil ich weiß, welche Goldgrube es ist, aber auch, weil ich noch nie drinnen war. In den Zeitungen wird das glamouröse Kaufhaus lobhudelnd beschrieben, aber ich wollte es mir schon immer einmal persönlich ansehen.

Maggie kichert hinter uns und wirft ihre Zigarette auf den Boden. »Ich sagte dir doch, sie hat Mumm.«

Mary richtet den Blick auf das Kaufhaus und schüttelt dann den Kopf. »Selfridges? Nein, kommt nicht infrage.«

»Warum nicht?«

»Das ist für niemanden eine gute Idee, es sei denn, es handelt sich um sehr erfahrene Diebe.«

»Wie soll ich denn Ihrer Meinung nach sonst Erfahrungen sammeln?«

Sie zieht die Mundwinkel nach oben. »Harry Selfridge war der Erste, der seine Ware auf einer Ausstellungsfläche präsentierte, anstatt Kunden in privaten Räumen zu bedienen. Seine Auslagen sind immer prächtig und auffällig. Er will, dass seine Kunden die Dinge anfassen und befühlen können, bevor sie sie kaufen. Das macht es umso leichter für uns, zuzugreifen und wegzulaufen. Aber er ist dahintergekommen und hat einen Ladendetektiv eingestellt, der als direkter Draht zur Polizei fungiert, falls er jemanden beim Stehlen erwischt. Die Mädchen, die bei Selfridges reingehen, müssen nicht nur geschickt sein, sondern auch einem ausgebildeten Detektiv aus dem Weg gehen, der nach ihnen Ausschau hält.«

»Einen Ladendetektiv?« So etwas habe ich noch nie gehört.

»Mr Selfridge nimmt sein Geschäft sehr ernst. Er hat keine Angst vor uns, und das zeigt er auch.«

Ich spüre, wie sich mir die Nackenhaare sträuben. Wenn ich an meinem ersten Tag erwischt werde, dann war's das. Dann werde ich genauso enden wie mein Dad, und mein

Bruder wird für die McDonalds arbeiten müssen. Aber was, wenn ich Erfolg habe? Was, wenn mir bereits an meinem ersten Tag der größte Coup gelingen würde?

»Lasst mich mal einen Blick hineinwerfen«, schlage ich vor. »Ich gehe das Risiko ein.«

Maggie gibt ein verächtliches Schnauben von sich. »Sie hat gesagt, das kommt nicht infrage. Lass es einfach langsam angehen, Alice.«

»Ich kann es mir nicht leisten, es langsam angehen zu lassen«, knurre ich. Die Worte klingen barscher, als ich es beabsichtigt habe. »Wenn ich dabei bin, dann richtig.« Ich schaue Mary in die Augen. »Ich bitte Sie darum, mir zu vertrauen. Und wenn ich Erfolg habe, dann überspringen wir diese Phase.«

»Diese Phase?«

»Die Phase, in der ich wie eine Amateurin eingesetzt werde und nur die einfachsten Jobs bekomme. Ich will große Erfolge. Ich will mit den besten Mädchen unterwegs sein. Ich will meine Schulden bei den McDonalds so schnell wie möglich begleichen.«

Ihre Augen weiten sich vor Begeisterung. Ihre ganze Miene erhellt sich, und ihr Gesicht errötet leicht. »Mutig bist du ja.«

»Ich hatte nie die Wahl, es nicht zu sein«, erkläre ich. »Lassen Sie mich das machen.«

»Das ist eine entsetzliche Idee, völlig absurd«, schaltet sich Maggie ein.

»Nicht, wenn ich euch begleite«, beharrt Mary. »Ich werde eure Augen sein. Wenn wir es richtig anstellen, gibt es keinen Grund, warum wir es nicht hinkriegen sollten.« Ihr Blick schnellt zu mir herüber. »Aber wenn wir es nicht hinkriegen, wenn ich nur eine von euch rausboxen kann, dann werde ich mich für Maggie entscheiden.«

Das merke ich mir, aber ich lasse mich nicht davon abschrecken. »Gut.«

Gemeinsam schreiten wir durch die Drehtüren, die in einem steten Fluss Männer und Frauen aufnimmt und ausspuckt. Drinnen präsentiert sich uns Selfridges mit glänzenden Auslagen unter Kristallkronleuchtern. Gruppen von Kunden schlendern herum und stürzen sich auf die neuesten Angebote, die auf den Tresen drapiert sind, wo sich duftende Seifen, Puderquasten und bestickte Taschentücher stapeln. Ich weiß nicht, ob der blumige Duft, der meine Nase erfüllt, von den frischen Rosen in den Vasen stammt, die überall im Verkaufsraum stehen, oder von den Parfüms, die Kundinnen testen dürfen, wenn sie es wünschen.

Ich schlendere langsam umher, um all die Details zu bewundern, doch als ich am Informationsstand vorbeikomme, spricht mich eine Frau in der charakteristischen grünen Uniform des Geschäfts an. »Willkommen bei Selfridges. Kann ich irgendwie behilflich sein?«

»Ich bin das erste Mal hier.« Die Worte rutschen mir aus dem Mund, und ich merke, dass ich wie erstarrt bin.

Wie in Trance stehe ich reglos da. Die Angestellte geht um den mit Bronze verzierten Mahagonitresen herum, um mich gebührend im Empfang zu nehmen.

»Das erste Mal? Das Selfridges ist ein Wunder, nicht wahr?« Ihr Gesicht leuchtet vor Stolz. »Sind Sie hier wegen eines neuen Kleids? Oder brauchen Sie ein neues Paar Schuhe?«

Ich schüttle den Kopf. »Ich wollte mich nur mal umschauen.«

»Unsere Fahrstühle befördern Sie in jede gewünschte Abteilung. Kleidung, Haushaltswaren oder in die Schuhabteilung. Oder ins Palm Court Restaurant, falls Sie Durst verspüren. Aber das ist noch nicht alles.« Sie mustert mich. »Es gibt auch einen Friseursalon, falls Sie Ihren wunderschönen Bob auffrischen wollen!«

»Wir finden den Weg schon«, unterbricht Mary sie. »Danke.«

»Wir sprechen mit niemandem, wenn wir uns Läden vornehmen«, sagt Maggie. »Wir wollen keinen bleibenden Eindruck beim Verkaufspersonal hinterlassen.«

Ich nicke, immer noch wie gebannt. Vor mir befinden sich die Abteilungen für Schminke und Parfüm, eine bezaubernde Kulisse, die Frauen mit einladenden Düften anlocken soll, die mich an Pearls Lavendelbad denken lassen. Die Mädchen hinter dem Tresen winken mich zu sich heran, wippen mit den Füßen, als ich Blickkontakt aufnehme, heben Parfümflakons aus geschliffenem Glas und versprühen die Düfte in die Luft. Einen kurzen Moment vergesse ich, dass ich hier das Raubtier bin, und lasse mich nur zu gerne von ihnen in ihre Sirenenfalle ziehen. Sie wollen mir ein oder zwei Spritzer an den Hals sprühen, und ich bin nicht nur willig, sondern begierig. Ich bin wie verzaubert.

Maggie hält mich mit einer raschen Bewegung fest und

holt mich damit ruckartig in die Realität zurück. »Vergiss nicht, warum wir hier sind.«

Mary richtet sich ihren Pelzmantel und strahlt voller Zuversicht, während wir weitergehen, ein Schlendern, das den Eindruck erweckt, wir gehörten hierher, und niemand dürfe es wagen, auch nur etwas anderes zu denken.

In der Nähe einer Auslage mit Juwelen bleiben wir stehen. Eine junge Frau steht hinter dem Tresen mit Diamantcolliers, die alle an langhalsigen Schaufensterpuppen drapiert sind. Selbst auf einer so langweiligen Requisite ziehen die Edelsteine meinen Blick in ihren Bann.

Mary senkt ihre Stimme. »Du wolltest eine Chance, dich zu beweisen.« Sie neigt den Kopf in Richtung eines ausgestellten Smaragdcolliers. Anstelle einzelner kleiner Steine schmiegt sich ein großes Oval an den Hals seiner Trägerin. Eine Halskette, die nicht entworfen wurde, um zu jedem Kleid zu passen, sondern um hervorzustechen. Das Erste, was die Leute sehen, wenn man eine Gesellschaft aufsucht, und das Letzte, woran sie denken, wenn sie nachts einschlafen.

Es ist ein Prunkstück.

Ein Mann und eine Frau schauen es sich bereits näher an und stellen der Verkäuferin Fragen. »Soll ich die klauen?« Die Worte rutschen mir fast zu laut aus dem Mund.

»Nicht du. Wir«, erwidert Maggie, und diese Worte erfüllen mich mit einem starken Gefühl der Erleichterung.

Mary nickt und zieht sich zur Tür zurück. »Ich werde die Augen übernehmen, und Maggie die Hände. Du spielst die Ablenkung.« Bevor sie sich zu weit entfernt, entdeckt sie jemanden ganz links neben der Schmuckauslage – einen kleinen Mann mit einem gewichsten Schnurrbart. »Das ist der Detektiv. Wenn du siehst, dass er dich länger anschaut, sind wir aufgeflogen. Dann geh kein Risiko ein. Riskier nichts. Geh einfach.«

Verstohlen mustere ich ihn, betrachte seinen maßgeschneiderten Anzug, die Taschenuhr in seiner Hand und die Trillerpfeife, die um seinen Hals baumelt. Er ist wachsam, überblickt aufmerksam die Menschenmenge. Es ist fast amüsant, wie offen er seine Rolle spielt.

Um stehlen zu können, müssen wir in der Menge eintauchen, also muss er ebenfalls untertauchen, um uns erwischen zu können.

Zumindest rede ich mir das ein.

Während Mary am Ausgang Schmiere steht, starre ich das Smaragdcollier unentwegt an. Überall um mich herum kaufen Familien mit ihren Kindern im Schlepptau ein. Ihr Lächeln und ihr Lachen erinnern mich an Louisa und an das Risiko, das ich hier eingehe. Wenn ich erwischt werde, sehe ich sie vielleicht nie wieder.

Maggie hat mein Zögern bemerkt, denn sie zerrt mich so vehement in die Damentoilette, dass sie mich dabei beinahe von den Beinen holt.

»Was ist denn los? Du stehst da draußen wie zur Salzsäule erstarrt und ziehst die Aufmerksamkeit auf dich.«

»Ich bin bloß nervös geworden, das ist alles.« Ich werfe einen Blick in den Spiegel über dem runden Porzellanwaschbecken, um es wiederzusehen – dieses neue Ich.

»Die Alice, die ich kenne, zögert nicht«, gibt sie zurück.

»Du weißt, wozu du fähig bist und wer du bist. Du hast die Gelegenheiten im Club 43 erkannt, und du hast sie beim Schopf gepackt. Das ist jetzt nicht anders. Du wolltest das hier. Zeig Mary, dass du das Potenzial hast, das ich in dir sehe.«

»Ich habe bloß gerade an Louisa gedacht«, erkläre ich mit belegter Stimme. »Im Club werde ich nicht erwischt, weil ich vorsichtig bin und die Gäste betrunken sind – so betrunken, dass sie eine verirrte Hand im Dunkeln nicht bemerken. Wenn ich vorgebe, eine Haushaltshilfe zu sein, um die Reichen zu bestehlen, benutze ich einen anderen Namen. Sobald ich sie ausgeraubt habe, besteht keine Gefahr mehr, erwischt zu werden, weil sie nie wissen, nach wem sie suchen müssen.«

»Und inwiefern ist das hier anders?«

Ich deute mit einer ausladenden Geste auf die luxuriöse Toilette, die zu dem prächtigen Kaufhaus passt. »Hier, am helllichten Tag, unter den Augen eines Ladendetektivs, gehe ich ein größeres Risiko ein. Und wenn ich erwischt werde und nicht mehr da bin, um meine Familie zu beschützen, was wird dann aus ihnen, solange Dad weg ist? Wer wird dann The Mint beschützen?«

Mir wird schwindelig, und ich bekomme weiche Knie. Ich hatte noch nie Lampenfieber vor einem Beutezug, nicht so wie jetzt. Ich bin gut in meinem Metier, und das weiß ich auch. Ich bin die Tochter meines Vaters. Warum kann ich mich nicht zusammenreißen? Warum kann ich die Angst nicht bezwingen?

»Denk weiter an sie«, beharrt Maggie mit tiefer und eindringlicher Stimme. »An Louisa, an Tommy und an The Mint.« Sie fasst mich an den Schultern. »Denk an alles, was diese Halskette für sie bewirken könnte. Denk nicht nur an Tommys Schulden, die du begleichen kannst, sondern auch an das Leben, das du damit führen könntest. Das Leben, das du deiner Familie ermöglichen könntest und das dein Vater euch nie bieten konnte.«

Sie holt Luft, und ein Ausdruck der Enttäuschung huscht über ihr Gesicht. Sie hat so viel auf mich gesetzt, und jetzt lasse ich uns beide hängen. »Niemand wird uns eine Chance geben – es sei denn, wir schlafen uns hoch. Wir müssen uns nehmen, was wir wollen. Wir müssen Dinge tun, die anderen Frauen Angst einjagen. Ich weiß, dass du mich verstehst, Alice. Ich weiß, dass du genau so viel Angst hast wie ich.«

»Ich verstehe«, bringe ich hervor. »Ich verstehe es besser als jede andere. Das weißt du.«

»Ich weiß – und deshalb ist dies dein Moment, und ich möchte nicht zusehen, wie er dir aus den Fingern gleitet. Ich will nicht, dass du davor zurückschreckst, denn ich weiß, was du mit dieser Gelegenheit anfangen kannst. Du musst nur danach greifen.«

Ich schaue ihr eine ganze Weile in die Augen, bevor ich nicke.

Annie – dieses neue Ich – muss das Risiko eingehen.

Gemeinsam verlassen wir die Damentoilette und kehren zurück in den Verkaufsraum. Ich trete auf die Verkäuferin zu, um mit ihr zu sprechen, aber nun fällt mir erneut das Smaragdcollier ins Auge. Die Art, wie der Stein geschliffen ist, wie er glänzt. Fast märchenhaft. Mein Vater hat schon viele Juwelen gestohlen, aber keiner von ihnen besaß einen so makellosen Glanz, schon gar nicht Smaragde, die fast immer ein wenig diffus wirken. Selbst die hochwertigsten Juwelen und Diamanten haben Makel. Ich denke darüber nach, wer so etwas Kostspieliges für alle Welt zur Schau stellt, damit die Leute es sehen und anfassen können.

Er kann nicht echt sein. Ich wende meinen Blick ab, schaue an der Verkäuferin vorbei, erst auf die Abteilungen und dann zum Fahrstuhl. Ich frage mich, ob der echte Smaragd vielleicht woanders aufbewahrt wird und dem Käufer erst nach Abschluss der Transaktion ausgehändigt wird. Vielleicht besteht die sicherste Möglichkeit für Mr Selfridge, seine Juwelen zu schützen, darin, sie an einem sicheren Ort aufzubewahren.

Ich wende mich Maggie zu und schaue dann an ihr vorbei auf Mary, die sich in der Nähe des Vordereingangs aufhält und zunehmend ungeduldig wirkt.

»Es ist eine Fälschung«, flüstere ich Maggie zu, während wir uns in der Nähe einer Auslage mit Seidenschals zueinander gesellen. »Das echte wird irgendwo anders aufbewahrt. Wenn das hier nicht echt ist, kann man davon ausgehen, dass keines dieser Ausstellungstücke echt ist.«

Sie hält aufmerksam inne, und ihr Gesichtsausdruck verrät mir, dass dies nichts Neues für sie ist. »Darum, dass es echt ist, geht es bei einer Probe nicht.«

Ich spüre, wie mir die Kinnlade herunterklappt. »Ihr wollt, dass ich alles für ein gefälschtes Smaragdcollier riskiere?«

Sie presst die Lippen fest aufeinander, aber bevor sie etwas sagen kann, werfe ich einen Blick in die Menge. »Nein«, schneide ich ihr das Wort ab, bevor sie etwas erklären kann. »Wenn ich schon so ein Risiko eingehe, dann gehen wir mit etwas Echtem hier raus.«

Ich richte mein Augenmerk auf die Menge. Vorhin hatte ich nur die Familien bemerkt, nun aber konzentriere ich mich auf die alleinstehenden Männer mit teuren Uhren und auf die vereinzelten Frauen, die Diamanten an Hals und Ohren zur Schau tragen. Die Pelzmäntel, die exquisite Seide, die vielen Taschen voll mit gekauften Waren, während sie nach weiteren stöbern. »Wir rauben die Besucher aus. So kriegen wir echte Ware. Wenn ihr das nicht genug ist, dann ist diese Chance vielleicht nicht die, für die ich sie hielt.«

Maggie nagt auf ihrer Unterlippe herum. »Die Besucher sind ein noch größeres Risiko. Jemand könnte Alarm schlagen, wenn er dich beobachtet.«

Ich richte mir meinen cremefarbenen Pelzmantel und greife in mein Kleid, um die tiefen Taschen zu erkunden, die äußerst geschickt in den Saum eingenäht wurden. »Bist du dabei oder nicht?«

Der Moment der Unsicherheit in ihren Augen verschwindet, und sie strafft die Schultern. »Wähl deine Zielpersonen sorgfältig aus. Tu nichts Unüberlegtes.«

»Ich werde keine Familien bestehlen«, erkläre ich ihr.

Maggie kichert. »Eine Diebin mit Moralkodex?«

Ich hole Luft und suche dann in der Menge nach Zielen. Ein Zucken im Lächeln eines Mannes verrät mir, dass er nicht immer ein Gentleman ist. Ein kindisches Partymädchen, dem noch die Schminke des gestrigen Abends auf dem Gesicht haftet. Eine ältere Frau, die einen kleinen Hund im Arm hält und die Verkäuferinnen anschnauzt, während diese um sie herumwuseln, um ihren Wünschen nachzukommen.

Ich konzentriere mich darauf, meine Zielperson ausfindig zu machen, blende die Menschen um sie herum aus, und mein Körper reagiert automatisch darauf. Meine Hand schlüpft heimlich in Handtaschen und Manteltaschen, während ich mich durch die Menschenmassen schlängle und dabei nur gelegentlich die Aufmerksamkeit eines Bewunderers errege.

Ich bleibe vor einer Vitrine stehen, wo mir eine Verkäuferin einen rubinroten Lippenstift präsentiert. Als ich ablehne, sucht sie nach neuen Pröbchen. Währenddessen schnappe ich mir das vergoldete Röhrchen und verschwinde wieder in dem allgemeinen Durcheinander.

Ein Seidenschal, ein wunderschönes Perlenset, alles verschwindet unauffällig in den Taschen meines Kleids, die ich endlos fülle. Es ist keine Ausbuchtung zu erkennen, nicht mit dem Mantel um meine Schultern.

Der Detektiv in der Ecke ist in Sichtweite, und ich erinnere mich an Marys Worte. Wenn er mich anstarrt, bin ich bereits entlarvt.

Ich suche die Menge nach Maggie ab. Sie steht mit Mary in der Nähe der Tür und drängt mich mit ihren Blicken dazu, hinauszugehen. Sie sieht erst mich eindringlich an und deutet dann mit dem Kopf zum Ladendetektiv. Marys Augen sagen alles: Es ist Zeit zu gehen.

Aber ich reagiere noch nicht auf ihre Warnung.

Am Finger der älteren Dame steckt ein riesiger rosafarbener Diamant. Ich habe ihn erst kurz zuvor bemerkt, als ich ein Paar wunderschöne Samthandschuhe aus ihrer Handtasche mitgehen ließ. Sie hat ihr Augenmerk nicht auf ihre Einkaufstaschen gerichtet, sondern hält ihren kleinen Foxterrier auf den Armen, der an Leckerlis knabbert, die sie ihm aus der Manteltasche zusteckt. Der Mann hinter ihr, der ihre Einkäufe schleppt, hat Mühe damit, all die Kartons im Gleichgewicht zu halten, während sie weitere Einkäufe auf den Stapel legt.

Er ist mein Einstieg.

Er und dieses kleine Hündchen.

Ich versuche, mich auf Maggies eindringliche Blicke und Marys unruhiges Gehabe zu konzentrieren, doch der Diamant lockt mich näher an sich heran. *Ich kann ihn kriegen.*

Wie von Zauberhand taucht Maggie neben mir auf und rempelt den vollbepackten Taschenträger an, der daraufhin beim Versuch, ihr auszuweichen, beinahe eine Hutschachtel fallen lässt. Einen Moment bin ich geschockt von ihrer Anwesenheit und wie erstarrt. Woher wusste sie, was ich vorhatte?

Rasch kneife ich die Augen zusammen, um mich wieder zu konzentrieren, nutze die Notsituation des Taschenträgers zu meinem Vorteil und eile zu Maggie hinüber. Alle drei rennen wir ineinander hinein und verursachen ein heilloses Durcheinander.

Der Mann taumelt gegen die ältere Dame, ihr kleines Hündchen fällt ihr aus den Händen und landet mit den

Füßen voran auf dem Boden. Ich stürze hin und schnappe es mir, während die Dame sich bemüht, den herumfliegenden Einkaufstaschen auszuweichen, ohne das Gleichgewicht zu verlieren.

»Verzeihung«, sagt Maggie zu dem Mann. »Ich bin viel tollpatschiger, als es gut für mich wäre.«

Der Terrier zappelt in meinen Armen, versessen darauf, wieder zu Frauchen und ihrem Mantel voller Leckerlis zu kommen.

Ein Angestellter in der Nähe bietet der älteren Dame seinen Arm an, um sie zu stützen, während sie mich mit ihren Augen erdolcht. Ich übergebe ihr den Hund, und als es ihr zu dämmern scheint, dass ich vermeintlich nur gute Absichten habe, entspannt sich ihre Miene. »Oh, danke. Danke, dass Sie mein süßes Mädchen gerettet haben!«

Als ich ihr den kleinen Terrier übergebe, verschränken sich unsere Hände, meine legt sich auf ihre, und mühelos lasse ich dabei den Ring von ihrem Finger gleiten. Sie krault ihren kostbaren Hund, bevor sie das Chaos um sich herum betrachtet, um einen Sündenbock ausfindig zu machen. Ich stecke den Diamantring in meinen Mantel, und während der Detektiv auf allen vieren damit beschäftigt ist, das Durcheinander zu beseitigen, das ich verursacht habe, verlasse ich fluchtartig den Tatort.

Als wir draußen sind, stürmt Mary außer sich vor Wut die Stufen zur Oxford Street hinunter.

Ich eile hinterher, immer noch viel zu stolz auf mich selbst, um ihren Zorn an mich heranzulassen.

»Was in Gottes Namen hast du dir dabei gedacht?«

Maggie taucht vor mir auf. »Das war ein guter Coup, Mary. Willst du nicht sehen, was wir alles erbeutet haben?«

»Ihr habt beide meine Anweisungen missachtet.«

Ich schüttle den Kopf und mache einen Schritt um Maggie herum, um mich Mary zuzuwenden. »Ihr habt mich auf die falsche Fährte geschickt. Ihr wusstet, dass das Smaragdcollier nicht echt ist. Ich hatte nicht vor, alles für Nippes aus Glas zu riskieren.«

»Du hast eine einfache Anweisung nicht befolgt. Wenn ich nicht darauf vertrauen kann, dass du mir gehorchst, dann kannst du dich mir nicht anschließen. Diese Szene am Ende? Das war waghalsig. Warum bist du zu der Frau zurückgekehrt? Du hattest sie bereits bestohlen.«

Ich ziehe den Ring aus meinem Mantel. »Darum.«

Der Anblick des Diamanten überrumpelt sie sichtlich. Sie taumelt einen Schritt zurück, schnappt aber nicht nach Luft und gibt auch keinen Laut von sich. Während sie ihn begafft, geht ihr Mund lautlos auf und zu wie bei einem Fisch. Sie greift nach dem Diamanten, um ihn zu betrachten. Wunderschön, rosafarben, perfekt geschliffen.

Echt.

»Man sagt, Diamanten sind der Weg zum Herzen einer Frau«, ziehe ich sie grinsend auf.

»Du hast ihn ihr vom Finger gezogen?« Mary kann es nicht fassen. »Genial! Wie hast du das hingekriegt?«

Ein langes, angespanntes Schweigen herrscht zwischen uns, als wir begreifen, dass gerade etwas Bedeutsames geschehen ist – wir verstehen plötzlich alle, was wir gemeinsam bewirken und wie weit uns das bringen könnte. Mary streift sich den Ring über den Finger, und ihre Augen rollen vor Vergnügen. »Du bist eine verrückte Frau, Miss Annie. Und vielleicht doch eine gute Investition.«

Maggies Mund verzieht sich zu einem Grinsen. »Diamond Annie. So werden wir dich nennen. Wenn die Mädchen hiervon erfahren, wirst du zu einer Legende.«

Ich versuche mir die Aufregung nicht anmerken zu lassen, die in mir aufkommt und mich erröten lässt.

»Was sagst du, Mary Carr? Habe ich die Probe bestanden?«

»Wir werden es zusammen weit bringen, Diamond Annie.« Das ist ihre Art, Ja zu sagen – hoffe ich. »Aber um mich klar auszudrücken: Wenn du dich noch einmal meinen Anweisungen widersetzt und Maggie dabei mit hineinziehst, werfe ich dich raus, ohne mit der Wimper zu zucken. Ich gebe sonst keiner eine zweite Chance, aber du hast sie dir verdient. Sorg dafür, dass ich es nicht bereue.«

Ich mag es nicht, wenn man mir droht. Niemand bedroht mich in The Mint. Aber Mary hat im Moment die ganze Macht inne, also widerstehe ich dem Drang, ihr Kontra zu geben. Ich schlucke die Beleidigung herunter und sage: »Ich verstehe.«

»Behalt den Pelz«, sagt Mary grinsend. »Als Willkommensgeschenk.«

Ich atme tief durch und umklammere den cremefarbenen Mantel fest. »Bin ich dabei?«

»Willkommen bei den Forty Elephants.«

SIEBTES KAPITEL

Wir fahren ins südliche London, nach Elephant and Castle. Dort erfüllt der Lärm des dichten Verkehrs die Luft, und das Rattern der Straßenbahnen lässt meine Ohren klingeln. Die Straßen sind so verstopft, dass ich große Augen bekomme, als Mary mit ihrem Automobil geschmeidig zwischen all den Fahrzeugen hindurchgleitet. Wie sie uns da so mühelos hindurchmanövrieren kann, ist mir unbegreiflich. Auch als wir den Stau, den die Straßenbahnen verursacht haben, hinter uns gelassen haben, sind die Straßen immer noch von Lärm erfüllt und quirlig. Wir passieren ein Dutzend Straßenstände und fahren an dem glitzernden Kaufhaus William Tarn & Co. vorbei, aus dem Männer und Frauen mit großem Einkaufsgepäck herauskommen.

Schließlich bremst Mary vor einem riesigen Lagerhaus ab und parkt vor dem Eingang.

Wir gehen einen kleinen Pfad an der Seite des Gebäudes entlang, der sich bis zum Hintereingang schlängelt. Ein Mann steht vor der Tür und hält Wache. Ich glaube zu hören, wie Maggie ihn mit Lou anspricht, als wir näher kommen. Er geht lässig und freundlich mit Maggie um, aber kaum bemerkt er Mary, wird sein Gesichtsausdruck geschäftsmäßig, und er greift nach der Türklinke.

Wir betreten eine Schatzkammer voll mit Diebesgut.

Schmuckstücke aller Art liegen ausgebreitet auf einem aufgebockten Tisch und warten auf Begutachtung durch die Hehler. So weit das Auge reicht, stehen hier Ständer mit Kleidern und Pelzmänteln. Reihe um Reihe von Waren lagern auf Regalen, ein sortiertes Nebeneinander von allem, was man sich nur vorstellen kann, alles sorgfältig katalogisiert und von mehreren Frauen in großen Bestandsbüchern erfasst. Ganz im Hintergrund sehe ich sogar einige geparkte Automobile, die gerade von einer Frau mit einem Lappen gewienert werden.

Alle schauen kurz in unsere Richtung und plaudern dann weiter, während Mary uns in ihr Büro im hinteren Bereich führt. Der Teppich ist dick und weich und dämpft meine Schritte.

Ihr Büro ist ein großer Raum, an dessen Wänden Gemälde hängen und der mit extravaganter Kunst vollgestopft ist. In der Ecke steht ein großes Sofa aus Rosenholz, Leder und Elfenbein, auf dem verschiedene Mäntel herumliegen. Zu beiden Seiten steht je ein Beistelltisch aus Ebenholz mit einer Tiffany-Lampe und unterschiedlich großen Schachteln, gefüllt mit Ringen und diversen Schmuckstücken. Es wirkt so, als würde Mary ihre Nächte damit verbringen, das Diebesgut persönlich zu inspizieren, oder vielleicht auch damit, in ihren täglichen Erfolgen zu schwelgen.

Auf ihrem rot lackierten Schreibtisch liegen weitere Bestandsbücher, in denen Namen und Zahlen aufgelistet sind. Ich spähe auf schmale Spalten mit Notizen, alle in ihrer krakeligen Handschrift.

Sie lässt mich meine Taschen auf dem Schreibtisch leeren, bevor sie Maggie und mich anweist, draußen zu warten, solange sie das Diebesgut persönlich prüft und katalogisiert.

Während wir warten, tauchen die Zwillinge aus dem Club 43 auf. An ihren Armen baumeln vier Handtaschen. Eine der beiden trägt zwei Abendtaschen aus teurem Leder und mit perlenbesetzter Seide. Die andere hat eine goldüberzogene Netztasche aus Metall und eine Dresdener Netztasche mit Perlenbesatz und Emaille-Oberfläche am Arm. Sie stellen sie zur Inspektion ab, schreiten dann gemeinsam auf uns zu und lassen dabei die Hüften Schritt für Schritt im gleichen Takt schwingen.

Diejenige, die die Netztaschen getragen hat, spricht zuerst. Mir fällt auf, dass ihr Haar eine Nuance dunkler ist als das ihrer Schwester. »Erster Tag? Wie war's? Es kann nicht allzu gut gelaufen sein, wenn du mit finsterem Blick vor Marys Büro herumstehst. Ich bin Norma. Das ist meine Schwester Grace.«

»Ihr wart doch den ganzen Tag unterwegs und kommt nur mit vier Handtaschen zurück?«, spottet Maggie.

»Mary hat uns gesagt, wir sollen es ruhig angehen lassen, da wir diese Woche ihre besten Mitarbeiterinnen sind.«

»Ich heiße Alice.« Ich setze ein siegessicheres Lächeln auf. »Und macht es euch nicht zu bequem an der Spitze. Wir hatten heute einen großartigen Tag.«

Normas Unterlippe bebt. »Hör mal zu, Grünschnabel, wenn du weiter so mit mir redest, wirst du nicht mehr lange in dieser Gang sein.«

Ich lache leise auf. »Ich dachte, das hier wäre eine Schwesternschaft?«

Grace tritt einen Schritt näher und strafft die Schultern. »Zickige Mädchen schicken wir wieder in die Wüste. Du willst uns nicht zu deinen Feinden machen.«

»Ihr wisst nicht, wer ich bin«, gebe ich zurück. »Deswegen sehe ich euch euer freches Mundwerk nach. Aber ich kann euch versichern, dass *ich* diejenige bin, die *ihr* euch nicht zur Feindin machen wollt.«

»Halt den Ball flach, Grace«, knurrt Maggie. »Du weißt doch noch, was das letzte Mal passiert ist, als du mich provoziert hast. Diesmal werde ich so hart zuschlagen, dass nicht einmal dein Make-up den blauen Fleck verdecken kann.« Sie hebt die Fäuste, und bei dieser Geste weicht Grace einen Schritt zurück.

»Lasst sie in Ruhe, Mädels«, ruft eine Frau von hinten. Sie ist fast zu hübsch, um echt zu sein, hat große, kornblumenblaue Augen und lockiges, blondes Haar. »Habt ihr die Beute gesehen, die sie heute reingebracht haben? Das war beeindruckend. Marys Schreibtisch quillt über mit dem Zeug. Sie ist gerade dabei, alles einzutragen.«

Sie sieht aus wie eine hübsche Porzellanpuppe in einer Schachtel, die ein kleines Mädchen am Weihnachtsmorgen kreischend vor Freude öffnet. Sie ist ein Gesicht. Sie muss ein Gesicht sein. Wenn man sie in einen Laden schickt, wird sie jeden ablenken, der Augen im Kopf hat.

Grace wirft ihr einen bösen Blick zu. »Halt du dich da raus, Charlotte! Du bist doch so oder so schon halb aus der Gang raus, also hast du nichts mehr zu melden. Alice wird dich ersetzen.«

Charlotte ignoriert sie und kommt herüber. »Freut mich,

dich kennenzulernen, Alice. Ich bin Charlotte. Maggie hat immer von ihrer Jugendfreundin erzählt, die ihr beigebracht hat, wie man kassiert. Sie lässt nicht viele Menschen an sich heran, also musst du etwas ganz Besonderes sein.«

»Ganz besonders würde ich nicht sagen«, murmelt Maggie und rollt dabei mit den Augen.

Ich öffne den Mund, um bei Graces Bemerkung *»halb aus der Gang raus«* nachzuhaken, aber bevor ich dazu komme, schlendert Mary mit schwungvollen Schritten aus dem Büro heraus und stellt sich zu uns.

»Es gibt Neuigkeiten, Ladys. Wir haben diese Woche zwei neue Top-Mitarbeiterinnen.« Die Zwillinge kochen und schäumen vor Wut. »Mags der Teufelsbraten und unsere neueste Rekrutin, Ali ...« Sie hält inne, blickt in meine Richtung und grinst. »Diamond Annie.«

»Diamond?« Charlotte klingt neugierig.

Mary zieht den rosafarbenen Diamanten hervor, worauf die Mädchen nach Luft schnappen.

»Diamond«, bestätigt sie und kann dabei ihre Freude nicht verbergen. Alle im Lagerhaus applaudieren, während die Zwillinge uns mit ihren Blicken erdolchen und sich gar nicht die Mühe machen, ihre Wut zu verbergen.

»Mags der Teufelsbraten?«, frage ich grinsend.

Sie erwidert mein Grinsen. »Charlotte ist Sweet Lotte. Die Zwillinge, na ja, sie sind eben die Zwillinge.«

Die beiden setzen identische finstere Mienen auf.

Maggie grinst ihrerseits spöttisch. »Unsere Spitznamen definieren uns nicht, aber sie haben einen Neuanfang in dieser Welt markiert. Eine Möglichkeit, unser früheres

Leben hinter uns zu lassen und zu akzeptieren, wer wir geworden sind.«

Marys Lächeln wird breiter. »Mags und Annie sind ein talentiertes Team, aber sie brauchen eine Dritte im Bund.«

»Das kann ich übernehmen.« Charlotte hebt die Hand. »Zumindest so lange, bis mein Verehrer und ich uns endlich das Ja-Wort geben.« Das also ist die Erklärung. Sobald sie verheiratet ist, ist sie raus aus der Forty-Elephants-Gang.

»Wunderbar. Glückwunsch, Mädels. Ich werde die Ware in den nächsten Tagen verhökern lassen, aber feiern werden wir gleich. Ich habe einen schönen Abend im Club 43 für uns arrangiert. Feiert ordentlich und trinkt ein paar Drinks auf mich. Morgen früh besprechen wir dann, ob du nach Elephant and Castle ziehst. Hat deine Familie schon immer in The Mint gelebt?«

Ich nicke. »Solange ich denken kann.«

»Nun, dann lass uns das ändern. Du steigst in der Gesellschaft auf. Du solltest auch entsprechend wohnen.«

Die Vorstellung bringt mich zum Lachen. »Ich kann aus The Mint nicht wegziehen, und ich möchte auch keinen falschen Eindruck erwecken. Das hier mache ich nur vorübergehend.«

»Du bist also immer noch davon überzeugt, dass du gehen wirst, sobald du die Schulden abbezahlt hast? Nach dem, was du heute geleistet hast?«

»Ich habe gestohlen. Ich klaue immer. Heute war ein Tag wie jeder andere auch.«

»Nein«, widerspricht sie und tritt demonstrativ einen

Schritt näher an mich heran. »Heute warst du zum ersten Mal genau die, die du schon immer hättest sein sollen. Heute warst du Diamond Annie.«

Sie hat recht. Der heutige Tag fühlte sich gut an, außergewöhnlich. Ich erlebte die Welt so, wie sie wirklich ist – für mich, serviert auf einem Silbertablett. Für *uns*, serviert auf einem Silbertablett.

Aber all das lasse ich mir nicht anmerken, als ich sage: »Heute habe ich eine Rolle gespielt. Das ist alles.«

Wir fahren zum Club 43, um zu feiern, und fast alle Mädchen aus dem Lagerhaus schließen sich uns an. Als wir den Club betreten, umringen sie mich, reden kichernd auf mich ein und loben mich ohne Unterlass. Ich halte mich an Marys Geschenk fest, dem weichen cremefarbenen Pelzmantel, während ich ein Prickeln auf der Haut verspüre, das ich nicht so schnell vergessen werde. Freunde zu gewinnen, ist mir über die Jahre nicht leichtgefallen, erst recht nicht, nachdem Maggie fort war. Ich schimpfe innerlich mit mir selbst und nehme mir fest vor, mir diese Kameradschaftlichkeit nicht zu Kopf steigen oder meine Entscheidungen davon beeinflussen zu lassen.

Ich bin nur so lange mit von der Partie, bis die Schulden beglichen sind. Es ergibt keinen Sinn, hier Freundschaften zu schließen. Diese Mädchen interessiert nur, was ich für sie tun kann, und für Mary gilt das Gleiche.

Wir setzen uns an die Bar, und Maggie stößt auf unseren Erfolg an. »Ich wusste, dass du es schaffst. Ich bin froh, dass du dich auf die Probe eingelassen hast.«

»Du hast gesagt, du wolltest größere Erfolge. Ich kann mir keinen größeren vorstellen als einen Coup im Selfridges.«

»Danke, dass du mir vertraust.«

»Ich habe dir immer vertraut, Mags. Du bist vielleicht die Einzige, der ich jemals vertraut habe.«

»Wirst du mir jemals verzeihen, dass ich fortgegangen bin? Oder wirst du mich jeden Tag daran erinnern?«

»Ich habe mich noch nicht entschieden.«

Sie wirft einen Blick auf Mary und die anderen Mädchen, als müsse sie sich vergewissern, dass sie weit genug entfernt sind, um nicht mithören zu können, bevor sie sagt: »Ich glaube, wir beide können es weit bringen, wenn wir die Vergangenheit ruhen lassen.«

Ich versuche, etwas hervorzubringen, das ihr versichert, dass ich über die Vergangenheit hinwegsehen kann.

Aber der Verrat ist immer noch allzu gegenwärtig für mich. Eine Wunde, die zwar verheilt ist, aber einen Schorf hinterlassen hat, an dem ich jedes Mal kratze, wenn ich das Gefühl bekomme, dass wir uns wieder näherkommen – eine Erinnerung daran, dass sie mich verlassen hat und erneut verlassen könnte.

Aber um des Erfolges willen begrabe ich den Zweifel für den Moment und hebe mein halb leeres Glas zum Toast. »Auf den Neuanfang.«

Sie stößt mit ihrem Glas an, bevor sie es austrinkt. Ich führe mir mein Glas ebenfalls an die Lippen, stelle es dann aber wieder ab, ohne zu trinken. Das hebe ich mir für später auf.

Als sie mit einer Handbewegung ein weiteres Glas

ordert, bemerke ich, dass Rob mir verstohlen einen Blick zuwirft.

Maggie sieht, dass ich ihn anstarre, und ruft ihm zu. »Rob! Komm mal her zu uns und lass uns dir von unserem Tag erzählen! Das ist doch deine Aufgabe, oder? Uns unsere Drinks machen und uns beim Herumjammern zuhören?«

Er stößt ein Schnauben aus und kommt herüber. »Immer ganz die Circe, Maggie«, sagt er, bevor sein Blick dem meinen begegnet. »Hast du immer noch vor, mir ein Glas über den Schädel zu ziehen?«

Ich zucke mit den Schultern. »Wer weiß das schon? Der Abend ist noch jung.«

»Gott ist mein Zeuge, ich hatte keine Ahnung von der Sache zwischen meinen Brüdern und dir und deiner Familie. Bis gestern kannte ich nicht einmal deinen Nachnamen. In deinen Papieren steht ›Alice Black‹.«

»Tja, es wäre auch schön dumm, in meinen Papieren meinen richtigen Namen zu verwenden, oder?«

Ich senke die Stimme zu einem vorsichtigen Flüstern. »Ich wäre dir dankbar, wenn du Kate nichts davon erzählst.«

»Dein Geheimnis ist bei mir sicher.«

»Wirklich?«

»Wenn ich etwas gewusst hätte, hätte ich es dir gesagt.«

Ich schüttle den Kopf. »Spielt sowieso keine Rolle. Ich hatte in dieser Woche für ein ganzes Leben genug von deiner Familie, also lass uns dieses Gespräch beenden.«

Eines der Mädchen ruft Maggie zu sich, und als sie weg ist, beugt er sich dicht zu mir vor und flüstert mir zu: »Du bestrafst mich für die Entscheidungen meiner Brüder?«

»Sie wollen immerhin Vergeltung für die Taten meines Bruders.«

»Du scheinst deine Bestrafung aber zu genießen«, fügt er mit einem Anflug von Frustration in der Stimme hinzu. »Das ist nicht ganz fair, denn ich genieße meine ganz und gar nicht.«

Ich schaue ihn böse an. »Das geht dich nichts an.«

Er nickt. »Du hast recht, tut es nicht. So musst du es jedenfalls sehen. Ich bin ein offenes Buch, Alice. Wenn du mich etwas fragen willst, werde ich dir die Wahrheit sagen. Ich war immer nur ehrlich zu dir.«

Ich hasse seine Brüder. Ich kenne sie zwar kaum, aber was ich weiß, reicht aus. Für ihn sollte ich dasselbe empfinden – aber so sehr ich es auch versuche, ich kann keine Wut verspüren, keinen Grund finden, daran zu zweifeln, dass er es ehrlich meint. »Wer bist du also? Rob der Barkeeper, Rob der Sprengmeister, oder Rob der Abtrünnige?«

»Ich bin alles drei«, antwortet er ein wenig enttäuscht. »Drinks zu mixen, ist mein Job. Und ich liebe es. Es ist nichts Besonderes, aber es ist einfach. Der Mann, der ich einmal war, als ich mit meinen Brüdern gemeinsame Sache machte, war jemand Schändliches, Dunkles. Ich verabscheue ihn, aber er ist immer noch ein Teil von mir. Ich weiß nicht, ob ich ihn jemals ganz hinter mir lassen kann. Aber ich bin es leid, Kriege zu führen, die nicht die meinen sind.«

»Du bist jetzt also Pazifist?«

Er schenkt sich einen Drink ein und prostet sich selbst zu. »Auf den Frieden.«

Ich lasse seine Worte sacken. »Sagst du mir die Wahrheit?«

»Ich sage dir die Wahrheit.«

»Warum? Du bist mir nichts schuldig. Wir sind keine Freunde.«

Ein entspanntes Lächeln huscht über sein Gesicht. »Das würde ich gerne ändern.«

Ich bekomme einen trockenen Mund, und ein Gefühl von Wärme durchströmt mich. Ich kann mich nicht erinnern, wann ich das letzte Mal so für einen Mann empfunden habe. Vielleicht für Eli, aber wir waren damals so jung, dass es mir wie eine Ewigkeit vorkommt. Auch ich möchte keine Fremde mehr für ihn sein, habe aber im Moment das Gefühl, dass wir keine andere Wahl haben. »Vielleicht habe ich genauso empfunden, bevor ich herausgefunden habe, wer du bist. Ich traue deiner Familie nicht. Ich weiß nicht, wie ich es schaffen soll, *dir* zu vertrauen.«

»Lass uns von vorne anfangen«, bittet er mich. »Lass es uns noch einmal versuchen.«

Erneut umringen mich die Mädchen, und Rob räuspert sich, während er hinter dem Tresen beiseitetritt und die Bar entlanggeht, um Kunden zu bedienen.

»Annie«, sagt eine von ihnen und kommt freundlich lächelnd auf mich zu. Ihr Haar ist ein Wirrwarr von Locken, die zu einem kurzen Bob geschnitten sind, und ihre Nase und die Augenpartie sind mit Sommersprossen besprenkelt. Sie streckt die Hand aus, um meine zu schütteln. »Ich bin Rita. Die Beute, die du und Maggie eingefahren habt, war verdammt beeindruckend. Ich wollte gern die Hand schütteln, die diesen prächtigen Klunker jemandem vom Finger gezogen hat.«

»Danke. Schön, dich kennenzulernen, Rita.«

Das meine ich auch so. Verglichen mit den Zwillingen ist sie die Freundlichkeit in Person.

Wir plaudern angeregt weiter, bis Mary vorbeikommt, und sich die Reihen der Mädchen vor uns teilen wie das Meer vor Moses. »Kate Meyrick möchte mit dir reden.«

Kate tritt hinter Mary hervor, um mich zu begrüßen. »Sieh an, sieh an, wie weit es meine neue Cocktailkellnerin gebracht hat.«

Ich schüttle den Kopf. »Das kann man wohl sagen.«

Kate setzt sich auf den freien Barhocker neben mir, während alle um uns herum lautstark weiterfeiern. »Nun, eines kann ich dir mit Sicherheit sagen, und das sage ich allen von euch Ladys: Ich werde mein Geschäft mit aller Macht schützen. Solltest du auf die Idee kommen, meine Kunden zu bestehlen, wird das Konsequenzen haben.«

Ich bin erleichtert, dass sie keinen Schimmer davon hat, was ich hier schon alles kassiert habe. Ich bleibe ruhig. »Also werden Sie mich nicht feuern?«

»Nein«, erwidert sie. »Mary sagt, dass deine Zeit in der Gang von begrenzter Dauer ist.«

»Stimmt.«

»Dann gibt es kein Problem.«

Ich nicke. »Wie lange sind Sie und Mary schon befreundet?«

Sie lacht. »Ich bin nicht mit Mary Carr befreundet. Ich bin auch nicht mit Commissioner Horwood befreundet, der regelmäßig hier Gast ist. Wir alle müssen unsere Rollen spielen. Ich muss um meines Clubs willen lächeln und Leuten Dienste zur Verfügung stellen, die ich für absurd oder sogar für abstoßend halte. Mein Club und meine Töchter sind das Einzige, was für mich wichtig ist. Du kannst hier bleiben, solange du die Finger von meinen Kunden lässt und deine Geschäfte von meinen trennst.«

»Verstanden«, sage ich kurz und bündig. Ihr Ton ist streng und verurteilend. Ich sollte es nicht an mich heranlassen, doch das gelingt mir nicht. »Ich kann mir vorstellen, dass Sie schreckliche und abstoßende Dinge getan haben, um den Club zu dem zu machen, was er jetzt ist. Wie hätten Sie es sonst geschafft, an die Spitze zu kommen? Eine Frau, die den gefragtesten Club in einer von Männern beherrschten Stadt besitzt?«

Sie hält meinem Blick stand. »Worauf willst du hinaus?«

»Ich meine damit: Man kann sagen, was man will, über Frauen wie mich und Frauen wie Sie. Aber so verschieden sind wir gar nicht. Sie wurden nicht zur Königin der Nachtclubs, ohne gegen ein paar Regeln zu verstoßen.«

Sie sagt nichts, sondern grinst nur in meine Richtung. »Verstehen wir uns, Diamond Annie?«

Ich stoße mit ihr an. »Wir verstehen uns.«

»Sehr gut.« Sie taucht wieder in dem allgemeinen Trubel unter, und Maggie nimmt ihren Platz ein.

»Ist sie dir mit der alten ›Klau nicht in meinem Club‹-Drohung gekommen?«

Ich nicke und genehmige mir einen weiteren Schluck von meinem Drink. »Ja.«

»Betrachte es als Kompliment. Sie macht das nur bei denen, die bei Mary hoch im Kurs stehen.«

Maggie hebt erneut ihr Glas, diesmal ist es mit Whisky gefüllt. »Also, lass uns feiern.«

ACHTES KAPITEL

Ich spüre, dass ich einen Kater bekomme, schon daran, dass meine Schläfen pochen, als Maggie und ich ein Taxi zurück nach The Mint nehmen. Ich weiß nicht mehr, wie viele Drinks wir gekippt haben, und jetzt, da in wenigen Stunden der Morgen anbricht, möchte ich mich nur noch neben Louisa kuscheln und einschlafen.

Als wir zu Hause ankommen, hilft mir meine Mutter, die torkelnde Maggie ins Haus zu befördern. Wir legen sie auf das Sofa, und ich werfe eine Decke über sie.

»Manche Dinge ändern sich nie, oder?«, spottet Mum. »Sie hat schon hier übernachtet, als ihr beide noch kleine Mädchen wart.«

Ich will gerade etwas erwidern, als ich sehe, dass eine mir unbekannte Person mit Louisa am Tisch in der Mitte des Ladens sitzt. »So spät noch eine Session?«

Die Miene meiner Mutter verhärtet sich. Sie entfernt sich vom Sofa, geht zu der Besucherin hinüber und legt ihr leicht eine Hand auf die Schulter. Das bleiche Gesicht der Frau ist geschwollen und mit Sommersprossen übersät, und sie fixiert mich eindringlich. Alles an ihr wirkt düster. »Das ist Christina Noon. Sie ist Tommys Freundin.«

Aha, das erklärt ihren Gesichtsausdruck. Ich kichere in mich hinein und suche den Laden nach Tommy ab, bevor ich sage: »Tu dir selbst einen Gefallen, Christina, such dir einen anderen.« Ich ziehe meinen Pelzmantel aus und hänge ihn an einen Haken neben der Tür.

Christina ringt sich ein Lächeln ab, was mir verrät, dass sie meine Mahnung nicht beherzigen wird. »Tommy hat mir von dir erzählt, Alice. Es ist schön, dich endlich kennenzulernen.« Ihre Stimme zittert leicht, und ich bemerke, dass ihre Wangen gerötet sind. Tommy hat sie unglücklich gemacht, das arme Ding. »Hat er dir wehgetan?«

Voller Unmut verzieht sie ihr Gesicht.

»Wo steckt er?«

Meine Mutter deutet ruckartig mit dem Kopf zur Tür. »Ist schon den ganzen Tag und die ganze Nacht im Pub.«

»Wie schockierend!«, zische ich.

»Tommy hat mir versprochen, wir würden zusammen abhauen. Ich habe an der Victoria Station auf ihn gewartet, aber er ist nicht aufgetaucht. Ich dachte schon, er wäre tot.« Erneut schwingt ein Beben in ihrer Stimme mit. »Wir lieben uns.«

Ich trete zu ihr und versuche zu vermeiden, dass meine Stimme durch die Erschöpfung allzu bitter klingt. »Steig aus, solange du noch kannst. Tommy zu lieben, ist ein Fluch. Davon können wir hier alle ein Lied singen.«

»Alice«, unterbricht mich meine Mutter. »Christina ist, nun …«

»Ich bekomme ein Kind von ihm.«

Mein Herz setzt einen Schlag aus, und ich atme flach aus. Es ist schwer, das Gefühl in meinem Bauch zu erklären – eine seltsame Mischung aus Furcht und Glück. Ein

Baby könnte Tommy zum Guten oder zum Schlechten verändern. »Weiß er es schon?«

»Ich wollte es ihm am Bahnhof sagen.«

Ich reibe mir die Nase und greife dann wieder nach meinem Mantel und gleite hinein, während ich zur Tür hinausgehe. Meine Mutter folgt mir, taxiert mich erst jetzt von oben bis unten und tippt dann vorsichtig auf das Fell, um es unter ihren Fingern zu spüren.

»Was ist das alles? Du siehst, nun ja … du siehst wunderschön aus.«

»Das trage ich für den Job«, sage ich und berühre kurz mein Kleid. »So arbeite ich die Schulden ab.«

»Ich nehme an, du hast ihre Probe bestanden. Sollen wir das Kleid verhökern?«

Ich schüttle den Kopf. »Hast du daran gezweifelt, dass ich sie bestehen würde? Nein, mit diesem Kleid müssen wir vorsichtig umgehen. Das Letzte, was ich will, ist, die Frau zu verärgern, die es genäht hat.«

Sie ergreift meine Hand. »Behandle Tommy mit Nachsicht.«

Ich entziehe ihr meine Hand. »Es schien dich nicht zu stören, dass ich zu Louisa hart war, als ich es musste, aber du bittest mich, bei Tommy feinfühlig zu sein?«

»Ich bitte dich darum, nett zu sein, Alice. Das ist alles. Er hat einen Fehler gemacht. Wir alle machen Fehler.«

»Aber keiner von uns so oft wie Tommy.«

Ich löse mich von ihr und gehe die Straße hinunter zum Pub. Die Gäste blicken von ihren Tischen auf und nicken mir respektvoll zu, bevor Ralph grimmig auf das Ende der

Bar deutet, wo mein Bruder in sich zusammengesunken und mit dem Kopf in den Händen hockt.

»Ralph, kann ich den Raum mal für ein paar Minuten für mich haben?«

Er nickt und schlägt zweimal mit der Faust auf den Tresen, das Zeichen für Feierabend. »Schert euch hinaus!«

Die Männer kippen den Rest ihrer Drinks hinunter, stehen auf und ziehen sich dann ihre Mäntel an, um zu gehen. Während sich der Raum leert, folgt Ralph den anderen und schließt hinter sich die Tür. Ich setze mich auf den Barhocker neben Tommy und kippe den letzten Schluck seines Drinks hinunter. »Du darfst dich nicht zu Tode saufen.«

Er blinzelt mich mit geschwollenen, rot unterlaufenen Augen an. »Gib mir noch ein bisschen Zeit. Ich fange doch gerade erst damit an.«

»Ich werde Ralph sagen, dass er dir nichts mehr ausschenken soll.«

»Wenn ich für die Brüder arbeiten muss, bin ich so gut wie tot.«

»Du bist noch nicht tot. Ich arbeite noch an einem Plan.«

Er unterdrückt einen hoffnungslosen Seufzer. »Ich habe einen Fehler gemacht. Ich habe nicht an die Konsequenzen gedacht. Ich habe uns dem Tod geweiht. Ich habe alle Menschen hier in The Mint dem Tod geweiht. Alles, was Dad aufgebaut hat. Was wird mit uns, was wird mit *ihnen* geschehen?«

»Es ist noch nicht aller Tage Abend«, sage ich, zuversichtlicher denn je nach meinem erfolgreichen Tag mit Mary.

»Aber da ist ein Mädchen namens Christina bei uns im Laden.«

Er hebt erneut den Kopf, dieses Mal lebhafter. »Sie ist hier?«

»Sie sagt, sie sei dein Mädchen.«

Sein Lächeln erlischt. »Sag ihr, sie soll gehen. Sag ihr, dass ich nicht gut für sie bin.«

»Ich habe sie bereits eindringlich vor dir gewarnt.«

Er bringt ein Glucksen zustande und reibt sich dann über die Stirn. »Dann sag ihr, dass ich sie nicht liebe. Das klappt immer.«

»Das wäre aber gelogen, oder?«

»Spielt das eine Rolle? Manchmal lügen wir, um die Menschen zu retten, die wir lieben.«

»Sie ist von dir schwanger.«

Er sieht mich nicht an und sagt eine ganze Weile lang nichts. Dann presst er die Lippen fest zusammen und greift nach dem Glas – er hat vergessen, dass ich es geleert habe. »Hat sie das gesagt?«

Ich nehme seine Hand fest in die meine, worauf er sich mir zuwendet.

»Du wirst zu ihr gehen und eine rechtschaffene Frau aus ihr machen. Vater hatte seine Fehler, die hat er immer noch, aber er würde dich davon überzeugen, genau das zu tun.«

Er antwortet nicht, also lockere ich meinen Griff um seine Hand. »Du hast Angst, und die solltest du auch haben. Es wird nicht einfach werden.«

»Sie und das Baby sind ohne mich besser dran. Das weißt du genau, Alice. Wir beide wissen es.«

Ich zucke mit den Schultern und widerspreche ihm. »Das kann niemand wissen – auch du nicht.«

Seine Unterlippe bebt, und sein Finger fährt um den Rand seines Glases. Ich ziehe ihn zu mir heran und drücke meine Stirn gegen seine – die einzige Art und Weise, wie unser Vater jemals seine Liebe zu uns ausdrücken konnte. »Du kannst nichts daran ändern, was du in der Vergangenheit getan hast, aber du kannst das hier und jetzt ändern. Tu das Richtige. Geh mit ihr an einen schönen Ort. Sag ihr, was du für sie empfindest.«

Ich ziehe ein paar Schilling aus der Tasche und reiche sie ihm.

Er beißt sich auf die Lippe, bevor er nickt und sagt: »Ich werde es in Ordnung bringen. Ich verspreche es.«

Wir verlassen den Pub und gehen getrennte Wege: er zu unserem Haus, und ich zu Ralph, der wartet und die Tür bewacht. Sein Blick huscht die Straße hinauf und hinunter. »Du räumst ordentlich auf, Mädchen«, sagt er und reicht mir die zwischen seinen Fingern glimmende Zigarette.

Ich lächle und nehme einen kurzen Zug. »Hast du Neuigkeiten für mich?«

»Hannagan wurde bei einem Raubüberfall in Lambeth erwischt. Der Familie geht es nicht besonders gut.«

»Sie haben zwei Mädchen, richtig?«

»Ja«, sagt er betroffen. »Ich versuche, sie vor dem Bordell zu bewahren.«

Ich nicke und streiche dabei unauffällig mit den Fingerspitzen über den seidigen Pelz meines Mantels, bevor ich ihn mir mit einer fließenden Bewegung von den Schultern streife. »Hast du jemanden, dem du den hier heute Abend verkaufen kannst?«

Er nimmt den Mantel mit einem gewissen Unbehagen entgegen. »Ich kann mich umhören, wenn es das ist, was du willst.«

»Gib den beiden das Geld, das du dafür herausschlagen kannst. Nächsten Monat bekomme ich mehr.«

Er zieht sich seinen abgetragenen Wollmantel aus, um ihn mir zu geben.

Ich mache eine abwehrende Geste. »Behalt ihn. Ich habe noch einen zu Hause.«

Nicht so schön und so weich, aber er hält mich warm.

»Sonst noch was?«, frage ich.

»Jacob Sloan ist wütend darüber, was du ihm angetan hast.«

»Das habe ich mir gedacht.«

»Soll ich mich um ihn kümmern?«

»Nein. Wir können einen Mann nicht dafür bestrafen, dass er wütend ist. Das wäre nicht fair, oder?«

Er grinst ein wenig. »Was ist mit den McDonald-Brüdern passiert? Auf der Straße redet man darüber.«

»Was wird denn auf der Straße geredet?«

»Dass Tommy fortgehen müsse.«

»Tommy muss wirklich fortgehen«, bestätige ich. »Bei allem, was er getan hat, und dem Ärger, den er dem Viertel beschert hat, kann ich es ihnen nicht verdenken, dass sie das einfordern. Aber lass mich diejenige sein, die ihn nach draußen begleitet. Ich habe noch etwas zu erledigen, danach kümmere ich mich darum.«

Noch vor dem Morgengrauen wache ich davon auf, dass Louisa neben mir schreit und mir jemand den Lauf einer Pistole vor die Nase hält. Instinktiv fahre ich aus den fadenscheinigen Laken hoch und versuche mich daran zu erinnern, wie ich in der Vergangenheit solche Situationen gemeistert habe.

Meine Mutter kommt aus ihrem Zimmer gestürmt, vorbei an dem Mann mit der Waffe, um Louisa zu packen und aus der Schusslinie zu ziehen.

Ich blinzle mehrmals und erkenne schließlich im schummrigen Licht Jacob. Er fuchtelt mit der Waffe herum und schreit: »Steh auf! Raus aus den Federn!«

Ich frage mich kurz, wie er durch die Tür und an der auf dem Sofa schlummernden Maggie vorbeigekommen ist. Dann entdecke ich, dass unser Schlafzimmerfenster offen steht, und erinnere mich blitzartig an Louisa, die sich durch das Fenster hinein- und herausgeschlichen hatte. Er hat den gleichen Weg genutzt.

Ich fixiere ihn unverwandt. Wäre er betrunken, würde ich es ihm an den Augen ansehen und könnte ihm verzeihen. Aber er ist stocknüchtern und wütend. Er weiß genau, was er tut. Er ist bewusst in unser Haus eingebrochen, um uns zu drohen, also kann ich ihm nicht verzeihen.

Vater sagt immer, ein Mann muss die Verantwortung für seine Taten übernehmen, auch wenn er im Unrecht, wütend oder rachsüchtig ist. Er muss zu seinen Fehlern stehen.

»Jacob, denk darüber nach, was du tust.«

»Halt dein Maul!« Er macht einen schnellen, aggressiven

Schritt nach vorne. »Hast du eine Ahnung, wie es ist, hier mit dem Ruf herumzulaufen, den du mir verpasst hast? Von einer Frau verprügelt? Du musst für das, was du getan hast, bezahlen.«

Ich bemerke, dass die Pistole in seinen Händen zittert. »Mein Vater wird hiervon erfahren.«

»Sie munkeln, es könnte noch Monate dauern, bis er wieder auf freiem Fuß ist. Ich habe vor, bis dahin längst über alle Berge zu sein.« Er sieht Louisa an. »Ich liebe sie. Wir hatten Pläne, Pläne, die ich einzuhalten gedenke. Pläne, die du nicht zunichtemachen wirst.«

Jetzt werfe ich einen Blick auf Louisa, und er und ich warten auf ein Zeichen von ihr, dass sie seine Gefühle erwidert. Als keines erfolgt, und er begreift, dass es auch keins geben wird, wächst seine Wut. Er schwenkt die Waffe in ihre Richtung.

Ich stürze nach vorne, aber Jacob reißt Louisa schnell von meiner Mutter weg und zieht sie an sich. Meine Mutter zerrt an ihr und kämpft gegen ihn an, während Louisa laut schreit und gegen seine Schultern schlägt. »Jacob, tu das nicht!«

Eine Ader an meinem Hals beginnt zu pulsieren, und ein weiß glühendes Feuer lodert in mir auf. »Ich werde dich jetzt nur einmal darum bitten … Leg die Waffe weg und lass Louisa gehen.« Meine Stimme klingt eiskalt.

Er macht Anstalten, mir zu antworten. Doch in diesem Moment stürzt wie aus dem Nichts Maggie ins Zimmer und fährt ihm mit der Klinge eines Messers über den Oberschenkel. Leuchtend rote Blutflecken erblühen auf seiner

Hose, und mit einem Schrei, der an ein Wimmern grenzt, stolpert er zum Fenster.

Wie ein wildes Tier stürzt sich Maggie auf ihn. Sie packt ihn an den Schultern, schüttelt ihn und stößt ihn mit lautem Krachen gegen die Wand.

Seine Pistole schlittert vor meine Füße.

Maggie drückt ihn gegen die Wand und presst ihr Messer gegen seinen Oberschenkel.

»Keine Bewegung, sonst schneide ich dir die Eier ab.«

»Hör auf!«, fleht Louisa. »Bitte hör auf. Du musst das nicht tun. Lass ihn einfach gehen. Er wird nicht zurückkommen. Bestimmt nicht.«

Maggie sieht mich an und wartet auf meine Anordnungen. Auf mein stummes Ja. Sie ist wieder das Mädchen, das ich kannte, die Kämpferin aus The Mint, die vor nichts Angst hatte. Und wenn Louisa nicht dabei wäre, würde ich jetzt nur zu gerne das Zeichen geben. Ich würde zusehen, wie sie ihn tötet, ohne mit der Wimper zu zucken, und würde nichts empfinden bei seinem Verlust.

Aber mein Vater würde das nicht tun. Es gibt einen Grund dafür, warum die Leute zu ihm kommen, um sich beraten und anweisen zu lassen. Er würde das hier nach dem Gesetz von The Mint regeln. Ein fairer Kampf nach einer öffentlichen Herausforderung. »Lass ihn gehen, Mags. Wenn wir etwas unternehmen, dann machen wir es richtig.«

Fauchend zieht sich Maggie zurück.

Ich hebe die Waffe auf. »Wir benutzen in The Mint keine Schusswaffen, Jacob.«

Louisa kommt zu mir gelaufen und greift nach meiner

Hand, um mich aufzuhalten. »Das musst du nicht tun. Du kannst ihn gehen lassen, und auf der Straße wird man nichts davon erfahren.«

Meine Mutter zieht sie heftig zurück. »Du wirst sie hierbei nicht infrage stellen. Du wirst zuschauen.«

»Draußen«, sage ich zu Jacob, Louisas Bitten ignorierend. Würde ich sie ansehen, würde ich ins Wanken geraten. »Geh jetzt.«

Ich schiebe ihn vor mir her, bis er die Treppe hinunter und zur Vordertür hinausgeht. Dabei stecke ich Maggie heimlich die Pistole zu.

»Messer oder Fäuste?«

Einige Nachbarn schauen aus den Fenstern ihrer Häuser heraus und beobachten das Schauspiel.

»Bitte, Alice, tu das nicht«, weint Louisa hinter mir.

Ich hatte immer vorgehabt, sie eines Tages wegzuschicken, damit sie ein anderes Leben führen kann, ohne diese Gewalt und diesen Schmerz. Aber jetzt, da Jacob wie ein Mahnmal vor mir steht, weiß ich, dass sie schwach bleibt, wenn ich sie weiter beschütze. Es würde ihr mehr schaden als helfen. Sie muss unsere Welt verstehen, und auch die Art, wie wir mit Männern umgehen, die uns bedrohen.

»Ich wollte dich vor dem hier bewahren«, sage ich ihr so warmherzig, wie es mir möglich ist, vor all den Leuten, die sich nun um uns versammeln. »Ich wünschte, ich könnte es noch immer.«

Maggie marschiert schnurstracks neben mir, und mit einem Mal ist es, als gäbe es keine verlorenen Jahre zwischen uns. »Ich kann das für dich tun.«

»Nein, das wäre nicht richtig.«

Voll Furcht beobachtet Jakob unseren Wortwechsel, um dann zu rufen: »Messer!«

Mit düsterer Miene tritt Ralph zu uns und überreicht uns jeweils zwei Messer. Dann tritt er zurück, und Jacob macht einen Schritt nach vorne, während er seine Messer verzweifelt umklammert. Ein Moment der Stille und voller Spannung vergeht, während wir warten. Eine Zeit, die dafür gedacht ist, dass unsere Familien hinzukommen, darauf vorbereitet, sich zu verabschieden, denn einer von uns wird sein Leben verlieren. Männer und Frauen treten aus dem Schatten und aus ihren dunklen Häusern, um zuzusehen. Ralph deutet auf einen Jungen und sagt: »Geh Richard holen!«

Die Spannung ergreift mich immer mehr, und ich kaue auf meiner Unterlippe herum. Ich will nicht warten. Diese Rücksichtnahme hat er nicht verdient.

»Wenn du tot bist«, stößt er hervor, und an die Stelle der Angst tritt eine neu gewonnene Sicherheit in seiner Stimme, »werde ich als Nächstes Tommy herausfordern, und dann deinen Vater.«

Versucht er, mich zu manipulieren? Diese Art von Ehrgeiz kann er unmöglich haben. Und wenn doch, woher kommt er, und wie lange braut er sich schon zusammen?

»Wenn sie aus dem Weg geräumt sind … endet die Herrschaft der Familie Diamond.«

»Ich an deiner Stelle würde die Klappe nicht so weit aufreißen, Junge«, schaltet sich Ralph ein. »Dein Vater müsste gleich hier sein.«

Aber er hört einfach nicht auf. »Dann gehört Louisa mir.«

»Sie wird nie dir gehören.«

»Wenn du tot bist, hast du kein Mitspracherecht mehr.«

»Alice, bitte. Wir können das jetzt beenden«, schreit Louisa hinter mir. »Tu das nicht. Wir können immer noch darüber reden.«

Aber alles, was ich in meinem Kopf höre, ist *»Louisa gehört mir!«*

Ich blende Louisas Schreie aus und werfe mein Messer mit gekonnter Präzision. Meine Gedanken schweifen kurz zu Dad, der mir einst beigebracht hat, Messer auf Ziele zu schleudern, und der sich mir in den Weg stellte, um meine Entschlossenheit zu testen.

Das Messer durchschneidet in einem perfekten Bogen die Nachtluft und dringt in Jacobs Brust ein. Ohne einen Laut von sich zu geben, sinkt er auf die Knie, während er den Griff umklammert. Ich werfe das zweite Messer, und es trifft ihn im Bauch. Mit einem dumpfen Krachen fällt er auf die Seite und verblutet.

Ich schließe die Augen und stelle mir vor, wie ich mit Eli am Ufer der Themse war, damals, als wir jung und verliebt waren. Wir lagen auf einer Wolldecke und lauschten stundenlang dem Rauschen des Wassers, während wir gestohlene Erdbeeren und Käse aßen. So friedlich hatte ich mich nie zuvor gefühlt. Vorher nicht, und danach auch nie mehr. Als ich die Augen wieder öffne, heben Männer Jacobs erschlafften Körper bereits an den Händen und Füßen hoch.

Ralph berührt mich an den Schultern. »Alice … so läuft das hier nicht. Wie sollen wir das Richard erklären?«

»Ich habe gesehen, wie seine Hand gezuckt hat«, lüge ich eiskalt. »Außerdem kam er mitten in der Nacht mit einer Schusswaffe in unser Haus gestürmt. Er hatte nicht die Absicht, fair zu kämpfen. Ich habe mein Messer geworfen, bevor er seines werfen konnte.«

Ralphs Augen verengen sich – er durchschaut meine Lüge mühelos. »Das wird Konsequenzen haben.«

»Tragt seine Leiche zu seiner Familie. Wenn sie bei irgendetwas Hilfe brauchen, kommt zu mir.«

Er nickt und stößt dabei einen Seufzer des Widerwillens aus.

Ich wende mich zu Louisa um, stelle aber fest, dass ihr Blick unbeweglich ist. Sie starrt Jacobs Leiche an, und ihre Miene drückt ein Gefühl aus, das ich nicht einordnen kann. »Louisa, es ist einfach passiert.«

Immer noch keine Regung. Kein Blinzeln, kein Zucken, nicht einmal eine Träne. Ihre Gedanken kann ich nicht lesen, spüre aber bereits die Reue, die mich erfasst. Meine Mutter geht mit Louisa ins Haus, um sie zu trösten, während Maggie die Blutflecken auf der Straße anstarrt, dort, wo Jacobs Leiche lag. »Es ist schon lange her, dass ich einen Menschen habe sterben sehen.«

Ich lege ihr eine Hand auf die Schulter. »Danke für heute Nacht. Ich komme gleich rein. Ich muss noch mit Ralph sprechen.«

Sie nickt, und ich gehe weit weg vom Laden, bevor ich um eine dunkle Ecke biege. Ich verkrieche mich in einer engen, düsteren Gasse, in der mich eine streunende schwarze Katze misstrauisch beäugt, während sie auf dem Kopfsteinpflaster im Müll herumwühlt. Ich sinke zu Boden, presse mir die Hände vor die Augen und weine, während mir Louisas entsetzter Gesichtsausdruck vor Augen steht und sich dieses Bild für immer in mein Gedächtnis einbrennt.

Ein Moment verrinnt. Ich atme tief durch, wische mir mit dem Handrücken das Gesicht ab und richte mich auf, aber meine Knie geben nach, und ich sinke wieder zu Boden. Doch bevor ich auf dem Boden aufkomme, steht Maggie vor mir, hält mich mit beiden Händen an den Schultern und hindert mich am Aufstehen. Der schwache, schmale Lichtstreifen, der in die Gasse fällt, erhellt ihr Gesicht. Ihre Miene ist voller Mitgefühl. Sie lässt sich neben mich sinken und legt ihren Kopf auf meine Schulter, so wie sie es immer getan hat, als wir noch Kinder waren.

Und für einen winzigen Moment sind wir wieder diese kleinen Mädchen.

»Ich hatte ganz vergessen, wie gut du mit Messern umgehen kannst«, räumt sie ein.

Ich ziehe die Nase hoch. »Ist das ein Kompliment?«

Sie zieht eine halb gerauchte Zigarette hervor und zündet sie für mich an. »Weißt du noch, was dein Vater uns immer gesagt hat?« Sie holt tief Luft und senkt die Stimme um eine Oktave. »Mädchen aus The Mint dürfen nicht weinen.« Sie denkt einen langen Moment darüber nach und kichert dann vor sich hin, während ich einen Zug an der Zigarette nehme. »Und dann, als Tommy aus dem

Krieg zurückkehrte, sahen wir ihn selbst weinen wie ein Baby. Und dann wieder, als die Gruppe der Waisenkinder hier vorbeikam und Weihnachtslieder gesungen hat. Er hat versucht, die eine Träne, die ihm über das Gesicht rann, zu verbergen.«

Ich verbeiße mir ein Lachen. »Er hat immer versucht, es zu verbergen.«

»Und deshalb verbirgst du es auch?«

Mein Mund wird trocken. »Ich wollte, dass sie es einmal besser hat. Ich wollte nicht, dass sie diese Seite von mir kennenlernt … diese Seite unseres Viertels. Ich dachte, ich könnte sie isolieren, ihr etwas Besseres versprechen und sie irgendwann einfach hier rausholen.«

»Das hat bei uns auch nicht funktioniert, Alice. Warum hast du geglaubt, dass es bei ihr anders sein würde? Hör zu, lass sie wütend auf dich sein … aber eines Tages wird sie es verstehen. Nicht heute, vielleicht auch nicht morgen, aber eines Tages schon.«

Wir rauchen die Zigarette gemeinsam zu Ende, und als ich endlich bereit bin, mich wieder in Bewegung zu setzen, folgt mir Maggie. Zu Hause angekommen, gehe ich in unser Zimmer, finde dort jedoch ein leeres Bett vor, gehe dann den Flur entlang zum Zimmer meiner Mutter und treffe dort auf die beiden.

Ich setze mich auf den Bettrand und greife nach Louisas Hand. In dem Moment, in dem meine Finger über ihre streifen, reißt sie die Augen auf. Sie sagt nichts, aber der distanzierte Ausdruck in ihrem Blick gibt mir das Gefühl, als hätte ich sie für immer verloren.

Sie entzieht mir ihre Hand und schiebt sie unter die Decke.

Zusätzlich zu den düsteren Ereignissen, mit denen ich mich die ganze Nacht herumschlagen musste, verrät mir Maggie am nächsten Morgen auf dem Weg zum Stadthaus von King, dass ich in betrunkenem Zustand versucht habe, Rob im Club 43 zu verführen, und dass die Mädels sich darüber ziemlich amüsiert hätten. Ich kann das Entsetzen in meiner Stimme nicht unterdrücken, als ich nachfrage: »Habe ich ihn geküsst?«

»Du hast versucht, ihn zu küssen«, kontert sie neben mir im Taxi, während sie Frisur und Gesicht mit Blick in einen kleinen Taschenspiegel aufhübscht. »Es war wirklich amüsant.« Sie wirft die Puderdose zurück in ihre Handtasche und nimmt sich eine Zigarette aus einem goldenen Etui, während ich wie erstarrt dasitze und versuche, mich daran zu erinnern, was geschehen ist. Aber alles, was vor dem Kampf mit Jacob passiert ist, ist nur verschwommen.

»Und das sagst du mir jetzt?«

»Du kannst dich wirklich nicht erinnern? Ich habe viel mehr getrunken als du und erinnere mich an alles.«

Ein verlegenes Kichern dringt mir über die Lippen.

»Wir sind unabhängige Frauen«, fährt sie schroff fort. »Wir sollten nicht schüchtern sein, wenn wir einen Mann begehren, sondern es auch zeigen. Man sollte bloß nicht sturzbetrunken sein, wenn man sich an jemanden heranmacht.«

»Ich begehre ihn aber nicht.«

»Es ist nicht nötig, dass du mich anlügst. Ich habe gesehen, wie du ihn angehimmelt hast.«

»Er ist ein McDonald, selbst wenn er behauptet, er sei anders.«

Sie rollt mit den Augen. »Wenn du mit ihm eine Nummer schieben willst, dann tu es einfach. Gestern Abend hast du oft genug beteuert, dass du es willst. Bring es hinter dich, damit er keine Ablenkung mehr für dich ist.«

Um die Gedanken an seine Lippen aus meinem Kopf zu verbannen, wechsle ich rasch das Thema. »Feiert ihr Mädels jede Woche so ausgiebig? Dann hättest du mich vorwarnen können.«

»Wir feiern exzessiv. Und ja, ich hätte dich vorwarnen sollen. Ich hol dich ab, wenn du fertig mit dem Dienstmädchenspielen bist«, neckt sie mich. »Wir werden uns ein paar Läden an der Strand vorknöpfen. Eigentlich muss ich dich nicht einmal mehr bei diesem reichen alten Sack absetzen. Das musst du nicht mehr tun. Die Gang könnte dein Vollzeitjob sein.«

»Über meinen Ausstieg werden wir reden, sobald wir ausbezahlt worden sind. Und wir legen noch eine Station im Club 43 ein, bevor wir uns irgendetwas vorknöpfen«, sage ich. Es gelingt mir nicht, die von ihr genüsslich ausgemalte Szene, wie ich mich Rob an den Hals werfe, abzuschütteln.

Das Taxi hält an, aber bevor ich aussteige, sagt sie: »Erzähl Mary nicht, was gestern Abend passiert ist. Sag ihr nicht, was ich getan habe.«

»Ich soll ihr nicht sagen, dass du meine Familie und mich

verteidigt hast?«, spotte ich. »Dass die echte Maggie Hill von den Toten auferstanden ist?«

Sie rollt mit den Augen. »Wäre es denn so schlimm, wenn sie verschwunden bliebe? Warum muss ich sie für dich am Leben erhalten?«

»Musst du nicht.«

»Du erinnerst mich jeden Tag daran, dass ich sie nicht hinter mir lassen kann, so sehr ich es auch möchte. Mary hat sich Zeit für mich genommen. Sie hat mir deutlich gemacht, dass ich nicht Gewalt anwenden muss, um zu bekommen, was ich will. Sie wäre enttäuscht, wenn sie erfährt, was ich getan habe.«

Ich kneife die Augen zusammen. »Diese Frau, die du jetzt bist, diese Rolle, die du spielst, wird nicht von Dauer sein.«

»Warum nicht?«, schreit sie und ballt ihre Finger zu Fäusten, bis die Knöchel weiß anlaufen. »Warum kannst du das Mädchen, das du mal kanntest, nicht einfach gehen lassen? Gestern Abend war ein Fehler. Ich habe die Beherrschung verloren. Das wird nicht wieder vorkommen.«

»Doch, es wird wieder vorkommen«, entgegne ich. »Du hast nicht die Beherrschung verloren. Du wusstest genau, was du tust. Als du das Messer geschwungen hast, hast du dich wohler in deiner Haut gefühlt als in der ganzen Zeit, in der dich Mary diese schicken Sachen hat tragen lassen. Die Maggie, die ich kenne, ist immer noch in dir. Niemand sagt, dass du nur eine Art von Frau sein musst. Es gibt keine Regel, die besagt, dass du nicht hübsch und klug sein kannst, aber zugleich auch furchterregend und wild. Du kannst all das gleichzeitig sein.«

Ihr Blick bleibt nach vorne gerichtet, als sie erwidert: »Nein, das kann ich nicht. Nicht, wenn ich bei Mary bleibe. Sie versteht das Mädchen nicht, das ich mal war. Sie würde mich auch jetzt nicht verstehen. Sie setzt ihren Willen mit Tricks und Täuschungen durch. Sie duldet nichts, was sie für ungehobelt hält. Bitte erzähl ihr nichts davon.«

»Du weißt aber schon, dass der einzige Unterschied zwischen diesem Leben mit ihr und dem, das du mit deinen Brüdern geführt hast, deine piekfeinen Klamotten und dein schickes neues Automobil sind?«

Ich steige rasch aus, und während ich auf das Stadthaus zugehe, höre ich sie sagen: »Das ist ein verdammt großer Unterschied!« Sie bläst den Zigarettenrauch aus, und bevor ich ein weiteres Wort sagen kann, ist sie weggefahren.

Ich habe schon fast den Dienstboteneingang erreicht, als drinnen ein panischer Schrei erklingt. Normalerweise klopfe ich an die Küchentür und warte darauf, dass mir Alba mit ihrem ausgeprägt enttäuschten Blick, den sie nur für mich reserviert hat, aufmacht. Heute aber dränge ich hinein und eile durch die Küche ins Foyer. Dort liegt Pearl hilflos auf dem Boden und betastet ihre aufgeplatzte Lippe, aus der Blut tropft.

Über ihr ragt Mr King und hält sie mit einem schraubstockartigen Griff am Handgelenk fest, um sie daran zu hindern, sich zu befreien.

Alba steht direkt hinter den beiden, eine zerbrochene Teetasse liegt vor ihren Füßen.

Er holt erneut aus, und sein Schlag trifft Pearls Gesicht an der gleichen Stelle. Das Geräusch, das seine Handfläche verursacht, als sie auf ihre Haut prallt, trifft mich bis ins Mark. Dieses Mal schreit sie nicht. »Du wirst nicht auf diese Party gehen! Ich bin dein Ehemann, und ich verbiete es dir!«

Er langt nach unten und versucht, ihr etwas zu entwinden, was sie in ihrem Schoß hält – einen roten Umschlag mit grünem Rand. Pearl nimmt ihre Hand aus dem Gesicht und umklammert ihn verzweifelt.

Alba schaut weg und bückt sich, um die Porzellanscherben aufzuräumen, als fände die Szene vor uns gar nicht statt.

Aber das tut sie.

Ich schließe die Augen und rufe mir ins Gedächtnis, wer ich vorgebe zu sein. Hier bin ich Alice Black, ein folgsames Dienstmädchen, das von seiner Anstellung bei Mr King abhängig ist. Bei Mary bin ich Diamond Annie, eine gerissene und elegante Diebin, die ihre Schönheit zu ihrem Vorteil nutzt. Gestern Abend habe ich keine Rolle gespielt. Gestern Abend war ich Alice Diamond, Tochter aus The Mint. Ich habe einen Mann auf offener Straße getötet, während alle in The Mint zusahen.

Diese Frau in mir kann ich jetzt nicht ignorieren.

Ich kann mich nicht abwenden.

Ich greife nach einer schweren Kristallvase, die auf einer Anrichte steht, und zerschmettere sie auf dem Boden. Mr King schreckt hoch, hält inne und schaut mich verwirrt an.

Ich hebe die größte, am stärksten gezackte Glasscherbe auf, umklammere sie fest und gehe damit auf ihn zu.

»Fassen Sie sie nicht noch einmal an!« Die Worte kommen

mir laut und eindringlich über die Lippen, eine Stimme, die er bestimmt noch nie von einer Frau gehört hat.

Ich spanne meinen ganzen Körper an, jeder einzelne Muskel erfüllt von purem, unbändigem Hass. Mein Atem geht stoßweise und rauscht in meinen Ohren. Es ist das einzige Geräusch im Raum, abgesehen vom Ticken der Standuhr, die neben dem Treppenaufgang steht. Ich finde die Sprache wieder, aber was ich hervorbringe, ist eher tierisch als menschlich. »Fassen Sie sie noch einmal an, und ich zeige Ihnen, was ich mit diesem Stück Glas alles anrichten kann.«

Seine Körperhaltung wird steif, sein Gesicht läuft rot an, und obwohl ich in seiner Bewegung einen Anflug von Scheu ausmache, als er einen Schritt zurücktritt, wirkt seine Miene amüsiert. »Das würdest du nicht wagen. Wenn du das tust, bekommst du nie wieder einen Job in dieser Stadt.«

Ich weiche nicht von der Stelle, während sein Blick zu dem Blut wandert, das mir von der Handfläche tropft. Die Schnittwunde von der Scherbe brennt höllisch, aber ich lockere meinen Griff nicht. Ein bisschen Blut beweist ihm vielleicht, dass ich es ernst meine und ungezähmt bin – nicht das Mädchen, für das er mich hielt. Ich lege den Kopf schief. »Sie können sich nicht über mich beschweren, wenn Sie tot sind.«

Seine Augen weiten sich, und seine Oberlippe kräuselt sich. Er macht einen weiteren Schritt weg von Pearl, aber für meinen Geschmack ist er nicht weit genug entfernt.

»Du denkst, ich hätte Angst vor dir? Du denkst …« Seine Worte versiegen mitten im Satz.

»Ihr ganzes Leben lang hatten Frauen immer Angst vor Ihnen. Sie brauchen diese Angst. Sie ernähren sich davon. Ohne sie wüssten Sie nicht, wer Sie sind. Ohne sie wären Sie ein Nichts.« Ich mache einen Schritt auf ihn zu und ritze ihm mit der Scherbe in den Unterarm. Mit einem Laut des Erschreckens starrt er ungläubig auf die Schnittwunde, während das Blut durch seinen ansonsten makellosen Hemdsärmel sickert und sich auf dem Boden mit dem meinen vermischt.

Er umklammert seinen Arm, während Pearl Richtung Treppe kriecht.

»Du hast mich geschnitten!«, schreit King außer sich und schüttelt mehrmals ungläubig den Kopf.

»Ich werde noch Schlimmeres tun!«, warne ich ihn, um dann meine Aufmerksamkeit Pearl zuzuwenden. »Pearl, pack deine Reisetasche.«

»Sie wird nicht gehen«, knurrt Harold schmerzverzerrt. »Sie wird mich nie verlassen.«

Vielleicht hat er recht, und es hat keinen Sinn, zu glauben, sie würde sich gegen ihn entscheiden. Ich schaue an ihm vorbei zu Pearl, die zitternd auf der Treppe steht und der Tränen über das verschmierte Gesicht strömen. Sie ist labil, das lässt sich nicht leugnen.

»Es ist deine Entscheidung, Pearl. Du hast die Wahl, auch wenn er dir weismachen will, du hättest keine.«

Sie zögert einen Moment – lange genug, um mich fast davon zu überzeugen, dass Mr Kings schreckliche Worte der Wahrheit entsprechen und ich sie nicht dazu überreden kann, jemand zu sein, die sie nicht ist. Sogar meine eigene

Mutter hat mir prophezeit, eine Frau wie Pearl werde alles über sich ergehen lassen, um ihre Privilegien nicht zu verlieren. Dann aber gewinnt sie ihre Selbstbeherrschung zurück, wischt sich das Blut aus dem Gesicht und rennt die Treppe hinauf, um zu packen.

Ich halte weiter die Glasscherbe in der Hand, um Harold in Schach zu halten, und warte geduldig. Die seltsamen Ähnlichkeiten zwischen gestern Abend und heute erschrecken mich ein wenig. Ralphs Worte hallen in meinem Kopf laut wider: *»Das wird Konsequenzen haben.«* Wie werden sie aussehen? Wie schlimm werden sie sein?

Pearl kommt heruntergehetzt und unterbricht damit meine Gedankengänge. Auf dem Weg nach draußen höre ich, wie Harold Alba auffordert, die Polizei zu rufen.

Wir fahren mit dem Taxi so weit hinaus aus der Stadt, dass ich mich schon frage, ob Pearl dem Fahrer die richtige Adresse genannt hat. Aber schließlich kommen wir zu einer kleinen Wohnung – ein kleiner, beheizter Raum ohne Farbe an den Wänden. Es gibt ein Bett, einen Ofen und eine schöne Decke, die über eine angeschlagene alte Chaiselongue geworfen wurde. Und obwohl die Wohnung verwaist zu sein scheint, weiß ich, dass Pearl schon einmal hier war, denn sobald sie die Tür hinter uns geschlossen hat, atmet sie laut und erleichtert aus.

Dann zieht sie sich den Mantel aus, geht zu einer losen Bodendiele in der Ecke und hebelt sie auf. Darunter befindet sich eine Kiste, gefüllt mit Stapeln von Geldscheinen und edlem Schmuck. »Ich habe diese Wohnung heimlich gekauft«, erklärt sie. »Während meiner Zeit am Theater ließ ich mir vom Regisseur ab und zu Bargeld auszahlen. Nie eine so große Summe, dass sie Harolds Aufmerksamkeit erregt hätte. Ich habe es beiseitegelegt. Diese Wohnung war zwar nicht teuer, aber als ich sie gekauft hatte, blieb nicht viel übrig, nur das, was hier drin ist. Lange werde ich damit nicht über die Runden kommen.«

Sie nimmt die Kiste und setzt sich auf die Bettkante. »Sechs Monate, vielleicht ein Jahr.«

Einen Moment stockt mir der Atem, und mir fehlen die Worte. Sie hat das alles alleine getan, was bedeutet, dass sie schon immer die Absicht hatte, ihn zu verlassen. Ich möchte sie fragen, warum sie so lange gezögert hat, aber ich verbeiße es mir. »Wir werden es hinbekommen«, sage ich, wenig überzeugend. Ich hatte nicht weitergedacht, als sie von ihm wegzubringen. Hätte sie nicht vorgeschlagen, hierherzufahren, wüsste ich nicht, wohin wir sonst gefahren wären. »Bleib erst mal hier. Sprich mit niemandem. Wenn er herausfindet, wo du dich versteckst, wird er dich zurückschleifen.«

»Er wird mich umbringen«, korrigiert sie mich emotionslos. Sie wirkt wie betäubt.

»Er wird dich nicht mehr anfassen.« Meine Worte ändern nichts an ihrem Gesichtsausdruck, aber sie nickt. Ich deute auf den Umschlag in ihrer Hand. »Von all den Dingen, die du hättest mitnehmen können, als du ihn verlassen hast, hast du einen Brief mitgenommen?«

»Das hier?« Sie hebt den Umschlag hoch und lacht. »Das ist kein Brief. Es ist eine Einladung, und sie war der Grund, weshalb wir uns gestritten haben. Warst du schon mal bei Selfridges?«

Ich versuche, beiläufig zu klingen, als ich sage: »War das nicht ganz London?«

Sie seufzt verträumt. »Jedes Jahr an Heiligabend gibt Mr Selfridge eine Party. Das exklusivste Ereignis des ganzen Jahres für die Crème de la Crème von London. Ich bekomme jedes Jahr eine Einladung, seit Mr Selfridge mich in *The Girl from France* im Vaudeville-Theater auf der Bühne gesehen hat. Harold hat noch nie eine bekommen.«

Ich ziehe die Brauen hoch. »Die Einladung beinhaltet keine Begleitperson?«

»Doch«, sagt sie schlicht. »Aber warum sollte ich ihn mitnehmen? Sie ist an mich und nur an mich adressiert. Das macht ihn fuchsteufelswild. Dieses Jahr hat er von mir verlangt, dass ich nicht hingehe. Er meinte, wenn ich ohne meinen Gatten hinginge, würde das ein schlechtes Licht auf ihn werfen.« Sie legt die Karte ab. »Ich habe mich geweigert.«

»All das, weil sein Stolz verletzt wurde?«

»Es geht immer um seinen Stolz.«

Angespanntes Schweigen breitet sich zwischen uns aus, und ich denke an Maggie, die auf dem Weg zu Mr Kings Stadthaus ist, um mich abzuholen. »Ich muss los, aber ich komme morgen wieder, um nach dir zu sehen. Dann werden wir einen Plan schmieden.«

Sie legt eine Hand auf meinen Arm, um mich aufzuhalten, bevor ich gehen kann. »Warum tust du das?«

»Ich weiß es nicht«, gebe ich zu.

»Weil du ein guter Mensch bist?«

»Ich glaube nicht, dass dies der Grund ist.« Ein guter Mensch tut nicht das, was ich Jacob gestern Abend angetan habe. »Du brauchtest einen Anstoß. Ich habe ihn dir gegeben.«

»Du hast die Stelle gebraucht, nicht wahr?«

»Nicht so dringend.«

»Dann muss mehr dahinterstecken. Du setzt eine gute Stelle doch nicht für eine Fremde aufs Spiel.«

Ich seufze genervt. »Ich kann es nicht ertragen, wenn Männer Frauen wehtun. Das ist das Einzige, was dahintersteckt.«

»Meinst du, du könntest es mir beibringen?«

»Dir was beibringen?«

»Wie man sich wehrt, so wie du es getan hast.«

»Das war noch keine echte Gegenwehr.«

»Kannst du es mir beibringen?«

»Kommt darauf an.«

»Worauf?«

»Ob das, was er gesagt hat, wahr ist. Dass du, egal was passiert, zu ihm zurückkehrst. Dass all das hier umsonst ist.«

Ihr Gesichtsausdruck ist alles andere als ermutigend. »Danke für das hier.«

Das ist nicht die Antwort, die ich mir erhofft habe, und das weiß sie auch. Sie lässt sich wieder auf das Bett sinken und kramt in der Kiste, um den Inhalt vor sich auszubreiten. Ich werde weiter dafür kämpfen, dass sie an ein Leben jenseits von Harold Kings Kontrolle glaubt, aber im

Moment gibt es nichts, was ich sagen kann, um sie vom Gegenteil zu überzeugen.

»Ich komme morgen wieder«, versichere ich ihr.

Neuntes Kapitel

Zu meiner Erleichterung steht Maggies Automobil vor dem Lagerhaus, wo sie und ein paar Mädchen während einer Zigarettenpause plaudern. Als sie mich sieht, eilt sie verwirrt zu mir herüber. »Was ist passiert? Ich sollte dich doch erst später abholen.«

Ich erzähle ihr, was mit Pearl King passiert ist. Sie schüttelt den Kopf. »Du weißt doch, dass es nicht deine Aufgabe ist, alle Frauen, die in dieser Stadt in Schwierigkeiten stecken, zu retten.«

Statt einer Antwort schnalze ich mit der Zunge.

Die anderen haben mich noch nie in meiner Dienstmädchenuniform mit ihrem großen Spitzenkragen, der spitzenbesetzten Schürze und dem Stirnband mit Schleife gesehen, und die meisten lachen wohlwollend, als ich an ihnen vorbeigehe. Die Zwillinge hingegen feixen: »Knechtschaft steht dir gut, Diamond Annie.«

Ich lasse die Bemerkung an mir abperlen, während Maggie mich ins Lagerhaus zerrt. »Du bist gerade rechtzeitig gekommen. Mary hat Kohle für uns.«

Bei dem Gedanken kribbelt es in meinem Bauch.

Drinnen ist Mary damit beschäftigt, ein neues Automobil zu inspizieren, das irgendwann gestern Nacht reingekommen sein muss. »Einen Moment, Ladys.« Sie schaut es sich genau an, während sie sich in einem Buch, das sie in der Hand hält, Notizen macht.

»Ich nehme an, das bedeutet, dass es vorbei ist mit dem zweiten Job?«, fragt Maggie mit gewölbter Braue.

Ich zucke mit den Schultern. »Ich kann mir nicht vorstellen, dass Mr King mich so bald wieder mit offenen Armen empfängt.«

Mary geht an uns vorbei in ihr Büro, lässt die Tür hinter sich aber offen. Wir folgen ihr, und ich schaue zu, wie sie Bargeld aus ihrem Bürosafe holt und diesen dann mit lautem Scheppern schließt. Sie zahlt uns jeweils hundert Pfund aus und überreicht mir dann einen großen Messingschlüssel. »Hat Maggie dich informiert, wie das läuft? Ich bekomme fünfzig Prozent deiner Einnahmen.«

Die Zahl lässt mich für einen Moment sprachlos werden. »Fünfzig Prozent?«, wiederhole ich ungläubig.

Sie lacht. »Alle Mädchen machen so ein Gesicht, wenn ich es ihnen sage.« Sie begleitet uns aus dem Lagerhaus hinaus und deutet die Straße hinunter auf eine Reihe von Wohnhäusern. »Kommst du mit? Ich zeig dir deine neue Wohnung.«

Ich zwinge mich dazu, weiterzugehen. »Meine neue Wohnung?«

»Ich zahle für die Partys, die Drinks, das Essen, aber vor allem für Sicherheit. Die McDonald-Brüder sind meine Geschäftspartner, und wenn wir Hilfe von ihnen benötigen, liefern sie sie. Wenn eines der Mädchen erwischt wird, lassen sie ihre Verbindungen zu verschiedenen Spitzenleuten in der Stadt spielen, um eine schnelle Freilassung zu erwirken. Wir brauchen sie.«

»Wir brauchen sie?«, wiederhole ich, um sicherzugehen, dass ich sie richtig verstanden habe. »Die Hälfte von dem, was ich verdiene, um zu versuchen, meine Schulden bei ihnen zurückzuzahlen, geht erst an Sie und dann an die?«

Ihre Worte stoßen bei mir nicht auf Wohlwollen. Während wir uns einem Wohnblock ein paar Straßen weiter nähern, kocht die Wut in mir bis zum Siedepunkt hoch, aber bevor ich ihr freien Lauf lassen kann, deutet Mary auf das Gebäude. »Hier wohnen die Mädchen.«

Als wir die Lobby betreten, schüttle ich den Kopf. »Ich habe doch gesagt, dass Sie mir keine neue Unterkunft zur Verfügung stellen müssen. Ich will nicht noch eine weitere Verpflichtung eingehen.«

»Du musst nicht hier wohnen, aber solange du Mitglied dieser Gang bist … hast du hier ein Zuhause.«

Ich spüre, wie mir der leise Anflug eines Grinsens über das Gesicht huscht, und mein Körper fühlt sich schwerelos an – als ob schon ihre Worte allein bewirkten, dass ich fliegen könnte. Ehrfurchtsvoll lasse ich meinen Blick über das Innere des Gebäudes schweifen. »Ich glaube nicht, dass …«

Wir steigen in den Fahrstuhl und fahren in die dritte Etage, wo wir in einen langen Flur mit vier Türen treten.

»Die Wohnung hat zwei Schlafzimmer. Sie gehört dir, so lange du weiter so lieferst wie gestern.« Mary streckt die Hand aus, um meine zu schütteln, hält dann aber inne. »Kein Männerbesuch über Nacht. Das ist eine Hausregel.«

Ich denke an Charlotte. »Charlotte ist verlobt, nicht wahr? Wenn sie verheiratet ist, was ist dann mit ihr?«

»Dann ist sie raus aus der Gang«, bestätigt Mary verdrießlich. »Ich habe nichts gegen eine Frau, die sich verliebt. Liebe macht Spaß, ist inspirierend. Sie sorgt dafür, dass wir uns lebendig fühlen. Heiraten steht auf einem anderen Blatt. Männer mögen es nicht, wenn sich eine Frau neben ihnen noch etwas anderem verpflichtet fühlt.«

Ich denke an meine Erfahrungen aus erster Hand mit Pearl und Harold und nicke zustimmend.

»Was ist mit dir?« Sie legt den Kopf schief und mustert mich. »Gibt es einen Mann in deinem Leben?«

Ich schüttle den Kopf. »Kein Mann, und auch keine Pläne für einen.«

»Wie dem auch sei, kein Mann darf über Nacht hierbleiben. Wenn du mit ihm schlafen willst, dann machst du es bei ihm. Verstanden?«

»Verstanden.«

»Willkommen zu Hause, Diamond Annie.«

Ich schlucke und denke darüber nach. Ich denke an die Dinge, die ich tun könnte, an die Orte, wohin ich Louisa bringen könnte, wenn ich ein dauerhaftes Mitglied werde. Ich könnte sie aus The Mint herausholen, aber mir ist auch klar, wie mein Vater darüber denken wird. Ich habe mich nicht nur einer Gang angeschlossen, sondern werde mich auch noch mit den McDonalds verbünden. Denselben Männern, die Tommy zu Brei geschlagen haben und nachts gewaltsam in unseren Laden eingedrungen sind und Forderungen an uns gestellt haben. All das schwirrt mir durch den Kopf, bis sich mein Magen verkrampft. »Das ist nicht mein Zuhause.«

Sie grinst. »Wir werden ja sehen. Ich habe da einen Laden im Sinn, den du und Maggie euch morgen vorknöpfen werdet. Viel Vergnügen.«

Ich warte, bis sie wieder in den Fahrstuhl gestiegen ist, bevor ich die Tür aufschließe. Es ist in keiner Weise mit Harold Kings Stadthaus zu vergleichen, aber für mich ist es perfekt. Ich ziehe die Schuhe aus, gehe zu dem Aubusson-Teppich vor dem Kamin und streiche mit den Fingern über die glänzenden silbernen Kerzenleuchter, die auf dem Kaminsims stehen.

»Was denkst du?«, fragt Maggie von der Tür aus, während Charlotte und Rita hinter ihr stehen und kichern. »Wir wollten, dass es schön ist und du nicht in eine leere Wohnung ziehst.«

»Hier ist es schöner als in allen Wohnungen, in denen ich bisher gewohnt habe«, antworte ich wahrheitsgemäß. Ich drehe mich zu den dreien um und kann die Rührung in meiner Stimme nicht verbergen, als ich sage: »Danke, dass ihr das für mich getan habt …«

Charlotte und Rita eilen herbei, um mich in den Arm zu nehmen, Maggie hingegen steht abseits und strahlt.

»Wir müssen noch schnell etwas erledigen«, sagt sie. »Schau dich nur um, ich bin gleich wieder da.«

Ich schlendere eine breite Diele entlang, bis ich auf die Schlafzimmer stoße. Eines ist kleiner, und auf der Tapete befinden sich Vogelmotive – es wäre perfekt für Louisa. Ich schließe die Augen und stelle mir vor, wie sie neue Kleider anprobiert und sich frisiert, um sich für einen Tag in der Stadt fertig zu machen.

Ich verlasse das Zimmer und betrete das andere, das ich mit meiner Mutter teilen würde, wenn ich sie aus The Mint herausholen könnte. Der Raum ist luftig, und darin steht ein smaragdgrünes Samtsofa, aber was mich wie angewurzelt stehen bleiben lässt, ist das mit frischer, pfirsichfarbener Seidenbettwäsche bezogene Bett.

Ich überlege nicht lange.

Ich ziehe mich nackt aus und werfe mich auf das Bett. Der Stoff fühlt sich auf der Haut so an, wie ich es mir immer vorgestellt habe. Aber irgendwie noch besser.

Ich möchte in diese Seidendecken eingewickelt sein, draußen und wo immer ich hingehe.

Ich höre, wie die Wohnungstür geöffnet wird, und haste zu dem Bademantel, den jemand für mich in den Schrank gehängt hat. Ich öffne meine Tür einen Spalt und spähe aus meinem Zimmer in die Diele hinaus. Maggie kommt hereingeschlendert, in beiden Händen eine Flasche mit etwas Dunklem. Charlotte und Rita folgen ihr mit einem sperrigen Grammophon. »Wir sind noch nicht am Ende mit Feiern, Diamond Annie!«

Ich stöhne auf. »Mir steckt immer noch die letzte Nacht in den Knochen. Ich kann nach wie vor den Gin in meinen Haaren riechen.«

Maggie hebt eine Flasche hoch. »Man soll da weitermachen, wo man aufgehört hat, nicht wahr?«

Charlotte winkt mir zu. »Komm schon, mein Verlobter und ich schließen in ein paar Wochen den Bund fürs Leben. Für mich ist bis dahin jede Nacht zum Feiern da.«

»Im Ernst?«, fügt Rita kichernd hinzu. »Aber die betrunkene Charlotte hat doch eine Vorliebe für viel mehr Männer als nur für ihren Verlobten.«

Charlotte versetzt Rita einen Schlag gegen die Schulter. »Pssst! Wir sind doch eine Schwesternschaft, in der Geheimnisse bewahrt werden.«

Maggie legt ihren Arm um Charlotte und schreit mich an: »Zwing mich nicht dazu, dich holen zu müssen.«

Ich ziehe mir den Bademantel über und öffne meine Tür komplett, um das Bild in mich aufzunehmen, das sich mir stellt – all diese Frauen, die mich mit offenen Armen in eine unbekannte neue Familie aufnehmen. Ich habe nicht viele Freunde, das hatte ich noch nie. Mein Leben bestand darin, Wege zu finden, um mich durchzuschlagen und meine Familie zu beschützen, sodass kein Raum blieb für einfache Freuden oder Beziehungen.

Ein Mädchen aus The Mint kann nicht so viel Glück haben. Eine Gang ist keine Familie.

Die Leitsätze meines Vaters spuken in meinem Kopf herum und nähren meine Zweifel.

Wann werden sich diese Zweifel zerstreuen? Wird seine Stimme in meinem Kopf jemals verklingen?

Ich führe mir erneut vor Augen, dass ich nur so lange mit von der Partie bin, bis die Schuld abbezahlt ist. Dass all das hier nicht von Bedeutung ist. Dass die Beziehung zu den Mädchen nicht von Bedeutung ist.

»Ich komme«, sage ich und geselle mich zu ihnen.

Noch während die Feier im vollen Gang ist, lege ich Station im Club 43 ein und stelle Rob zur Rede. Der Club hat noch nicht geöffnet, was bedeutet, dass es drinnen wie ausgestorben ist, abgesehen von den Köchen, ein paar Barkeepern und Kate, die an einem Tisch in einer Sitzecke im hinteren Bereich über ihren Büchern hockt. Sie blickt von ihrer Arbeit auf und sagt: »Wir haben noch nicht geöffnet, nicht einmal für dich, Diamond Annie. Komm wieder, wenn deine Schicht beginnt.«

»Ich muss bloß mit Rob sprechen.«

»So viele Besucher wie heute hat Rob selten. Es ist schon jemand da, der mit ihm sprechen wollte. Sie sind da hinten«, sagt sie und deutet in die entsprechende Richtung. »Mach es kurz.«

Ich gehe einen langen Gang entlang zu der Tür, die in die enge Gasse führt, in der wir den Müll und die leeren Getränkekästen abstellen. Ich stoße die Tür einen Spaltbreit auf, aber die Stimmen eines ruppigen Gesprächs lassen mich innehalten.

Eine der Stimmen jagt mir einen Schauer über den Rücken. »Du musst nach Hause kommen.«

Wag McDonald.

»Die Italiener wollen Blut sehen, und du bist ein leichtes Ziel. Wir müssen das beenden. Auf Abstand bleiben funktioniert nicht mehr. Ich kann dich nicht aus der Ferne beschützen.«

Rob seufzt. »Ich werde nirgendwo hingehen. Mir gefällt es hier, und wenn sie hinter mir her sind, dann kommen sie eben. Ich verkrieche mich nicht in Elephant and Castle.«

Und obwohl ich Wags Reaktion nicht sehen kann, stelle ich mir vor, wie er verärgert das Gesicht verkneift. »Na schön. Aber wenn du das durchziehst, möchte ich, dass du eine Knarre, ein Messer oder sonst etwas bei dir trägst.«

»Ich brauche keine Waffe.«

Er grunzt erneut. »Wenn du dich nicht wehrst, Rob, bist du ein toter Mann. Sabini schlachtet ganze Familien ab, um seinen Standpunkt klarzumachen.«

Ich rolle mit den Augen. *Du machst dir die Geschichte meiner Familie zunutze, Wag?*, denke ich.

Er fährt fort: »Was sollte ihn davon abhalten, im Club herumzuballern, nur um ein bisschen McDonald-Blut fließen zu sehen?«

Rob räuspert sich. »Wenn ich sterben muss, dann muss ich eben sterben. Eine Pistole oder ein Messer in meiner Tasche wird das nicht verhindern. Ich werde nicht noch mehr Blut vergießen. Ich werde nicht mit den Seelen von noch mehr toten Männern neben mir im Grab liegen.«

»Rob, nun hör mir doch mal zu …«

»Ich danke dir, Bruder. Aber wenn das alles ist, muss ich jetzt wieder an die Arbeit gehen.«

»Du bist so ein verdammter Dickkopf.«

Ich schleiche mich davon, renne den Gang zurück und springe dann so schnell auf einen Barhocker, dass ich fast damit umkippe. Kate grinst mich süffisant an und kritzelt dann weiter in ihre Unterlagen.

Ich atme tief aus und glätte mein zerzaustes Haar. Im nächsten Moment taucht Rob auf, entdeckt mich und lächelt mich an, als hätte ihn nicht gerade jemand vor seinem wahrscheinlich bevorstehenden Tod gewarnt.

»So schnell wieder auf den Beinen? Die meisten Neulinge brauchen einen Tag oder länger, um sich zu erholen. Jemand hätte dich vorwarnen sollen, dass diese Frauen lange und ausgiebig feiern.«

»Und das Tag und Nacht«, füge ich hinzu. »Ich komme gerade von einer anderen Party, die sie schmeißen.«

Er schüttelt den Kopf. »Wenn sie nicht gerade ganz London bis aufs Hemd ausrauben, trinken sie von Sonnenaufgang bis Sonnenuntergang.«

»Ich habe also versucht, dich zu küssen?« Meine eigene Direktheit lässt mich innerlich erschaudern.

»Versucht, ja.« Rob senkt den Kopf, um ein selbstgefälliges Grinsen zu verbergen.

»Ich versichere dir, dass ich es nicht noch einmal versuchen werde.«

»Du versicherst es mir?« Er zieht spielerisch die Stirn in Falten.

»Du bist ja ganz schön selbstzufrieden, was?«

»Ziemlich, ja.«

»Es wird nicht wieder vorkommen«, wiederhole ich, dieses Mal lauter, und erhebe mich vom Barhocker, um zu gehen.

Rasch greift er nach meiner Hand, um mich davon abzuhalten, wie ein ungestümes Fohlen aus der Tür zu stürmen. »Ich glaube, wir wissen beide, dass es wieder passieren wird … aber das nächste Mal wirst du dich daran erinnern.«

Einen Moment lang stehen wir wie erstarrt da, lassen einander nicht aus den Augen, während er mein Handgelenk umklammert. Dann lässt er langsam los und gleitet mit seiner Hand hinunter zu meinen Fingern. Die Berührung lässt mich erschaudern, und ich denke unwillkürlich, dass ich im betrunkenen Zustand vielleicht die richtige Idee hatte. Vielleicht ist es aber auch bloß schon zu lange her, dass ich mit einem Mann zusammen war.

Er lässt mich los. »Tut mir leid. Mir fällt da gerade etwas ein: Nicht anfassen.«

»Erspar dir lieber diesen Ärger. Wir würden ein schreckliches Paar abgeben.« Ich beschließe, freiheraus zu sein, um es hinter mich zu bringen. Maggie sagte, er sei eine Ablenkung, und sie hat recht. Immer wenn er im Raum ist, ignoriere ich alles andere, was um mich herum vorgeht, nur um ihn anzustarren.

Er fängt damit an, große Whiskygläser mit Gravuren aus ineinander verschlungenen Vieren und Dreien zu reinigen. »Es spielt keine Rolle, ob es so wäre oder nicht. Ich nehme an, Mary Carr hat dir noch nicht die vollständige Liste der Regeln mitgeteilt? Keine Männer. Zumindest nichts Ernsthaftes. Offenbar machen Männer alles komplizierter.«

Ich werfe ihm das gleiche freche Grinsen zu, das er mir vorhin geschenkt hatte. »Egal, bei mir wäre es nichts Ernstes.«

Er wirft mir einen durchdringenden Blick zu, der mein Lächeln verblassen lässt. »Ich kann dich gerne über meine Schulter werfen, dich nach oben tragen und wir können ein bisschen Spaß haben, wenn es das ist, was du willst. Aber danach würdest du ein Gefühl von Leere empfinden, einfach weil etwas fehlt … und mir würde es genauso gehen.«

Seine Worte machen mich nervös und erregen mich gleichzeitig. Ich bin es nicht gewohnt, dass Männer so mit mir reden. Falls in The Mint je ein Junge Zuneigung zu mir empfunden hat, habe ich das nicht mitbekommen.

Eli war mein einziger Verehrer, bevor wir beschlossen, dass Liebe etwas für Kinder ist.

Rob kennt mein wahres Ich nicht, also hat er keine Angst, und dafür mag ich ihn. Der Rausch an Emotionen ist ein ganz neues Gefühl, und ich habe Schwierigkeiten, die richtige Antwort zu finden.

»Glaubst du etwa, du bist das, was mir in meinem Leben fehlt? Ist das die Masche, mit der du versuchst, Frauen ins Bett zu bekommen? Wie oft hat das schon geklappt?«

Er gluckst kurz, aber das Lächeln erreicht nicht seine Augen. »Du bist die Erste, die mich darauf anspricht.«

Ich schüttle den Kopf. »Du willst nichts damit zu tun haben.« Ich deute von Kopf bis Fuß auf meinen Körper. »Körper, Geist, Seele … nichts davon. Das kannst du mir glauben.«

»Darf ich dir eine Geschichte erzählen?«

»Spielt es eine Rolle, wenn ich Nein sage?«

Er schaut an mir vorbei in Kates Richtung. »Als ich ein Junge war, wollte mein Vater meinen Brüdern und mir immer das Geschäft näherbringen. Er hielt uns für zu weich. Eines Tages nahm er uns mit nach The Mint, und dort begegnete ich zum ersten Mal Thomas Diamond.«

Ich schüttle den Kopf, um ihm zu bedeuten, dass er aufhören soll, komme aber nicht zu Wort, bevor er fortfährt. »Mein Vater erzählte ihm, dass ein Mann aus seiner Nachbarschaft für ein Dutzend verschwundene Kinder verantwortlich sei. Dieser Mann betrieb unter der Hand einen

Menschenhandel, entführte Kinder aus den ärmsten Vierteln und verkaufte sie. Aber das verstieß gegen eine unausgesprochene Regel. Eine, die in jedem Verbrecherkreis anerkannt wird.«

Mein Herz klopft so laut, dass ich mich frage, ob er es hören kann. »Man treibt keinen Handel mit Kindern.«

Er nickt. »Als Thomas die Beweise in den Händen hielt, trommelte er alle Familien zusammen, die Kinder verloren hatten. Er gab jedem von ihnen ein Messer und ließ sie abwechselnd zustechen. Ein Stich für jedes verschwundene Kind. Meine Brüder und ich wandten uns ab, wir konnten das nicht mit ansehen. Stattdessen schaute ich Thomas an und sah, dass er seine Kinder zwang zuzuschauen. Der Junge konnte es nicht, genau wie wir. Aber das Mädchen – sie blinzelte nicht einmal. Sie sah zu, wie jeder einzelne von ihnen auf den Mann einstach, bis es vorbei war. Sie hat sich nicht abgewandt.«

Die Erinnerung überwältigt mich, und ich spanne mich an. »Es war eine Lektion.«

»War es das?«

»Selbst die Menschen, denen wir vertrauen, können uns betrügen.«

Sein Blick wird weich. »Ich habe mir geschworen, dass ich ihr Gesicht nie vergessen würde. Als ich herausfand, dass du Alice Diamond bist, fügte sich alles zusammen.«

»Ich erinnere mich nicht an dich«, sage ich ihm.

»Tja, und ich werde dich nie vergessen.«

Er schnappt sich eine Kiste mit leeren Flaschen und macht sich auf den Weg zur Kellertreppe an der Rückseite des Clubs. Ich werfe einen Blick auf Kate, die immer noch in ihren Büchern vergraben ist, und beschließe ihm zu folgen. »Ich habe mitgehört, was Wag da draußen mit dir besprochen hat.«

»Verfolgst du mich jetzt?«

»Trotz seiner Warnung willst du dich nicht schützen?«

»Wenn Charles Sabini hinter mir her ist, dann kommt er mit Freunden, und da wird eine einzelne Waffe nicht viel ändern.«

»Du würdest also einfach sterben?«

»Ich habe keine Angst vor dem Tod.«

»Jeder hat Angst vor dem Tod.«

Ich bleibe am Fuß der Treppe stehen und lehne mich mit dem Rücken an die Wand, bemüht, lässig zu wirken. Er stellt die Kiste auf dem Boden ab und lehnt sich mit der gleichen Gelassenheit an die gegenüberliegende Wand. Der Raum zwischen uns fühlt sich endlos an.

Was seine Absicht ist, wie ich vermute.

»Warum sind wir nicht einfach ehrlich zueinander, Alice? Wovor hast du Angst?«

»Wie kommst du darauf, dass ich Angst habe?«

»Wenn ich dich hier und jetzt küssen würde, würdest du in meinen Armen dahinschmelzen. Ich weiß, dass du mich genauso sehr willst wie ich dich.«

Damit hat er nicht unrecht.

»Aber du hast Angst davor. Warum hast du Angst?«

Ich atme tief durch und mustere ihn. »Du zuerst, Rob. Erzähl mir von deinen Ängsten, dann erzähle ich dir von meinen.«

»Ich war verlobt, als ich in den Krieg zog«, verrät er zögerlich. »Als ich zurückkehrte, fand ich sie in den Armen eines anderen. Ich hätte ihn fast umgebracht.« Er zeigt auf die Narbe nahe dem Auge. »Die habe ich nicht aus dem Krieg, auch wenn ich das den Leuten weismache. Sie ist von ihr – Annalise. Sie hat mir eine Teekanne an den Kopf geworfen, um mich davon abzuhalten, ihren Liebhaber zu erwürgen. Ich war im Begriff, ihn zu töten. Dann sah ich auf meine Hände hinunter und merkte, dass ich mir selbst fremd geworden war. Nach Jahren der Gewalt … der Wut … war ich zu einem Monster mutiert. Ich wusste nicht, wie ich es unter Kontrolle bekommen sollte, aber ich wusste, dass ich mit diesem Menschen nichts mehr zu tun haben wollte.«

»Und dann kamst du hierher? Kate hat dich angeheuert?«

»Anfangs hat sie sich dagegen gesträubt, aber als sie ihren Laden aufmachte, gaben meine Brüder ihr Tipps, wenn Razzien bevorstanden, und sie will nicht bei anderen in der Schuld stehen.«

Ich rolle mit den Augen. »Wie menschenfreundlich von ihnen.«

»Du bist dran.«

Ich denke darüber nach, trage alle Gründe zusammen, warum ich die meiste Zeit meines Lebens Männer gemieden habe. Mein Puls rast. »Was, wenn dich die Wahrheit vergrault?«

»Ich verspreche dir, nicht davonzulaufen.«

»Männer machen ständig Versprechungen, die sie nicht halten.«

»Stell mich auf die Probe.«

Ich atme flach aus. Vor Aufregung bekomme ich ein flaues Gefühl in der Magengegend.

»Der erste Mann, der es mit mir gemacht hat, war älter als ich, viel älter. Er war ein Geschäftspartner meines Vaters, und er hieß Declan Toole. Ich flehte ihn an, damit aufzuhören, aber er machte weiter. Als mein Vater es später herausfand, erwürgte er ihn mit bloßen Händen. Danach schleifte er mich zu seiner Leiche und zwang mich dazu, sie anzuschauen, damit ich wusste, dass mir dieser Mann nie mehr nachstellen wird. Dann brachte er mir bei, wie man einen Mann, der kein Nein akzeptiert, zum Aufhören zwingt. Er ließ mich mit bloßen Händen auf eine Wand einprügeln, bis meine Knöchel bluteten.«

Es sollte sich entsetzlich anfühlen, etwas so Brutales und Persönliches zu enthüllen. Ich habe es nicht einmal Louisa erzählt. Aber statt Entsetzen spüre ich Erleichterung, gefolgt von einem Anflug von Schuldgefühlen. Wenn ich es meiner Schwester erzählt hätte, wäre sie vielleicht nicht so offen dafür gewesen, mit Jacob durchzubrennen. Sie dachte, meine Beweggründe, ihn zu verletzen, bestünden nur darin, sie zu beschützen. Und so war es auch, jedenfalls zum größten Teil.

Aber ich würde mir etwas vormachen, wenn ich leugnen würde, dass meine Erinnerungen kein Grund dafür waren, warum ich so begierig darauf war, mit den Fäusten zuzuschlagen. Dass ich mich, als ich Jacob schlug, an Dads Genugtuung erinnerte, mit der er mir Declans seltsam verrenkte, an der Wand lehnende Leiche zeigte und die riesigen violettfarbenen Blutergüsse an seinem Hals.

»Ich glaube, er dachte, ich hätte eine Chance gehabt, bevor der Sache mit Declan.«

»Wie meinst du das?«

»Unschuldig zu sein, einfach nur sein kleines Mädchen. Ich schütze meine Schwester Louisa, so gut ich kann. Ich glaube, er hatte gehofft, so etwas für mich tun zu können. Mir war immer klar, dass er manchmal schreckliche Dinge tun musste, aber diese Brutalität … er hat sein Bestes getan, um mich davon fernzuhalten.«

»Aber danach hat er seine Meinung geändert?«

»Er hat gemerkt, dass es mir schadet, wenn er mich nicht lehrt, dass diese Welt nicht gut zu kleinen Mädchen ist, die sie noch nicht begreifen. Sondern grausam. Er hat mir beigebracht, mit dieser Grausamkeit umzugehen, damit ich überleben kann.«

»Aber deine Schwester nicht?«

»Sie lernt es jetzt allmählich. Aber ich wünschte, ich könnte es von ihr fernhalten.«

»Auch wenn es ihr schaden könnte, sich dessen nicht bewusst zu sein, so wie es dir geschadet hat?«

»Ich will nicht, dass sie so wird wie ich.«

Rob taxiert mich, aber ich sehe keine Verurteilung in seinen Augen, nur Mitgefühl, das ihn dazu bewegt, die Hände zu Fäusten zu ballen – ein flüchtiger Blick auf seine gefährliche Seite, von der er sich wünscht, sie nicht zu haben.

Ich senke meinen Blick und muss über mich selbst lachen. »Man sollte meinen, ich hätte mich danach von gewalttätigen Männern ferngehalten, aber ich lief direkt in die Arme des nächsten. Er bat mich, ihn zu heiraten, und ich hätte um ein Haar Ja gesagt.«

Er macht einen Schritt auf mich zu. »Aber du hast Nein gesagt?«

Ich trete einen Schritt näher an ihn heran. »Ich habe Nein gesagt.«

Er macht noch einen Schritt. »Einer meiner Zehen ist länger als alle anderen.«

Ich kann das Kichern nicht unterdrücken, das mir über die Lippen dringt.

»Du lachst, aber das ist sehr unangenehm. Ich muss meine Socken immer anbehalten.«

Er will mich küssen. Ich kann sehen, wie sein Blick von meinen Augen zu meinem Mund wandert.

»Ich mag dich seit diesem Abend in The Mint vor all diesen Jahren. Ich war damals nur ein Junge, aber du hattest etwas an dir. Dieses Mädchen, das da zwischen all diesen Männern stand und hinsah, während wir dazu nicht in der Lage waren. Du warst erschreckend und fremd für mich, aber so schön.«

»Ich habe keine Angst davor, dich zu wollen«, verrate ich ihm langsam. »Ich glaube nur nicht, dass es gute Männer gibt, aber wenn ich doch einem begegnen sollte, würde ich mich so schnell wie möglich von ihm entfernen. Um ihn zu beschützen.«

Er wird ganz still und schaut mir tief in die Augen. »Wovor?«

»Vor mir.« Ich mache einen letzten Schritt und stehe jetzt dicht vor ihm. »Ich habe Dinge gesehen, Menschen verletzt, viele Menschen getötet. Blut klebt an meinen Händen. Du hast gesagt, du willst keine Kriege mehr führen – du sagst, du willst Frieden. Aber ich bin Krieg.«

»Wenn du in der Nähe bist, höre ich sie nicht.«

»Sie?« Verwirrt schüttle ich den Kopf.

»Die Stimmen der Männer in meinem Kopf. Die Leben, die durch den Sprengmeister ausgelöscht wurden. Wenn du in der Nähe bist … höre ich sie nicht. Du bringst mir Frieden, Alice Diamond.«

Er steht jetzt so dicht vor mir, dass ich seinen Atem im Gesicht spüren kann. »Wenn du mir sagst, dass ich aufhören soll«, beginnt er langsam und hebt die Hand, um meine Wange zu berühren und dann meinen Hals zu streicheln, »dann höre ich auf.«

»Warum hast du keine Angst?«, frage ich leise.

»Warum rennst du nicht weg?«

Ich berühre mit meinen Lippen die seinen. Er schmeckt nach Gin und riecht nach dieser Mischung aus Schweiß und abgestandenem Zigarrenrauch, die ewig im Club hängt. Ich bin nicht empfindlich, was das angeht. Ich erkunde die Form seines Mundes, spüre seine vollen Lippen und nehme unseren vermischten Atem in mir auf. Die Art, wie er schmeckt … Ich werde es nicht vergessen können.

Irgendwo in der Ferne höre ich, wie eine Tür aufgeht und Absätze auf dem Boden klackern. Rasch lösen wir uns voneinander und gehen an den Außenseiten der Treppe hinauf, gerade als Kate hinunterkommt. Sie schnippt mit den Fingern. »Alice, verschwinde hier, und Rob, du musst die Bar aufstocken.«

»Wann sehe ich dich wieder?« Seine Stimme klingt leicht und hoffnungsvoll.

Kate schnippt erneut mit den Fingern.

Ich grinse, schaue mich aber nicht um, während ich die Treppe hochsteige und durch die Hintertür verschwinde. Als ich auf der Straße stehe, fühlt sich jeder Windstoß wie eine Umarmung an, und meine Schritte werden fast zu Sprüngen. Ich gönne mir den Moment und betaste meine Lippen dort, wo seine gelegen haben, bevor ich in die U-Bahn nach Elephant and Castle steige.

Zehntes Kapitel

Die nächsten Wochen kommen mir vor wie ein Fiebertraum. Die meisten Tage verbringe ich damit, mit den Mädchen zu kassieren und nachts im Club zu arbeiten. Nach The Mint fahre ich nur, um nach meiner Familie zu sehen. Ich konnte Tommys Schulden mühelos begleichen, und jetzt, wo ich weg bin, hat er das Ruder übernommen, obwohl er wie immer nur das Allernötigste tut, um über die Runden zu kommen, und Ralph und Mum den Rest erledigen. Aber je länger ich mich dort aufhalte, desto weniger kann ich mit Mary kassieren, also warte ich manchmal tagelang, bevor ich wieder heimkehre.

So lang wie jetzt war es bislang noch nie – vier volle Tage ohne einen Besuch.

Ich gebe den anderen die Schuld daran, die, von Mary angetrieben, offenbar ohne Unterlass von einem Beutezug zum nächsten eilen. Meistens falle ich gleich nach einer langen Party in meiner neuen Wohnung direkt ins Bett, wobei das Quietschen der Straßenbahnen draußen wie ein sonderbares Schlaflied wirkt. Morgens weckt mich das Klingeln des Weckers.

Heute ist der erste Dezember, und der Winter hat Einzug gehalten. Vor der Kirche, in der Charlotte heiratet, rieselt leise der Schnee herab. Sie trägt ein weißes Spitzenkleid und ein elfenbeinfarbenes Pelzcape. Auch wenn ich über ihren Weggang nicht ganz so traurig bin wie die anderen, werde ich das Kassieren mit ihr vermissen. Sie ist das perfekte Gesicht – bei ihrem Aussehen ist jeder Ladenbesitzer lange genug abgelenkt, sodass ich die Waren einstecken und mich aus dem Staub machen kann. Ich möchte sie nur ungern ersetzen.

Ihr Zukünftiger ist ein junger, ehrgeiziger Mann, der als Bankangestellter arbeitet. Er ist glatt rasiert und hat große Augen, sieht gut aus, ist aber noch grün hinter den Ohren. Ich kann mir gut vorstellen, dass er keinen blassen Schimmer von Charlottes Vergangenheit hat, und ich bin mir sicher, dass sie es auch dabei belassen will.

Die meisten Mädchen nehmen an der Hochzeitsfeier teil. Früher mögen es vielleicht einmal vierzig gewesen sein, aber jetzt ist ihre Zahl auf etwa ein Dutzend von Marys Besten geschrumpft. Ein auserwählter Kreis, der wie ein Wirbelwind von Laden zu Laden fegt und überall unauffällig Chaos hinterlässt.

So, wie wir nur in kleinen Gruppen in einen Laden gehen, vermeiden wir es auch jetzt, uns im Gemeindesaal zusammenzuscharen. Wir bewegen uns in kleinen Grüppchen und plaudern miteinander. Ich wurde in eine Gruppe aufgenommen, die aus fünf anderen Mädchen besteht: Maggie, Rita, Evelyn, Vera und unsere scheidende Charlotte.

Nach der Zeremonie und dem Empfang feiern wir in einem kleinen Tanzsaal in Soho, wo Mary für die Getränke aufkommt und – hinter den Kulissen – für die Drogen. Zwischen den Musikstücken schleichen die Mädchen heimlich zu Mary, um eine Prise Kokain zu schnupfen, eine Sucht, die Mary offenbar mit Genuss bedient. Es hält die Mädchen lebhaft und willig, auf jede ihrer Anforderungen einzugehen. Sie bietet mir oft etwas an, aber ich lehne ab.

Sentimental stoßen wir alle auf Charlottes Hochzeit an und toben uns dann zu dem lauten, mitreißenden Jazz aus, der sogar mich dazu bringt, mich unbeholfen im Takt zu bewegen.

»Ich hasse es, mitanzusehen, wenn ein Mädchen wie sie geht«, gesteht Mary angeheitert, als sie sich zu Maggie und mir an einen Tisch im hinteren Bereich setzt. »Vor allem, wenn sie sich für einen Mann entscheidet. Das bedeutet, dass er gewonnen hat.«

»Würdest du sie lieber an eine Frau verlieren?«, gluckst Maggie.

»Ich hätte sie lieber an alles andere verloren, nur nicht an einen Mann.«

Ich starre auf meine Sektflöte hinunter und spiele mit ihrem zerbrechlichen Stiel, während ich die prickelnde Flüssigkeit im Glas kreisförmig schwenke. Die Mädchen lieben den Schaumwein, aber ich kann ihm nur wenig abgewinnen. Er ist mir viel zu süß. Ich sehe zu Mary auf, die immer noch in Gedanken versunken ist, und beschließe kurzerhand, mir den emotionalen Moment zunutze zu machen, um etwas anzusprechen, das Mags und mich schon seit Wochen umtreibt.

Ich werfe einen Blick auf Maggie, die sofort meine Gedanken liest und heftig nickt.

»Hast du schon von der Weihnachtsfeier gehört, die

Harry Selfridge ausrichtet? Als ich für Harold King gearbeitet habe, habe ich die Einladungskarte auf der Frisierkommode seiner Frau gesehen.« Das ist gelogen, aber ich will nicht, dass Mary erfährt, dass ich Pearl versteckt habe oder dass ich ihr Geld zukommen lasse.

Sie würde es nicht verstehen.

Sie würde glauben, dass meine Loyalität gegenüber den Forty Elephants Risse zeigt.

Soweit sie im Bilde ist, ist ihre Gang mein einziger Augenmerk, und in dem Glauben will ich sie lassen.

Mary nickt beiläufig. »Es ist eine riesige Party für die Hautevolee von London und aus der ganzen Welt.«

»Hast du jemals daran gedacht, sie sich vorzunehmen?«, erkundige ich mich.

Sie schnaubt verächtlich. »Natürlich habe ich schon davon geträumt, Annie. Aber das ist ein unmögliches Vorhaben. Nicht nur, dass wir ohne Einladung hineingelangen müssten, auch die Sicherheitsvorkehrungen dürften streng sein. Und wenn wir so etwas durchziehen, wird es das Wesen der Forty Elephants für immer verändern.«

Maggie wölbt die Augenbrauen. »Das Wesen der Forty Elephants?«

Mary greift sich an den Nasenrücken, als ob das Gespräch sie ermüdet. Vielleicht liegt es aber auch daran, dass sie das alles schon einmal mit den anderen Mädchen durchgekaut hat und es nicht mag, sich zu wiederholen. »Willst du wissen, warum wir bis heute erfolgreich sind?«

»Weil wir talentiert sind«, erwidere ich.

»Nein. Kassieren kann jeder. Wir sind nichts Besonderes. Wir sind erfolgreich, weil wir uns im Schatten bewegen. Wir drängen uns nicht ins Rampenlicht, wir erregen keine Aufmerksamkeit.«

Ich schüttle den Kopf. »In der Zeitung zu stehen, ist keine Aufmerksamkeit?«

»Die Zeitungen nehmen uns nicht wirklich ernst, und solange sie das nicht tun, tut es auch die Polizei nicht. Eine Mädchenbande ist ein erheiterndes sonntägliches Gesprächsthema für Commissioner Horwood, über das er sich beim Frühstück mit seiner Frau amüsieren kann.«

Maggie blickt zu Boden. Ihr innerer Konflikt ist an ihrem angespannten Gesichtsausdruck deutlich abzulesen. »Du hast gesagt, die Männer, die uns auslachen, würden es eines Tages bereuen. Warum nicht jetzt schon? Dieser Coup könnte der größte sein, den wir je landen werden. Wir würden Geschichte schreiben!«

»Es wäre dumm.« Als sie das sagt, sieht sie mich an, nicht Maggie. »Wenn wir ins Rampenlicht treten und beweisen, dass wir eine Bedrohung sind, werden wir zur Zielscheibe. Die Polizei hat mich über ein Dutzend Mal geschnappt, und ich wurde jedes Mal innerhalb eines Monats wieder freigelassen, weil sie mit einer kriminellen Frau nichts anfangen können.«

Ich presse die Lippen zusammen. »Ich nehme an, die McDonald-Brüder und ihre ganzen weitreichenden Verbindungen helfen auch, oder?«

»Natürlich. Ihr Schutz ist von unschätzbarem Wert.« Ich beobachte, wie sie unruhig wird und sich anscheinend immer unbehaglicher fühlt. Warum ist sie so strikt dagegen?

»Ich will damit nur sagen, solange die Polizei vollauf mit den Männern und ihren Bandenkriegen wegen Rennbahnen und Schmuggelwaren beschäftigt ist, können wir das zu unserem Vorteil nutzen und in ihrem Schatten erfolgreich tätig sein. Wir müssen clever vorgehen. Wenn sie über uns lachen, haben wir die ganze Macht.«

Ich kann das Kichern nicht unterdrücken, das aus mir herausbricht.

»Ist etwas witzig an dem, was ich gesagt habe?«, fragt Mary gereizt.

»Ich habe noch nie im Schatten eines Mannes gelebt.«

Sie lacht laut, doch ihr Blick ist kalt und hart. »Oh, doch, das hast du – im Schatten deines Vaters. Du hattest nur Macht in The Mint, weil er sie dir übertragen hat. Das ist hier nicht anders.«

Wieder einmal verunsichert mich ihr Wissen über mich und The Mint. Ich vermute zwar, dass Maggie ihr jede Menge über ihre Kindheitsfreundin erzählt hat, bevor ich zu ihr stieß, aber ich habe das Gefühl, dass Mary noch mehr weiß. Mehr, als mir lieb ist.

Mary nimmt einen großen Schluck von ihrem Drink, bevor sie ihren Blick auf Charlotte und deren allzu zufriedenen Mann richtet. »Wir haben Erfolg, weil die Männer an der Spitze rücksichtslos und nachlässig vorgehen. Sie töten und ziehen die Aufmerksamkeit auf sich. Wir nutzen das, um im Hintergrund zu bleiben. Wenn wir auf dieser Party kassieren, werden wir das neue Ziel sein. Mr Selfridge wird sich so lange beschweren, bis Commissioner Horwood jede einzelne von uns in Handschellen gelegt hat. Er beschützt sein großartiges Werk – so wie ich das meine.«

Sie hat nicht unrecht. Wir stünden nicht länger im Schatten. Aber warum hat sie Angst davor?

Als ich ihr offenbar nicht schnell genug antworte, beugt sie sich vor und fragt: »Verstehst du das?«

Maggie nickt, ich hingegen nicht. Ich halte Marys Blick hartnäckig stand.

Vera kommt an den Tisch und klopft Maggie auf die Schulter, wodurch sich die Anspannung auflöst. »Da draußen ist jemand für dich.«

Maggie steht mit ratlosem Gesichtsausdruck auf, folgt Vera jedoch achselzuckend.

Ich sehe den beiden hinterher, während Mary um den Tisch herum kommt und sich zu mir setzt. »Hat Maggie dir diese Flausen in den Kopf gesetzt, oder du ihr?«

Ich schüttle den Kopf, um rasch einen Rückzieher zu machen. »Das geht alles auf mich zurück … und es war auch nur eine Idee. Wir waren abends mal etwas trinken, und da habe ich es angesprochen.«

Das stimmt nicht ganz. Maggie hat mir diesbezüglich in den Ohren gelegen und mir den Profit vor Augen geführt. Wir könnten die Forty Elephants zu einem Faktor machen, mit dem man rechnen muss. Andererseits brauche ich die Gang gar nicht mehr, da die McDonald-Brüder schon seit zwei Wochen bezahlt sind. Wenn Mary mich also loswerden will, kann ich, ohne es zu bereuen, in mein altes Leben zurückkehren. Aber das will ich noch nicht.

Ich mag es hier. Ich mag die Mädchen, und obwohl ich

es nie offen zugeben würde, habe ich das Gefühl, dass ich zu dieser Mädchengang gehöre. Dennoch fällt es mir jeden Tag aufs Neue schwer, das zu glauben. Wie kann ich mich hier zugehörig fühlen, wenn mein Zuhause doch The Mint ist? Meine Leute leben dort, meine Familie lebt dort.

»Bring Maggie nicht auf falsche Ideen«, sagt sie und reißt mich mit düsterer Stimme aus meinem inneren Zwiespalt. »Du bist ein Gewinn, ein Talent, und es würde uns schmerzen, dich jetzt zu verlieren. Du bist seit deiner ersten Woche bei uns eine unserer besten Kassiererinnen. Bist du nicht glücklich bei uns?«

Ich schlafe in Seidenlaken, trage schöne Pelze und Diamanten. Ich gebe meiner Familie etwas, stelle ihr Summen zur Verfügung, die sich mein Vater nie erträumt hätte. Ich habe meine eigene Wohnung – auch wenn es schöner wäre, wenn wenigstens meine Schwester mit mir zusammenwohnen würde.

Ich bin glücklich, also schlucke ich für den Moment die Einwände herunter, die in Alice Diamond aus The Mint aufkommen, die nie akzeptieren würde, von jemandem entlassen zu werden. »Ich bin sehr zufrieden.«

»Dann schmiede keine riskanten Pläne mehr mit Maggie, und erwähne Harry Selfridges Weihnachtsfeier gegenüber keinem der anderen Mädchen.«

»Werde ich nicht.«

Sie lächelt süßlich, als hätte sie mir nicht soeben gedroht, mich kaltzustellen.

Mags kehrt an den Tisch zurück und setzt sich verärgert und mit einem dumpfen Plumpsen wieder hin.

»Es ist Eli. Er wartet draußen.«

Ich werde hellhörig. »Eli ist hier?«

»Ja, aber nicht wegen mir. Er ist hier, um mit dir zu sprechen.«

Seufzend stehe ich auf und dränge mich durch die Menge der Tanzenden, werde gerempelt und geschubst, bis ich den Hinterausgang des Saals erreicht habe. Maggie folgt mir, bleibt aber drinnen vor der Tür stehen. »Willst du, dass ich dich begleite?«

»Nein«, sage ich. »Ich mach das schon.«

»Bist du sicher?«

»Ja.«

Ich warte, bis sie wieder in der Menge der Hochzeitsgäste abgetaucht ist, bevor ich die Tür öffne. Es herrscht immer noch Schneegestöber – ich schaue hinauf auf die Schneeflocken, die in der Luft herumwirbeln, und stelle mir meine Mutter und Louisa vor, wie sie in dicke Wolldecken eingemummelt vor dem Ofen sitzen und Tee trinken. Ein plötzliches Schuldgefühl durchzuckt mich, während ich den neuen Pelz festhalte, der auf meinen Schultern und auf meinen Armen liegt, der mich so warm hält, als würde ich am Feuer sitzen.

Eli lehnt an der Wand, nestelt an einem Glimmstängel herum und mustert mich.

»Schick, wirklich schick.«

Ich rolle mit den Augen. »Warum bist du hier? Wie hast du mich aufgestöbert?«

»Ich bin gut darin, Leute ausfindig zu machen. Das weißt du doch.«

Fast hätte ich wieder mit den Augen gerollt. »Können wir uns die Prahlerei schenken?«

»Hast du Jacob Sloan bei einem Duell getötet?«

Die Erinnerung an Louisas entsetzten Gesichtsausdruck wirkt auf mich wie ein Schlag ins Gesicht. Erst seit Kurzem habe ich keine Albträume mehr deswegen. »Das war wohl kaum ein Duell. Mein erstes Messer hat ihn getötet, das zweite war eine zusätzliche Absicherung.«

Seine Mundwinkel erschlaffen. »Nun, sein Vater, Richard The Butcher, hat bei seiner Suche nach Rache einige aus The Mint auf seine Seite gezogen. Er behauptet, die Diamonds hätten The Mint im Stich gelassen und würden nicht mehr die Interessen aller vertreten. Er sagt, du hättest seinen Sohn nur deshalb getötet, weil er es gewagt hat, Louisa anzufassen, und schlimmer noch … du hast dich nicht an die Regeln gehalten. Du hast nicht darauf gewartet, dass Jacobs Familienmitglieder als Zeugen hinzukommen.«

Er hat recht, das habe ich nicht getan, und das lässt sich auch nicht leugnen. »Ich habe ihn getötet, weil er mich mitten in der Nacht mit einer Pistole bedroht und dann versucht hat, Louisa gegen ihren Willen mitzunehmen. *Er* hat die Regeln gebrochen, lange bevor ich es getan habe. Ich habe so gehandelt, wie mein Vater es auch getan hätte.«

»Hast du das? Hätte dein Vater Richard wirklich gegen sich aufgebracht?« Achselzuckend verwirft er den Gedanken, bevor ich etwas darauf erwidern kann. »Spielt keine Rolle, Alice. Es ist passiert.« Er schaut kritisch in Richtung Tanzsaal. »Wie lange warst du schon nicht mehr zu Hause?«

»Ich mache das hier nur, um Tommys Schulden zu begleichen. Ich bin so oft zu Hause, wie es mir möglich ist.«

»Wie weit bist du denn? Mit der Abzahlung?«

Ich zögere einen Moment zu lange. »Die Schulden sind beglichen.«

Er öffnet den Mund, aber es kommt nur Luft heraus, und ich kann seine Gedanken lesen. Mit dieser Antwort hat er nicht gerechnet. Als er endlich die Sprache wiederfindet, sagt er: »Was machst du dann noch hier?«

»Seit wann tut es weh, mehr zu bekommen? Je mehr ich für die Familie nach Hause bringe, für die Leute auf der Straße, desto besser geht es uns allen.«

Er stößt ein kurzes Lachen aus. Er hat mein Lügenmärchen durchschaut. Ich koche innerlich und wünschte mir, er würde mich nicht so gut kennen. »Du bist noch hier, weil es dir gefällt. Es gefällt dir, Mitglied in dieser Gang zu sein.«

»Mag sein.«

Ein Muskel an seinem Kiefer zuckt. »Du hast ein Durcheinander in The Mint hinterlassen. Die Leute wissen nicht, dass Jacob dich bedroht hat – nur dass er es gewagt hat, deiner Schwester zu nahe zu kommen, was kein Grund ist, einen Mann zu töten.«

»Halt deinen verdammten Mund, Eli!«, fahre ich ihn an. »Mein Vater ist nie davor zurückgeschreckt, einen Mann zu töten, der ein Mädchen angefasst hat, bevor sie bereit dafür war.«

Er kratzt sich am Hinterkopf. »Ich sage ja nicht, dass ich nicht einverstanden bin mit dem, was du getan hast …

Ich bitte dich nur, die Leute in The Mint davon zu überzeugen, dass sie dein Handeln verstehen. Dass diese Sache noch nicht weiter eskaliert ist, liegt einzig und allein daran, dass die meisten in The Mint immer noch loyal hinter dir stehen. Du musst das in Ordnung bringen, bevor es außer Kontrolle gerät.«

Mein Herz rast wie wild. Die Diamonds wurden in The Mint noch nie bedroht, nicht so wie im Moment. Ich habe mich abgesetzt, und wenn ich jetzt nicht zurückkehre, gerät meine Familie in Gefahr. Ich balle meine Hand zu einer Faust und spüre, wie sich meine Nägel in meine Haut eingraben. »Welche Rolle spielt Tommy bei allem? Jedes Mal, wenn ich nach Hause komme, ist er nicht da. Mum sagt, er wird allmählich sesshaft.«

Eli zieht langsam den Atem ein und rollt mit den Augen. »Wenn er sich nicht gerade in meiner Spielhölle herumtreibt und dort wahrscheinlich das ganze Geld verprasst, von dem du sagst, dass du es deiner Mutter gibst, vergnügt er sich irgendwo in einem Bordell. Hast du ernsthaft geglaubt, du könntest Tommy vertrauen, als du fortgegangen bist?«

»Ich bin nicht fortgegangen.«

»Doch, das bist du«, knurrt er. »Glaubst du, ich merke es nicht, wenn du lügst?« Er deutet mit der Spitze seiner Zigarette erst auf mich und dann auf den Tanzsaal. »Diese Scheiße mit denen da ist unter deiner Würde.«

»Wirklich, Eli?« Ich ziehe die Brauen hoch und grinse ihn höhnisch an. »Oder denkst du, ich wäre nicht gut genug dafür? Dass ich allein und einsam in The Mint leben sollte, wo du mich verlassen hast? Du hast kein Recht, mir zu sagen, was das Beste für mich ist.«

Wutschäumend verdreht er die Augen und schnippt dann die Kippe auf den Boden. »Die Alice, die ich kenne, lässt sich von niemandem etwas befehlen. Nicht einmal für einen schicken neuen Mantel. Geh nach Hause und bring das in Ordnung. Richard verspricht seinen Gefolgsleuten, dass sie, wenn er The Mint übernimmt, als Nächstes auch gleich Chinatown übernehmen können. Bring dein Haus in Ordnung, bevor die Konsequenzen deines Handelns an meine Tür klopfen und die letzten Diamonds, die jetzt noch in The Mint leben, tot sind.«

Ich schließe die Augen, und mir wird innerlich so heiß, dass ich in meinem Pelzmantel zu ersticken glaube. Ich krümme die Finger, stoße die Tür auf und lasse ihn zurück, ohne ein weiteres Wort mit ihm zu wechseln. Maggie wartet unruhig in der Nähe und will alles erfahren. Als ich meine Handtasche schnappe und aus dem Tanzsaal eile, um mir ein Taxi zu nehmen, heftet sie sich an meine Fersen.

Sie mustert mich aufmerksam. »Was wollte er?«

Ich schweige, denn ich weiß nicht, was ich sagen soll. Ich bin fuchsteufelswild. Wütend auf The Mint, weil es in meiner Abwesenheit auseinanderfällt, aber auch wütend auf mich selbst. Wie konnte ich auch nur auf die Idee kommen, The Mint für Pelze und Perlen aufs Spiel zu setzen? Aber vor allem: Wie konnte sich innerhalb von vier Tagen alles verändern? Hatte sich das Chaos schon die ganze Zeit zusammengebraut, und ich war zu abgelenkt, um es zu bemerken?

»Alice, rede mit mir!«

»Du willst nicht sehen, was ich gleich tun werde.«

Ihre Nasenflügel blähen sich auf. »Erzähle mir, was er gesagt hat!«

»Nein!«, schreie ich und drehe mich auf dem Absatz um, um meiner Jugendfreundin ins Gesicht zu sehen. »Du hast Maggie Hill vor langer Zeit hinter dir gelassen und hast dich geschämt, als sie kurzzeitig wieder zum Leben erwacht ist, um mir zu helfen. Glaub mir, je weniger du weißt, desto besser.«

Endlich sieht mich ein Taxifahrer und steuert seinen Wagen in meine Richtung. Als ich einen Schritt auf das Taxi zu mache, ergreift Maggie meinen Arm. »Wir sind Freundinnen. Vertraust du mir immer noch nicht? Habe ich es nicht verdient? Oder nimmst du mir immer noch übel, dass ich fortgegangen bin?«

»Nein«, sage ich wahrheitsgemäß und schaue zurück zum Tanzsaal. »Das hier ist ein Job. Du machst deinen Job, und ich mache meinen. Es war Freundschaft, als wir uns in The Mint gemeinsam durchgeschlagen haben. Es war Freundschaft, als du Jacob mit einem Messer bedroht hast. Es war Freundschaft, als wir zwei kleine Mädchen waren, die in Schokoladenläden klauten und einander versprachen, sich immer gegenseitig den Rücken freizuhalten. Was wir hier haben, ist keine Freundschaft. Wir arbeiten zusammen, das ist alles.«

Ihr ganzer Körper verkrampft sich, und ihr Gesicht verzieht sich zu einer finsteren Miene. »War's das jetzt?«

»Du bist Marys Schoßhund. Du hast mich rekrutiert, weil du größere Beute machen wolltest. Du wolltest mehr aus dieser Gang herausholen, weil du mehr für dich selbst willst. Aber in dem Moment, in dem Mary Nein zu etwas sagt, verschwindet dein ganzer Ehrgeiz. Dann lässt du den Kopf hängen. Die Maggie, die ich kannte, hat sich niemandem unterworfen.« Dass ich schreie, wird mir erst bewusst, als meine Kehle von der kalten Luft trocken wird.

»Dass du dich großartig gegen sie zur Wehr gesetzt hättest, ist mir auch nicht gerade aufgefallen«, kontert sie.

Ich zucke mit den Schultern. »Es bedeutet mir nichts. Nicht so, wie es dir etwas bedeutet. Ich hatte nicht vor, dich wegen irgendeines irrwitzigen Coups auszubooten. Was hast du denn noch, außerhalb dieser Gang?«

Die Frage verschlägt ihr die Sprache.

Aber ich habe keine Zeit, auf ihre Befindlichkeiten einzugehen oder zu versuchen, sie davon zu überzeugen, dass sie mehr ist als das hier. »Ich muss nach Hause, Mags. Es gibt da Dinge, die ich zurückgelassen habe und die mir jetzt auf die Füße fallen, und im Moment sind sie wichtiger als die Gang. Ich melde mich.«

»Was redest du da? Hörst du etwa auf?«

»Ich sage damit, dass Diamond Annie für Freiheit steht. Für frischen Wind. Ich fühle mich lebendig, wenn ich mit dir und den Mädchen zusammen bin. Ich liebe es. Aber Alice Diamond ist nicht frei – je mehr ich versuche, vor ihr zu fliehen, desto fester haftet sie an mir. Mary sagt, ich kann nicht beides sein, aber sie täuscht sich.«

Das Taxi hält vor uns, und der Fahrer steigt aus, um mir die Tür zu öffnen. Bevor ich einen Schritt auf sie zugehen kann, hält Maggie mich an der Hand fest. »Bleib hier.

Scheiß auf alles und bleib einfach hier. Keine Verpflichtung, keine familiäre Bürde. Bleib einfach.«

Ich schiebe ihre Hand weg und schüttle dabei energisch den Kopf. »Pass auf dich auf. Ich komme wieder, sobald ich kann.«

Meine Rückkehr nach The Mint erfolgt ohne großes Tamtam. Niemand grüßt mich, als das Taxi anhält, um mich vor dem Laden abzusetzen. Ich entdecke nur Ralph, der auf einem Stuhl neben der Tür sitzt. Die dunklen Ringe unter seinen Augen zeugen von Schlafentzug. Als ich aussteige, steht er auf und räuspert sich. Er lächelt, aber seine Lippen sind dünn und angespannt.

»Ralph, wie lange hockst du schon hier draußen? Wer passt auf den Pub auf?«

»Ich habe ihn dichtgemacht«, erwidert er. »Mindestens für ein paar Tage. Richard kam rein und wollte Leute rekrutieren – wenn man genug getrunken hat, kommt einem selbst die dümmste Idee klug vor.«

Ich seufze schwer. »Wie viele Männer sind zu ihm übergelaufen?«

»Eine Handvoll vielleicht.«

Ich schaue den Block hinunter und sage: »Er ist jetzt ganz in der Nähe, nehme ich an?«

Er nickt. »Er ist immer auf der Hut, aber er wird nicht aus seinem Loch rauskommen, weil er weiß, dass du immer noch Männer hast, die dir treu ergeben sind. Er wird warten, bis es dunkel ist und du allein bist. Er weiß, dass er es bei Tageslicht nicht mit dir aufnehmen kann.«

»Dann stöbern wir ihn auf«, erkläre ich. »Er hat noch einen anderen Sohn, nicht wahr?«

»Alister«, antwortet er. »Er arbeitet in Chinatown für die Hill-Jungs.«

»Wir schnappen ihn uns und benutzen ihn als Köder.«

»Und was dann?«

»Dann machen wir es auf die faire Art und Weise. Er und ich auf der Straße vor den Augen aller Leute aus The Mint. Der Kampf wird entscheiden, wer danach die Macht übernimmt. So würde es mein Vater tun.«

Der Gedanke flößt Ralph Angst ein. »Er wird die Fäuste wählen, Alice. Er weiß, dass er mit Messern keine Chance gegen dich hat.«

»Dann wird es eben ein Faustkampf.« Ich teile seine Angst, ignoriere aber das Zittern meiner Beine. Richard ist ein genauso brutaler Kerl wie mein Vater. Er könnte mich schnell und einfach vor aller Augen in The Mint töten und damit davonkommen.

Ich schlucke, um meine trockene Kehle zu befeuchten. »Wo ist Tommy? Er ist nie da, wenn ich zu Hause bin, und ich bin es leid, dass meine Mutter mir nie Auskunft darüber geben kann.«

»Letzte Nacht war er im Bordell.« Er deutet den Straßenzug hinunter. »Er vergnügt sich dort oft mit Jacqueline.«

Jaqueline. Seine Jugendliebe.

»Was ist mit seiner Frau, Christina Noon?«

Er zuckt mit den Schultern. »Ich bin mir nicht sicher.«

Ich atme aus. Eli hat recht. Es gibt keinen Grund für mich, darauf zu bauen, dass Tommy die Dinge in Ordnung bringt. Vier Tage. Alles, was er tun musste, war, diesen Ort vier Tage lang beisammenzuhalten. Ich lege meine Hand auf Ralphs Schulter. »Ich werde Tommy ausfindig machen, und wenn ich zurück bin, gehst du erst einmal schlafen. Ich werde meine Mutter und Louisa aus The Mint herausbringen, bis ich mit Alister zurückkomme.«

Er seufzt hörbar erleichtert, sagt aber: »Es macht mir nichts aus, auf sie aufzupassen.«

»Ich weiß, Ralph, aber du musst auch auf dich selbst achten. Ich brauche dich morgen in Bestform.«

Meine Mutter ist im Laden und trägt ein tiefgrünes Taftkleid. Ihr Haar ist wie meines zu einem Bob geschnitten. Mein Vater würde sie kaum wiedererkennen, und er würde sie ausschimpfen, weil sie etwas abgeschnitten hat, das er besonders an ihr mochte.

»Alice!« Sie stellt eine Glasschüssel ab und geht auf mich zu, um mich zu umarmen. »Bleibst du über Nacht? Ich kann uns etwas zum Abendessen kochen.«

»Warum hast du mir nicht das von Richard Sloan erzählt?« Die Worte kommen harscher heraus, als ich es beabsichtige.

Sie zuckt viel zu beiläufig mit den Schultern. »Da gibt es nichts zu erzählen. Er ist ein Niemand. Ralph macht sich Sorgen, aber ich nicht. Er ist nicht der Erste, der die Familie Diamond herausfordert.«

»Eli kam heute vorbei und meinte, Richard hätte eine Handvoll Männer rekrutiert und habe vor, nach Chinatown zu ziehen, sobald er The Mint übernommen hat.«

Erneut schüttelt sie den Kopf, als wäre das alles nur eine

kleine Unannehmlichkeit. »Die Diamonds haben The Mint schon lange vor deiner Geburt geführt. Dein Großvater hat die Kontrolle über diesen Ort übernommen, und diese Macht wird niemand anderes an sich reißen. Schon gar nicht Richard Sloan.«

Ich reibe mir mit dem Daumen über die Schläfe. »Ich werde mich um das Problem kümmern, bevor es noch schlimmer wird. Aber zuerst werde ich verdammt noch mal Tommy finden, und wenn ich ihn verprügelt habe, wird er das gemeinsam mit mir klären.«

Ich höre die Stufen knarren und schaue nach oben, wo ich mit Louisa rechne. Stattdessen ist es Christina. Ihre Stimme ist ein leises Flehen, als sie fragt: »Weißt du, wo Tommy ist?«

Ich kann das Elend in ihren Augen sehen, das daher rührt, wenn man meinem Bruder vertraut und zusieht, wie er einen enttäuscht. »Ja«, sage ich und schaue dann an ihr vorbei. »Wo ist Louisa?«

Meine Mutter zögert. »Sie geht nicht mehr in die Schule. Sie hat mich gebeten, ihr zu helfen, einen Job zu finden, also habe ich ihre Papiere gefälscht.«

»Sie geht nicht mehr in die Schule? Seit wann das denn? Sie war doch letzte Woche noch hier!«

»Nachdem du weg warst, hat sie gefragt, ob ich ihr helfen könnte, einen Job zu finden.«

»Wo?«

»Im Savoy«, sagt sie stolz. »Sie hat dort eine Stelle als Zimmermädchen angetreten und ist ganz angetan davon. Sie wohnt dort in einer Unterkunft zusammen mit den anderen Zimmermädchen, aber sie hat mir versprochen, dass sie uns besuchen kommen wird.« Bevor ich wütend werden kann, tritt Mum vor und legt mir eine Hand auf die Schulter, so wie ich es eben bei Ralph getan habe. »Sie ist dort glücklich. Du wolltest, dass sie frei von The Mint ist, also lass ihr auch diese Freiheit. Wenn sie bereit ist, nach Hause zu kommen, wird sie es tun.«

Ich sehne mich nach ihr. Ich wünschte, ich hätte am Abend vor meiner Abreise mehr zu ihr gesagt. Ich wünschte, ich wäre jedes Mal, als ich Geld ablieferte, reingegangen und hätte ihr versprochen, mich zu ändern. Dass sie nie wieder mitansehen müsste, was sie gesehen hat. Aber das wäre eine Lüge gewesen.

Sie weiß, wer ich bin und wo mein Platz in The Mint ist, und man kann ihr nichts mehr vormachen. Ich kann sie nicht beschützen.

Es ist besser, wenn sie weit weg ist, aber ich spüre einen dumpfen Schmerz in meiner Brust, wenn ich daran denke, dass ich sie nicht in die Arme schließen kann. Ich spüre, dass ich feuchte Augen bekomme, aber ich lasse den Tränen keinen freien Lauf. Erneut schaue ich zu Christina auf. »Wenn ich Tommy hierhergeholt habe, werden wir alle in meiner Wohnung in Elephant übernachten, bis wir die Sache aus der Welt geschafft haben. Ihr beide packt jetzt eure Koffer.«

»Ich will aber nicht fort«, protestiert Mum. »Es muss immer ein Diamond in The Mint sein.«

»Wir gehen nicht fort«, versichere ich ihr. »Es ist bloß für eine Nacht.«

Christina dreht sich um, um ihre Sachen zu packen, aber ich pfeife sie zurück. »Lass gut sein, komm mit mir. Meine Mutter wird deine Sachen packen.«

Behutsam steigt sie die Stufen hinunter, und ich bedeute ihr, mit mir aus dem Laden zu gehen. Die zum Bordell umfunktionierte Pension ist nur ein paar Blocks vom Pub entfernt – ein strammer Spaziergang. Ich ziehe meinen Pelzmantel aus, lege ihn Christina um die Schultern und tausche ihn gegen einen dicken Wollmantel aus. Fröstelnd schlüpft sie hinein und schlingt ihn sich um den Körper, während sie das weiche Fell betastet. »So etwas habe ich noch nie getragen.«

Sie klingt wie ich vor ein paar Wochen, als Mary mir meinen ersten Pelz um die Schultern legte.

»Stimmt es, was alle über dich sagen? Dass du einen Mann getötet hast? Mein Vater hat immer gesagt, ein Mann, der meint, er hätte das Recht, einen anderen zu töten, sei niemals im Himmel willkommen.«

Ich seufze. »Was für ein Glück für mich, dass ich eine Frau bin.« Ich lenke das Gespräch auf angenehmere Themen. »Wo hast du Tommy kennengelernt?«

»Ich habe ihn in der Kirche kennengelernt«, räumt sie ein.

Ich lache dröhnend. »Du lügst. Du musst lügen.«

»War er schon immer so? Vor dem Krieg?«

»Verantwortungslos? Rücksichtslos?«

»Ja.«

»Das ist Tommy.«

»Er hat gelitten, und ich habe ihn getröstet. Wir haben

geredet, und er hat mir alles erzählt. Von seiner Familie hier in The Mint, von seinen Träumen, die Welt zu bereisen. Sogar von seinem Talent zum Safeknacken. Ich war auf der Suche nach Abenteuern, und ich dachte, er wäre derjenige, der sie mir ermöglichen würde.«

»Mit Tommy wirst du zwar Abenteuer erleben, aber er wird dir genauso viel Schmerz wie Glück einbringen.«

»Ich weiß«, sagt sie mit tränenerstickter Stimme. »Aber es gibt keinen Weg zurück zu meinem Vater. Er wird mich nicht wieder zu Hause aufnehmen.«

»Du *hast* jetzt ein Zuhause, Christina.« Wir bleiben stehen, und ich wende mich ihr zu. »Du gehörst jetzt zu meiner Familie, aber die Frauen in meiner Familie müssen stahlhart sein. Du wirst Schmerz, Verlust und Leid erfahren und jeden Tag kämpfen müssen, um dich in The Mint zu beweisen. Aber sobald du das tust, wird The Mint dich respektieren. Ich habe mich jahrelang um Tommy gekümmert und seinen Dreck hinter ihm aufgeräumt, aber jetzt bist du an der Reihe. Wenn du nicht für dich selbst eintrittst, wird er nie ein Mann für dich sein.«

Sie nickt und unterdrückt ein Schluchzen.

Wir setzen unseren Weg zum Bordell fort, wo die Puffmutter, eine langjährige Freundin der Familie, uns begrüßt. »Tommy ist im dritten Zimmer am Ende des Flurs«, sagt sie ohne Umschweife, und ich ziehe Christina mit bis zur Zimmertür, vor der mich der Geruch von Schweiß und Moschus aus den Betten überwältigt. Drinnen liegt Tommy. Er schläft tief, während Jacqueline auf dem Bettrand sitzt und sich gerade ihren Schlüpfer wieder anzieht.

Sie zuckt kurz zusammen und eilt dann durch den Raum, um ihren Morgenmantel zu holen. »Alice? Wen hast du da bei dir?«

»Das ist Christina Noon. Tommys Frau. Sie ist schwanger mit seinem Kind.«

Jacquelines Augen weiten sich. »War nicht persönlich gemeint, Liebes. Er hat gut gezahlt.«

Christina antwortet nicht, zumindest nicht laut. Aber ihre Augen sagen alles – das seltsam vertraute Entsetzen, das aufkommt, wenn eine Frau herausfindet, dass Tommy nicht der Mann ist, für den er sich ausgegeben hat.

»Er hat mit meinem Geld bezahlt«, schalte ich mich ein, hebe ein Kissen auf und werfe es Tommy ins Gesicht. Er plumpst aus dem Bett, rollt über den Boden und springt auf.

»Hundert Pfund«, biete ich ihr an. »Und dafür lässt du ihn nie wieder in dein Bett.«

Ihr Atem geht stoßweise.

»Jacqueline«, sagt Tommy. »Sie blufft.«

»Ich bluffe nicht.« Ich greife in meinen Mantel auf Christinas Schultern und ziehe einen kleinen Umschlag heraus, dann händige ich ihr fünf Zwanzig-Pfund-Noten aus.

»Haben wir eine Abmachung, Jacqueline? Nie wieder.«

Sie wirft Tommy einen kurzen, sehnsüchtigen Blick zu, zieht einen Schmollmund, nimmt das Geld aber rasch an sich. »Wir haben eine Abmachung.«

Jacqueline huscht davon, bevor Tommy ein Wort sagen kann.

Tommys Gesicht läuft rot an. »Was zum Teufel machst

du hier? Das hier geht nur mich etwas an, nicht dich! Du bist fortgegangen!«

»Und jetzt bin ich wieder zurück«, sage ich. »Um die Dinge wieder ins Lot zu bringen, und dieses Mal wirst du mir dabei helfen.« Ich mache einen herausfordernden Schritt auf ihn zu. »Du wirst mir helfen, meinen Fehler zu korrigieren, so wie ich dir geholfen habe, alle deine Fehler zu korrigieren.«

Seine Mundwinkel biegen sich nach oben. »*Alice Diamond* hat einen Fehler gemacht?«

Da stürzt sich Christina mit feuerrotem Gesicht und bebenden Lippen auf ihn und ohrfeigt ihn. Einmal, zweimal. Dann hämmert sie mit den Fäusten gegen seine Brust, bis sie schluchzt. »Du Mistkerl!«

Er hält sich die brennende Wange.

Christina schlägt weiter auf ihn ein. »Warum? Warum bist du so?«

»Ich weiß es nicht«, stammelt er mit ernster Miene und ergreift sie an den Schultern. »Ich bin kaputt, ich bin einfach total gebrochen! Irgendetwas hier drin ist nicht in Ordnung.« Er schlägt sich mehrmals mit der flachen Hand an den Kopf, und ich denke an die Zeit zurück, als wir Kinder waren und er so frustriert über sich selbst war, dass er mit seinem Kopf gegen die Wand schlug, wenn Papa ihm seine Fehler vorhielt – all die Dinge, die er nicht richtig machen konnte.

Mein Körper fühlt sich mit einem Mal bleischwer an, als mir klar wird, dass ich ihn mein ganzes Leben lang gehasst habe, weil ich seine Fehler ausbügeln musste, ohne zu begreifen, dass die Bürde, ein Versager zu sein, auch auf ihm lastet. Ich atme langsam und gequält tief aus.

»Ich bin schlecht, Christina. Ich bin nicht gut für dich.« Seine Augen werden feucht. »Alles an mir ist schlecht. Ich bin nicht in der Lage, irgendetwas richtig zu machen.«

Ich erkenne mich jetzt selbst in ihm, und die Worte, die ich zu Rob gesagt habe, hallen deutlich in meinem Kopf wider. Tommy glaubt nicht, dass er etwas Gutes verdient hat, und mir geht es genauso. Wie konnten wir beide nur so gebrochen werden?

Christina packt seine Hand, mit der er sich an den Kopf schlägt. Sie zieht sie über den Pelzmantel zu ihrem wachsenden Bauch hinunter. »Du hast etwas richtig gemacht«, sagt sie ernst und sieht ihm dabei unter Tränen direkt in die Augen. »Wir haben etwas richtig gemacht.«

»Verzeih mir!«, sagt er, murmelt es so lange vor sich hin, bis ihr Weinen nachlässt. Er sinkt vor ihr auf die Knie und drückt seine Stirn an ihren Bauch.

»Ich hasse dich«, flüstert sie.

»Ich weiß«, sagt er. »Ich hasse mich auch.«

ELFTES KAPITEL

Ich bringe Tommy, Christina und meine Mutter in meine Wohnung, damit sie sich dort einrichten können. Mary hat wohl schnell Wind davon bekommen, denn sie fängt uns schon in der Nähe des Fahrstuhls ab.

»Was geht hier vor?« Ihr Blick heftet sich insbesondere auf Tommy. »Ich meinte es ernst, als ich sagte, keine Männerbesuche.«

Ich schließe die Augen und muss erst meine Sprache wiederfinden, bevor ich sage: »Meine Familie ist momentan in The Mint nicht sicher. Es geht nur um ein paar Nächte.«

Mary strafft die Schultern und erwidert: »Sind deine Familienangehörigen denn nicht die Anführer von The Mint?«

»Durch meine Abwesenheit haben sich die Dinge verkompliziert.«

Zu meiner Überraschung verschwindet das Misstrauen aus ihren Zügen. Stattdessen legt sie mir tröstend eine Hand auf die Schulter und schenkt mir ein Lächeln. »Bleibt, so lange ihr wollt. Deine Familie ist hier immer willkommen.«

Verblüfft von ihrer Empathie, schaue ich sie prüfend an, um herauszufinden, ob sie es wirklich ernst meint.

»Es ist nicht für lange«, betone ich.

»Überstürz nichts, Alice. Vielleicht ist das hier das Zeichen, das du brauchst, um dein altes Leben hinter dir zu lassen?«

Aha, darum geht es also. Ich bin hier willkommen, denn je weiter ich von The Mint entfernt bin, desto einfacher wird es sein, dafür zu sorgen, dass ich in der Gang bleibe.

Für den Moment spiele ich mit. »Vielleicht hast du recht. Danke, Mary.«

Sobald ich mich davon überzeugt habe, dass sie sich alle eingerichtet haben und sich in Sicherheit befinden, gehe ich auf einen Drink in den Club 43. Es ist zwar mein freier Abend, aber nach allem, was sich gerade ereignet hat, will ich Rob sehen, selbst wenn ich ihm nur dabei zuschauen kann, wie er sich um die Getränke kümmert und mit den Gästen plaudert.

Als ich eintrete, sehe ich jedoch einen anderen Barkeeper an Robs Stelle – einen Fremden. Ich frage herum, bis mir einer der Kellner verrät, dass Rob heute Abend frei hat und dass er praktischerweise über dem Club in einem kleinen Zimmer wohnt, das er von Kate angemietet hat.

Nach mehrmaligem Klopfen öffnet er mit einem Anflug eines Grinsens die Tür. »Diamond Annie, Alice Diamond oder Alice Black? Was ist dir am liebsten?«

Ich begrüße ihn mit einem spöttischen Grinsen.

»Du bist die Letzte, die ich hier erwartet hätte. Du bist mir aus dem Weg gegangen.«

»Das mache ich immer, nachdem ich einen Mann geküsst habe. Ich hatte dich gewarnt.«

Er nickt. »Das hast du.«

Ich werfe einen Blick in seine im Dunkeln liegende Wohnung. »Kann ich auf einen Drink reinkommen?«

»Ich habe nur Scotch.«

»Das reicht mir.«

Er winkt mich hinein. Ich sehe mich im Zimmer um und betrachte all die kleinen Dinge, die seinen Alltag ausmachen: ein kleiner, rußiger Ofen, ein verblichener Webteppich und ein schmiedeeisernes Bett. Auf der Fensterbank steht eine Dose voller Zigarettenstummel, und um sein Bett herum stapeln sich zerlesene und mit Eselsohren markierte Bücher.

Ich bleibe in der Nähe der Tür stehen, mit dem Rücken an die Wand gelehnt. Er schenkt mir einen Drink ein und reicht ihn mir. »Ich freue mich, dich zu sehen, versteh mich nicht falsch – aber warum gerade jetzt? Während deiner Schichten redest du kein persönliches Wort mit mir, gibst nur Getränkebestellungen weiter.«

Nachdem ich mir einen kräftigen Schluck genehmigt habe, schaue ich ihn lange an. »Ich bin heute nach The Mint zurückgekehrt und musste feststellen, dass die Position meiner Familie bedroht wird.«

»Bedroht?«

»Ich habe einen Mann getötet, und sein Vater will Rache.« Ich warte darauf, dass er vor Entsetzen das Gesicht verzieht, aber das tut er nicht, also fahre ich fort. »Um das fair zu regeln, werden wir auf der Straße kämpfen, sodass alle aus The Mint zuschauen können. Der Gewinner übernimmt die Macht. So hätte es mein Vater gemacht.« Ich proste ihm zu. »Also habe ich mir gedacht, wenn meine

Tage schon gezählt sind, dann schaue ich wenigstens noch mal bei dir vorbei.«

Er wischt sich mit der Hand über den Mund, schüttelt den Kopf und stößt ein lautes, frustriertes Schnauben aus. »Du musst das nicht tun. Du könntest einfach weggehen. Du gehörst da eigentlich nicht hin.«

Ich verdrehe die Augen. »Du hörst dich an wie Maggie. Ich bin heute Abend nicht hier aufgetaucht, um Ratschläge erteilt zu bekommen.«

Er macht einen Schritt auf mich zu, und ich fühle mich wieder wie in diesem Keller.

»Warum bist du dann gekommen? Was willst du von mir, Alice?« Seine Stimme klingt tief und sinnlich. Ich liebe es, wie er meinen Namen ausspricht. Er bleibt ganz dicht vor mir stehen, und der Geruch, den er verströmt, lässt mich dahinschmelzen. »Ehrlich, bitte.«

»Ich weiß es nicht«, hauche ich.

Er streicht mir über das Gesicht, legt seinen Daumen auf meine Unterlippe und öffnet so meinen Mund. Ich kann die Erinnerungen in seinen Augen aufflackern sehen, Erinnerungen an das letzte Mal, als sich unsere Lippen berührten. »Ich glaube, das tust du sehr wohl.«

»Mary sagt, keine Beziehungen zu Männern. Nur Liebhaber.«

»Nur Liebhaber also?«

Seine Stimme klingt verlockend und tief. Er greift nach meinen Beinen, gleitet mit der Hand unter den Saum meines Kleids und tastet sich Zentimeter für Zentimeter an meinem Oberschenkel hinauf. Das alles tut er, ohne den

Blickkontakt zu unterbrechen, und meine nackten Beine zittern vor Erregung.

»Sag mir, was du von mir willst.«

Ich nehme seine Hand und schiebe sie mir zwischen die Beine. »Das.«

Seine Finger wandern umher, während er mit seinem Mund den meinen verschließt. Je intensiver wir uns küssen, desto mehr will ich ihn. Ich habe in den letzten Wochen so oft an seinen Mund gedacht, und der Gedanke, dass ich nicht imstande bin, Rob zu vergessen, macht mich nervös. Ich bin eigentlich sehr gut darin, Männer zu vergessen.

Er sollte da keine Ausnahme sein.

Ich löse meine Lippen von seinen, nehme ihn an der Schulter und drücke ihn hinunter, bis er auf die Knie sinkt, das Gesicht zwischen meinen Beinen. »Und das.«

Er legt sich eins meiner Beine auf die Schulter, und ich spüre, wie seine Lippen an der Innenseite meines Oberschenkels hinaufgleiten.

In diesem Moment gestatte ich mir, mich zu verlieren.

Er schläft die ganze Nacht über unruhig. Sicher träumt er, er wäre immer noch im Krieg. Er zuckt und schreit Wortfetzen, die für mich wenig Sinn ergeben. Schließlich stehe ich auf und setze mich auf den Bettrand, um ihn zu beobachten. Im Mondlicht, das durch das Fenster einfällt, kann ich die Narben auf seinem Körper sehen. All die Spuren, die für immer an den Krieg erinnern werden.

Ich möchte bis zum Morgen bleiben.

In einer anderen Welt würde ich das auch.

Aber während ich ihn beobachte, setzt sich ein Gefühl des Zweifels tief in mir fest. Ich stelle mir all die schönen Dinge vor, die wir zusammen erleben könnten, und dann all die Möglichkeiten, wie ich ihn am Ende doch nur verletzen würde. Also ziehe ich mich an, schleiche mich so leise wie möglich hinaus in die frische Morgenluft und nehme mir ein Taxi zurück zu meiner Wohnung.

Tommy teilt sich das freie Zimmer mit Christina, und meine Mutter liegt in meinem Bett. Ich schlüpfe zu ihr unter die Decke und beschließe, wenigstens ein paar Augenblicke so zu liegen, an meine Mutter gekuschelt wie ein kleines Mädchen, bevor ich mich auf den Weg nach Chinatown mache.

Gerade als sie mir schläfrig mit der Hand über das Haar streicht, höre ich draußen ein Klopfen. Im Halbschlaf stöhne ich auf und schleppe mich zur Wohnungstür. Ich lege den Riegel um und sehe Mary mit angespannter Miene im Flur vor mir stehen. Ohne ein Wort zu sagen, drängt sie sich an mir vorbei.

»Es ist noch früh«, stelle ich fest und reibe mir die Augen, die ich so gerne schließen würde.

»Schläfst du mit Rob McDonald?«

Die Frage rüttelt mich wach. »Spionierst du mir nach?«

»Ich weiß alles über meine Mädchen. Das gehört zu meinem Job.«

»Das heißt also Ja«, hake ich nach und denke dabei an die einzige Person, die wusste, dass ich ihn in seiner Wohnung aufsuchen wollte. Kate Meyrick. Ich schüttle den Kopf.

»Du darfst nicht mit ihm schlafen.«

Ich trete einen Schritt näher. »Ich darf nicht?«

»Du hast richtig gehört.«

Verzweifelt bemühe ich mich, meine Gedanken zu sammeln und in Worte zu fassen. Erst gestern noch hat sie mir versichert, meine Familie sei hier willkommen, jetzt stellt sie Forderungen und neue Regeln auf. »Wir sind mit den Brüdern verbündet.«

»Und deshalb darf das nicht passieren. Wir vermischen nicht Geschäft und Vergnügen, das ist nicht verhandelbar. Du wirst nicht mehr mit ihm schlafen. Du wirst ihn nicht mehr sehen, außer wenn ich im Club 43 anwesend bin. Außerdem möchte ich, dass du deinen Job dort kündigst. Es hat keinen Sinn, ihn zu behalten, wenn es Wichtigeres gibt, um das du dir Sorgen machen musst.«

Sie drängt mich also nicht nur, mich immer weiter von The Mint zu entfernen, sondern will jetzt auch noch, dass ich meinen Zweitjob kündige? Zugegeben, ich bin nicht mehr darauf angewiesen, und er ist anstrengend. Aber es ist die einzige Zeit, in der ich Rob zu sehen bekomme, und die einzige Pause, die ich zwischen meinen beiden Leben habe.

»Ich glaube, ich muss mich wiederholen, weil du mich nicht verstehen willst.« Ich erhebe meine Stimme deutlich. »Du kannst mir nicht vorschreiben, mit wem ich ficken darf, Mary.«

»Du wirst es beenden!«, keift sie so laut, dass mir meine Erwiderung im Halse stecken bleibt. »Ich habe zu lange und zu hart dafür gearbeitet, um von denen als Geschäftspartner anerkannt und nicht bloß als Frau gesehen zu werden. Ich habe verdammt lange dafür gearbeitet, gleichberechtigt behandelt zu werden.«

Bei ihren Worten ringe ich nach Luft. »Gleichberechtigt? Die sehen uns nicht als gleichberechtigt an. Du hast es doch selbst gesagt: Wir überleben nur in ihrem Schatten. Wir sind nur erfolgreich, wenn wir die Angst der Stadt vor denen zu unserem Vorteil nutzen. Wenn wir in den Zeitungen erwähnt werden, dann in einer Boulevardstory. Dann ist es ein Drama. Wenn die in den Zeitungen erwähnt werden, schreiben Männer und Frauen ihren Abgeordneten Briefe und fordern Reformen. Wir sind Witzfiguren für den Commissioner, und wir sind ein Witz für die!«

Ihr Gesicht überzieht sich mit roten Flecken. »Unterstehdich, so mit mir zu reden! Du hast offensichtlich nicht begriffen, wo dein Platz ist, also erlaube mir, dich aufzuklären. In dem Moment, in dem du zugesagt hast, dich meiner Gang anzuschließen, wurde mein Wort Gesetz. Alles, was du hast, kann ich dir wieder wegnehmen. Ich kann mit den Fingern schnippen und dich zurück in die Gosse kriechen lassen, aus der ich dich gezogen habe.« Ein hochmütiges Lachen dringt ihr über die Lippen. »Aber da du dort eindeutig nicht mehr willkommen bist, gehörst du wohl zu mir.«

Sie macht einen Schritt auf mich zu. »Wenn ich dir sage, du sollst springen, dann springst du. Wenn ich dir sage, du sollst in einem Laden kassieren und ihn dann abfackeln, dann wirst du das mit einem Lächeln auf den Lippen tun. Wenn ich Nein zu Rob McDonald sage, machst du mit ihm Schluss. Verstehen wir einander?«

»Nein, das tun wir nicht«, knurre ich, fast wie ein wildes Tier. »Heute Abend werde ich mit bloßen Fäusten gegen einen Mann kämpfen, weil er meine Familie bedroht. Bevor ich zu dir kam, habe ich einen Mann auf offener Straße erstochen. Wenn ich in The Mint mit den Fingern schnippe, töten Männer für mich.«

Ihre Augenbrauen heben sich um eine Nuance. »Nicht mehr lange, nach allem, was mir zu Ohren gekommen ist. Du musst erst noch deinen Kampf gegen den Butcher für dich entscheiden, nicht wahr?«

Ich bin versucht, sie zu fragen, woher sie das weiß. Aber ich schlucke die Frage herunter, weil ich ihr nicht zeigen will, dass sie Oberwasser bekommen hat. »Ich gehöre niemandem, Mary Carr. Niemand kontrolliert mich. Du hast einen schweren Fehler gemacht, als du dachtest, ich wäre wie Maggie. Als du dachtest, du könntest mich abrichten wie einen Hund.«

Sie verschränkt die Arme vor der Brust und grinst genüsslich, worauf mir ein Schauer über den Rücken läuft. »Du warst ein Niemand ohne mich, und du wirst wieder ein Niemand sein – nur Abschaum von der Straße. Aber wenn du schmutzig spielen willst, dann lass uns schmutzig spielen. Ich wusste Bescheid, als Louisa The Mint verließ. Ich habe Informanten in ganz London. Sie haben mir berichtet, dass sie mit gefälschten Arbeitspapieren eine Stelle im Savoy angetreten hat. Es wäre doch jammerschade, wenn ihr Arbeitgeber das herausfände. Das Fälschen von Arbeitszeugnissen ist in dieser Stadt ein schweres Vergehen.«

Ich schnappe keuchend nach Luft. »Du bedrohst meine Familie?«

»Ich muss dich nicht mit einer großartigen körperlichen Demonstration einschüchtern, Alice. Du magst glauben, wer clever ist, kann nicht auch mutig sein, aber ich pfeife auf Mut. Hier spielt Ehre keine Rolle. Wir befinden uns hier nicht auf dem Schlachtfeld. Es gibt keinen Ehrenkodex. Es gibt nur meinen Weg oder keinen Weg. Von jetzt an wirst du ohne Wenn und Aber das tun, was ich dir sage, wenn du deine geliebte Schwester weiter beschützen willst.«

Ich schaue zu Boden und atme zwischen zusammengebissenen Zähnen langsam und zischend aus. Ich gehe meine Erinnerungen daran durch, wie das alles angefangen hat – all die Worte, mit denen sie mich überzeugt hat, dass sie alles ist, was ich brauche. Ich bin nicht nur darauf reingefallen, sondern bin vertrauensvoll und ohne lange nachzudenken in ihre Falle getappt.

Ohne mit der Wimper zu zucken, sage ich: »Ich könnte dich hier und jetzt töten, wenn ich wollte. Das würde alle meine Probleme lösen.«

»Mag sein. Aber wenn du glaubst, eine Frau von meinem Kaliber würde keine Vorkehrungen gegen diesen Fall treffen, dann begreifst du immer noch nicht den Unterschied zwischen uns beiden.«

Ich balle die Faust und hebe den Arm, bin kurz davor, mich auf sie zu stürzen, halte dann aber mitten in der Bewegung inne. Sie zu verprügeln, wird mir nicht aus der Klemme helfen. Nichts von dem, was mein Vater mir beigebracht hat, würde mir in diesem Moment helfen.

Sie entspannt die Schultern, und ihr finsterer Blick wandelt sich zu einem strahlenden Lächeln, so als ob ich mich ihr unterworfen hätte. »Ich habe dich nicht rekrutiert, weil ich glaubte, du würdest wie Maggie sein. Dass ich Maggie manipulieren kann, wusste ich von Anfang an. Sie sehnt sich nach Lob von einer Mutterfigur, nach einer Chance, ihre Brüder, die sie nur benutzt haben, hinter sich zu lassen. Ich habe aus der aggressiven kleinen Göre ein elegantes, gerissenes Geschöpf geformt. Sie war eine Mitläuferin, die eine Anführerin brauchte. Bei ihr war es einfach. Aber du – ich machte mir keine Illusionen, dass ich dich zähmen könnte. Dich habe ich rekrutiert, weil du zwar Abschaum von der Straße bist, aber talentierter Abschaum. Und wenn ich deine kleine Schwester in der Hand habe, dann habe ich doch auch dich in der Hand, nicht wahr?«

Ich schließe die Augen und lasse alles noch einmal Revue passieren – von der ersten Begegnung mit ihr, der Zusage für die Probe. Ihr Lob, ihre Großzügigkeit. Jeden Schritt, den sie unternommen hat, um sicherzustellen, dass ich von Anfang an ihr gehörte. Sie spielte mit mir wie auf einer Geige, und obwohl mein Instinkt mich davor gewarnt hatte, ließ ich mich von ihr einfangen. Alle Muskeln in meinem Körper verspannen sich, und die Wohnung – sonst so behaglich – fühlt sich heiß und fast erdrückend an. Diese vier Wände gehörten mir nie wirklich.

»Louisa hat mit all dem nichts zu tun«, stottere ich, und mit einem Mal fange ich am ganzen Körper an zu zittern.

»Tommy und seine neue Braut auch nicht«, erklärt sie und zuckt beiläufig mit den Achseln. »Es wäre doch schade, wenn ihnen ebenfalls etwas zustoßen würde, oder? Ich liebe Happy Ends.«

Mein Herz setzt einen Schlag aus. Mary hatte mich von Anfang an manipuliert, und es gibt nichts, was ich tun kann, um etwas daran zu ändern. Das Einzige, was ich machen kann, ist, mir mein Leben zurückzuholen.

Aber zuerst muss ich mir The Mint zurückholen. Danach schmiede ich einen Plan, wie ich mit Mary verfahre.

Sie atmet schwer aus und streckt sich wie eine Katze, vollkommen zufrieden mit sich selbst. »Du wirst klein beigeben, Alice, und wenn du das tust, wird alles einfacher werden.« Sie schreitet an mir vorbei in meine Wohnung. »Oh, und du solltest etwas über Rob wissen. Er ist ein Informant für den Commissioner. Welche Lügen er dir auch immer aufgetischt hat, warum er nichts mehr mit seinen Brüdern zu tun hätte – es war nur ein Vorwand, um dich ins Bett zu bekommen. Er hat *sehr viel* mit ihnen tun.«

Ich kann ihr das nicht glauben. Ich will ihm glauben. »Du lügst.«

»Er arbeitet für beide Seiten, damit seine Brüder den Bullen immer eine Nasenlänge voraus sind. Clever, nicht wahr? Aber ich traue cleveren Männern nicht, schon gar nicht cleveren Männern, die einen direkten Draht zur Polizei haben. Du und er, ihr seid fertig miteinander.«

Ein Informant? Rob, der Mann, der sich Ehrlichkeit auf die Fahnen geschrieben hat, lebt eine so große Lüge? Ich schüttle den Kopf und konzentriere mich auf das, was vor mir liegt, auf Mary. »Weißt du, Mary, du hast eine Schwäche.«

»Ach, ja?«

»Du redest zu viel.«

Sie grinst. Als sie ein Geräusch vernimmt, schaut sie die Diele hinunter zu meiner Mutter, die aus der Schlafzimmertür lugt. Schmunzelnd wendet sich Mary zum Gehen. Als sie die Wohnungstür öffnet, sehe ich Mags mit großen Augen vor der Tür stehen – sie hat offensichtlich gelauscht.

Mary schreitet an ihr vorbei und schnippt mit den Fingern. »Tut mir leid, dass du warten musstest, Mags. Verschwinden wir.«

Für einen kurzen, schrecklichen Moment sieht mich Maggie an, bevor sie Mary folgt.

Sobald sie die Tür hinter sich geschlossen hat, stürmt meine Mutter durch die Diele auf mich zu. »Das also hat es mit dieser Gang auf sich, ja?«

Ich greife mir an den Mund und reibe mir nachdenklich die Lippen. »Was erhoffst du dir zu hören? Dass Dad wie immer recht hatte und ich uns in die Scheiße geritten habe?«

»Nein. Ich habe nicht vor, dich zu belehren, sondern will nur wissen, was du als Nächstes unternehmen wirst.«

Darüber muss ich nicht lange nachdenken. »Ich werde sie ruinieren. Aber zuerst kümmere ich mich um Richard Sloan. Bleib mit Christina hier, aber weck Tommy auf und sag ihm, dass ich ihn in ein paar Stunden abhole.«

Ich klopfe eine gefühlte Ewigkeit an Robs Tür, bevor er aufmacht. Er war offenbar gerade dabei, sich anzuziehen. Ich werfe einen Blick über meine Schulter nach unten auf die Straße und halte Ausschau nach Mary oder eventuellen Beobachtern. Dann schlüpfe ich hinein und schließe die Tür.

Er setzt sich auf das Bett, auf dem noch die zerknitterten Decken von unserer gemeinsamen Nacht liegen. »So schnell wieder zurück?«, zieht er mich auf und greift nach unseren Gläsern vom vergangenen Abend, um sie wieder zu füllen.

»Ich will keinen Drink«, sage ich. »Bist du ein Polizeiinformant?«

Eines der Gläser fällt ihm aus der Hand und zersplittert vor seinen nackten Füßen, doch er macht keine Anstalten, die Scherben aufzuheben. »Was? Ich weiß nicht … Wer hat dir das erzählt?«

»Ist es wahr?«

Sein Atem geht stoßweise, und ein sichtbares Zittern erfasst seinen ganzen Körper. »Wer hat es dir verraten, Alice? Sag mir, wer es dir gesteckt hat!«

»Mary«, erkläre ich und verziehe das Gesicht.

Obwohl ich wusste, dass Mary die Wahrheit sagte, verhärtet sich etwas in mir, als er es jetzt bestätigt. Ein Teil von mir, ein unbedeutender Teil, hat gehofft, dass sie gelogen hat. Rob sollte doch ein Vorbild von einem Mann sein, zu gut für mich. Ehrlich. Scheißehrlich.

»Das ist unmöglich«, beharrt er schließlich und bückt sich, um ein paar Scherben aufzuheben. »Niemand außer meinen Brüdern weiß davon, und die würden es ihr nie verraten.«

»Sie sagt, sie hat überall in der Stadt Informanten. Sie wusste auch Dinge über mich.«

»Das begreife ich einfach nicht. Ich bin vorsichtig. Commissioner Horwood hat mich kurz nach dem Krieg rekrutiert. Meine Brüder hielten es für einen klugen Schachzug, jemanden drinnen zu haben. Ich bewege mich auf einem schmalen Grat, aber ich balanciere gut, und das ermöglicht es mir, mich aus den schlimmsten Gewalttaten rauszuhalten.«

Hektisch tigere ich durch den Raum. Unerbittlich und schier endlos schwirren mir all diese Informationen durch den Kopf. Ich kann nicht innehalten, um sie zu verarbeiten, dafür habe ich keine Zeit. »Er vertraut dir also? Er glaubt dir, dass du nicht mehr in die Geschäfte deiner Familie verwickelt bist?«

»Er zweifelt nicht an mir«, bekräftigt er. »Und sollte er es jemals tun, dann liefere ich ihm etwas Brauchbares, eine Information, die meine Loyalität untermauert.« Sein Gesichtsausdruck wird weicher, und er streckt die Hand nach mir aus. »Alice, ich wollte es dir anvertrauen. Ich habe gestern Abend daran gedacht, es dir zu sagen, das wollte ich wirklich.«

Ich mache eine abwehrende Handbewegung. »Wusstest du, warum Wal und Wag nach The Mint gekommen sind, als ich dich das erste Mal damit konfrontiert habe?«

»Ich schwöre, ich wusste es nicht. Wir bleiben auf Abstand, damit alles so glaubwürdig wie möglich wirkt.«

Vorsichtig hebt er weitere Splitter auf. Als alle großen Scherben aufgesammelt sind, holt er ein neues Glas aus einem Schrank, überlegt es sich dann aber anders und trinkt aus der Flasche.

»Ich wollte mich dir anvertrauen, Alice. Ich habe das Gefühl, dass ich das kann.«

»Kannst du nicht«, widerspreche ich ihm mit Nachdruck. Ich nehme ihm die Flasche aus der Hand und genehmige mir ebenfalls einen großen Schluck, bis meine Kehle brennt, dann drücke ich sie ihm wieder in die Hand. »Es ist klüger, wenn du es nicht tust.«

Er schüttelt den Kopf. »Was ist das dann zwischen uns? Wenn es keine Liebe und kein Vertrauen geben kann?«

»Ich weiß es nicht«, gebe ich mit matter Stimme zu und kaue auf meiner Wange herum. »Ich weiß nur, dass ich in deiner Nähe das Gefühl habe, nicht so tun zu müssen, als wäre ich eine, die ich nicht bin.« Ich presse mir die Hand an den Kopf, bemüht, die richtigen Worte zu finden. »Wenn du mich berührst, wenn du mich küsst, dann habe ich das Gefühl, dass ich endlich in Sicherheit bei jemandem bin – bei einem Mann. Überall um mich herum gibt es grausame Männer, und dann gibt es noch dich, Rob.«

Seine Wangen röten sich. »Mir geht es genauso mit dir, Alice.« Wieder greift er nach mir, und wieder schlage ich seinen Arm weg und verweigere mir damit selbst, was ich mir am sehnlichsten wünsche.

»Den Luxus, mich sicher zu fühlen, habe ich nicht. Verstehst du das nicht? Wenn es also schon keine Liebe und kein Vertrauen geben kann, kann es nur Freundschaft zwischen uns geben. Freundschaft.«

»Ich kann nicht dein Freund sein, Alice.«

»Versuchen kannst du es aber, oder?«

Die Vorstellung lässt ihn zurückschrecken, und er fährt

sich frustriert mit den Fingern durch das Haar. »Wenn du mich bittest, es zu versuchen, werde ich es tun.«

Ich senke den Blick und versuche, meine Gedanken zu ordnen. »Mary ist eine kluge Frau, und eines Tages wird es etwas geben, was sie von deinen Brüdern will, und dann wird sie sich dein Geheimnis zunutze machen, um ihren Willen zu bekommen. Sind wir uns einig, dass ihr Wissen gefährlich ist?«

»Ja.« Er spricht das Wort mit tiefer, schmerzverzerrter Stimme aus.

»Ich möchte, dass du dem Commissioner den Standort von Marys Lagerhaus mitteilst. Wenn er dort eine Razzia durchführt, wird er auf jede Menge gestohlener Waren aus verschiedenen Luxusgeschäften stoßen und Mary festnehmen.« Ich setze mich aufs Bett, verzweifelt bemüht, nicht an letzte Nacht zu denken, als ich eng umschlungen mit ihm hier gelegen habe. »Du hast selbst gesagt, wenn er die gestohlenen Waren nicht findet, wird er sie nie länger hinter Gitter bringen können.«

Er setzt sich langsam neben mich und starrt nachdenklich auf seine Hände. »Du willst, dass ich ein doppeltes Spiel mit ihr treibe? Das würde dir schaden. Es würde den anderen schaden und die Gang zerstören.«

»Wenn die Forty-Elephants-Gang ohne sie nicht existieren kann, dann braucht sie eine Neugeburt.« Mir kommt die Geschichte unserer Familie in The Mint in den Sinn, und dass Richard Sloan einige Männer auf seine Seite ziehen konnte, weil unser Einfluss in der Nachbarschaft nach meinem Weggang schwand.

»Heißt das, du bist fertig mit der Gang?«

»Ich weiß es nicht«, gebe ich zu und zucke dabei mit den Achseln. »Aber ich bin fertig mit Mary.« Ich beuge mich zu ihm vor, küsse noch einmal seine vollen Lippen und erhebe mich dann, um zu gehen. »Sollte mir etwas zustoßen, dann lass nicht zu, dass deine Brüder meiner Familie Schaden zufügen.«

Er steht abrupt auf. »Was redest du denn da? Was ist los? Um Gottes willen, Alice, sag es mir, bitte.«

»Versprich es mir.« Ich greife nach seinen Händen und drücke sie erbarmungslos.

Er zieht mich an sich, greift mit beiden Händen nach meinem Gesicht, um mich festzuhalten. »Ist es das Duell? Wenn du das durchziehst, komme ich mit!«

»Nein, das tust du nicht«, sage ich und versetze ihm einen Schubser. »Es ist mein Duell.«

»Das muss es nicht sein.«

Noch ein schneller, flüchtiger Kuss – meine bebenden Lippen berühren die seinen. »Denk an dein Versprechen.«

Bevor ich Tommy abhole, besuche ich Pearl und bringe ihr Mittagessen mit – Sandwichs, Erdbeertörtchen und Zitronentarte aus ihren Lieblingsläden. Sie sitzt auf einer Eckbank und liest, als ich reinkomme, springt jedoch vor Freude auf, als sie mich sieht. »Ich setze Tee auf«, sagt sie und huscht in die kleine Kochnische. Ich dachte schon, sie wäre mittlerweile verrückt geworden, weil sie die Langeweile nicht ertragen kann, und würde sich nach einem Abend mit Drinks oder einem Einkaufsbummel an der

Strand sehnen. Aber irgendetwas an dieser Wohnung beruhigt sie.

Vielleicht, weil sie so weit entfernt vom Haus ihres Mannes liegt.

Ich bemerke ein paar leere Flaschen, die herumliegen, und räume sie für sie auf. Außerdem stecke ich ihr heimlich ein paar Geldscheine in die Handtasche.

Schließlich setzen wir uns zusammen auf den kleinen Balkon und trinken Tee. Für Anfang Dezember ist die Nachmittagssonne angenehm warm, und da man hier im Sommer wohl nur die Vögel zwitschern hört, kann ich nachvollziehen, warum sie diesen Ort so mag.

Zum ersten Mal seit Charlottes Hochzeit gelingt es mir, mit meinen Gedanken ein wenig zur Ruhe zu kommen.

Schließlich bricht sie das Schweigen. »Wirst du mir erzählen, wie du zu dem Geld kommst, das du jedes Mal in meine Tasche steckst, wenn du mich besuchst? Ich weiß, dass du Geheimnisse hast, die du gerne für dich behalten möchtest. Aber wann wirst du mir einige davon anvertrauen?«

Ich möchte ihr alles erzählen. Ich will jemanden haben, mit dem ich über alles reden kann. Aber als ich den Mund aufmache, kommt kein Ton über meine Lippen. Ich werfe einen Blick auf die Zeitung auf ihrem Stuhl. Ich deute darauf, nehme sie und blättere durch die Seiten, bis ich auf etwas stoße: einen kleinen Artikel über die Forty Elephants. Ich zeige ihn ihr. Irgendwie fühlt sich das so besser an, als es laut auszusprechen.

Sie wirft einen Blick auf die Schlagzeile, und ihre Augen

weiten sich. »Du bist ein Mitglied dieser Gang?« In ihrer Stimme schwingt Begeisterung mit. »Ich lese jede Woche über sie. Das ist so amüsant!«

Amüsant. Vielleicht war es das – zumindest am Anfang.

»Erzähl mir mehr! Bitte!«

Ich schüttle den Kopf. »Das sollte ich lieber nicht.«

Sie holt tief Luft, verschränkt die Arme vor der Brust und zieht einen Schmollmund. »Du sagst mir so etwas und weigerst dich dann, mir mehr davon zu erzählen? Das ist eine spannendere Geschichte als alles, was in einem Buch steht. Du bist eine Gangsterin?« Sie schüttelt ungläubig den Kopf. »Warum in aller Welt hast du für uns gearbeitet?«

Ich ringe mir den Anflug eines Lächelns ab. »Er ist stinkreich.«

»Du wolltest uns ausrauben?« Ihre Augen glitzern vor Neugier. »Kein Wunder, dass ich dich einmal im Bibliothekszimmer erwischt habe!« Ihr strahlendes Lächeln verblasst ein wenig. »Aber ich verstehe nicht, warum du mir dann jetzt helfen willst. Was hast du davon? Wenn du mich ausrauben wolltest, hättest du es schon längst tun können. Soll ich etwa glauben, dass du eine Diebin mit Herz bist?«

An diese Möglichkeit hatte ich bis jetzt noch nicht gedacht. »Ich wollte dir helfen. Ich wusste nur nicht, wie.«

»Du musst dein Geld wieder zurücknehmen«, sagt sie und schüttelt kurz den Kopf. »Was ist, wenn das hier nicht von Dauer ist? Du hast eine Familie. Ich bin nicht deine Familie. Du bist nicht für mich verantwortlich, Alice. Ich möchte dir nicht zur Last fallen.«

»Du bist keine Last«, antworte ich gereizt. »Ich werde

einen Weg finden, dass du genug Geld bekommst, um neu anfangen zu können. Ich weiß noch nicht wie, aber ich werde es schaffen.«

Ursprünglich dachte ich, ich könnte genug Geld beiseitelegen, wenn ich für Mary arbeite, aber das wird jetzt nicht mehr möglich sein. Ich greife nach meinem Tee. Der ist zwar vom leichten Wind schon abgekühlt, aber ich nehme trotzdem einen großen Schluck. »Ich hoffe, dass ich dich nächste Woche wie immer besuchen kommen kann, aber da sind gewisse Dinge am Laufen. Dinge, die ich nicht kontrollieren kann. Wenn ich nicht mehr komme, nimm das Geld, das du hast, und geh fort.«

»Wenn du nicht mehr kommst?«

»Wenn ich nicht mehr komme«, wiederhole ich, um mich klar auszudrücken. »Wenn ich nicht mehr komme, musst du mir schwören, dass du dir eine Fahrkarte kaufst und London verlässt. Du musst mir schwören, dass du nicht verzweifelst und zu diesem Mann zurückkehrst.«

Ihr stehen Tränen in den Augen. »In was für Schwierigkeiten steckst du?«

»Denn wenn du zu ihm zurückgehst, wird er dich irgendwann töten. Nicht heute, nicht morgen, vielleicht auch nicht in einem Jahr. Aber eines Tages wird er dich so schwer verletzen, dass du dich nicht mehr davon erholst. Verstehst du mich?«

Sie holt tief Luft und setzt sich aufrecht hin. »Alice, das schwöre ich dir erst, wenn du mir schwörst, dass dir nichts zustoßen wird. Du bist alles, was ich im Moment habe. Sag mir, wie ich dir helfen kann!«

Nun erst steigt die Angst in mir hoch, dass ich Richard nicht besiegen könnte, und meine Unterlippe beginnt heftig zu beben. Ich kämpfe gegen das Zittern meiner Finger an und ergreife ihre Hand, um sie zu drücken. »Geh nicht zu ihm zurück.«

»Okay.«

Sie verspricht es nur, weil ich es von ihr verlangt habe. Und jetzt wird mir bewusst, dass, wenn ich es nicht schaffe, sie es ebenfalls nicht schaffen wird.

ZWÖLFTES KAPITEL

Als ich zurückkomme, um Tommy in meiner Wohnung abzuholen, folgt uns Maggie aus dem Gebäude bis zum Taxi. Es gelingt mir, sie so lange zu ignorieren, bis sie sich vor uns stellt und uns den Weg versperrt. »Wo wollt ihr hin?«

Mum und Christina helfen mir, meine Sachen im Kofferraum zu verstauen. »Ich muss mich um etwas in The Mint kümmern, und dann komme ich zurück, um noch etwas anderes zu regeln.«

»Ich will dir helfen.«

Tommy sieht Maggie grinsend an. »Du siehst wirklich schick aus, Mags.«

»Ich bin immer noch in der Lage, dir den Arsch zu versohlen, Tommy«, knurrt sie.

Mit einer theatralischen Geste der Kapitulation hebt er beide Hände.

Maggie richtet ihre Aufmerksamkeit wieder auf mich. »Sag mir, wie ich dir helfen kann.«

»Was kümmert dich das?«, fahre ich sie an. »Du hast jedes verdammte Wort mitgehört, das sie zu mir gesagt hat, und es hat dir nichts ausgemacht. Du gehörst ihr. Du bist nicht meine Freundin, und du bist auch nicht mehr Maggie Hill.« Ich will mich an ihr vorbeischieben, aber sie stellt sich mir erneut in den Weg.

»Wenn du mir nicht aus dem Weg gehst, mache ich mir den Weg frei«, warne ich sie.

»Ich bin Maggie Hill«, sagt sie mit fester Stimme. »Und ich unterstütze dich. Was auch immer du in The Mint vorhast, ich unterstütze dich. Was auch immer du mit Mary vorhast« – sie hält inne und zögert –, »ich unterstütze dich.«

Das nehme ich ihr nicht ab. Wie könnte ich denn auch? Ich schüttle den Kopf. »Ich habe keine Zeit für Spielchen, Mags.«

»Ich unterstütze dich«, beteuert sie noch einmal, dieses Mal noch eindringlicher.

»Wir werden ja sehen«, entgegne ich. »Meine erste Station ist Chinatown.«

Sie schaut zu Boden. »Weshalb?«

»Wenn du mich unterstützt, Mags, dann unterstützt du mich. Bis zum Ende. Wenn nicht, auch gut. Komm mir nur nicht in die Quere.«

Sie überlegt einen Moment und nickt dann. »Lass uns meine geliebten Brüder aufsuchen.« Sie bedeutet Christina und Mum, ihr zu folgen. »Aber wir nehmen mein Automobil, damit ich damit angeben kann.«

»Setz uns erst mal zu Hause ab«, sagt Mum und verdreht mit einer dramatischen Geste die Augen. »Ich habe kein Interesse daran, dein Wiedersehen mit deinen Brüdern mitanzusehen.«

Maggie nickt. »Na gut.«

Dieses Mal werden wir nicht hineingelassen, als Tommy, Maggie und ich vor ihrem Hauptquartier ankommen, sondern werden aufgefordert, draußen auf Eli und Patrick zu warten. Als die beiden endlich herauskommen, sagt lange Minuten keiner von uns einen Ton. Die Stille macht mich nervös. Eli und Maggie starren sich gegenseitig an und strahlen eine gegenseitige Feindseligkeit aus. Schließlich räuspere ich mich. »Ich bin wegen Alister Sloan hier.«

»Und auf einen Drink«, mischt sich Tommy mit erhobenem Finger ein. »Kann ich einfach reingehen und mich bedienen?«

»Nein«, schnauzt ihn Eli an.

Patrick wirft mir einen scharfen Blick zu. »Unseren Buchmacher Alister? Es ist schwer, einen ehrlichen Mann zu finden, der gut mit Zahlen umgehen kann. Er ist wertvoll für uns.«

»Ich werde ihm kein Haar krümmen. Ich will ihn nur als Köder benutzen, um Richard heute Abend aus seinem Kaninchenbau zu locken.«

Patrick zieht eine Augenbraue hoch. »Was hast du vor?«

»Ich löse das Problem, wie es in The Mint üblich ist. Ich fordere ihn zu einem Kampf heraus und beende diesen Unsinn.«

Tommy verschluckt sich an seiner eigenen Spucke. »Was? Das ist dein Plan?«

Eli, der am Nebeneingang steht, löst sich aus seiner angespannten Haltung und schaut mich mit einem missbilligenden Blick an. »Wenn du ihn herausforderst, muss dir klar sein, dass er die Fäuste wählen wird.«

»Ich weiß deine Besorgnis zu schätzen, Eli. Kann ich mir

jetzt euren Buchmacher ausleihen oder nicht? Ich werde schon dafür sorgen, dass ihm nichts zustößt.«

Eli gibt einen spöttischen Laut von sich. »Du weißt, dass du dieses Versprechen vielleicht nicht einhalten kannst.«

Patrick sieht Maggie an. »Welche Rolle spielst du bei dieser Nummer?«

»Ich helfe Alice«, sagt sie. »Ich stehe ihr zur Seite. Das ist alles.«

»Du kannst ihr eine Freundin sein, uns aber keine Schwester?«, knurrt Eli. »Du warst die ganze Zeit in London und hast dich nie hier zu Hause blicken lassen. Kein einziges Mal. Du weißt, dass Mum, bevor sie letztes Jahr gestorben ist, darum gebetet hat, vor ihrem Tod noch einmal von dir zu hören.«

»Ich habe davon gehört«, sagt sie ernst. »Ich war sogar auf ihrer Beerdigung, ganz weit hinten.«

»Warum ganz hinten?«, will Patrick wissen. Er klingt noch viel verletzter als Eli, und ihm treten die Tränen in die Augen, als er Maggie ansieht, so als hätte auch er die ganze Zeit dafür gebetet, von ihr zu hören.

Sie räuspert sich. »Mary hat gesagt, ich darf nicht nach Hause gehen, also hab ich's nicht getan.«

»Auf was für ein Leben hast du dich da mit Mary Carr eingelassen?«, sagt Eli verächtlich. »Ist es das wert?«

Ich schnippe zwischen den beiden mit den Fingern. »Wir sind nicht hierhergekommen, damit ihr euch aussprechen könnt, Eli. Du hast mir gesagt, ich solle mein Viertel in Ordnung bringen, und das tue ich auch.«

Eli nickt seinem Bruder knapp zu, worauf Patrick wieder hineingeht und einen Moment später in Begleitung von Alister zurückkommt. Er sieht genauso aus wie Jacob, nur dünner. Er sieht mich ruhig an und sagt: »Ich habe den Verlust meines Bruders betrauert, als ich von seinem unglücklichen Ende hörte. Aber es ist Jahre her, dass ich ihn oder meinen Vater gesehen habe. Ich weiß nichts darüber, was er auf eurem Gebiet plant.«

Ich bin unschlüssig, ob ich ihm glauben soll.

Ich bin eine geübte Lügnerin. Das könnte er auch sein.

Es gibt nur einen Weg, es herauszufinden.

Ich verschränke die Arme vor meiner Brust. »Ich kann der Handvoll Männer verzeihen, *die sich von den schönen Worten deines Vaters auf seine Seite haben ziehen lassen.* Ich habe es ihm ermöglicht, sie auf seine Seite zu ziehen, weil ich zu lange fort war. Aber er ist ein einfacher Mann mit einem schlichten Gemüt, sind wir uns da einig?«

Er gluckst. »Das gilt für meinen Vater, wie es für meinen Bruder galt. Ich hatte das Glück, in dieser Hinsicht nach meiner Mutter zu kommen, und ließ die beiden, ohne zu zögern, hinter mir, als Eli und Patrick mir eine Chance gaben.«

»Du glaubst also, dass du hierhergehörst? Als Buchmacher für die Einnahmen aus dem Glücksspiel- und Drogengeschäft, statt rechtmäßiger Besitzer einer Schlachterei zu sein?«

»Ich gehöre hierher. Meine Loyalität gehört den Menschen hier.«

Eli rollt ungeduldig mit den Augen. »Worauf willst du hinaus, Alice?«

»Dass ein einfältiger Mann Rache will, kommt mir nicht ungewöhnlich vor. Aber ich finde es durchaus ungewöhnlich, dass ein solcher Mann nicht nur danach strebt, die Kontrolle über The Mint zu übernehmen, sondern seinen Einfluss dann auch noch auf das ihm unbekannte Chinatown ausdehnen will. Er weiß weder, wie ein Geschäft betrieben wird, noch hat er die Stärke, die es bräuchte, um es den Hills wegzunehmen. Aber weißt du, wer sie hat?«

Alisters Wangen erröten leicht, und sein Blick verhärtet sich. »Wenn du Geschäfte machen willst wie ein Mann, dann komm auf den Punkt, statt mit diesen ganzen Worten herumzujonglieren.«

Ich deute ein Grinsen an, aber mir schnürt es die Kehle zusammen. Ich könnte falsch bei dieser Sache liegen, völlig falsch, aber ich bleibe hartnäckig. Vielleicht ist es Marys Art, die auf mich abfärbt? Vielleicht kann auch ich clever sein. »Ich werfe dir gar nichts vor, aber ich finde diese Situation merkwürdig. Da gibt es zu viele Puzzleteile, die nicht zusammenpassen.«

Patrick und Eli wechseln einen Blick.

»Wenn deine Loyalität den Menschen hier gehört, so wie du behauptest«, fahre ich fort, »dann ist es in deinem und meinem Interesse, deinen Vater in The Mint aufzustöbern.«

»Sie hat recht«, setzt Eli hinzu, doch seine Stimme klingt skeptisch. Er legt Alister eine Hand auf die Schulter. »Wir vertrauen darauf, dass du nichts zu verbergen hast. Ich werde euch begleiten, um sicherzustellen, dass dir nichts zustößt.«

Alister zieht die Mundwinkel nach unten. »Wenn ihr

das für das Beste haltet, werde ich tun, was ich kann, um zu helfen.«

Alister und Patrick gehen wieder hinein, Eli hingegen bleibt und schaut mich mit ernster Miene an. »Komm nicht hierher und stell solche Behauptungen auf, ohne es vorher mit mir zu besprechen. Wir vertrauen Alister. Er hat nichts damit zu tun.«

Ich denke über seine Worte nach und wiederhole dann genau das, was er mir vor wenigen Wochen mit kühler Direktheit gesagt hatte. »Denkst du, ich schulde dir ein Gespräch, weil wir mal miteinander im Bett waren?«

Seine Lippen verziehen sich, und er setzt einen finsteren Blick auf. »Das kann man nicht vergleichen!«

»Es ist verdammt noch mal das Gleiche!«, werfe ich ihm an den Kopf. »Ich bitte niemanden um Erlaubnis, schon gar nicht, wenn ich eine Theorie äußere, die du selbst hättest haben sollen, und zwar schon lange bevor sie mir in den Sinn kam.«

Er öffnet den Mund, um etwas zu erwidern, doch ich deute auf Maggies Automobil, das am Straßenrand geparkt steht. »Wir warten am Automobil auf dich, wenn du bereit bist.«

Maggie, mein Bruder und ich ziehen los. Als wir weit genug entfernt sind, fragt Maggie vorsichtig: »Als ich fortging, hingen du und Eli wie die Kletten aneinander. Was ist passiert?«

Ich verdrehe die Augen. »Das ist weder der richtige Zeitpunkt noch der richtige Ort, um darüber zu reden, Mags.«

Als wir am Automobil ankommen, bricht nackte Panik

in Tommy aus. »Du darfst nicht gegen Richard antreten, Alice. Er wird dich kaltmachen. Vielleicht hat er keinen Grips in seinem großen Kopf, aber er ist nun mal groß, und seine Arme sind es auch. Du darfst nicht gegen ihn kämpfen. Sonst wirst du sterben!«

Ich packe ihn an den Schultern und schüttle ihn. »Ich komme schon damit klar, Tommy.«

Er weicht vor mir zurück. »Nein! Es gibt einen anderen Weg! Es gibt immer einen anderen Weg, und wenn es den nicht gibt, kämpfe ich an deiner Stelle.«

»Du wirst bald Vater. Du wirst nicht gegen ihn antreten.«

»Dann versuch mich aufzuhalten.«

Ich packe ihn am Kragen. »Hör auf, Tommy. Hör verdammt noch mal auf!«

Er schluckt heftig. Ich löse meinen Griff von seinem Kragen und richte sein Hemd, indem ich unsichtbare Falten glätte. »Du kämpfst gegen niemanden. Du musst leben, für unsere Familie und für deine neue Familie. Und deswegen möchte ich, dass du einfach nur zuschaust und zuhörst und dabei vielleicht etwas lernst. Meinst du, dass du das hinbekommst?«

Ich rechne mit einem hässlichen Streit. Tommy hat immer etwas in petto, selbst wenn es nur dummes Geschwätz ist. Aber zu meiner Überraschung schluckt er seine aufkommende Streitsucht hinunter und nickt mir leise und verständnisvoll zu. Ich trete zurück.

Maggie, die irgendwie meine Gedanken gelesen haben muss, zieht eine Kippe hervor. Sie zündet sie an und reicht sie mir dann. Ich ziehe so langsam wie möglich daran, ohne tief zu inhalieren.

»Er hat recht, weißt du. Es gibt einen anderen Weg«, sagt Maggie.

Ich stöhne hörbar auf. »Du jetzt auch noch?«

»Du kannst das alles hinter dir lassen. Ein neues Leben mit deiner Familie beginnen, irgendwo anders. Kein The Mint, keine Verantwortung, keine Gang.«

»Weglaufen ist für dich immer die Antwort, was?«

»Ich war glücklich bei Mary. Glücklicher als bei meinen Brüdern.«

»Warum bist du dann hier?«

Sie nimmt mir die Zigarette ab, um selbst einen Zug zu nehmen. »Meine Brüder haben nicht an mich geglaubt. Sie haben es sich selbst zuzuschreiben, dass ich fortging. Aber bei dir ist das anders. Wir haben uns immer geschworen, dass wir zusammenhalten, egal was passiert. Wir haben uns versprochen, dass wir gemeinsam aus The Mint herauskommen. Ich stehe in deiner Schuld wegen dem, was ich getan habe.«

Über die Vergangenheit zu reden, ändert nichts an der Gegenwart. Dadurch werden nur alte Wunden aufgerissen, die man besser verheilen lassen sollte. Ich senke den Blick, und in mir zieht sich alles zusammen. »Vergangen ist vergangen.«

Sie inhaliert einen tiefen Zug. »Ich bin jetzt jedenfalls hier, wozu auch immer das gut sein mag.«

Ich verkneife es mir, sie abfällig daran zu erinnern, dass ich immer noch verletzt bin, genau wie Patrick auch. Dass auch ich manchmal beim Gedanken daran, wie verloren ich mich ohne meine beste Freundin gefühlt habe, den Drang zu weinen unterdrücke. Sie hat genug darüber gehört. Sie weiß, dass sie mich verletzt hat, und sie weiter dafür zu bestrafen, wird daran nichts ändern. Ich nehme ihre Hand in meine und drücke sie einmal.

»Es ist alles zu etwas gut«, sage ich, worauf sie lächelt.

Patrick und Eli treten aus der Vordertür heraus, mit Alister im Schlepptau. Wir fahren nach The Mint. Dort sitzt Ralph wieder auf einem Stuhl vor der Tür und behält unser Haus im Auge. Ich steige aus, um mit ihm zu schimpfen, schüttle dann jedoch den Kopf und lächle. »Du bist ein Gewohnheitstier.«

Er steht auf und nimmt mich voller Zuneigung bei den Schultern. »Ich will nicht, dass deiner Familie etwas zustößt.«

»Geh zurück in den Pub«, sage ich. »Lass die Männer wissen, dass ich Alister habe. Das wird sich wie ein Lauffeuer herumsprechen. Wenn Richard von dir Antworten verlangt, sag ihm, dass ich die einzige Person bin, die er zu fragen braucht.«

Er brummt zustimmend und wirft dann Eli und Patrick einen nicht gerade einladenden Blick zu, bevor er die Straße hinuntergeht.

»Wir waren mal Kumpel«, sagt Eli.

»Beste Freunde«, fügt Patrick hinzu.

»Vergangen ist vergangen«, sage ich und schließe die Tür auf. »Ihr seid keine Kumpel mehr, also benehmt euch dementsprechend.« Ich öffne die Tür und winke sie herein. »Wir warten hier. Es wird nicht lange dauern.«

Die Stunden ziehen sich lange hin, da wir zu acht in einem so kleinen Raum herumhocken und nichts zu tun haben, außer uns mit ein paar Flaschen Gin zu beschäftigen, die Patrick mitgebracht hat, um die Stimmung zu entspannen. Ich gehe nicht nach oben, weil ich befürchte, ich könnte zu lange über Louisas Gesichtsausdruck grübeln, als ich sie das letzte Mal gesehen habe, und mich dadurch von der anstehenden Herausforderung ablenken lassen. Aber ich ermögliche es den Jungs, zu schlafen, wenn sie wollen. Allen, außer Tommy. Den schicke ich mit einer Liste von Kontaktpersonen los, die mein Vater für Notfälle versteckt hatte – Männer und Frauen, die ihm einen Gefallen schulden –, damit wir, falls wir Verstärkung brauchen, diese auch bekommen.

Mum und Christina sitzen auf dem Sofa und sortieren alte Babysachen. Dabei flüstern sie miteinander, während Mum ab und zu lächelt und über Christinas gewölbten Bauch streicht. Wären die Dinge anders verlaufen, wäre ich jetzt an Christinas Stelle, und ich versuche es mir vorzustellen. In einem solchen Leben hätte ich Eli geheiratet, und wir hätten jetzt Kinder. Babys, die mit ihren kleinen Beinchen über den Boden krabbeln und meine Mutter zum Lächeln bringen. Ich würde nicht hier sein und diesen Kampf austragen müssen.

Doch als mich ein seltsames Gefühl der Sehnsucht überkommt, schüttle ich jedes Bedauern ab. Würde ich diesen Kampf nicht austragen und wäre ich nicht die Frau, die sich vor langer Zeit für diesen Weg entschieden hat, dann wäre ich nicht ich selbst.

Ich wende meinen Blick von den beiden ab und schaue mich im Raum um. Alister sitzt mit einem Buch in der Hand neben dem Herd.

Patrick kommt Maggie näher. Ich sehe, wie die beiden in die Küche schlendern, wo sie leise einander Geschichten erzählen und in Erinnerungen über verlorene Zeiten schwelgen. Eli gesellt sich nicht zu ihnen, er versucht nicht einmal, ihr Gespräch zu belauschen.

Er wartet mit mir an der Tür und schaut durch das Fenster auf die nebelverhangene Straße hinaus. »Ich will nicht, dass dir etwas zustößt.«

Die Worte treffen mich unvorbereitet. Es ist schon lange her, dass Eli und ich ein nettes Wort miteinander gewechselt haben. Ich ziehe einen Zettel aus meiner Manteltasche und reiche ihn ihm. »Steck das ein. Es ist eine Adresse. Dort wohnt eine Frau, der ich geholfen habe, von ihrem Mann wegzukommen, der sie misshandelt hat. Wenn ich nicht zurückkomme, wird sie zu ihm zurückkehren. Sorg dafür, dass sie das nicht tut.«

Er starrt mit einem seltsamen Ausdruck in den Augen auf die Adresse, bevor er den Zettel faltet und ihn sich in die Westentasche steckt. »Was soll ich deiner Meinung nach tun?«

»Bring sie von hier weg. Egal wohin. Wenn sie zu ihm zurückkehrt, wird sie das nicht überleben.«

Er schielt über seine Schulter auf Maggie. »Warum beauftragst du nicht Maggie damit?«

»Ich versuche ja, ihr zu vertrauen«, gestehe ich ihm. »Ich möchte alles vergessen und weitermachen, aber ich kann es einfach nicht. Sie sagt, sie sei hier, um mir eine Freundin zu sein, aber wann war mir mal jemand ein Freund, ohne etwas dafür im Gegenzug zu fordern?«

Eine Frage, die eher an mich selbst als an ihn gerichtet war.

»Diese Frau, was bedeutet sie dir?«

»Sie ist bloß jemand, den ich getroffen habe.«

»Eine Fremde? Du willst, dass ich eine Fremde rette?«

»Tu es einfach, Eli. Bitte.«

Er stößt einen tiefen, schweren Seufzer aus und nickt. Dann schaut er mich unangenehm lange an. »Sag mir eines, Alice. Diese Sache mit Richard, warum tust du das?«

Mir entschlüpft ein sprödes Lachen. »Du bist auf mich zugekommen und hast mich aufgefordert, mein Viertel in Ordnung zu bringen. Oder hast du diese nette Unterhaltung etwa schon wieder vergessen?«

»Du hättest Nein sagen und diese Straßen für immer hinter dir lassen können. Dich mit Mary und den Mädchen in den besseren Kreisen bewegen. Warum bist du zurückgekehrt? Warum Richard überhaupt entgegentreten? Tust du das für deinen Vater? Tust du es für deine Familie? Für wen tust du es?«

»Für mich.« Ich erhebe das halb leere Glas Gin, das ich auf der Fensterbank stehen gelassen habe, und genehmige mir einen großen Schluck. »Ich tue es für mich, Eli.« Ich deute auf die Straße. »Meinst du, Richard Sloan hätte meinen Vater so wie mich herausgefordert? Meinst du, man hätte auf den Straßen das, was ich Jacob angetan habe, infrage gestellt, wenn *er* es getan hätte? Niemals. Sie hätten gar nichts unternommen, weil er ein Mann ist. Aber ich bin eine Tochter und kein Sohn.« Ich lasse es mir noch einmal durch den Kopf gehen und lache dann bitter auf. »Obwohl ich im riesigen Schatten meines Vaters großgezogen wurde, hat er Tommy die Leitung von The Mint übertragen, bevor er zu seinem letzten Coup aufbrach und nicht mehr zurückkehrte. Tommy schläft während eines Sturms durch, während ich nach draußen gehe, um mich ihm zu stellen. In diesem Moment starren kleine Mädchen durch die Fenster ihrer Häuser, während sich ihre Väter auf den Kampf vorbereiten.«

»Du tust das also für sie? Für die kleinen Mädchen von The Mint?«

Ich lasse ihn nicht in meine Augen sehen, als ich antworte: »Jemand muss ihnen zeigen, dass Männer uns nicht einfach Dinge wegnehmen können, wann immer ihnen der Sinn danach steht. Aber nein, ich tue das für mich selbst. The Mint gehört mir, und heute Abend werde ich es mir verdienen.« Ich schaue an ihm vorbei in Maggies Richtung. »Ich muss dich um einen Gefallen bitten.«

»Noch einen?«

»Nimm Maggie wieder in die Familie auf.«

»Nein.«

»Morgen früh wird es keine Mary Carr und auch keine Gang mehr geben.«

Er wölbt eine Augenbraue. »Was hast du getan?«

Ich zucke mit den Schultern. »Sie hat mich bedroht, und ich habe sie nicht getötet. Ich betrachte das als Fortschritt.«

Er lacht aus vollem Herzen und zieht damit vorübergehend die Aufmerksamkeit von Patrick und Maggie auf sich, bevor sich die beiden wieder ihrem Gespräch widmen. »Sie wird nicht heimkehren, das weißt du genau.«

»Überzeuge sie, dass es in ihrem und in eurem Interesse liegt.«

»Inwiefern?«

»Was Mary aufgebaut hat, ist nichts Neues. Sie geht nur schlauer vor. Sie kontaktiert Hehler und Ankäufer, bildet Mädchen dazu aus, in den Teilen der Stadt tätig zu werden, in denen es wenig Polizeikontrolle gibt. Die erledigen die ganze Arbeit, und sie bekommt als Gegenleistung für Schutz und eine Unterkunft die Hälfte ihrer Beute.« Ich schüttle den Kopf und denke genauer darüber nach. »Maggie kann sie anführen, und sie können mit dir und Patrick größere Coups unternehmen, wenn ihr ihnen Schutz bietet und Hehler und Ankäufer organisiert. Ich habe Marys Bücher durchgesehen. Sie verdient in zwei Wochen mehr als fünftausend Pfund. Wollt ihr davon nicht auch profitieren?«

Mit einem Mal verwandeln sich seine Gesichtszüge in ehrfürchtige Ungläubigkeit. »Selbst wenn ich dazu bereit wäre, würden sie nicht mit Männern zusammenarbeiten. Mary rekrutiert diese Mädchen mit der Überzeugung, dass jeder Mann in ihrem Leben sie nur unterdrücken will, und dass sie, Mary, Garant für ihre Freiheit ist.«

»Unrecht hat sie damit nicht«, sage ich. »Aber eine Partnerschaft ist etwas anderes.«

»Hat sie denn nicht mit den McDonald-Brüdern einen Pakt geschlossen?«

»Angeblich schon, aber ich weiß noch nicht, welche Rolle

ihnen zukommt. Bis jetzt haben wir noch nichts unternommen, was so riskant gewesen wäre, dass wir Schutz gebraucht hätten.« Ich denke weiter darüber nach. »Überlegt es euch einfach. Schlagt es ihr vor.«

Er schnaubt. »Was ist mit Louisa? Sie wird sich fragen, was mit dir passiert ist. Sie wird um dich trauern.«

Ich unterdrücke die Emotionen, die sich aus meiner wie eingeschnürten Kehle befreien wollen. »Sie wird trauern, aber nur, weil sie sich nicht von mir verabschiedet hat. Du hast ihr Gesicht nicht gesehen, Eli. In der Nacht, als ich Jacob getötet habe, habe ich sie verloren. Sie hat gesehen, was ich wirklich bin.«

»Und das wäre?«

»Ein Ungeheuer.«

»Wir sind beide Ungeheuer«, stimmt er verdrießlich zu. »Wir sind in diesen Straßen einen Bund mit dem Teufel eingegangen.«

»Die Welt hat uns zu Ungeheuern gemacht. Mein Vater hat mich zu einem gemacht.«

»Dein Vater hat auch mich zu einem gemacht.«

»Hasst du ihn dafür?«

Er schüttelt den Kopf. »Ich liebe ihn dafür. Wäre ich kein Ungeheuer geworden, dann hätten andere Ungeheuer mich aufgefressen.«

Ich behalte weiter die Straße im Auge, während ich mir vorzustellen versuche, ich wäre jemand anderes. Rob hat mich danach gefragt, und ich konnte ihm nicht einmal eine richtige Antwort geben. Wer bin ich neben diesem Ungeheuer?

Eli schnappt sich eine Flasche Gin und schenkt nach. »Wenn du stirbst, dann sterbe ich auch.«

»Ich weiß.«

Ein paar Minuten später kommt Ralph die Straße herunter und klopft an die Tür. Eli öffnet sie mit einem gewissen Unbehagen.

»Er kommt«, sagt Ralph.

DREIZEHNTES KAPITEL

Obwohl es draußen kalt ist, lasse ich meinen Nerzmantel über dem Geländer hängen und nehme mir einen Moment Zeit, um mich umzuziehen. Ich wähle Kleidung aus kratziger Baumwolle, die ich die meiste Zeit meines Lebens getragen habe. Aber Make-up und Frisur erinnern mich daran, dass ich noch immer Diamond Annie verkörpere, und einen Moment lang frage ich mich, ob ich nicht beides sein kann.

Maggie legt mir eine Hand auf die Schulter und atmet nervös aus. »Bist du sicher, dass du das hinbekommst?«

»Nein.«

»Dein Vater wäre stolz auf dich.«

Ich verdrehe kurz die Augen. »Was nutzt mir das, wenn ich tot bin?«

Sie zuckt mit den Schultern. »Wohl wahr.«

Mum steht auf, um sich zu mir zu gesellen, und Christina folgt ihr. Aber wenn sie dem Kampf in der Nähe beiwohnen, würde mich das nur nervös machen. Ich würde mich ständig nach ihnen umschauen, um mich zu vergewissern, dass sie in Sicherheit sind. »Ihr bleibt hier drin, ja?«

Mums Blick verhärtet sich. »Ich werde nicht unwissend hier herumsitzen, Alice.«

»Dann schau durch das Fenster zu. Ihr beide seid Personen, mit denen sie mich unter Druck setzen können … besonders Christina.« Ich schiebe mich an Mum vorbei und lege Christina eine Hand auf die Wange. »Du trägst die Zukunft dieses Viertels in dir. Egal, was passiert … bleib hier drinnen. Wenn alles schiefgeht, dann …«

»Gebt Fersengeld?«, beendet Mum meinen Satz mit zynischem Grinsen. »Es wird nicht schiefgehen.« Sie drückt kurz ihre Stirn an die meine und zieht sich dann mit Christina auf das Sofa zurück.

Eli und ich gehen nach draußen, gefolgt von Alister und Patrick. Tommy kommt gerade noch rechtzeitig die Straße entlanggetrottet.

Ich beuge mich zu ihm vor. »Hattest du Erfolg?«

Er legt den Kopf schief. »Es geht so.«

Ich mache Anstalten, etwas zu erwidern, aber mit einem Mal erregt etwas auf der Straße meine Aufmerksamkeit. Es ist absolut windstill, nur das leise Schlurfen der Schuhe von Leuten ist zu vernehmen, die in den dunklen Gassen umherhuschen. Schließlich treten meine Herausforderer mit Richard an der Spitze wie ein einziger Mann ins Mondlicht. Einige Männer erkenne ich wieder, die meisten hingegen sind neu in The Mint. Hinter mir führt Ralph Männer nach vorn, deren Waffen ihre Mäntel wölben – ältere Männer, die es nie wagen würden, die Herrschaft der Diamonds infrage zu stellen.

Ich habe Richard schon seit Jahren nicht mehr gesehen, doch als er nun ohne Anflug von Angst nach vorne tritt, ziehe ich scharf den Atem ein. Er ist ein großer, kräftiger Mann mit einem vernarbten Bizeps, der den Umfang meines Kopfes hat. Ich habe die Stimme meines Vaters im Ohr, seine Warnung, dass es Männer gibt, deren Zorn man nicht auf sich ziehen sollte.

Richard könnte mich quer über die Straße schleudern, ohne dabei in Schweiß auszubrechen. Er könnte mir mit einer raschen Bewegung seines Handgelenks den Arm brechen oder mir die Luftröhre zerquetschen, wenn er mich an der Gurgel packt. Sollte er mich lange genug in die Finger bekommen, ist mein Schicksal besiegelt.

Kalter Schweiß bricht bei mir aus, und mein ganzer Körper verspannt sich. Ich presse die Lippen fest zusammen, damit sie nicht zittern. Was, wenn ich verliere?

Was passiert dann mit Pearl, mit Maggie, mit meiner Mutter, Louisa und Tommy?

Was passiert mit den Mädchen, die Mary gefolgt sind? Wohin werden sie sich wenden, wenn Eli ihnen nicht eine helfende Hand reicht? Werden sie Maggie überhaupt folgen?

Wie wird Richard The Mint verändern? Was wird mein Vater mit ihm anstellen, wenn er herausfindet, was hier geschehen ist?

Und in diesem letzten stummen Moment, bevor Worte gewechselt werden und das Duell losgeht, lässt mich die Vorstellung von Robs Gesicht innerlich strahlen. Von seinem Grinsen, seiner Narbe. Seiner Art zu lachen.

Maggie trottet neben Tommy her, und beide stellen sich an meine Seite. »Ich habe es dir versprochen«, flüstert sie. »Ich bin an deiner Seite.«

Ich schließe die Augen und versuche mich an den Blick

meines Vaters zu erinnern, wenn er sich einer aussichtslosen Lage gegenübersah. Hatte er auch so viel Angst? Ich wusste es nie. Ich erinnere mich an die Stimme meiner Mutter, als sie sagte: »Du bist aus Stahl«, und ich denke an die kleinen Mädchen, die in diesem Moment aus den Fenstern ihres Zuhauses zusehen. Ich bin nicht furchtlos, aber für sie muss ich den Eindruck erwecken, als wäre ich es.

»Richard Sloan«, sage ich herzlich, als wären wir alte Kumpel.

»Alice Diamond.«

Alister schaltet sich ein und tritt rasch zwischen uns. »Vater.«

Richard legt ihm eine Hand auf die Schulter und zieht die Augenbrauen zusammen. Er senkt die Stimme, bis sie nur noch als leises Flüstern zu vernehmen ist, und fragt: »Mein Sohn, haben sie dich verletzt?«

»Bei uns wird ihm kein Haar gekrümmt«, mischt sich Patrick ein. »Wir würden ihm nie etwas antun. Er ist eine Bereicherung für unser Geschäft. Aber das hier …« Er macht eine ausladende Bewegung mit der Hand. »Das ist keine Bereicherung fürs Geschäft. Wir können einen Kampf immer noch vermeiden, wenn wir das jetzt regeln. Ein Gespräch unter Gentlemen.«

Aus dem Schatten um uns herum lösen sich Männer, Frauen und rußverschmierte Kinder, um sich das Duell anzuschauen. Ganze Familien. Der Druck schlägt mir auf den Magen. Wie wird es ihnen unter einer neuen Herrschaft ergehen?

»Die Zeit für Gespräche ist vorbei«, blafft Richard. »Und

es gibt hier keine Gentlemen, Patrick. Die Familie Diamond hat The Mint im Stich gelassen.« Er sieht mich an. »Du hast meinen Sohn getötet, weil er es gewagt hat, deine Schwester zu wollen. Und du hast unsere Gesetze gebrochen. Du hast nicht gewartet, bis seine Familie es bezeugen konnte.«

Ich drehe mich langsam einmal um die Achse, um mich zu vergewissern, dass aller Augen auf mich gerichtet sind, bevor ich mit lauter, ruhiger Stimme antworte: »Ich habe Jacob getötet, weil er mitten in der Nacht in unser Haus eingedrungen ist und mir eine Pistole an den Kopf gehalten hat. Nicht nur, um mir etwas anzutun, sondern auch, um meine Schwester zu entführen. Es war mein gutes Recht, gegen ihn zu kämpfen und ihn zu töten.«

»Ich kann das bezeugen«, verkündet Maggie. »Ich habe alles mitangesehen.«

Richards Männer schauen sich um, wechseln Blicke, aber er lässt ihnen keine Zeit, um über diese neue Information nachzudenken. »Das hat nichts zu bedeuten«, spuckt er bitter aus.

»Ich würde sagen, es bedeutet sehr viel«, sagt Ralph. »Sie hat getan, was jeder an ihrer Stelle getan hätte, und das Duell verlief fair. Ich habe gesehen, wie Jacob nach seinem Messer greifen wollte, aber Alice hat einfach schneller reagiert.« Das stimmt zwar nicht ganz, aber Ralphs Loyalität ist in Stein gemeißelt, und ich nehme mir vor, dies niemals auszunutzen.

Richard schüttelt wütend den Kopf. »Ist mir egal, ob es fair war! Unter der Fuchtel einer einzigen Familie zu stehen, ist nicht fair. Und damit ist jetzt Schluss. Wir müssen nicht vor deinem Vater katzbuckeln oder bei jedem seiner Worte kuschen. Er denkt, es wäre der richtige Weg, sich von den Gangs fernzuhalten, aber wir beide wissen sehr wohl, dass es sich lohnt, mit ihnen zusammenzuarbeiten. Deshalb bist du doch fortgegangen, nicht wahr?«

Ich zucke zusammen, denn seine Worte erinnern mich an meine eigenen, die ich Mary auf Charlottes Hochzeit sagte. Die Mädchen sollen expandieren, mutiger sein, größere Coups landen. Maggie und ich hatten sie um mehr gebeten, und sie hat es uns verweigert.

Ist es das, was auch The Mint verdient hat? Ist es das, was die Bewohner des Viertels wollen?

»Alice«, mischt sich nun Tommy ein, während er sich die Ärmel hochkrempelt. »Lass mich das machen! Du weißt, dass ich Schläge einstecken kann.«

»Nein, Tommy.«

»Lass mich alles wiedergutmachen. Wäre ich nicht gewesen, hättest du dich nicht dieser Gang angeschlossen und das Viertel verlassen. Es ist alles meine Schuld.«

»Nein«, widerspreche ich und lege ihm eine Hand auf die Schulter. »Ich muss das tun. Ich muss es sein.« Ich drücke meine Stirn an seine und ziehe ihn sanft an einer Haarlocke.

»Ich werde kämpfen, um uns neue Möglichkeiten zu verschaffen«, fährt Richard fort, die Schultern gestrafft, den Kopf hoch oben, unerschütterlichen Stolz ausstrahlend. »Keine Messer, nur Fäuste. Der Gewinner übernimmt die Kontrolle über The Mint und kann in jedes beliebige Viertel expandieren, das er haben will. Chinatown eingeschlossen.«

»Chinatown bekommst du nur über meine Leiche«, knurrt Maggie.

Richard lacht mit tiefer Stimme. »Wie wäre es denn damit: Ich kämpfe gegen euch beide. Ich habe keine Angst vor zwei Mädchen. Aber wenn ich gewinne, bekomme ich The Mint und Chinatown. Keine weiteren Kämpfe. Ihr nehmt eure Männer und geht.« Er wirft Eli und Patrick einen eindringlichen Blick zu. »Ihr macht die Fliege.«

Ich rechne damit, dass sich Eli angesichts einer solch frechen und unverschämten Anmaßung, unsere Territorien zu verteilen, entrüstet einmischt. Stattdessen lacht er aus vollem Herzen, so überschwänglich, dass es die Straße hinauf und hinunter hallt.

»Du dummes Stück Scheiße!«, ruft er und sieht Maggie dabei sichtlich stolz an.

Meine verspannten Schultern lockern sich. Der Butcher weiß nicht, was er mit seinen Worten bewirkt hat.

Eli tritt zwischen uns beide. »Wir haben eine Abmachung.«

»Moment mal«, unterbricht Alister und hüstelt. »Eure ganzen Geschäfte mit dem Schicksal eurer Schwester aufs Spiel zu setzen, die ihr seit Jahren nicht gesehen habt, ist ein großes Risiko. Diese Rechnung geht nicht auf.«

Eli legt den Kopf schief. »Vor langer Zeit habe ich meiner Schwester nicht genug Vertrauen entgegengebracht. Diesen Fehler werde ich nicht noch einmal machen. Und ich setze nicht auf sie. Ich setze auf *The Reaper*.«

Die Männer um uns herum beginnen zu tuscheln.

»The Reaper?« Alister schaut sich verwirrt um.

Tommy gluckst hinter uns und zieht lässig eine Zigarette hervor, als wäre er bereit für eine Vorführung.

»Darf ich dir eine Geschichte erzählen, Richard?«, fragt Patrick leichthin, während Maggie und ich einander angrinsen. »Anscheinend weißt du nichts über eine Kämpfernatur, die man *The Reaper* nannte«, fährt er in einem Singsang fort, und würde ich nun die Augen schließen, sähe ich ihn im Pit herumlaufen und Wetten annehmen.

Ich drücke noch einmal Maggies Hand, bevor wir uns trennen und mit langsamen Schritten Richard umkreisen. Ich ziehe meinen Mantel aus und reiche ihn Tommy, während die Menge uns umringt und mit den Füßen leicht auf den Boden stampft. Alte Gaslaternen erleuchten Fenster und Schaufenster, aber ein dunkler Nebel wabert in der Luft und macht es schwer, genau zu sagen, wie viele Menschen den Kampf beobachten. Stehen zehn oder hundert Personen um uns herum?

Ich knüpfe an Patricks Erzählung an, sodass sich Richards Blick jetzt auf mich richtet. »Mein Vater nahm mich zu den illegalen Kämpfen in Lambeth mit, als ich noch ein Mädchen war. Die Kämpfe fanden in einer Spelunke namens Pit statt. Eines Nachts ging ich hin und sah dort einen Mann, der genauso aussah wie du, Richard. Ich dachte bei mir, den kann niemand besiegen. Er ist einfach zu groß und zu stark. Er braucht nur einen Schritt zu machen und zermalmt dich. Aber die Zuschauer tuschelten ständig etwas von jemandem namens *Reaper,* der noch nie verloren hatte.«

»Das war der Abend, an dem wir uns zum ersten Mal begegnet sind«, fügt Eli liebevoll hinzu. »Patrick und ich waren noch Jungs und versuchten, unseren Platz in der Welt zu finden. Im Pit konnte man leicht Geld verdienen. Es war auch das erste Mal, dass wir Alice' Vater begegnet sind. Er zeigte uns, wie wir aus unseren Talenten bares Geld machen konnten. Er hat unser Leben verändert, so wie er das vieler Menschen hier in The Mint verändert hat.« Er schaut an Richard vorbei zu dessen Anhängern, in der Hoffnung, sie daran zu erinnern und ihnen ein schlechtes Gewissen einzuflößen.

Maggie und ich fahren damit fort, Richard zu umkreisen. Mit düsterer, leiser Stimme übernehme ich wieder das Wort: »Der Reaper trat in den Ring, ein kleiner und schmaler Gegner, dünn wie eine streunende Katze, die in Hinterhöfen um Abfälle kämpfen muss, und wich jedem Tritt und Schlag aus, war einfach zu fix, um erwischt zu werden. Schließlich wurde der brutale Kerl müde und unvorsichtig. Da schlug die Stunde des Reapers. Schlag auf Schlag prasselten auf die Rippen und das Gesicht des Gegners ein. The Reaper krallte sich an seinem mächtigen Körper fest, umschlang seinen Hals mit ihren Beinen und drückte ihn zusammen, bis ihm die Luft ausging.«

»Mit *ihren* Beinen?«, will Richard wissen, plötzlich irritiert.

»Mit ihren«, bestätige ich mit breitem Lächeln. »Sie tötete ihn mit ihren bloßen Schenkeln. Bis zu jener Nacht hatte ich noch nie gesehen, wie eine Frau einen Mann tötet. Es war ergreifend.«

Richard beobachtet Maggie jetzt aufmerksamer und stellt sich ihr mit nach vorn gestreckten Armen gegenüber, um einen Angriff abzuwehren. Doch sein verkniffener Gesichtsausdruck lässt Ungläubigkeit erkennen. Kann das wahr sein? Diese schick aussehende Frau, die er noch nie gesehen hat, soll imstande sein, einen Mann so schnell zu töten? Hätte ich es nicht mit eigenen Augen gesehen, würde ich es selbst nicht glauben.

Mein Blick schweift kurz zu Maggie hinüber. »In Chinatown kennt man sie als die lang vermisste Schwester der Hill-Brüder. Für Mary und die Forty Elephants ist sie Mags der Teufelsbraten, eine erfahrene Kassiererin. Aber hier, an dem Ort, an dem man ihr wahres Ich kennt, ist sie The Reaper.«

Maggie zieht ihre Schuhe aus und kickt sie zur Seite. Richards Gesichtsausdruck wirkt auf einmal besorgt, so als würden sich endlich alle Teile des Puzzles zusammenfügen. Er entfernt sich von Maggie und positioniert sich so, dass er zuerst mich angreifen kann, die Schwächere. Clever.

Er holt mit der Faust aus, aber ich gehe in die Hocke und greife dann an, ramme ihn frontal mit der Schulter, sodass ihm die Luft aus den Lungen weicht. Ich schlage auf seinen Unterleib und seine Rippen ein, versetze ihm ein paar linke und rechte Haken, bis mir die Arme schmerzen. Plötzlich packt er mich an den Haaren und schleudert mich auf den Gehweg – eine billige Methode.

Ich stehe strauchelnd wieder auf und betaste meinen schmerzenden Hinterkopf.

Da ich kurzzeitig außer Gefecht gesetzt wurde, wendet er sich Maggie zu, die immer noch um ihn herumschleicht wie eine Löwin, die ihre Beute umkreist. Er stürzt sich mit voller Wucht auf sie, doch sie weicht seinen riesigen Händen behände aus, ist unter ihm, neben ihm, überall um ihn herum, wippt auf den Zehenspitzen. Schließlich erwischt sie ihn, landet einen schnellen Schlag auf seinen Kehlkopf, und er ringt taumelnd nach Luft.

»Mach es so wie ich«, rät sie mir, und ich nicke.

Wir tänzeln beide um ihn herum, weichen aus und bewegen uns – ein leichtes Hin und Her, das ihn dazu bringt, wie ein wütender Bär in die Luft zu schlagen. Er ist jetzt fuchsteufelswild und knurrt bei jedem Schlag vor Zorn. Dann erwischt er mich und schleudert mich zu Boden. Der Aufprall ist so schmerzhaft, dass er mir den Atem raubt. Tommy will mir aufhelfen, aber mit einer Handbewegung weise ich ihn zurück.

Mein ganzer Körper schmerzt von dem Sturz, und ich spüre ein scharfes Brennen an einer Wunde über dem Auge, aber ich zwinge mich dazu, aufzustehen.

Maggie bekommt er nicht zu fassen.

Als sie den Butcher schließlich so weit hat, dass er erschöpft über die eigenen Füße stolpert, verpasst sie ihm einen einzigen Schlag auf die Brust, der ihm den Atem raubt. Ich stürze mich wieder in den Kampf, und gemeinsam landen wir einen Treffer nach dem anderen. Das Geräusch unserer Fäuste, die gegen seinen massigen Körper prallen, erinnert mich an das des Fleischklopfers, mit dem meine Mutter in der Küche immer die Steaks bearbeitet.

Der Schmerz in meiner Hand ist so heftig, dass meine Fingerknöchel taub werden, aber ich boxe weiter auf ihn ein, höre nicht auf, bis er auf dem Boden liegt und nach Luft ringt.

Wir warten ab, ob er sich bewegt. Seine Männer schreien ihn an, er solle aufstehen und weiterkämpfen. Tatsächlich richtet er sich ein wenig auf, fällt dann aber wieder um, schließt die Augen und verliert das Bewusstsein.

Ralph jubelt nicht, gibt unseren Anhängern auch kein Signal zum Klatschen. Keine der beiden Gruppen gibt einen Laut von sich, es herrscht lediglich ein stummes Verständnis dessen, was gerade passiert ist und was es für uns alle bedeutet.

Ich schaue auf und bringe Maggie gegenüber so etwas wie ein Lächeln zustande, meinen unausgesprochenen Dank, worauf sie mir atemlos zunickt.

Ich gehe zurück zu Tommy. Dass Alister verschwunden ist, bemerke ich erst, als ich das kalte Metall eines Pistolenlaufs an der Schläfe spüre.

»Keiner rührt sich!«

»Was tust du denn da?«, brüllt Eli mit donnernder Stimme, während ich ihm direkt in die Augen schaue.

Alister deutet mit dem Kopf in Richtung von Richards Männern, gibt ihnen ein stummes Signal, und jeder von ihnen zieht eine Schusswaffe, sodass ihre Feuerkraft unsere weit übertrifft.

»So viel zu einem fairen Kampf«, murmle ich und schaue dabei Tommy an, der auf den Zehenspitzen steht und zum Sprung ansetzt. Ich schüttle den Kopf, bedeute ihm mit einem Blick, sich zurückzuhalten.

»Dein Vater wollte, dass dieses Viertel für immer im Verborgenen bleibt«, höhnt Alister, »aber wir leben in einer mutigen neuen Welt, Alice. Die Männer hier, die Talente von The Mint … Stell dir vor, was wir in dieser Stadt alles bewirken könnten. Die anderen Gangs haben das längst verstanden, sie kommen hierher und bitten uns um Hilfe bei ihren Kämpfen. The Mint hat Macht.«

Maggie verzieht das Gesicht und fügt hinzu: »So viel dazu, du wärst nicht ehrgeizig.«

Alister blickt sich um, schaut auf die vielen Menschen, die uns umgeben und ihre Augen auf uns gerichtet haben. Fast alle stammen aus The Mint. »Ich werde euch alle in die Sonne führen, wenn ihr mich lasst.«

Niemand schreibt The Mint vor, was es zu tun oder wem es zu folgen hat. Vielleicht hat er recht. Vielleicht können wir mehr erreichen. Vielleicht hat mein Vater sich nie gefragt, was die Bewohner von The Mint wollten, und das war ein Fehler.

»Wollt ihr mehr?«, frage ich laut und schaue dabei die Männer an, die mich beobachten und zuhören. »Wenn es das ist, was ihr wollt, werde ich euch anführen. Wir können aus unserem Schatten heraustreten und unsere Talente im Herzen von London einsetzen. Aber ihr müsst wissen, was damit einhergeht. Der Commissioner ignoriert diese Straßen, er glaubt, dass uns hier nicht zu helfen ist. Aber wenn wir in sein Blickfeld geraten, wird er nicht länger über uns hinwegsehen.«

Ich höre Marys Worte in meinem Kopf und wiederhole sie. »Wir werden dann zur Zielscheibe.«

»Hör auf zu labern!«, fordert Alister mich auf und drückt mir den Lauf seiner Waffe fester gegen die Schläfe.

»Ich werde tun, was ihr von mir verlangt!«, rufe ich. »Ich

bin die Tochter meines Vaters, und ich werde euch dienen, so wie er es getan hat. Aber Alister Sloan wird das nicht tun. Er ist nicht loyal euch gegenüber. Ihr seid ihm egal, und er versteht euch nicht.«

»Ich werde dich töten«, verkündet er mit durchdringender Stimme. »Und das wird eine Schande sein, denn ich gebe zu, dass du anders bist als alle Frauen, die ich je gekannt habe. Aber du bist und bleibst eine Frau. Du kannst in einer Stadt, die von Männern beherrscht wird, nicht in den Krieg ziehen. Du wirst scheitern.«

»Das wird sie nicht«, unterbricht ihn Tommy. »Sie wird nicht scheitern.«

»Halt du dich da raus!«, zischt Alister. »Du bist unnütz. Du bist ein Niemand. Du hast geschlafen, während sich deine Schwester auf den Kampf vorbereitet hat.«

Tommys Mund verzieht sich zu einem teuflischen Grinsen. »Wer sagt denn, dass ich geschlafen habe? JETZT!«

Im nächsten Moment lässt mir der Knall einer Explosion die Ohren klingeln. Richards Männer werden nach vorne geschleudert, die Gewehre fliegen ihnen aus den Händen, während unsere Männer versuchen, der Wucht der Detonation zu entkommen. Ich versuche, herumzuwirbeln und Alister die Waffe zu entreißen, taumle aber stattdessen nach vorne, stolpere über meine eigenen Füße und falle auf die Knie.

Ich schaue auf, habe aber nur ein verschwommenes Bild aus Rauch und Körpern vor Augen.

Ich halte mir die Ohren zu, aber das Klingeln darin wird trotzdem lauter und lauter. Ich will, dass es aufhört.

Ich kann weder klar denken noch etwas sehen – vor lauter Furcht dreht sich mir der Magen um. Wenn ich den Feind nicht kommen sehen kann, bin ich so gut wie tot.

»Alice!« Zwei Hände greifen nach mir, packen mich unter den Armen und ziehen mich hoch. Ich spüre, wie mein Körper in einer einzigen, fließenden Bewegung nach oben geschwungen wird, und das Einzige, was verhindert, dass ich wieder zu Boden sacke, sind zwei starke Arme und eine Stimme, die ich selbst im lautesten Getöse wiedererkennen würde.

»Rob?«

»Hast dich verdammt tapfer geschlagen. Ich dachte schon, er hätte dich.« Er setzt mich abseits des ganzen Chaos ab und streckt seine Hand aus, um meine Wange zu berühren.

Schlagartig verstummt das Klingeln in meinen Ohren. Ich lange nach oben und lege meine Hand auf seine, damit sie länger an meiner Wange verweilt – dankbar dafür, dass ich ihn wieder berühren kann. »Wo kommst du denn her?«

Er schaut mich mit diesem Lächeln an, das ich so liebe.

Ich schüttle den Kopf. »Hatten du und Tommy das geplant?«

»Ja, Tommy hat mich angesprochen. Und du und ich sind Freunde, weißt du noch?«

Ich schaue mich zu allen Seiten nach Tommy um. Er steht neben Eli und Patrick, und zu dritt haben sie Alister fest im Griff.

Zutiefst verwundert, schüttle ich den Kopf. Er hat den

Sturm nicht verschlafen. Er hat zugesehen und zugehört, genau wie ich es von ihm erbeten hatte.

Schuldgefühle überwältigen mich. »Du hast gesagt, du wolltest Frieden, Rob … keine Gewalt. Das hier ist kein Frieden.«

»Ich habe dir gesagt, dass ich bei dir Frieden empfinde. Wenn ich dich verliere, ziehe ich vielleicht wieder in den Krieg.«

Während Alister zu Brei geschlagen reglos am Boden liegt, kommt Tommy mit großen Schritten zu mir herüber. »Ich hoffe, es war in Ordnung, dass ich selbst auch ein paar Namen beisteuern konnte. Aber deine Liste war hilfreich.«

Ich erhebe mich, um ihn zu umarmen. »Woher wusstest du überhaupt von Rob?«

»Glaubst du, ich hätte dich einfach aus The Mint fortgehen lassen, ohne zu wissen, wohin du gegangen bist oder was du tust? Ich bin auf dem Laufenden geblieben, Alice. Du bist meine Schwester. Ich konnte dich doch nicht einfach so aus den Augen lassen.«

Ich ziehe ihn wieder zu mir heran. »Du hättest uns alle umbringen können mit dieser Nummer.«

Er gluckst. »Aber das habe ich nicht, oder?«

Ralph und ein paar Männer zerren Alister mit sich. Dann kommt Eli rasch auf uns zu. Argwöhnisch lässt er seinen Blick über Rob schweifen. »Rob McDonald? Und ich dachte, der Sprengmeister würde nicht mehr mit dem Feuer spielen. Wissen deine Brüder, dass du hier bist?«

»Nein«, erklärt er. »Und ich würde es begrüßen, wenn sie es auch nicht erfahren.«

Eli will etwas sagen, aber Patrick kommt ihm zuvor. »Wenn das das Einzige ist, was wir für dich tun können, dann hast du unser Wort.«

Patrick zieht Eli mit sich, und hinter den beiden sehe ich Maggie zum Pub gehen. Bevor ich ihr hinterherlaufen kann, beugt sich Rob zu mir vor und flüstert mir ins Ohr: »Ich habe mich um deine Bitte wegen Mary gekümmert. Es wird heute Abend eine Razzia im Lagerhaus geben.«

Ich nicke. Sein warmer Atem an meinem Hals jagt mir einen Schauer über den Rücken. Wenn ich die Augen schließe, stelle ich ihn mir nackt vor, während nur das Mondlicht, das durch das Fenster seiner Wohnung einfällt, seinen wunderschönen Körper beleuchtet. Ich will ihn jetzt mehr denn je, aber ich widerstehe dem Drang.

»Mach, dass du von hier wegkommst«, sage ich leise. »Ich will nicht, dass noch jemand anderes dich erkennt. Ich komme bald bei dir vorbei, um mich gebührend zu bedanken.«

»Nein«, sagt er und schüttelt den Kopf. »Du schuldest mir ein Frühstück oder ein Abendessen. Ein Rendezvous, ein richtiges Rendezvous.«

Ich presse die Lippen zusammen, um ein Grinsen zu unterdrücken, das sich in meinem Gesicht breitmachen will. »Ein Date.«

Er zwinkert mir zu und verschwindet die Straße hinunter. Als er weg ist, drehe ich mich um und lächle Tommy erneut an, wobei mein Herz vor Stolz anschwillt. »Ich bin stolz auf dich, Tommy. Dad wäre stolz auf dich. Vielleicht kannst du mehr für The Mint tun, als ich dachte.«

Ein Hauch von Rührung flackert in seinen Augen auf, doch nachdem er sich geräuspert hat, sagt er mit fester Stimme: »Ich habe daran gedacht, The Mint zu verlassen.«

»Wie meinst du das?«

»Ich werde Vater, gründe eine Familie. Ich möchte lange genug leben, um ihn – oder sie – aufwachsen zu sehen, und ich denke, mit einer ehrlichen Arbeit bin ich dafür auf dem richtigen Weg.«

Ich schüttle den Kopf. »Du und ehrliche Arbeit?«

»Mum kann mir ein paar Referenzen fälschen.« Er blickt auf seine Schuhe hinunter. »Ich habe viele Fehler gemacht, aber bei meiner neuen Familie ist es an der Zeit, es richtig anzugehen. Ich werde Christina und das Baby von hier wegbringen, weg von The Mint, wir können woanders neu anfangen.«

Trotz allem, was passiert ist, kann ich mir ein Leben ohne ihn nicht vorstellen. Aber ich kann seine Entscheidung verstehen und bewundere ihn dafür, dass er ein anderer werden will. Doch mir gehen tausenderlei Sorgen durch den Kopf.

Ralph kommt zu uns herüber, und Tommy wechselt rasch das Thema. »Glaubst du, an dem, was Alister gesagt hat, ist etwas dran? Wollen die Menschen von The Mint mehr?«

»Schwer zu sagen«, gibt er zu. »Die Männer auf diesen Straßen reden wenig. Aber ich werde mein Bestes tun, um es für euch in Erfahrung zu bringen.«

Ich denke einen Moment nach. Schließlich sage ich: »Danke, Ralph.«

Er deutet die Straße hinunter. »Maggie ist drüben im Pub. Du solltest nach ihr sehen.«

Ich nicke und warte, bis die beiden weg sind, bevor ich das Chaos, das auf der Straße herrscht, hinter mir lasse und in den Pub eile. Drinnen fläzt sich Maggie über den Bartresen, und die Barfrau schenkt ihr gerade ein Glas Whisky ein. Ich setze mich neben sie und bedanke mich bei der Barfrau mit einem Nicken.

»Wenn du nicht gewesen wärst, hätte Richard mich kaltgemacht«, sage ich leise zu ihr. »Danke, dass du das getan hast … Ich weiß, du wolltest es eigentlich nicht.«

Ihr sprödes Lachen erfüllt den Raum, und als sie mich ansieht, rechne ich mit Frustration, mit Wut, mit Anzeichen dafür, dass sie es mir übel nimmt, in diese Lage gebracht worden zu sein. Aber ihre Augen strahlen, sind geweitet und wirken seltsam inspiriert, als habe sie dadurch, dass sie sich die Knöchel blutig geschlagen hat, wieder zu sich selbst gefunden. »Ich liebe es, Mags der Teufelsbraten zu sein, aber ich habe The Reaper vermisst. Gott, was habe ich das vermisst. Wenn du beides sein kannst, kann ich vielleicht auch beides sein.«

»Ist es das, was du wirklich willst?«

»Ich glaube schon.« Sie streckt den Rücken durch und kippt den Rest ihres Drinks hinunter.

Eli und Patrick kommen herein, und Patrick eilt mit einem nassen Handtuch und Mull zu Maggie. Er untersucht ihre geprellten Fäuste, dann zieht er sie mit sich, um ihre Wunden zu säubern. Eli signalisiert den anderen aus dem Viertel hereinzukommen, besteht darauf, dass die

Drinks auf ihn gehen, und schlurft dann hinter die Bar, um in Ralphs Abwesenheit mit dem Ausschank zu beginnen. Mein Drink ist der erste, den er einschenkt.

»Gin?«

»Immer doch«, sage ich, während ich das Glas grinsend umklammere, genehmige mir aber nur einen kleinen Schluck. Ich bin ein verdammtes Wrack. Mein Körper schmerzt von den Schlägen, die ich eingesteckt habe, und am liebsten würde ich mich irgendwo in einem Zimmer einschließen und schlafen, bis die Sonne aufgeht.

»Es wird nicht wieder vorkommen«, sagt Eli.

»Was wird nicht wieder vorkommen?«

Er blinzelt nicht. »Ich werde dir nichts mehr verheimlichen.« Er hält den Kopf gesenkt, während er einschenkt, und redet dann im Flüsterton weiter, gerade laut genug, dass ich es verstehen kann. »Du bist nicht mit ihm zusammen, oder? Mit Rob? Ich dachte, ich hätte da etwas zwischen euch beiden gesehen.«

Ich schrecke auf. »Du dachtest, du hättest da etwas gesehen?«

»Das kann ja wohl nicht wahr sein ... du bist mit einem Mann aus genau der Familie zusammen, die Auslöser für das alles war.«

Ich will ihn verteidigen, ihm erklären, dass Rob nicht der ist, für den Eli ihn hält, aber ich würde lügen. Rob arbeitet immer noch mit seinen Brüdern zusammen. Mit den Brüdern, die Tommy zu Brei geschlagen haben. Statt ihm reinen Wein einzuschenken, lüge ich ihn also an. »Es ist nicht das, wonach es aussieht.«

Ich weiß ja selbst immer noch nicht, was Rob für mich ist, wie zum Teufel soll ich es dann Eli erklären?

Maggie setzt sich wieder auf den schweren Barhocker neben mir und klopft auf den Tresen, um meine Aufmerksamkeit zu erlangen. »Was hast du jetzt vor wegen Mary zu unternehmen? Erzähl mir nicht, du hättest keinen Plan, denn ich weiß, dass du einen hast.«

Ich nicke, froh über die Ausrede, mich von Elis nervigem Blick abwenden zu können. »Vielleicht habe ich ja wirklich keinen.«

»Weih mich ein«, beharrt sie. »Habe ich mich nicht als vertrauenswürdig bewiesen?«

Ich schaue zu Boden, weil ich das Lächeln nicht unterdrücken kann, das meine Lippen umspielt. Ich nehme sie bei der Hand. »Komm mit, dann zeige ich dir was.«

Wir fahren nach Elephant und parken in sicherem Abstand vom Lagerhaus, etwa einen Block entfernt. Ich bedeute ihr auszusteigen, mir zu folgen und zuzuschauen. Im dunkelgrauen Licht des frühen Morgens warten wir, bis die Polizei auftaucht, um die Razzia im Lagerhaus durchzuführen. Sie schleppen Waren und Kisten heraus, durchwühlen alles.

Dann sehe ich, wie Mary abgeführt wird. Sie schreit Obszönitäten, schlägt und tritt um sich, um sich dem Griff des Polizisten hinter ihr zu entwinden. Selbst angesichts ihrer offenkundigen Niederlage gibt sie nicht klein bei und zeigt keine Furcht, während man ihr den Samtmantel mit Nerzbesatz auszieht und ihr die Diamantringe von den Fingern streift. Ich denke an das erste Mal, als ich diese Ringe im

Licht des Clubs glitzern sah. Daran, für wie bedeutend ich sie hielt, als sie mir all die Dinge versprach, die ich haben könnte, wenn ich ihr nur vertraue.

Als sie schließlich nur noch ihren Unterrock trägt, wird sie in Handschellen abgeführt.

»Was hast du getan?«, flüstert Maggie ehrfürchtig und stocksteif. »Ohne Mary und ohne das Lagerhaus haben die Mädchen nichts mehr. Die Gang ist erledigt.«

»Nein«, widerspreche ich ihr energisch. »Mary ist erledigt. Du und ich, wir stehen gerade erst am Anfang.«

Ihre Schultern, zuvor vor Nervosität verspannt, lockern sich ein wenig. »Wie machen wir weiter?«, fragt sie.

»Wir kassieren bei der größten Party des Jahres ab. Wir gehen in die Geschichte ein, weil wir das Unmögliche schaffen werden.«

Ihr Blick wandert wieder zur Razzia. »Wie?«

»Wir müssen jemand anderen rekrutieren. Jemanden aus der Hautevolee. Jemanden, der das ideale Gesicht ist, die beste Ablenkung.« Ich denke an Pearl und daran, wie alle erstarrt sind, als sie in das Claridge's hineinspaziert ist.

Meine Gedanken schweifen ab, aber ich wende den Blick nicht von der Szene vor dem Lagerhaus. Ich will keine einzige Sekunde verpassen.

»Aber jetzt lass uns erst mal die Show genießen.«

Als die Polizisten Mary zu ihrem Gefangenenwagen zerren, treffen sich unsere Blicke, und ich salutiere spöttisch.

Du bist am Zug.

ZWEITER TEIL

Vierzehntes Kapitel

Ich sitze in Pearls kleinem Versteck auf der Bettkante und grüble über die Entscheidung nach, die ich getroffen habe, und darüber, was sie für uns bedeutet. Für uns alle. Für die Gang, die Mädchen, meine Familie. Für Pearl, die ich immer noch nach New York schicken möchte.

Sie reagierte nicht überrascht, als ich mit Maggie vor ihrer Tür auftauchte, und ist seitdem still, während sie für uns drei Tee einschenkt. Aber ich kann sehen, wie sie auf ihrem Platz am Tisch vor Vorfreude mit den Zehen wippt.

Schließlich breche ich das Schweigen und sage zu Mags: »Glaubst du, die McDonald-Brüder werden ihre Verbindungen nutzen, um sie aus dem Gefängnis zu holen?«

Maggie schüttelt den Kopf. »Ich weiß nicht, ob ihr Einfluss dieses Mal etwas bewirken wird. Der Standort des Lagers war immer ein Geheimnis. Es sollte von ihnen geschützt werden, aber sie sind während der Razzia nirgends aufgetaucht, was heißt …«

»Was heißt es denn?«

»Vielleicht liegt es nicht mehr in ihren Händen. Mary hat immer gesagt, wenn die Bullen je eine Razzia in dem Lagerhaus durchführen, sind wir geliefert. Und müssen dann von Grund auf neu anfangen. Deshalb wissen außer Wal und Wag auch nur wir Mädchen, wo es sich befindet.«

»Vielleicht ist aber auch ihre Verbindung zu den Brüdern nicht so, wie wir uns das vorstellen. Sie waren bei der Razzia schließlich nicht da, um sie zu beschützen. Schutz ist vielleicht gar nicht das, wofür sie sie bezahlt hat.«

»Wofür haben wir ihr dann so hohe Prozentsätze abgetreten?«

Ich schüttle den Kopf. »Ich weiß es nicht. Aber wir werden es herausfinden. Eins nach dem anderen.«

Ich gehe zu Pearls Netztasche, fische die leicht zerknitterte, purpurrote Einladungskarte von Mr Selfridge heraus und reiche sie Maggie. »Das hier hat oberste Priorität. Wir haben einen Termin für einen Kassiertag.«

Ich schaue mit ernster Miene auf Pearl hinunter. »Wenn wir das schaffen, haben wir genug Mittel, um dich nach New York zu schicken, wo du dir ein neues Leben aufbauen kannst. Den Rest werden wir für uns verwenden. Für die Mädchen. Für The Mint. Eine neue Gang, eine neue Familie.« Ich richte meinen Blick auf Maggie. »Eine, die wir gemeinsam führen. Keine Herrschaft, keine Drohungen, alles unser.«

»Unser?«, fragt Pearl.

»Unser. Und wir benötigen dabei deine Hilfe, Pearl.«

»Meine?« Die Vorstellung bringt sie zum Lachen. »Ihr könnt unmöglich meine Hilfe brauchen.«

»Allein die Gästeliste verheißt schon eine Riesenbeute.« Ich reiche Pearl die Einladungskarte. »Du bist unsere Eintrittskarte. Wir müssen dir nicht einmal das Handwerk beibringen, dein Auftreten allein ist schon genug Ablenkung. Wir schlüpfen mit dir rein, kassieren und können hinterher alle neu anfangen.«

Sie schüttelt den Kopf angesichts dieser Vorstellung. »Ihr wollt Harry Selfridge ausrauben? Das ist unmöglich. Letztes Jahr hat er auf der gleichen Party damit geprahlt, sein Laden sei so gut gesichert, dass nicht einmal Houdini mit einem Lippenstift in der Tasche entkommen könnte.«

»Ich habe mir den Laden schon einmal vorgeknöpft«, sage ich, worauf ihr Mund offen stehen bleibt.

»Du hast was?«

»Ich wüsste nicht, warum wir das nicht noch einmal hinkriegen sollten.«

Maggie klatscht begeistert in die Hände, Pearl hingegen wird immer verzweifelter. »Ich kann nicht.«

»Du bist doch Schauspielerin, nicht wahr?«

»Nun … das schon.«

»Dann betrachte es bloß als eine Aufführung.«

Maggie räuspert sich. »Wir werden uns nur vor Mary in Acht nehmen müssen. Wenn sie rauskommt, wird sie Rache wollen.«

Ich rolle mit den Augen. »Ich habe keine Angst vor Mary, und nach dem, was du mit Richard Sloan angestellt hast, solltest du auch keine haben.«

»Das hier ist aber eine andere Art von Auseinandersetzung und auch der Grund, warum wir sie fürchten sollten«, kontert Maggie harsch. »Wir tragen unsere Kriege auf der Straße aus. Unsere Väter benutzten Messer, um ihren Standpunkt deutlich zu machen. Marys Rache wird hinterrücks erfolgen, wenn wir am wenigsten damit rechnen. Sie ist schlau und berechnend, und sie wird uns dafür büßen lassen.«

»Wir sollten uns nicht den Kopf zerbrechen über einen möglichen Racheplan, der vielleicht nie ausgeführt wird. Uns bleiben nur noch zwei Wochen bis zu dieser Party, also entscheiden wir entweder hier und jetzt, dass wir es tun, oder wir lassen es sein und planen etwas anderes.«

Pearl hält die Einladungskarte nervös in der Hand und denkt über die Idee nach. »Du sagst, das ist mein Fahrschein nach New York?«

Ich nehme ihre Hände. »Ja.«

»Dann bin ich dabei«, sagt sie, ohne dass ihre Stimme dabei bebt.

Maggie mustert Pearl, versucht offenbar ihre Entschlossenheit einzuschätzen, und erkennt ihren Willen. »Du würdest dich uns freiwillig anschließen, wohl wissend, was passiert, wenn du erwischt wirst? Du würdest alles verlieren.«

Pearl schnaubt und schaut sich mit spöttischer Miene in ihrer kleinen Wohnung um. »Ich habe schon alles verloren. Wenn wir es tun, nehme ich meinen Anteil und lasse England für immer hinter mir. Ich verlasse den Einflussbereich meines Mannes für immer. Das ist alles, was ich will.«

Maggie steht auf und beginnt rastlos auf und ab zu gehen. »Es gibt noch mehr Faktoren zu bedenken. Wir kennen Selfridges nicht. Wir kennen weder den Aufbau des Gebäudes noch das Personal. Wir haben nicht einmal eine Ahnung, wie wir wieder rauskommen können, wenn wir unsere Beute gemacht haben. Und es gibt einen neuen Selfridges-Detektiv – eine Frau, Detective Betts. Es gab da eine Kolumne, in der stand, dass sie die erste Frau in dieser Position in London ist.«

Ich denke über das nach, was sie mir gerade erzählt hat. Es führt kein Weg daran vorbei – um diese Nummer durchzuziehen, brauchen wir jemanden, der bei Selfridges arbeitet. Eine ordnungsgemäße Mitarbeiterin, die uns hilft zu verstehen, worauf wir uns einlassen. Eine Frau, die die perfekte Verkäuferin ist oder es zumindest auf dem Papier zu sein scheint.

»Ich werde mir dort eine Stelle ergattern, mit gefälschten Referenzen von meiner Mutter. Ich bin erst ganz neu bei den Forty Elephants, sodass noch kein Foto von mir auf Commissioner Horwoods Schreibtisch gelandet ist.«

»Bei Selfridges zu arbeiten, ist nicht wie andere Jobs, die du sonst gemacht hast, Alice. Die Anforderungen sind hoch, du wirst beobachtet und überwacht werden, und man wird von dir erwarten, dass du eine perfekte Mitarbeiterin bist.«

Ich kichere leise. »Ich glaube, das kriege ich hin.«

Maggie schüttelt energisch den Kopf, nach wie vor nicht überzeugt. »Wir kennen keine Hehler, und wir brauchen mehr vertrauenswürdige Mädchen, die bereit sind, bei dieser Sache mitzuziehen. Nicht alle werden bereit sein, Mary für uns den Rücken zu kehren.«

»Wir gehen zu deinen Brüdern, und sie werden das mit den Hehlern und Käufern organisieren.«

»Nein«, erwidert sie schroff. »Was Eli vor dem Kampf verkündet hat, war schön und gut, aber wenn ich zu ihnen zurückkehren würde, wäre alles, was ich getan habe, sinnlos.«

»Wir brauchen sie.«

»Wir könnten Marys Mittelsmänner ausfindig machen.«

»Sicher«, stimme ich wenig begeistert zu. »Aber sie werden uns keinen fairen Preis machen. Sie wissen, dass wir neu im Geschäft sind, und werden uns ausnehmen. Außerdem wären es immer noch *ihre* Verbindungen, nicht unsere, und wenn sie erfährt, was wir vorhaben, wird sie es sicher zu verhindern wissen, bevor wir überhaupt loslegen. Deine Brüder werden uns nicht betrügen. Sie werden nur einen fairen Anteil beanspruchen.«

»Ich pfeife auf fair«, faucht sie. »Ich kehre nicht zu ihnen zurück.«

»Ist dir dein Stolz wichtiger als unser Erfolg?«

»Und dir deiner?«

Ich versuche, ruhig zu bleiben, als ich sage: »Wenn wir das durchziehen, dann wird es in London keinen Hehler oder Ankäufer geben, der nicht mit uns zusammenarbeiten will. Wir werden die Bedingungen diktieren. Wir werden entscheiden, mit wem wir zusammenarbeiten und mit wem nicht. Wenn wir das schaffen, brauchen wir nie wieder einen Mann um Hilfe zu bitten. Stattdessen werden sie in Scharen antanzen, um für uns zu arbeiten. Aber erst müssen wir uns beweisen, genau wie wir es in The Mint getan haben.«

Sie ballt die Hände zu Fäusten, und es vergehen einige Minuten, in denen sie schweigt. Ich weiß, dass das, was ich von ihr verlange, eine harte Nuss ist, aber ich lasse nicht locker. Wenn wir das hier schaffen wollen, müssen wir bereit sein, Opfer zu bringen.

Und als könnte sie meine Gedanken lesen, zieht sie ernst die Brauen hoch. »Wenn du wirklich eine Stelle bei Selfridges ergatterst, müssen wir uns allein darauf konzentrieren. Keine Ablenkungen. Wenn ich meinen Stolz herunterschlucken soll, dann musst du *ihn* aufgeben.«

»Wer ist mit ›ihn‹ gemeint?«, mischt sich Pearl ein.

Ich sehe sie an und schüttle den Kopf. Es sollte einfach sein, Maggie die Antwort zu geben, die sie hören will. Rob und ich kennen uns noch nicht lange, und abgesehen von unserer »Freundschaft« und einer leidenschaftlichen gemeinsamen Nacht ist er ein Fremder für mich. Ein McDonald-Bruder mit Verbindungen zum Commissioner. Ich habe allen Grund, mich von ihm fernzuhalten, nicht zuletzt, um den Ausgang unseres Coups nicht zu gefährden. Warum kann ich ihr also nicht ohne zu zögern antworten?

Habe ich mich schon zu sehr auf ihn eingelassen? Liebe ich ihn mehr, als ich mir selbst eingestehen will?

»Er lenkt mich nicht ab«, lüge ich.

Sie schneidet eine Grimasse. »Er ist sehr wohl eine Ablenkung für dich, und er ist ein McDonald. So lange wir nicht wissen, wie weit Marys Freundschaft mit den beiden geht, dürfen wir nichts riskieren.«

Das ist ein Totschlagargument, aber trotzdem muss ich das Wort mit Gewalt aus mir herauspressen. »Gut.«

Wir drei wechseln einen Blick.

»Heißt das, wir sind im Geschäft?« Pearls Augen glitzern auf eine Weise, wie ich es bei ihr noch nie gesehen habe. Hoffnungsvoll, leuchtend und inspiriert.

Ich schaue zu Maggie. »Sind wir das?«

Ihr Unbehagen ist immer noch wahrzunehmen, als sie sagt: »Ich hoffe, das ist es wert.«

»Das ist es.«

Bei jedem Schritt knarren und ächzen die Stufen der Treppe zu Robs Wohnung unter meinen Füßen. Ich will mich nicht verabschieden, aber was ich mir wünsche, spielt keine Rolle mehr. Ich habe Maggie gebeten, zu ihren Brüdern zurückzukehren, ihren Stolz herunterzuschlucken. Da ist das Mindeste, was ich tun kann, Rob nicht mehr zu treffen.

Ich klopfe einmal an die Tür. Er öffnet mir mit nacktem Oberkörper und hält ein Buch in der Hand, und schon fühle ich mich wieder zurückversetzt nach The Mint. An das Chaos, als die Bombe hochging, und wie er fest die Arme um mich schlang, um mich in Sicherheit zu bringen. An den Abend, als wir uns kennenlernten, und jeden Moment danach, als ich mir schwor, mich nicht auf ihn einzulassen, überzeugt davon, ihn sonst zu ruinieren. Warum habe ich es nur so weit kommen lassen?

»Sie haben Mary also abgeführt?«

Ich gehe nicht auf seine Frage ein, sondern komme gleich zur Sache. »Ich plane etwas mit Maggie, und sie ist der Meinung, dass du eine Ablenkung für mich bist.«

Er hebt die Brauen, und seine Mundwinkel gehen nach unten. »Sie hat recht.«

»Ja, das hat sie.« Ich schaue ihm unverwandt in die Augen, lasse meinen Blick an seinem Hals und seinen Schultern hinuntergleiten und stelle mir vor, wie ich mit den Fingern über seine Brust streiche.

»Was willst du?«

»Es ist nicht von Bedeutung, was ich will.«

»Wird es jemals eine Rolle spielen?«

Ein Kribbeln durchflutet meinen Körper, und ich erschaudere beim Gedanken an seine Hände, die Berührung unserer Lippen, die Art und Weise, wie sich seine Haut erwärmt, wenn ich über sie streiche. Ich schließe die Augen, um mich zu konzentrieren, und wechsle schnell das Thema. »Glaubst du, deine Brüder vermuten, dass du dahintersteckst?«

»Vielleicht«, sagt er ehrlich. Dann streckt er die Hand aus und zieht mich energisch zur Tür herein und zu sich. »Aber das ist mir egal.«

Ich kann ihm nicht widerstehen, zumindest nicht körperlich ... Wir stoßen aneinander, jede Nervenzelle in meinem Körper erwacht zum Leben, und für den Moment sind meine schmerzenden Muskeln und pochenden Hände vergessen. Unsere sinnlichen Küsse lassen mich dahinschmelzen. Er knabbert an meinem Schlüsselbein und meinem Hals, zerrt voller Verlangen an meinen Kleidern, streift mir mühelos den Büstenhalter ab. Ich falle aufs Bett, und er legt sich auf mich, während ich für einen Moment, nur einen, seinen Blick erhasche. Seine Lippen öffnen sich langsam, und er fragt:

»Sagst du mir so Lebewohl, Alice?«

Ich weiß nicht, was ich ihm antworten soll. Ich will nicht, dass es zwischen uns zu Ende ist, aber wenn ich mich für ihn entscheide, gehen mir vielleicht Maggie und der Coup verloren, unsere Pläne. Ich kann nicht beides haben.

Ich weiß nicht, was ich sagen soll, also schweige ich, fahre mit den Händen an seiner Brust hinab und zerre an seiner Hose. Er bedeckt meinen Körper mit Küssen, von den Brüsten bis zum Bauch. Ich erbebe, lasse zu, dass er mich auf dem Bett und dann auf dem Boden nimmt.

Als er sich zu seiner Schicht nach unten stiehlt, bleibe ich noch unter der Bettdecke liegen, mit dem Kopf auf seinem Kissen. Ich lausche dem Verkehr auf der Straße, dem Geraune der Männer und Frauen, die draußen anstehen, um in den Club zu kommen. Die Musik dringt durch das Fenster seiner Wohnung, aber mein Geist ist ganz ruhig. Wenn ich die Augen schließen würde, könnte ich schlafen, bis er zurückkommt, aber je länger ich auf meine geschwollenen Knöchel starre, desto mehr denke ich an Maggie und unseren glorreichen Kampf.

Daran, wie gut es sich anfühlte, sie wieder an meiner Seite zu haben, und an die tiefe Enttäuschung, mit der sie zustimmte, wieder mit ihren Brüdern zu arbeiten. Sie hat mich um eine einzige Sache gebeten, und die habe ich noch nicht erfüllt.

Ich stehe auf, ziehe mich langsam an und nestle an Robs Kleidung und in seinen Büchern herum, bevor ich mich von der Musik mitreißen lasse. Schließlich verlasse ich seine Wohnung, steige die knarrenden Stufen der Treppe hinunter und schlüpfe durch den »privaten« Eingang, um endlich einmal einen ausgiebigen Blick auf Kates Nebenerwerb mit den leichten Mädchen zu erhaschen.

Langsam gehe ich an jedem Zimmer vorbei, ohne hineinzustarren, spähe aber doch genau genug hin, um zu erkennen, dass keines dieser Mädchen auf fadenscheinigen Laken schläft. Mit Perlenketten behängt, in Satin gekleidet und mit einem schwachen Duft von Rosenparfüm am

Hals schreiten sie an mir vorbei. Ihre Zimmer sind ebenfalls üppig ausgestattet. Kate fängt mich in dem Moment ab, als ich die Tür zum Club öffne.

Ihre Augenbrauen heben sich eine Nuance. »Du bist der Razzia im Lagerhaus entkommen? Wunderbar! Ich bin froh, dass du hier bist, dann kann ich dir gleich sagen, dass ich mich leider von dir trennen muss, Alice. Ich muss Abstand wahren zwischen mir und allen Mädchen von Mary … dich eingeschlossen. Es ist bedauerlich, dass Mary ihr Geschäft nicht beschützen konnte, aber mir soll es nicht so ergehen wie ihr. Wenn es sonst nichts gibt, womit ich dir helfen kann, verlass bitte meinen Club.«

»Du kannst mir helfen, indem du die Klappe hältst!«, antworte ich unverfroren. »Ich weiß, dass du Mary das von Rob und mir brühwarm erzählt hast. Du hörst auf, dir das Maul über mich zu zerreißen, und ich sorge dafür, dass der Commissioner nichts von deinem kleinen Nebenerwerb hier erfährt.« Ich drehe mich um und deute auf die Fülle an Zimmern und die Männer, die herauskommen und hineingehen. Plötzlich entdecke ich jemanden, dessen Anblick mich erschaudern lässt.

Harold King.

Ich hole tief Luft und widerstehe dem unbändigen Drang, ihn lautstark als den Abschaum zu bezeichnen, der er ist.

Kate starrt mich mit eisigem Blick an. »Wie kommst du darauf, dass er dir glauben würde?«

Ich beuge mich zu ihr vor. »Ich habe ihm schon eine Frau ans Messer geliefert, auf die er es abgesehen hatte. Warum nicht noch eine?«

Sie zieht die Schultern nach hinten und ringt einen Moment lang nach Worten. Ihr Mund öffnet sich kurz und schließt sich dann wieder. Ihre Lippen werden schmal. »Willst du damit sagen, dass du …«

»Ich bin nur auf einen Drink vorbeigekommen«, versichere ich ihr lächelnd. »Aufs Haus?«

Ich schlüpfe an ihr vorbei, gehe dabei mit federnden Schritten und einer Selbstsicherheit, die ich nicht verbergen kann, schließe die Tür zum Bordell hinter mir und atme die Luft des Nachtclubs tief ein. Ich beuge mich über den Tresen und rufe nach Rob. Der stiehlt sich nur zu gern von den grölenden Kunden weg und lässt mir gegenüber dann ein Grinsen aufblitzen. »Du solltest nicht hier sein … hättest mal Kate hören sollen, wie sie die Elephant-Mädchen aus ihrem Club verbannt hat, bis ein wenig Gras über die Sache gewachsen ist.«

Ich greife über die Bar und halte ihm meine offene Hand entgegen. »Ich will tanzen.«

Er sieht mich an, als wäre ich verrückt geworden, während er Eiswürfel in ein kleines Whiskyglas schüttet. Eine Kellnerin schlurft wortlos an mir vorbei und schnappt es sich. »Ich kann jetzt nicht die Bar verlassen. Kate würde mich feuern.«

Ich schüttle den Kopf. »Hör zu, ich tanze sonst nie. Besser du nimmst das Angebot jetzt an, denn du wirst nie wieder die Möglichkeit bekommen.«

Er läuft knallrot an. Dann nickt er dem anderen Barkeeper zu, geht um den Tresen herum und ergreift meine Hand. Ich führe ihn zwischen den tanzenden Paaren hindurch. Die Luft auf der Tanzfläche ist warm und stickig, aber irgendwie einladend. Wir tanzen einen Foxtrott, und er lässt keine Gelegenheit aus, sich für einen schnellen Kuss auf meinen Hals zu mir vorzubeugen.

Wenn das hier schon ein Abschied sein muss, dann möchte ich, dass sich dieser Tanz in mein Gedächtnis einbrennt.

Am nächsten Morgen fahre ich nach Chinatown, um mit Eli die Bedingungen auszuhandeln. Wir sitzen stocksteif an einem Tisch, wie Menschen, die sich kaum kennen, und die Anspannung macht mich nervös. Ich erkläre ihm meinen Plan und was ich dafür benötige, aber er verdreht nur die Augen.

»Ich bin verwirrt«, sagt er schließlich. »Ist das dein Plan, oder macht Maggie gemeinsame Sache mit dir? Denn sie lässt sich nirgends sehen.« Er deutet mit einer theatralischen Geste im Raum herum, steht dann auf und geht mit weit ausgebreiteten Armen herum. »Wo ist meine Schwester?«

»Sie weiß nicht, dass ich hier bin. Ich will das mit dir besprechen und ohne kindische Streitigkeiten festzurren.«

»Du hast die Stelle ja noch nicht einmal.«

»Ich werde die Stelle aber bekommen.«

Er reibt sich mit der flachen Hand über die Augen und dann über das ganze Gesicht, wird zunehmend nervöser während des Gesprächs. »Fickst du ihn, Alice?«

Ich verdrehe die Augen und mache mich mit einem übertriebenen Stöhnen über ihn lustig. »Scheißmänner! Ich rede vom Geschäft, und du denkst nur an deinen Schwanz! Mit wem ich schlafe, ist nicht mehr deine Angelegenheit, seit du The Mint verlassen hast.«

Er reibt sich die Schläfe. »Ich hatte dich gebeten, mit mir zu kommen!«

»Um deine Ehefrau zu werden!«, sage ich wütend und stehe auf. »Nicht als gleichberechtigte Partnerin oder als deinesgleichen, sondern als deine Gattin. Du hast mich gebeten, etwas zu werden, von dem du wusstest, dass ich es niemals sein kann. Mit wem ich jetzt schlafe, hat nichts mit unserer geschäftlichen Vereinbarung zu tun.«

Er wirft einen Blick auf die wenigen Männer, die im Séparée verstreut sitzen und mithören könnten. Patrick steht an der Bar in der Nähe und mixt sich gerade einen Drink, als er Elis Unheil verkündenden Blick auffängt. Er räuspert sich. »Lassen wir die beiden allein, Gentlemen.«

Als nur noch wir beide übrig sind, setzt Eli seine Tirade fort. »Wenn du ihn fickst, dann fickst du die McDonald-Brüder. Du liegst mit ihnen im Bett. Ihr braucht doch Hehler und Ankäufer. Warum gehst du nicht zu ihnen?«

Ich schlage mit der Faust auf den Tisch, um seine Tirade zu unterbrechen. »Weil ich es beendet habe!«, schreie ich atemlos, müde von dem Thema. »Maggie hat mich darum gebeten.«

Einen Moment lang herrscht angespannte Stille zwischen uns, und ich fürchte schon, dass er mich durchschaut hat. Ich habe die Sache mit Rob nicht offiziell beendet. Ich habe ihm nicht Lebewohl gesagt, und Eli war schon immer gut darin, jedwede Unsicherheit in meiner Stimme wahrzunehmen. Ich weiß, wann meine Mutter lügt. Er weiß, wann ich lüge.

Aber zu meiner Erleichterung schüttelt er den Kopf, setzt sich wieder hin und seufzt tief. »Dann weiß Maggie, was gut fürs Geschäft ist. Sie ist ganz auf die Beute fixiert.«

Ich setze mich zu ihm. »Sie ist schlauer, als du es ihr zutraust. Wir werden das durchziehen. Wir werden etwas daraus machen, etwas Größeres, als Mary es je hatte. Aber dazu brauche ich deine Hilfe.«

Er trinkt seinen Gin aus und nickt dann. »Ich kann arrangieren, dass die Waren verhökert werden und die Ankäufer Schlange stehen. Aber ich will dreißig Prozent.«

»Zwanzig.«

»Fünfundzwanzig.«

»Zwanzig.«

Er grinst, spuckt in die Hand und streckt sie aus. »Betrachte es als erledigt.«

Ich spucke in die meine, und wir schütteln einander die Hände. »Auf einen Neuanfang.«

Einen Moment zu lange hält er meine Hand fest, bevor er loslässt. »Und auf alte Geschichten.«

Fünfzehntes Kapitel

»Haltung bewahren!«, befiehlt Pearl und umkreist mich dabei wie ein hungriger Geier, der darauf lauert, sich auf die Überreste der Frau zu stürzen, die ich bin, um damit die Frau zu erschaffen, die ich werden muss. Sie steht aufrecht da, strahlend vor Selbstvertrauen, und korrigiert die Haltung meiner Schultern jedes Mal, wenn ich ein wenig in mich zusammensacke, um meine Muskeln zu lockern. »Du musst dich bewegen und dich ausdrücken wie eine Lady.«

Ich stehe mitten in ihrer Wohnung, während Maggie sich auf Pearls Bett fläzt, kichert und dabei Tee trinkt. Sie genießt das Theater in vollen Zügen. Ich verabscheue es, dass ich Pearl um Hilfe bitten musste. Aber da mein Vorstellungsgespräch und die Anprobe bei Agatha für morgen angesetzt sind, brauche ich eine Auffrischung. Ich dachte eigentlich, dass ich in den letzten Wochen bei Mary bereits gelernt hätte, das Verhalten einer bescheidenen, anspruchslosen Frau aus der Arbeiterklasse abzulegen.

»Ich *bin* eine Lady«, versichere ich ihr. »Du solltest meine Kurven mal in einem Unterrock betrachten.« Ich werfe wieder einen Blick auf Maggie, die mich angrinst. Bevor ich auch nur in mich hineinlachen kann, klatscht Pearl vor meinem Gesicht in die Hände.

»Nein!«

Ich blinzle erschrocken. »Nein was?«

»Eine Lady lacht nie über ihre eigenen Witze … Eigentlich erzählt eine Lady überhaupt keine Witze. Es ist immer besser, zu wenig zu sagen als zu viel. Du wirst dich bei deinem Einstellungsgespräch noch um Kopf und Kragen quasseln!«

Ich stöhne auf und mache Anstalten, mir auf den Nasenrücken zu drücken, aber mit einem weiteren dröhnenden »Nein!« zieht sie meine Hand zurück.

»Hör auf damit!«, knurre ich, lauter als beabsichtigt.

Enttäuscht schüttelt sie den Kopf. »Nicht wütend werden. Dein Ton muss sanft sein, vielleicht sogar liebenswert, aber niemals forsch.«

»Ich brause schnell auf«, gebe ich unumwunden zu. »Ich war noch nie gut darin, meine Zunge im Zaum zu halten.«

»Stimmt«, murmelt Maggie.

Ich drehe mich um und starre sie zornig an. »Hast du eigentlich nichts anderes zu tun?«

»Nein«, erwidert sie wahrheitsgemäß. »Das hier ist unterhaltsamer als alles, was ich für heute geplant hatte.«

»Du musst dich ändern.« Pearl baut sich schließlich vor mir auf und verschränkt mit ernster Miene ihre Arme vor der Brust. »Alice Diamond wird nicht bei Selfridges angestellt werden. Diamond Annie wird nicht bei Selfridges eingestellt werden. Du musst jemand anderes werden. Jemand, den du vielleicht gar nicht magst … eine Frau, die du vielleicht gar nicht sein willst.«

Ich denke über ihre Worte nach, und eine unangenehme Beklemmung macht sich in mir breit. Ich versuche das

Unbehagen aus meiner Stimme herauszuhalten, als ich frage: »Du willst, dass ich mich den anderen anpasse?«

Pearl geht einen Moment auf und ab, bevor sie sich neben Maggie aufs Bett setzt. »Du musst den Elan, der in dir steckt, nicht aufgeben, Alice – das Feuer, das dir das Unmögliche ermöglichen wird. Aber welche Tricks du auch immer angewendet hast, um von meinem Mann – oder einem der hochgeschätzten Schnösel, die vor ihm an der Reihe waren – eingestellt zu werden, bei Selfridges werden sie nicht funktionieren. Misch dich unter sie, fall nicht auf, aber zeig Ehrfurcht. Du musst motiviert genug wirken, um deine Gedanken und Ideen zu äußern. Ich glaube nicht, dass …« – sie hält kurz inne und senkt den Blick. »Ich glaube nicht, dass du das hinbekommst.«

Ein Schauer der Angst läuft mir über den Rücken. Ich hasse es, dass ihre Worte das in mir auslösen und mich an mir selbst zweifeln lassen. Ich reiße mich zusammen, indem ich so tief wie möglich einatme und die Luft dann mit einem Stoß der Erleichterung aus meinen Lungen strömen lasse. »Ich schaffe das«, sage ich und hoffe dabei, dass ich überzeugter klinge, als ich mich fühle.

Pearl runzelt die Stirn. »Und was, wenn nicht? Was, wenn dies alles hier umsonst war? Wir haben keine andere Möglichkeit … ich habe keine andere Möglichkeit.« Urplötzlich klingt ihre Stimme sehr ängstlich, und ich begreife, dass ihre Zweifel von der Angst vor Morgen genährt werden. Sie hat mir ihr Leben anvertraut, ich bin ihre Hoffnung, und wenn ich sie im Stich lasse, hat sie keinen Schimmer, was mit ihr passieren wird.

»So dürfen wir nicht denken«, schaltet sich Maggie ein und wirft uns beiden strenge Blicke zu. »Wir haben nur einen Versuch und keinen Platz für Scheitern.« Sie stellt ihre Teetasse ab und stemmt sich vom Bett hoch, um sich zwischen uns zu stellen. Sie deutet auf Pearl. »Du bringst ihr weiter alles bei, was du kannst. Du hast jahrelang so getan, als würdest du deinen Mann lieben – wenn du das kannst, kannst du auch Alice beibringen, ein paar Wochen lang so zu tun, als wäre sie eine Lady.«

Dann zeigt sie auf mich. »Du bist Alice Diamond. Du kannst alles schaffen.«

Das ist nicht gerade eine Aufmunterung, aber ihre Worte mildern doch die Anspannung, die sich in mir aufgebaut hat.

Maggie stemmt die Hände in die Hüften und nickt, als wäre sie stolz auf ihren kurzen Beitrag. »Lasst uns wieder an die Arbeit gehen!«

»So lange wie nötig«, versichere ich standhaft. »Sag mir, wie ich mich verhalten soll, Pearl, und ich werde es tun.«

Mit meinen gefälschten Arbeitspapieren in der Hand betrete ich am nächsten Morgen Agathas Bekleidungsgeschäft und setze das strahlendste Lächeln auf, zu dem ich angesichts meiner schlaflosen Nacht in der Lage bin. Sie soll glauben, dass ich eine Stelle suche, um auf ehrliche Weise Geld zu verdienen, solange Mary weg ist, und nicht, dass ich etwas auf eigene Faust plane. Maggie behauptet zwar, dass Agatha keine Loyalität kennt, aber Vorsicht ist besser als Nachsicht.

In aller Eile steckt sie mich in ein schlichtes, aber qualitativ hochwertiges Kleid in zwei verschiedenen Grautönen, setzt mir einen Hut auf, gibt mir flache Schuhe und eine dazu passende, auf tragische Weise langweilige Handtasche. Als ich in den Spiegel schaue, erkenne ich mich kaum wieder.

Das ist gut. Ich muss jemand anderes sein, um diese Stelle zu bekommen. Mir klingen Pearls Worte im Kopf immer wieder nach: Es ist besser, in der Menge zu verschmelzen, als aufzufallen.

Auf einem unordentlichen Schreibtisch entdecke ich einen Lippenstift – blutrot. Ich kann dem Drang nicht widerstehen und will ihn mir auftragen, um einen Hauch Farbe zu bekommen, aber Agatha schnalzt mit der Zunge, was mich innehalten lässt. Sie nimmt mir den Lippenstift aus der Hand und legt ihn wieder auf den Tisch zurück. »Kein Lippenstift. Mr Selfridges verkauft ihn vielleicht in seinem Geschäft, aber wenn eine Angestellte ihn trägt, ist das etwas völlig anderes. Du musst schicklich aussehen.«

»Schade, dass schicklich gleichbedeutend mit langweilig ist«, sage ich zu mir selbst, aber doch so laut, dass Agatha mein Jammern hört und lacht. Ich räuspere mich. »Aber wenn es sein muss, dann eben ohne Lippenstift.«

»Äußerlichkeiten sind das A und O bei Selfridges«, sagt sie nüchtern. »Du musst elegant aussehen, aber noch wichtiger ist es, effizient zu sein. Meine Tochter Beth hat vor ein paar Jahren dort gearbeitet, und sie sagte, es sei der härteste Job gewesen, den sie je gemacht hätte. Mr Selfridge käme einmal in der Woche vorbei, und wenn er irgendwo Staub sieht, schreibt er mit dem Finger seine Initialen hinein. Wenn die Stelle dann bei seinem nächsten Rundgang nicht sauber ist, verliert jemand seinen Job.«

Ich seufze tief. »Das hört sich ja nach viel Spaß an. Wurde Beth entlassen?«

»Nein.« Sie rollt bei dem Gedanken mit den Augen. »Sie hat einen Yankee geheiratet und ist letztes Jahr nach Chicago gezogen. Ich konnte das Mädchen nicht davon abhalten, so sehr ich mich auch bemüht habe.«

Sie tritt einen Schritt zurück und begutachtet meine Gesamterscheinung in dem großen Spiegel vor uns. In ihren Zügen spiegelt sich keinerlei Emotion, die Aufschluss darüber geben könnte, wie sie über ihr Werk denkt. »Du wirst die Stelle bekommen, wenn es dir gelingt, deinen Mund zu halten. Aber das heißt nicht, dass du sie auch behältst.«

»Agatha?«, frage ich, und sie zieht stumm die Augenbrauen hoch. »Wie lange stehst du eigentlich schon auf Marys Gehaltsliste?«

»Lang genug«, erwidert sie leidenschaftslos.

»Aus freien Stücken?«

Ihr Blick schnellt empor, um mir geradezu feindselig in die Augen zu schauen. »Was meinst du damit? Was willst du von mir wissen?«

Ich steige von dem Schemel vor dem Spiegel herunter. »Du hast ein schönes Geschäft in einer anständigen Gegend. Du scheinst eine Menge ehrlicher Kunden zu haben. Mary muss dir einen ansehnlichen Betrag zahlen, damit du das Risiko auf dich nimmst, diese ganzen Aufträge für die Forty Elephants zu erledigen. Beihilfe zu unseren Unternehmungen? Sollten wir erwischt werden und sollte die Polizei Marys Bücher in die Finger bekommen, dann sehen sie deinen Namen und wissen, dass du Kleider nach Schnittmustern mit maßgefertigten Taschen zum Kassieren herstellst. Ist es das wert, was sie dir zahlt?«

Ihre Augen verengen sich zu Schlitzen. Ich bin nicht vorsichtig genug mit meiner Wortwahl, aber ich will mehr über ihre Beziehung zu Mary in Erfahrung bringen, damit ich sie später auf unsere Seite ziehen kann.

»Hast du schon mal das Sprichwort ›Neugier ist der Katze Tod‹ gehört?«

»Es heiß aber auch ›Katzen haben neun Leben‹, nicht wahr?«

»Halt die Füße still, Alice. Mädchen, die zu viele Fragen stellen, finden sich im Nu auf der Straße wieder. Ich habe das schon erlebt. Neugier ist gefährlich.« Sie hält einen Moment inne, bevor sie fortfährt. »Wie geht es dir seit Marys Weggang? Ich erlebe es selten, dass eines ihrer Mädchen ehrliche Arbeit sucht.«

»Ich habe als Dienstmädchen gearbeitet, bevor sie mich rekrutiert hat. Ich bin es gewohnt, wieder auf ehrliche Arbeit meinen Lebensunterhalt zu verdienen. Diese Jobs werden zwar nicht so gut bezahlt, und es ist mit Sicherheit anstrengender, aber ich weiß, wie ich über die Runden komme.«

Sie lacht. »Daran zweifle ich nicht.«

Ich schaue mir die Wände in der Nähe ihres großen Arbeitstischs an. Dort hängt ein Foto von einer Jugendlichen, die Agathas Augen und die breite Stirn hat. »Ist das Beth?«

Ohne aufzublicken, erwidert sie stolz: »Nein, meine andere Tochter, Dorothy.«

»Wo lebt sie jetzt?«

»Weit weg von London. Ich habe viel Geld gezahlt, damit sie auf eine hervorragende Schule auf dem Land gehen kann. Ich werde sie in den Ferien wiedersehen.«

»Viel Geld?«

»Wieder diese Neugier«, tadelt sie und schnalzt mit der Zunge. »Mary hat es bezahlt. Das gesamte Schulgeld. Alles, was ich jetzt tue, tue ich, um die Schulden abzuarbeiten. Wenn sie endlich abbezahlt sind, bin ich frei von euresgleichen.«

»Unseresgleichen?«

»Den Gefährlichen«, sagt sie, bevor sie den letzten Faden von meinem Saum abschneidet und aufsteht. »Jetzt siehst du wie eine Lady aus … aber denk dran« – sie deutet auf ihren Mund –, »halt die Klappe und spiel deine Rolle.«

Ich schenke ihr ein gekünsteltes Lächeln und nehme dann mit neuer Entschlossenheit ein Taxi zur Oxford Street. Ich muss diese Stelle bekommen.

Ich habe keine Wahl.

Ich bin Alice Diamond. Ich kriege alles hin.

Als ich das Kaufhaus betrete, habe ich ein wunderbares Déjà-vu-Erlebnis und bin versucht, wieder in die Menge einzutauchen, um zu sehen, was für eine Beute ich kassieren kann. Aber bis zur Party ist kein Raum für Fehltritte, und ich muss an das Wohl der Gang denken, was bedeutet, dass ich bis zum richtigen Moment ein Schattendasein friste.

Ich gehe zum Fahrstuhl, wo eine mollige Mitarbeiterin mit den rosigsten Wangen, die ich je gesehen habe, herzlich fragt: »Wohin?«

»Ich bin mir nicht ganz sicher«, antworte ich ihr. »Ich bin wegen eines Vorstellungsgesprächs hier, ich bewerbe mich für eine Saisonarbeit.«

»Vierter Stock, Direktorenbüros«, erklärt sie und schließt die Fahrstuhltüren. »Wird gut bezahlt. Aber wenn ich das sagen darf: Sie sehen nicht gerade danach aus. Die hübschen Frauen kommen in die Verkaufsräume. Frauen wie wir landen bei so etwas hier.«

Ich blinzle langsam. »Frauen wie wir?«

»Oh, ich wollte Sie nicht beleidigen.« Sie lacht ein wenig nervös. »Sie sind hübsch genug, um im Verkaufsraum zu arbeiten. Sie haben da bloß ein bisschen Dreck unter den Fingernägeln.«

Ich schaue auf meine Nägel hinunter und stelle fest, dass sich tatsächlich Dreck darunter befindet. Eine Kleinigkeit, die Agatha und ich bei meiner Verwandlung übersehen haben. »Frauen, die es im Leben nicht immer leicht hatten, meinen Sie also«, sage ich langsam. »Sehe ich für Sie wie so eine Frau aus?«

Sie schüttelt energisch den Kopf. »So habe ich es nicht gemeint. Bitte verzeihen Sie. Ich plappere zu viel.«

»Sie brauchen sich nicht zu entschuldigen«, versichere ich ihr. »Ich dachte nur nicht, dass man mir die Notlage gleich ansieht.«

»Da wären wir!« Sie öffnet die Fahrstuhltüren und wendet sich mir zu. »Dritter Raum links. Ein Ratschlag: Wenn

Miss Waller Ihr Vorstellungsgespräch führt, dann stellen Sie ihr Fragen. Sie mag die Ruhigen nicht. Die machen sie nervös oder so.«

Ich nicke und registriere, dass dieser Tipp im Widerspruch zu Agathas Ratschlag steht, den Mund zu halten.

»Oh, und Miss? Sagen Sie niemandem, dass ich Ihnen etwas erzählt habe. Wir sollen solche Dinge nicht preisgeben. Ich fühle mich bloß ein bisschen schuldig, wegen meinem Geplapper von eben.«

Um sie zu beruhigen, setze ich ein Lächeln auf. »Ihr Geheimnis ist bei mir sicher, und ich bin nicht beleidigt. Meine Not hat mich zu dem gemacht, was ich bin. Ich würde es nicht leugnen. Dreckige Fingernägel und so weiter.« Ich zeige ihr kurz meine Nägel, und sie lächelt.

»Das ist eine gute Art, damit umzugehen.«

Ich gehe den Flur entlang und wende mich dem Zimmer zu, dessen Tür offen steht und mit einem Türstopper verkeilt ist. Drinnen steht eine Gruppe von Frauen in ihrer Sonntagskleidung herum. Ich habe mich immer zuversichtlich gefühlt, wenn ich mich für eine Betrugsnummer verkleidet habe, aber als ich diesen Raum betrete, bin ich plötzlich so nervös, dass ich auf den nächsten Stuhl sinke. Mir stockt der Atem – er hat sich irgendwo tief in meine Brust zurückgezogen, und dort versteckt er sich wie ein verängstigtes kleines Mädchen am ersten Schultag.

Herausforderungen gab es bisher bei jeder Stelle, die ich angenommen habe, aber keine war so groß wie die, mit der ich es jetzt zu tun bekomme.

Ich zwinge mich, ruhig sitzen zu bleiben, als sich eine

Frau neben mich setzt, die Schultern gestrafft. Der Konkurrenzdruck ist förmlich mit Händen zu greifen und wird in dem allgemeinen Schweigen noch bedrückender, während wir uns unauffällig gegenseitig abschätzen. Wir alle wollen das Gleiche, und nur eine Handvoll von uns wird ihr Ziel erreichen.

Ich warte – wir alle warten – etwas länger als eine Stunde. Laut tickend hält uns die Wanduhr den quälend langsamen Verlauf der Zeit vor Augen, und je länger ich warte, desto ungeduldiger werde ich. Niemand kommt, um uns zu begrüßen, oder wirft auch nur einen Blick in den Raum, um nach uns zu sehen. Einige Frauen geben auf, weil sie keine Zeit mehr haben, während andere schnaubend vor Frustration herumsitzen.

Schließlich stehe ich auf und gehe zur Tür. Nicht, um zu gehen, denn ich gehe hier nicht weg ohne eine Anstellung. Sondern um den Flur auf und ab zu tigern, bis uns jemand, irgendjemand, sagt, was um alles in der Welt hier los ist.

Ich greife genau in dem Moment nach dem Türknauf, als jemand anderes ihn aufdreht, und pralle mit einer Frau zusammen. Meine Papiere flattern zu Boden, und sie schnappt sie sich, bevor ich es kann. »So schnell wieder weg, Miss …?« Sie hält inne und überfliegt meine Unterlagen. »Black? Alice Black?«

Am liebsten würde ich sie anschnauzen und eine Erklärung dafür verlangen, dass sie uns alle stundenlang warten lässt. Aber dann kommt mir Agathas Ratschlag wieder in den Sinn, gefolgt von der Erinnerung an die Begegnung mit der Fahrstuhlführerin, die mich sofort als anders einstufte als die anderen Mädchen, die zum Vorstellungsgespräch kommen.

Und dann Pearls Warnung – es wird nicht leicht sein, diese Stelle zu bekommen.

»Ich wollte nur kurz in den Waschraum, um mich frisch zu machen«, sage ich höflich und hebe die Stimme. »Wir warten schon ein Weilchen, aber ich möchte auf keinen Fall etwas verpassen.«

Die Frau hat eine schmale Nase und kurze Haare, und sie hat eine strenge Miene aufgesetzt. Sie kneift die Lippen zusammen, blickt aber nicht finster, höchstens ein bisschen missbilligend. »Ich habe euch warten lassen, weil das hier, meine Liebe, Selfridges ist. Hier hat der Kunde immer recht, selbst wenn er stundenlang Ihre ungeteilte Aufmerksamkeit in Anspruch nimmt. Es ist Hingabe, was man für diese Position benötigt.« Ihre Stimme schallt an mir vorbei zu den anderen Frauen im Raum. »Das war eine Geduldsprobe. Ich bin Miss Waller.«

Nun, betrachten Sie meine Geduld als auf die Probe gestellt.

»Die Damentoilette im vierten Stock ist gleich gegenüber, Miss Black.« Erneut überfliegt sie meine Papiere, nur diesmal aufmerksamer. Als sie damit fertig ist, taxiert sie mich skeptisch. »Beeindruckende Referenzen, aber um es bei Selfridges zu schaffen, braucht man mehr als das. Wir werden sehen, was in Ihnen steckt. Sie sind die Erste bei den Vorstellungsgesprächen. Wenn Sie fertig sind, kommen Sie in mein Büro, am Ende des Flurs.«

Sechzehntes Kapitel

Ich schlüpfe in den Waschraum, spritze mir Wasser ins Gesicht und starre in den Spiegel, bis ich mich wieder einigermaßen unter Kontrolle habe. *Du kannst das. Du musst.* Ich atme tief durch, dann schreite ich zügig den Flur entlang, vorbei an mehreren Türen bis zu Miss Wallers Büro.

»Miss Black.« Miss Waller signalisiert mir, Platz zu nehmen, und ich konzentriere mich schnell wieder auf die bevorstehende Aufgabe, setze ein freundliches Lächeln auf und gehe hinüber zu den Stühlen, die vor ihrem Schreibtisch stehen.

Zu meiner Überraschung sitzt eine Frau auf einem hohen Hocker in der Ecke des Zimmers und kritzelt eifrig in einem Notizblock im Taschenformat herum. Sie hat eine athletische Statur und eine kleine Stupsnase. Sie trägt ein schrecklich langweiliges dunkles Kleid und hat sich ihr geflochtenes Haar im Nacken hochgesteckt. Es ist offensichtlich, dass diese Frau keinen Wert auf ihr äußeres Erscheinungsbild legt, sieht man einmal von ihren relativ neu aussehenden Mary-Jane-Schuhen ab.

Miss Waller hingegen trägt elegante handgelegte Wasserwellen und ein modisches Kleid mit Bubikragen. Aber da gibt es etwas an dieser anderen Frau – ihre völlige Unbekümmertheit in Bezug auf ihr unweibliches Erscheinungsbild, gepaart mit der Art, wie sie mich fixiert –, was mich nervös werden lässt.

»Fangen wir an«, sagt Miss Waller, nachdem sie kurz höflich gehüstelt hat. »Pearl King ist Ihre letzte Referenz. Die Theaterschauspielerin?« Wieder dieses vorwurfsvolle kleine Zucken an den Mundwinkeln. »Sie waren Hausmädchen bei den Kings?«

»Ja, das war ich.«

»Warum wollen Sie dann hier arbeiten? Diese Stelle erfordert besondere Fähigkeiten.«

Ich denke zurück an Pearls stundenlange Schaumbäder und wie ich sie unermüdlich dazu überreden musste, sich für den Tag fertig machen zu lassen. »Nun, ich mag Damenmode und helfe Frauen gern dabei, so vorteilhaft wie möglich auszusehen. Darin war ich als Hausmädchen bei Mrs King besonders gut. Und ich habe dieses Geschäft schon immer geliebt. Als ich erfuhr, dass Mr Selfridge zusätzliche Saisonhilfen einstellt, wollte ich mir die Gelegenheit nicht entgehen lassen.«

Irgendetwas an meinen Worten bewirkt, dass die Frau in der Ecke einen prüfenden Blick auf mich wirft.

Miss Waller nickt. »Gibt es etwas, das ich wissen sollte und das hier nicht steht? Es ist wichtig, dass Sie so ehrlich und aufrichtig wie nur möglich sind.«

Ich schlucke den Kloß hinunter, der sich in meiner Kehle gebildet hat. »Ich habe bei Mr King meine Kündigung eingereicht, bevor ich hierherkam. Seine Frau wird von mir schwärmen, er selbst hingegen wohl kaum. Er behandelt seine Frau schlecht, und ich konnte es nicht länger ertragen.«

Die Frau in der Ecke notiert sich etwas.

Miss Waller legt die Stirn in Falten und bedenkt mich mit einem prüfenden, unergründlichen Blick. Das Schweigen zwischen uns zieht sich derart in die Länge, dass Zweifel in mir aufkommen. Vielleicht war Ehrlichkeit der falsche Weg. Vielleicht hätte ich einfach etwas erfinden sollen, was im Einklang steht mit den hinter vorgehaltener Hand in Umlauf gebrachten Gerüchten über Pearls ständigen Alkoholkonsum und angeblichen Drogenmissbrauch.

»Ich bezweifle, dass Mr King das zugeben würde. Ich möchte bloß nicht, dass Sie mit ihm sprechen und dabei etwas Unvorteilhaftes zu Ohren bekommen«, fahre ich rasch fort, im Bemühen, nicht über meine eigenen Worte zu stolpern.

Zum Beispiel, dass ich gedroht hatte, ihm mit einer Glasscherbe die Kehle durchzuschneiden.

»Aber Mrs King hat auf Sie geschworen?«

»Das hat sie.«

Ich will fortfahren, aber sie bedeutet mir mit einer Geste, innezuhalten. »Es besteht kein Grund, dies weiter auszuführen. Wir werden nicht mit Mr King sprechen, und ich danke Ihnen für Ihre Aufrichtigkeit.«

Ich lege die Hände in den Schoß und schaue sittsam nach unten, kann mir jedoch nicht verkneifen, aus den Augenwinkeln einen Blick auf diese Frau zu werfen, die mich immer noch mit seltsamer Intensität beobachtet und in ihrem Notizblock herumkritzelt. Wer sie wohl ist?

Die Fahrstuhlführerin sagte, dass Miss Waller Fragen mag.

»Verzeihen Sie, aber darf ich fragen, warum dort eine Dame in der Ecke sitzt? Werde ich auch mit ihr ein Vorstellungsgespräch führen?«

Miss Waller wirft der Frau einen wenig begeisterten Blick zu und kichert dann gekünstelt. »Das ist Detective Betts. Sie ist unsere Ladendetektivin während der Weihnachtssaison. Sie werden sie im Geschäft herumstreifen sehen. Sie beobachtet Kunden und Personal, um sicherzustellen, dass alles in bester Ordnung ist.«

Mein Herz setzt einen Schlag aus. Das muss die neue Ladendetektivin sein, von der Maggie gesprochen hat.

»In bester Ordnung?«

»Sie ist dafür zuständig, Ladendiebstähle zu vereiteln, deshalb besteht sie darauf, bei allen Einstellungsgesprächen anwesend zu sein.« Ihre Unterlippe zuckt. »Ganz gleich, wie sehr ich Einspruch gegen diese Anwesenheit erhebe.«

Ich spiele die Dumme. »Ist Diebstahl denn etwas, worüber wir uns Sorgen machen müssen?« Ich richte die Frage an Detective Betts, aber Miss Waller antwortet für sie.

»Das ist eher ein Problem während der Feiertage. Sie haben vielleicht von einer Gruppe von Ladendiebinnen gelesen, den Forty Elephants. Sie nehmen sich Geschäfte vor, bestehlen sie und verhehlen die Waren, bevor die Polizei sie erwischen kann.« Sie macht eine verächtliche Handbewegung, ist offensichtlich unbeeindruckt. »Aber ich glaube, dass die Diebstähle in diesem Jahr einen absoluten Tiefpunkt erreichen werden, besonders jetzt, wo ihre Anführerin hinter Gittern sitzt.«

»Ja, ich habe davon gehört«, sage ich und schaue zu

Boden. »Und ich habe gestern den Artikel über die von Commissioner Horwood angeordnete Razzia in dem Lagerhaus gelesen.«

»Solange Gangster bei uns ihr Unwesen treiben, kann ich eine Gruppe mäßig erfolgreicher Diebinnen kaum ernst nehmen. Schutzmaßnahmen gegen diese Frauen zu treffen, ist eine Verschwendung von Ressourcen, wenn Sie mich fragen. Aber Mr Selfridge will alle erdenklichen Vorkehrungen treffen, um zu verhindern, dass jemand Ware mitgehen lässt.« Miss Waller wirft erneut einen Blick auf Detective Betts. »Ich bitte um Verzeihung, wenn Ihnen die Anwesenheit von Miss Waller Unbehagen bereitet.«

»Oh, schon gut«, beschwichtige ich sie, ohne meine Stimme dabei anzuheben. »Wenn Mr Selfridge besorgt ist, hat er jedes Recht, alle erdenklichen Vorsichtsmaßnahmen zu treffen.«

Detective Betts' Blick wandert wieder von mir zu ihrem Notizblock. Sie kritzelt erneut etwas hinein. Ihr Schweigen ist das Schlimmste. Es ist schwer, eine schweigende Frau zu deuten.

Miss Waller wirft einen Blick auf die Wanduhr hinter sich. »Himmel, wie die Zeit vergeht! Sie werden das schon schaffen. Eingestellt zu werden, ist nicht das Schwierige, sondern die Ausbildung zu absolvieren. Bevor wir Sie alleine auf Kunden loslassen, müssen Sie eine einwöchige Schulung mit einer erfahrenen Verkäuferin zufriedenstellend absolvieren. Sie fangen morgen früh an.«

Fast wäre ich vor Freude von meinem Sitz aufgesprungen. »Ich werde bestehen«, sage ich selbstbewusst und zwinge mich dazu, meinen Blick auf Miss Waller gerichtet zu lassen.

Sie nickt. »Bewahren Sie sich Ihr Selbstvertrauen. Sie werden es brauchen.«

Sie schüttelt mir energisch die Hand, und um mein Glück nicht herauszufordern, springe ich auf, verlasse ohne Umschweife ihr Büro und eile freudestrahlend zurück zum Fahrstuhl. Als die Türen aufgehen, verkünde ich: »Erdgeschoss, bitte!«

Die Fahrstuhlführerin wirft mir einen übertrieben aufgeregten Blick zu. »Und, wie ist es gelaufen? Gut? Miss Waller kann einem echt auf den Wecker gehen, nicht wahr?«

»Es lief großartig«, sage ich aufgekratzt. »Morgen früh beginne ich mit der Ausbildung. Sie war schon ein bisschen streng, aber ich finde, Detective Betts ist viel einschüchternder. Aber mir wurde mal gesagt, dass ihr Fahrstuhlführerinnen mit eurer Meinung hinter dem Berg halten sollt.«

Sie kichert und hat offenbar Freude am Small Talk. »Nun, wir Fahrstuhlführer bekommen alles mit. Auch Angelegenheiten, die uns nichts angehen. Deshalb sollen wir uns Kunden gegenüber und allen, die sich um eine Anstellung bewerben, zurückhalten. Aber Sie gehören ja jetzt zur Familie! Machen Sie sich keine Sorgen wegen unserer Ladendetektivin. Miss Waller hat auch nichts für sie übrig. Sie ist ihr zu still.«

»Redet sie denn überhaupt mal mit jemandem? Sie hat während meines Vorstellungsgesprächs kein einziges Wort von sich gegeben.«

»Sie steht in Verbindung mit Commissioner Horwood.

Mr Selfridge hat sie über eine private Firma eingestellt, aber er erteilt ihr keine Anweisungen. Ich weiß nicht genau, wie das funktioniert, aber sie nimmt ihren Job sehr ernst.«

Ich nicke nachdenklich. »Sieht ganz so aus.«

Als wir das Erdgeschoss erreichen, winkt sie zum Abschied. »Noch einen schönen Tag. Wir sehen uns dann morgen!« In ihrer Stimme schwingt Vorfreude mit.

»Klar. Ich heiße übrigens Alice Black.«

»Lucille Roth«, erwidert sie herzlich.

Als ich das Gebäude verlasse, atme ich tief ein und lasse die frische Luft in meine Lunge strömen, bis ich mich entspanne und die Begeisterung Besitz von mir ergreift. Ich habe die Stelle. Sie zu behalten, mag die absolute Hölle werden, aber ich habe soeben die erste Hürde genommen, und das ist es, was zählt.

»Alice!«, höre ich Maggie rufen, die nun eilig um die Ecke biegt und sich an Männern und Frauen vorbeischiebt, die entlang der Oxford Street flanieren.

»Wie lange wartest du schon?«

»Noch nicht lange«, erwidert sie. »Wir haben ein Problem.«

»Ich habe gerade die Stelle ergattert«, verkünde ich und schnaube dabei frustriert. »Kann das nicht bis morgen warten? Ich würde diesen einen Moment gerne genießen.«

»Es dreht sich um die Mädchen«, erklärt sie missmutig. »Ich bin zurück ins Elephant gegangen, um zu sehen, ob ich sie dazu überreden kann, bei unserem Coup mitzumachen. Die McDonald-Brüder waren da. Sie haben verkündet, dass sie die Gang jetzt kontrollieren würden.«

»Sie würden *was?*« Meine Stimme klingt schrill.

Sie nickt knapp. »Wir müssen das ohne die anderen durchziehen.«

»Nein.« Ich schüttle den Kopf, um mir dann mit der Hand durch die Haare zu fahren, und überlege, was ich tun und was ich lassen sollte. Ich darf die Mädchen nicht mit Ansprüchen überfordern – ich darf sie mir aber auch nicht zu Feinden machen. Ich muss mich darauf konzentrieren, diese Stelle zu behalten und so viel Einblick in das Kaufhaus zu bekommen, wie ich nur kann, um dann mit Maggie und Pearl abzukassieren.

Ich muss diese Information ignorieren, aber wie kann ich das? Die Mädchen sind unschuldig an all dem. Aber noch einschneidender ist, dass ich ihre ganze Welt zum Einsturz gebracht habe, indem ich Mary verraten habe.

Alle Muskeln in meinem Körper spannen sich an. Ich schlucke ein paarmal heftig und sage dann: »Wir gehen zu ihnen. Jetzt sofort!«

Im Pub in Elephant and Castle werden wir von einer Gruppe Männer in Empfang genommen, die vor dem Eingang Wache steht. Wir sagen ihnen, wer wir sind, und müssen ein paar Minuten warten, bevor wir hineingeleitet werden. Drinnen lasse ich meinen Blick über die Anwesenden schweifen, die in dem schummrig beleuchteten Raum an robusten Holztischen sitzen und trinken. Als sie uns sehen, erstirbt das Geplapper. Zu hören ist nur noch das leise Geräusch, das beim Aufsetzen von Gläsern auf den Tischplatten entsteht.

Ich atme die abgestandene Luft ein und schmecke den Zigarrenrauch, der mir in die Nase dringt.

»Hier entlang«, sagt einer der Männer und führt uns in einen großen Salon hinter einem Vorhang. Dort sitzen sich Wal und Wag an einem runden Tisch gegenüber, lachen und unterhalten sich. Wag schaut auf und lächelt, als ich eintrete. Der Mann, der uns hereingeführt hat, schaltet das Grammophon in der Ecke aus.

»Alice Diamond«, begrüßt mich Wag, der gerade Spielkarten mischt, die er dann schnell hinlegt. »Schön, dass du uns besuchst. Wir haben von Marys unglücklicher Situation gehört. Das tut uns sehr leid.«

Ich rolle die Schultern nach hinten und schaue mich um. Ich habe das Gefühl, dass alles, was mir erzählt wurde, eine Lüge ist. Wie zum Teufel ist mein Bruder hier hereingekommen, ohne den Arsch vermöbelt zu bekommen? »Wie ist Tommy an all diesen Sicherheitsvorkehrungen vorbei bis an euren Privatsafe gelangt? Hier ist doch alles abgeriegelt.«

»Als Weibsbild verkleidet«, erklärt Wal. Er macht sich nicht die Mühe, seine Verlegenheit zu verbergen. Sie ist ihm an seinem hochroten Kopf anzusehen. »Die Mädchen sagten, sie hätten eine gesehen, die sie nicht kannten und die hier reinging, um aufzuräumen, aber sie haben sich nichts weiter dabei gedacht.«

Ich lache in mich hinein. »Ein gewiefter Kerl. Das kann nur Tommy gewesen sein.«

»Nur Tommy«, stimmt Wag zu. »Uns kam da eine faszinierende Geschichte über dein nächtliches Abenteuer in

The Mint zu Ohren. Es sind wohl Glückwünsche angebracht. Es geschieht selten, wenn überhaupt, dass wir von Kämpfen mit einem weiblichen Sieger hören – geschweige denn gleich zwei. Womit können wir dir helfen?«

Ich komme direkt zur Sache. »Maggie hat mir erzählt, ihr wärt der Ansicht, dass ihr jetzt Marys Gang leitet?«

Wal räuspert sich und wölbt eine Augenbraue. »Die Gang gehört jetzt uns.«

»Nein, tut sie nicht.«

Wag gluckst leise vor sich hin. »Du verstehst nicht, wie das funktioniert, oder?«

Ich werfe die Arme hoch. »Ich bin hier, um es zu verstehen. Vielleicht reden wir dann wie Männer und nicht wie Klatschweiber, die bei einem Tässchen Tee tratschen? Sag mir, was ich nicht weiß, denn deine verdammten Monologe gehen mir auf die Nerven.«

Meine Worte treffen ins Schwarze. Ein Muskel an Wags Hals pulsiert. »Mary schuldet uns etwas.«

»Eine Schuld?«, schaltet sich Maggie ein.

Wal sieht sie nachdenklich an. »Eine große Schuld.«

»Schuldet euch beiden eigentlich jeder in London Geld?«, bringe ich schroff hervor. »Wie viel?«

»Zehntausend Pfund, plus Zinsen.«

Ich versuche, mich nicht an meinen Worten zu verschlucken, als ich frage: »Und wofür genau?«

»Die Summe war das Startkapital, mit dem sie ihr Unternehmen zum Laufen gebracht hat, dazu diverse Glücksspielschulden. Weißt du, wir brauchen die Mädchen zum Kassieren, damit die Schulden weiter abbezahlt werden.

Hast du dich nie gefragt, warum Mary fünfzig Prozent genommen hat?«

»Sie sagte, es sei für das Schutzgeld, für die Unterkünfte, das Essen … damit wir es bequem haben.«

»Sie flossen an uns.«

Meine Hände zittern. »Die Hälfte von dem, was die Mädchen verdienen, auf eigenes Risiko, geht für Marys Schulden drauf?« Ich schüttle den Kopf. »Diese Summe fließt an euch?«

»Ja«, bestätigt Wag. »Jetzt, wo Mary weg ist, werden wir übernehmen. Die Mädchen können weiter in ihren Unterkünften wohnen, solange sie weiter kassieren, und wir bekommen weiter unseren Anteil.«

Mein Mund wird trocken, und mein Magen zieht sich zusammen. Ich zwinge mich dazu, weiterzuatmen. »Nein.«

Wag steht auf. »Ich will keine Feindseligkeit zwischen uns, also mache ich dir einen Vorschlag, Alice. Du und deine Freundin hier, ihr schuldet uns nichts. Ist das in Ordnung für dich?«

»Nein. Ich plane einen Coup, und ich will, dass die Mädchen dabei mitmachen.«

»Du planst einen Coup?« Wal wiederholt die Worte bedächtig, um mir damit zu bedeuten, wie ernst er diese Sache nimmt.

»Maggie Hill und ich«, bestätige ich. »Und die Sache dürfte äußerst lukrativ werden.«

Im Gegensatz zu Wal, der eine düstere Miene aufgesetzt hat, wirkt Wag amüsiert. »Wie wollt ihr ohne Mary die

Waren aus diesem geheimnisvollen Coup verhehlen und verkaufen?«

»Wir haben uns die Hilfe von Maggies Brüdern gesichert, den Hill-Jungs. Sie werden für uns Hehler und Käufer organisieren.«

»Die Hills?«, schaltet sich nun Wal wieder ein und schaut zu Wag hinüber. Sie wechseln einen Blick. »Wir versuchen schon seit Monaten, ein Treffen mit ihnen zu arrangieren.«

»Weshalb?«, will Maggie wissen.

»Geschäftlich.« Wag weist ihre Frage mit einer lapidaren Handbewegung zurück.

Maggie nickt knapp. »Ihr wollt ein Bündnis mit ihnen eingehen, weil euer Krieg mit den Italienern außer Kontrolle gerät. Je länger ihr kämpft, desto mehr Verstärkung holt Charles Sabini nach London. Im Moment habt ihr noch die Kontrolle, aber das wird nicht von Dauer sein, oder?«

»Ihr braucht Soldaten. Deshalb seid ihr nach The Mint gekommen«, füge ich hinzu und vollende damit Maggies Gedanken. Jetzt kann ich die Intention von Wal und Wag verstehen und warum die beiden nach The Mint kamen und meine Welt auf den Kopf stellten.

Wal steht mittlerweile neben Wag. »Das sind große Gedanken für zwei kleine Frauen.«

»Ich bin hier, um über Geschäftliches zu reden«, knurre ich. »Nicht um zu entscheiden, was ich wegen dem, was ich zwischen meinen Beinen habe, sagen sollte und was nicht. Also, um Zeit zu sparen, lasst uns offen darüber sprechen, was wir wollen. Ich will die Mädchen. Was wird mich das kosten? Ich kann Marys Schulden in zwei Wochen bezahlen.«

»Mit welchem Coup kannst du mehr als zehntausend Pfund abbezahlen?«, fragt Wag.

»Das ist ja wohl mein Bier, oder?«

Wieder wechseln die beiden Blicke, als ob der eine die Gedanken des anderen lesen könnte.

»Dieselben Bedingungen wie vorher? Wir bekommen The Mint, wenn du den vollen Betrag nicht in der vereinbarten Frist abbezahlen kannst?«

»Nein. The Mint ist nicht verhandelbar. Aber wenn ich es nicht schaffe, können wir darüber reden, uns zu verbünden. Eine profitable Freundschaft.«

Der Vorschlag scheint ihnen nicht zu gefallen. »Ein Bündnis? Du musst verstehen, Mary konnte durch das Verhehlen der Waren lediglich die anfallenden Zinsen ihrer Schuld zurückzahlen. Die Summe der Schulden blieb also gleich, was uns zugutekommt. Wir verdienen also mehr Geld, wenn die Mädchen es nach und nach zurückzahlen. Es ist für uns ein besseres Geschäft, den Vertrag beizubehalten, den wir haben, und in der Zeit, in der Mary weg ist, die Kontrolle über die Geschäftstätigkeiten zu übernehmen.«

»Und die Mädchen, die unfreiwillig Teil dieser Abmachung sind? Sollen sie einfach darauf vertrauen, dass ihr euch um sie kümmert? Dass ihr sie fair behandeln werdet?«, frage ich.

Maggie nickt zustimmend. »Ich könnte es ihnen nicht verdenken, wenn sie misstrauisch sind, besonders wenn sie erfahren, dass Mary uns die ganze Zeit übers Ohr gehauen hat. Aber jetzt, wo ihr die Leitung übernehmt, werden wir einfach zu Unterwerfung gezwungen, wenn wir es wagen, eine Entscheidung infrage zu stellen, ja?«

»So laufen unsere Geschäfte nicht. Diese Art von Männern sind wir nicht.«

Ich lache aus vollem Herzen. »Das sagen ausgerechnet die Männer, die sich einfach Dinge nehmen, die ihnen nicht gehören, und planen, diese ausschließlich für ihren eigenen Vorteil zu nutzen. Hinzu kommt eine Schuld, die von Mädchen bezahlt werden soll, die gar nichts damit zu tun haben? Inwiefern ist das etwas anderes, als sie zur Unterwerfung zu zwingen?«

Wag räuspert sich. »Das ist nicht verhandelbar. Die Mädchen arbeiten für uns.«

Mich überläuft es heiß, und ich spüre, wie mir der Schweiß den Nacken herunterrinnt, als wäre es Frühsommer und nicht Winteranfang, aber ich versuche, mich nicht von meiner Wut mitreißen zu lassen. Ich habe immer noch Zeit, um zu planen, wie ich die Dinge nach der Party in Ordnung bringen kann. Im Moment ist es einzig und allein wichtig, den Mädchen ihre Freiheit zu verschaffen. Ich habe ihnen diese Suppe eingebrockt, also ist es das Mindeste, zu versuchen, sie wieder auszulöffeln. Und ich habe nur noch ein Druckmittel zur Hand.

Es ist etwas, das ihnen wehtun und sie zur Vernunft bringen könnte. Aber eigentlich ist es unter meiner Würde – etwas, das eher zu Marys Repertoire gehört, nicht zu meinem. Ich finde Erpressung nicht ehrenhaft, aber wenn ich mich hier und jetzt nicht durchsetze, haben wir keine

Zukunft. Die Worte, die ich über die Lippen bringe, schmecken bitter. »Ich weiß von Rob und dem doppelten Spiel, das er treibt.«

Auf ihren beiden Gesichtern macht sich blankes Entsetzen breit. Sie springen auf, schauen sich hektisch im Raum um und spähen hinter den dicken Vorhang, um sich zu vergewissern, dass auch wirklich niemand mitgehört hat.

»Alle raus!«, brüllen sie dann wie aus einem Mund. »Raus! Schließt den Pub – wir machen heute früher dicht. Sofort!« Die Männer setzen sich ungeordnet in Bewegung und eilen notgedrungen hinaus, bis wir endlich allein sind. Keine Wachen. Keine Freunde. Nur wir vier.

»Ich rate dir dringend, den Ball flach zu halten, Alice«, sagt Wag in bedrohlichem Ton. »Überleg dir deine nächsten Worte ganz genau.«

»Ich weiß, dass er ein Informant von Commissioner Horwood ist, aber er treibt ein doppeltes Spiel. Er würde sich zum Verrecken nicht von euch abwenden. Es wäre doch eine Schande, wenn der Commissioner die Wahrheit darüber erfahren würde. Noch schlimmer wäre es, wenn sich herumspräche, dass er ein Spitzel ist – eure Verbündeten würden euch infrage stellen. Womöglich würde euer ganzes Geschäft den Bach runtergehen.«

»Du drohst uns?« Die Worte kommen Wag gewichtig und langsam über die Lippen.

»Ich wollte nicht, dass es so weit kommt. Aber mir ist es einzig und allein wichtig, zu verhindern, dass die Mädchen unter eurem Kommando stehen. Lasst sie gehen, und ihr bekommt trotzdem noch Marys Schulden bezahlt, mit

Zinsen. Dann steht es uns allen frei, den nächsten Schritt zu machen.«

»Du solltest wissen«, sagt Wal angespannt, »dass wir unseren Bruder im Auge behalten, ihn beschützen, und wir wissen, dass ihr etwas miteinander habt.«

»Du machst dir etwas aus ihm«, stimmt Wag zu. »Ich glaube nicht, dass du ihn absichtlich in Gefahr bringen würdest.«

Damit trifft er ins Schwarze. Aber ob ich bluffe oder nicht, kann er nicht wissen. Ich stehe kerzengerade da und lege eine Eiseskälte in meine Worte, so wie mein Vater mir immer geraten hat, wenn mich ein Mann herausforderte.

»Glaubt bloß nicht, dass ich wegen meines Geschlechts gefühlsduselig wäre. Richard Sloan und seine Söhne haben mich unterschätzt. Mary Carr hat mich unterschätzt. Ihr wisst, was aus ihnen geworden ist.«

Wag blinzelt ungläubig. »Willst du damit andeuten, du hättest etwas mit der Razzia im Lagerhaus zu tun?«

Mein Blick bleibt hart wie Stahl. »Zwei Wochen. Haben wir eine Abmachung?«

Wieder sehen sie einander an. Einige Minuten herrscht Schweigen zwischen uns. Endlich sagt Wag: »Wir haben eine Abmachung.«

Ich schüttle beiden kurz die Hand und wende mich zum Gehen. Aber Wal will noch etwas loswerden. »Dir ist bewusst, dass diese Erpressung uns zu Feinden macht, wenn der Deal beendet ist.«

Ich lasse mir seine Worte durch den Kopf gehen und wähle sorgfältig meinen nächsten Schritt. Ich drehe mich auf dem Absatz um und wende mich wieder den beiden zu. »Mary Carr wusste von Rob. Sie war diejenige, die dieses Wissen als Erste für eine Erpressung eingesetzt hat, um mich dazu zu bringen, ihre Anweisungen zu befolgen. Sie wollte die Information in Zukunft auch gegen euch verwenden. Ich kann mir vorstellen, dass sie damit noch viel Schlimmeres anrichten wollte. Ich bin nicht Mary. Ich will nicht, dass jemand verletzt wird.«

Sie antworten nicht.

»Aber, Gentlemen: Solltet ihr mich immer noch für eure Feindin halten, wenn das hier vorbei ist, dann könnt ihr tun, was ihr für nötig haltet. The Mint wird bereit sein. Und ich verspreche euch: Die Männer, die für mich kämpfen, sind viel stärker als eure dandyhaften, bewaffneten Wachen in ihren schicken Anzügen. Meine Männer sind eiskalt, hungrig und gierig. Ein Kampf mit mir und mit ihnen wird blutig, und ihr werdet ihn verlieren.«

SIEBZEHNTES KAPITEL

Ich schicke Maggie los, damit sie die Mädchen darüber informiert, was passiert ist und ein paar von ihnen, denen sie vertraut, Bescheid gibt, sich mit uns in Pearls Versteck zu treffen. Nur Rita, Vera und Evelyn begleiten sie. Sie berichten mir, dass die Zwillinge getobt haben bei der Vorstellung, bei einem von mir angeführten Coup mitzumachen. Wir sitzen verstreut herum, und nur der Schein des Laternenlichts, das die Wände beleuchtet, erhellt unsere gleichermaßen beunruhigten Gesichter.

»Was hast du den McDonald-Brüdern gesagt?«, bricht Rita das Schweigen, während Pearl Gläser mit Gin herumreicht. »Sie haben uns mitgeteilt, dass wir jetzt für sie arbeiten.«

»Aber das tut ihr nicht«, offenbare ich. »Die McDonald-Brüder wollten unser Geschäft übernehmen und euch alle unter ihrer Führung weiter kassieren lassen. Aber ich habe es so arrangiert, dass ihr frei seid. Jedenfalls vorerst.«

»Vorerst?« Veras Lippen werden schmal.

Ritas fragender Blick geht an mir vorbei zu Maggie. »Mary wurde aber doch auch früher schon eingebuchtet, und so etwas haben sie noch nie getan. Sie haben es wegen der Razzia im Lagerhaus mit der Angst zu tun bekommen, nicht wahr? Sie denken, dass die Polizei uns demnächst alle hopsnimmt.«

Evelyn stößt einen kleinen Schrei aus, presst sich aber rasch eine Hand vor den Mund.

»Und da ist noch etwas.« Ich räuspere mich und bereite mich geistig darauf vor, die düstere Nachricht zu überbringen.

Vera schnappt nach Luft. »Wie kann es da noch etwas geben?«

Ich bemühe mich, Worte zu finden, aber es gelingt mir nicht, also übernimmt Maggie das Reden. »Mary hat ziemlich hohe Schulden bei den McDonalds. Sie schuldet ihnen mit Zinsen mehr als zehntausend Pfund. Der fünfzigprozentige Anteil, den sie uns von jeder Beute abgenommen hat, diente dazu, die Zinsen ihrer Schulden abzubezahlen.«

»Zehntausend Pfund?« Rita wiederholt den Betrag immer und immer wieder, bis ihre Wut überhandnimmt. »Wir haben uns für die Schulden dieser Schlampe abgerackert?«

Auch Vera schüttelt den Kopf. »Ich dachte, wir geben ihr fünfzig Prozent für Schutzgeld und Verbindungen. Und jetzt sagst du, das meiste davon – wenn nicht alles – geht dafür drauf, Schulden abzubezahlen? Und sie wollten, dass die Gang wie gewohnt weitermacht, damit sie weiter Geld scheffeln können?«

Evelyn fällt ihr Glas aus der Hand, sie bückt sich aber gleich, um die Bescherung zu beseitigen. Maggie kommt ihr rasch zu Hilfe, nimmt das Glas in die eine Hand und fasst Evelyn mit der anderen an die Schulter, um sie zu beruhigen. »Tief durchatmen. Wir werden alles tun, was wir können, um dich und deine Tochter zu beschützen. Das verspreche ich dir. Wir stehen das gemeinsam durch.«

Tochter? Evelyn hat eine Tochter? Was weiß ich sonst noch nicht über die anderen? Ich bekomme Gewissensbisse. Wir kennen uns noch nicht lange, aber ich hätte mich zumindest mehr bemühen können. Ich hätte sie nach ihren Lebensumständen fragen können.

Mags wirft mir einen eindringlichen Blick zu. Sie will, dass ich hier und jetzt alles auf den Tisch lege. Die Idee für unseren Coup. Die Pläne. Doch das widerstrebt mir, denn ich weiß nur zu gut, welche Konsequenzen uns blühen, wenn Mary etwas von einem der Mädchen gesteckt bekommt. Sie verfügt nach wie vor über Ressourcen und Verbindungen. Sie könnte unser ganzes Vorhaben zunichtemachen, wenn wir nicht vorsichtig vorgehen.

»Ich wusste von den Schulden«, gibt Evelyn mit ernster Miene zu und überrascht damit alle außer Vera, deren Miene vermuten lässt, dass auch sie eingeweiht war. »Ich habe unsere Anteile schon infrage gestellt, als ich mich der Gang anschloss. Vera kennt sich gut aus mit dem Verkaufswert unserer Waren auf der Straße, und ich kann gut mit Zahlen umgehen. Die Rechnung ging nie auf.«

»Nicht ein einziges Mal in all den Jahren, in denen ich mit ihr gearbeitet habe«, fügt Vera hinzu. »Die meisten Mädchen wissen es nicht besser.«

Evelyn nickt, und eine Träne rinnt ihr über die Wange. »Als ich sie bezüglich ihres Anteils zur Rede stellte, gab sie Coras Vater – meinem Ex – unsere Adresse, als er aus dem Gefängnis kam. Wir sind nur knapp mit dem Leben davongekommen. Ich bin vor ihm auf der Flucht, seit Cora geboren wurde. Mary sagte mir, wenn ich noch einmal an ihr zweifle, würde ich nicht mehr so viel Glück haben.«

Diese Nachricht erschüttert mich. Ich wusste, dass Mary gerissen und herzlos ist, wenn es um mich geht, aber dass sie so skrupellos ist und ein Kind in Gefahr bringt?

Vera nimmt einen großen Schluck, bevor sie sich räuspert und sagt: »Ich habe eine kranke Mutter, die außerhalb der Stadt lebt. Als ich anfing, Mary Fragen zu stellen, drohte sie damit, sie zu töten. Sie weiß, wo sie lebt und an welcher Krankheit sie leidet. Sie ist über alles im Bilde.«

»Ganz zu schweigen von den McDonald-Brüdern.« Evelyn macht eine wütende Handbewegung. »Jedes Mal, wenn wir aus der Reihe tanzten, benutzte sie sie, um uns Angst einzuflößen. Sie ließ es immer so aussehen, als wären sie engste Freunde.«

»Es war keine Freundschaft. Es war geschäftlich«, erkläre ich.

Rita beugt sich zu Maggie vor, worauf sich die beiden kurz murmelnd austauschen. »Maggie hat uns erzählt, dass ihr beide etwas geplant habt«, spricht sie mich schließlich an.

Meine Schultern verspannen sich, und ich schaue Maggie zornig an.

Ich wollte mir ganz sicher sein, auf welcher Seite die Mädchen stehen, bevor ich die Details des Coups offenlege. Vera holt eine große Tasche hervor und zieht ein Geschäftsbuch heraus. »Das hier ist nur eines, aber als sich die Polizei verzogen hatte, bin ich zum Lagerhaus gegangen. Mary bewahrt ihre Bücher in einem geheimen Versteck auf, damit ihre Unterlagen mit den Kontakten noch an Ort und Stelle sind, wenn sie entlassen wird, und sie nicht gegen sie verwendet werden können.« Sie fährt mit den Fingern über die Seitenränder. »Hier steht alles. Die Namen ihrer Straßenverkäufer. Die Namen ihrer Komplizen. Die Quittungen für jeden Deal, den sie gemacht hat, und Informationen über alle Polizisten, Auslieferungsfahrer und Banker, die sie besticht, damit sie ein Auge zudrücken.« Sie erhebt sich von ihrem Platz und verkündet: »Wir wollen uns dir anschließen. Wir haben diese Bücher für dich an uns genommen.«

Ich bin überzeugt davon, dass ich sie nicht richtig verstanden habe, und schüttle den Kopf. »Ihr wollt damit sagen, ihr wollt bei dem Job mitmachen?«, frage ich. »Nicht, dass ihr euch *mir* anschließen wollt.« Ich nehme das Buch von ihr entgegen, blättere es durch und empfinde dabei eine wahre Freude, als ich alle internen Informationen von Marys Unternehmen in den Händen halte.

»Sowohl das eine als auch das andere. Was immer du vorhast, wir sind zu allem bereit. Alle drei. Und vielleicht auch noch einige der anderen Mädchen, wenn sie davon erfahren. Mehr Mädchen bedeutet mehr Beute. Wir haben nichts zu verlieren.«

»Wir könnten alles verlieren«, korrigiere ich sie und seufze tief, bevor ich meine Ellbogen auf die Knie stütze. »Wenn sich jemand Mary entgegenstellt, nimmt sie als Erstes diejenigen ins Visier, die dieser Person nahestehen. Sie hat mich mit meiner Schwester unter Druck gesetzt. Evelyn, sie hat dein Leben und das deiner Tochter bedroht. Vera, sie hat dasselbe mit deiner Mutter gemacht. Wenn ihr euch also auf das mit Mags und mir einlasst, könnte sie diese Menschen dafür büßen lassen, wenn sie wieder auf freiem Fuß ist. Das ist ein Risiko. Ein gewaltiges Risiko.«

Ich weiß, dass ich meine Familie beschützen kann, unabhängig von meinen Schwachstellen – The Mint wird den entscheidenden Unterschied machen. Maggie und ihre Brüder können ebenfalls selbst auf sich aufpassen. Aber diese Mädchen sind nicht wie wir.

Ich denke zurück an meine erste Begegnung mit Mary, als sie mir davon erzählte, welche Art von Mädchen sie rekrutiert und welche nicht. Hastig fahre ich fort. »Und das alles ändert nichts an den Schulden, die sie hat. Sie müssen beglichen werden. Andernfalls werden Wal und Wag hinter uns her sein. Sie werden ihren Anteil auf jeden Fall einfordern.«

»Es sei denn …«, wirft Vera ein und geht aufgeregt vor dem Kamin auf und ab. »Wir begleichen Marys Schulden sofort und in voller Höhe. In diesem Fall hätten wir uns von ihnen und von ihr befreit. Wir sind dann niemandem mehr etwas schuldig und stünden endlich nicht mehr unter ihrer Fuchtel.«

»Wir wären endlich frei«, stimme ich ihr zu. »Das ist der Deal, den ich mit den Brüdern ausgehandelt habe. Die volle Summe wird in zwei Wochen bezahlt. Unsere Beute wird zwar groß sein, aber …«

»Nicht *so* groß«, mischt sich Maggie ein. »Wir können ihre Schulden nicht vollständig begleichen und zusätzlich auch noch etwas für uns selbst übrig haben. Nicht, wenn wir planen, ausschließlich bei den Gästen der Party abzukassieren.«

»Welche Party?«, fragt Vera nun mit zusammengekniffenen Augen. »Was ist das für ein großer Coup, den ihr da im Auge habt? Maggie hat uns nicht viel verraten.«

Ich gebe Maggie mit einer Kopfbewegung das Zeichen, auf das sie gewartet hat, und sie plaudert alles ohne Punkt und Komma aus.

»Die Party des Jahres?« Vera wiederholt die Worte, eines langsamer als das vorherige.

»Die Beute aller Beuten«, murmelt Rita.

Evelyns Blick bleibt auf Maggies Gesicht geheftet. »Warum nicht auch im Kaufhaus selbst kassieren? Wenn wir hier wie dort kassieren … sind wir fein raus.«

»Das ist schwieriger«, füge ich hinzu. »Bei den Gästen zu kassieren, wird kein Problem sein. Ich habe dort heute eine Stelle als Verkäuferin angetreten. Wir müssen uns bestens mit den Gegebenheiten in dem Kaufhaus und mit dem Verlauf der Party vertraut machen, ganz zu schweigen von den Gewohnheiten der neuen Ladendetektivin. Nur so haben wir eine Chance auf Erfolg.«

»Du hast eine Stelle bei Selfridges?«, schaltet sich mit einem ansteckenden Lächeln nun auch Pearl ins Gespräch ein. »Ich hätte nicht an dir zweifeln sollen!« Sie umarmt mich stürmisch, als wäre ihr ein Stein vom Herzen gefallen, und verblüfft damit die anderen Mädchen.

Rita räuspert sich. »Tut mir leid, aber wer ist das eigentlich?« Sie deutet auf Pearl, und ihr völlig verwirrter Blick spiegelt den der anderen Mädchen im Raum wider.

»Das ist Pearl King«, erklärt Maggie.

»Die Schauspielerin?«, fragt Vera, mehr an sich selbst gerichtet, und tippt sich ans Kinn. »Ich glaube, ich habe dich in irgendeinem Stück gesehen!«

»Ehemalige Schauspielerin«, fügt Pearl hinzu.

»Welche Rolle spielt sie hierbei?« Rita schaut auf ihr Glas hinunter, trinkt aber nicht. »Das soll jetzt nicht böse klingen, aber ich traue reichen Leuten nicht.«

»Pearl wird mit von der Partie sein«, erklärt Maggie mit Nachdruck. »Ihre Rolle in dieser Sache ist nicht verhandelbar.«

Evelyn schüttelt den Kopf, schneidet Rita das Wort ab und sagt: »Alle ausgestellten Schmuckstücke sind Plagiate. Aber es gibt einen Ort, an dem Selfridge die echten Juwelen aufbewahrt. Vielleicht in seinem Büro oder im Büro seines Buchhalters?«

Ich bekomme einen trockenen Mund. »Ich will *nur* die eingeladenen Gäste bestehlen, denn die Ladendetektivin wird sich nicht auf deren Wertsachen konzentrieren. Dagegen wird sie sehr auf der Hut sein vor potenziellen Ladendieben, die die Party als Gelegenheit nutzen, um etwas aus dem Geschäft mitgehen zu lassen. Ich kann mir nicht einmal im Traum vorstellen, wie gut bewacht die Büroräume sein werden – falls dort die echten Juwelen deponiert werden.«

»Wir könnten mit einem Ablenkungsmanöver beginnen«, stimmt Maggie zu und sieht mich dabei intensiv an. »Eine Bombe vielleicht? Wie die, die in The Mint hochgegangen ist?«

Ich lache. »Du schlägst vor, dass wir eine Bombe zünden? Du hast mich gebeten, mit dem Sprengstoffexperten Schluss zu machen, weißt du noch?«

Maggie nickt wissend. »Meine Brüder können das auch. Vielleicht nicht so kunstfertig, aber sie würden es hinkriegen. Sie würden damit bewirken, dass alle nach draußen laufen, wodurch wir genug Zeit hätten, um in die Büros zu gehen und den Safe ausfindig zu machen, in dem die echten Juwelen aufbewahrt werden.«

»Du denkst wohl, dass er für uns sperrangelweit offen stehen wird?«

»Wir brauchen jemanden, der gut darin ist, verschlossene Dinge zu öffnen«, sagt Rita verdrießlich.

Wieder ein stechender Blick von Mags. »Fällt dir da vielleicht jemand ein?«

»Ha!«, schnappe ich reflexartig. »Jetzt schlägst du also vor, dass wir Tommy mit ins Boot nehmen? Nach allem, was er uns mit seiner Safeknackerei eingebrockt hat? Und das genau in dem Moment, in dem er angekündigt hat, keine krummen Dinger mehr zu drehen?«

»Denk drüber nach«, sagt sie und stemmt die Hände fest in die Hüften, als ob nun alles für sie einen Sinn ergibt und sie irritiert darüber ist, dass ich diesen nicht erkenne. »Er ist einer der besten Safeknacker in London.«

Ich reibe mir mit der Hand über das Gesicht. Wenn ich es schaffen würde, all die Dinge, die schiefgehen könnten, aus meinen Gedanken zu verbannen, könnte ich mich vor Freude kaum halten. Ich weiß allerdings auch, dass die Chancen auch dann gegen uns stehen, wenn wir alles perfekt organisieren.

Es sind mittlerweile zu viele Menschen beteiligt, und es gibt zu viele Unbekannte, die wir in die Rechnung einbeziehen müssen – eine der wichtigsten ist mein Bruder. »Das kann ich von Tommy nicht verlangen.«

»Überzeug ihn«, drängt Maggie. »Ich habe zugestimmt, zu meinen Brüdern zurückzukehren, oder nicht? Dann kannst du zumindest Tommy zu uns ins Boot holen.«

Ich spüre, wie sich mein Kiefer verkrampft – sie hat doch gerade mitangehört, wie ich Rob den Wölfen zum Fraß vorgeworfen habe. Ich stehe auf und sehe sie direkt an. »Du brauchst nicht zurück zu deinen Brüdern zu gehen. Ich habe selbst eine Vereinbarung mit Patrick und Eli getroffen.«

»Wann hast du das arrangiert?«

»Spielt es eine Rolle, wann? Es ist erledigt. Ich habe die Stelle bekommen, deine Brüder werden die Hehler organisieren, und Pearl ist unsere Eintrittskarte.« Ich deute mit einer beiläufigen Geste auf sie.

Pearl hebt ihr Glas und genehmigt sich einen Schluck.

Ritas Augen verengen sich zu Schlitzen, und sie presst die Lippen zusammen. »Ich bin nicht überzeugt. Fremde sind unberechenbar. Wenn die Schauspielerin weiche Knie bekommt oder einen dummen Schnitzer macht, könnte sie uns alle zu Fall bringen.«

Unnachgiebig verschränke ich die Arme vor der Brust. »Sie will diese Sache genauso sehr wie wir. Wenn wir es durchziehen, bekommt sie dadurch die Chance, neu anzufangen. Sie ist genauso wild entschlossen wie jede von uns«, trete ich für meine Freundin ein. »Pearl kann man vertrauen, und ihr dürft sie nicht schlecht behandeln. Das wurde sie schon ihr bisheriges Leben lang genug.«

»Alice, ich kann für mich selbst sprechen!«, unterbricht Pearl mich scharf.

»Dann halt dich nicht an deinem Drink fest, sondern sprich, Frau!«, drängt Maggie und nimmt ihr das Glas aus der Hand.

Pearl räuspert sich zaghaft. »Ich kann euch versichern, Ladys, dass ich das genauso sehr will wie ihr. Alice hat mir das Leben gerettet – öfter, als ich es zugeben möchte.« Sie erstarrt und senkt den Blick. »Ich bin ihr das hier schuldig, und ich werde sie nicht enttäuschen.«

Ich spüre, wie meine Mundwinkel nach oben gehen, aber bevor ich aufstehen kann, um mich bei ihr gebührend zu bedanken, wischt sie sich eine einzelne Träne von der Wange, nimmt Maggie das Glas aus der Hand und kippt ihren Gin in einem Zug herunter.

Schweigend denken die Mädchen über diese Worte nach, bis sich auf Veras Gesicht plötzlich ein Lächeln abzeichnet. »Wo ein Wille ist, da ist auch ein Weg. Gemeinsam schaffen wir das. Dann werden wir endlich frei sein von allen, die uns kontrollieren wollen. Frei von Mary und ihren Lügen.«

»Zum ersten Mal bekämen wir den Lohn, den wir für unsere harte Arbeit verdient haben«, stimmt ihr Evelyn zu.

Ich schaue die Mädchen unsicher an. Darüber zu sprechen, macht Spaß und ist inspirierend. Aber es zu tun, bedeutet, Mary für immer hinter uns zu lassen, die Frau, die uns trotz all ihrer Fehler dieses Leben ermöglicht hat. Einen waghalsigen, nie da gewesenen Beutezug mit Maggie und mir zu planen, ist eine Sache, aber jetzt wollen diese Mädchen, dass ich ihre Anführerin werde und Marys Platz einnehme. Wie man The Mint anführt, weiß ich. Ich kenne die Männer und Frauen, die dort leben. Ich weiß, was sie von mir wollen und was sie von mir erwarten.

Diese Mädchen sind anders. Aber vielleicht können sie ihnen ähnlich werden.

Vielleicht können meine alte Familie und meine neue Familie eine gemeinsame werden.

»Wir wollen mitmachen«, wiederholt Rita. Ihre Stimme klingt laut, klar und ohne einen Hauch von Zweifel, als ob sie meine Gedanken lesen könnte. »Diese Freiheit, die Mary uns als solche verkauft hat, ist überhaupt keine Freiheit. Wir werden mit dir und Maggie zusammenarbeiten. Eine Partnerschaft zwischen uns allen. Eine neue Gang.«

»Es wird aber nicht mehr so wie früher sein«, warne ich. »Ohne ein Bündnis mit Männern wie den McDonalds werden alle Diebe in der Stadt glauben, sie könnten uns über den Tisch ziehen – in unsere Häuser einbrechen, unser Lagerhaus plündern, mit uns machen, was sie wollen, bloß weil wir Frauen sind. Solange wir nicht den Mumm haben, es mit der Gewalt der Männer aufzunehmen, werden wir ihnen immer auf Gedeih und Verderb ausgeliefert sein.«

»Wir müssen uns ändern«, fordert Maggie entschlossen. »Ich kann euch beibringen, wie man seine Fäuste einsetzt, und Alice kann euch beibringen, wie man mit einem Dolch umgeht. Wir können es mit ihnen aufnehmen, wenn wir müssen. Wir können ihnen ebenbürtig werden. Wenn sie uns den Rang streitig machen, tun wir das Gleiche mit ihnen.«

Ich schenke ihr ein müdes Grinsen. »Das klingt so vielversprechend, wenn du es so ausdrückst, Mags, aber die Art von Frauen, die wir dann alle werden müssten …«

»Wir tun es trotzdem«, sagt Rita.

»Die Dinge müssen sich ändern«, pflichtet Evelyn ihr bei. »Wir können sie ändern.« Sie hält ihr Glas hoch. »Trinken wir auf uns!«

»Auf die Forty Elephants!«, ruft Rita.

»Auf Alice Diamond und die Forty Elephants.« Maggies Hochruf fühlt sich an, als wäre er mit einem Widerhaken versehen, und düstere Gedanken schießen mir durch den Kopf. Ich weiß, was sie andeuten will. Ich habe die Situation mit ihren Brüdern auf eigene Faust geregelt, obwohl wir vereinbart hatten, gleichberechtigte Partner zu sein.

Zugegebenermaßen bin ich unerfahren darin, mit irgendwem irgendwas zu teilen.

Aber wenn die Mädchen sich ändern, sollte ich das auch tun.

»Auf eine neue Zukunft!«, schließe ich, und wir stoßen mit unseren Gläsern an.

Bevor ich einen Schluck trinke, nehme ich Augenkontakt mit Maggie auf. »Gemeinsam?«

Das ist meine Art, mich zu entschuldigen und zu versprechen, dass ich mich stärker bemühen werde, sie mit einzubeziehen. Ihr zu vertrauen.

Sie rollt einmal mit den Augen, nickt mir dann zu und zwinkert. »Gemeinsam.«

Später in der Nacht, während die anderen Mädchen lang ausgestreckt auf Decken auf dem Boden schlafen, sitzen Pearl und ich draußen auf dem Balkon, trinken gemeinsam etwas und hören zu, wie die Nachtluft in Böen um das Gebäude fegt. Um uns warm zu halten, haben wir uns in Decken eingewickelt. Ich sehne mich nach Louisa. In frostigen Nächten schauten wir uns immer von unserem Schlafzimmerfenster aus den Schnee an. Letztes Jahr habe ich ihr versprochen, dass wir in diesem Winter die weihnachtlich beleuchtete Stadt sehen und Big Ben hören würden, wenn die Glocken das neue Jahr einläuten.

Ich versuche mir vorzustellen, dass sie bei ihrer Arbeit im Savoy glücklich ist, weit weg von mir.

»Du hast das alles gut gemeistert«, versichere ich Pearl, um mich abzulenken.

»Es ist schön, wenn man das Gefühl hat, dass man erwünscht ist ... und Teil von etwas Großem. Selbst wenn dieses Etwas illegal ist.« Sie wackelt mit den Augenbrauen und grinst. »Du hast dich anscheinend dagegen gesträubt, deinen Bruder mit einzubeziehen.«

»Es ist kompliziert«, gebe ich müde zu. Sie reicht mir das halb leere Glas, und ich nehme einen großen Schluck.

»Machst du dir Sorgen, dass er nicht dazu imstande ist?«

Schnaufend schüttle ich den Kopf. »Es gibt keinen Safe, den er nicht knacken könnte. Aber er hat jetzt eine Frau, und die beiden erwarten ein Baby. Er hat mir gesagt, dass er diesem Leben den Rücken kehren will.«

»Aber er würde es tun, wenn du ihn darum bittest?«

»Ja.«

Sie lehnt sich in ihrem Stuhl zurück und macht es sich bequem. »Du hast Glück, dass du eine Familie hast, die dich liebt.« Sie blickt in die Ferne. »Meine Mutter hat mich auch geliebt. Deshalb wollte sie, dass ich Harold heirate. Sie wusste, dass ich mit ihm bessere Chancen hätte, auf der Bühne Karriere zu machen. Dass er bösartig ist, habe ich lange Zeit nicht wahrhaben wollen. Als er mir die Chance bot, mein tristes, anonymes Leben auf der Farm gegen die schillernden Lichter Londons einzutauschen, nahm ich sie wahr. Ich ließ meine Mutter mit der ganzen Arbeit zurück. Hühner rupfen und jeden Tag einen Obstkarren auf Märkte ziehen.«

»Du warst noch ein Kind. Zu jung, um es besser zu wissen.«

»Zu jung, um zu merken, dass ich sie im Stich gelassen habe?« Sie schüttelt den Kopf. »Ich wusste genau, was ich tat. Mit ihr hätte ich vielleicht nichts gehabt, aber zumindest hätte ich Liebe erfahren.«

»Du hast Freunde hier«, widerspreche ich sofort. »Und ich benutze das Wort nicht leichtfertig. Ehrlich gesagt, habe ich keine Ahnung, wie man für jemanden ein Freund ist, geschweige denn, wie man einen Freund behält. Mein ganzes Leben lang ging es ums Überleben, und jeder, der nicht blutsverwandt war, war ein Opfer in diesem Krieg. Aber jetzt sitzen wir im selben Boot, also würde ich es gerne versuchen.«

Kichernd nimmt sie mir das Glas wieder ab, hält es mir entgegen und prostet mir zu: »Auf den Versuch.«

»Auf den Versuch.«

»Amerika«, träumt sie glückselig vor sich hin. »Vielleicht kehre ich auf die Bühne zurück und mache mir in New York wieder einen Namen als Schauspielerin.«

Die Vorstellung, dass sie irgendwo weit weg von Harold King aufblüht und glücklich wird, lässt mich lächeln.

»Was ist mit dir? Wenn wir das durchziehen – und das ist ein großes Wenn –, dann wirst du dich selbst auf den Thron gesetzt haben.«

»Auf den Thron?«

»Mary ist entthront. Die Mädchen werden zu dir aufschauen, und weitere werden sich in Scharen deiner Gang anschließen, voller Ehrfurcht vor diesem großartigen, unfassbaren Coup, den du gelandet hast.«

Ich presse die Lippen zusammen und denke darüber nach. »Was wird aus mir?«, frage ich leise, mehr an mich selbst gerichtet als an sie.

Aber sie beugt sich zu mir vor und antwortet. »Was aus dir wird? Ich wusste, dass du anders bist, als du mich mit deinen Worten von diesem Balkon heruntergeholt hast. Ich habe noch nie eine so beeindruckende Frau getroffen. Du wirst das schaffen, Alice.«

Ich starre sie unverwandt an. »Bist du dir sicher?«

Sie leert das Glas. »Ich bin mir sicher.«

Achtzehntes Kapitel

Am nächsten Morgen lässt Miss Waller alle Neulinge antreten, um ihr Aussehen zu begutachten. Ich stolpere gerade noch rechtzeitig in den Raum und geselle mich zu den anderen, die allesamt wie ich gekleidet sind in ein Kostüm in dem Selfridges-eigenen grünen Farbton. Miss Waller hat einen Zollstock dabei, um die Haltung der Mädchen zu korrigieren, und kommentiert alles, was sie an jeder einzelnen »unschmeichelhaft« findet.

Als sie vor mir stehen bleibt, stößt sie einen lang anhaltenden Seufzer der Enttäuschung aus.

»Kleidung gut, Haltung gut, aber Frisur und Schminke? Sind Sie heute Morgen aus dem Bett gefallen?«

»Ich kann es besser«, versichere ich, bemüht, vor ihr zu verbergen, wie sehr mich ihre Kritik trifft.

Ich habe gestern Abend zu lange mit Pearl geplaudert und mich nicht annähernd lange genug ausgeruht, aber ich konnte nichts dagegen tun, dass meine Gedanken sich andauernd im Kreis drehten. Ich musste ständig an die Mädchen denken und an das, was ich Rob angetan habe. Was passiert, wenn ich versage?

Miss Waller schürzt die Lippen und nickt. »Das werden wir sehen, nicht wahr?« Sie klatscht mehrmals in die Hände. »Dann fangen wir mal mit eurer Ausbildung an. Wir haben noch eine Woche bis Weihnachten und bis zu unserer Veranstaltung an Heiligabend. Mr Selfridge erwartet optimales Aussehen und Verhalten auf dieser Party. Habe ich mich klar ausgedrückt?«

Ihr Blick scheint auf mir zu verweilen.

Gemeinsam sagen wir alle: »Ja, Miss Waller!«

An diesem Tag geht es ziemlich hektisch zu, und er zieht sich in die Länge. An allen Ecken und Enden gibt es Regeln zu beachten. Von jedem neuen Mitarbeiter wird erwartet, dass er oder sie in einer bestimmten Abteilung arbeitet und sich dort stundenlang mit den Produkten vertraut macht. Aber kaum dass man die Abteilung endlich zu kennen glaubt, wird man in eine andere versetzt.

Inzwischen kenne ich die Ware, aber Verkaufsgespräche sind nicht meine Stärke, und je mehr Miss Waller mich dazu drängt, etwas anzupreisen, desto unsicherer werde ich.

Aber ich lächle in einem fort, auch wenn mir die Füße schmerzen und mein Magen knurrt. Ich ertrage alles, was mir zugemutet wird, denn ich muss so viel wie möglich in Erfahrung bringen, um uns die bestmögliche Chance zu verschaffen.

Am späten Nachmittag kündigt Miss Waller eine kurze Teepause an. Wir dürfen uns kurz ausruhen, müssen aber in weniger als fünfzehn Minuten wieder in unseren Abteilungen erscheinen.

Nachdem ich eine Tasse Tee und einen Keks zu mir genommen habe, gehe ich zu den Fahrstühlen, wo Lucille mich herzlich begrüßt. »Willkommen zurück!«

Ich beiße die Zähne zusammen und lächle trotz der

Schmerzen, die die unnachgiebigen Pumps meinen Füßen bereiten. »Schön, wieder hier zu sein.« Ich stöhne laut und schmerzerfüllt. »Nach den Qualen, die Miss Waller meinen Füßen zumutet, fürchte ich, ich werde tagelang kein Gefühl mehr darin haben.« Schließlich gebe ich mich geschlagen und ziehe die Schuhe aus, um die Zehen spreizen zu können.

Lucille gluckst mitfühlend, als sie sieht, wie geschwollen sie sind. »Weißt du, was du jetzt brauchst? Eine Kippe.« Sie bedeutet mir, zu ihr in den Fahrstuhl zu treten.

»Eine Kippe oder einen Drink«, murmle ich und gehe in den Fahrstuhl. »Wohin fahren wir?«

»In die Schnäppchenabteilung im Keller!«, verkündet sie fröhlich. Als sie die Fahrstuhltüren wieder öffnet, offenbart sich uns eine völlig andere Warenwelt – ein wenig chaotisch und für berufstätige Frauen konzipiert. »Ich fahre immer hier hinunter, wenn ich meinen Gehaltsscheck bekommen habe. Ich kann einfach nicht anders. Dort hinten befindet sich übrigens eine Tür, die zu einem Tunnel führt.« Die Aufregung ist ihrer Stimme deutlich anzuhören. »Er führt direkt zur U-Bahn-Station Bond Street, nur eine halbe Meile entfernt, vorbei an einem Zaun und einem Bauholzlager.«

Diese Information ist so unglaublich, dass ich ein Weilchen brauche, um sie zu verdauen. »Ein Tunnel? Unterirdisch? Davon habe ich noch nie gehört.« Es klingt wie erfunden, und ich drücke meine Skepsis in meinem Tonfall deutlich aus. Aber obwohl ich Lucille erst kurze Zeit kenne, scheint ihr Geplapper durchweg Hand und Fuß zu haben. Sie ist nicht der Typ, der lügt.

Sie zuckt mit den Schultern und senkt die Stimme. »Es ist ein privater Tunnel, der sich noch im Bau befindet. Ein geheimes Projekt von Mr Selfridge. Ich schleiche mich manchmal hinunter, um rasch eine Fluppe zu rauchen, wenn mir das Tohuwabohu dort oben im Geschäft auf die Nerven geht.« Sie tritt aus dem Fahrstuhl hinaus und bedeutet mir, ihr zu folgen.

Die Schnäppchenabteilung ist zwar noch nicht geöffnet, aber alles ist schon festlich weihnachtlich dekoriert. Ich bahne mir einen Weg durch die sortierten Waren und suche dabei die Wände nach Anzeichen für eine versteckte Tür ab. Ich bin sicher, es kann nicht wirklich so sein wie von Lucille beschrieben.

»Da wären wir«, erklärt sie, als wir vor einem schmalen Ausgang stehen. Die Tür sieht abgeschlossen aus, doch als Lucille den Knauf dreht, schwingt sie mit einem kräftigen Ruck auf. »Das Schloss ist nur zur Zierde da, eine Finte, um die Leute fernzuhalten.«

Als wir den Tunnel betreten, schlägt uns kalt die zugige Tunnelluft entgegen. Ich betrachte die Konstruktion, studiere das Innere, und ein beschwingtes Gefühl erfasst mich – eine Euphorie, die sämtliche Zweifel zunichtemacht, die ich in den letzten Tagen mit mir herumgetragen habe. Das ist es. Unser Weg hinaus mit so viel Beute, wie wir nur schleppen können, und niemand wird etwas merken.

Mir bleibt der Mund offen stehen.

»Es ist nichts Besonderes«, sagt Lucille.

Nein, ist es nicht. Es ist ein vergessener, muffiger Ort, den Mr Selfridge nicht mit seinem Namen in Verbindung bringen will. Zu meinem Glück macht es mir nichts aus, ein bisschen schmutzig zu werden.

»Aber es ist ein angenehmer Ort, um mal abzuschalten«, fährt sie fort, reicht mir eine Zigarette und zündet sich selbst auch eine an. »Mr Selfridge wollte ihn eigentlich letztes Jahr fertigstellen lassen, aber es kam zu ein paar Verzögerungen. Hast du einen Mann?«

Der abrupte Themenwechsel irritiert mich. Ich weiß nicht, was ich auf ihre Frage antworten soll. Ich weiß nicht, was Rob für mich ist, oder ob wir überhaupt noch etwas miteinander haben, nach dem, was ich ihm angetan habe. »Es ist kompliziert.«

»Ah, das sind die besten.« Neckisch grinsend klimpert sie mit den Wimpern.

»Hast du denn einen?«

»Auch kompliziert. Mein Dad ist im Krieg gefallen, und ich war mit meiner Mum und meinen beiden jüngeren Brüdern allein. Es gibt einen Mann, der mich heiraten will, aber das würde bedeuten, die Stadt und meine Familie zu verlassen. Ich weiß nicht, ob ich das will.«

Allein schon diese Information macht uns zu Vertrauten. Ich habe Mitgefühl, weil sie in einer verzwickten Lage ist, und deswegen quälen mich Skrupel. Soweit ich es einschätzen kann, ist sie eine nette Frau, die es nicht verdient hat, dass man sie anlügt.

Ich räuspere mich und wechsle rasch das Thema. »Wie viele Mitarbeiter wissen von diesem Tunnel?«

Lucille zuckt mit den Schultern. »Ich bin mir nicht sicher. Ich bin selbst nur zufällig darauf gestoßen.« Nach einer kurzen Weile wirft sie ihre Kippe hastig auf den Boden und drückt sie mit dem Fuß aus. »Wir gehen besser wieder zurück. Ich soll meinen Arbeitsplatz nicht verlassen, und ich bin mir sicher, dass Miss Waller schon nach dir sucht.«

Ich nicke zustimmend und verlasse erst den Tunnel und dann das Untergeschoss. Eine Million Gedanken schwirren in meinem Kopf herum, während ich überlege, wie ich diese Informationen am besten für den Coup nutzen kann.

Als wir den Fahrstuhl erreichen, halte ich kurz inne und streife mir meine Schuhe wieder über die geschwollenen Füße. Lucille geht hinein, aber bevor ich ihr folgen kann, höre ich, wie eine Tür in einem kleinen Gang zu unserer Linken aufgeht.

Ich spähe den langen Flur hinunter.

»Was haben Sie hier unten zu suchen?«

Die Stimme der Frau klingt nüchtern, leicht vorwurfsvoll. Ich kann aus dieser Entfernung kaum etwas erkennen, aber sie macht die Tür weiter auf und kommt mit großen Schritten auf mich zu. Ich beäuge sie skeptisch, doch dann erstarrt mein ganzer Körper. Es ist Detective Betts. Unauffällig gebe ich mit der Hand hinter mir Lucille ein Zeichen, um ihr zu signalisieren, dass sie den Fahrstuhl schließen und mich mit den Konsequenzen allein lassen soll.

Ich atme durch, um meine Muskeln zu entspannen. Über sie zu reden und sie zu beobachten, ist eine Sache. Das hier ist jedoch etwas anderes. Ich interagiere jetzt mit ihr.

Ich will nicht bemerkt werden. Ich muss mit der Menge verschmelzen.

»Miss Black, nicht wahr?«

Verdammt. Sie kennt meinen Namen. Mein Herz schlägt einen Schlag schneller.

Ich lenke sie mit einer Gegenfrage ab. »Sie erinnern sich an meinen Namen? Wie schmeichelhaft.«

»Ich kenne sämtliche Namen des Saisonpersonals. Was haben Sie hier unten zu suchen?«, wiederholt sie ungeduldig.

»Miss Waller hat uns gesagt, wir sollen eine Pause einlegen und die Geschäftsräume erkunden.« Zu meiner Verteidigung: Genau so lauteten ihre Worte. »Viele der weiblichen Angestellten haben von der Schnäppchenabteilung geschwärmt. Ich wollte ihn einfach mal mit eigenen Augen sehen.«

Die Lüge muss überzeugend genug gewesen sein, denn sie taxiert mich rasch und rückt ihre Brille mit den riesigen runden Gläsern zurecht. Bei unserer ersten Begegnung hatte sie sie nicht getragen. »Gut, dass ich Sie hier unten treffe. Ich habe ein paar Fragen zu Ihren Referenzen.«

»Fragen?«, wiederhole ich, ohne mich zu rühren.

Sie geht zurück in das Zimmer, holt etwas und schlendert dann ohne zu zögern auf mich zu. Sie blättert in einigen Papieren in ihrer Hand, bevor sie sagt: »Ihre Geschichte ist vage, sehr vage.«

»Ich hielt es nicht für nötig, alles zu erwähnen.«

»Was sollen wir denn nicht über Sie wissen?« Ihre Stimme klingt weiter ruhig und undurchschaubar, ich kann keinerlei Zeichen von Emotion darin erkennen.

Ich beiße die Zähne zusammen, um mir die Kälte nicht anmerken zu lassen, die sich in meinen Füßen ausbreitet und mir die Beine hochkriecht. »Nichts Wichtiges, bloß persönliche Dinge, die ich glaubte, nicht erwähnen zu müssen.«

»Hmm.« Erneut studiert sie die Papiere. »Die meisten neuen Mitarbeiterinnen schwärmen von ihrer Persönlichkeit, ihren Familien und all den Dingen, die sie zur perfekten Kandidatin für den Verkaufsraum machen. Dass Sie darauf gar nicht eingegangen sind, ist sehr merkwürdig.«

Nein. Nicht merkwürdig. Merkwürdig ist schlecht.

»Es ist, als wollten Sie nicht, dass wir Sie kennen oder uns an Sie erinnern. Ich gebe zu, Ihre Geschichte über Mr King war wirklich ein Aufhänger. Wer schließt schon eine Frau, die sich einem Mann entgegenstellt, nicht ins Herz?« Sie klingt unbeeindruckt. Stattdessen scheint sie sich über mich lustig zu machen. Sie macht sich über das, was ich gesagt habe, lustig, weil sie irgendwie ahnt, dass ich nicht die Frau bin, die ich laut meinen Unterlagen sein sollte.

»Ich bin in einem dunklen Teil der Stadt aufgewachsen«, bekenne ich schließlich etwas atemlos und senke den Blick. »Ich wollte nicht, dass meine Herkunft den Ausschlag gibt, ob ich die Stelle bekomme oder nicht.«

Ihr Gesichtsausdruck bleibt unverändert. »Das nehme ich Ihnen nicht ab.«

Meine Schultern versteifen sich. »Wie bitte?«

»Sie haben da etwas an sich …« Ihre Stimme wird leiser. »Ich kann es nicht genau benennen, aber es verlangt meine Aufmerksamkeit. Meine Neugierde. Mein Interesse.« Sie steckt meine Arbeitspapiere wieder zurück in einen Ordner, den sie in der Hand hält. »Ich werde Sie im Auge behalten, Miss Black.« Sie bedeutet mir, mich zu entfernen. »Ich möchte Sie hier unten nicht noch einmal sehen. Verstanden?«

»Verstanden.« Ich bringe das Wort kaum heraus, bevor ich mich an ihr vorbeischiebe und dann regelrecht losrenne, auf der Suche nach der Treppe.

Die Luft hier unten fühlt sich muffig an, und der Schweiß, der mir den Rücken hinunterläuft, ist unangenehm kühl. Als ich endlich eine Tür mit einem kleinen Fenster mit Blick auf die Treppe finde, reiße ich sie auf und laufe hindurch, wobei mir bei jedem Schritt ein brennender Schmerz durch die Füße jagt.

Als ich wieder im Hauptverkaufsraum ankomme, bedenkt mich Miss Waller mit einer strengen Miene. Sie schnippt mit den Fingern, um mich zu der Schar Frauen zu dirigieren, denen sie gerade neue Aufgaben zuteilt. Wir bekommen die Anweisung, Kunden zu fragen, was sie suchen, und sie dann davon zu überzeugen, Dinge zu kaufen, die sie eigentlich nicht kaufen wollten.

Die Mädchen, denen das gelingt, haben ihre Ausbildung bestanden.

Ich schaue mich um. Nach wie vor habe ich das Gefühl, dass mir gleich schlecht wird, und bin kurz davor aufzugeben und mich in die nächste Damentoilette zu flüchten. Ich höre zwar Miss Wallers Anweisung, schaue mich jedoch, von Panik erfasst, nach Detective Betts' scharfen Augen um, weil ich sicher bin, bereits aufgeflogen zu sein. Jede Sekunde, die verstreicht, bringt sie einen Schritt weiter dabei, das Kartenhaus meiner Lügen einstürzen zu lassen, und die Angst macht mein ganzes Selbstvertrauen nieder.

Wenn sie sich von ihrer Neugierde treiben lässt und zu tief gräbt, wird sie meine Vergangenheit am Ende entdecken. Ich muss dem jetzt ein Ende setzen, bevor es zu spät ist.

Miss Waller fordert uns auf, einen Kunden unserer Wahl anzusprechen, der etwas Bestimmtes sucht, und den Verkauf abzuschließen. Während ich mich auf die Jagd mache, entdecke ich mit einem Mal Charlotte in der Menge. Während der Verkäufer sich gerade umdreht, um etwas herauszusuchen, nach dem Charlotte gefragt hat, lässt sie ihre Finger in eine Auslage mit Lippenstiften gleiten, um ein paar davon verschwinden zu lassen.

Ich schaue mich um und versuche die anderen beiden Mädchen zu entdecken, die sie eigentlich begleiten sollten, bis mir aufgeht, dass sie auf eigene Faust unterwegs sein muss. Ich weiß nicht, warum sie hier ist. Sie ist verheiratet und hat das Kassieren angeblich hinter sich gelassen. Meine Angst davor, was passiert, wenn Detective Betts die Wahrheit über mich herausfindet, überwiegt das geringe Maß an Verbundenheit, das ich mit ihr empfinde.

Kein Coup. Kein Neuanfang für Pearl oder die Mädchen. Ich hätte in jeder Hinsicht versagt.

Ich darf keine von ihnen im Stich lassen.

Meine Wangen glühen, und eine schreckliche Idee nimmt Besitz von mir, als ich schnell Möglichkeiten gegeneinander abwäge und zwischen Charlotte und Detective Betts hin und her schaue. Charlotte reißt sich gerade mühelos ein Paar Seidenschals unter den Nagel.

Wenn wir unseren Raubzug durchziehen wollen, muss

sich Betts' Fokus jetzt auf jemand anderen richten. Dazu muss ich ihr etwas liefern – einen Grund, mich nicht zu verdächtigen. Einen Grund, der die Aufmerksamkeit auf jemand anderen lenkt.

Um unseren Coup abzusichern, muss ich Charlotte verraten.

Ich wappne mich und marschiere dann rasch zu Miss Waller und Detective Betts hinüber. »Da drüben ist eine Frau. Ich habe gesehen, wie sie Schals in ihre Manteltaschen gesteckt hat.«

Ich bemerke ein Flackern des Zweifels in Miss Wallers Augen. Detective Betts hingegen ist mit einem Mal in höchste Alarmbereitschaft versetzt und mustert die Schar der Kunden mit scharfen, zusammengekniffenen Augen.

»Eine Frau?«, fragt Miss Waller misstrauisch. »Sind Sie sicher?«

»Ich bin mir sicher.« Ich drehe mich um und deute, so beiläufig ich kann, auf Charlotte.

Die bekommt davon nichts mit, denn sie ist immer noch damit beschäftigt, den Angestellten abzulenken und mit gespielten Nachfragen zu beschäftigen. »Sie hat Seidenschals und Lippenstifte eingesteckt.«

Miss Waller wirft einen Blick auf Detective Betts. »Ist es nicht Ihre Aufgabe, dem nachzugehen?«

Detective Betts schaut mir einen kurzen Moment in die Augen. Ich lasse keine Zweifel aufkommen. »Ich habe es gesehen. Ich bin mir sicher.«

Sie schaut mich unverwandt an, nickt dann aber und deutet auf zwei Sicherheitsleute, die lässig vor dem Haupteingang hin und her gehen. Mit einem strahlenden Lächeln, das zu dem passt, das Charlotte aufgesetzt hat, geht sie bedächtig auf die beiden zu. Sie wechseln kurz ein paar Worte, und dann, nachdem Betts eine unauffällige Kopfbewegung gemacht hat, packen die beiden Wachleute Charlotte an den Armen.

Sie schreit und schlägt um sich, macht eine Szene, die im ganzen Geschäft für Aufsehen sorgt. Detective Betts kramt in Charlottes Manteltaschen und zieht den Schal hervor. Dann weist sie die Männer an, Charlotte in ihr Büro zu geleiten.

Ich bin mir nicht sicher, was nun passieren wird, aber Detective Betts wirft mir einen letzten Blick zu, und ich mag mich täuschen, aber es scheint Demut darin zu liegen. Ein stummes Dankeschön mit den Augen.

Ich starre auf Charlottes entsetztes Gesicht, als die Fahrstuhltüren hinter ihr geschlossen werden, und die Scham brennt in mir, bis ich weiche Knie bekomme. Der Lärm in dem überfüllten Geschäft fühlt sich an wie die Bombe, die in The Mint hochging – ich höre ein lautes Klingeln in den Ohren, das ich nicht übertönen kann. Ich rede mir ein, dass ich keine Wahl hatte – sie oder ich. Ich musste es tun. Aber mir dies einzureden, hilft nicht.

Ich greife nach dem nächstgelegenen Verkaufstresen, um mich abzustützen.

Miss Waller entschuldigt sich bei den umstehenden Kunden und setzt ihre Ausbildung fort, leicht verwirrt durch die Situation, aber nach wie vor konzentriert auf die anstehende Aufgabe. Ich folge ihren Anweisungen und bete, dass irgendwann eine wonnige Erleichterung meine Schuldgefühle ablösen wird.

Aber das passiert nicht.

Als der Arbeitstag endet, eile ich nach draußen, um die winterliche Kälte auf meinem Gesicht zu spüren. Es ist erst Anfang Dezember, aber ich kann den Schnee schon in der Luft riechen.

»Alice?«, vernehme ich die Stimme von Detective Betts hinter mir.

Ruckartig drehe ich mich um, beinahe mit finsterem Blick, weil ich befürchte, dass sie mich wegen irgendetwas anderem wieder hineinschleifen wird.

Ich muss jetzt endlich von hier wegkommen.

»Es gibt da ein kleines Café um die Ecke, mit dem besten Gebäck in London. Haben Sie Zeit für eine Tasse Tee? Ich lade Sie ein.«

Ich will Nein sagen. Jedes Gespräch zwischen uns könnte ihren Verdacht schüren.

Es ist am besten, wenn ich Distanz wahre.

Aber ihre nach wie vor entschlossene Miene, mit der sie auf eine Antwort wartet, bedeutet mir, dass ein Nein es vielleicht noch schlimmer machen würde. »Sicher.«

Die Detektivin bestellt Tee, ohne Milch und Zucker, und einen Schokoladenkeks. Ich nehme auch einen Tee, weil ich ihr nicht den Eindruck vermitteln will, ich würde zum Abendessen bleiben.

»Ich habe gekämpft, um diese Stelle zu bekommen«, erklärt sie mit fester Stimme. »Edith Smith, die erste Polizistin in England, hat Frauen die Möglichkeit eröffnet, im Polizeiapparat tätig zu werden, aber wir sind immer noch wenige und werden im Kreis unserer männlichen Kollegen nicht ernst genommen. Commissioner Horwood zufolge ist es angesichts des Anstiegs der von Frauen begangenen Diebstähle förderlich, Frauen als Ladendetektive einzustellen. Fakt ist aber: So sehr ich mich auch anstrenge, unter seiner Führung echte Polizeiarbeit zu leisten, er wird nie glücklich sein mit einer Frau, die in seiner Stadt echte Kriminalfälle bearbeitet. Aber wenn ich in der Weihnachtssaison genug Diebe einloche, ändert er seine Meinung vielleicht. Vielleicht muss ich dann nicht mehr für private Unternehmen arbeiten.«

Ich höre aufmerksam zu und nicke gelegentlich.

»Ich habe Akten über diese Frauen angelegt, Notizen, die von anderen Detectives zusammengestellt wurden. Aber keine von ihnen ist besonders detailliert. Ich war zu sehr mit dem Polieren meines Images beschäftigt und damit, mich beweisen zu wollen. Nicht nur in dieser Stadt, sondern auch gegenüber Frauen wie Miss Waller, die es lachhaft finden, wenn wir die Position eines Mannes bekleiden. Sie denkt, wir seien eine Kuriosität, so wie ein Affe auf dem Fahrrad. Sie hat die Vorstellung, dass Frauen in dieser Welt Männern untergeordnet sein sollten und dass daran nichts falsch ist.«

Mittlerweile beuge ich mich zu ihr vor, um aufmerksam zuzuhören, anstatt bloß an meinem Tee zu nippen. Wie kann meine Widersacherin nur so unerwartet faszinierend sein?

»Sie unternimmt nichts ohne Mr Selfridges Zustimmung. Ich hingegen denke manchmal, je weniger die verantwortlichen Männer wissen, desto besser.«

Ihre Worte ändern alles. Diese Frau, die auf der anderen Seite des Gesetzes steht, unterscheidet sich gar nicht so sehr von mir. Sie sucht nach Bestätigung, will ernst genommen werden, will sich ihren Platz unter den Männern verdienen, die sich über ihren Ehrgeiz lustig machen. Sie strebt nach mehr, und das macht sie gefährlich. Sehr gefährlich. Aber könnte ich mir diese Gefährlichkeit zunutze machen? Ich lege den Kopf schief und überlege ernsthaft, ob sich Betts manipulieren ließe.

Kann ich ihren Ehrgeiz gegen sie verwenden?

»Die Frau, die wir gerade geschnappt haben, hatte in ihrem Mantel zahlreiche Waren aus Geschäften im ganzen West End. Mr Selfridge hat meinen Erfolg gelobt, und er versteht jetzt, dass die Bedrohung immer noch sehr präsent ist.«

Deinen Erfolg?

»Dazu wäre es nicht gekommen, wenn Sie nicht gewesen wären.«

Schon viel besser.

»Es war eigentlich gar nichts«, betone ich, bemüht, meine Stimme ruhig und meinen Blick undurchdringlich zu halten. »Ich wollte bloß das Geschäft schützen. Vielleicht wird diese Verhaftung weitere Diebstähle verhindern. Die Frauen, die womöglich vorhatten, in der Weihnachtssaison Diebstähle zu begehen, werden jetzt zu viel Angst davor haben.«

Sie lacht leise, aber es klingt nicht echt. »Nach dem, was ich gesehen und gelesen habe, haben diese Frauen vor kaum etwas Angst. Ehrlich gesagt, bewundere ich ihre Stärke und ihren Wagemut. Aber ich habe vor, meinen Vorgesetzten zu beweisen, dass ich eine aus hartem Holz geschnitzte Polizistin bin.«

In ihren Augen lodert ein Feuer der Leidenschaft. Einschüchternd und roh.

»Da Mary Carr nun weg vom Fenster ist, glaubt die ganze Stadt, die Forty Elephants würden einfach verschwinden. Ich hingegen denke, da der Thron nun unbesetzt ist, wird es einige geben, die sich als würdige Nachfolgerin beweisen wollen.«

Mein Magen zieht sich zu einem festen, unnachgiebigen Klumpen zusammen. Es ist geradewegs so, als ob sie mich durchschaut. Dann schüttelt sie plötzlich den Kopf. »Verzeihen Sie mir, dass ich mich habe hinreißen lassen. Ich wollte mich bloß bei Ihnen bedanken, und ich hoffe, Sie kommen zuerst zu mir, wenn Ihnen erneut etwas ins Auge springt. Sie sind sehr aufmerksam. Das ist eine seltene Gabe, die belohnt werden sollte.«

»Daran war nichts Lobenswertes.« Es kostet mich Mühe, meine Stimme nicht beben zu lassen. Ich weiß, warum ich das getan habe. Ich musste Betts von meiner Spur ablenken und ihre Aufmerksamkeit auf andere Dinge lenken. Auf andere Frauen. Aber wohl fühle ich mich dabei nicht, und ich wünschte, ich hätte eine bessere Lösung gefunden. Eine, die nichts mit Charlotte zu tun gehabt hätte. Ich lasse mir nichts davon anmerken, als ich lächle und sage:

»Wenn mir wieder etwas auffällt, werden Sie die Erste sein, die es erfährt.«

Sie nickt und nimmt einen großen Schluck von ihrem Tee. »Ich schulde Ihnen auch noch eine Entschuldigung für meine Anschuldigung vorhin. Ich fand Ihre Papiere schon ein wenig verdächtig, da Sie keine persönlichen Angaben darin gemacht haben. Aber dann habe ich überlegt, was ich selbst von mir preisgeben würde, wenn ich mich auf eine Stelle bewerben würde.« Sie rollt mit den Augen. »Ich würde das Gleiche tun wie Sie. Meine Erfahrungen für sich sprechen lassen. Ich bin nicht der Typ, der sich mit schönen Worten beschreibt oder sich herausputzt, um bei anderen Eindruck zu schinden. Ich stamme selbst nicht gerade aus vornehmen Verhältnissen und weiß nur zu gut, wie jemand aus einer Familie oder mit einer Erziehung aus der Unterschicht diskriminiert wird.«

Sittsam bedanke ich mich bei ihr. Wie ich sie auf der Weihnachtsparty täuschen soll, weiß ich immer noch nicht, aber ich habe noch eine Woche Zeit, mir etwas auszudenken. Sie hat eine Schwäche: Sie ist von ihrem Ehrgeiz getrieben. Sie würde alles tun, um ernst genommen zu werden.

Das allein könnte schon nützlich sein.

Wir verbringen die nächste Stunde damit, über das Kaufhaus zu sprechen, über Miss Wallers forsche Art der Ausbildung und darüber, wie sehr sich London von Winchester, der Heimat der Detektivin, unterscheidet. Es gelingt mir sogar, ihr ein Lachen zu entlocken, als ich meine schmerzenden Füße erwähne – ein Schmerz, den sie nachfühlen kann. Als sich unsere Wege trennen, wünscht sie mir noch einen schönen Abend, und ich tue das Gleiche.

Doch als ich den Bürgersteig entlanggehe, überkommt mich eine bleierne Schwere. Erst gestern Abend haben die Mädchen darum gebettelt, mir helfen und sich mir anschließen zu dürfen. Ich habe ihnen Hoffnung gemacht. Aber was ich getan habe, werden sie mir nicht verzeihen.

Ich weiß nicht einmal, ob ich es mir selbst verzeihen kann.

Ich stürme um die nächste Ecke, an einem Hutmachergeschäft vorbei, und spüre dabei, dass ich am ganzen Körper zittere. Mein Atem geht schnell, ist außer Kontrolle. In einer irrwitzigen Abfolge taucht immer wieder Charlottes Gesicht vor mir auf. Nicht einmal der Lärm der Stadt, der vorbeidröhnende Omnibus oder das Geschnatter der Straßenhändler können mich ablenken.

Ich verliere mich in ihren Augen – ihren gebrochenen, verängstigt blickenden Augen.

Die nächsten Minuten atme ich durch die Nase ein und durch den Mund aus und zähle dabei vor mich hin. Eins bis zehn. Eins bis zehn. Ich bin so verzweifelt wie in der Nacht, als sich Louisa von mir abwendete, nur dass Maggie nicht bei mir ist, um mich zu beruhigen. Also muss ich mich selbst beruhigen.

Ich musste es tun, um die anderen Mädchen zu schützen, um den Coup nicht zu gefährden. Ich musste Detective Betts ablenken und ihr Vertrauen gewinnen. Um das zu bewerkstelligen, gab es nur einen Weg.

Nur einen.

Kaum dass ich zurück in The Mint bin, mache ich mich auf die Suche nach Tommy. Aber meine Mutter ist allein im Haus, räumt gerade nach einer Session auf. Verärgert seufze ich tief. »Ist Tommy weg?«

»Er hat Christina zum Essen eingeladen. Müsste aber heute Abend noch zurückkommen.« Sie mustert mich. »Stimmt etwas nicht?«

Ich weiche ihrem Blick aus. »Alles in Ordnung. Ich habe die Stelle bei Selfridges bekommen … Ich habe mir das Vertrauen der Ladendetektivin erarbeitet. Alles ist gut, aber es fühlt sich so falsch an.« Der Kloß in meiner Kehle wird immer unerträglicher.

Meine Mutter fasst mich bei den Schultern. »Setz dich. Erzähl es mir.«

»Wie wär's, wenn du mir aus der Hand lesen würdest?« Trotz aller Scham grinse ich und lasse mich an ihrem Tisch nieder. Ich schließe die Augen, und erneut taucht ihr Gesicht vor mir auf. Charlottes Gesicht. Dann Louisas. All die unschuldigen Frauen, die meinetwegen gelitten haben. Wie viele Gesichter werde ich den ihren noch hinzufügen?

»Wir haben seit deinem Kampf gegen Richard Sloan nicht mehr miteinander gesprochen«, sagt Mum leise. »Das hast du gut gemacht, Alice. Ich weiß, du denkst, dass ich immer Tommy bevorzugt hätte, aber ich bin auch stolz auf dich.«

»Du *hast* ihn immer bevorzugt«, kontere ich instinktiv. »Aber trotz seiner vielen, vielen Fehler haben wir alle eine Schwäche für Tommy. Nach dem Kampf gegen Richard hat er mir gesagt, er wolle um Christinas und des Babys Wohl aus diesem Leben aussteigen.« Ich spüre einen Schmerz in der Brust. »Aber ich bin hergekommen, um ihn zu bitten, einen letzten Job für mich zu erledigen.«

»Das ist das Mindeste, was er tun kann«, sagt sie und umklammert meine Hände. »Warum also das lange Gesicht? Was geht dir durch den Kopf? Die Leute kommen hierher, um zu reden, und ich höre zu. Rede mit mir.«

Ich lege den Kopf auf ihre Schulter und rede mir alles von der Seele. Was ich Mary angetan habe, wie ich Rob aufgegeben habe, das von Selfridges, den McDonalds, dem Coup und schließlich Charlotte. Als ich fertig bin, merke ich an ihrer Reaktion, wie wenig sie von all dem wusste. In gewisser Weise bin ich dankbar dafür, dass sie davon verschont geblieben ist, aber ein anderer Teil von mir sehnt sich nach ihrem Rat.

Ich habe einen Kloß im Hals, doch ich räuspere mich rasch. »Aber es ist so, wie du gesagt hast, Mum – ich bin aus Stahl. Ich muss Dinge tun, zu denen andere Frauen nicht in der Lage sind, und ich muss damit leben. Und ich musste es tun. Oder etwa nicht?«

Sie sagt lange Zeit nichts, und ihr Schweigen zehrt zunehmend an meinen Nerven. »Mum, sagst du jetzt irgendwann etwas dazu?«

»Ja«, antwortet sie. »Das macht dann zwei Schilling.«

Ich muss lachen, sie erwidert das Lächeln und streicht mir über die Wangen. »The Mint wurde dir aufgezwungen. Die Verantwortung für diese Mädchen nicht. Du musstest ihnen nicht helfen, und du musst sie auch nicht anführen.«

»Ich möchte es aber«, sage ich laut, und es fühlt sich gut

an, es offen einzugestehen. »Wenn ich The Mint führen kann, kann ich auch sie führen. Aber in The Mint musste ich es mir erst verdienen, und jetzt muss ich es mir bei den Mädchen auch erst verdienen.«

Sie lässt meine Hände los. »Tja, dann klingt es so, als ob du tun musstest, was du getan hast. Das mit Charlotte wird dich verfolgen, aber in jedem Krieg gibt es Opfer.«

Ich denke darüber nach und frage dann: »Hast du etwas von Louisa gehört?«

»Schon eine Weile nicht mehr«, gibt sie zu. »Du solltest sie vor diesem Riesencoup noch einmal aufsuchen. Ich habe Vertrauen in dich. Nach Richard Sloan bin ich mir sicher, dass du alles durchstehen kannst. Aber du würdest es bedauern, falls doch etwas passiert und du sie vorher nicht mehr gesprochen hast.«

»Für sie bin ich, glaube ich, schon weg«, gebe ich kleinlaut zu.

Bevor sie etwas erwidern kann, kommt Tommy durch die Tür herein, Arm in Arm mit seiner Frau. »Alice?« Seine Stimme klingt unbeschwert, fröhlich, so lange, bis er mein Gesicht ein wenig länger studiert. »He, alles in Ordnung?«

Ich blinzle angestrengt, um die Tränen zu unterdrücken, wische mir schnell über das Gesicht und stehe auf. »Ja. Aber ich muss dich um einen Gefallen bitten.«

»Alles, was du willst«, sagt er und zieht seine Handschuhe aus.

»Können wir unter vier Augen reden?«

Wir gehen nach oben und setzen uns auf die Fensterbank, um gemeinsam eine zu rauchen. Ich erzähle ihm von meinen Plänen, Selfridges auszurauben, und füge hinzu: »Die Mädchen vermuten, dass es ein Mosler-Tresor aus Amerika ist. Mr Selfridge ist bekannt dafür, dass er eine Vorliebe dafür hegt. Wo er steht, weiß ich noch nicht. Wir vermuten, in seinem Büro.«

Seine Augen weiten sich deutlich. »Die Sorte Safe, die nicht geknackt werden können. Die ganze Welt weiß das.«

»Es gibt keinen Safe, der deinem Können standhält, Tommy Diamond. Und denk darüber nach – allein mit dem Geld aus diesem Coup werden du und Christina gut versorgt sein. Ihr könntet London verlassen, in einem schönen großen Haus auf dem Land neu anfangen und Hühner züchten.«

Diese Vorstellung bringt ihn zum Lachen, doch seine Miene ist düster. »Es ist riskant, Alice. Wenn etwas schiefgeht, bleibt Christina allein zurück. Das ist ja gerade der Grund, weshalb ich aussteigen will.«

»Ich verspreche dir, dass nichts schiefgeht. Ich habe dort eine Stelle angenommen, also werde ich den Laden in- und auswendig kennen, wenn die Zeit gekommen ist. Wir werden kein Problem haben, rauszukommen. Du öffnest einfach einen Safe, kippst den Inhalt in eine Tasche und gehst als reicher Mann wieder hinaus.«

»Das kann nicht wahr sein – du hast eine Stelle bei Selfridges?«

Ich lächle stolz.

Doch er zögert. Tommy war noch nie zögerlich, wenn es darum ging, bei großen Coups mit von der Partie zu sein, und die Tatsache, dass er jetzt unsicher ist, beweist mir, wie ernst es ihm damit ist, ein neues Kapitel in seinem Leben aufzuschlagen und für seine Familie ein besserer Mensch zu werden. Die Schuldgefühle nagen weiter an mir, und ich frage mich, ob wir den Beutezug auch ohne ihn durchziehen könnten. Draußen beginnt es zu nieseln, kleine Wassertropfen laufen an den Fensterscheiben herunter. Gerade als ich den Mund aufmachen und alles zurücknehmen will, klopft er sich auf die Knie.

»Ich bin dabei«, verkündet er selbstbewusst. »Es gibt keinen Safe, den ich nicht knacken kann … wage ich zu behaupten. Nicht einmal einen, den Mr Selfridge persönlich sein Eigentum nennt.«

Ich atme tief durch und ziehe ihn an mich, um meine Stirn gegen die seine zu drücken. »Danke, Tommy.«

»Du musst mir nicht danken, Alice. Ich bin dir das schuldig. Ich schulde dir mehr als das, aber es ist ein Anfang.«

Ein Klopfen an der Haustür unterbricht unser Gespräch. Wir rennen beide die Treppe hinunter und stehen einer verzweifelte Maggie gegenüber. »Pearl ist weg!«

»Was soll das heißen, weg?«

Sie wirft die Hände in die Luft. »Verschwunden! Ich bin rausgegangen, um zu sehen, ob ich noch mehr Mädchen davon überzeugen kann, sich uns anzuschließen, und als ich zurückkam, habe ich gesehen, wie sie mit einem Mann auf der Straße gestritten hat. Bevor ich nahe genug herankommen konnte, hat er sie in sein Automobil gezerrt und ist davongebraust.«

Neunzehntes Kapitel

Während Maggie im Automobil vor dem Stadthaus der Kings wartet, steige ich aus und gehe zur Haustür. Ich klopfe einmal, zweimal, bis mir endlich eine düster dreinblickende Alba die Tür aufmacht.

»Ich bin nur gekommen, um Pearl zu besuchen«, sage ich.

Nervös schaut Alba über ihre Schulter zurück. »Du gehst besser wieder.«

Sie will die Tür schließen, aber ich schiebe rasch einen Fuß dazwischen. Als ich einen Blutstropfen an ihrem Ärmel entdecke, packt mich die Panik. »Du sagst mir jetzt sofort, wo sie ist, oder ich schlage dir beim Reinkommen die Tür ins Gesicht.«

Sie zögert, räuspert sich dann leise. »Sie liegt in einem Krankenhaus in der Nähe von Camden Town. Sie hatte einen Unfall.« Ihre Stimme zittert leicht und verrät mehr, als Alba es beabsichtigt haben dürfte. »Aber es war kein Unfall … Er brachte sie wieder nach Hause. Sie hat immer wieder versucht zu fliehen, und da ist er wütend geworden.« Erneut bebt ihre Stimme. »Sie ist in einem furchtbaren Zustand.«

Mir wird bang ums Herz. Ich will etwas sagen, bringe aber nichts über die Lippen.

»Du dummes Ding!«, knurrt sie. »Dachtest du etwa, du

könntest dich gegen einen Mann wie ihn durchsetzen? Du musst jetzt gehen, Alice. Ich habe dir gesagt, wo sie ist.«

Ich drücke mit dem Fuß gegen die Tür, unbändige Wut lässt meine Unterlippe zittern. »Ist er zu Hause?«

»Nein, er ist bei ihr, um sicherzustellen, dass sie wieder mit ihm nach Hause kommt. Ich weiß nicht, warum du so überrascht bist.« Sie wirft mir einen Blick zu, der darauf hindeutet, dass sie mich für minderbemittelt hält. »Es ist kein Geheimnis, dass sie seit dem Tag, an dem du hier angefangen hast zu arbeiten, immer mehr Streitereien mit ihm vom Zaun brach. Du hast sie glauben lassen, es läge in ihrer Macht, ihre eigenen Entscheidungen zu treffen – zu entscheiden, ob sie ihn verlässt.« Sie schnaubt leise. »Wenn jemand Schuld an ihrem jetzigen Zustand hat, dann bist du das.«

Ich lache böse. »Wäre es dir lieber, ich wäre wie du gewesen? Hätte nur zugesehen, wie er sie grün und blau prügelt, um danach so zu tun, als wäre nie etwas passiert?«

»Ich habe eine Familie«, sagt sie ohne Anflug eines Schuldgefühls. »Ich brauche diesen Job. Verzeih mir, dass ich meine Angehörigen einer verwöhnten, reichen Schlampe ohne Sinn für die reale Welt vorziehe. Sie wusste genau, was sie sagen musste, damit er die Beherrschung verliert, und sie tat es jedes Mal. Sie hat nie dazugelernt. Vielleicht hat sie es jetzt.«

Ich komme nicht mehr zu Wort, denn im nächsten Moment schlägt sie die Tür zu, und ich höre das Schloss einrasten.

Wut kocht in mir hoch und schnürt mir die Kehle zu,

während ich auf die Straße zurückkehre. Maggie steigt aus dem Automobil und kommt mir entgegen. »Was ist passiert?«

Ich wusste, dass immer die Gefahr bestand, dass Harold Pearl ausfindig machen würde, aber ich hatte doch gehofft, es würde nicht passieren. Maggie fasst mich an den Schultern, und ihr fester Griff hilft mir, das Gleichgewicht zu bewahren. »Alice?«

»Wir müssen noch einen Zwischenstopp einlegen.« Meine Stimme klingt atemlos, ungleichmäßig, geradezu hysterisch. »Camden Town. Das Krankenhaus.«

Wir erreichen das Krankenhaus in Rekordzeit. Nachdem sie geparkt hat, folgt Maggie mir durch die großen Türen ins Innere. Die Luft riecht nach frisch gewaschenen Handtüchern und nach Tod. Ich frage die erstbeste Krankenschwester nach Pearls Zimmer, worauf sie auf die Privatstation deutet, zu einem langen Korridor, dessen Wände mit Mahagoniholz vertäfelt und vom ständigen Anstoßen der rollbaren Krankenbetten lädiert sind.

Als wir die Station betreten, kann mich der Duft nach Parfüm und frischen Blumen nicht trösten angesichts des vielen Geldes, das für die Behandlung von Patienten von höherem Status ausgegeben wird. Die Summe, die Harold für Pearls komfortablen Aufenthalt bezahlt, ist reines Blutgeld und soll den Ärzten und Krankenschwestern vorgaukeln, dass er seine Frau wirklich liebt und ihr niemals auch nur ein Haar krümmen würde.

In Pearls Zimmer zwinge ich mich dazu, an ihr Bett zu

treten und ihre Hand zu ergreifen. Ihre Augenpartie ist zerschrammt und geschwollen, und an ihrem Kinn klafft eine große Wunde, wahrscheinlich von dem Siegelring an seinem Finger, mit dem er ihr wohl einen Kinnhaken verpasst hat. Ihre Nase ist gebrochen und auf solche Weise entstellt, dass ich mich schrecklich fühle, weil ich mich nicht mehr daran erinnere, wie sie vorher ausgesehen hat.

Dieses Bild von ihr, verprügelt und gebrochen, brennt sich in mein Gedächtnis ein.

Kurz darauf kommt Maggie zur Tür herein – und macht vor Schreck ein langes Gesicht. Vor Wut bebend, stürmt sie zu Pearl, um ihre andere Hand zu ergreifen. »Er hat das getan. Ihr Mann, oder?«

»Er war es, zweifelsohne«, bestätige ich.

Maggies Augenbrauen ziehen sich zusammen. Dann wird ihr Blick von jemandem hinter mir angezogen. Ich höre, wie derjenige mit schweren Schritten das Zimmer betritt. Ich brauche seine Stimme nicht zu hören, um zu wissen, dass es Harold King ist.

Er trägt einen maßgeschneiderten dreiteiligen Anzug und hält einen frischen Blumenstrauß in der Hand. Kein einziger Tropfen Blut ist an ihm zu sehen. »Na, wenn das mal nicht unser sehnlich vermisstes Hausmädchen ist.« Er hebt den Arm und tippt sich auf die Stelle an seinem Körper, an der ich ihn geschnitten hatte. »Ich erinnere mich noch an dein Abschiedsgeschenk.«

»Ich weiß, dass Sie ihr das angetan haben, Sie Bastard!« Ein inneres Feuer lodert in mir auf, und ich stürze mich auf ihn, doch Maggie hält mich mit einem kräftigen Schubser auf. Ich spüre ihre Hände auf meiner Brust, womit sie mir den Wind aus den Segeln nimmt.

»Lass es!«, warnt sie mit so leiser Stimme, dass Harold King sie nicht hören kann.

Er seufzt daraufhin tief, aber die Reue klingt nicht überzeugend. »Es ist eine Schande, was passiert ist. Gestern Abend hat ein Automobil sie erfasst, quer über die Straße geschleudert, und ist dann davongerast. Ich habe die Behörden alarmiert, und sie fahnden jetzt nach dem Fahrer oder der Fahrerin, wer immer am Steuer saß. Aber keine Sorge, der Gerechtigkeit wird Genüge getan werden.« Dass ich weine und damit meine Gefühle vor ihm offenbare, merke ich erst, als mir eine Träne die Wange hinabrinnt. Rasch wische ich sie mir mit dem Handrücken weg.

»Der Gerechtigkeit wird Genüge getan werden«, stimme ich mit fester lauter Stimme zu. »Darauf können Sie sich verlassen.«

Ein finsterer Ausdruck huscht über sein Gesicht. »Ich bewundere deine Leidenschaft, kleines Hausmädchen. Aber ich denke, du würdest eine glücklichere Frau sein, wenn du anerkennst, dass du ohne einen Mann ein Niemand in dieser Welt bist. Wir haben alle Macht. Was wir geben, können wir auch wieder nehmen.«

»Sie glauben, Sie haben Macht? Sie wissen nichts über Macht«, sage ich so kalt, dass mich der Klang meiner eigenen Stimme erschreckt. Ist es überhaupt meine? Oder ist es die der Bestie in mir?

Ich wollte Richard Sloan nicht verletzen, doch ich musste es. Harold King hingegen will ich verletzen, ich will ihn tot sehen, will sein Blut an meinen Händen. »Das werden Sie noch bereuen.«

»Meine Frau hat ihre Lektion auf die harte Tour gelernt. Es täte mir sehr leid für dich, wenn du den gleichen Unterricht nehmen müsstest.«

Ich sträube mich gegen Maggies Umklammerung, weil ich ihm unbedingt Schmerzen zufügen will.

»Lass uns gehen«, sagt Maggie, ohne meinen Arm loszulassen. »Lass uns jetzt gehen, Alice.«

Sie zerrt mich in den Flur und wieder nach draußen. Als wir am Automobil angelangt sind, schreie ich: »Du hättest mich nicht aufhalten sollen! Ich wollte ihn verletzen. Ich wollte sein Blut sehen.«

Ich halte inne, bestürzt darüber, wie heftig und ohne jedes Zögern mir diese Worte über die Lippen dringen.

»Steig ein!«, befiehlt sie, doch dickköpfig, wie ich bin, lasse ich mir Zeit, bevor ich auf dem Beifahrersitz Platz nehme.

Ohne mich anzusehen, sagt sie: »Du besiegst einen Mann wie Harold King nicht, indem du ihn in einem Krankenzimmer verprügelst. Er ist ein Mann aus besseren Kreisen und mit großem Einfluss. Er würde dich für unzurechnungsfähig erklären lassen, und man würde dich wegsperren, bevor du auch nur die Zeit hättest zu blinzeln. Kein Coup. Keine Mädchen. Kein gar nichts.« Sie schüttelt den Kopf, und ein Überschwang der Gefühle färbt ihre Wangen rot. »Einen Mann wie ihn bringt man mit einer Pistole oder einem Messer zur Strecke, wie ein tollwütiges Tier. Man jagt ihn, wenn er allein ist. Man sorgt dafür, dass es keine Zeugen gibt. Wir werden uns gemeinsam um Harold King kümmern. Aber jetzt ist noch nicht die Zeit dafür. Wir müssen uns auf den Coup konzentrieren. Nicht nur unseretwillen, sondern auch für Pearl. Sie war unsere Eintrittskarte, und jetzt stehen wir ohne Einladung da.«

Ich kenne nur eine weitere Person, die ebenfalls zur Party des Jahres eingeladen worden sein könnte. »Vielleicht sollten wir bei Kate Meyrick nachfragen? Sie ist bestimmt eingeladen worden. Sie hat sich einen Namen gemacht. Allerdings war unser letztes Gespräch nicht gerade das angenehmste.«

»Was hast du getan?«

Ich schüttle den Kopf. »Nicht wichtig.«

»Fragen könnten wir sie«, stimmt Maggie zu. »Aber sie wird ihren Preis haben.«

»Den hat jeder«, murmle ich.

»Ohne Pearl fehlt uns auch ein Mädchen. Sie sollte unser Gesicht sein. Ich wollte ihr nächste Woche beibringen, wie das mit dem Kassieren abläuft, sie mit allem vertraut machen«, fügt Maggie hinzu. »Wir brauchen so viele Mädchen, wie wir nur zusammentrommeln können. Vielleicht frage ich Charlotte! Sie wollte die Gang nie verlassen. Mary hat sie nach ihrer Heirat dazu genötigt. Sie würde sich uns bestimmt noch mal anschließen, und wir wissen schon, dass wir gut mit ihr zusammenarbeiten können.«

Ich wusste, dass es rauskommen würde. Irgendwann. Ich hatte nur gehofft, dass es erst nach dem Coup so weit sein würde. Es gibt schon so viele Schwierigkeiten, die wir aus dem Weg räumen müssen, da will ich mir nicht auch noch Ärger mit Maggie einhandeln.

Aber ich habe keine andere Wahl. Es vergeht ein Moment, in dem ich nach den richtigen Worten suche. Gibt es überhaupt die richtigen?

»Es ist etwas vorgefallen«, sage ich und schlucke den Kloß in meiner Kehle herunter. »Detective Betts hatte mich vom ersten Tag an im Verdacht. Ich weiß nicht, ob es an meinem Vorstellungsgespräch lag oder an meinen Referenzen, aber sie hat mir klargemacht, dass sie mich im Visier hat.«

Sie zieht die Augenbrauen ein wenig hoch. »Worauf willst du hinaus?«

»Charlotte war im Selfridges. Ich habe sie beim Stehlen beobachtet und es Detective Betts gesagt. Sie hat sie verhaften lassen.«

Maggie klappt die Kinnlade herunter.

»Ich war gezwungen, es zu tun, Maggie. Ich musste den Verdacht von mir ablenken, damit wir eine bessere Chance haben.«

»Du hast sie verraten?« Sie springt aus dem Automobil aus, als könnte sie meinen Anblick nicht länger ertragen.

Ich steige ebenfalls aus, und ein flaues Gefühl breitet sich in meinem Magen aus. Schuldgefühle und Angst überwältigen mich. Wie soll ich sie jemals dazu bringen, mir zu verzeihen? »Was hättest du an meiner Stelle getan?«

»Irgendetwas anderes«, gibt sie zurück. »Dir mag sie wenig bedeutet haben, aber ich kenne sie schon seit Jahren. Sie war nett zu dir, und vor allem war sie meine Freundin.«

Ich nicke, lasse mir alle Beleidigungen gefallen, die sie mir entgegenschleudert, weil ich weiß, dass sie ihrem Ärger Luft machen muss. »Hör zu, ich habe es nicht leichtfertig getan, und meine Schuldgefühle fressen mich auf. Aber ich habe keine andere Möglichkeit gesehen. Diese Frau, Detective Betts, nimmt ihre Aufgabe sehr ernst. Sie ist klug. Sie wäre mir auf die Schliche gekommen, hätte ich ihr nicht einen Grund geliefert, mir zu vertrauen.«

Maggie schüttelt den Kopf, ihre Miene drückt pure Abscheu aus. »Und weißt du, warum sie dir jetzt vertraut? Weil sie sich nicht vorstellen kann, dass du einen deiner eigenen Leute ans Messer lieferst. Niemand ist so gefühllos.«

Ich stottere entrüstet vor mich hin, aber sie ist noch nicht fertig mit mir. »Würdest du auch mich opfern? Wenn es zu deinem Vorteil wäre, mich zu verraten? Du sagst, wir machen das hier zusammen, aber jede Entscheidung triffst du allein. Du kennst nichts anderes, als auf dich allein gestellt zu sein!«

»Du hast recht.« Ich betone jedes einzelne dieser drei Worte so stark, wie ich nur kann. »Ich muss schon lange ohne Unterstützung klarkommen, Mags, und ich habe das Gefühl, dass ich mich nur auf mich selbst verlassen kann. Ich heiße nicht gut, was ich getan habe, aber ich habe es für dich und Pearl und die Mädchen getan, die alle darauf bauen, dass wir es schaffen. Ich habe es für uns getan. Ich will gar nicht die Person sein, die über diese Dinge entscheidet, aber jemand muss es machen.« Ich wiederhole die Worte meiner Mutter. »Charlotte war ein Opfer des Kriegs.«

»Welcher Krieg?« Zornig hebt sie die Arme. »Wenn ich mit dir in die Schlacht ziehen soll, sag mir wenigstens, gegen wen ich kämpfe!«

»Gegen alle!«, schreie ich nun meinerseits mit gleicher Wut. »Gegen Männer wie Harold King, die Frauen zum Spaß brechen. Gegen Frauen wie Mary, die arme und verzweifelte Mädchen zu ihrem Vorteil manipulieren. Gegen die McDonald-Brüder, die uns kontrollieren wollen. Gegen Richard und Alister. Gegen deine Brüder, die in dir nie etwas anderes gesehen haben als ein Beiprogramm im Zirkus, das ein bisschen Geld einbringt. Gegen diese ganze verdammte Welt! Wir gegen alle.«

Maggie holt tief Luft und hält sich den Kopf, während ihr Tränen über die Wangen rinnen. Mit wild klopfendem Herzen mache ich einen Schritt nach vorne und verschlucke mich fast an meinen Worten, als ich fortfahre. »Ich habe schreckliche Dinge getan, um meine Familie zu schützen, und wenn du denkst, ich würde nicht dasselbe für dich tun, für das, was wir gemeinsam geplant haben, dann irrst du dich.«

Sie ballt ihre Hände zu Fäusten und denkt über meine Worte nach. Selbst wenn das alles für sie Sinn ergibt, ändert es doch nichts an dem, was geschehen ist. Es ändert nichts daran, dass Charlotte ihr etwas bedeutet hat und auch nett zu mir war. Das, was ihr zugestoßen ist, hat sie nicht verdient, und nichts, was ich sage, wird daran etwas ändern.

»Ich brauche etwas Zeit für mich«, erklärt sie schließlich, aber es klingt eher nach *Zeit ohne dich.* »Ich treffe dich später in Pearls Wohnung. Evelyn und Rita wollen den Plan noch einmal durchgehen und Tommy auf seine Aufgabe vorbereiten. Jetzt, da wir Dinge – und Menschen – geopfert haben, sollen sich die Opfer auch lohnen.«

Ich nicke langsam. »Stimmt.«

Sie geht auf ihren Wagen zu, bleibt dann aber noch einmal stehen. »Keine Geheimnisse mehr, Alice.«

Ich habe noch viele Geheimnisse. Ich bestehe aus Geheimnissen. Aber um des Friedens willen sage ich: »Keine mehr.«

»Ich meine es ernst. Sonst bin ich raus.«

»Keine Geheimnisse mehr.«

Am nächsten Morgen ist Maggie zwar immer noch distanziert, willigt jedoch ein, am Abend mit mir zu kommen, um mit Kate zu reden und zu sehen, ob wir eine Einigung mit ihr erzielen können.

Doch zuvor melde ich mich zur Arbeit bei Selfridges. Miss Waller hat alle neuen Mitarbeiter in der Bücherei antreten lassen, um die bevorstehende Weihnachtsfeier zu besprechen. Alle plappern aufgeregt durcheinander, ich hingegen schaue sie nur sprachlos und eingeschüchtert an. Ich habe die Ausbildung nur knapp bestanden. Während die anderen allesamt aufzublühen scheinen, habe ich, abgesehen von Lucille, keine weiteren Freundschaften geschlossen. Ich war zu sehr in Anspruch genommen, als dass ich es überhaupt in Betracht gezogen hätte. Und das ist nicht klug.

Die Außenseiterin zu sein bedeutet, dass ich mehr Aufmerksamkeit auf mich ziehe. Die Abgesonderte ist immer verdächtig. Deshalb kommen wir beim Kassieren immer als Gruppe herein. Zwar habe ich mir Detective Betts vorerst vom Hals geschafft, aber nichts wird sie davon abhalten, mich später erneut zu verdächtigen.

Ich muss Kontakte knüpfen.

Ich gehe durch die Bibliothek auf eine Gruppe von Mädchen zu, die miteinander plaudern. Ich stoße in dem Moment dazu, als eine von ihnen gerade sagt: »Habt ihr gehört, dass zu der Party auch Prominente kommen werden? Es ist das größte gesellschaftliche Ereignis des Jahres.«

Diejenige, die spricht, bemerkt mich. »Oh, hallo, Alison, oder?«

»Alice«, korrigiere ich sie.

»Ich bin Patricia«, stellt sie sich vor. »Und das sind Kathy und Renee.«

Ich schaue die beiden an. »Tut mir leid, dass wir einander nicht schon früher vorgestellt wurden.«

»Miss Waller war streng zu dir«, bemerkt Kathy. »Wir hatten alle schon eine Wette laufen, dass du das Handtuch werfen würdest. Ich hätte es getan.«

Ich lächle. »Ich habe schon für Schlimmere gearbeitet als für Miss Waller.« Ich bemühe mich, nicht zu lange an Harold King zu denken. »Die Bezahlung ist gut, und wie du eben gesagt hast: Wir nehmen teil am größten Ereignis des Jahres. Wer würde sich nicht geehrt fühlen, mit von der Partie zu sein?«

»Ich bin nur wegen des Essens dabei«, verrät Renee und errötet. »Meine Cousine hat letztes Jahr hier gearbeitet. Sie hat erzählt, dass Mr Selfridge seine Angestellten jedes Jahr vor der Party zu einem großen Weihnachtsessen einlädt. Dabei zahlt er auch die Prämien aus – auch an die neuen Mitarbeiter.«

Ich nicke. »Das klingt verlockend.« Teilnehmen kann ich allerdings nicht, auch wenn es die Rolle, die ich spiele, noch glaubwürdiger machen würde. Es gibt noch zu viel zu erledigen, um den Coup vorzubereiten, und ich würde mich schuldig fühlen, wenn ich auch nur einen Moment Spaß dabei empfinden würde. »Was für ein großzügiger Mensch. Ist ihm eine von euch schon mal begegnet?«

»Nein«, erwidert Kathy. »Wir werden ihn aber auf der Party zu Gesicht bekommen. Wahrscheinlich mit einer neuen jungen Schönheit von der Bühne. Er hat immer ein Starlet am Arm.«

»Das ist ganz schön skandalös«, bestätigt Patricia und grinst dabei. »Allerdings kann ich nicht behaupten, ich würde seine Aufmerksamkeit zurückweisen, falls er in meine Richtung schaut.«

Renee versetzt ihr zum Spaß einen Klaps auf die Schulter. »Du hast kein Schamgefühl!«

Ein paar Minuten später betritt Miss Waller den Raum und räuspert sich. »Wie die meisten von Ihnen wissen, veranstaltet Mr Selfridge in weniger als einer Woche seine berühmte Heiligabend-Party. Die Gäste sind handverlesen und erhalten als Erste einen Blick auf die neueste Designermode und die neuesten Geräte von Erfindern aus der ganzen Welt. Einige von Ihnen werden im Verkaufsraum arbeiten, andere werden sich um das Servieren von Erfrischungen kümmern. Dazu gehören Getränke und Essen, und Sie müssen sicherstellen, dass sich alle Gäste auf dieser Veranstaltung wohlfühlen.«

Ich atme tief durch. Im Grunde genommen ist es das Gleiche wie das, was ich im Club 43 gemacht habe, bloß in einem weniger skandalösen Outfit. Als mir das klar wird, kommt eine Erleichterung in mir auf. Es wird einfacher sein, die Mädchen zu dirigieren, wenn ich mich unter die Gäste mische, statt einer festen Abteilung zugeordnet zu sein.

Miss Waller fährt fort und betont, wie wichtig die Veranstaltung ist und dass wir alle unseren Aufgaben nachgehen müssen und unsere Aufmerksamkeit nicht abschweifen lassen dürfen, trotz der vielen Ablenkungen um uns herum. Schließlich verliest sie die Liste derer, die in den einzelnen Abteilungen eingesetzt werden, und danach die von den Frauen, die als Serviererinnen fungieren werden. Bis in die Zehenspitzen angespannt, warte ich darauf, dass sie meinen Namen nennt. Aber er fällt nicht. Stattdessen schließt sie die Liste ab und steckt das Papier wieder ein.

»Zurück an die Arbeit, Ladys«, sagt sie schließlich.

»Entschuldigen Sie, Miss Waller. Ich habe meinen Namen nicht gehört.«

»Das liegt daran, dass ich ihn nicht aufgerufen habe, Miss Black.«

Ich blinzle und schüttle dann den Kopf. »Werfen Sie mich raus? Ich gebe doch mein Bestes.«

»Hören Sie auf mit dem Getue, Miss Black!«, antwortet sie gereizt und macht eine abwehrende Geste. »Ich feuere Sie nicht. Wie es scheint, haben Sie einen guten Eindruck bei Detective Betts hinterlassen. Sie hat darum gebeten, dass Ihnen eine besondere Rolle bei Mr Selfridges Veranstaltung zugewiesen wird. Und bevor Sie mich jetzt fragen: Ich habe nicht die geringste Ahnung, worum es sich handelt. Sie hat über meinen Kopf hinweg entschieden.«

»Ich wurde aber doch für den Verkaufsraum eingestellt«, sage ich verwirrt.

Miss Waller zuckt mit den Schultern. »Aufgabe von Detective Betts ist es, Ladendiebe dingfest zu machen. Das ist eine ernsthafte Tätigkeit, viel wichtiger als das Verkaufen. Betts hat bislang noch nie ein Lehrmädchen eingestellt.«

Ich muss aufpassen, dass mir nicht der Mund offen stehen bleibt. »Lehrmädchen?«

»Das ist meine Vermutung. Ich weiß es aber nicht, denn sie denkt, sie stünde über den Dingen hier.« Sie rollt mit den Augen und fährt sich mit den Händen die Seiten hinab. »Ertragen Sie sie einfach während der Party. Tun Sie, was sie von Ihnen verlangt. Wenn die Party gelaufen ist, werde ich Ihnen eine feste Stelle im Verkaufsraum besorgen, damit Sie bei uns bleiben können. Sie haben hart dafür gearbeitet. Denken Sie nicht, ich wüsste das nicht zu schätzen.«

Ich mache Anstalten, etwas zu erwidern, ein höfliches Dankeschön für etwas, das sich wie ein Kompliment anfühlt, aber sie kommt mir mit ihren nächsten Worten zuvor. »Und jetzt gehen Sie. Detective Betts erwartet Sie auf dem Dach, wie ich gehört habe, und schlendert durch den Lustgarten. Hören Sie sich an, was sie von Ihnen will. Und vergessen Sie Ihren Mantel nicht.«

Als die Fahrstuhltüren geöffnet werden, blicke ich auf einen Dachgarten in ruhiger Atmosphäre. Im Sommer gibt es angeblich hier auf dem Dach einen Teesalon, und es finden vornehme Gartenpartys für besondere Gäste statt. Ich habe Gerüchte über extravagante Modeschauen gehört, die die ganze Gesellschaft anziehen. Es ist allerdings schwer, sich so etwas mitten im Winter vorzustellen. Auf den meisten Bänken liegt Schnee, und der Garten besteht nur aus armselig wirkenden Beeten mit kahlen Stängeln. Kein Wunder, dass das Dach um diese Jahreszeit für Kunden geschlossen ist. Im Winter wirkt er wenig einladend.

Betts schlendert gerade den langen Kopfsteinpflasterweg entlang und starrt zum grauen Himmel hinauf. Dabei wirkt sie auf seltsame Weise, als wäre sie im Reinen mit sich selbst, als ob dieser düstere, ruhige Ort eine Zuflucht für sie wäre. Ich schlinge meinen Mantel fest um mich und eile zu ihr. »Miss Waller sagt, Sie haben einen Job für mich«, bringe ich die Sache gleich auf den Punkt, damit ich schnell wieder zurückkehren kann.

Ohne mich anzusehen, lehnt sie sich gegen eine Säule. »Als Mädchen habe ich mal beobachtet, wie eine Frau einen Uhrmacher bestohlen hat. Bei der Polizei bat man mich um eine Skizze von ihrem Gesicht. Also machte ich eine und gab sie den Beamten. Sie sagten mir, ich würde eines Tages eine großartige Detective abgeben. Ernst haben sie das nicht gemeint.« Sie lacht in sich hinein. »Sie wollten bloß nett zu mir sein, aber ich habe es mir zu Herzen genommen. Ich kämpfte jahrelang für diese Chance. Ich fühlte mich dazu berufen, Diebe dingfest zu machen, bis ich dann irgendwann herausfand, dass ich auch verdammt gut darin war.«

Meine Oberlippe zuckt. *Kassierer*. Wir bevorzugen den Begriff *Kassierer*. »Und Sie wollen, dass ich mich gemeinsam mit Ihnen auf die Lauer lege?«

Sie wendet sich mir zu und vergräbt die Hände in den Manteltaschen. »Sie haben etwas gesehen, was ich nicht gesehen habe. Ich stehe unter großem Druck, mich denen gegenüber zu beweisen, die mir das nicht zutrauen. Da kann ein zusätzliches Paar Augen nicht schaden. Ich bin nicht zu stolz, um Hilfe zu bitten, wenn ich welche benötige.«

Mit jedem Gespräch verlangt sie mir mehr Bewunderung ab. Wie kommt es, dass wir so ähnlich und gleichzeitig so verschieden sind?

Ich tue so, als wüsste ich nicht, wovon sie spricht. »Wie kommen Sie darauf, dass ich gut darin bin, Diebe zu ertappen? Bei dieser einen Frau war es purer Zufall. Ich wurde doch für den Verkaufsraum eingestellt.«

»Und doch sehen Sie nicht so aus, als würde Ihnen die Arbeit im Verkaufsraum besonders viel Freude bereiten. Mit mir könnte Ihre Arbeit ein bisschen aufregender sein und Ihnen die Chance geben, über das Weihnachtsgeschäft hinaus im Unternehmen zu bleiben.«

Ich will es ihr abschlagen, weil ich ihr nicht noch näherkommen will, als ich es schon bin. Sie ist geübt darin, Details zu bemerken und kleinste Hinweise wahrzunehmen. Aber je länger ich darüber nachdenke, desto mehr gefällt mir die Idee. Ich kann sie von Maggie und den Mädchen fernhalten und sie mit irgendjemand anderem ablenken. Wenn es mir gelingt, ihr Vertrauen zu gewinnen, steht uns nichts mehr im Weg.

»Es wäre wohl wirklich ein bisschen aufregender«, gebe ich zu. »Aber ich möchte Sie nicht enttäuschen.«

»Sie müssen nicht über Nacht zur Expertin werden. Ich brauche nur ein Paar zusätzliche Augen.«

Es ihr abzuschlagen, wäre verdächtig, denn ich spiele die Rolle einer Frau in der Arbeitswelt, die sich über ein zusätzliches Angebot freuen sollte. Ich ringe mir ein überzeugendes Lächeln ab. »Wann fangen wir an?«

Sie grinst. »Wie wäre es mit jetzt gleich?«

ZWANZIGSTES KAPITEL

Detective Betts geht mit mir ins Erdgeschoss. Dort beobachten wir das geschäftige Treiben der Kunden, die in letzter Minute Weihnachtsgeschenke kaufen und die aufwendig gestaltete Dekoration bestaunen. Sämtliche Verkäuferinnen sind damit beschäftigt, Kunden zu beraten, geben fröhlich Empfehlungen und beantworten langweilige Fragen. Das Ganze ist ein großes Tamtam, und ich bin heilfroh, im Moment nicht hier als Verkäuferin zu arbeiten. Ich kann nur begrenzt »nett spielen«, bevor Risse in meiner Fassade sichtbar werden.

»Soweit ich es verstanden habe, treten die Elephants immer in Dreiergruppen auf«, erklärt sie und lässt mich damit plötzlich nervös werden.

»Eine von ihnen steht in der Nähe der Tür Schmiere, während die anderen beiden in den Laden gehen. Das Mädchen in der Nähe des Verkaufstresens ist immer hübsch, hat ein Gesicht, das die Aufmerksamkeit aller auf sich zieht, während das andere, das talentierte, durch den Laden streift und alles einsteckt, was sie in die Finger bekommen kann.«

Ich lache nervös. »Sie sind gut.«

Sie rollt abschätzig mit den Augen. »Beobachten ist kein Talent. Ich sehe nur, was jeder andere auch sehen würde, wenn er nur genau genug hinschaut. Jetzt schauen Sie mal genau hin.«

Ich nicke und lasse meinen Blick über die Menge schweifen, um nach Mädchen Ausschau zu halten, die gerade kassieren und die ich möglicherweise kenne. »Mir fällt nichts Verdächtiges auf. Oder besser gesagt, niemand.« Keiner lungert in der Nähe der Tür herum, um von dort stumm mit einem Mädchen am Tresen zu kommunizieren – keiner in der Nähe verhält sich so, dass ein Verdacht gerechtfertigt wäre. Allerdings muss ich zugeben, dass ich mich auch nicht sonderlich anstrenge. Zudem bin ich zuversichtlich, dass keines der Mädchen so dumm sein wird, hier zu kassieren, nachdem sich die Nachricht von Charlottes Festnahme herumgesprochen hat.

»Es sieht nach einem ruhigen Einkaufstag aus«, sage ich laut.

Die Detektivin verschränkt die Hände hinter dem Rücken und studiert die Schar der Kunden. »Fürs erste. Die Forty Elephants arbeiten nie allein. Die Zusammenarbeit ist ihre Stärke. Mary Carr hat ihnen diese Vorgehensweise nicht ohne Grund eingebläut. Sie stehen vielleicht nicht immer nah beieinander, aber sie haben sich immer gegenseitig im Blick. Ihre oberste Regel ist es nicht, Waren einzusacken. Es geht darum, sich umeinander zu kümmern. Sie haben diese Bindungen untereinander, Sie wissen schon, unerschütterlich.« Sie sagt das ohne Emotionen, so als spräche sie über ein Löwenrudel, das in der Savanne jagt.

»Woher wissen Sie das alles?«, frage ich, als ich die Sprache wiedergefunden habe.

Angeblich ist sie neu in London, daher kann sie unsere Vorgehensweise doch eigentlich nicht so gut kennen.

»Commissioner Horwood gab mir seine spärlichen Notizen über sie. Ich bin sie gründlich durchgegangen. Mary Carr wurde bei zahlreichen Gelegenheiten erwischt, aber die Gerichte haben sie nie verurteilt. Ich glaube, dass sie Verbindungen zu einflussreichen Männern hat, und diese Männer sorgen dafür, dass sie jedes Mal wieder auf freien Fuß kommt. Commissioner Horwood streitet das ab. Er wird es so lange leugnen, bis er im Grab liegt, denn wenn es wahr wäre, würde das bedeuten, dass der ganze Polizeiapparat korrupt ist. Dass man niemandem trauen kann, und dass Kriminelle wie Mary Carr oder die McDonald-Brüder London beherrschen, und nicht die Gesetzeshüter.«

Ich hänge bei jedem Wort an ihren Lippen, höre so aufmerksam zu, dass der Trubel, der im Geschäft herrscht, in den Hintergrund tritt. »Aber Sie glauben, dass etwas Wahres dran ist?«

»Ich glaube, dass eine Frau wie Mary Carr ein riesiges Netzwerk von Komplizen hat. Aber solange wir keine handfesten Beweise haben, eine Liste mit Namen oder so etwas, wird sie immer einen Weg finden, einer angemessenen Bestrafung zu entgehen. Ich weiß, dass sie bis zum Jahreswechsel wieder auf freiem Fuß sein wird.«

»So schnell?«

»So schnell«, wiederholt sie mit einem Seufzer der Enttäuschung.

Ich nicke bedächtig, und dann geht meine Ausbildung weiter. Sie bringt mir bei, wie man beobachtet und Erfahrungen sammelt, mehr aber auch nicht. Wir erwischen einen kleinen Jungen, der sich eine winzige Spielzeugeisenbahn in die Tasche steckt, aber das war es auch schon.

»Kommen Sie mal mit, ich will Ihnen etwas zeigen.«

Sie geht zum Fahrstuhl, und ich folge ihr, während Renee und Kathy mir argwöhnische Blicke zuwerfen. In einem Moment wetten sie darauf, dass ich das Handtuch werfe, im nächsten bin ich die Assistentin der Ladendetektivin. Kathy schaut mich mit zusammengekniffenen Augen an und schüttelt missbilligend den Kopf.

So viel zum Thema Freunde finden.

Betts weist Lucille an, uns in die vierte Etage zu befördern. Am Ende des Flurs, direkt neben der verschlossenen Tür von Mr Selfridges Büro, befindet sich ein kleiner separater Raum, auf dessen Tür eine goldene Plakette mit dem eingravierten Wort *Kasse* prangt. Detective Betts öffnet die Tür – und wir stehen Mosler-Tresoren von einer Wand bis zur anderen gegenüber. Nicht einem, sondern zwei … drei … vier … fünf.

Mir klappt die Kinnlade herunter.

Verdammt! Tommy wird mich lynchen.

»Die Mädchen haben keinen blassen Schimmer, dass der ausgestellte Schmuck nicht echt ist«, verkündet sie stolz. »Wir sind das einzige Geschäft in London, in dem so verfahren wird, aber andere werden unserem Beispiel bald folgen. Angesichts der Zunahme von Diebstählen werden wohl bis zu den Feiertagen im nächsten Jahr alle Läden ihren echten Schmuck unter Verschluss halten.«

Ein unangenehmer Schauder überläuft mich. »Es lagern

Juwelen in allen Tresoren?«, frage ich laut, verzweifelt bemüht, ein Beben in meiner Stimme zu vermeiden, während ich auf dem schmalen Grat zwischen Begeisterung und Entsetzen balanciere. Fünf Tresore bedeuten fünfmal so viel Beute, aber das heißt auch, dass ich irgendwie einen Weg finden muss, den Raum lange genug aus der Schusslinie zu halten, damit Tommy jeden einzelnen Safe knacken kann. Wir brauchen eine Ablenkung, und zwar eine große Ablenkung.

Sie nickt knapp. »Mr Selfridge ist ein Genie, was seine Auslagen angeht, und er möchte, dass die Kunden die Ware unmittelbar in Augenschein nehmen können. Aber nicht einmal er hätte die Forty Elephants vorhersehen können. Wenn wir uns nicht auf unsere eigene Weise schützen, werden sie uns ausnehmen wie eine Weihnachtsgans.« Während sie die Tresore genau inspiziert, fährt sie fort: »Stellen Sie sich nur ihr Entsetzen vor, wenn sie stolz alle ihre gestohlenen Diamanten zu den Hehlern bringen … nur um dann zu erfahren …« Ihre Mundwinkel gehen nach oben, und ihr Gesicht erhellt sich vor Belustigung.

Ich bin sprachlos. So sehr ich mich auch bemühe, etwas über die Lippen zu bringen, es gelingt mir nicht.

»Diese Mädchen halten sich ja für so verdammt schlau.« Sie lacht aus ganzem Herzen und verschränkt grinsend die Arme vor der Brust. »Sie ahnen nicht, dass auch wir schlau sein können.«

So geht es den ganzen Tag weiter – sie strahlt vor Zuversicht, während ich das Gebäude in- und auswendig studiere und schließlich eine Handvoll verschiedener Szenarien durchspiele, die Tommy genug Zeit verschaffen. Keines fühlt sich fehlerfrei an. Jeder mögliche Plan hat Schwachstellen – Schwachstellen, die dazu führen können, dass einer von uns, wenn nicht gar alle, im Handumdrehen von Betts geschnappt werden.

Nein. Die Ablenkung wird größer sein müssen.

Als sie mich schließlich nach Hause schickt, ist sie unruhig und tritt in gespannter Erwartung der Party von einem Fuß auf den anderen. Derweil bin ich selbst tief in Gedanken versunken, denke darüber nach, wie es sein wird, wenn ich ihr Vertrauen missbrauchen werde.

Ich muss bloß den richtigen Plan und das richtige Timing austüfteln.

Maggie holt mich ab, damit wir zum Club 43 fahren können. Während der gesamten Fahrt sagt sie keinen Ton. Am Club angekommen, zieht sie eine Kippe hervor, zündet sie an und schnippt das abgebrannte Streichholz gegen die Mauer des Gebäudes. Nachdem sie einen langen Zug genommen hat, reicht sie die Zigarette mir. Ich versuche, keine Regung zu zeigen, aber mein Blick schweift automatisch hinauf zu den Fenstern von Robs Wohnung.

Wir haben nicht mehr miteinander gesprochen, seit ich seinen Brüdern gesagt habe, dass ich von seinem doppelten Spiel weiß, und in diesem Moment sehne ich mich mehr denn je nach ihm.

»Wie war dein Tag?« Maggies Ton klingt desinteressiert, so als wolle sie einfach nur Konversation betreiben.

»Detective Betts hat mich zu ihrer Assistentin gemacht«,

enthülle ich. »Ich soll mithelfen, Diebstähle während der Party aufzudecken.«

Ein Schnauben dringt ihr über die Lippen. »Wie hast du das denn geschafft?«

»Das Glück ist mit den Dummen?« Das entspricht allerdings nicht der Wahrheit. Der einzige Grund, warum Betts mir so voll und ganz vertraut, ist der, dass ich ihr Charlotte ans Messer geliefert habe. »Ich habe nur deshalb ihre Gunst gewonnen, weil ich etwas Schreckliches getan habe. Du hattest recht. Nicht einmal sie könnte sich vorstellen, dass Kriminelle so gefühllos sein können.«

Sie nickt leicht. »Würdest du es rückgängig machen, wenn du könntest?«

Mir schnürt es die Kehle zusammen. Ich will sie nicht anlügen. »Würde ich den Vorteil rückgängig machen, den ich jetzt habe? Nein. Bei meiner Probe haben wir darüber gesprochen, dass Frauen wie wir Dinge tun müssen, zu denen andere nicht in der Lage sind. Das stimmt. Aber es tut mir leid, dass ich dir das mit Charlotte nicht schon früher gebeichtet habe.«

Ich entdecke an ihrem Gesichtsausdruck etwas, das an Verständnis grenzt, als sie sagt: »Machen wir einen Haken dahinter und konzentrieren uns auf die Gegenwart. Wir brauchen Kate, um auf diese Party zu kommen.«

Es bedarf einiger Überzeugungskraft, um Kate überhaupt dazu zu bewegen, mit uns unter vier Augen zu sprechen. Aber schließlich knickt sie ein und führt uns in ihr Büro. Sie geht sofort an ihren Schreibtisch und fängt an, Stapel von Papieren zu sortieren, während wir warten. An den Wänden hängen Bilder von ihren Töchtern, und es stehen ein paar Kisten mit alkoholischen Getränken herum, sonst aber birgt der Raum wenig. Das Büro ist praktisch und funktional – das Gegenteil von Marys üppigem, vor Selbstgefälligkeit strotzenden Raum.

»Macht schnell, ja? Ich habe noch eine anstrengende Nacht vor mir.«

Ohne mich auch nur zu setzen, erzähle ich ihr kurz und bündig von unserem Plan und unserem jüngsten Rückschlag mit Pearl – auch wenn ich sie dabei nicht beim Namen nenne – und dass wir jetzt jemanden brauchen, der auf der Gästeliste steht.

»Macht ihr das hinter Mary Carrs Rücken? Ihr brecht ihre Regeln?«

»Sie meinen die Regeln, die sie aufgestellt hat, damit wir nichts verdienen, wenn sie nicht da ist? Ja.«

Sie kichert leise. »Ich habe es ihr gesagt, als sie dich rekrutiert hat. Ich habe ihr gesagt, dass du eine Anführerin bist, keine Mitläuferin. Aber sie hat meinen Rat ignoriert. Sie war sich absolut sicher, dass sie dich unter Kontrolle halten kann.«

»Deinen Rat?«

»Ich riet ihr, sie soll die Finger von dir lassen.« Sie strafft die Schultern. »Angesichts der Tatsache, dass du mich neulich bedroht hast: Wie um alles in der Welt kommst du darauf, dass ich dir helfen würde?«

»Wir können dir einen Anteil der Beute abtreten«, sage ich zähneknirschend.

»Ich will keinen Anteil«, sagt sie.

»Was willst du dann?«

Sie zieht eine knallrote Einladungskarte, die genauso aussieht wie die von Pearl, aus ihrer Schreibtischschublade hervor und starrt sie mit wenig Begeisterung an. »Ich würde normalerweise nicht hingehen«, räumt sie freimütig ein. »Ich bin zwar beeindruckt von Mr Selfridge, aber keiner aus der Crème de la Crème der Stadt findet, dass eine Frau, die einen Nachtclub besitzt, dort eine willkommene Person ist. Normalerweise biete ich nur die Vorlage für neuen Klatsch.« Sie wendet ihren Blick von uns ab und nimmt sich trotzdem ausgiebig Zeit, um über unser Angebot nachzudenken. »Eine meiner Töchter wird in den Ferien zu Hause sein. Sie ist etwa in deinem Alter. Ihr könnt euch als Freundinnen von ihr ausgeben, die mit mir an der Veranstaltung teilnehmen. Allerdings müsst ihr auch entsprechend aussehen. Es darf kein Zweifel daran bestehen, dass ihr dort hingehört.«

»Du willst uns hineinschleusen?« Irgendetwas ist hier faul. »Wenn du keinen Anteil willst, was willst du dann?«

»Einen Gefallen.«

»Was für einen Gefallen?«, hakt Maggie nach, und ihre Augen werden zu Schlitzen.

»Jetzt brauche ich noch keinen, aber irgendwann vielleicht.«

»Du willst, dass wir in deiner Schuld stehen?«, spottet Maggie.

»Wenn es mal nicht so gut läuft, hat es Vorteile, wenn einem eine Bande von Kassiererinnen einen Gefallen schuldet«, witzelt sie.

»Gut«, sage ich. »Wir sind einverstanden. Nicht wahr, Mags?«

»Ja«, stimmt Maggie zu. »Abgemacht.«

Mit einem Handschlag besiegeln wir unseren Deal und gehen dann hinaus. Aber bevor ich die Tür hinter mir schließen kann, fragt Kate:

»Was hast du eigentlich mit meinem Barkeeper angestellt?«

Dass mir allein schon der Gedanke an ihn Schmerzen in der Brust verursacht, erschreckt mich. »Was meinst du?«

»Er hat gestern Abend gekündigt und sagte, er wolle die Stadt verlassen. Ich nehme an, dass du ihm das Herz gebrochen hast und er nichts mehr mit irgendwas zu tun haben will, das ihn an dich erinnert.«

Damit trifft sie zwar nicht genau ins Schwarze, liegt aber auch nicht völlig daneben. »Ich weiß nicht, wovon du sprichst«, lüge ich und wende mich wieder zum Gehen.

»Das ist es übrigens wert.«

Ich habe die Türklinke schon in der Hand und werfe einen Blick zurück über die Schulter. »Was denn?«

»Menschen zu verlieren, um das zu bekommen, was man sich am sehnlichsten wünscht. Wir sollen nicht ehrgeizig sein, Alice. Wir sollen sanftmütig, demütig und gütig sein. Wir sollen keine Macht innehaben. Deshalb sind diejenigen von uns, die Macht haben, einsam.«

Dass sie so viel weiß, ohne überhaupt etwas zu wissen, gefällt mir nicht. »Dann hat es sich also für dich gelohnt? Was musstest du opfern, um die berüchtigte Kate Meyrick zu werden?«

»Alles«, antwortet sie schlichtweg, aber ohne einen Anflug von Reue in der Stimme. »Ich habe alles aufgegeben.«

Ich will nicht, dass sie sieht, wie sehr mich ihre Worte berühren, und nicke ihr nur kurz zu, bevor ich die Tür hinter mir zufallen lasse.

Zurück im Club, schaue ich mich ein letztes Mal um. Vielleicht kommen wir ja nach diesem Coup nicht mehr zurück, und ich werde diesen Ort nie wiedersehen.

»Wir müssen uns vorbereiten und einen klaren Kopf behalten«, sagt Mags sofort zu mir. »Lass dich von Kate nicht verunsichern.«

»Mein Kopf ist klar«, sage ich ihr. »Ich brauche bloß etwas frische Luft. Ich treffe dich in The Mint. Kannst du für mich nach Tommy sehen?«

Sie greift nach meinem Arm. »Du gehst zu Rob? Ich dachte, wir hätten vereinbart, dass du ihn aufgibst?«

Ich atme tief durch, bemüht, mich zu sammeln. »Ich werde ihn besuchen. Du hast gesagt, keine Geheimnisse mehr, also lüge ich dich nicht an. Bevor er fortgeht, möchte ich mich von ihm verabschieden.«

Ich erwarte eine grobe Bemerkung oder eine Belehrung, doch stattdessen werden ihre Gesichtszüge weicher. Ihre Hand gleitet von meinem Arm auf meine Hand, und sie drückt sie leicht. »Ein letztes Mal?«

Ich nicke. »Ein letztes Mal.«

Ich verlasse den Club und gehe die Treppe zu Robs Wohnung hinauf. Vor der Tür steht ein ramponierter Koffer. Ich will seinen Namen rufen, doch es dringt nur ein heiseres Flüstern über meine Lippen. Ich mache Anstalten, an die Tür zu klopfen, stelle dann aber fest, dass sie bereits aufgesprungen ist. Ich werfe einen Blick hinein.

Rob packt gerade seine Bücher ein und sortiert eines nach dem anderen. Er schaut zu mir auf und sagt mit ausdrucksloser Miene: »Alice.«

Ich gehe langsam hinein.

»Kate hat mir gesagt, dass du die Stadt verlassen willst.«

Er wirft die Bücher mit wenig Feingefühl in eine Tasche. »Ja, sieht so aus. Mary schmeichelt sich beim Commissioner ein und tauscht mit ihm Informationen aus. Die pikanteste davon ist, dass ich in Wirklichkeit ein Schwindler bin.«

»Was ist passiert? Hat der Commissioner dir gedroht?«

Er zögert. »Ich verschwinde heute Abend. Spielt das denn für dich überhaupt eine Rolle? Meine Brüder haben mir erzählt, was du getan hast. Du hast die Information über mich als Druckmittel gegen sie benutzt.«

Ich atme kurz durch, aber habe immer noch das Gefühl, dass ich gleich in Tränen ausbrechen könnte. Um nicht die Beherrschung zu verlieren, krame ich in meinem Gedächtnis und erinnere mich an das letzte Gespräch, das ich mit seinen Brüdern geführt habe. Ich straffe die Schultern und hebe das Kinn. »Deine Brüder haben gemerkt, dass eine Frau bei etwas erfolgreich ist, und dann haben sie versucht, es ihr wegzunehmen! Ich habe ihnen angeboten, Marys Schulden zu bezahlen, aber sie haben abgelehnt. Sie wollten, dass die Mädchen unter ihrer Leitung weiter kassieren und so die Zinsen von Marys Schulden weiter abbezahlen. Wenn du denkst, ich würde zulassen, dass sie alles an sich reißen und die Mädchen für sich arbeiten lassen, dann kennst du mich schlecht.«

»Ja, ja, Alice … die Beschützerin der Frauen«, sagt er mit schiefem Lächeln und fährt sich mit den Fingern durch die Haare. »Würdest du es wirklich tun? Mich auffliegen lassen?«

»Nein.«

»Und wenn es hieße: The Mint oder ich?«

»Zwing mich nicht, darauf eine Antwort zu geben.«

»Willst du wissen, an wen ich jede Nacht denke?«

»Nein.«

»Willst du wissen, an wen ich morgens als Erstes denke?«

Wütend halte ich seinem Blick stand. »Nein.«

»Willst du wissen, für wen ich bereit war, wieder der Sprengmeister zu werden?«

Mein Mund ist mit einem Mal ganz trocken, und ich kann den Schmerz in meiner Brust nicht mehr bändigen.

Er lässt sich auf das Bett plumpsen. »Für dich.«

»Du weißt, dass das mit uns nie funktionieren kann.« Ich lasse mich neben ihn fallen und gebe nun endlich meinen Tränen freien Lauf. Ich lege eine Hand auf sein Knie und senke meinen Blick. »Ich habe dir doch gesagt, dass ich, wenn ich einen guten Mann finde, so weit weglaufe, wie ich nur kann. Du musst mich gehen lassen, Rob.«

Kopfschüttelnd zieht er mich zu sich. »Wir könnten auf der Stelle fortgehen – du und ich. Den nächsten Zug nehmen, wohin auch immer. Ich wollte schon immer mal auf Reisen gehen. Wir hätten keine Verpflichtungen, keine Verbindlichkeiten. Ich werde dich nicht bitten, meine Frau zu werden. Sei einfach die Frau, neben der ich jede Nacht schlafe.«

Seine Hand gleitet in mein Haar, und er küsst mich. Ich erwidere den Kuss und genieße den Moment. Dann stelle ich mir vor, mit ihm irgendwohin zu reisen, weit weg, wo ich nicht Alice Diamond oder Diamond Annie bin. Ich bin einfach eine Frau mit einem Mann. Vielleicht würden wir uns einen Hund anschaffen und zusammen im örtlichen Pub arbeiten. Keine Bürde würde auf meinen Schultern lasten, es gäbe keine Versprechen, die ich einhalten müsste.

Ich weiß nicht einmal, ob ich dann eine Rolle spielen oder ob ich einfach ein ganz neues Ich entdecken würde. Ich schwelge in dieser Fantasie, während ich seinen Moschusduft einatme und mir das Muster der Steppdecke auf seinem Bett einpräge. Ich brenne mir das alles ins Gehirn ein, so, wie ich es mit Louisas und Charlottes Gesichtern getan habe.

Ein weiteres Opfer des Kriegs.

»Du bist zu gut für mich«, erkläre ich ihm. »Du willst Frieden, aber du hast wegen mir den Sprengmeister wieder aufleben lassen. Wegen mir hast du wieder Menschen verletzt.«

»Nein!«, protestiert er. »So ist das nicht. Ich wollte dir helfen.«

»Wegen mir wirst du genau zu dem, den du hinter dir lassen willst. Mit dem Unterschied, dass du nicht mehr von deinem Land oder deinen Brüdern kontrolliert wirst … deine Gefühle für mich beherrschen dich. Du bist ein wunderbarer Mann, Rob. Du willst ein guter Mann sein. Mit mir kannst du das nicht.«

Bitter und frustriert wirft er die Hände in die Luft. »Du denkst, du wärst verloren, aber das ist nicht wahr! Jeder kann gerettet werden.«

Ich schüttle den Kopf, erhebe mich und schaue ihm in die Augen. »Was ich getan habe, was ich tun werde, ist größer als die Liebe zwischen einem Mann und einer Frau. Es ist größer als die Liebe. Es ist größer als ich.«

»Was soll das bedeuten?«

Ich senke den Blick und schließe verträumt die Augen. »Ich werde weiterführen, was Mary begonnen hat, und etwas noch Außergewöhnlicheres tun. Gefährlich und einsam … aber außergewöhnlich. Ich will es. Ich will es mehr als …«

»Mehr als mich«, beendet er ernst meinen Gedanken.

Ich richte mich auf, wische mir das Gesicht ab und knöpfe meinen Mantel zu, denn ich will los, bevor er mich dazu bewegen kann, es mir anders zu überlegen. »Wo wirst du hinfahren?«

Er presst die Lippen zusammen. »Um seinen Ruf zu schützen, will der Commissioner, dass ich weiterhin Informant bin, aber ein echter. Ich werde eine offizielle Ausbildung bei der Polizei durchlaufen, um ein echter Officer zu werden.« Er lacht über die Ironie. »Ich werde auf der anderen Seite des Gesetzes stehen.«

»Das verstehe ich nicht«, gebe ich zu. »Was hat er davon, wenn er dich deinen Brüdern wegnimmt? Er wird doch keine weitere Informationsquelle haben, oder?«

»Hier geht es nicht um Informationen. Er traut mir nicht mehr, weil Mary ihm verraten hat, dass ich für beide Seiten tätig war. Wenn das herauskäme, wäre das für die Presse ein gefundenes Fressen. Die ganze Stadt würde an seinen Führungsqualitäten zweifeln und behaupten, dass die Gangs London kontrollieren. Um das zu verhindern, werde ich ein Officer werden. Mein Vater würde sich im Grab umdrehen.«

Ich schneide eine Grimasse. »Du musst das alles nicht tun. Du könntest fortgehen.«

»Ich tue, was er will. Vielleicht kehre ich mit mehr Macht zurück, um meinen Brüdern zu helfen. Vielleicht kehre ich auch gar nicht zurück.«

»Vielleicht ja doch?« Ich zwinge mich dazu, die Schultern zu entspannen, bemüht, den Abschiedsschmerz irgendwie zu lindern.

Er ringt sich ein Lächeln ab. »Vielleicht ja doch.«

Er nimmt meine Hände und steckt mir einen kleinen Zettel zu. »Hier ist meine neue Adresse, falls du deine Meinung änderst. Ich werde dir schreiben.«

Mir laufen die Tränen über das Gesicht, und zugleich lache ich, greife nach seinem Gesicht und streiche ihm mit den Fingern die Wangen hinab. »Ich werde dir zurückschreiben, Babyface.«

Er küsst meine Hände. »Ich bereue nichts. Weder meine Gefühle für dich noch das, was ich deswegen getan habe.« Er deutet auf die Tür, während er ein Husten unterdrückt. »Verschwinde von hier, Alice Diamond. Geh und zeig London, was ein Mädchen aus The Mint alles kann.«

Einundzwanzigstes Kapitel

Am Tag vor der Party verbringt Detective Betts einen Großteil ihrer Zeit damit, noch einmal ihren Plan für den Abend und meine Rolle dabei durchzugehen. Während wir beide die einzigen Detektive auf der Party sind, hat Mr Selfridge noch eine Reihe von Sicherheitsleuten angeheuert. Sie sollen an verschiedenen Stellen im Kaufhaus Posten beziehen und die Räume sichern, um für einen reibungslosen Ablauf beim Einlass der Gäste zu sorgen. Ich merke mir ihre jeweiligen Standorte, um sie später an die Mädchen weitergeben zu können.

Betts trägt mir auf, dass ich wie ein Gast aussehen soll, also werde ich schick wie eine Lady gekleidet beiläufig herumlaufen, während sie selbst in einer Ecke Position beziehen und wie das Sicherheitspersonal die Menge aus der Ferne wachsam beobachten wird. Ich soll ihr ein Zeichen geben, wenn ich jemanden entdecke, davon abgesehen jedoch keine Gespräche führen oder sonstige Hinweise auf meine Aufgabenstellung liefern.

Sie will, dass ich unsichtbar bleibe.

Eine solche Anonymität erleichtert mir die Angelegenheit. Ich werde in der Lage sein, Betts von den Mädchen abzulenken, während diese kassieren, und ihr genug vorgetäuschte Hinweise liefern, um ihr den Abend zu verderben.

Die Vorstellung, am längeren Hebel zu sitzen als die Vertreterin des Gesetzes, hatte mich zu Anfang bestärkt, doch mittlerweile habe ich die Frau liebgewonnen – eine unbequeme Tatsache, die ich versuche zu ignorieren.

Auch wenn wir uns ähnlich sind und ich ihren Wunsch, ernst genommen zu werden, nachvollziehen kann, muss ich mich auf die Mädchen, meine Familie und *unseren* Erfolg konzentrieren. Sie ist die Feindin. Eine clevere zwar, aber trotzdem eine Feindin.

Bevor ich Feierabend mache, lege ich noch eine kurze Zigarettenpause mit Lucille unten im Tunnel ein. Wenn die Mädchen während der Party die Treppe nehmen, können sie ins Untergeschoss gelangen, ohne dass eine der Fahrstuhlführerinnen etwas davon mitbekommt. Betts wird sich nicht in der Nähe der Treppe aufhalten, und die Schnäppchenabteilung im Keller wird während der Party geschlossen sein.

Ich werde Tommy nach oben in den Personalbereich bringen, und wenn er dort seine Aufgabe erledigt hat, geht es danach geradewegs aus dem Gebäude.

»Ich habe den Heiratsantrag meines Liebsten angenommen«, gesteht mir Lucille in diesem Moment ein und reißt mich damit aus meinen Gedanken. Sie reicht mir ihre Zigarette und lässt dabei den Ring an ihrem Finger aufblitzen. »Wir haben vor, nach Weihnachten zu heiraten. Ich würde dich gerne einladen, wenn du Lust hast zu kommen.«

Die Vorstellung zaubert mir ein Lächeln ins Gesicht. »Ich freue mich für dich, Lucille.« Ich habe zwar nicht vor, nach Weihnachten noch hier zu arbeiten, aber ich möchte nichts sagen, was ihr die Freude, die sich auf ihrem Gesicht abzeichnet, verderben könnte. »Ich wäre sehr gerne dabei.«

Sie errötet vor Freude. »Und, wie ist es so, mit Detective Betts zu arbeiten?«

»Erstaunlich angenehm«, erwidere ich. »Sie ist wie wir anderen Frauen und versucht bloß, ihren Weg in der Welt zu gehen. Ich dachte, sie würde mich einschüchtern, und am Anfang tat sie das auch. Aber dann habe ich gemerkt, dass wir gar nicht so verschieden sind.«

»Auf mich wirkt ihr beide so unterschiedlich wie Schwarz und Weiß«, erklärt Lucille. »Du glaubst doch nicht, dass ich mit ihr eine rauchen würde, oder?«

Ihre Freundlichkeit bringt mich erneut zum Lächeln. »Du bist ein echter Schatz, Lucille. Sollte dieser Mann jemals beschließen, du hättest nicht das Beste verdient, dann gib mir einen Wink.« Ich räuspere mich, werde mir bewusst, dass ich selbst einer Freundin gegenüber meine Worte vorsichtig wählen muss. »Ich habe einen Bruder, er würde sich um ihn kümmern.«

Als wir uns umdrehen, um zurück ins Untergeschoss zu gehen, werfe ich einen letzten Blick in den Tunnel. Sein Untergrund ist holprig, und es stehen alle möglichen Baugerüste darin herum. Ich weiß nicht, warum Mr Selfridge aufgehört hat, daran arbeiten zu lassen, oder wann er ihn in Betrieb nehmen will, aber für uns jetzt ist er ein Licht in der Dunkelheit – unser Weg in die Freiheit. Wir können alles bis zur U-Bahn-Station schleppen und von dort Maggies Automobil als Fluchtwagen benutzen. Wenn ich jetzt die Augen schließen würde, könnte ich es mir bildlich vorstellen.

»Hast du eine Ahnung, wann er dieses Projekt abschließen wird?«, frage ich.

Lucille zuckt mit den Schultern. »Vielleicht nie.«

Bevor ich nach Hause fahre, besuche ich noch Pearl im Krankenhaus, um ihr eine Schachtel Selfridges-Pralinen zu schenken. Ich schleiche mich in ihr Zimmer. Sie liegt hellwach im Bett und kritzelt in einen kleinen Notizblock auf ihrem Schoß. Ihr Gesicht sieht immer noch fürchterlich aus, aber man hat ihr die Haare gewaschen und zurechtgemacht. Sie fallen ihr über die Schultern, gewellt und sauber.

Als sie mich erblickt, lächelt sie matt und legt ihren Stift weg. »Alice?«

Das Beben in ihrer Stimme erschüttert mich. Ich lege die Pralinen hin und strecke die Hände aus, um Pearl sanft zu umarmen. Sie schnieft an meine Schulter gelehnt und zieht sich nach einem Moment zurück, um mich besser betrachten zu können. »Ich hätte nicht gedacht, dass ich dich jemals wiedersehen würde.«

Ich schiebe ihr eine Haarsträhne hinter das Ohr, setze mich neben sie auf das kleine Bett und halte ihre Hand. »Ich habe dich schon einmal besucht, aber da war Harold hier. Er hat mich weggeschickt. Ich habe mich heute hereingeschlichen, um dich zu sehen.«

Ein plötzlicher Schreck durchfährt sie. Sie lässt meine Hand los und blickt auf die Tür ihres Krankenzimmers.

»Dann solltest du jetzt lieber gehen. Er kommt jeden Tag um diese Zeit.«

»Soll er doch kommen. Ich habe keine Angst vor ihm.«

Nein, habe ich nicht. Ganz und gar nicht.

»Nein, du musst gehen, Alice. Geh und komm nicht wieder.« Ihre Stimme wird immer schriller. »Wenn er sieht, dass wir miteinander sprechen, könnte das Konsequenzen für mich haben. Du musst gehen.«

Entschlossen stehe ich auf. »Wir haben einen anderen Weg gefunden, um auf die Party zu kommen. Über Kate Meyrick. Wir können das alles immer noch schaffen, und ich kann dir immer noch ein neues Leben ermöglichen, das du dir wünschst.«

»Wir waren Närrinnen zu glauben, ein einfacher Diebeszug könnte all unsere Probleme lösen«, bringt sie tränenerstickt hervor. »Es gibt kein anderes Leben. Keine andere Zukunft. Dieses hier ist die meine.«

Ich rüttle grob an ihren Schultern, in der Hoffnung, ihre kämpferische Seite zum Vorschein zu bringen, die in diesem verängstigten Körper steckt. »Untersteh dich, so etwas zu sagen. Du bist eine Überlebenskünstlerin, genau wie ich. Ich bring dich raus aus London. Ich bring dich weg von ihm!«

Sie schüttelt den Kopf, entzieht sich ruckartig meiner Umklammerung. »Bitte, bitte, geh. Ich kann London nicht verlassen. Ich kann ihn nicht verlassen. Ich werde ohne ihn nicht überleben. Das kann ich nicht.« Sie greift nach einer kleinen Tasche auf dem Nachttisch. »Die Schlüssel zu meiner Wohnung sind da drin. Nimm sie. Ich werde nicht mehr dorthin zurückkehren.«

Sie versucht mir die Tasche in die Hand zu drücken, doch ich nehme sie ihr nicht ab.

»Ich meine es ernst, Alice!«, schreit sie und stößt die Tasche von sich, als würde sie sich daran die Finger verbrennen.

In der ganzen Zeit, in der ich sie kenne, war sie nie völlig gebrochen. Sie hatte immer rebelliert, sich an die Vorstellung eines neuen Lebens geklammert. Sie hatte daran geglaubt, dass sie ihren Mann eines Tages verlassen und die Unabhängigkeit erlangen würde, nach der sie sich jahrelang so innig sehnte. Jetzt aber spüre ich keine Hoffnung in ihrer Stimme, nur Angst. Sie ist gebrochen, und das schmerzt mir in der Seele. Sie hat seinen letzten körperlichen Übergriff zwar überlebt, aber etwas in ihr ist dabei gestorben.

»Ich flehe dich an, komm einfach mit mir!« Ich ergreife ihre Hand und halte sie fest, auch als sie versucht, sie mir zu entziehen. »Ich verspreche dir, dass du keine Angst mehr haben musst. Wir werden irgendwohin gehen, wo er uns nicht ausfindig machen kann. Du kannst neu anfangen. Du kannst die sein, die du sein willst. Bitte, vertrau mir einfach.«

»Nein!« Ihr schriller Schrei klingt verzweifelt und lässt mich zurücktaumeln, als hätte mir jemand einen Hieb versetzt. »Ich *habe* dir vertraut, und das war dumm von mir! Ich habe meine Hoffnung auf ein Hausmädchen gesetzt, das ich kaum kenne. Wie erbärmlich von mir. Das hätte ich niemals tun dürfen. Ich besitze alles, was ich mir im Leben wünschen könnte, mehr als die meisten anderen. Ich werde nicht mehr versuchen wegzulaufen, und solltest du wieder auftauchen, werde ich die Schwestern bitten, die Polizei zu alarmieren. Und jetzt verschwinde. Verschwinde, Alice, und komm nicht wieder.«

So verletzend ihre Worte auch sind, weiche ich doch nicht von der Stelle, bis eine Krankenschwester hereinkommt, um nachzusehen, was der Grund für die Aufregung ist. Als sie die Szene vor ihr aufgenommen hat – Pearl schluchzt, und ich habe mich trotzig vor ihr aufgepflanzt –, zerrt sie mich mit der Kraft eines Ochsen in den Flur. »Machen Sie es ihr nicht noch schwerer. Es gibt eine Zeit, in der man kämpfen muss, und eine Zeit, in der man gehen muss. Sie müssen gehen.«

Die schiere Dringlichkeit, die in ihren Augen liegt, verrät mir, dass sie die Wahrheit kennt und wie ich nicht imstande ist, etwas daran zu ändern. Ich beiße mir auf die Unterlippe und atme flatternd. »Er wird ihr wieder wehtun. Und das soll ich einfach so hinnehmen?«

Sie schaut sich nervös um und richtet ihren Blick dann wieder auf mich. Sie legt den Kopf schief und deutet damit durch den Flur zum Ausgang. »Mr King wird gleich hier sein. Verschwinden Sie, bevor er Sie hier sieht. Sie müssen akzeptieren, was Sie nicht ändern können, und Sie müssen gehen, bevor Sie sich in Schwierigkeiten bringen, aus denen Sie nicht mehr herauskommen.«

Mag sein, dass ich jetzt gerade nichts unternehmen kann, aber irgendetwas muss unternommen werden.

»Jemand muss ihm eine Lektion erteilen«, sage ich ruppig. »Jemand muss ihm klarmachen, dass er damit nicht durchkommt.«

»Dieser Jemand sind aber nicht Sie«, sagt sie schlicht und einfach. »Außerdem ist er bereits damit durchgekommen.« Sie schnippt mit den Fingern und deutet auf den Ausgang. »Gehen Sie nach Hause, Mädchen.«

An diesem Abend veranstalten die Hill-Jungs ein Abendessen, eine letzte Party, falls alles in die Binsen gehen sollte. Sie dekorieren den von ihnen beherrschten Teil von Chinatown mit wunderschönen roten und orangefarbenen Bannern. Musik erfüllt die Luft, leuchtende Papierlampions säumen die Straßen.

Evelyn, Rita und Vera feiern mit Drinks und Tanzen, Maggie bespricht mit Eli und Patrick in deren privater Spielhölle die Pläne für morgen, während Tommy aufmerksam zuhört. Ich warte draußen und verdränge für den Moment Rob und Pearl aus meinen Gedanken, um die Fröhlichkeit überall um mich herum in mich aufzunehmen.

Als Rita und Vera mich entdecken, tänzeln sie mit kleinen Steppschritten zu mir herüber.

»Wir haben da etwas für dich«, piepst Vera.

Rita überreicht mir eine mittelgroße Samtschachtel mit einem Set Brillantringen. Einen für jeden Finger. Sie glitzern im Licht der Laternen in sämtlichen Regenbogenfarben. Ich weiß gar nicht, was ich dazu sagen soll, und starre sie einfach nur an. Ich habe mich zwar daran gewöhnt, schöne Dinge zu besitzen, seit ich für Mary kassiere, aber das hier übertrifft alles, was ich je gesehen habe.

»Die haben wir aus dem Lagerhaus mitgehen lassen, kurz bevor die Bullen es geräumt haben. Wir wollen, dass du sie bekommst. Du hättest uns nicht mitmachen lassen müssen«, sagt Rita. »Du hättest uns eine Abfuhr erteilen können.«

Vera schenkt mir ein schiefes Lächeln. »Und wie schön wird es erst sein, mitanzusehen, wie du einem Mann damit ins Gesicht schlägst?«

Ich seufze zittrig. »Wir könnten es immer noch vermasseln und am Weihnachtsmorgen zusammen im Knast sitzen.«

Vera schüttelt den Kopf. »Nein, wir werden es schaffen.«

»Das werden wir«, stimmt nun auch Evelyn zu, die in diesem Moment herauskommt, sich zu uns gesellt und energisch nickt. »Wir sind Überlebenskünstlerinnen. Aber vor allem sehnen wir uns nach jemandem, der an uns glaubt. Das tust du, und zwar mit totaler Überzeugung. Danke, Diamond Annie.«

Ich halte die Ringe in der Hand und bestaune sie. Es ist schon komisch, wie diese funkelnden Diamanten mich irgendwie daran erinnern, dass meine Familie größer geworden ist. Ich bin nicht allein.

»Danke«, sage ich.

Sie scharen sich um mich, um mich zu umarmen, und ich bin überwältigt von dem Gefühl der Schwesterlichkeit. Ich musste daran erinnert werden, warum ich das hier tue und warum ich all die Opfer gebracht habe. Ich denke aber auch an meine leibliche Schwester und die Bitte meiner Mutter, sie zu besuchen, bevor womöglich alles in die Brüche geht. Also gehe ich rein, schnappe mir Tommy, und wir beide fahren zum Savoy.

Ein Page weist uns den Weg zum Savoy Grill, wo wir an der Bar auf Louisa warten. Ich beobachte die Gäste, die sich gut gekleidet und glückselig nach einer Theatervorführung bei einem Essen und Cocktails mit Freunden entspannen. Dieser Ort ist so völlig anders als das ärmliche Viertel, in dem Louisa aufgewachsen ist, und ich kann gar nicht anders, als dankbar zu sein, dass sie die Chance bekommen hat, etwas Schöneres zu erleben.

Ich stelle mir vor, wie sie eines Tages einem Mann begegnet und in vollen Zügen eine dieser traumhaften Romanzen erlebt, die es nur in Büchern gibt. Irgendein gut aussehender, netter Geschäftsmann, der im Hotel wohnt und sich in das wunderschöne, reizende Zimmermädchen verliebt, das sein Zimmer putzt, und der sie mit auf sein Landgut an der Küste nimmt, wo die beiden bis ans Ende ihrer Tage glücklich leben.

Das lässt mich an meinen Bruder denken, der sein Bestes gibt, um sich sein eigenes märchenhaftes Happy End zu ermöglichen. »Danke, dass du mitgekommen bist, Tommy.« Ich lehne meinen Kopf an seine Schulter.

Er zuckt mit den Achseln und schaut sich abschätzend um, als würde er sich fragen, wie viele dieser Leute ihr angenehmes Leben mit ehrlicher Arbeit verdient haben. »Das hier ist besser, als vor Patricks und Elis Augen Schlösser zu Testzwecken zu knacken. Ich mache das jetzt schon seit Tagen.«

»Und wie schlägst du dich?«

»Ich knacke neun von zehn.«

»Und das eine, das du nicht knackst?«

Er grinst boshaft. »Das vermassle ich absichtlich, nur um ihre Gesichter dabei zu sehen.«

Ich erwidere sein Grinsen, spüre dann aber, wie eine Beklemmung in mir aufsteigt, bis mein Herz wie wild hämmert. »Und wie läuft es mit dem Safe?«

Seine Kinnlade klappt herunter. »Du meinst alle *fünf* Safes?«, erwidert er beleidigt.

»Du musst nicht alle knacken, Tommy«, beharre ich, nachdem ich es ihm schon seit Tagen eingetrichtert habe. »Dafür wird die Zeit nicht reichen. Es ist schon ein Erfolg, wenn du einen leer räumst.«

Er fährt sich mit der Hand über das Gesicht und stößt dann zu meiner Überraschung ein dröhnendes Lachen aus. »Wenn du glaubst, ich würde es nicht bei allen fünf versuchen, kennst du mich schlecht.«

Kopfschüttelnd greife ich nach seiner Hand. »Lass dich bloß nicht erwischen.«

Endlich kommt Louisa. Sie trägt einen schönen, aber schlichten Pullover und einen Faltenrock. Ihr Haar ist zu einem schmeichelhaften Bob geschnitten und gestylt. Es steht ihr gut und lässt sie erwachsener aussehen, als sie ist. »Alice, Tommy.«

Tommy steht auf, um sie zu umarmen, aber sie weicht einen kleinen Schritt zurück, sodass er ihr stattdessen einen Kuss auf die Wange drückt. »Ich erkenne dich ja kaum wieder, Lou. Du siehst wunderschön aus, wie eine richtige Lady.«

»Das stimmt«, pflichte ich ihm bei. Sie wirft mir einen zweifelnden Blick zu, ohne sich die Mühe zu machen, zu mir zu treten damit ich sie ebenfalls auf die Wange küssen kann. Stattdessen setzt sie sich einfach brav hin.

»Wo wohnst du?«, frage ich sie. Mum hat es mir zwar schon gesagt, aber ich bemühe mich, ein Gespräch mit ihr zu führen. Ein normales Gespräch. Nichts über The Mint oder den Coup oder darüber, dass die Beziehung zwischen uns beiden in Trümmern liegt.

»Hier im Haus gibt es Personalunterkünfte«, sagt sie. »Ich teile mir ein Zimmer mit ein paar anderen Mädchen. Es ist ziemlich lustig. Wir gehen tanzen. Manchmal sehen wir uns eine Show an. Es ist alles sehr schön hier.«

Ihre Stimme klingt höflich, aber distanziert, was mir sofort auffällt.

Falls Tommy es auch bemerkt, lässt er sich davon nicht beirren. »Bei uns läuft es auch gut. Das Baby in Christinas Bauch wächst und gedeiht.«

Ihre Augen leuchten auf, als er das Thema wechselt. »Ich kann immer noch nicht glauben, dass du Vater wirst.«

»Ich auch nicht«, räumt er ein. »Ich stelle mir immer vor, dass meine Frau eines Tages zur Vernunft kommt und mich verlässt, aber im Moment gebe ich mein Bestes für sie.«

Schließlich knicke ich ein. »Du solltest öfter nach Hause kommen«, mahne ich sie. »Wenn schon nicht, um mich zu besuchen, dann wenigstens, um Mum zu sehen.«

»Ich werde es versuchen«, sagt sie abweisend. »Es war schön, euch beide zu sehen, aber ich sollte jetzt wieder zurück an die Arbeit. Passt gut auf euch auf.« Sie steht auf, um zu gehen. Ich setze ihr nach und halte sie am Arm fest, bevor ich Tommy bitte, draußen auf mich zu warten.

»Louisa, bitte hör auf damit. Wir können nicht ewig so weitermachen.«

»Ich komme auch ohne dich zurecht«, erklärt sie. Dann mustert sie mich von oben bis unten. »Und du siehst so aus, als ginge es dir auch ohne mich gut.«

Ich spüre, wie sich mir die Kehle zuschnürt, und ich muss schlucken, um die Sprache wiederzufinden. »Louisa, Tommy und ich haben etwas vor … ich wollte dich einfach nur vorher noch einmal sehen …«

Sie macht eine abwehrende Geste, um mich zum Schweigen zu bringen. »Ich will es gar nicht wissen! Bitte, erzähl mir nichts davon. Ich will einfach nur, dass du gehst und nach The Mint zurückkehrst. Du bist mir nichts schuldig, Alice.«

»Hast du ihn geliebt?«, frage ich, zunehmend frustriert. »Hast du Jacob so sehr geliebt, dass du mich wegen dem, was ich ihm angetan habe, verstößt?«

»Wie blind musst du sein, wenn du glaubst, dass es hier um ihn geht?«, höhnt sie. »Es geht um dich!« Verbittert zeigt sie mit dem Finger auf mich. »Um dich und deine Eitelkeit. Jeden Tag deines Lebens bist du nur darauf bedacht, allen etwas zu beweisen. Du hättest Jacob in dieser Nacht gehen lassen können, aber das hast du nicht. Du hättest ihn im Schlafzimmer töten können, aber das hast du nicht. Du musstest ihm vor aller Augen das Leben nehmen, nur um zu beweisen, wie mächtig du bist.«

»Vater hat Hunderte Male dasselbe mit Menschen gemacht«, erwidere ich, in die Defensive getrieben. »Wieso ist es ein Problem für dich, wenn ich es auch tue?«

»Es ist ein Problem, egal, wer von euch es tut. Bei euch beiden ist es immer dasselbe: Gewalt, Tod, blutiger Kampf um Territorium. Ich will keine Macht. Ich will nicht den Schmerz und die Angst, die sie mit sich bringt. Ich will einfach nur Spaß mit meinen Freundinnen haben, schöne Dinge kaufen und ein ganz normales Leben führen wie alle anderen auch. Wenn ich so weit wie möglich von dir entfernt sein muss, um das zu erreichen, dann soll es eben so sein.«

Sie blickt sich in der Lobby um, um zu sehen, wer in unsere Richtung schaut. »Bitte komm nicht mehr hierher und frag nicht mehr nach mir. In meinen Papieren steht als Name Louisa Finch, und die hat keine Geschwister.«

Ich möchte noch mehr sagen, so viel mehr, aber vielleicht bin ich es ihr schuldig zu schweigen. Wenn ich dafür kämpfe, dass die Gang und The Mint die Freiheit erlangen, ihre eigenen Entscheidungen zu treffen, sollte ich meiner Schwester die gleiche Freiheit gewähren.

Selbst wenn sie sie dafür nutzt, sich von mir fernzuhalten.

Wie verletzt ich bin, merke ich erst, als mir während der Rückfahrt die Hände zu zittern beginnen. Mir bleibt die Luft weg, und ich ringe darum, mich zu beruhigen, indem ich kräftig ein- und ausatme. Ich muss stark sein, aber im Moment will ich das nicht. Ich will den Verlust von Louisa, Rob und Pearl betrauern. Am liebsten würde ich so laut brüllen, bis ich mir die ganze Reue und Scham aus dem Leib geschrien habe.

Ich parke Maggies Automobil wieder in Chinatown.

Bevor ich aussteigen kann, um irgendwo hinter einer Ecke zu verschwinden, um mich auszuweinen, zieht Tommy mich energisch an sich und schlingt liebevoll die Arme um mich. Die Trauer übermannt mich, und ich verliere mich in dem Moment, ohne etwas darauf zu geben, wie viel Zeit verstreicht.

Ich vergrabe meinen Kopf an seiner Brust und stoße ein gedämpftes Schluchzen aus. Er tröstet mich, klopft mir besänftigend auf den Rücken. Es ist seltsam, dass er es jetzt ist, der mich tröstet, aber ich genieße diese Veränderung. Vielleicht hätte ich das schon öfter gebraucht, als ich zugeben möchte.

»Braves Mädchen«, sagt er sanft. »Lass alles raus. Ich lass dich erst wieder los, wenn du mich darum bittest.«

Ich kehre für die Nacht in mein Zuhause in The Mint zurück, wohl wissend, dass Schlafen das Beste ist, was ich jetzt tun kann. Im Unterbewusstsein weiß ich um die Gefahren, die auf mich zukommen, wenn ich für die anstehenden Tage nicht gut ausgeruht bin. Aber mein Verstand wehrt sich dagegen, und ich fange an zu trinken. Ich trinke zu viel und zu lange, während sich Tommy und Mum über Mums Tisch beugen und auf einer behelfsmäßigen Karte unseren Fluchtweg immer wieder studieren. Ich bekomme Pearls Worte nicht aus dem Kopf, ebenso wenig wie den Abschied von Rob. Sein traumhaft verlockendes Angebot, mit ihm ein neues Leben zu beginnen, weit weg an einem Ort, wo ich der Welt nichts schuldig bin.

Je mehr ich trinke, desto mehr spiele ich mit dem Gedanken, meine Koffer zu packen und zur Victoria Station zu laufen, um ihn ausfindig zu machen, obwohl es schon viel zu spät sein dürfte und er wahrscheinlich längst auf und davon ist.

»Alice!« Maggie kommt durch die Eingangstür gestürmt, und ich richte mich aus meiner zusammengesunkenen Position auf dem Sofa auf.

Maggies Gesicht spiegelt pure Angst wider und lässt mich schlagartig beinahe nüchtern werden. »Was ist?«

»Louisa.«

Die Zeit scheint stillzustehen, und dann rennen wir mit einem Mal alle in Panik aus dem Haus. Obwohl ich noch ein wenig taumle, bin ich mir der Lage irgendwie bewusst und zu allem bereit. Die Nachtluft ist kühl, und ihr wohnt eine unbehagliche Stille inne. Auf der nebelverhangenen Straße taucht Ralph auf – er trägt Louisa auf den Armen.

Mum stößt einen Urschrei aus und rennt zu ihm, um nach ihr zu sehen. »Was ist passiert?«

»Ein Automobil ist vorbeigefahren, und jemand hat die Tür geöffnet und sie auf die Straße hinausgeschleudert«, sagt er leise, während er meine Schwester festhält und wiegt, als wäre sie ein Baby und nicht eine heranwachsende Frau. »Das waren zwei Weibsbilder, glaube ich. Zwillinge?«

»Zwillinge?«, schnappt Maggie mit Zornesröte im Gesicht. »Bist du dir sicher?«

Obwohl ich mir eine Menge Gin hinter die Binde gekippt habe, gelingt es mir, so lange zu blinzeln, bis ich wieder klar sehen kann. Ich gehe neben Ralph her, als er den Laden betritt und Louisa auf das Sofa bettet.

Ihre Haut ist violettfarben und blutig, und sie trägt noch die gleiche Kleidung wie bei unserer Begegnung vor ein paar Stunden. Wie haben die Zwillinge sie bloß ausfindig gemacht? Haben sie mich beschattet?

»Ist sie tot?« Maggies Stimme bricht. »Bitte sag mir, dass sie nicht tot ist.«

Mum schüttelt den Kopf, da sie sieht, wie sich Louisas Brustkorb in einem langsamen, aber stetigen Rhythmus hebt und senkt. »Nicht tot, nur verletzt.«

»Sie haben ihr einen Zettel ans Kleid geheftet.« Ralph hat das Papier entdeckt und hält es mir entgegen, während ich Louisa entsetzt anstarre. Aber ich nehme es nicht an mich, mache mir viel mehr Sorgen, dass ihre sich hebende Brust einfach aufhören könnte zu atmen.

Tommy nimmt den Zettel von Ralph entgegen und liest laut vor: »In Anbetracht deines Verrats halte ich das für gerecht. Aber ich weiß, was du vorhast, Annie, und wenn du es durchziehst, wird sie das nächste Mal nicht mehr lebend zurückkommen. Ich habe dich gewarnt. In Liebe, die Königin der Forty Elephants.«

»Sie weiß Bescheid«, spricht Maggie das Offensichtliche aus. »Sie weiß von dem geplanten Coup … Sie weiß, wo Louisa arbeitet … Woher weiß sie das alles?«

»Ihre Macht beruht auf ihrem Wissen«, erkläre ich rundheraus. »Und ihre Informationen sind grenzenlos … was bedeutet, dass auch ihre Möglichkeiten grenzenlos sind. Das heißt …« Ich halte inne und schließe die Augen, um meine sich überschlagenden Gedanken zu sortieren.

»Was heißt es?«, drängt mich Tommy.

Ich versuche, mich nicht zu verkrampfen oder die mich packende Angst zu zeigen. »Wir haben eine weitere Bedrohung, die wir während des Coups berücksichtigen müssen. Eine, die völlig unvorhersehbar ist und uns allen schaden könnte.«

Tommy stemmt die Hände in die Hüften. »Oh, das war's also? Na, großartig! Fügen wir es einfach unserer Liste hinzu.« Mit einer theatralischen Geste malt er eine Liste in die Luft. »Verhaftet werden, alles verlieren, das Leben ruiniert, und dann natürlich die Todesdrohung einer verrückten Schlampe, die selbst im Knast irgendwie noch immer die Fäden zieht.« Er fährt sich grob mit den Fingern durch das Haar.

»Tommy, hörst du bitte auf zu plappern?«, stöhnt Louisa. »Mir brummt schon der Schädel.«

Mum beugt sich zu Louisa hinunter und streichelt ihr geschwollenes Gesicht. »Oh, mein süßes Mädchen.«

»Es tut mir leid, Louisa.« Meine Worte kommen als Wimmern heraus, und noch das letzte Quäntchen Kraft in mir schwindet augenblicklich. »Ich werde nicht zulassen, dass dir so etwas noch einmal zustößt.«

Mit dem Auge, das nicht zugeschwollen ist, sieht Louisa mich an. »Du kannst nicht wissen, ob du dein Versprechen halten kannst«, sagt sie schwer atmend, während ihr Tränen über die Wangen laufen.

Auch ich kämpfe nicht länger gegen meine Tränen an. »Ich hätte besser auf dich aufpassen müssen.«

»Ich brauche deine Versprechen nicht. Ich will nur, dass du mir beibringst, wie ich dafür sorgen kann, dass mir so etwas nie wieder passiert. Du wirst es mir beibringen, Alice. Ich will deinen Schutz nicht. Bring mir nur bei, wie ich mich selber schützen kann.«

Ich beuge mich zu ihr hinunter und drücke sie so an mich, wie es mein Vater damals mit mir tat, als das Gesetz der Straße die Oberhand gewann und mich zu brechen drohte. »Ich werde es dir beibringen«, verspreche ich ihr mit ruhiger Stimme. »So etwas wird dir nie wieder passieren.«

Zweiundzwanzigstes Kapitel

Tagsüber ist der Heiligabend bei Selfridges den Kindern vorbehalten. Für sie gibt es überall im Kaufhaus zauberhafte Aktivitäten. Sie können mit Marionetten spielen, gigantische Türme aus in Geschenkkartons verpackten Puppen bestaunen, Spielzeugtrillerpfeifen ausprobieren und Süßigkeiten naschen. Mechanische Spielzeuge werden ausgestellt, und inmitten von allem thront der Weihnachtsmann auf einem großen, von Geschenkpaketen umgebenen Samtstuhl und wünscht den Kindern ein frohes Fest. Er überreicht jedem Kind ein Paket, bevor es mit den Eltern das Geschäft verlässt.

Detective Betts betrachtet dies als unsere Nachmittagsvorstellung, und ich enttäusche sie nicht. Ich erspähe ein paar Bengel, die sich irgendwelche Kleinigkeiten in Taschen und Mäntel stopfen – kleine Holzsoldaten und vergoldete Medaillons. Sie vor aller Augen dingfest zu machen und dabei auch noch Betts' großspuriges Verhalten nachzuäffen, bringt mich an den Rand der Verzweiflung, aber ich habe einfach das Gefühl, mich als vertrauenswürdig erweisen zu müssen. Ich muss ihr kleine Fische liefern, damit sie später am Abend, wenn ich sie von den Mädchen ablenke, nicht an mir zweifelt.

Am Nachmittag trifft Mr Selfridge ein und begrüßt alle

mit einem warmherzigen Lächeln. Er sieht älter aus, als ich erwartet habe, aber immer noch adrett, und er ist sehr elegant gekleidet. Er schüttelt seinen Angestellten die Hand, und sie danken ihm für ihren Weihnachtsbonus. Er kennt alle mit Namen, jeden einzelnen, und scheint ein bodenständiger Mann zu sein – ein Mann des Volkes, den niemand bestehlen möchte, aber auch eine berühmte Person des öffentlichen Lebens.

»Die reizende Alice«, begrüßt er mich mit festem Händedruck, und zugegebenermaßen fühle ich mich ein bisschen geschmeichelt. »Detective Betts hat mir so viel über Sie erzählt. Ich weiß, dass Sie heute Abend Ihr Bestes geben werden, und ich hoffe, Sie ziehen in Betracht, nach dem Weihnachtsgeschäft bei uns zu bleiben.«

Ich nicke wie ein kleines Kind, das außer sich ist vor Freude. »Danke für das Angebot.«

»Nein, ich danke Ihnen.«

Schließlich zieht er weiter wie ein Schmetterling von Blüte zu Blüte, schlendert durch den Laden und weist mit erhobenem Finger auf Dinge hin, die sich nicht an ihrem angestammten Platz befinden oder um die sich jemand kümmern muss.

Detective Betts hat mich so eingekleidet, dass ich in dem Pulk der Kunden wie eine der feinen Damen aussehe. Sie selbst trägt ihren üblichen Blazer, einen schlichten Rock und hat sich wie immer das Haar unmodisch zu Zöpfen hochgesteckt. Sie erklärte mir im Detail, dass ihr deutlich zur Schau gestelltes Erscheinungsbild einer strengen Schullehrerin, eine Möglichkeit sei, potenzielle Diebe abzuschrecken. Eine andere Möglichkeit, Dieben auf die Spur zu kommen, sei es, jemanden wie mich als Gehilfin zu haben, die sich unter die Leute mischt, wo sie es nicht kann.

Ein Beobachter, der sich unbemerkt in der Menge bewegt.

Bei Einbruch der Dunkelheit schließt das Kaufhaus, was dem Personal gerade genug Zeit verschafft, alles für die Party vorzubereiten. Wir rollen lange rote Teppiche in den Verkaufsräumen aus und schmücken die Tische festlich. Wir ersetzen die Spielzeugauslagen durch aufsehenerregende Arrangements aus kostspieliger Couture und glitzernden Schmuckstücken. In einem Raum wird sogar ein nagelneuer, blitzeblanker Rolls-Royce ausgestellt, und ein großes Festmahl wird für die Gäste zubereitet, bei dem sie von einem Streichquartett unterhalten werden. Einige Verkäuferinnen und Verkäufer haben die Aufgabe, durch die Gesellschaft der Damen und Herren zu schlendern und ihnen neben Champagner köstliche Strudel und kleine Törtchen anzubieten.

Als die Gäste eintrudeln, stehen die Detektivin und ich mit ein paar anderen Angestellten in der Nähe der Ausstellungstresen. Die Damen schweben wie auf Wolken herein, mit Pelzen behängt und in Samt, Seide und Chiffon gekleidet. Sie tragen an Hals, Ohren und Fingern Smaragde und Diamanten, die wie Leuchtfeuer strahlen, als sie aus der rauchverhangenen Oxford Street eintreten. Sie schmiegen sich an ihre Männer, die Bond-Street-Hemden, Filzhüte und maßgeschneiderte Gehröcke tragen. Die wirklich wohlhabenden Londoner präsentieren heute Abend ihre extravagantesten Kleidungsstücke.

Die Wachleute an der Tür haken die Namen der Eingeladenen auf einer langen Liste ab, derweil die Gäste die aufwendigen Ausstellungen zu Ehren des Women's Royal Naval Service und des Remembrance Day bestaunen sowie eine einzigartige Ausstellung zu Ehren von Nancy Astor, die als erste Frau einen Sitz im Unterhaus innehatte.

Ich flaniere um die geschmackvoll gekleideten Schaufensterpuppen herum, die die neueste Mode von Paul Poiret, Coco Chanel und Jeanne Lanvin präsentieren. Für einen Moment habe ich das Gefühl, jeglichen Bezug zur realen Welt zu verlieren und in diesem Farbenmeer einzutauchen. Mr Selfridge ist ein echter Meister seines Metiers.

Zu seinem Pech bin ich dies auch in meinem.

Während ich eine gefühlte Ewigkeit darauf warte, dass die Mädchen eintreffen, trete ich aufgeregt von einem Fuß auf den anderen. Betts macht sich auf den Weg zu ihrem erhöhten Sitzplatz und lässt mich auf eigene Faust umherstreifen. Ich tue so, als würde ich meinen Blick über die Menge schweifen lassen, schaue jedoch alle paar Sekunden zu den Eingangstüren.

»Behalten Sie die Gäste im Auge, die bereits drinnen sind«, mahnt mich Betts, die plötzlich hinter mir steht. »Beim Hereinkommen können Sie niemanden als Dieb entlarven. Erst beim Herausgehen. Und versuchen Sie mal, nicht ganz so nervös dreinzuschauen.« Sie schüttelt den Kopf und lacht mitleidig. »Entspannen Sie sich. Sie wollen doch nicht, dass jemand merkt, dass Sie auf der Lauer liegen.«

»Verzeihen Sie mir«, sage ich seufzend. »Es gibt so viel zu beachten.«

Sie legt mir die Hand auf die Schulter. »Sie werden das schon schaffen. Konzentrieren Sie sich einfach auf die anstehende Aufgabe.«

Ich nicke und drehe mich herum, wobei ich meinen Blick absichtlich nicht auf den Vordereingang richte. Als ich dann wenig später die Mädchen im Eingangsbereich entdecke, überwältigt mich Erleichterung, und ich bin augenblicklich ganz beschwingt. Rita und Vera sind heute Abend die Gesichter. Sie tragen aufsehenerregende, leuchtend blaue und goldene Kleider mit gewagten, tiefen Dekolletés und aufwendigen Perlenstickereien, die im Licht schimmern. Maggie und Evelyn folgen ihnen in goldgelben Seidenkleidern mit Perlenverzierungen.

Niemand stellt bei ihrer Ankunft mit Kate Meyrick und ihrer Tochter eine Frage – sie haben Kates Anweisungen, sich dem Anlass entsprechend zu kleiden, haargenau befolgt, und man würde nie auf die Idee kommen, dass sie nicht Freundinnen der jungen Damen sind.

Als wir einander entdecken, schieben wir uns eine Haarsträhne hinter das rechte Ohr, ein vereinbartes Signal, dass das Kassieren beginnen kann. Ich beginne sofort damit, mich geschmeidig mit der Menge zu bewegen, um meinen Komplizinnen den Rücken freizuhalten.

Die Mädchen verteilen sich, und als Betts, die wohl irgendwie spürt, dass sich Ärger anbahnen könnte, ihren erhöhten Sitzplatz verlässt, halte ich den Mädchen den Rücken frei, indem ich Betts' Aufmerksamkeit immer wieder ablenke und sie mit willkürlichen Verdächtigungen beschäftige. Derweil winden sich die Mädchen schlangenartig und selbstbewusst durch die Menschenmenge. Mit angeregter Konversation bezirzen Rita und Vera alle Umstehenden, während ihre Partnerinnen geschickt die Hände in Taschen und hinter Ausstellungsvitrinen gleiten lassen. Wenn ich eine besonders lohnenswerte Zielperson erspähe, etwa die dicke Matrone, die mit Schmuck behängt ist wie ein Weihnachtsbaum, gehe ich auf sie zu und hüstele zweimal, um meinen Partnerinnen ein Zeichen zu geben.

Der Vorteil einer solchen Party besteht darin, dass trotz einer großen Anzahl von Gästen jeder einzelne damit beschäftigt ist, sich zur Geltung zu bringen. Nach einem Jahr des Wartens lässt alle die Vorstellung, dass sie hier sind und zur Crème de la Crème gehören, sich wie Kinder verhalten. Sie sind zu sehr abgelenkt vom Ensemble der von Mr Selfridge ausgestellten, nie zuvor gesehenen Luxusgüter, als dass sie auf die Menschen um sie herum achten würden. Die wenigen Gespräche, die geführt werden, sind kurz und unpersönlich, ein flüchtiges »Hallo« und »Auf Wiedersehen«, während sie sich weiter im Strom der Menschen bewegen und die Mädchen sich unbemerkt unter sie mischen.

Es ist alles wie ein perfekt inszenierter Tanz, und wenn ich ihn beobachte, vermisse ich das Kassieren. Seit ich hier in diesem Kaufhaus arbeite, habe ich noch nicht einmal eine Hutnadel mitgehen lassen. Ich habe mir bestickte Handschuhe, einen Samtschal, eine feine goldene Armbanduhr und die wunderschönsten Dinge durch die Lappen gehen lassen. Es tat mir geradezu körperlich weh, dem Drang widerstehen zu müssen.

Ungefähr eine Stunde nach Beginn der abendlichen Veranstaltung wird Detective Betts zu den Fahrstühlen gerufen. Während ihrer Abwesenheit intensivieren die Mädchen ihre Tätigkeit und kassieren verwegen auch größere Gegenstände von Tresen und Auslagen, so lange, bis sie zurückkehrt.

Alles läuft genau so ab, wie wir es geplant hatten. Nein, sogar besser noch, als wir es geplant hatten. Ich habe das Gefühl, Bäume ausreißen zu können. Dann läutet die Aufzugglocke, und die Türen werden geöffnet. Ich drehe mich um, um die Detektivin anzulächeln, doch als sie mich erblickt, bedenkt sie mich mit einem düsteren, animalischen Gesichtsausdruck. Sie sieht mich an, und ihre Blicke sprechen Bände. *Ich weiß, wer du bist.*

Kurz darauf steht sie mit einem so finsteren Blick vor mir, dass ich erstarre. »Kann ich Sie kurz sprechen?«

Ich schlucke. »Sofort?«

Um mich herum dreht sich alles.

»Ja, sofort.«

Ich begleite sie zum Fahrstuhl. Maggie beobachtet uns und nickt mir knapp zu. Hinter ihr erspähe ich die Zwillinge Grace und Norma, die gerade zur Partygesellschaft dazugestoßen sind. Sie tragen identische gestufte Samtkleider und aufsehenerregende Überwürfe mit breiten Zobelpelzmanschetten. Sie haben jeweils einen Arm um einen älteren Herrn in ihrer Mitte geschlungen – auch sie hatten keine Probleme, auf diese Party zu gelangen.

Während die Fahrstuhltüren geschlossen werden, sehen mich die beiden an und grinsen. Alles, woran ich denken kann, ist, meine Hände um ihre Schwanenhälse zu legen und sie zu erwürgen. Aber ich reiße mich zusammen und wende mich Detective Betts zu, während der Fahrstuhl nach unten gleitet. »Was ist denn los? Sollte nicht eine von uns oben bleiben?«

Stille. Dann:

»Das Reden übernehme ich, Diamond Annie.«

DREIUNDZWANZIGSTES KAPITEL

Betts öffnet eigenhändig die Fahrstuhltüren und führt mich dann durch die Schnäppchenabteilung zu einem kleinen Raum am Ende des Gangs. Darin steht nur ein Schreibtisch, übersät mit Papieren und Kartons mit Akten.

Ich straffe die Schultern, während ich ihr in den Raum folge, aber als das Geräusch unserer Schritte von den nackten Wänden des Untergeschosses widerhallt, übermannt mich eine Welle der Angst. Ich lasse die Arme hängen und nestle mit den Händen an meinem Kleid herum, während mir der Schweiß auf die Stirn tritt. Hier unten ist niemand, der mich beschützen könnte, und jetzt hilft auch oben niemand mehr den Mädchen, sich durch die Menschenmenge zu navigieren.

»Wohin bringen Sie mich?« Ich bemühe mich, ausschließlich Empörung in meine Stimme zu legen. Vielleicht gibt es ja doch noch eine Chance, dass ich mich herausreden kann und meine Tarnung als Alice Black aufrechterhalten bleibt.

Doch bevor ich merke, wie mir geschieht, legt sie mir eine Handschelle um eines meiner Handgelenke und die andere um ein freiliegendes Dampfrohr. Von Panik ergriffen, versuche ich, meine Hand herauszuwinden, doch mit einer flinken Bewegung zieht sie den Schlüssel aus dem

Schloss und lässt ihn tief in der Tasche ihres Blazers verschwinden.

»Ich habe einen anonymen Tipp bekommen, demzufolge Alice Black gefälschte Referenzen benutzt hat, um hier angestellt zu werden. Dass sie zu den Forty Elephants gehört und diese Stelle bei Selfridges angenommen hat, um, gerissen, wie sie ist, die Geschäftsräume auszuspionieren. Ich wusste von Anfang an, dass irgendetwas an Ihnen nicht sauber ist. Ich wusste es einfach.«

»Ein anonymer Tipp?« Sie lehnt sich mir gegenüber an die Wand und wirkt dabei wie eine zufriedene Katze vor einer Schale Sahne. »Ich habe nicht den leisesten Schimmer, wovon Sie reden.«

»Wissen Sie, ich bin nicht einmal verärgert, dass Sie sich als Diebin entpuppt haben oder dass Sie hier stehen und mich anlügen. Das Blaue vom Himmel herunterzulügen, ist für Ihresgleichen völlig normal. Ich ärgere mich nur darüber, dass Sie mir durchgerutscht sind. Dass ich nicht auf meinen Instinkt gehört habe und Sie wegen dieses kleinen Auftritts als Informantin, den Sie da abgezogen haben, nicht hart genug angefasst habe.« Sie schüttelt enttäuscht den Kopf. »Diese Frau, Charlotte – steckte sie mit Ihnen unter einer Decke? Sie wirkte jedenfalls ehrlich verängstigt und hat sich die Augen aus dem Kopf geweint, als die Polizisten sie abführten.«

Ich zögere, spüre, wie die Beklemmung mir die Kehle zuschnürt. »Charlotte wusste von nichts. Ich habe sie geopfert, um Ihr Vertrauen zu gewinnen.«

Ihre Augen weiten sich angesichts meines Geständnisses.

»Sie haben eine der Ihren ans Messer geliefert, um mich zum Narren zu halten? Habe ich euch Mädchen so unterschätzt?« Sie senkt den Blick und schaut sich dann um, als bemühe sie sich verzweifelt, sich einen Reim auf meine Worte zu machen. »Hat Mary Carr das irgendwie von ihrer Zelle aus geplant? Wie?«

Ich bedenke sie mit einem angespannten Grinsen. »Mary Carr hat nichts damit zu tun.«

Sie lässt sich auf einen Stuhl fallen und hört aufmerksam zu. »Sie wollen sagen, Sie haben das ganz alleine geplant? Ich habe Ihren Namen noch nie in einem der Berichte gelesen. Das bedeutet, Sie sind erst kürzlich rekrutiert worden. Und wie kommt es, dass eine Neue in der Zeit, in der ihre Anführerin im Gefängnis sitzt, einen eigenen Coup plant?«

»Indem sie sich nicht an die Regeln hält«, verrate ich achselzuckend. Hatte ich das alles von Anfang an geplant? Ganz sicher nicht. Macht es mich wütend, dass sich alles so für mich ergeben hat? Ganz und gar nicht. »Mary und ich waren unterschiedlicher Meinung.«

Sie lacht zynisch und beginnt dann schwer zu atmen. »Sie lügen. Sie würden sie nicht gegen sich aufbringen. Das ist doch alles Mary Carrs Plan, oder? Sagen Sie mir die Wahrheit!«

»Sie haben mich mit Handschellen an dieses Rohr gekettet. Warum sollte ich lügen?«

»Ihr Mädchen arbeitet nie allein!« Ihre Verwirrung wühlt sie auf. »So läuft das nicht. Das passt alles nicht zusammen.«

Ich weiß nicht, warum ich ihre Verwirrung so sehr genieße. Sie dachte, sie wüsste alles, was es über die Gang zu wissen gibt, und solange Mary die Anführerin war, war das vielleicht auch so. Aber ich bin nicht wie Mary.

»Sind da draußen noch mehr?« Sie deutet zur Tür.

»Ja.«

Sie ringt kurz mit sich, steht dann auf und richtet sich ihr Kleid. »Liefern Sie sie ans Messer, und ich werde darüber hinwegsehen, dass ich einen Tipp bekommen habe. Die Anerkennung für die Verhaftungen wird mir dann trotzdem zuteilwerden – aber Sie bekommen Ihre Freiheit wieder.« Da ist er wieder, ihr Ehrgeiz, so roh und unübersehbar. Sie schämt sich nicht dafür, und auch nicht dafür, wie weit sie gehen würde, um sich den Männern, die über ihr stehen, zu beweisen.

Ich schüttle den Kopf und atme dann tief aus. »Das kann ich nicht.«

Sie zieht die Augenbrauen hoch. »Warum nicht? Haben Sie keine Familie? Jemanden, der auf Sie angewiesen ist?«

»Das habe ich«, betone ich mit Nachdruck. »Und wenn ich die Mädchen verrate, kann ich zu ihr zurückkehren und all das hier hinter mir lassen. Es ist verlockend, aber ich werde es nicht tun.«

Ihr Kiefer spannt sich an, und sie tritt auf mich zu. Verzweiflung schwingt in ihrer Stimme mit, als sie eindringlich auf mich einredet. »Die haben selbst entschieden, welchen Weg sie im Leben einschlagen wollen! Doch wir haben alle eine Wahl. Ich gebe Ihnen jetzt auch eine. Eine, die Sie hiervon befreien wird.«

Ich zwinge mich dazu, an ihr vorbeizuschauen. »Eine Handvoll Frauen zu verhaften, wird diesen Verbrechen kein Ende bereiten. Das wissen Sie, oder? Es gibt eine Menge verlorener Mädchen in dieser Stadt, die kein Zuhause haben. Selbst wenn Mary und ich beide hinter Gittern schmoren, wird jemand anderes an unsere Stelle treten. Ihr Ehrgeiz, mein Ehrgeiz – er wird sich nicht in Luft auflösen. Das hier ist erst der Anfang.«

»Eine Handvoll Diebinnen hinter Gittern ist in meinen Augen ein Gewinn«, blafft sie mich wütend und mit lauter, hartherziger Stimme an.

Ich schaue auf meine Schuhe und achte darauf, dass mir meine nächsten Worte langsam und bedacht über die Lippen kommen. »Aber wissen Sie, was Ihnen den größten Sieg bescheren würde? Was Mary Carrs ganzes Unternehmen zum Erliegen bringen würde?«

»Was?«, knurrt sie mit zusammengebissenen Zähnen.

»Sie haben es selbst gesagt: ihre Verbindungen.« Ich denke an Marys umfangreiche Geschäftsbücher mit ihren vielen eng beschriebenen Seiten. An all die Informationen, die der Commissioner gut gebrauchen könnte, um ihre Geschäftstätigkeit mit Stumpf und Stiel zu beseitigen. »Vielleicht können wir ja einen Deal aushandeln?«

Keuchend presst sie sich eine Hand an die Brust. »Nein! Sie werden hier keine Vorschläge machen! Ich gebe Ihnen eine Chance, nur diese eine. Identifizieren Sie die Mädchen oben auf der Party, und Sie können aus dem Hinterausgang herausschlüpfen. Wenn Miss Waller sich nach Ihnen erkundigt, werde ich ihr sagen, dass Sie sich unerwarteterweise dazu entschieden haben zu kündigen. Für mich werden Sie ein Geist sein, und zwar einer, den ich nur zu gerne in die Vergangenheit verbannen werde.« Sie senkt den Blick. »Sie zu entlarven würde mich nur in Verlegenheit bringen.«

Ich reibe mir mit der freien Hand über die Schläfen. »Ich kann das nicht tun.«

Unerwartet stürzt sie sich auf mich und packt mich mit erstaunlicher Kraft am Kinn, als wäre ich ein kleines Kind, dem man eine Standpauke halten muss. »Dann sind Sie eine verdammte Närrin und werden auch verspottet wie eine. Man wird Sie für alles verantwortlich machen, was heute Abend gestohlen wird!«

Ohne den Blick von ihr abzuwenden, befreie ich meinen Kopf aus ihrem Griff. »Ihre Schwäche liegt darin, dass Sie alles tun, um sich vor den Männern zu beweisen, die Ihnen Anweisungen erteilen. Mir hingegen ist es völlig egal, was Männer von mir denken. Sie befolgen die Regeln … Ich stelle meine eigenen Regeln auf. Wollen Sie nicht auch mal damit anfangen?«

Sie starrt mir lange und unverwandt in die Augen, und ich frage mich, ob meine Worte irgendetwas in ihr auslösen. Ändern sie ihre Meinung? Bringen sie sie zum Grübeln? Doch noch bevor sie etwas erwidern kann, ertönt ein donnerndes Geräusch um uns herum – ein Dröhnen, das das gesamte Fundament des Gebäudes erschüttert. Ich hatte geglaubt, darauf vorbereitet zu sein, aber mein Herz schlägt mir bis zum Hals, und hektisch schirme ich mir mit der freien Hand den Kopf ab, so als würde gleich das ganze Gebäude über uns einstürzen.

Von oben vernehme ich Schreie, in den Straßen über uns bricht Chaos aus.

»Was war das?« Sie starrt mich direkt an, aber mein schockierter Gesichtsausdruck lässt sie glauben, ich sei unwissend.

Rasch geht sie zur Tür und sucht den Flur nach irgendwem ab, der Informationen haben könnte. Plötzlich erstarrt sie und kommt mit ungelenken Bewegungen rückwärtsgehend wieder herein.

Maggie folgt ihr durch die Tür und zielt dabei mit einer kleinen Handfeuerwaffe direkt auf sie. Sie trägt eine Einkaufstasche voll mit Waren, und auch die versteckten Innentaschen ihres großen Pelzmantels sind prall gefüllt. Ihr wohnt eine erschreckende Gleichgültigkeit inne, die zeigt, dass sie nicht zögern würde abzudrücken.

Detective Betts tritt einen Schritt zurück und blickt an ihr vorbei. »Wie sind Sie hier runtergekommen?«

»Ich kenne das Gebäude in- und auswendig«, erklärt Maggie mit weichem Tonfall. »Das gilt für alle Mädchen. Wir kennen alle Ein- und Ausgänge.«

Sogar diejenigen, die nicht auf der Bauzeichnung eingetragen sind. Vor allem unser Ass im Ärmel – der Tunnel, der uns die Flucht ermöglichen wird.

Betts blickt finster. »Das Treppenhaus wird bewacht. An allen Ausgängen sind Wachleute postiert. Sie und Ihre Freundin kommen vielleicht aus diesem Raum heraus, aber ihr kommt nicht aus dem Gebäude. Ich werde den Sicherheitsdienst alarmieren.«

»Das dachte ich mir schon.« Maggie deutet auf meine

angekettete Hand. »Ich nehme an, Sie haben den Schlüssel. Nehmen Sie ihr sofort die Handschellen ab!«

Die Detective sträubt sich gegen die Anweisung, schließt dann aber die Handschelle an meinem Handgelenk auf. Im Gegenzug, ohne den Blickkontakt zu unterbrechen, entreiße ich ihr den Schlüssel, nehme mir rasch die andere Handschelle ab, lege sie stattdessen Betts an, lasse sie zuschnappen und stecke den Schlüssel ein. »Das mit dem anonymen Tipp habe ich übrigens arrangiert.«

Sie ist entsetzt. »Sie selbst? Warum das?«

»Ich wollte, dass Sie hier unten beschäftigt sind … weil Sie gut sind, Betts. Sie sind sogar sehr gut. Und Sie hatten recht. Sie wussten alles über uns – wie wir arbeiten, wie wir vorgehen. Die einzige Möglichkeit, Sie zu täuschen, bestand darin, mich selbst zu verraten. Denn nichts lieben Sie mehr als einen Erfolg.«

Ihre Nasenflügel blähen sich auf, während sie mit ihrer angeketteten Hand an den Handschellen zerrt, dass das Rohr klappert. »Das werden Sie büßen, das schwöre ich! Ich kenne Ihren Namen. Ich kenne Ihr Gesicht.«

»Ich melde mich wieder bei Ihnen.«

Rasch lasse ich sie zurück, und Maggie schließt die Tür hinter uns, sodass die Hilfeschreie der Detective nur noch gedämpft zu vernehmen sind. »Wir sind bereit zum Aufbruch. Alle Mädchen warten an der Ausgangstür.«

»Hast du was von Tommy gehört?«, frage ich, während ich ihr atemlos folge. »Wenn er nicht bei ihnen ist, gehe ich noch einmal hoch, um ihn zu holen.«

»Du darfst nicht wieder nach oben gehen!«

»Dann werde ich auf ihn warten! Geh, Maggie!«

Wir springen zu beiden Seiten der Tür zum Treppenhaus, als ein Geräusch von der nahen Treppe dringt und auch schon ein Wachmann hereinstürmt. Mit der Waffe im Anschlag wirbelt Maggie herum – und sieht sich Tommy gegenüber, der in der Uniform des Sicherheitspersonals steckt.

Er lacht neckisch und hebt in einer gespielten Geste der Kapitulation eine Hand hoch. Mit der anderen umklammert er fest einen großen Seesack. »Pass auf, auf wen du mit dieser Knarre zielst, Reaper!«

Mit angehaltenem Atem nehme ich ihn in die Arme, und sein Lachen lässt mein Herz flattern. »Du hast es geschafft?«

»Hast du etwa kein Vertrauen in mich? Ich bin beleidigt.«

Maggie stößt ein gackerndes Lachen aus. »Du hinterhältiger Mistkerl! Keine Probleme gehabt mit dem Tresor?«

Er grinst. »Mit den *Tresoren*. Alle fünf. Und ich habe nie Probleme. Wollt ihr beiden nun endlich hier raus, oder worauf wartet ihr noch? Das Ding ist so schwer wie eine Tonne Ziegelsteine.«

Die Mädchen warten am Ende des Gangs mit vollgestopften Manteltaschen und je einer Tüte an jedem Arm, die förmlich überquellen mit Schmuck und Seidenschals. Zu dritt eilen wir ihnen entgegen. »Du hast recht. Wir müssen jetzt los.«

Während wir lostraben, denke ich über Betts' Aussage nach, derzufolge wir nicht aus dem Gebäude herauskommen werden. »Wie seid ihr hier runtergekommen? Habt ihr die Treppen genommen wie Tommy?«

»Nein, wir hatten Hilfe.«

»Hilfe?«

Wir kommen an den Fahrstühlen vorbei. In einem von ihnen steht eine nervös wirkende Lucille und hält die Tür auf.

»Lucille?« Ich kann meinen Augen kaum trauen und sehe Maggie stirnrunzelnd an. »Lucille, hat sie dich bedroht?«

»Nein«, erwidert sie warmherzig. »Sie sagten, sie seien deine Freundinnen, und du würdest Hilfe benötigen.«

Ich möchte ihr danken und mich gleichzeitig bei ihr entschuldigen. Ich möchte ihr erklären, dass ich nicht irgendeine Kriminelle bin, sondern dass es einen Grund für das hier gibt. »Lucille …«

»Ich will es gar nicht wissen!«, platzt sie heraus. »Du warst nett zu mir, als ich eine Freundin brauchte.« Sie bringt den Anflug eines Lächelns zustande. »Ich erwidere deine Freundlichkeit, und wenn die Bullen Fragen stellen, sage ich denen einfach, du hättest mich gezwungen.«

Meine Augen füllen sich mit Tränen. Nicht nur wegen Lucilles Warmherzigkeit, sondern auch weil wir schon fast aus der Tür sind. Gegen jede Wahrscheinlichkeit haben wir das Unmögliche geschafft.

»Jetzt geh schon!« Ihre Stimme wird dringlich. »Ihr habt nicht mehr viel Zeit, bis der Sicherheitsdienst kommt und nach Detective Betts sucht.« Sie schließt die Fahrstuhltüren und lässt uns allein.

Wir hetzen durch die Schnäppchenabteilung, stoßen die Tür zu dem halbfertigen Tunnel auf, bahnen uns eilig einen Weg um allen möglichen Schutt herum und steigen am Ende des Tunnels rasch eine Treppe hinauf, die nach draußen führt. Maggie stößt die Tür auf, und wir schleichen uns in die Station, vorbei an einer Gruppe teilnahmsloser Fahrgäste, die so spät am Abend zu müde sind, um sich noch für das zu interessieren, was um sie herum passiert. Es fühlt sich zu gut an, um wahr zu sein.

»Ich habe vor dem Bahnhof geparkt«, sagt Maggie und rennt regelrecht zum nächstgelegenen Ausgang. Ihr scheint immer noch unbehaglich zumute zu sein, statt dass sie triumphiert wie der Rest von uns. Für sie ist es erst dann ein Sieg, wenn wir die Ware verhökert haben. Wenn wir bezahlt werden.

»Ich kann nicht fassen, dass wir es geschafft haben!«, kreischt Rita.

»So viel habe ich noch nie an einem einzigen Abend kassiert«, fügt Evelyn hinzu.

Die beiden richten ihren Blick auf Tommy. »Stimmt es, was man über dich sagt? Dass es keinen Safe gibt, der deinem Können standhält?«

Ihr Kompliment lässt ihn den Kopf schütteln. »Noch haben wir nicht gewonnen, Ladys. Lasst uns von hier verschwinden.«

Vera nickt zustimmend. »Was ist da drin mit der Ladendetektivin passiert?«

»Das erzähle ich dir während der Fahrt«, sagt Maggie unruhig, als wir plötzlich vertraute Stimmen am Ausgang des Bahnhofs hören und abrupt innehalten.

»Aber, aber, Mädels, nicht so schnell«, höhnt Norma, während ihre Schwester eine Pistole zückt. Es ist eine kleine, ähnlich der, die Maggie bei sich trägt.

Beim Anblick der Waffe zerstreuen sich die umstehenden Passanten und fliehen in alle Himmelsrichtungen.

»Schöne Grüße von Mary«, verkündet Grace, und ihre Augen verfinstern sich bösartig, als sie abdrückt.

Ich habe keine Chance zu schreien, zu denken oder auch nur einen Finger zu krümmen. Mit seltsamer Ergebenheit starre ich auf den rauchenden Lauf der Pistole. Falls es das jetzt für mich war, dann habe ich mir wenigstens einen Namen gemacht und meiner Familie ein Vermögen hinterlassen, mit dem sie ausgesorgt hat.

Wenigstens sind die Mädchen versorgt.

Ich habe allen Widrigkeiten getrotzt. Ich habe die Herausforderung angenommen und gewonnen.

Ich schließe die Augen und spüre, wie mich eine Zufriedenheit erfasst, wie die Hektik, die im Bahnhof herrscht, verklingt, bis ich gar nichts mehr höre. Ich frage mich, ob ich nun langsam sterben und vor den Augen der Mädchen verbluten werde, oder ob Grace eine gute Schützin ist und es glatt und schnell zu Ende gehen wird.

Mit all dem Blut, das mir an den Händen klebt, werde ich sicher in der Hölle schmoren.

Evelyn stößt einen Schrei aus, so schrill und laut, dass mir die Ohren klingeln. Ich öffne die Augen, um an meinem Kleid herunterzusehen, aber Tommy steht vor mir. Er hat gerade noch genug Kraft, sich umzudrehen und sich mir mit mattem Lächeln zuzuwenden, bevor er zusammenbricht und zu Boden stürzt.

Die Kugel hat gar nicht mich erwischt.

Sie hat ihn getroffen.

Nein, nicht Tommy. Nicht Tommy, verdammt.

Ich sinke neben ihm zu Boden, möchte am liebsten die Zeit zurückdrehen. Als ich sehe, dass ihm Blut durch das Hemd sickert, durchfährt mich ein stechender Schmerz und mein ganzer Körper krampft sich zusammen.

»Tommy!«, schreie ich und umklammere mit beiden Händen seinen Kopf. »Warum hast du das getan, du Mistkerl!«

Vera, Rita und Evelyn rennen auf die Zwillinge zu, um sich die Waffe zu schnappen. Mir hingegen verschwimmt alles vor den Augen. Ich bette Tommys Kopf auf meinen Schoß, während Verzweiflung mich durchströmt. Mit bebenden Lippen murmle ich: »Du wirst wieder gesund! Hörst du? Du wirst es schaffen! Du schaffst es immer! Nichts auf dieser Welt kann dich umbringen, Tommy.«

Er greift nach meiner Hand und hält sie ganz fest. »Ich dachte, es wäre mal an der Zeit, dass ich dich rette.«

Ich schüttle den Kopf. Das hier darf nicht wahr sein. Das ist nicht wahr.

Erneut schaut er zu mir auf, blickt mit großen Augen in meine, traurig, aber irgendwie auch furchtlos. »Kümmere dich um sie, ja? Und kümmere dich um das Baby. Wenn es ein Junge wird, nennt ihn Tommy.«

»Und wenn es ein Mädchen wird?«, stammle ich.

»Tommy«, sagt er und zieht einen Mundwinkel nach oben, bevor er Blut hustet.

Er stirbt in meinen Armen, und ich kann nichts tun, um ihn zu retten. Ich drücke meine Hand auf die Wunde an seiner Seite, um die Blutung zu stoppen, aber er ist einfach zu schwer verletzt.

»Ich weiß, dass du dich um meine Familie kümmern wirst, Alice. Du tust … du tust das immer.«

Er hebt seine Hand und legt sie mir auf die Brust, drückt seine Handfläche auf mein wie wild pochendes Herz. Ich stehe zu sehr unter Schock, um die Worte zu finden, die ihn beruhigen würden und die er jetzt von mir hören sollte.

Er stirbt, und ich trauere um den Teil von mir, der mit ihm stirbt. Der Teil, der glaubte, ich könnte die Menschen, die ich liebe, retten. Mit einem Mal weicht jede Wärme aus meinem Körper, und es bleibt nur noch Schmerz. Alles, was ich zu seinen Lebzeiten an ihm nicht schätzte, all die Dinge, von denen ich ihm sagte, dass ich sie nicht an ihm liebte, sind nun präsenter denn je und überschatten die Erinnerungen an unsere gemeinsame Zeit als Kinder, als es noch Lachen und Wärme gab. Ich habe ihm nicht oft genug gesagt, dass ich ihn liebe. Ich habe meine Zeit mit ihm nicht genug wertgeschätzt.

Wie sollte ich auch, wenn sich doch jedes Jahr, jeder Monat, jeder Tag und jede Stunde wie ein Kampf ums Überleben anfühlte? Wir hatten nie eine Chance auf Normalität.

Mir stockt der Atem, während mir salzige Tränen die Wangen hinunterlaufen. So sehr ich auch versuche, mich zu beruhigen, ich kann nichts tun, außer zu würgen und zu zittern. Ich brauche etwas. Ich brauche Rache. Ich muss jemand anderen für Tommy bluten sehen.

Ich sehe zu Maggie auf, die immer noch die Pistole in der Hand hält, springe auf und entreiße sie ihr.

Dann konzentriere ich mich auf Grace inmitten des Knäuels aus Mädchen, die darum kämpfen, die Oberhand zu gewinnen. »Halt!«, schreie ich, worauf die Mädchen zurücktreten und Grace sich selbst überlassen. Selbst als sie in den Lauf der Waffe starrt, kann ich keine Angst in ihren Augen erkennen.

»Das ist für Louisa.« Ich gebe einen einzelnen Schuss in ihre Schulter ab. »Und das ist für Tommy.« Ich verpasse ihr einen Schuss in die Brust. Norma schreit auf, während Grace der Länge nach zu Boden stürzt.

Schockiert ziehen sich Evelyn, Rita und Vera zurück.

Ich richte den Lauf der Waffe auf Norma, die über Grace zusammengesackt ist. Sie schaut zu mir hoch, und ich erkenne, dass das Grauen in ihren Augen dasselbe ist wie in meinen. Ihr Kinn bebt, und sie blickt zu ihrer Schwester hinunter, die ein letztes Mal zuckt, bevor ihr Körper für immer erschlafft.

Maggie greift nach meinem Arm. »Tu es nicht, Alice! Schick sie zurück zu Mary, damit sie erfährt, was passiert ist. Es gibt eine Nachricht zu übermitteln – übermittle sie.«

Ich weiß nicht, ob sie es ernst meint oder ob sie mich nur davon abhalten will, Norma, die den Abzug nicht betätigt hatte, ebenfalls zu töten. Wie dem auch sein mag, ich lasse meinen Arm sinken.

Sie nimmt mir die Pistole aus der Hand und nimmt Norma grob alles ab, was sie auf der Party gestohlen hatte. »Geh. Verschwinde auf der Stelle!«

»Ich lasse sie nicht allein!« Sie wirft uns beiden einen

intensiven, fiebrigen Blick zu. »Ich gehe nicht weg, verdammt!«

Maggie beugt sich zu ihr hinunter und sagt mit schwerer, tiefer Stimme: »Du verschwindest jetzt lebend, oder du gehst auf die Art, wie deine Schwester.«

Vierundzwanzigstes Kapitel

Maggie spricht zu mir. Ihre Stimme klingt, als wäre sie weit weg und irgendwie zugleich ganz nah. Für die Mädchen geht alles weiter, während ich vor ihnen in tausend winzige Teile zerspringe. In meinem Inneren herrscht eine Stille, so als wäre die Zeit stehen geblieben. Dann geht mir allmählich auf, dass ich mein Herz nicht mehr in meiner Brust schlagen spüre. Hat sie uns beide erschossen?

Ich will auch sterben.

Mein Bruder wollte aussteigen, und ich habe ihn für diesen letzten Coup zurückgeholt. Es ist meine Schuld, dass er tot ist. Meine Schuld, dass sein Kind ihn nicht kennenlernen und dass Christina allein leben wird.

Ich habe ihnen das alles angetan.

Über seinen leblosen Körper gebeugt, weine ich so hemmungslos, dass es mir den Atem raubt. Ich versuche ihn mit der Kraft meines Willens zurück ins Leben zu holen, schüttle an seinen Schultern, schluchze stumme Entschuldigungen an seiner Brust.

»Wir müssen hier jetzt raus«, sagt Maggie mit brüchiger Stimme. »Wir müssen weg. Detective Betts hat bestimmt schon den Sicherheitsdienst alarmiert. Polizisten dürften die Schüsse gehört haben. Wir müssen von hier verschwinden.«

Ich blicke um mich, um die ganze Szenerie vor mir zu

erfassen. Wir haben alles, die ganze Ware, Tommys Tresorbeute. Wir hatten in jeder Hinsicht Erfolg. Mit einer Ausnahme.

Atemlos kommen Eli und Patrick herbeigelaufen. Ihre Mäntel sind verschmutzt von der Staubwolke, die bei der Explosion aufgewirbelt wurde. Ich blicke zu Eli auf und blinzle dabei rasch meine Tränen weg. Als er das verheerende Bild von Tommys und Graces blutverschmierten Leichen in sich aufnimmt, bleibt ihm der Mund offen stehen. Seine Hände zittern, und zum ersten Mal, seit ich mich erinnern kann, bekommt er feuchte Augen. »Was zum Teufel ist hier passiert, Mags?«

»Mary hat Grace geschickt, um Alice zu töten«, offenbart sie zögernd. »Tommy hat die Kugel absichtlich abgefangen.«

Patrick legt sich beide Hände vor den Mund und wendet sich ab.

Eli sinkt auf die Knie, greift nach meinen Händen und tränkt dabei seine Finger in Tommys Blut. Er versucht, mich dazu zu bewegen, meinen Bruder loszulassen. »Wohin willst du ihn bringen?«

Er will von mir wissen, wo ich ihn begraben möchte.

Ich schüttle den Kopf.

»Alice, du musst mir antworten. Nicht mehr lange, und es wird hier in der U-Bahn-Station nur so wimmeln von Polizisten. Im Moment sind sie noch draußen, um herauszufinden, wer die Bombe gezündet hat. Wenn wir noch länger hierbleiben, sind wir tot. Hörst du mich, Mädchen? Dann sind wir tot.«

»Im Fluss«, bringe ich stammelnd hervor. »Er hat den Fluss geliebt. Aber wir müssen ... wir müssen meine Mutter dazuholen.«

Er nickt, hält meine Hände und drückt sie ganz fest. »Patrick und ich nehmen Tommys Leichnam mit, holen deine Mum und treffen dich dann an unserer Stelle am Fluss.«

Unsere Stelle am Fluss ... wo wir so viel Zeit mit Träumen verbrachten, wenn wir uns gerade nicht küssten. Ein Ort, der mich an so wohlige, geradezu albern glückliche Momente erinnert.

»Ich werde mich darum kümmern, Alice. Ich kümmere mich um alles.«

Ich weiß zwar, dass er sein Wort halten wird, aber dennoch kommt mir matt über die Lippen: »Ich kann ihn doch nicht allein lassen.«

»Bei mir ist er gut aufgehoben, das weißt du. Aber du musst jetzt los. Maggie wird dich und die anderen von hier fortbringen.«

Maggie nickt mir zu.

Ich schließe die Augen. In mir gibt es hundert Facetten, helle und dunkle und unzählige Schattierungen von Grau. Ich muss alle anderen unterdrücken, um mich wie betäubt an die dunkle Seite zu klammern – muss die Gewalt akzeptieren, die mir innewohnt. Die Frau, die nicht schwach ist, die Anführerin, die The Mint übernommen und gehalten hat.

Eine Mörderin. Eine Kassiererin. Eine Geschäftsfrau.

Alice Diamond.

Als ich die Augen öffne, sehe ich Maggie wieder an. »Lass uns gehen, Mags.«

Unser Weg entlang der Themse wird nur durch den Lichtkegel unserer Stablampen beleuchtet. In gedrückter Stimmung steuern wir einen Friedhof in der Nähe einer alten Papiermühle an, auf dem mein Dad, wie er behauptet, vor langer Zeit seine Eltern begraben hat. Etwa eine Meile entfernt liegt der Greenwich Pier, und im ersten Licht des Weihnachtsmorgens eilen bereits Männer auf dem Steg hin und her.

Tommy liebte den Fluss von Kindesbeinen an – er weckte seine Lebensgeister. Er schaute sich an der Putney Bridge das Bootsrennen an und kaufte jedes Jahr Karten für die Henley Royal Regatta. Einmal erzählte er mir sogar, er habe, nachdem er *Die Schatzinsel* gelesen hatte, davon geträumt, durchzubrennen und zur See zu fahren. Näher an seine Träume als das hier kann ich ihn nicht bringen.

»Werden wir ihn hier begraben?«, fragt Maggie.

»Wir begraben ihn nicht. Wir legen ihn ins Wasser.«

Wir sammeln Steine und Zementblöcke aus einer nahe gelegenen Fabrik, um damit nachher seine Taschen zu beschweren und sie ihm auf die Brust zu legen. Das ist nicht die Beerdigung, die er verdient hat. Er hätte eine Messe in der Kirche verdient und einen mit Blumen geschmückten Sarg, liebevolle Worte und miteinander geteilte Erinnerungen der Menschen, die er liebte.

Das Mindeste, was ich tun kann, ist, ihm eine friedliche Ruhestätte zu verschaffen. Mary hat ihm das Leben geraubt, und jetzt auch noch das ihm gebührende Begräbnis.

Es gibt nur noch eines, was ich meinem Bruder geben kann, aber nur, wenn ich schnell genug handle: Rache. Mary muss dafür bezahlen.

Eli und Patrick treffen ein. Meine Mutter springt wie eine Katze aus dem Automobil und macht fauchend einen Satz auf mich zu. Louisa, noch schwach auf den Beinen, folgt ihr, wendet sich aber ab, als sie sieht, wie die beiden Tommys Leiche aus dem Kofferraum heben.

Mum ballt ihre Fäuste, bereit, einen Schlag zu landen. »Ihr wart das! Ihr habt ihn umgebracht! Ihr habt ihn getötet!«

Um sie aufzuhalten, geht Maggie hastig dazwischen und ergreift ihren Arm. »Tommy hätte das nicht gewollt!«

Mum stößt sie von sich. »Als ob es dich einen Dreck schert, was Tommy wollte! Ein Baby ist unterwegs ... Was sollen wir diesem Kind denn einmal sagen?«

Mit Mühe schlucke ich den Kloß herunter, der sich in meinem Hals gebildet hat, um dann vergeblich im Automobil nach Christina zu suchen. »Wo ist sie? Wo ist Christina?«

»Sie ist in Ohnmacht gefallen, als sie die Nachricht hörte«, sagt Mum. »Ich habe sie in Ralphs Obhut gelassen. Ich will heute nicht noch jemanden verlieren, schon gar nicht durch deine Hand.«

Eli und Patrick legen die Steine und Zementblöcke, die wir gesammelt haben, auf Tommys Leichnam und schleppen ihn dann ans Ufer. Ich gehe zu ihnen, um dabei behilflich zu sein, während meine Mutter auf die Knie sinkt und den Kopf in den Händen vergräbt. Sie weint und klagt so laut, dass ihre Stimme bald heiser klingt und ich schon fürchte, dass sie sie gänzlich verliert. Wir werfen Tommys leblosen Körper in den Fluss, und während mir Mums Wehklagen in den Ohren klingt, sehe ich mit an, wie sein Leichnam in dem trüben Gewässer versinkt. Unser Verlust, ihre Trauer darüber, den Sohn verloren zu haben, die Bestürzung darüber, dass ihre Tochter ihn nicht beschützt hat … es lastet auf mir, so lange, bis meine Knie nachgeben und die Erde sich um mich dreht.

Bevor ich zu Boden stürzen kann, umklammern zwei Hände meine Schultern mit Bärenkräften und halten mich auf den Beinen. »Nicht doch«, sagt Eli und stützt mich. Dann dreht er mich so, dass ich ihm ins Gesicht schaue. Ich lege meine Hand gegen seine Brust, um mich wegzudrücken, aber am Ende breche ich an ihn gelehnt zusammen. »Du hast zwei Möglichkeiten. Entweder du fällst … oder du bleibst stehen. Gott bewahre, was als Nächstes passiert, wenn du stehen bleibst, Alice.«

Ich werfe mich in seine Arme, während seine Worte langsam an meine Ohren dringen und wieder verklingen. Ich will aufhören zu schluchzen, aber ich bin dazu nicht in der Lage. Er greift nach meinem Gesicht und beugt meinen Kopf zurück, damit er mir direkt ins Ohr flüstern kann, während er mir mit bebenden Händen durchs Haar fährt. »Du hast Schmerzen … nimm diese Schmerzen und nutze sie.«

»Alice?« Maggie kommt zu uns herüber und nimmt meine Hand. »Was hast du jetzt vor?«

Ich konzentriere mich und ziehe hörbar den Atem ein, um dann für einen langen Moment die Luft anzuhalten.

Ich denke an den Tag zurück, an dem ich Mary im Café getroffen habe – die selbstgefällige Miene auf ihrem Gesicht, als sie mit ihren Erfolgen prahlte. Die Versprechen, die sie machte, und wie leichtfertig ich darauf hereinfiel.

Unsere letzte Auseinandersetzung, in der sie mir drohte, sie werde Maßnahmen ergreifen, um sich zu rächen, falls ich sie verraten würde. Als ich den Mund aufmache, kommen mir die Worte wie von selbst über die Lippen. »Auge um Auge, Zahn um Zahn.«

Maggie atmet bedächtig aus, und ihre Gesichtszüge verhärten sich. Sie nickt zustimmend. »Auge um Auge. Zahn um Zahn. Aber wie? Wir kommen nicht an sie heran, solange sie hinter Gittern ist.«

»Wir fangen damit an, dass wir es ihr unmöglich machen, ihr Geschäft wiederaufzubauen.«

Ich starre hinunter auf Tommys nasses Grab und denke über meinen nächsten Schritt nach. Wir sind im Vorteil, weil sich die Ware in unseren Händen befindet. Im Gefängnis kann ich sie nicht töten, aber ich kann ihr das Leben außerhalb des Gefängnisses zur Hölle machen. »Wir müssen die McDonalds aufsuchen.«

»Vielleicht sollten wir das morgen machen«, rät Maggie. »Nimm dir ein wenig Zeit zum Trauern.«

»Ich brauche keine Zeit«, gebe ich zurück – kälter, als ich es beabsichtige. Zeit zum Innehalten würde nur dazu führen, dass ich mir Vorwürfe mache und sich in mir Abgründe auftun. »Ich will dich bei mir haben, aber der Rest der Mädchen sollte zurück nach Chinatown gehen, damit die Ware sofort verkauft werden kann.«

Maggie nickt. »Alles?«

»Nein, warte, nicht alles. Wir beide nehmen die Hälfte, dazu noch alles, was ihr sonst noch bei euch habt. Das ist mehr als genug, um das abzudecken, was Mary Wal und Wag schuldet. Sobald wir bei ihnen die Schulden beglichen haben, sind sie wirtschaftlich nicht mehr an ihr oder ihrem Unternehmen interessiert. Wenn ich Mary dann töte, haben sie keinen Grund, Vergeltung zu üben. Dann sind wir an nichts und niemanden mehr gebunden.«

Sie antwortet nicht sofort, und ich lasse die Worte in mir sacken. Das ist jetzt der Plan, den ich tief in mir verinnerliche.

»Bist du dir sicher?«

»Ja«, erwidere ich ausdruckslos. So sehr ich nach Wärme in mir suche – ein tröstendes Lächeln, das ich ihr schenken könnte, oder irgendeine Beteuerung –, ich kann es nicht aufbringen. »Ziehst du das mit mir durch?«

In ihrer Stimme liegt keinerlei Zweifel, als sie sagt: »Ja.«

Eli und Patrick geleiten meine Mutter und Louisa nach The Mint, während Maggie und ich zum Elephant fahren. Auf der Fahrt sage ich kaum ein Wort, und Maggie versucht auch nicht auf Biegen und Brechen, ein Gespräch zu beginnen. Ich betrachte meine Hände und versuche mit einem Taschentuch, Tommys Blut von Handfläche und Fingern zu wischen, aber so sehr ich auch reibe, die rostfarbenen Flecken lassen sich nicht völlig von meiner Haut entfernen.

Als wir endlich ankommen, steht die Sonne bereits hoch am Himmel und blendet mich unbarmherzig und aggressiv.

Ich sehne mich nach der Nacht, nach den dunklen, dunstverhangenen Straßen.

Trotz der frühen Stunde sind Wag und Wal schon da. Ich frage mich, ob sie Familien haben, die auf sie warten, um mit ihnen Weihnachten zu feiern, oder ob dies nur ein ganz normaler Wochentag für sie ist. Alles wie immer.

Sobald sie uns erblicken, springen sie auf und beobachten gespannt, wie Maggie und ich die Beute hereinschleppen und auf dem Bartresen ausbreiten. Die Stücke glitzern im morgendlichen Licht.

Ich hatte erwartet, dass sie beeindruckt dreinschauen, doch Wag erklärt reserviert: »Mary bringt uns Bargeld, nie den Plunder.«

»Ihr seid doch große Jungs«, kontere ich. »Und ich bin nicht Mary. Ihr seid selbst in der Lage, es zu verhökern.« Meine Stimme ist heiser und schwankend, meine Gedanken sind immer noch bei Tommy. Aber ich räuspere mich und passe mich Wags sachlichem Tonfall im Handumdrehen an. »Das hier sollte ihre Schulden abdecken und noch einiges mehr. Damit sind eure Geschäfte mit den Forty Elephants abgeschlossen.«

»Das heißt dann wohl, du hast das Unmögliche geschafft?«

»Das geht dich einen feuchten Scheiß an.« Ich werfe ihm einen herausfordernden Blick zu. »Aber: Ja.«

An ihrer beider schockiertem Gesichtsausdruck lässt sich erkennen, dass sie mir diese Nummer nie zugetraut hatten. Wal räuspert sich. »Was hast du jetzt vor?«

»Die Mädchen und ich werden uns in The Mint niederlassen. Die Wohnungen werden wir nicht mehr benötigen. Und eure Beziehungen brauchen wir auch nicht. Wir brauchen *euch* nicht.«

Wag schaut finster drein. »Wenn wir keine Form der Freundschaft pflegen, was sollte uns daran hindern, dich als Drahtzieherin des größten Raubzugs des Jahres zu verpfeifen? Der Commissioner wird Jagd auf euch machen, auf euch alle. Rob ist weg. Du kannst ihn nicht mehr gegen uns einsetzen.«

Ich signalisiere Mags, die Zügel in die Hand zu nehmen, worauf sie nach vorn tritt. »Das Gleiche, was uns und auch meine Brüder davon abhalten wird, euch zu unseren Feinden zu erklären.«

»Gleiches gilt für The Mint«, füge ich hinzu.

Wags Miene verdüstert sich weiter. »Glaubst du, die Hill-Jungs werden dem Beispiel ihrer kleinen Schwester folgen?«

Mags lächelt stolz. »Ja, denn sie kann ihnen garantieren, dass sie davon profitieren.« Sie nimmt einen Satz wunderschöner silberner Kämme vom Tresen und inspiziert sie genau. »Mit Alice an unserer Spitze ist kein Laden in London mehr vor uns sicher.«

Wag starrt nun mich wieder an. »Die Elephants, die Hill-Jungs, sie alle? Du glaubst, du schaffst das?«

»Ich weiß, dass Maggie und ich es schaffen können«, gebe ich zurück. »Wir kommen mit allem klar.«

Wal schüttelt den Kopf. »Aber ohne Freunde ist es einsam auf der Straße, Alice.«

Ich verschränke die Arme vor der Brust. »Freundschaft muss man sich verdienen.«

Wal deutet auf Wag. »Wir sind ganz Ohr.«

Ich grinse. »Wenn wir Partner sein können, können wir auch Freunde sein. Wir helfen uns gegenseitig, ohne dass wir euch eines unserer Territorien überlassen oder eine unserer Beziehungen opfern müssen.«

»Was springt dabei für uns heraus? Wir können weder The Mint noch die Kontrolle über euer Geschäft haben, und du sagst, ihr braucht unsere politischen Verbindungen nicht.«

»Wir werden den Mädchen beibringen, wie man kämpft«, erwidert Maggie. »Mit Fäusten, Pistolen, Messern und dergleichen. Ihr führt Krieg gegen Sabini, und der stockt seine Streitmacht immer mehr auf. Ihr müsst das Gleiche tun. Wir sind eure Verbündeten, in denen er am wenigsten eine Bedrohung erkennen wird.«

Wag kaut auf seiner Lippe herum, während er über unsere Worte nachdenkt. »Wir werden auf der Straße verkünden, dass wir Verbündete sind, und wir können weiterhin für Sicherheit sorgen, wenn du sie für größere Coups benötigst. Aber das alles geschieht unter der Bedingung, dass ihr uns zur Seite steht, sobald wir euch rufen, wenn wir in den Krieg ziehen müssen.«

»Und wenn wir *euch* brauchen, werdet ihr dasselbe tun«, sagt Mags unnachgiebig. »Wir haben Marys Schulden bezahlt und noch einiges mehr – ihr wisst, dass wir Wort halten. Aber woher wissen wir, dass ihr es ebenfalls tut?«

Ich denke an Charlotte und frage mich, ob ich die Verbindungen der beiden nutzen kann, um ein Unrecht wiedergutzumachen. »Eines unserer Mädchen, Charlotte, wurde wegen Diebstahls eingebuchtet. Könnt ihr dafür sorgen, dass sie freigelassen wird?« Ich lege den Kopf schief. »Na dann lasst doch mal ein paar von diesen genialen Verbindungen spielen, mit denen Mary so gerne geprahlt hat. Oder war das eine Lüge?«

Wag räuspert sich. »Wir werden sehen, was wir tun können.«

Eine Sache füge ich noch hinzu – das Wichtigste für mich in diesem Moment. »Ich habe eine letzte Bedingung für unsere Freundschaft. Wenn Mary rauskommt, haltet ihr euch von ihr fern. Ihr trefft euch nicht mit ihr, und ihr lasst sie nicht in die Nähe der Mädchen. Alle werden ihr nur die kalte Schulter zeigen.«

»Was ist letzte Nacht passiert?« Wag nimmt mein Äußeres in Augenschein und beäugt mich zweifelnd, bis sein Blick auf dem dunklen Fleck vorne auf meinem Mantel haften bleibt. »Ist das Blut?«

»Mary hatte es gestern Abend auf sie abgesehen«, antwortet Mags. »Sie hat zwei Mädchen geschickt, um Alice nach dem Raubüberfall abzuknallen. Aber Tommy hat die Kugel für sie eingefangen.«

»Tommy ist tot?« Mitgefühl zerfurcht Wags Gesicht. »Unser Beileid.«

»Wir werden dich nicht aufhalten, wenn du auf Rache aus bist«, stimmt Wal zu.

Wag seufzt tief und enttäuscht. »Es ist eine Schande. Dein Bruder war zwar eine Nervensäge, aber er war auch ein echtes Naturtalent. Es gab sonst niemanden wie ihn.«

Ich unterdrücke einen Gefühlsausbruch und senke langsam den Kopf. »Nein, gab es nicht.«

»Betrachte Mary Carr als ausgestoßen … und unsere Freundschaft als besiegelt.«

Wag spuckt sich in die Hand und streckt sie mir entgegen. Ich weiß, was das bedeutet: Es gibt kein Zurück. Es gibt keine Chance mehr auf das normale Leben, das Louisa sich so sehr wünscht, oder auf das turbulente Abenteuer, auf das sich Rob mit mir einlassen wollte.

Ich werde weder Gattin noch Mutter werden.

Sobald ich einschlage, werde ich eine neue Spielerin in Londons Bandenkriegen sein. Eine Gang führen, die ganz mir untersteht.

Ich spucke mir auf die Handfläche und schüttle erst Wags Hand, dann die von Wal. Maggie tut das Gleiche.

»Willkommen im Geschäft«, sagen die beiden mit großer Bestimmtheit.

Als wir wieder draußen am Automobil sind, fragt Maggie: »Du hast da drinnen gerade angedeutet, dass wir unsere eigenen Verbindungen haben. Wovon hast du gesprochen?«

»Sind Marys Geschäftsbücher noch in Pearls Versteck?«

Sie nickt.

»Ich habe einen Plan.«

Ich warte eine ganze Weile im Dachgarten von Selfridges. Es ist bitterkalt hier oben, aber zum Glück geht an diesem Morgen kaum Wind. Erneut stelle ich mir vor, wie es hier im Frühling aussehen muss, wenn es nur so strotzt von frischem Grün und bunten Blüten. Es sind schon ein paar Tage vergangen seit dem Coup und dem Bombenanschlag, aber die Polizei sucht immer noch nach Hinweisen, um dahinterzukommen, was passiert ist.

Endlich gehen die Türen eines der Fahrstühle auf, und vorsichtig tritt Detective Betts heraus. Dabei starrt sie auf einen Zettel, dessen Zustellung an sie ich bezahlt habe. Sie wirkt verwirrt, während sie die Terrasse inspiziert.

Als sie sich in meine Richtung wendet, trete ich hinter einer Säule hervor und setze mich mit einem von Marys Geschäftsbüchern in der Hand auf eine Bank in der Nähe. Die anderen befinden sich sicher verstaut in einer Reisetasche in Mums Laden.

Als sie mich erblickt, erstarrt sie zunächst und lässt dann ihre Hand langsam zu den Handschellen an ihrem Gürtel gleiten. Ich muss lachen.

»Sie sind eine Närrin, hierher zurückzukommen!«, blafft sie mich an und stampft mit festen Schritten durch den Schnee, bis sie die Bank erreicht hat. »Wir haben eine Leiche gefunden, die Sie auf Ihrer Flucht zurückgelassen haben. Ich vermute, es war eines Ihrer Mädchen?«

»Setzen Sie sich«, sage ich und klopfe auf den Platz neben mir. »Ich habe da etwas, das ich Ihnen überlassen möchte.«

Sie erweckt zunächst nicht den Eindruck, als würde sie mir den Gefallen tun – bis sie das Buch in meiner Hand bemerkt und ihre Neugier siegt. Sie setzt sich an das entgegengesetzte Ende der Bank und presst missbilligend die Lippen zusammen. Ich kann mir vorstellen, dass sie jetzt gerne eine Waffe hätte, mit der sie mich am liebsten zwingen würde, mit ihr im Fahrstuhl nach unten zu fahren, damit sie mich Commissioner Horwood ausliefern könnte.

»Ich meinte es ernst, als ich sagte, dass wir uns ähneln, dass wir Frauen sind, die Ähnliches erreichen wollen. In der kurzen Zeit, in der ich mit Ihnen gearbeitet habe, habe ich Sie schätzen gelernt. Wie könnte ich Ihren Ehrgeiz nicht respektieren? Ich verstehe Ihren Wunsch, von den Männern um sie herum anerkannt und als genauso kompetent wahrgenommen zu werden. Wir haben unterschiedliche Wege in unserem Leben eingeschlagen, aber die Wahlmöglichkeiten, die wir haben, sind vergleichbar. Auch wenn das für Sie schwer zu glauben ist.«

Sie mustert meine Gesichtszüge. »Worauf wollen Sie hinaus? Warum sind Sie zurückgekommen? Was haben Sie da in der Hand?«

Ich tätschle den Ledereinband des Buchs. »Das ist eines von Mary Carrs Schwarzbüchern. Eines ihrer vielen Geschäftsbücher. Darin werden all ihre Kontakte aufgeführt – Hehler, Ankäufer, Wachleute, Verkäufer, korrupte Polizisten und Politiker mit Dreck am Stecken. Sogar ein Richter taucht darin auf, was den Commissioner interessieren könnte. Sie haben es selbst gesagt: Dieses Wissen ist Gold wert.«

Nun verändert sich ihre gesamte Körpersprache. »Sind Sie hierhergekommen, um damit anzugeben?«

»Ich bin hierhergekommen, um Ihnen diese Bücher zu übergeben. Nicht alle auf einmal, sondern eins nach dem anderen, solange wir Freunde bleiben.«

»Freunde?«

»Ich will alles in meiner Macht Stehende tun, um Mary Carrs Imperium mit Stumpf und Stiel auszureißen, sodass es nie wieder das Licht der Welt erblickt. Und an diesem Punkt kommen Sie ins Spiel.« Ich schlage das Buch auf. »Hier drin befinden sich auch Quittungen und Notizen über verschiedene Möglichkeiten, bestimmte Leute zu erpressen, falls diese Mary hintergehen sollten. Sie ist eine clevere Frau. Sie weiß, wie man ein Geschäft führt und die Kontrolle darüber behält.«

Betts steht auf und macht einen Schritt zurück. »Welchen Grund haben Sie, mir das alles hier anzubieten?«

Ich zucke so beiläufig wie möglich mit den Schultern. »Das ist ganz einfach. Sie hat mir etwas Wertvolles genommen, also nehme ich ihr alles weg.«

»Sie wird das nicht einfach so hinnehmen.« Betts spannt die Schultern an. »Sie wird sich an Ihre Fersen heften.«

»Ich habe keine Angst vor Mary Carr.«

Sie beugt sich vor und schaut mich ungläubig an. »Wer sind Sie? Woher zur Hölle kommen Sie?«

Ich schaue nach unten und nestle an meinen Handschuhen herum. »Ich bin von jetzt an Ihre Freundin. Und ich kümmere mich um meine Freunde.«

»Aber was bedeutet das für Sie? Nehmen Sie Mary Carrs Platz in der Gang ein?« Sie macht keinen Hehl aus ihrer Neugier.

»Glauben Sie wirklich, ich würde Ihnen das verraten?«

Sie zieht hörbar den Atem ein. »Das heißt also Ja. Aber Sie wissen doch, wer ich bin und was meine Aufgaben sind.«

»Diese Informationen werden Ihrer Karriere Flügel verleihen.«

»Ich mache keine Geschäfte mit Kriminellen.« Ihre Augen weiten sich, und sie dreht sich auf dem Absatz um und steuert wieder die Fahrstühle an. »Egal, wie verlockend das Angebot auch sein mag.«

Ich erhebe mich von der Bank und rufe ihr hinterher: »Sie können behaupten, Sie hätten es bei dem toten Mädchen in der U-Bahn-Station gefunden. Oder dass Sie noch einmal zurückgegangen wären, um den Tunnel zu inspizieren, und es dabei unter einer Bank vergraben entdeckt hätten. Es gibt keinen Grund für irgendjemanden, an Ihrer Aussage zu zweifeln. Man wird Sie ernst nehmen. Ganz London wird Ihren Namen kennen. Ich gebe Ihnen eine Chance, die Sie womöglich nie wieder bekommen.«

Sie bleibt stehen, dreht sich aber nicht um, um mich anzusehen. »Aber zu welchem Preis?«

Ich gehe um sie herum, sodass wir uns von Angesicht zu Angesicht gegenüberstehen. »Ich werde übernehmen, was Mary begonnen hat, aber ich werde es umwandeln. Im Gegenzug für diese Bücher halten Sie sich aus meinen Geschäften heraus. Wenn Sie mich auf der Straße sehen, ignorieren Sie mich. Wenn ich Sie um einen Gefallen bitte, erweisen Sie ihn mir. Wir sind Freunde, und Sie werden mich im Selfridges nie wieder sehen. Sollten Sie beschließen, diese Bücher an sich zu nehmen und mich zu belügen, indem Sie mir ein Freundschaftsversprechen geben, ohne es einhalten zu wollen, wird das Konsequenzen haben.«

Irgendetwas an meiner Stimme macht ihr Angst, aber sie gibt rasch vor, das Geschäftsbuch in meiner Hand zu mustern, damit ich ihr diese Angst nicht ansehen kann. »Was ist mit dem Mädchen in der U-Bahn-Station passiert? Wie ist sie gestorben?«

»Es ist besser, wenn Sie das nicht wissen«, sage ich und halte ihr das Buch vor die Nase. »Haben wir eine Abmachung?«

Sie schweigt, schaut lediglich sehnsüchtig auf das Buch hinunter, als würde sie sich in ihrer Fantasie gerade ausmalen, welche Auswirkungen es auf ihre Karriere haben würde. All die Dinge, die sie mit diesen Informationen erreichen könnte. Aber ich spüre auch Widerstand. Es ist die Art, wie sie dasteht und durchatmet. Behutsam nimmt sie das Buch in die Hände und blättert es dann nervös durch. »Da wurde eine Seite herausgerissen.«

»Da ging es um jemanden, den ich schützen will.« Eine Näherin, für die ich in Zukunft noch Verwendung habe. Gleiches gilt für Kate. Das ist das Mindeste, was ich tun kann, um mich bei ihr für ihre Hilfe zu bedanken.

»Ich kann das auf keinen Fall tun«, sagt sie und wiegt dabei das Buch in ihren Armen.

»Diese Informationen zu nutzen, macht Sie nicht zur Kriminellen. So ist das eben, wenn man als Frau in einer Stadt tätig ist, die von Männern beherrscht wird. Wenn wir wollen, dass sie uns ernst nehmen, müssen wir Dinge tun, die andere Frauen nicht zu tun imstande sind. Wir müssen Entscheidungen treffen, Risiken eingehen und damit leben.«

Sie strafft die Schultern und atmet tief aus, sodass sich die kleinen Dampfwölkchen zwischen uns vermischen.

Dann schaut sie mich an, diesmal mit festem Blick, und sagt mit stählerner Entschlossenheit:

»Wir haben eine Abmachung.«

Ich kehre zu der Stelle zurück, an der wir Tommy in den Fluss geworfen haben, kauere mich hin und weine so lange, bis mein Mund trocken wird und mir der Magen knurrt. Ich kann mich nicht erinnern, wann ich das letzte Mal etwas gegessen habe.

»Ich muss noch etwas erledigen«, sage ich zu ihm. »Aber ich verspreche dir, dass ich bald wieder zurückkomme.« Ich werfe einen Luftkuss zum Wasser, bevor ich mich auf den Weg zum Pier mache, wo ich mir eine Droschke nehme, die mich zu Pearls ehemaligem Versteck bringt.

Als ich an der Tür stehe, öffnet Maggie und begrüßt mich. »Wo bist du gewesen?«

Drinnen wartet eine ganze Schar von Frauen auf mich. Nicht nur Rita, Evelyn, Vera und Maggie, sondern noch ein Dutzend mehr. Sie passen kaum alle in den kleinen Raum, stehen dicht an dicht gedrängt.

Ich winde mich aus meinem mit Dreck verschmierten Mantel und schaue sie an, darauf wartend, dass eine von ihnen mit der Sprache herausrückt.

Maggie lächelt. »Wir machen alle mit, Alice. Wir sind für dich da.«

Mit fünf Frauen eine Gang zu bilden, ist eine Sache, mit fast zwanzig hingegen eine ganz andere Hausnummer. Sie anzuführen bedeutet, sie zu beschützen und verantwortlich zu sein für ihre Erfolge. Sie werden von mir

Antworten erwarten. Antworten, die ich dann auch geben muss.

Ich muss ihnen Sicherheit geben, sie trösten und Disziplin von ihnen einfordern.

»Es wird nicht mehr so sein, wie es war«, sage ich laut. »Wir werden uns verändern müssen. Stärker werden. Lernen, wie wir uns verteidigen können. Größere, riskantere Coups durchführen. So, dass wir zu einem unzerstörbaren Imperium werden. Es wird nicht einfach sein.«

»Das wissen wir«, sagt Rita.

»Wir sind bereit, uns zu verändern«, fügt Evelyn hinzu. »Wir alle.«

»Sag uns einfach, was wir tun sollen«, pflichtet Vera ihr bei.

Mag auch alles in meinem Inneren düster und kalt sein, so liegt in ihrer Bereitschaft doch so viel Hoffnung, dass ich mich in ihrer Wärme sonne und spüre, dass sich ein Lächeln auf mein Gesicht schleicht. Ich habe etwas verloren, ein Licht, das ich nicht zurückbekommen kann. Aber ich habe auch ein neues entfacht.

Ein Leben, das nur mir gehört.

Fünfundzwanzigstes Kapitel

Eine Woche später

Gemeinsam mit meiner Mutter, Christina und Louisa warte ich stumm an der Victoria Station. Die Schlagzeile der Zeitung auf meinem Schoß lautet: »Plünderung bei Selfridges ist Angriff auf alle Londoner Ladenbesitzer«, darunter steht ein Artikel, in dem die Verhaftungen aufgelistet werden, die mithilfe von Marys Geschäftsbuch zustande kamen. Als ich die Lokomotive einfahren höre, schlage ich die Zeitung zu und schaue meine Mutter an.

Seit Tommys Tod hat sie nur wenige Worte mit mir gewechselt, und ich habe allen Grund anzunehmen, dass sie das auch weiterhin so halten wird. Ich habe ihr den Sohn entrissen, und daran lässt sich nichts mehr ändern.

Christina hat ebenfalls nicht mit mir gesprochen, aber das liegt eher daran, dass sie ständig in Tränen ausbricht, bevor sie dann immer wieder kontrollierte Atemzüge macht, um sich zu beruhigen.

Jedes Mal, wenn ich bei ihnen bin, lastet die Bürde meines Fehlers wie ein Berg von Steinen auf meiner Brust, aber ich habe Wege gefunden, mich von den Schuldgefühlen abzulenken. Immerhin halte ich mein Versprechen, Tommys Frau und sein Kind zu beschützen, und zwar auf die einzige Art, die ich kenne – indem ich sie so weit wie möglich von London wegschaffe.

So weit wie möglich weg von *mir*.

»Jemand wird euch in Birmingham abholen«, versichere ich und reiche meiner Mutter einen kleinen Beutel mit Bargeld und anderen lebensnotwendigen Dingen. »Sie wird euch zu eurem neuen Aufenthaltsort bringen. Dort seid ihr in Sicherheit. Ich werde euch jede Woche Geld schicken. Aber ich gebe dir jetzt schon genug mit, damit du dir einen neuen Laden einrichten kannst, einen schöneren.«

Mit einem gequälten Lächeln nimmt sie den Beutel entgegen. »Ist das jetzt auch das letzte Mal, dass ich dich sehe? Werde ich dich bei unserem nächsten Treffen in einem Sarg liegen sehen?«

»Mum, Schluss damit!«, fordert Louisa sie auf. »So etwas würde Tommy nicht wollen.«

»Bitte komm doch mit uns, Louisa!«, fleht Mum sie an und zieht Louisa mit beiden Händen fest an sich. »Ich würde nachts besser schlafen, wenn du an meiner Seite bist.«

»Ich würde auch besser schlafen, wenn du mit ihnen gehst«, stimme ich zu. Wir haben uns beide sehr darum bemüht, sie dazu zu bewegen, zu ihrer eigenen Sicherheit fortzugehen, aber sie weigert sich stur.

Sie beugt sich vor und drückt Mum einen Kuss auf die Wange. »Ich bleibe hier. Nur eine einzige Diamond in The Mint ist wohl kaum ein Zeichen von Stärke, und ich möchte noch einiges von Alice lernen.«

Da ist allzu viel, was sie gerne lernen möchte. Seit unserem großen Diebeszug und der unglückseligen Begegnung mit den Zwillingen ist sie wie ausgewechselt – ein Mädchen, das kein Verlangen mehr danach hat wegzulaufen. Es freut mich sehr, dass sie wieder an meiner Seite ist, aber gleichzeitig wünschte ich mir auch sehnlich, dass sie geborgen in ihrem Zimmer im Savoy wohnt. Ich habe zu viel von Tommy verlangt und ihn verloren.

Ich kann nicht riskieren, dass sie dasselbe Schicksal ereilt.

Die ganze Last meiner Traurigkeit droht mich zu erdrücken, und ich sehne mich danach, Tommy zu umarmen und seine Arme um mich zu spüren. Mein Blick verschwimmt, aber ich blinzle die Tränen rasch weg.

»Sag deinem Vater, wo wir sind, wenn er rauskommt. Geh unbedingt zu ihm und erzähl ihm, was du getan hast.«

»Was ich getan habe? Ich glaube, ich kann mich noch ganz gut daran erinnern, dass du sagtest, Tommy schulde mir noch einen letzten Job.« Meine Worte klingen giftig, und ich bereue sie sofort – sie hat es nicht verdient, eine Mitschuld an seinem Tod zu tragen.

»Einen Job! Er hat dir einen Job geschuldet, nicht sein Leben!« Ihre Unterlippe bebt. »Du solltest dich um alles kümmern … du hast dich immer um ihn gekümmert.«

»Ich weiß«, sage ich, eher wimmernd als sprechend.

Die Dampflokomotive gibt einen durchdringenden Pfiff von sich.

»Ich werde dir schreiben«, versichere ich ihr.

»Spar dir die Mühe. Du hast jetzt eine neue Familie«, sagt sie verbittert und wirft Louisa einen letzten sehnsüchtigen

Blick zu, so voller Schmerz, dass auch ich ihn spüre. »Wirst du mich besuchen kommen?«

Louisa nickt.

Noch lange nachdem der Zug den Bahnhof hinter sich gelassen hat, sitzen wir auf der Bank. Schließlich schlage ich die Zeitung wieder auf. »Polizei verdächtigt bei Selfridges-Raub Forty Elephants unter neuer Führung.«

Louisa greift nach der Zeitung, nimmt sie mir behutsam ab und klemmt sie zwischen uns ein. Statt tröstende Worte an mich zu richten, greift sie nach meiner Hand und verschränkt unsere Finger ineinander. »Was wirst du jetzt unternehmen?«

Ich kichere leise. »Willst du nicht eher sagen, was *wir* jetzt unternehmen werden?«

Ihr Gesicht strahlt, genau wie vor Monaten, als ich ihr von meinem ersten Abend im Club 43 berichtete, und ich denke, vielleicht kann ich das Versprechen halten, das ich ihr gab.

Ein neues Leben. Die Sonne. Alles zu bekommen, was sie sich wünscht.

Mein Elternhaus hat sich im Lauf der letzten Woche verändert. Die Fassade wurde frisch gestrichen, und ein neues Holzschild mit der Aufschrift »Lady Diamond's« hängt draußen vor der Tür. Eli und Patrick haben die Opiumhöhle nebenan übernommen und zu ihrer neuen Einsatzzentrale gemacht, und gleich gegenüber wurde mit dem Bau von Wohnungen für die Mädchen begonnen.

Als ich vorfahre, steht Maggie auf der Straße und wartet darauf, mich zu begrüßen. »Drinnen sieht es gut aus.« Sie wedelt mit einer Zeitung vor meiner Nase herum. »Hast du gehört, wie sie Detective Betts jetzt nennen? Lady Sherlock Holmes. Commissioner Horwood hat ein Dutzend Leute verhaftet.« Sie stößt ein verschwörerisches Glucksen aus. Sie ist die einzige Person, der ich von dem Deal mit der Detektivin erzählt habe. Keine Geheimnisse mehr.

»Ich habe nur die Schlagzeilen überflogen«, sage ich. Ich nehme die Zeitung an mich und lese sie durch, während Louisa nach drinnen eilt, um sich alles anzusehen. *»Trotz Verhaftungen fürchten Londoner Ladenbesitzer die neue Königin der Diebe und fordern weitere strafrechtliche Maßnahmen«,* lese ich.

Auf der Titelseite prangt eine Fotografie von Betts, auf der sie zusammen mit Commissioner Horwood abgebildet ist. Die Zeitungen titulieren sie als »erfolgreichste Ladendetektivin Londons«.

Maggie wölbt die Brauen. »Willst du mit reinkommen und dir den Laden heute mal ansehen?«

Ich hatte es bis jetzt vermieden, den Laden zu betreten, und übernachte stattdessen in einem Zimmer im hinteren Bereich von Ralph's Pub, weil ich Angst habe, die Erinnerungen an meine Mutter und Tommy könnten mich zu sehr überwältigen. Es gibt Momente, die ich in Ehren halten möchte, aber ich bringe noch nicht die Kraft auf, mich ihnen zu stellen.

»Komm schon!«, drängt sie und schiebt mich zur Tür.

Ich zögere, zwinge mich dann aber dazu, einen Schritt nach dem anderen hineinzumachen.

Böden und Wände wurden gereinigt und ausgebessert, und ein Teil des Erdgeschosses wurde zu einem Büro mit einem Fenster umgewandelt, das auf die Straße blickt. Es ist mit einem großen Perserteppich und einem Schreibtisch aus Walnussholz ausgestattet. Ich streiche mit den Fingern über die Tischkante, bevor ich mich in den weichen Sessel dahinter fallen lasse.

Von der Tür aus lächelt Maggie mir zu. »Das Geschäft läuft gut für uns, meinst du nicht auch?«

Louisa lässt sich auf eine neue gepolsterte Liege plumpsen und zieht ein Buch aus einem Regal, das mit neuen Büchern bestückt ist.

»Ich glaube nicht, dass sie es wirklich draufhat, Alice«, murmelt Maggie leise.

»Eine von uns zu werden?«, frage ich.

»Du würdest es doch nicht zulassen, oder?«

»Nicht, wenn ich es verhindern kann.« Ich senke meine Stimme zu einem Flüstern. »Davon muss sie aber nichts wissen. Sie soll sich lieber in ihren Büchern verlieren.«

Ich möchte mich bei Mags und ihren Brüdern, die sich um die Renovierung gekümmert haben, angemessen bedanken, aber zuerst muss ich über das Geschäftliche reden. »Wir brauchen ein Lagerhaus. Hast du schon eine Idee?«

Maggie nickt. »Ich glaube, ich habe ein geeignetes Objekt dafür gefunden, aber es müsste noch ein wenig renoviert werden. Bis dahin müssen wir die Ware hier aufbewahren.«

»He, Ladys!«, ruft uns Rita von der Tür aus zu. »Ihr habt Besuch.«

Ich stehe vom Stuhl auf und schaue durch das Bürofenster hinaus. Vor dem Laden steht Kate Meyrick, die Hände in den Manteltaschen vergraben. Sie sieht aus, als fühlte sie sich wie ein Fisch auf dem Trockenen. Ich gehe hinaus, um sie zu begrüßen, und Maggie folgt mir. »Hast du dich verlaufen, Königin der Nachtclubs?«

»Ich dachte, ich komme mal vorbei, um Hallo zu sagen«, sagt sie und sieht sich um. »Das sieht doch fantastisch aus. Wie ich sehe, setzt du dein Geld gut ein.«

Maggie verschränkt ihre Arme vor der Brust. »Warum bist du hier, Kate?«

»Du hast doch bestimmt nicht auf einmal Lust bekommen, dich unter das gemeine Volk zu mischen«, füge ich hinzu. »Spuck's schon aus.«

Sie schürzt die Lippen. »Den Gefallen, den ihr mir schuldet. Ich bin hier, um ihn einzufordern.«

»Natürlich tust du das«, sagt Maggie mit undurchdringlicher Miene.

»Was können wir für dich tun?«

»Es gibt da einen Polizisten, den ich gut bezahle, um bestimmte Dinge im Club unter den sprichwörtlichen Teppich zu kehren und mich vor Razzien zu warnen. Ich bezahle ihn mehr als angemessen, aber letzte Woche hat er beschlossen, dass er mehr will.«

»Wie viel mehr?«, frage ich.

»Zu viel. Er hat damit gedroht, mich hochzunehmen, wenn ich ihm nicht bezahle, was er verlangt.«

Maggie runzelt die Stirn. »Was sollen wir deiner Meinung nach unternehmen?«

»Ich möchte, dass ihr ihn davon überzeugt, dass unsere Vereinbarung fair ist und dass er weiterhin den Betrag akzeptiert, den ich ihm gegenwärtig zustecke. Ich möchte aber auch, dass ihr ihm eine Lektion erteilt. Ich mag es nicht, wenn man mir droht.«

Meine Mundwinkel gehen nach oben. »Welche Art von Lektion?«

Sie zuckt gleichgültig mit den Schultern. »Nichts, was zu schwer zu lernen wäre.«

Maggie grinst. »Klingt nach einem lustigen Job für mich.«

»Das war's? Wir kümmern uns darum, und dann sind wir quitt?«, frage ich.

»Dann sind wir quitt.«

Maggie und ich nicken uns zu. »Abgemacht, Kate. Warum gehst du nicht mit Maggie einen darauf anstoßen, gib ihr seinen Namen, und wir kümmern uns darum.«

Bevor sie sich entfernt, legt Kate mir ihre Hand auf die Schulter. »Ich weiß, wie es ist, da zu sein, wo du jetzt bist, daher tue ich dir jetzt einen Gefallen: Wenn du mal nicht mehr weiterweißt, steht meine Bürotür für dich weit offen.«

»Halt aber nicht den Atem an und warte darauf, dass ich durch die Tür komme«, murre ich.

Sie lacht und folgt dann Maggie zu einem Tisch im hinteren Bereich, während ich nach draußen gehe. Evelyn spielt mit ihrer Tochter Cora vor den Wohnungen, die für die Frauen gebaut werden. Cora jagt hinter einer streunenden Katze auf der Straße her, und die beiden wirken glücklich – und wie zu Hause.

Ein Lächeln umspielt meine Mundwinkel.

Eli tritt aus dem Nachbargebäude und eilt auf mich zu. »Alice! Gefällt dir der Laden? Wir haben Tag und Nacht daran gearbeitet.«

»Er sieht toll aus«, sage ich. »Danke, Eli.«

»Ich danke dir«, erwidert er und richtet den Blick zufrieden auf die Straße. »Diese Partnerschaft ist für uns beide von Vorteil. Also, was steht noch an? Planst du schon deinen nächsten Coup?«

»Vorerst erledigen wir nur kleinere Aufträge. Wir müssen ein, zwei Wochen den Ball flach halten, damit die Polizei denkt, sie hätten die Oberhand gewonnen. Dann schlagen wir wieder zu.«

Er wendet sich von mir ab und räuspert sich. »Weißt du … wenn du etwas erledigt haben willst, von dem vielleicht die Mädchen oder Louisa nichts wissen sollen, dann sind wir dir gerne behilflich.«

Ich kneife die Augen zusammen. »Was meinst du damit?«

»Ich meine damit, dass du als Anführerin manchmal Dinge im Verborgenen tun musst. Dinge, die im Verborgenen bleiben sollten. Wir werden für Sicherheit sorgen, beim Transport der Waren helfen, werden dir Namen geben, wenn du sie benötigst, aber wir können auch diejenigen sein, die du rufst, wenn etwas Unaussprechliches erledigt werden muss.«

»Du meinst, wenn ich jemanden ins Jenseits befördern lassen will?«

Er gibt ein Schnauben von sich. »Nicht, dass du Hilfe dabei nötig hättest. Aber du verstehst, was ich meine?«

»Das tue ich«, sage ich, nun in ernsterem Ton. »Und da ist tatsächlich etwas, bei dem ich gerne deine Hilfe in Anspruch nehmen würde.«

Seine Augen weiten sich, sein Interesse ist geweckt. »Was brauchst du?«

»Bring jemanden zu mir. Ich geb dir den Namen.«

»Jetzt gleich?«

Ich werfe einen Blick zurück zum Laden und zucke mit den Schultern. »Je früher, desto besser.«

Das Lagerhaus, das Maggie ausgesucht hat, ist dem Geruch nach zu urteilen ein ehemaliger Schlachthof – ein Hauch aus ranzigen Innereien und Blut steigt mir in die Nase, der mir den Magen umdreht. Es ist ein eingestaubter, chaotischer Trümmerhaufen, der wenig mehr zu bieten hat als einen riesigen Raum, den wir in den nächsten Monaten sicher brauchen werden. Bevor die Mädchen die Halle sehen, muss noch daran gearbeitet werden, aber sie gehört uns, und das allein reicht aus, um es mir warm ums Herz werden zu lassen. Wir beginnen von Grund auf neu, aber auf die richtige Art und Weise.

Eli und Patrick schleppen die von mir ausgewählte Zielperson ins Gebäude und fesseln sie mit einem dicken Seil an einen Stuhl vor mir. Der Mann schreit, aber der Sack, der ihm über den Kopf gestülpt wurde, dämpft das Geräusch.

Ich wappne mich für den lang ersehnten Moment und bündele all den Zorn, den ich für ihn, nur für ihn aufbewahrt habe. Ich nicke Eli zu, worauf er dem Mann den Sack abnimmt und ein aus der Fassung gebrachter Harold King zum Vorschein kommt.

Er zerrt an den Fesseln, mit denen seine Arme an den Stuhl gebunden sind, und schaut sich mit wildem Gesichtsausdruck um. Ich würde eine Wette darauf abgeben, dass ein Mann seines Formats noch nie derart behandelt oder in eine Situation gebracht wurde, in der er keine Kontrolle und keinen Einfluss hat.

Ein Mann wie Harold King hat sich noch nie machtlos gefühlt.

Das ist die Lage, in der ich ihn haben will.

Er starrt Eli und Patrick an und bemerkt schließlich mich. Das ist der Moment, in dem ihn nackte Angst überkommt, und jede Farbe weicht aus seinem Gesicht. Er muss sich in diesem Moment hundert Fragen stellen, von denen die wichtigste lautet: Wie kann ein Hausmädchen brutale Schläger dazu bringen, einen Mann wie ihn an einen Ort wie diesen zu bringen? Welche Art von Autorität besitzt sie, die es ihr erlaubt, ihn verschleppen zu lassen?

»Was hat das zu bedeuten?«, brüllt er. »Lass mich sofort frei! Ich bin mit Commissioner Horwood befreundet! Ich werde dafür sorgen, dass du lange, lange Zeit weggesperrt wirst!«

Ich wende mich Patrick zu, der sich daraufhin in aller Gemütsruhe einen Schlagring anlegt. Er legt ihn sich fest um die Finger, bevor er Harold mit der Faust ins Gesicht schlägt, um ihn zum Schweigen zu bringen. Harolds Reaktion besteht aus einem Wimmern.

»Heute werde ich das Reden übernehmen, Mr King.«

Ich denke an Pearl. An ihr zerschlagenes, lädiertes Gesicht. Wie er sie mit Angst manipulierte und nach seinen Vorstellungen formte – ein Hündchen an seiner Leine. Dann gebe ich Eli ein Zeichen. Sein Schlag ist bösartiger und lässt King samt Stuhl umkippen, sodass er krachend auf dem Boden aufschlägt.

Ich beiße mir auf die Lippen, um mein Lächeln zu unterdrücken.

Patrick hebt ihn wieder hoch. Jetzt ist sein Mund voller Blut.

Er hustet zittrig. »Töte mich nicht. Ich habe Geld. Ich habe viel Geld.«

Ich presse einen Finger auf seine Stirn. »Hier geht es nicht um Geld.«

Er starrt mich fassungslos an. »Alles dreht sich um Geld. Nenn mir deinen Preis.« Dann starrt er Eli und Patrick verzweifelt an. »Was immer sie euch zahlt, ich zahle euch mehr.«

Ich trete einen Schritt zurück und gebe den beiden ein Zeichen.

Als sein Stuhl dieses Mal auf dem Boden aufschlägt, hören sie nicht auf. Sie versetzen ihm heftige Tritte in den Bauch und ins Gesicht, bis ein Auge schwarz und geschwollen ist und ihm Blut aus Mund und Nase quillt. Als er wieder etwas von sich gibt, ist es ein Schrei um Gnade.

Ich denke an das, was er mir im Krankenhaus gesagt hat, und hocke mich neben ihn auf den Boden. Er ist nur noch ein keuchendes, entstelltes, blutiges Etwas. Ich ziehe an seinen Haaren, bis sein Kopf nach oben schwingt und er meinem Blick begegnet. »Ich glaube, du bist besser dran, wenn du erkennst, dass diese Welt nicht dir gehört. Du hast nicht die ganze Macht. Was ich dir gebe, kann ich dir auch nehmen.«

Ich stehe auf und lasse seinen Kopf mit einem dumpfen Geräusch auf den Boden fallen. »Tötet ihn, aber lasst es wie einen Unfall aussehen. Nicht in der Nähe seines Hauses … Ich will nicht, dass irgendein Verdacht auf Pearl fällt.«

Ich ziehe meinen Mantel wieder an und verlasse die Halle mit einem zufriedenen Grinsen im Gesicht, um mich von der frischen Luft draußen willkommen heißen zu lassen. Ich taste nach etwas in meiner Manteltasche: Robs Zettel, auf dem seine neue Adresse steht. Ich rufe Eli, der sich im Lagerhaus gerade um Harolds Leiche kümmert, zu: »Ich verreise für ein paar Tage.«

Er hält inne, und sein Blick verengt sich. »Wohin?«

»Einen Freund besuchen.«

Ich kehre zum Laden zurück, um meine Sachen zu packen. Draußen wartet Ralph schon auf mich, so gut gelaunt, wie ich ihn seit Jahren nicht mehr erlebt habe. »Alice! Ich habe mit den Männern gesprochen. Es hat sich herausgestellt, dass Alister und Richard etwas geplant hatten. Die Männer wollen tatsächlich mehr. Sie wollen expandieren.«

»In Ordnung«, sage ich zustimmend. »Wenn es das ist, was sie für The Mint wollen, dann werden wir das tun. Aber ich brauche ihre Hilfe.«

»Ich bringe sie dir her«, sagt Ralph.

Ich grinse triumphierend und spüre dabei, wie mein Herz vor Aufregung rast, die ich nicht verbergen kann. »Nicht nur die Männer. Bring mir auch ihre Frauen und Töchter.«

DANK

Um von vorne zu beginnen: Ein großes Dankeschön an die Autoren, Schauspieler und Produzenten von *Peaky Blinders*. Insbesondere an die weiblichen Figuren. Sie haben mich dermaßen beeindruckt, dass ich gar nicht anders konnte, als mich zu fragen: »Warum haben die Frauen nicht einfach die Gang angeführt?« Eine Frage, die zu umfangreichen Recherchen führte, bei denen ich auf Alice Diamonds und Brian McDonalds Buch stieß, in denen die wilden Abenteuer der *Forty Elephants* beschrieben werden.

An meinen Mann, der trotz meiner Besorgnis und meiner Zweifel immer an mich geglaubt hat. Auch nach fünfzehn Jahren findest du immer noch jeden Tag Wege, mich daran zu erinnern, dass ich all meine Träume verwirklichen kann. Danke für die langen Nächte des Schreibens und Brainstormings, für unsere drei wundervollen Kinder und für die endlose Hingabe.

An Pitch Wars und Sajni Patel – ihr habt euch an ein Projekt gewagt, das so viel Arbeit in so kurzer Zeit erforderte. An Samantha Rajaram, Mindy Thompson, Jessica Olson und Jessica Froberg, meine Pitch-Wars-Freundinnen, die mir in schwierigen und manchmal unmöglichen Zeiten mit Rat und Tat zur Seite standen. An Laura Lashley, du unglaubliche Quelle von nicht enden wollendem Optimismus und Humor. Ich weiß nicht, wie ich die Überarbeitungen ohne dich überstanden hätte.

An Carrie Pestritto, meine außergewöhnliche Agentin! Es ist eine Freude, mit Ihnen zu arbeiten. Sie sind so unendlich geduldig, und ich habe so ein Glück, dass wir bei den meisten Projekten dieselbe Vision haben. An das Team von Blackstone, vor allem Addi Black. Danke, dass ihr euch so leidenschaftlich für dieses Buch engagiert habt.

Und schließlich an die obskuren, gefährlichen Frauen der Geschichte, die darauf warten, der Welt nähergebracht zu werden – mein Ziel ist es, euch alle zum Leben zu erwecken.

Unsere Leseempfehlung

416 Seiten
Auch als E-Book erhältlich

400 Seiten
Auch als E-Book erhältlich

423 Seiten
Auch als E-Book erhältlich

Norderney 1912: Im eleganten Seebad verbringt die feine Gesellschaft der Kaiserzeit die Sommerfrische. Auch die junge, unabhängige Viktoria Berg genießt die Zeit am Meer, bevor sie ihre Stellung als Lehrerin antritt. Doch die Idylle trügt. Gemeinsam mit dem Hamburger Journalist Christian Hinrichs stößt sie in der adeligen Seebadgesellschaft der Belle Époque bald auf dunkle Geheimnisse …

goldmann-verlag.de

GOLDMANN